हिन्द पॉकेट बुक्स

AF526738

सहस्त्र-धारा

रामकुमार भ्रमर प्रसिद्ध हिन्दी साहित्यकार, फिल्म पटकथा लेखक और समाजसेवी थे। आपने दर्जनों मौलिक उपन्यास लिखे। दस्युओं पर आपने प्रामाणिक लेखन करके सबको चौंका दिया, क्योंकि अपने लेखन के लिए कई बार आपको खूंख्वार डाकुओं से भी रू-ब-रू होना पड़ा।

मूलतः उपन्यासकार के नाते प्रसिद्ध रहे रामकुमार भ्रमर ने कहानियाँ, उपन्यास, नाटक, व्यंग्य, रिपोर्ताज, यात्रा-विवरण, निबंध, सत्यकथाएँ, संस्मरण, डायरी, जीवनी-अंश, इंटरव्यूज, फिल्म पटकथाएँ, वार्ताएँ, भाषण, बाल-साहित्य, महत्वपूर्ण पत्र-व्यवहार समेत हिन्दी की तमाम विधाओं में लेखन कार्य किया। *तीसरा पत्थर* समेत आपके कई उपन्यासों पर सुपरहिट फिल्मों का निर्माण भी हुआ है।

दिव्य भारत की महाकथा

अत्र ते कीर्तयिष्यामि वर्ष भारत भारतम्। प्रियमिन्द्रस्य देवस्य मनोर्वैवस्वतय च ॥
पृथोस्तु राजन्वैन्यस्य तथेक्ष्वाकार्महात्मनः। ययातेरम्बरीषस्य मान्धातुर्नहुषस्य च ॥
तथैव मुचुकुन्दस्य शिषैरौशनिरस्य। ऋषभस्य तथैलस्य नृगस्य नृपतेस्तथा ॥
कुशिकस्य च दुर्धर्ष गाधेश्चैव महात्मनः। सोमकस्य च दुर्धर्ष दिलीपस्य तथैव च ॥
अन्येषां च महाराज क्षत्रियाणां बलीय साम्। सर्वेषामेव राजेन्द्रप्रियं भारत भारतम्॥

भावार्थ : आओ हे भारत! अब मैं तुम्हें भारतदेश का कीर्तिगान सुनाता हूं। वह भारत जो इन्द्रदेव को प्रिय है, जो मनु वैवस्वत, आदिराज पृथुवैन्य और महात्मा इक्ष्वाकु को प्यारा था; जो भारत ययाति, अम्बरीष, मान्धाता, नहुष, मुचुकुन्द और औशीनर शिवि को प्रिय था; ऋषभ, ऐल और नृग जिस भारत को प्यार करते थे; और जो भारत कुशिक, गाधि, सोमक, दिलीप और अनेकानेक शक्तिशाली सम्राटों को प्यारा था! हे नरेन्द्र! उस दिव्य भारत की महाकथा मैं तुम्हें सुनाऊंगा।

महाभारत-कथा पर आधारित उपन्यास

प्रभात बेला
• आरंभ • अंकुर • आवाहन

*

सहस्र-धारा
• अधिकार • अग्रज • आहुति

*

आराधना-पथ
• असाध्य • असीम • अनुगत

*

युग-परिवर्तन
• 18 दिन • अन्त • अनन्त

महाभारत-कथा पर आधारित वृहदाकार उपन्यास

सहस्त्र-धारा

रामकुमार भ्रमर

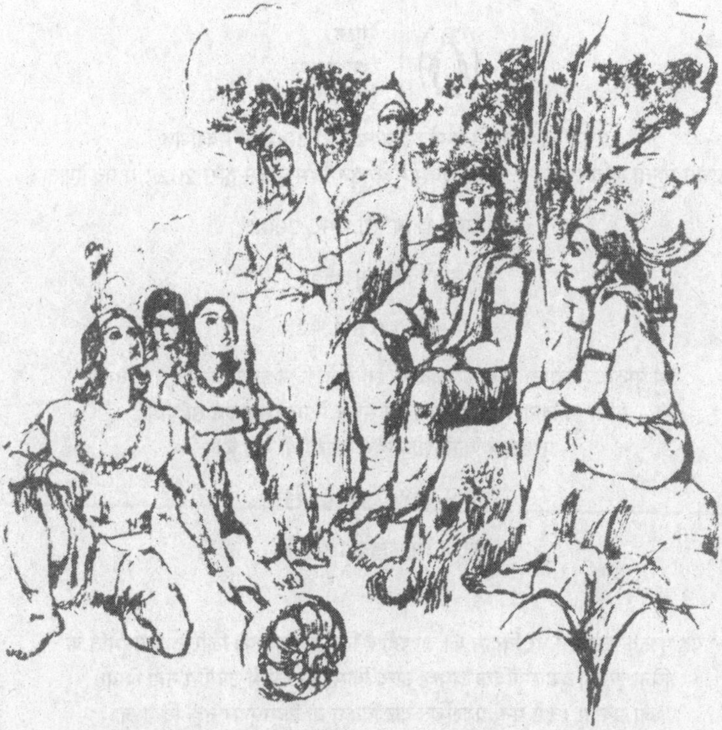

हिन्द पॉकेट बुक्स

यूएसए | कनाडा | यूके | आयरलैंड | ऑस्ट्रेलिया | सिंगापुर
न्यू ज़ीलैंड | भारत | दक्षिण अफ्रीका | चीन

हिन्द पॉकेट बुक्स, पेंगुइन रैंडम हाउस ग्रुप ऑफ़ कम्पनीज़ का हिस्सा है,
जिसका पता global.penguinrandomhouse.com पर मिलेगा

पेंगुइन रैंडम हाउस इंडिया प्रा. लि.,
चौथी मंजिल, कैपिटल टावर -1, एम जी रोड,
गुड़गांव 122 002, हरियाणा, भारत

पेंगुइन
रैंडम हाउस
इंडिया

प्रथम संस्करण हिन्द पॉकेट बुक्स द्वारा 2008 में प्रकाशित
प्रथम हिन्दी संस्करण हिन्द पॉकेट बुक्स में पेंगुइन रैंडम हाउस द्वारा 2023 में प्रकाशित

कॉपीराइट © बिमला भ्रमर, 2008

सर्वाधिकार सुरक्षित

10 9 8 7 6 5 4 3 2

इस पुस्तक में व्यक्त विचार लेखक के अपने हैं, जिनका यथासंभव तथ्यात्मक
सत्यापन किया गया है, और इस संबंध में प्रकाशक एवं सहयोगी
प्रकाशक किसी भी रूप में उत्तरदायी नहीं हैं।

ISBN 9789353495237

मुद्रकः रेप्रो इंडिया लिमिटेड

यह पुस्तक इस शर्त पर विक्रय की जा रही है कि प्रकाशक की लिखित पूर्वानुमति के
बिना इसका व्यावसायिक अथवा अन्य किसी भी रूप में उपयोग नहीं किया
जा सकता। इसे पुनः प्रकाशित कर विक्रय या किराए पर नहीं दिया जा
सकता तथा जिल्दबंद अथवा किसी भी अन्य रूप में पाठकों के
मध्य इसका परिचालन नहीं किया जा सकता। ये सभी शर्तें
पुस्तक के ख़रीददार पर भी लागू होंगी। इस संदर्भ में
सभी प्रकाशनाधिकार सुरक्षित हैं।

www.penguin.co.in

This is a legitimate digitally printed version of the book and therefore might not have certain extra finishing on the cover.

क्रम

अधिकार

दूर-दूर तक छोटे-बड़े शिविरों का एक सिलसिला फैला हुआ था। दृष्टि-पार तक सेना का पड़ाव। शाम ढलने के साथ ही घायलों को चिकित्सा-केंद्रों तक पहुंचाकर यथासंभव उपचार किया जा रहा था। काले रंग की कालिख से पुती हुई रात और यहां-वहां बिखरे प्रकाश के छोटे-बड़े अनंत बिंदु।

भव्य युद्ध-शिविर से जिस पल कर्ण बाहर आए–उसी पल ठिठककर इधर-उधर देखने लगे थे। मन-मस्तिष्क काली रात की ही तरह लिपा-पुता। विचार का कोई प्रकाश-बिंदु किसी भी कोने में नहीं।

आंखें दृश्य को यंत्रवत् देखती रही थीं। कान उन कराहों और चीत्कारों से भर उठे थे, जो पिछले कई दिनों से निरंतरता बन चुके थे...जिस दिन यह काल-समर प्रारंभ हुआ, उस दिन ये कराहें-चीत्कारें अवश्य सुनाई पड़ी थीं, फिर महारथी भीष्म और द्रोण के सेनापतित्व में बीते दिनों के साथ ही इस तरह नियमित हो गई थी कि सुनकर भी सुनाई नहीं पड़ती थीं। ऐसे, जैसे घाव की पहली कसक, मन को हिला डाले, फिर उसकी क्रमबद्धता के साथ-साथ निरंतर हिलते रहना मन का सहज स्वभाव बन जाए।

यही कुछ हो रहा था वीभत्व नरसंहार के उस युद्ध-यज्ञ में।

घूमती दृष्टि को विचारों की वल्गा से थामा–रथ की ओर बढ़ चले। कुछ समय पहले महाराज दुर्योधन का संदेश आया था–अंगराज कर्ण से मिलना चाहते हैं।

रथारूढ़ हुए, फिर एक झटका देकर घोड़ों को दिशा दिखाई। अगले ही क्षण रथ अंगराज को लिए वायुगति से कुरुश्रेष्ठ दुर्योधन के शिविर की ओर दौड़ चला।

समूचे रास्ते में विशाल कौरव सेना की पचासों-सैकड़ों टुकड़ियां बिखरी हुई थीं। सशस्त्र सैनिक यहां-वहां घूमते दीख रहे थे। हर टुकड़ी के चिकित्सा-शिविरों में चीखों और आकुल कराहों के छोटे-छोटे समुद्र ठाठें मारते हुए। हर तरफ दौड़-धूप और सरगर्मी। बहुत-से सैनिक आयुधों को संजोते-संवारते हुए। बहुतेरे अगली सुबह के युद्ध की प्रतीक्षा में।

अंगराज ने वातावरण की हर स्थिति और दृश्य से मन को मोड़ा। महाराज दुर्योधन का भव्य शिविर सामने था। रथ रुकते ही कर्ण तेज़ी से उतरे और शिविर-द्वार की ओर बढ़े।

द्वारपालों ने अभिवादन किया। कर्ण शिविर में समा गए।

सेवक लपका हुआ आया। प्रणाम करके सूचना दी, "महावीर, मंत्रणा-कक्ष में महाराज आपकी प्रतीक्षा कर रहे हैं।"

बिना कुछ उत्तर दिए कर्ण मंत्रणा-कक्ष की ओर बढ़ गए।

कुरुराज दुर्योधन के इर्द-गिर्द थे–शल्य, शकुनि, कृतवर्मा और कृपाचार्य। सभी चिंतित। सभी रात्रि के अंधकार से कहीं गहरा अंधकार मन-शरीर पर ओढ़े हुए। अंगराज कर्ण ने जैसे ही शिविर के मंत्रणा–कक्ष में प्रवेश किया वैसे ही सभी ने उन्हें इस तरह देखा था जैसे चीखकर कह उठे हों, "बचाओ पुरुषसिंह! किसी तरह पराक्रमी कौरव सेना का यह महानाश बचाओ! हम सबकी रक्षा करो!"

कैसी दुविधा, चिंता,भय और आतंक में डूबी थीं उनकी आंखें! कर्ण जितने चकित हुए, उससे कहीं अधिक दुःखी। सहसा उन्हें झल्लाहट ने घेर लिया था। युद्ध-समय पर सेनानायकों की यह मानस-दशा क्या युद्ध-पूर्व ही उनकी पराजय घोषित नहीं कर रही है?

कुछ बोलना भी चाहते थे। एक तरह से सभी को धिककार देना चाहते थे; पर उसके पूर्व दुर्योधन उठ खड़े हुए। कहा, "आओ, नरश्रेष्ठ। मैं तुम्हारी ही प्रतीक्षा कर रहा था। तुम्हीं हो जो अब महान् कुरुवंश की रक्षा कर सकते हो। केवल तुम हो, जिसका पराक्रम धीमे-धीमे साहस-मृत होती जाती कुरु सेना को सहसा जीवंत कर सकता है। हम सभी का निश्चित मत है कि इस घोर संग्राम में अब तुम्हारे नेतृव की आवश्यकता है।"

कर्ण कुछ बोले नहीं। मन खिन्न हो गया था। बहुत कुछ कड़वाहट-भरी हुई थी मन में, जिसे उगल देना चाहते थे, स्पष्ट कह देना चाहते थे, "कुरुराज! तुम जैसे टूट जाने वाले व्यक्ति को मित्र रूप में पाकर मुझमें भी भय-संचार होने लगा है। क्या युद्ध में पराजय-भय से योद्धा युद्ध करते हैं?...' किंतु कहा नहीं। जाने क्यों लगा था कि इस समय कटु शब्द बोलकर मित्र को ज्यादा ही आहत कर देंगें। मन में पल-भर पूर्व दुर्योधन के प्रति उबल आया क्रोध–भाव सहसा उसके लिए सहानुभूति में बदल गया। चुप रहे।

"मित्र!" दुर्योधन का गला भर्राया हुआ था, "महाप्रतापी भीष्म और पूज्य द्रोणाचार्य का मारा जाना मुझे बहुत आहत कर गया है। सदा ही धर्म की बात करते रहे पांडवों ने जिस अधर्म और षड्यंत्र से उन दोनों महारथियों का संहार किया–वह तुमसे छिपा नहीं है। इस युद्ध में अब मेरे लिए विजयश्री से कहीं अधिक यह इच्छा-भर शेष रही है कि ऐसे नीच और छली शत्रुओं का संहार कर सकूं। तुम मेरे ही नहीं, इन समूचे कौरव वंश और कुरु सेना के एकमात्र विश्वास रहे हो अंगराज। तुम ही हो, जिसे लेकर सब जानते हैं कि कौरव सेना से जयश्री पाना असंभव है। केवल तुम हो, जिसमें गांडीवधारी अर्जुन की संहारक शक्तियों का सामना करने और उसे परास्त करने की क्षमता है। तुम्हारे रहते न तो पांडव विजय-कल्पना कर सकते हैं और न मैं पराजय जैसा शब्द सोच सकता हूं। अतः मेरे मित्र!मैं तुमसे प्रार्थना करता हूं कि कौरव सेना का संचालन अपने हाथ में ले लो।"

कर्ण ने होंठ खोलने चाहे पर तभी शकुनि बोल पड़े, "हां, कर्ण !यही समय है, जब तुम प्रधान सेनापतित्व संभालकर गांधारी पुत्र की रक्षा कर सकते हो !तुमने कुरु राज्य का विस्तार किया है, अपने पराक्रम से महाराज प्रतीप के कुल को सदा ही सम्मान दिलवाया है...हम सभी की इच्छा है कि तुम यह महत् दायित्व संभालो और तुम्हारे निर्देशों पर चल–चलकर रणभूमि में हम लोग दुर्योधन का शुभ करें।"

और फिर वे सब समर्थन स्वीकार में बोलते रहे–कृपाचार्य, दुःशासन, कृतवर्मा–सभी। सभी चाहते थे कि कर्ण सेनापति बनें। आशा और विश्वास की चमक लिए हुए दुर्योधन की दृष्टि मित्र पर टिकी थी।

कर्ण ने कहा था, "निराश न हो मित्र! कर्ण के जीवित रहते पांडव पक्ष विजय की कल्पना तक नहीं कर सकता। तुम्हारा मैत्रीभाव और स्नेहादर से कर्ण का रोम-रोम आभारी है...यदि प्राण देकर भी मैं मित्र-धर्म पूरा कर सका तो अवश्य करूंगा। तुम निश्चित रहो। कल सुबह के साथ महान् कौरव सेना अपना परंपरागत विजय-अभियान का श्रीगणेश करेगी। पांडव और उनके सहायक, महाबली भीष्म और आचार्य से किए गए छल का पूरा-पूरा हिसाब देने के लिए बाध्य होंगे। अब तुम अपने मन को आशंका और चिंता से मुक्त कर लो।"

अंगराज के हर शब्द और संवाद की ध्वनि का उतार–चढ़ाव उपस्थित कौरव योद्धाओं के चेहरों से निशशा की कालिख इस तरह उतरता चला गया था जैसे सूरज अपनी प्रकृति के विरुद्ध सहसा रात में उग आया हो... किरणों की अंगुलियों ने उनके चेहरों को प्रकाश से नहला दिया हो।

कर्ण उठ पड़े। उनके चेहरे पर सूर्योदय की तरह तेज फैला था...। दुर्योधन ने तेजी से आगे बढ़कर उन्हें सीने से लगा लिया। हर्षावेग से उसका शरीर-मन दावानल की झुलसन से अनायास राहत पा गए किसी वृक्ष की तरह हिल उठे...खुशी में बड़बड़ाते कुछ शब्द होंठों से बाहर आ गए–"मैं निश्चिंत हुआ मित्र! विश्वस्त भी हुआ कि जय कुरु पक्ष की ही होगी। शत्रु नष्ट हो जाएगा और पितामह के बाण-बिद्ध शरीर की पीड़ा के हर क्षण का मूल्य पांडव अवश्य चुकाएंगे।"

उत्तर में कर्ण ने कुछ नहीं कहा। केवल दुर्योधन की पीठ थपथपाई। इस थपथपाहट में शब्दों से कहीं अधिक सांत्वना थी।

अंगराज, दुर्योधन, शल्य, कृतवर्मा आदि के साथ मंत्रणा-कक्ष से बाहर आए। सबने उन्हें उनके रथ तक छोड़ा...वल्गा को झटका देकर अश्व को चलने का संकेत देने से पहले कर्ण ने एक बार फिर से मित्र के हरियाए हुए चेहरे पर दृष्टि डाली...लंबी, गठी हुई भुजाओं में हलकी-सी थिरकन हुई और रथ जिस गति से आया था, उसी गति से अपने शिविर की ओर दौड़ चला। कालरात्रि की सनसनाती हवा रथ पर शिलावत् खड़े कर्ण के आस–पास से चीखती हुई गुजर रही थी...पर कर्ण थे कि कहीं और किसी अलग वातावरण में खोए हुए।

अभी...कुछ पल पहले कर्ण द्वारा अपने ही लिए कहे शब्द उनके अपने कानों में वायु से कहीं अधिक गतिमान् होकर गूंजे–कर्ण के जीवन रहते पांडव पक्ष विजय तो दूर, विजय की कल्पना तक नहीं कर सकता।

हलके-से रथ ने एक बार झटका लिया। घोड़े एक ओर मुड़ गए थे। कर्ण ने वल्गा पुनः झटकाई–वे सही दिशा में चल पड़े। धरती पर पड़ती उनकी टापें टप्–टप्–टप् करती हुई सन्नाटे में जोर–जोर से बजीं।

इस ध्वनि को कर्ण ने भी सुना–लगा जैसे इस ध्वनि के साथ ही मन किसी और यात्रा पर दौड़ चला है। वही गति, वही वेग और वही ध्वनि–बहुत जानी-पहचानी यात्रा, बहुत जानी-पहचानी राहें और बहुत जाना-पहचाना उन राहों का वातावरण, उस वातावरण में बिखरी हुई हवाएं...या जल के खिलखिलाते निर्मल झरने। यही तो है कर्ण का अपना जीवन...

कर्ण का अपना शिविर–आत्मशिविर। आत्मयुद्ध

युद्ध-शिविर की ओर बढ़ते हुए कर्ण को लगा था कि अपने पर ही हंस पड़ें। युद्ध तो उनके जीवन से कभी गया ही नहीं। न कभी शिविर का एकांत हटा। न कभी दुर्दांत युद्धक्षेत्र। न रातों का वीभत्स सन्नाटा हटा। न

सुबह के साथ सामाजिक रणक्षेत्र में आकर बाण संधान करने की कटु क्रिया और न ही समाज के शब्दबाणों से पल-पल छलनी होता कर्ण का आत्म। कोई दिन खाली नहीं जब युद्ध न किया हो। कोई पल खाली नहीं जब या तो बाण झेला न हो या बाण संधान न किया हो। यही है कर्ण का जीवन। यही कुल कर्म।

युद्ध से अलग यदि कुछ हे तो केवल इतना ही कि इस युद्ध को कर्ण ने किसी सेना के सहारे से नहीं, सदा अकेले ही लड़ा है।

सामने रही है समाज व्यवस्था और परंपराओं की असंख्य सेना... जिसका न तो कभी ओर दिखा है, न छोर–और उनके बीच रहे हैं कर्ण अकेले। सूर्य-तेज से सराबोर कर्ण। कटु सत्य से ऐसे पुंज की तरह, जिसकी चकाचौंध को समाज ने कभी नहीं सहा। हर बार व्यग्र होकर बदहवास प्रहार प्रारंभ कर दिए हैं। किसी बार सूत-पुत्र कहकर। किसी बार अज्ञात कुल–शील व्यक्ति पुकारकर। किसी बार धिक्कार की असंख्य दृष्टियां फेंककर और किसी बार व्यंग्य–बाणों की नोकें सीने में चुभोकर–'तुम तो सूर्यपुत्र हो कर्ण। कुंती के कोख–जाए।'

कभी-कभार मन होता है कि स्मृति-दर्पण के सामने खड़े होकर अपने बदन पर पड़े उन घावों को देखें, गिनें, उनकी कसकनों और कराहों का लेखा-जोखा करें, जो कर्ण को इस जीवन-भर के युद्ध में समाज-व्यवस्था के रणक्षेत्र से मिले हैं...

पर नहीं, किसी बार ऐसा कर नहीं सके। जब-जब किया–असफल रहे। न तो घावों की गिनती हो सकी, न ही कसकनों-कराहों का लेखा-जोखा ले सके। हर बार स्तब्ध खड़े अपने को ही देखते रह गए। मन-शरीर का कोई हिस्सा ऐसा नहीं बचा है, जिससे लहू न रिस रहा हो–जिसका घाव भर गया हो–कुछ भी नहीं दिखता।

और जो कुछ दिखता है वह कर्ण का होकर भी नहीं होना है। केवल एक बच्चे की उपस्थिति, सद्यःजात शिशु, जिसे जन्मने के साथ ही असंख्य-अनगिनत कांटों की झाड़ियों में फेंक दिया गया–जिस करवट मुड़ेगा, हजार–हजार कांटे सिर से पांव तक समा जाएंगे। जिस राह सरकेगा

कांटों के वे घाव लंबी-लंबी धाराओं की तरह पूरे जिस्म पर खिंचते चले जाएंगे। झाड़ियों के गिर्द खड़े होंगे कुलीनता के भव्य राजमहल, उच्च जाति, कुल और शील के ऊंचे-ऊंचे शिखर...कांटों में पड़ा कर्ण टुकुर-टुकुर उन्हें देखता होगा। यह देखना, तरसना, शिखरों को न छू सकना ही उस शिशु की नियति।

असल में कुरुक्षेत्र का यह घिनौना महासमर कर्ण को कौरव-पांडव समर नहीं लगता...लगता है यह जैसे एक शिशु के विरुद्ध असंख्य कांटों का कभी न समाप्त होने वाला युद्ध है। युगों-युगों तक चलने वाला अनिर्णीत युद्ध। कर्ण ने यह युद्ध खूब लड़ा है...उसी पल लड़ना प्रारंभ कर दिया था, जिस पल उसे नदी में बहाया गया...अपनी ही लड़ाई की वह अद्भुत कथा सुनकर स्वयं कर्ण भी चकित होकर अविश्वसनीय दृष्टि से माता को देखता रह गया था। विश्वास नहीं हो रहा था उनके शब्दों पर...बुदबुदाकर कह भी दिया था, “नहीं-नहीं, माता, मुझे बहलाओ मत, भला ऐसा कभी होता है कि कोई मां अपने बालक को निर्ममता से शक्तिमयी नदी की वेग-धाराओं को सौंप दे?...उहूं, मैं नहीं मानता।”

राधा-ममतामयी, निर्मल और शांत राधा–टकटकी बांधे हुए बालक वसुषेण को देखने लगी थीं...कहा था, “अनंत की लीला भी अनंत ही होती है पुत्र! तू विश्वास करे या न करे, पर मैं शब्दशः सत्य कह रही हूं...तू मुझे माता गंगा के कृपाशीष से ही मिला है। अविश्वास मत कर।”

“पर मां...?” सहसा बहुत भावुक हो गया था बालक...सरल आंखें भर आई थीं। अपने बारे में, अपनी ही बातें जानकर विश्वास करने का मन नहीं होता था। इस बात ने कुछ अधिक ही आहत किया कि कर्ण राधा का बेटा नहीं है। राधा, उसकी पालनमयी मां। जीवनदायिनी। जन्मदायिनी कोई और है। कहां है? कौन है? किसी को ज्ञात नहीं।

राधा असमंजस में पड़ गई थी। समझ में नहीं आ रहा था कि क्या करे, क्या कहे? बालक को उसी का विगत सुनाकर अच्छा किया या बुरा, यह भी समझ से बाहर था। यूं ही बात-बात में वसुषेण से कह बैठी थी... “तू मेरा बेटा थोड़े ही है?...” फिर हंसी थीं, मगर गंभीर होकर बालक जिद

पकड़ गया–"फिर कौन है मेरी मां?...मैं किसका बेटा हूं?...मैं तुम्हारे पास कैसे आया?"

राधा चुप। घबराई हुई। कहां सोचा था कि हंसी में यों ही कही गई बात को इस तरह परत-दर-परत छीलने लगेगा बालक। वह मां के पैरों से लिपटकर झूलने लगा था...प्रश्नों से राधा को हिलाता-कंपाता हुआ!

"बतलाओ ना?...तुम झूठ कहती हो माता। मैं तुम्हारा ही पुत्र हूं। केवल तुम्हारा। कहो ना कि तुमने झूठ कहा था।" वह रोने लगा था। राधा अभी असमंजस में ही थीं कि द्वारा की ओर से एक आवाज गूंजी–"पुत्र, तुम्हारी माता ने असत्य नहीं कहा है, तुम उनके पोष्य पुत्र हो।...तुम्हें राधा से जन्म नहीं मिला, बल्कि तुम तो किसी महान् राजकुल के अंश हो, वसुषेण, यह तो मेरा और राधा का कोई पूर्व पुण्य है जो तुम्हें पुत्रवत् पालन करने का आनंद हमें मिला।"

अधिरथ द्वार पर थे।

वसुषेण स्तब्ध। ऐसे, जैसे पौधे को पाला मार गया हो। चेहरे पर सदा ही दमकने वाला सूर्यवत् तेज सहसा लुप्त हो गया, दृष्टि सूख गए झरने जैसी। मुसकानों के इंद्रधनुषी रंग छोड़ते होंठ गहरे अंधकार-सा सन्नाटा ओढ़े हुए।

राधा ने डरकर पति को देखा, फिर पल-भर की देर न करते तुरंत झुकी, बालक को सीने में भरकर बड़बड़ाने लगी–"नहीं-नहीं, मैंने...मैंने तो यूं ही झूठमूठ कह दिया था बेटे। मैं ही तेरी माता हूं। तू मेरा ही पुत्र है। मैं तो तुझे रुलाना चाहती थी वसु...।"

अधिरथ आगे बढ़े। उसी तरह कठोर; किंतु सहज शब्द उनके होठों से बहे–"नहीं, देवी, यह सत्य वसुषेण को एक न एक दिन तो बतलाना ही था। यह उचित है कि असत्य ही सही, पर तुम यह भूल कर बैठी...इस भूल के बाद अब दूसरी भूल मत करो। हम लोगों को पुत्र वसुषेण से अपार स्नेह है, पर हम अपने ही पुत्र से छल तो नहीं कर सकते!"

राधा के आंसू बह रहे थे। पति के गंभीर स्वर ने सहसा शब्दों को थाम दिया था। बालक उसकी गोद से हटकर फिर उसी तरह चुप खड़ा रहा...सिर्फ ठहरी, खाली निगाहों से क्रमशः अधिरथ और राधा को देखता हुआ... ।

अधिरथ बोले थे–"वसुषेण, तुम अवश्य ही उच्च वर्ग और कुल के अंश हो। तुम्हारे यशस्वी माता-पिता को समाज भय ने तुम्हें अपने-आप से अलग करने पर बाध्य किया होगा। यही कारण है कि उन्होंने तुम्हें माता गंगा को सौंप दिया।...अब से सात वर्ष पूर्व तुम इसी पुर में अपनी माता को मिले थे...पुण्यमयी गंगा की पवित्र लहरें तुम्हें हम तक लाईं और हमने तुम्हें ईश्वर का पवित्र प्रसाद मानकर पुत्र रूप में ग्रहण किया। तुमसे हमें अपने पुत्र की अपेक्षा कहीं अधिक स्नेह, सौभाग्य और आनंद मिला है बेटे, पर... पर हम सत्य को छिपाकर दोष के भागी नहीं बनना चाहते। यह पाप होता, अतः मैंने कह देना ही उचित समझा है।"

बोलते-बोलते अधिरथ सहसा चुप हो रहे। बालक की ठहरी और चुप निगाहों ने दोनों को डरा दिया था। राधा को लगा था कि भीतर-ही-भीतर बदन में कोई चीज गीले कपड़े की तरह निचुड़ने लगी है...इस भय ने उन्हें कुछ सहमा दिया था कि सत्य की कठोर शिला का प्रहार बालक सह भी सकेगा या नहीं।

अधिरथ आगे बढ़े। हौले-से वसुषेण का सिर दुलराया। मुलायम सुनहरी बालों और कपाल की चमड़ी के बीच ममत्व और स्नेह की शीतलता महसूस की बालक ने। मन हुआ था कि जोर-जोर से हिचकियां भर-भरकर रो पड़े। कहे-"यह सब न कहा होता, पूज्य! इस सत्य के कारण मुझे आहत न करते तो...मेरा जीवन सहज होता; पर अब?..."

अपने ही प्रति मन विकृति और घृणा से भर उठा। वह कुलीनों के पाप का परिणाम है।...किसी के पाप-दोष का प्रतीक। लगा था, जैसे अपने ही शरीर के हर रोम से जन्म देने वाले माता-पिता का शरीर-संबंध दुर्गंध बनकर बहने लगा है–यह दुर्गंध स्वयं ही अनुभव कर रहा है वसुषेण। एक पल के लिए सांस थामकर जबड़े कसे रह गए। क्रोध उमड़ रहा था...

किस पर है यह क्रोध–किसके प्रति? कैसे व्यक्त होगा? तय नहीं। इतना तय है कि वसुषेण के भीतर हंसी की शीतल जल–लहरियों की तरह सदा–सदा के लिए क्रोध का अनजाना लावा भी बहने लगा है।

किसे झुलसाएगा यह लावा?

चीखकर कह देना चाहा था–उन तथाकथित अभिजातों और कुलीनों को, जिन्होंने अपने सुखार्थ वसुषेण के शरीर की दुःखमय रचना कर डाली। पर कौन हैं वे?–कहां हैं?–कैसे कुलीन और उच्चवर्गीय हैं?–

कई-कई प्रश्न थे, जो मन-मस्तिष्क से बालक के भीतर उठने लगे। बादलों की तरह–किंतु उस समय कुछ भी पता नहीं लग सका था।

राधा और अधिरथ चुपचाप बालक को देख रहे थे–शब्द-हीन।

वसुषेण ने देर तक कोई प्रश्न नहीं किया। इस तरह जैसे प्रश्न-भूमि पर पैर जमाए रखने की दुष्कर चेष्टा कर रहा हो। फिर प्रश्न किया। रूखा, मरुथल की तरह सपाट, जलता हुआ प्रश्न-"तब मेरे माता-पिता कौन हैं पिताश्री?"

उत्तर में नकार। सिर्फ एक सांत्वना ऐसे जैसे वसुषेण को मरुथल में मृग-मरीचिका के दर्शन हो रहे हों-ठगते हुए शब्द। अधिरथ और राधा ने बार-बार यही कहा था–"हम लोग नहीं जानते वसुषेण–केवल इतना जानते हैं कि तुम्हें माता गंगा की गोद से हमने पाया है। सूर्योदय की ज्योतिमयी किरणों ने ही तुम्हें देवी राधा की गोद में पहुंचाया था..."

वसुषेण पुनः चुप हो गया। सहसा अधिरथ बोले थे–"आओ तुम्हें तुम्हारे साथ आई वस्तुओं के दर्शन कराऊं?" फिर वह उसे दूसरे प्रकोष्ठ में ले गए। एक ओर रखी नौका जैसी पेटी की ओर संकेत करते हुए कहा था–"पुत्र !यही है तुम्हारा जल-रथ, जिसमें लेटे हुए तुम गंगा से चंपानगरी के किनारे आ लगे थे..." और फिर उन्होंने कवच-कुंडलों की ओर ध्यान दिलाया, जो कर्ण के साथ आए थे। वसुषेण इस स्नेह से उन पर हथेली फिराने लगा था जैसे उनकी अभेद्य धातु की कठोरता में ममता का कोई अदृश्य जलस्रोत खोज रहा हो...

ममता का अदृश्य जलस्रोत।

बहुत खोजा है उसे–जीवन के प्रति पल, प्रति श्वास के साथ केवल उसे ही खोजते रहे हैं कर्ण। इस खोज से कभी मुक्ति नहीं मिली। इस खोज ने कभी खाली नहीं किया।

खोज न पाने के कारण उतना दुःख नहीं मिला था कर्ण को, जितना दुःख खोज लेने के कारण मिला है। जीवन-रहस्य के उस शिलावत् सत्य पर बचपन के साथ ही जब पहली चोट लगी, तभी वह खोज प्रारंभ हो गई थी। बहुत चाहा था कि न खोजें। व्यर्थ माथा पच्ची न करें, किंतु मन नहीं माना था। बार-बार उसी पथरीले सत्य से जा टकराता...लगता कि अपनी ही टकराहट से उठी अपनी ही सिसककनें सुन रहे हैं–इन सिसकियों में प्रश्न–

कौन हैं जन्म देने वाले माता-पिता?

बहुत कम आयु थी वसुषेण की। गुण-दोष और पाप-पुण्य का विवेचन करने का निर्णय लेने योग्य आयु नहीं थी, किंतु सत्य को पा जाने की ऐसी अकुलाहट छिपी थी कि हर देखे-सुने की तह तक उतरने को व्यग्र हो उठते ...वही व्यग्रता, कौतूहल या कि तड़प थी, जिसने खोज की इच्छा को जन्मा।

किस तरह पता लग सकेगा, कैसे जानेंगे–कोई नहीं जानता था, न कोई राह दिखती थी जानने की...इसके बावजूद इच्छा नहीं मरती। साथियों के साथ खेलते समय भी जैसे यह इच्छा मन के भीतर सांप की तरह सरसराती घूमती रहती। जरा एकांत मिलता कि वसुषेण के मन में यह सांप फन पटकने लगता–हर बार, केवल एक इच्छा। एक ही आकांक्षा कौन हैं मेरे उच्च-कुल-वंशीय माता-पिता?

स्त्री-पुरुषों और बच्चों की भीड़ से भरे उस पुर में भी एकदम अकेला होकर रह गया था वसुषेण। उसका खेलना, मिलना-जुलना, गृह-कार्य में माता-पिता को सहयोग करना...सब पूर्ववत् चल रहा था, किंतु ऐसा हर पल, हर चेष्टा यांत्रिक। इस यांत्रिकता ने जीवंतता में भी अजब-सा निर्जीव भाव भर रखा था।

अधिरथ और राधा जानते थे कि वसुषेण अपनी उपस्थिति के बावजूद अनुपस्थित है। खिलखिलाने के बावजूद सिसकियां भरता हुआ–अक्सर चेष्टा करते कि वसुषेण का बिखराव समेट लें–बांहों से लेकर दृष्टि, स्वर और शब्दों में ममता का अनंत आकाश बिछा दिया था वसुषेण के ऊपर, किंतु वसुषेण? वह ज्यों-का-त्यों।

वसुषेण से कम चिंतित और व्यग्र नहीं रहते थे राधा और अधिरथ। यों राधा के अपने पुत्र भी थे, किंतु वसुषेण उनके लिए सर्वाधिक सुख-सौभाग्य का कारण। वही तो था, जिसने मातृ-सुख के लिए तरसती राधा की गोद में आकर उसे नारीत्व और सुख की संपूर्णता प्रदान की? वही तो था, जिसके बाद अधिरथ और राधा ने संतान-सुख पाया...अतः वसुषेण उनका सर्वाधिक स्नेहभाजन।

फिर वसुषेण अपने रूप-रंग, स्वभाव, गुण और पौरुष के लिए सभी से अलग था। सभी से श्रेष्ठ। एक हद तक अलौकिक–सा। चमत्कार की तरह देव–रक्षा पाकर जल-यात्रा करता हुआ दूर-दूरंत से वह जीवित चंपानगरी आ पहुंचा था। आगे भी अनेक चमत्कार किए थे उसने...

कभी-कभी सोचते थे राधा और अधिरथ। वसुषेण के साथ जितना और जो कुछ अद्भुत जुड़ा है क्या वह सचमुच अलौकिक है? या मात्र संयोग?

सोचना चाहते थे कि संयोग है...पर कितनी-कितनी बातें थीं, जो संयोग होते हुए भी संयोग जैसी नहीं लगती थीं। इतनी अविश्वसनीयता से भरी हुईं। बहुत छोटा था, तभी से अविश्वसनीय संयोगों से भरे चमत्कारों का कारण बन गया था वह।

भोर के साथ ही नदी किनारे आ जाया करता था वसुषेण। गांव में उस समय तक पूरी तरह जागरण भी नहीं हो पाता था। पहले-पहले दिन जब इसी तरह घर से निकलकर नदी किनारे जा पहुंचा, तब समूचे गांव में हड़बड़ी फैल गई थी–कहां गया राधा-पुत्र?

कई लोग उसे ढूंढ़ते-भटकते गंगा किनारे पहुंचे। बालक वसुषेण एकदम किनारे के पास बैठा हुआ टकटकी बांधें हुए पूर्व दिशा कि ओर देख रहा था-उस तरफ, जिधर से सूर्य उग रहे थे-पल के हर हजारवें हिस्से में ज्योति का एक समुद्र पृथ्वी पर उंडेलते हुए-तेजस्वी सूर्य।

वे सब वसुषेण को घेरकर खड़े हो गए। जितने चकित, उतने ही हतप्रभ। विचित्र है अधिरथ का यह पोष्य पुत्र? सूर्य की किरणों को पलकों के भीतर इस तरह संजोता हुआ जैसे किसी उद्यान से फूल चुन रहा हो। असहज क्रिया पर इतना सहज? विश्वास नहीं हो रहा था बहुतों को।

पर बहुतेक थे जिन्हें विश्वास था कि राधेय अद्भुत ही है। उन्होंने उसका गंगा से आकर राधा और अधिरथ को मिलने का दृश्य भी देखा था, वे कवच-कुंडल भी देखे थे, जो वसु रूप में बालक के साथ राधा और अधिरथ को प्राप्त हुए। बालक अज्ञात कुल-शील का भले ही हो; किंतु उसका रूप, तेज, व्यवहार, स्वर-संपूर्ण व्यक्तित्व प्रमाण थे-किन्हीं तेजस्वी माता-पिता की संतति है!

उसे पहले दिन, बालक के सहसा गुम जाने से व्याकुल हो उठी ममतामयी राधा ने बांहों में भरते ही बार–बार चूमा था, स्नेह किया था, बड़बड़ाती रही थीं–“दुष्ट! तू ने इतना दुःखी किया मुझे? कितनी घबरा गई थी मैं हूं!–ऊं–” वह हंस भी रही थीं, आंसू भी बह रहे थे–थरथराती आवाज में न जाने क्या कुछ बड़बड़ाती ही चली गई थीं और उसके बाद यह सब नियमित हो गया था उनके बीच। आए दिन, बालक इसी तरह सूर्योदय के कुछ पूर्व, राधा की गोद से सरककर नदी किनारे जा पहुंचता, सूर्य की किरणों को अपनी दृष्टि से पीता हुआ मुग्ध भाव से बैठा रहता–कुछ दिनों तक हड़बड़ी होती रही थी, फिर प्रतिदिन का नियम बन गया था।

सुबह-सबेरे जब राधा की आंख खुलती और वह अपने करीब बालक को न पातीं तब निश्चित भाव से गंगा किनारे बैठे वसुषेण को कल्पना में देख लेतीं–यह डर डूब चुका था कि वसुषेण सूर्य-दर्शन के लिए गंगा किनारे के अतिरिक्त कहीं और हो सकता है। कुछ ही दिनों के भीतर गंगातट

वसुषेण का क्रीड़ास्थल बन गया। पुर के सभी बालक वहां एकत्र हो जाते–खेलते रहते। नियमतः सबसे पहले वसुषेण गंगा-तट पर पहुंचा करता। वय की बढ़त के साथ-साथ उसी सूर्य–दर्शन की क्रिया में एक परिवर्तन हो गया था। उसने अब सूर्य की उपासना, अर्घ्यदान और गायत्री मंत्र का नियमित जाप प्रारंभ कर दिया था–ध्यानस्थ होकर वह उस समय तक सूर्याराधन में व्यस्त रहता जब तक कि उसकी पीठ तप न जाती...चमकता गोरा रंग सुनहरीपन न ले लेता–वसुषेण ही था जो सौभाग्य की तरह राधा की बांहों में आया था। अपने बाद अपने भाइयों का क्रम बनाता हुआ–ऐसा विलक्षण वसुषेण।

और वही वसुषेण अपना, अपने जन्म सत्य की कथा का एक अंश जानकर, अपने ही भीतर सहसा लोप हो रहा। उसके प्रश्नों से अनायास ही सरलता गुम हो गई थी–उसके उत्तर उसकी बाल्यावस्था के विपरीत जटिल व्यंग्य बनने लगे थे। लगता था कि जब-जब राधा और अधिरथ या किसी बड़ी आयु वाले से वसुषेण बात करता है, तब-तब अविश्वसनीय रूप से अकल्पित–सी बातें पूछ बैठता है। बात ही बात में एक बार राधा से प्रश्न कर बैठा था–"मुझे अब भी विश्वास नहीं होता–क्या सच ही कोई माता अपने शिशु को इस तरह त्याग सकती है, जैसे मेरी माता ने मुझे त्यागा है?"

राधा चौंक गईं। डरकर बेटे को देखा फिर बात टालने के लिए बोली थीं–"यह–यह सब तुझे कौन बताता है? यह बातें तेरे विचार के योग्य नहीं हैं वसुषेण!" वहां से उठकर वह दूसरे कक्ष की ओर बढ़ गई थीं। घबराहट और चिंता ने श्वास की गति बढ़ा दी, लग रहा था जैसे वसुषेण आंधी की तरह झकझोर रहा है।

"बताओ न, माता?" वह पीछे-पीछे चलता गया था, "कोई मां वैसा कर सकती है?"

"मुझे नहीं मालूम!" राधा ने झुंझलाकर उत्तर दिया था, "व्यर्थ की बातें करके मुझे कष्ट न दिया कर।"

"पर मां..

सहसा क्रोध से भरकर वसुषेण को देखा था राधा ने। बालक सहम गया। रुआंसे होकर उत्तर दिया था–"क्रोध मत करो, मां! तुम्हें देखता हूं तब यही प्रश्न मन में आता है। भला तुम मुझे नदी में बहा सकती हो?"

क्रोध राधा के चेहरे से धुल गया। उसकी जगह अचानक पीड़ा उभर आई। जैसे-तैसे मन में उमड़ आई पीड़ा थामकर वसुषेण को छाती से लगा लिया। बड़बड़ाने लगी थीं-"ये कैसी बातें करता है वृष? भला कोई माता अपने पुत्र को कैसे बहा सकती है?–" आगे भी कुछ कहतीं किंतु वसुषेण ने बड़ी सरलता से बात काट दी–"इसीलिए तो सोचकर चकित होता हूं मां, कि वह स्त्री कैसी होगी जिसने मुझे जन्म देते ही जल में बहा दिया? मेरी माता कैसे हो सकती है?"

और राधा पुनः निरुत्तर...वार्ता का सारा विषय टाल देना चाहती थीं, स्वयं भी वहां से टल जाना चाहती थीं; किंतु लगा कि असंभव हो उठा है–विचित्र स्थिति थी। न तो विषय टाल पाना संभव, न स्वयं ही टल पाना संभव और वसुषेण तरह-तरह से एक ही बात को बार-बार दोहराता हुआ–बुदबुदाया था–"मैंने–मैंने एक निष्कर्ष निकाला है माता।"

घबराकर राधा ने पूछा, "क्या?"

"यह कि–कि वह घटना झूठ है!" विश्वासपूर्ण स्वर में वसुषेण कहे गया था–"यह झूठ है कि मैं तुम्हारे अतिरिक्त किसी का पुत्र हूं। मैं तुम्हारा ही पुत्र हूं–तुम्हारा और पिता अधिरथ का। तुम सब मुझे यूं ही डराते रहते हो।"

अब नहीं थम सकी थीं राधा। आंसू बह आए–हथेलियां कांपी–लगा कि अथाह जल की गहराइयों में डूब जाने के भय से यूं ही हाथ-पांव मार रही हैं। वसुषेण की वज्रपीठ पर हाथ सहलाते हुए जोर-जोर से कह उठी थीं–"हां-हां, सत्य यही है वसु! तू मेरा ही पुत्र है!-तू केवल मेरा पुत्र है!"

यही शब्द, इसी तरह कितनी बार दोहराए-बड़बड़ाए–याद नहीं। बस, इतना याद रहा है कि कुछ समय बाद उत्साहित होकर वह उनकी जकड़ से आजाद हो गया था। जोर-जोर से हंसता-खिलखिलाता, उत्साह और आनंद की सुगंध बिखेरता हुआ घर से बाहर चला गया।

किंतु जानती थीं राधा। बहुत समय नहीं रह सकेगा वसुषेण का यह उत्साह और सुख–थोड़ी देर बाद फिर वह उसी पुराने प्रश्न-सत्य को लिए हुए किन्हीं और शब्दों में और तरह से सामने आ खड़ा होगा–पल-भर के लिए मन जिस सुख छाया में आ खड़ा होता था, तुरंत पीड़ा की तपन झेलता हुआ मरुस्थल में जा पहुंचता।

स्वयं कर्ण के साथ भी तो आनंद और पीड़ा की कुछ ऐसी ही लुकाछिपी चल रही थी? विचित्र-सी लड़ाई। अपने ही भीतर, अपने ही ऊपर चलते प्रश्नों के मारक हथियार। अपने ही भीतर की जाने वाली स्वयं के बचाव की चेष्टाएं।

रथ अब कुरुक्षेत्र युद्ध में बने कर्ण के शिविर के पास जा पहुंचा था ...घोड़ों की टापें वातावरण के सन्नाटे के थप्पड़ मारती हुई–

तब के सन्नाटों को न तो घोड़े की टापें रौंदती थीं, न ही कोई एकांत प्रातः और रात्रि का भेद किया करता था। वसुषेण अपनी ही जन्म-कथा के सत्य से मर्माहत हुआ कभी राधा और कभी अधिरथ की ममता और दुलार से घायल अपनी आत्मा का थोड़ी देर उपचार पाता, शांति मिलती और फिर मन में कोई मारक प्रश्न उठता...आत्मा को दूर तक लहूलुहान कर जाता। कर्ण का युद्ध पुनः प्रारंभ हो जाता।

आयु के हर बढ़ते वर्ष चरण के साथ वसुषेण कुछ अधिक ही मर्माहत होने और सोचने लगा था–"कौन हैं तेरे माता-पिता? किनका वीर्यांश है तू?" मानस के ऊंचे अदृश्य गुंबदों से प्रश्न उठता, गूंजता हुआ आत्मा की अनंत गहराइयों तक जा पहुंचता।

चंपानगरी के जन-समाज में रहकर भी वसुषेण अकेला हो गया था। केवल वह और उसका प्रश्न। प्रश्न और एकांत।

गंगा-तीर पर खड़ा हुआ दूर-दूर तक व्यर्थ ही दृष्टि दौड़ाता रहता। किसी बार आखेट के बहाने जंगलों में निकल जाता। प्रश्न मन से उलीचकर

कितनी ही बार प्रकृति के नाम उछाला...कहीं, किसी कोने से कोई अदृश्य आकाशवाणी हो और वसु को उत्तर मिल जाए कि कौन हैं उसके जन्मदाता?

पर दिन, माह और बरस बीतते गए–प्रश्न उत्तरहीन रहा। इस उत्तरहीनता ने उसे एकांतप्रियता दी। एकांतप्रियता थी या समाज दृष्टियों से चोरी–वह नहीं जानता; किंतु अच्छा लगता कि सन्नाटों में अकेले, व्यर्थ ही बैठे रहकर चुपचाप यहां–वहां दृष्टि दौड़ाते रहो–तब तक, जब तक कि मन-शरीर हार कर बेसुध नींद से न जुड़ने लगें।

अधिरथ और राधा चिंतित रहते थे। बालक बहुत एकांतप्रिय हुआ जाता है। यह न उसके लिए शुभ, न उनके लिए शुभ, पर क्या कर सकते हैं, क्या कहा जा सकता है? राह नहीं सूझती थी।

वसुषेण का जीवन-क्रम ज्यों का त्यों। सबके बीच रहकर भी सबसे कटा हुआ। सबसे जुड़कर भी सबसे अकेला।

माता राधा के प्रति कुछ अधिक ही झुकाव था वसुषेण के मन में अतः अधिरथ ने कहा था–"तुम ही कुछ करो, देवी, वसुषेण को समझाओ, जीवन इस तरह नष्ट करने की वस्तु नहीं।"

राधा बोली नहीं थी हालांकि मन हुआ था, पति से कह दें–"वसुषेण जैसी पीड़ा भोग रहा है, उस पीड़ा ने उसके जीवन की अर्थवत्ता ही नष्ट कर दी लगती है।"

अधिरथ कहे गए–"कल की बात है, राधे, वसुषेण ने खेलते-खेलते ही सहसा झगड़ा कर लिया। सुधर्मा और अन्य बच्चों को बहुत मारा, अपशब्द भी कहे। यह सब उचित नहीं है।"

राधा फिर भी चुप। उस समय भी कह देना चाहती थी कि उचित ही किया उसने। सुधर्मा और उसके साथियों ने क्या कुछ किया था–राधा को संध्या समय ही मालूम हो गया था–बहुत आहत हुईं। उससे कहीं अधिक क्रोध आया था उन्हें। पड़ोस की एक महिला से सूचना मिली थी–"सुधर्मा ने वसु को 'अज्ञात कुलशील' कह दिया...और फिर..." राधा को लगा कि उस महिला द्वारा दिया गया विवरण अब भी उनके कानों में गूंज रहा

है–महिला ने आगे बतलाया कि किस अद्भुत और अविश्वसनीय शक्ति के साथ वसुषेण एक साथ बहुत-से बच्चों पर टूट पड़ा। एक साथ होकर भी वे उसके प्रहार झेल नहीं सके थे। इधर-उधर भागने लगे। वसुषेण देर तक चीखता-गरजता रहा था, फिर चुपचाप गंगा किनारे जा बैठा।

अधिरथ बोले–"आज ही वसु से बात करो, राधा। वह नगरवासियों के लिए भय का कारण बनता जा रहा है। हम समाज में रहते हैं और समाज शुभ के लिए बहुत कुछ असहनीय भी किसी एक व्यक्ति या परिवार को सहना पड़ता है–समझाओ उसे। मुझे पूरा विश्वास है यदि तुम कहोगी, तो वह अवश्य ही संभल जाएगा।"

कह-सुनकर पति चले गए। राधा चिंतित हो उठीं। इस बात की चिंता नहीं थी कि वसु को किस तरह समझाएंगी–चिंता इस बात की थी कि वसुषेण को इस समाज–जीवन के बीच ही अपना स्थान बनाना है...कैसे बना सकेगा? भला राधा और अधिरथ का स्नेह या ममता उसकी अज्ञात कुल–शीलता को तो अर्थ दे नहीं सकेंगे!

तब? बहुत सोचा, फिर एक राह खोज निकाली। वसुषेण के आते ही योजनाबद्ध ढंग से बात करेंगी–इस तरह की उसकी पीड़ा जो अनियंत्रित होकर समाजनाश का कारण बन सकती है–प्रेरणा शक्ति बनकर उसे सर्वप्रिय बना दे।

शिविर में प्रवेश से पूर्व–अश्व से उतरे ही थे कि सेवक सामने आ खड़ा हुआ। अश्व को ज्यों का त्यों छोड़ा और द्वार की तरफ बढ़े। प्रहरी सतर्क हुए। मखमली परदा उठाकर कर्ण भीतर जा पहुंचे। सेवक लपका हुआ आया।

कर्ण शिलावत् शांत खड़े रहे। शब्दहीन। सेवक, अंगराज की सैनिक वेश-भूषा, अस्त्र-शस्त्र आदि उतारने लगे।

थोड़ी देर बाद कर्ण भव्य पलंग पर बैठ गए। मन अब भी विगत जीवन के घटाटोप अंधेरे जंगल में कुलांचें भरता हुआ-हर कुलांच एक घटना, हर

घटना पीड़ा की कोई न कोई कहानी कहती हुई। किसी बार मन आया घाव–और किसी बार उस घाव पर लगाया गया मरहम।

कर्ण के विरुद्ध अज्ञात कुल-शीलता का अदृश्य अस्त्र इस समाज के हर व्यक्ति के पास हमेशा ही रहा–जिसने चाहा, पल-भर में पराक्रमी कर्ण पर चलाया–उन्हें बुरी तरह आहत कर डाला। उन कर्ण को, जिन्हें अविजेय माना जाता रहा। उस प्रतिसूर्य को, जिसके सामने अंधकार सदा ही गिड़गिड़ाया। बल, पराक्रम, शक्ति, सामर्थ्य, व्यक्तित्व और पौरुष सभी दृष्टि से अप्रतिम और बेजोड़ रहे कर्ण के पास अद्भुत और अविश्वसनीय शक्तियों-अस्त्रों का भंडार है। इस पर भंडार की कोई शक्ति, कोई अस्त्र समाज के हाथों में थमे उस अदृश्य अस्त्र का उत्तर नहीं बन सके हैं, जो सदा सबके हाथ रहा।

कर्ण की 'अज्ञात कुल-शीलता'–।

जब-जब इस अस्त्र से कर्ण का सामना हुआ है, तब-तब कर्ण हार गए हैं, थक गए हैं या फिर कायर की भांति सामाजिक रणक्षेत्र से भागे हैं।

स्मरण-भर से आहत हो जाते हैं वह। इस पल भी हुए। सहसा लगा था कि बुरी तरह थक गए हैं। लेट रहे।

शिविर के सपाट परदे पर दृष्टि ठहरा दी–एकदम स्थिर।

कुरुक्षेत्र समर में आहत हुए दोनों ही पक्षों के सैनिकों, रथियों और महारथियों की मृत्युपूर्व वेदना से भरी कराहें अब भी गूंज रही थीं। बीच-बीच में पशुओं के चीखते, गुरगुराने या चिंघाड़ने के शब्द।

किंतु कुछ भी नहीं सुन पाए। सुनी थीं सिर्फ विगत की आवाजें–महाभारत के असंख्य पात्रों, व्यक्तियों और घटनाओं के बीच कही, सुनी या सुनाई गई बातें।

लगा था कि पर्दे पर झिलमिलाकर कई-कई घटनाएं और उनके पल सजीव होने लगे हैं–प्रतिदिन की तरह उस दिन भी खूब रात गए घर लौटे थे कर्ण। जानते थे कि पिता अधिरथ सो चुके होंगे। भाई शत्रुंतप और वृकरथ भी दिन-भर खेल-थककर नींद में गुम होंगे–वसुषेण के लिए अगर कोई जाग रहा होगा तो केवल माता राधा। हर दिन ही सोचते थे कि समय

से घर लौटा करेंगे, पर कभी नहीं हो पाता था। अपने–आप से अपना जन्म खो जाने का कष्ट सूर्योदय के साथ प्रारंभ होता और सूर्यास्त के साथ मन में गहरा हो जाता–सब कुछ भूल-भालकर यहां–वहां खोए रहते...रात को लौटते समय याद आता था–माता राधा प्रतीक्षा में सोई नहीं होंगी।

बहुत कष्ट होता है। यह सोचकर अधिक ही कष्ट होता है कि वसुषेण अपनी पोष्या माता को कितना दुःख दे रहा है।

घर में कदम रखते ही इस अहसास ने मन को भारी कर दिया था कि वसु माता के लिए कष्ट का कारण बने हैं...प्रति दिन बनते हैं !अपराध-बोध से गर्दन झुक गई थी–ठीक उसी तरह जिस तरह रोज झुक जाती थी। भोजन-कक्ष की ओर अभी कदम बढ़ाएंगे कि माता का स्वर उभरेगा, 'आ वसुषेण। मैं तो कब से राह देख रही थी बेटा !'

और वसुषेण को लगेगा कि ममता ने एक थप्पड़ मार दिया–वसु की उद्दंडता पर। वही हुआ।

भोजन-कक्ष की देहरी पर पहला चरण रखा ही था कि स्वर उभरा–"आ, वसुषेण ! कहां रह गया था अब तक?"

छटपटा उठा था वसुषेण। स्वर विद्रोही होकर मन से भटके हुए। लज्जा आई। सिर झुकाकर चुप रह गया। लगा कि लज्जित नहीं हुआ, निर्लज्ज हो गया है। एक स्वरहीन धिक्कार बदन के रोम-रोम में भर गया। माता ने रोज की तरह भोजन को थाल सजाया और आसन पर सिर झुकाए बैठे पुत्र के सामने ला रखा। बहुत मीठी और मधुर आवाज में कहा, "ले खा। फिर मैं तुझसे कुछ कहना चाहती हूं वसु।"

यांत्रिक ढंग से हाथ ग्रास बनाने बढ़ा था, किंतु थम गया–"तो...तो कहो न मां? क्या आज्ञा है?"

"अभी नहीं।" राधा बोलीं–"पहले भोजन कर ले, फिर कहूंगी !"

वसुषेण उतावला हो गया, फिर जिद की थी कि कहें, पर राधा ने स्वर में आदेश भरकर कहा–"नहीं, पहले भोजन।"

वसुषेण ठीक तरह भोजन नहीं कर सका। ऐसा तो कभी नहीं हुआ कि माता गंभीरता से कुछ कहने के लिए व्यग्र और प्रतीक्षित हों? राधा से कहीं अधिक ही सुनने के लिए व्यग्र हो उठा था वह–एक राधा ही तो थीं जिनके पास उसे खालीपन महसूस नहीं होता, अन्यथा प्रतिपल वसुषेण खाली। सब कुछ पाकर भी सब कुछ खोए हुए-सा।

भोजन से जल्दी ही निवृत्त हो लिया तो चकित हुई थीं राधा। कहा भी था–"अरे, तूने ठीक तरह भोजन..." और बात काटकर वसु ने उत्तर दिया था, "आज ठीक तरह भूख भी नहीं लगी, मां!"

बात खत्म हो गई। हाथ पोंछकर वसुषेण माता के सामने आ बैठा, "हां, अब कहो, मां–क्या आज्ञा है?"

कुछ पल टकटकी बांधे हुए राधा देखती रही थीं उसे। गठे बदन और शक्ति से ज्योतिमय दृष्टि वाले वसुषेण को पुरवासियों की दृष्टि अपनी-अपनी तरह या तो चकित भाव से देखती थीं या फिर ईर्ष्या से–उसके तेज और गांभीर्य को लेकर चर्चाएं की जातीं–क्षमता पर आश्चर्य व्यक्त किया जाता था। कभी-कभी उसे लेकर लोगों को आतंक भी अनुभव होता, पर राधा को वह सब अच्छा लगता। क्यों न लगता–वसुषेण उसका पुत्र जो था।

वसुषेण, माता की आंखों में देख रहा था–दृष्टि बार-बार पूछती हुई–"क्या कहना चाहती हो मां? कहो न।"

राधा ने एक गहरा श्वास लिया। बोलीं–"'पुत्र! मैं जो कुछ कहूं, उस पर तुम गंभीरता से विचार कर सकोगे–इसका मुझे विश्वास है, इसीलिए कह भी रही हूं–"

कर्ण चकित। दृष्टि मां पर टिकी हुई। दृष्टि में वही कुरेदन।

राधा के स्वर में जितनी ममता थी, उतनी ही गंभीरता। ऐसे जैसे गंगा बह रही हों, शांत, गहरी और दृष्टि के पार तक फैली हुई...अछोर। कहा था, "बसु! मुझे ज्ञात हो चुका है कि सुधर्मा ने तुझसे कहा था–पर मुझे उसके वह सब कहने पर जितना आश्चर्य नहीं हुआ उतना तेरी प्रतिक्रिया जानकर हुआ है।" आगे कुछ कह सकें, इसके पूर्व ही वसुषेण व्यग्र होकर बोल पड़ा

था–"पर माता, वे सब मुझे अज्ञात कुल-शील बालक कह रहे थे–तुम ही सोचो, यह अपमान मैं कैसे सहता?" बात समाप्त करते-न-करते वसुषेण के बहुत चाहने पर भी उसका अपना स्वर संयत नहीं रहा–भारी हो गया–ऐसे, जैसे जम गया हो। पीड़ा के जल से सना हुआ।

"वह भी जानती हूं..." राधा ने वसुषेण से इस तरह कहा जैसे उसका समूचा जमाव अपने भीतर उतार लिया हो। बोली–"वही सब जानकर तुझसे वह सब कहना चाहती हूं, जिसे अब तक अपने हृदय में दबाए रही..."

"क्या–क्या तुम जानती हो मां, कि मैं किसका पुत्र हूं–कौन हैं मेरे प्रतापी पिता? मेरी माता?" हर्षावेग में वसुषेण ने माता की बांहें थाम ली थीं।

राधा ने हौले से उसका माथा दुलारा। बोलीं–"वह सब तो मैं नहीं जानती पुत्र, किंतु जो कुछ जानती हूं–वह तुम जान सको तो तुम्हारा कष्ट दूर हो जाएगा। वे सारे प्रश्न समाप्त हो जाएंगे जो आज तुम्हें कष्ट पहुंचा रहे हैं–"

वसुषेण का चेहरा बुझ गया। शरीर ढीला। सिर झुकाकर चुपचाप बैठा रहा।

"सुनो।" राधा ने बात आगे बढ़ाई–"कुल–मनुष्य के शील से पहचाना जाता है वसुषेण। जो लोग अपनी अक्षय कीर्ति सृष्टि–पटल पर अंकित कर देते हैं, वही उनका कुल, वंश और कुलीनता होती है। यदि तुम्हारे माता–पिता कुलीन होंगे तो अपनी गुणवत्ता से होंगे या फिर उनके कुल पुरुषों में किसी ने वैसी कीर्ति अर्जित की होगी जो अगली पीढ़ियों में उनकी कुलीनता कहलाई। प्रत्येक कुल एक-न-एक दिन कहीं से प्रारंभ होता है, कोई उसे प्रारंभ करता है। संभवतः ईश्वर ने तुम्हें इसीलिए जन्म दिया है कि तुम अपना कुल स्वयं प्रारंभ करो। तुम्हारे गुण, ज्ञान और शक्ति की कीर्ति से एक पहचान बने जो कुलीनता कहलाए।"

वसुषेण ने सुना–बहुत कुछ समझा। हर सोच मन से हटाकर सिर्फ माता के शब्दार्थों में खोजीभाव से घूमता रहा।

राधा कहती गई थीं–"तुम दैवीय गुणों से सम्पन्न हो वत्स–तुम्हारा बलिष्ठ शरीर, व्यक्तित्व और शक्ति ही तुम्हारे कुल और परिचय हैं। अपने गुणों और शक्ति-साधना से इन सबको अर्थ दो वसुषेण। साधारणों की इस बड़ी भीड़ में तुम्हारी असाधारणता उन सब समाज-प्रश्नों का उत्तर बन जाएगी जो तुम्हें आहत करते हैं। यदि तुम ऐसा कर सके तो मैं भी गौरवांवित होऊंगी और तुम्हारे पिता अधिरथ भी। मेरा मन कहता है वसुषेण, तुम समर्थ हो। यह सब करना तुम्हारे लिए तनिक भी कठिन नहीं है!"

"सच माता, क्या ऐसा हो सकता है?" वसुषेण ने आश्चर्य से भरकर प्रश्न किया था–"मैं तुम्हारा और महाराज अधिरथ का पुत्र यह सब कर सकता हूं? मेरे लिए यह संभव है?"

"मनुष्य के लिए असंभव कुछ भी नहीं होता बेटे?" राधा ने उत्तर दिया था–"कर्म के प्रति केवल आस्था और समर्पण चाहिए। देव उसी पर कृपा करते हैं।"

"–तो मैं क्या करूं माता? किस तरह इन समाज–प्रश्नों का उत्तर बनूं?" वसुषेण सब कुछ विसराकर अतिरिक्त रूप से उत्साहित हो उठा था।

"पराक्रमी बनो। दानी कहलाओ। शरीर-सीमा से आगे बढ़कर अपनी कीर्ति से अमर होओ!" राधा ने कहा और कर्ण ने चरणों में सिर झुका दिया था–"मुझे आशीष दो मां, कि मैं यह सब कर सकूं।" उसकी आवाज भर आई थी। उत्तर में राधा ने शब्द न कहकर केवल कांपती हथेली जोर-जोर से पुत्र के सिर पर इस तरह घुमाई जैसे केवल आशीष ही नहीं दिया हो अपितु शक्ति का संचार कर दिया हो–विद्युत् किरणों की तरह एक प्रेरणा को मानस–प्रवेश करा दिया हो!

इस तरह–सूर्योदय के साथ ही एक नए वसुषेण का जन्म हुआ था–वह जिसे एक नहीं अनेकानेक कीर्ति कथाएं धरती की छाती पर लिख देनी थीं। उन कथाओं से अपनी अज्ञात कुल-शीलता को ज्ञात बना देना था। अपने ऊपर आ गिरे प्रत्येक समाज-प्रश्न के अंधकार को सूर्य की किरणों से उलीचकर स्वयं से इतनी दूर फेंक देना था कि वह कभी किसी

सूर्यपुत्र के सामने आने का दुस्साहस न करे।

कितना कर पाए? कितनी सूर्य किरणें उलीच सके?

लगा था कि बहुत किया। हर बार यही लगता था।

शक्ति और पराक्रम की एक नहीं अनेक कथाएं लिखता रहा वसुषेण। चंपानगरी ही नहीं, दूर-दूर तक चर्चित होने लगा था। आयु के हर बढ़ते चरण ने वसुषेण के पराक्रम, दुःसह शक्ति और अद्भुत रण-कौशल की कहानियां अंग देश और बाहर तक बिखरानी प्रारंभ कर दी थी...

हर एकांत इस इच्छाशक्ति ने भर दिया था कि वह अपने कुल-शील के इतिहास-लेखक स्वयं बनेंगे। इस इतिहास लेखन में देव भी कम सहायक नहीं रहा। सच ही कहा था माता राधा ने। कर्म के प्रति आस्था और समर्पण के साथ सदा ही देवाशीष रहता है। इस सत्य को उसी पल समझ लिया था जब चंपानगरी को पहली बार चकित किया। उस व्यक्तित्व को सार्थकता दी, जिसे लेकर पुरवासी सदा ही कहते आए थे–"अज्ञात कुल-शील भले ही हो किंतु वसुषेण का शरीर, तेज और व्यक्तित्व प्रमाण है कि वह किन्हीं पराक्रमी पिता का अंश है।"

निस्संदेह अंश। स्वयं भी यही लगा था वसुषेण को। भोर हुए, सदा की तरह माता गंगा के किनारे पहुंचकर सूर्य-नमन कर रहे थे वह–तभी पुरु-क्षेत्र से स्वर उठे।

ध्यानस्थ वसुषेण का बदन तप चुका था। सूर्योदय के साथ ही प्रतिपल तेजमान् होता हुआ प्रकाश। ज्योति–किरणों ने आंखें मूंदे हुए वसुषेण की समूची देह तपा डाली थी।

पुरक्षेत्र से उभर रहे स्वर सहसा चीत्कारों में बदले। फिर चीत्कारें कराहों में। महिलाओं और बच्चों की भयाक्रांत पुकारों ने वसुषेण का ध्यान तोड़ दिया। एकदम मुड़े।

सुधर्मा और छोटा भाई शत्रुंतप दौड़े चले आ रहे थे–"भइया, भइया!" वे वसुषेण के पास आते-आते पसीने से लथपथ लगभग भहराकर धरती पर

गिर पड़े। हांफते हुए उन्होंने बतलाया था कि पुरक्षेत्र में एक मदमस्त वृष (सांड) घुस आया है। उसने अनेक स्त्री-पुरुष घायल कर दिए हैं। उस दैत्यवत् विशालाकार वृष पर न तो प्रहार असर कर रहे हैं, न कोई शक्ति उसे थाम पा रही है। नर-संहार के साथ-साथ वह फसलों और घरों को भी चौपट किए डाल रहा है। नगरवासी यहां-वहां भाग रहे हैं...

वसुषेण ने सुना। जबड़े कसे। कहा, "आओ मेरे साथ।" फिर लपक पड़ा पुरी की ओर। पीछे–पीछे दौड़ते, उन्हें रोकने का प्रयत्न करके शत्रुंतप और सुधर्मा। चेतावनियां देते हुए–"रुको भइया, वह भयानक वृष है। प्रेतवत् शक्तिशाली।"

"भइया। वसुषेण!" जोर से चीखा था शत्रुंतप, किंतु उस समय तक वसुषेण उस ओर बढ़ चुके थे, जिस ओर मदमस्त वृष जन-धन के नाश में लगा था। वह हांफ रहा था। मुख से फेन गिराता हुआ। उसकी आंखें सुर्ख थीं और सींग भयानक रूप से तीखे–

पुरवासी चीखे...यहां-वहां घरों के खिड़की दरवाजों में घुसे हुए कई लोगों ने "वसुषेण! रुको! राधेय!" कई-कई तरह पुकारा, किंतु फिर एकदम से चुप्पी फैल गई।

आतंक, भय और आशंका से भरी चुप्पी! ऐसे, जैसे मृत्यु बरस पड़ी हो पुरक्षेत्र पर। हतप्रभ अवाक् खड़े सब असहाय भाव से मृत्यु दर्शन कर रहे थे। वीभत्स और रोंगटे खड़े कर देनेवाले दर्शन।

वसुषेण आंधी की तरह आगे बढ़ा था...फिर झोंके की तरह उसका समूचा शरीर डकराते हुए सांड के माथे पर जा लगा।

वृष जोर से हुंकारा। तूफान की तरह उसने सिर हिलाया-उछाला, पर सहसा लड़खड़ा गया। वसुषेण को अपने से दूर तो उछाल दिया था उसने; किंतु उछालने के इस प्रयत्न में स्वयं भी बहुत पीछे हटता चला गया था।

क्रुद्ध वृष ने खुरों से धरती खूंद डाली...कुछ कदम पीछे हटा फिर जोरों से धरती पर जा गिरे वसुषेण की तरफ लपका। गांव-घरों से अनेक चीत्कार एक साथ उठे। भयग्रस्त, फटी आवाजें।

पर वृष के लिए सब दृष्टि से ओझल और कानों से परे। वृष जैसे ही उसकी ओर आया, वह फिर वायु गति से ही उठा और वज्र की तरह वृक्ष के माथे से जा टकराया। उसकी बलिष्ठ भुजाओं में सर्प की तरह बल पड़े और परिणाम में अगले ही क्षण मदमस्त वृष जोरों से चिघाड़ने और डकारने लगा। वसुषेण ने दोनों मुट्ठियों में उसके कराल सींग पकड़ लिए थे और इस जोर से झटके दे रहा था जैसे किसी हाथी की सूंड में वृक्ष की बड़ी डाल आ गई हो और वह उसे झकझोर-झकझोर कर तोड़ डालना चाहता हो !हर झटके के साथ वृष बुरी तरह लड़खड़ाता, हुंकारता और चीत्कार कर उठता. ..उसके सींग जड़ से हिलने लगे थे। आंखें भयग्रस्त होकर फैलने लगी थीं।

भयभीत पुरवासियों के मुंह खुले रह गए। क्या वह सब विश्वसनीय है जो वे देख रहे हैं...मानवीय–किंतु घोर अमानवीय कृत्य से पूर्ण !

सहसा वसुषेण जोरों से हुंकारा–यह हुकार वृष से कहीं अधिक भयंकर थी और उससे भी भयंकर था उसका वह वेग जिसके साथ ही वसुषेण ने उसके दोनों सींगों को हिलाया था। सांड की गरदन जोरों से हिली, फिर हांफा, थरथराने लगा। अब उसका वेग खत्म हो चुका था–गरदन टूट गई थी।

गहरा श्वास खींचकर वसुषेण एक ओर खड़ा हो रहा...लोग देख रहे थे। वृष के मुंह से फेन के साथ-साथ अब लहू भी रिसने लगा था–आंखें फट चुकी थीं-गरदन लटकी हुई...समूचा शरीर धीमे-धीमे गतिहीन होता हुआ... और अन्त में वह अर्राकर धरती पर गिर पड़ा...

'फुं–प्फूं...फुंह...' की देर तक ध्वनियां उछलती–बिखरती रहीं, फिर सांड की आंखें खुली ही रह गई।

पुरवासी सहज हुए...एक बार फिर से आंखों पर विश्वास कर लेना चाहा था–क्या सच ही वसुषेण जीवित हैं? और वृष मृत?

सभी उस ओर लपक पड़े थे। कुछ लोग मृत वृष का घेरा बनाकर खड़े आश्चर्य से उसे देख रहे थे और कई वसुषेण को घेरे हुए। वसुषेण का बदन पसीने से नहाया हुआ था–वृष के घमासान युद्ध के कारण बदन पर अनेक जगह लहू रिस आया था–कई जगहों से मांस भी फटा हुआ, पर पूरा बदन

तपे लोहे की तरह चमक रहा था–सीना कुछ अधिक ही फूल गया था। क्रोध के कारण आंखें जलती हुईं।

वे सब बड़बड़ा रहे थे, उसकी प्रशंसा भी कर रहे थे–पर अपने भीतर एक दृश्य प्रभाव को हावी होते पा रहे थे–ऐसे प्रभाव को, जो उन्हें ईश्वरीय लग रहा था। एक अविश्वसनीय सत्य जो घट गया था उनके सामने! अति विश्वसनीयता के साथ! राधा ने भीड़ के बीच से आगे बढ़कर छाती से लगा लिया था वसुषेण को। सहमी, परेशान-सी उसके बदन को यहां-वहां टटोलती हुईं बुदबुदाने लगी थीं–"तू–तू ठीक तो है वसु? तुझे अधिक चोट तो नहीं आई बेटा?"

मुसकराकर उत्तर दिया था वसुषेण ने-"मैं पूरी तरह स्वस्थ हूं माता! तुम निश्चित हो-ओ।"

नया नामकरण हुआ वसुषेण का। दुर्दांत वृष को वृष-शक्ति से ही हत करनेवाला पुरुष साक्षात् वृष।

वृष। कब, किसने, कैसे नाम दिया था। मालूम नहीं। बस, सहसा वसुषेण को वृष नाम से पुकारा और पहचाना जाने लगा था। अदम्य साहस और दुर्दम्य शक्ति से भरी वह घटना चंपानगरी ही नहीं, दूर-दूर तक किंवदंती की तरह फैल गई थी–

राधा-पुत्र वसुषेण अद्भुत शक्ति से संपन्न है। देव-चमत्कार की तरह और फिर वही एक चमत्कार तो नहीं किया था वृष ने। निरंतर चमत्कार करता गया था वह–एक के बाद एक...

कुल-शील का प्रश्न गौण हो गया था। जिस दिशा से वृष निकलता, उस दिशा से आदर-अभिवादन में अनेक लोग नतशिर हो जाया करते। केवल शारीरिक शक्ति ही नहीं थी वृष के पास, निरंतर अभ्यास और साधना से उसने युद्धकला में भी निपुणता प्राप्त कर ली थी। अचूक बाण संधान में सक्षम था वह। आश्चर्यजनक कुशलता से विविध अस्त्रों का

चालन-संचालन करने की योग्यता प्राप्त थी उसे। उसके कारण चंपानगरी सम्मानित हुई, पुरवासी गौरवांवित हुए, अंगराज्य को गरिमा मिल।

किंतु मन से अब भी एक त्रास नहीं हटता था–अपने गुण-पराक्रम और शक्ति-साधना से सार्वजनिक सम्मान पाने के बावजूद मृत्युंजय कर्ण 'सूत-पुत्र' का संबोधन नहीं हटा पा रहे हैं। यह बोध मन से नहीं निकल पा रहा है कि वे किन्हीं कुलीन माता-पिता की संतति होकर भी कुलीनता के समाज-सम्मान से वंचित हैं। योग्यता, क्षमता, सिद्धि, शक्ति और पराक्रम ने सम्मान, वैभव और संपत्ति में वृद्धि की थी, किंतु लोगों की दृष्टि कोरों पर दिखती हेयता और उपेक्षा से मुक्ति नहीं। सब कुछ पाने और पाते जाने के बावजूद वह घाव पूर्ववत् मन पर मौजूद था जिसे जन्मने के साथ कर्ण को सारे जीवन के लिए उसके माता-पिता ने दे दिया। कौन हैं वह? कहां का है? कैसे आया राधा की गोद में? किस कुलीन रक्त का दोष-परिणाम है वह निर्दोष!

जब-जब सोचते, व्यथित हो उठते। लगता कि असंख्य शूल उनके अर्जित सम्मान को कोंच रहे हैं। उनकी आस्था को धिक्कार रहे हैं उनकी सिद्धि को लांछित कर रहे हैं? उनके पराक्रम को धुंधला रहे हैं। उनकी विजय को पराजय में बदल रहे हैं।

मन होता था कि माता राधा से कहें, शिकायत करें–"तुम तो कहती थीं माता, कि अपनी गुण-सिद्धि से समाज लांछन परे हो जाएंगे, पर कहां परे हुए हैं वे? क्या सभा-समारोहों, राजदरबारों और उच्च वर्णीय लोगों के बीच में अपने-आप से सूत-पुत्र संबोधन हटा सका हूं! कहां बदली हैं समाज-स्वीकार की दृष्टियां? उनके मानदंड?" किंतु नहीं कहा। कहना ठीक न होता। कम-से-कम माता राधा को इस तरह पीड़ा पहुंचाना वृष के लिए असंभव।

बढ़ती शक्ति, प्रतिष्ठा और कीर्ति के साथ-साथ कभी-कभी समाज-स्वीकार दृष्टियों में बदलाव आया दिखता था...लगता कि संभवतः अब समय आएगा जब वे सब वसुषेण को एकमत स्वीकार लेंगे–उसकी सत्ता, शक्ति, प्रतिष्ठा और कीर्ति के आधार पर, पर जल्दी ही समझ लिया था कि जितना

बदलाव दिखता है–वह सतही है। बुनियाद में वही तिरस्कार और उपेक्षा बैठी है–सत्य के हर मुहाने पर भीतर लिखा हुआ है–"सूतपुत्र! नीच! अज्ञात कुल-शील वसुषेण!"

विचार आता–बहुत आहत होते।

कितनी-कितनी घटनाएं, कितने-कितने अवसर नहीं हैं–जबकि इस सत्य को कर्ण ने आत्मा के भीतर स्थायी घाव की तरह महसूस किया! कितने मौके नहीं आए जब इस सारी व्यवस्था, समाज और तथाकथित कुलीनों के प्रति विरक्ति भाव कर्ण के भीतर नहीं उभरा!

बहुत-से अवसर। बल्कि लगता है–सब कुछ पाकर भी, सब कुछ खोया-सा रहा। स्मृति में एक-एक कर अनेक घटनाएं सिलसिलेवार बिखर जाती हैं...इन घटनाओं ने कर्ण को किसी-न-किसी तरह अपमानित किया है। उस झूठी कुलीनता के नाम पर जिसने अपना पाप ढोने के लिए सारे जीवन कर्ण को गलाया।

कुलीनता , कुल और वर्णश्रेष्ठा–यहां तक कि उस सबसे अज्ञात-सी चिढ़ मन में समाने लगी थी, जो सारे सामाजिक, राजनीतिक ढांचे में दिखता था। उन झुके सिरों से घोर विरक्ति होती जो किसी कुलीन, उच्च वर्ण व्यक्ति के आगे केवल इस कारण झुकते थे कि वह 'समाज का श्रेष्ठ' है।

समाज-श्रेष्ठ? हुंह! एक दुत्कार आत्मा के भीतर से उठती और नकारभाव से समूचे व्यक्तित्व को झकझोर जाती।

ऐसे कुलीनों को कर्ण कभी नहीं स्वीकारेंगे। उन्हें पराजित करके, नष्ट करके या समाप्त करके ही शांति महसूस करेंगे। संभवतः इस तरह उस पीड़ा में राहत मिले जो इस व्यवस्था, कुलीनता और वर्ण आधार ने उन पर थोप दी है।

मन के भीतर विष-बेल कब उग आई थी और कब उससे केवल निषेध का विष झरने लगा था–मालूम नहीं हुआ। इस निषेध ने कर्ण के

व्यक्तित्व में कटुता, षडयंत्र यहां तक कि छल को भी स्थान दे दिया। वह सब, जिसने कर्ण के इतिहास पर कलंक लगाया। ऐसे जैसे चांदनी पर किसी ने कालिख छिड़की हो।

स्वयं ही छिड़की थी ये कालिख। कभी-कभी मन में कोई अज्ञात शक्ति जाग्रत् हो जाती। एकांत में सवाल कर देती–"क्या सच ही प्रतिसूर्य। तुम जो कुछ कर रहे हो, वह उचित है? पितामह भीष्म से अहंकार? द्रोणाचार्य के प्रति अनकहा अस्वीकार? और मित्रधर्म के नाम पर कूटनीति में छल और षड्यंत्र का बीजारोपण–क्या वह सब उचित है? तुम्हारे लिए शोभनीय?"

उत्तर नहीं होता था कर्ण के पास। अपने पर ही बौखला पड़ते। या तो किसी तरह मन को कहीं अटकाकर सोचों से परे ले जाते या फिर इस आम प्रश्न से थककर अपने को ही निर्मम भाव से कुचलने लगते–"हां, ठीक है, सब ठीक है। उस सारी व्यवस्था से मेरा विद्रोह है जो अपने पाप का परिणाम मुझ जैसी किसी अवैध संतान को जन्म देती है, उन सब कुलीनों और उच्च वर्णवालों से विद्रोह है, जिन्होंने अपना दोष–दंड मुझ निर्दोष को भोगने के लिए बाध्य किया!"

मन फिर भी नहीं छोड़ता था पीछा...इसी प्रश्न को तरह–तरह आगे बढ़ाता हुआ कुरेदता...यहां तक कि कह बैठता–"तुम जानते हो मृत्युंजय, भली प्रकार पहचानते हो कि तुम जो कुछ कर रहे हो, वह केवल प्रतिक्रिया है–क्रिया नहीं। अपने दोष और अपनी विकृति जानते हुए भी तुम निरंतर पाप चेष्टाओं को बढ़ाए जा रहे हो?"

"निस्संदेह।" कर्ण जबड़े कस लेते। दांत इस तरह भिंच जाते जैसे अपने ही घाव का दर्द सह रहे हों। कहते–"सब कुछ जानते हुए भी मैं वह सब कर रहा हूं। करता रहूंगा। यह सब करके ही मुझे शांति मिलती है। नाश मेरा सुख बन चुका है।"

बहुत बार इसी निर्लज्ज उत्तर के साथ अपने भीतर उठी सात्विक आत्म–शक्ति और उसके न्यायिक पहलू को कुचल लिया था महावीर कर्ण ने...फिर भी निरंतर लगता था कि कुचल नहीं पाते हैं। इस उद्दंड सोच के साथ अपने ही भीतर एक क्रूर सुख पा लेते हैं–झूठी शांति...

पर न तो मन के भीतर छिपा बैठा सत्य गुमता है, न आत्मा की सात्विकता। बेबस रह जाते थे कर्ण। रण-क्षेत्र में कोई नहीं ठहर सकता था कर्ण के सामने। निरंतर श्रम, साधना, तपस्या और भक्ति से इतनी शक्ति पा चुके थे प्रतिसूर्य कि मृत्युंजय कहा जाने लगा था उन्हें। जिस राह निकल जाते–उस राह एक सन्नाटा और स्तब्धता बिखर जाया करती। सेना सहित जिस देश की ओर बढ़े थे, युद्धपूर्व ही उस देश ने उसका नाम सुनकर घुटने टेक दिए थे। ऐसे प्रतापी वीर के भीतर कहीं कोई ऐसी शक्ति भी है जो उसे थका सकती है? पराजित कर देती है...और जिसे वह कभी नहीं जीत सका है–विश्वास करने को स्वयं कर्ण का मन ही तैयार नहीं होता था, किंतु सत्य...?

सत्य यही था। सब जीतकर भी सब हारा हुआ कर्ण? सूर्य की तरह तेजवान् होकर भी अपने ही अंधेरों में सिर धुनता हुआ बेचैन प्रतिसूर्य। सफलता के निरंतर इतिहास को गढ़ता हुआ कर्ण हर शब्द के साथ अपने ही भीतर असफलता की कहानी रचता हुआ।

यही है कर्ण। समय काल का सर्वोच्च सत्य। वंशानुगत कुलीनता व तेज से दमदमाते राजपुरुषों के बीच केवल स्वयं संयोजित कुलीनता की गर्व-गरिमा से सूर्यवत् तेजस्वी कर्ण।

कोई नहीं जानेगा कि बाहर से चमकते इस तेज ने अपने भीतर सारे जीवन कितने अंधकार को पिया। पौरुषेय उपलब्धियों की निरंतर बहुविधि प्राप्ति के बावजूद कितना खोखलापन सहा। कितने प्रयत्न किए थे कि सजा स्वीकारे। कर्ण को कर्ण के व्यक्तित्व-कृतत्व का अधिकार दे। सूखी, रसहीन प्रतिष्ठा के बजाय समाज कर्ण को सच्ची चाहत और श्रद्धा दे पर कोई प्रयत्न कारगर नहीं हुआ। कोई उपलब्धि काम नहीं आई। कोई विजय इस पराजय बोध को नहीं हटा सकी। वृष, महावीर, मृत्युंजय, वैकर्तन, प्रतिसूर्य, कर्ण... कितने ही नए-नए नाम मिले-पर केवल एक नाम नहीं हट सका–'सूतपुत्र'।

धिक्कार उठ आता है, शुरू-शुरू में केवल धिक्कार ही उठता था। इस धिक्कार से उठता था समाज निषेध का भाव। निषेध से केवल नाश की व्यवस्था। और नाश से विचित्र-सा आनंद!

बहुत कुछ घटा कर्ण की जीवन-कथा में। उसके जन्म से लेकर कौरव-पांडवों के इस महानाशक समर तक...यहां तक कि कर्ण अब अंतिम युद्ध लड़ने जा रहे हैं...पर वह निर्मम संबोधन उसी तरह ठहाके मारता हुआ सामने खड़ा है...चीजें बिखरी हुई हैं कौरव सेनापति मृत्युंजय के गिर्द !सूतपुत्र! राधेय! नीच! कुल-जाति-हीन अवैध संतान।

एक झटके से करवट ली...लगा था कि एक साथ अनेक विषबाण बदन में समा गए हैं। पलंग पर बैठ गए।

हवा का झोंका खाकर परदा जोर से झिलमिलाया था...झिलमिलाहट के साथ विगत कुछ पल के लिए चोट पहुंचाकर चला गया।

आवाजें अब भी कानों में है...सूतपुत्र!

पसीना बदन पर चिपचिपाया हुआ। व्यग्र होकर इधर-उधर देखने लगे कर्ण। इस पल किसी ने नहीं कहा है सूतपुत्र, पर यह शब्द कानों में इस तरह घुलकर रह गया है कि कभी, किसी भी पल इस अहसास से परे नहीं हो पाते।

चुपचाप सन्नाटा और सन्नाटे के बीच अपने ही कानों में घुला अपने ही प्रति धिक्कार-शब्द सुनते हुए चुपचाप बैठे रहे। इस तरह जैसे कर्ण बेबस हों, शक्तिहीन, एक सीमा तक असहाय और निश्चेष्ट तथा शब्द-स्वरों की तेज तलवारें जगह-जगह से उन्हें काटे डाल रही हों।

पहली बार नहीं हुआ है ऐसा। अनेक बार हुआ है। कभी इस असत्य शब्द और उसके लांछन को झेलकर और कभी अपने बारे में सत्य जानकर लगा कि परदा फिर स्थिर हो गया है। एक नया चित्र।

कर्ण के जीवन में कुछ भी, कभी पुराना नहीं हो सका। न उनका असंबद्ध। न संबद्ध। सब, सदा नया...हर घटना संबद्ध है–समाज-स्वीकार

की इच्छा और सच्चे अधिकार की लड़ाई से...और हर लड़ाई संबद्ध है– केवल इस 'सूतपुत्र' शब्द से।

मन हुआ था कि उठे और चहलकदमी करे–पर उठे नहीं। चित्र से दृष्टि जुड़ गई। या यों कि दृष्टि से चित्र जुड़ गया–

'सूतपुत्र' शब्द से कहीं अधिक इस शब्द के असत्य और कर्ण के सत्य ने आहत किया था उन्हें। विशेषकर तब, जब मालूम हुआ था कि वह तेजस्वी सूर्य और कुरुराज्य की महारानी कुंती के कौमार्य-संबंध का परिणाम है...

वसुषेण की शक्ति–अदृश्य क्षेत्रीय सत्ता बन गई थी उस समय। चंपानगरी ही नहीं, दूर-सुदूर तक उनका प्रभाव, सम्मान और शक्ति चर्चित थे। इस शक्ति के गिर्द जाति-समाज के लोग कब घिर आए थे–वसुषेण को पता ही न चला। केवल इतना मालूम हुआ था कि वह राजा भले न हों, किंतु अपरोक्ष रूप से संपूर्ण राजशक्ति उनके पास है...अधिकार उन्होंने समेट रखा है।

अपनी ही जाति-समाज में अर्जित लोकप्रियता ने वसुषेण को जन-समर्थन दिया था। वह उनके रखवाले और उनके अधिकारों के लिए लड़ने वाले की तरह उभरे। यह नेतृत्व, किसी भी जन्मजात नेतृत्व से कहीं अधिक गहरी जड़ों वाला था। वसुषेण जब-जब सोचते, सुख मिलता, किंतु तभी याद हो आता है–जन्मशः 'अज्ञात कुल–शील होना'! मन फिर से अंधेरी गुफाओं में भटकता हुआ माथा पीटने लगता।

आंखें मूंदकर हर सूर्य-स्मरण और आचमन के समय यदि कोई इच्छा जागती तो केवल यह कि वसुषेण को उसकी अज्ञात कुल-शीलता के दोष से मुक्ति दिला दें सूर्य।

कौंधकर मन सवाल कर उठता–"तुम विचित्र हो, वसुषेण? अपने आराध्य से यदि कुछ चाहना ही है तो विश्व का साम्राज्य मांगो। अपार

संपत्ति-शक्ति और सत्ता मांगो। वैभव और गौरव के अक्षुण्ण कोष की याचना करो। पर तुम हो कि विगत के अंधकूप में भटकते हुए उस जलस्रोत का स्थान ढूंढ़ रहे हो, जो बरसों पहले रीत-बीत चुका है..."

"नहीं!" उत्तर में वसुषेण के भीतर एक ज्वालामुखी फूट पड़ता-"मुझे वह सब नहीं चाहिए!मुझे केवल उस जलस्रोत का मूल चाहिए!कौन थे वे, जिनके दोष का दंड मैं भोग रहा हूं? कौन-सी जाति, कुल और समाज है मेरा?...यह सब जान सका तभी मुझे शांति मिलेगी!"

"जान लेने पर अधिक अशांत भी तो हो सकते हो वृष?" मन तर्क से उलझा देता। आंखें मुंदी होतीं, किंतु पलकों के भीतर सूर्य किरणें इस तरह समाए जाती जैसे चमड़ी के बारीक रन्मों की राह पुतलियों पर सरक आई हों...

"क्या वह अशांति इस अनजानेपन की पीड़ा से अधिक दुःखदाई होगी?" कर्ण अपने ही दृद्-प्रश्न के उत्तर में अपना ही कठोर स्वर सुनते। "निश्चित ही नहीं!"

किंतु..." मन फिर पूछना चाहता। कर्ण जबड़े कसकर उसे दबोच लेते–"नहीं! मैं इस संबंध में कोई तर्क, कोई प्रश्न या कोई उलझाव नहीं चाहता! मुझे, केवल अकारण मुझ पर लगाया गया कलंक मिटाना है! जिस दिन जान सका, उस दिन चीख-चीखकर उन सभी को जवाब दे सकूंगा, जो धिक्कार-भरी दृष्टियों से मुझे गाली देते हैं–अज्ञात कुल-शील! अवैध संतान!"

अपने ही भीतर कोई निरंतर वार करता रहता है...'यह उचित है–यह अनुचित'...अहसास की नुकली सुइयों जैसी कुरेदने करता हुआ... सवाल फिर से उठ आता–"यह सब सोचते हुए यह मत भूलना वसुषेण कि तुममें शक्ति है, पराक्रम-क्षमताएं हैं, गुण हैं और उससे कहीं अधिक है देव आस्था! कहीं ऐसा न हो कि अपने दुःसह और अर्थहीन लक्ष्य की प्राप्ति में तुम वह सब खो बैठो, जो तुम्हारे पास है! जिसके रहते तुम अजेय हो सकते हो!महारथी कहला सकते हो!तुम्हारे शौर्य और वीरता को लेकर भरतखंड

के कोने-कोने में तुम्हारी कीर्ति पताका फहर सकती है !जो प्राप्त हैं संपूर्ण एकाग्रता से उसे पाने की चेष्टा करना ही उचित है। राधेय व्यर्थ ही विगत के धागे उधेड़ने से कुछ नहीं मिलेगा !"

मुंदी पलकें, तेजस्वी सूर्य की प्रतिक्षण बढ़ती अग्निशक्ति और वसुषेण की तपती पीठ...लगता कि आत्म भी तपने लगा है ! उससे कहीं अधिक अपने-आप से पराजित होते अपने ही उत्तर। वसुषेण तिलमिला उठते। एक रुआंसी प्रार्थना होठों पर बुदबुदाहट बन जाती। "तेजेश्वर। तुम्हारी शक्ति अपार है। असीमित। तिमिर कभी तुम्हारा सामना नहीं कर सका। तुम्हारा सत्य हर असत्य को रौंदता रहा। तब मुझे ही क्यों अंधकार सहने के लिए बाध्य किए हुए हो देव? मुझे शक्ति दो कि मैं इस कलंक को मिटा सकूं। अपने माता-पिता को जान सकूं?..."

और उसी पल लगता कि पलकों के भीतर किरण ने हौले से अंगड़ाई ली है। आराधना के लिए ध्यानार्थ जिस अंधकार को समेटा था वसुषेण ने, सहसा उसमें कुछ तारे झिलमिलाने लगे हैं। जन्मते, बुझते और कौंधते जाते रोशनी के पुंज। एक के बाद एक।

कुछ पल पहले तर्क-वितर्क करता मन सहसा कह उठता–"ठीक है वृक्ष। अगर तुम सत्य को जानकर ही शांति पाना चाहते हो, तब शीघ्र ही सत्य तुम्हारे सामने होगा, पर वह सत्य तुम्हारे ही आराध्य सूर्य की तरह तुम्हें–तुम्हारे अपने ही भीतर जला डालेगा या तेजमय कर देगा, नहीं कहा जा सकता।"

क्या यह कर्ण के अपने भीतर की आवाज है?...उनका अपना विश्वास? या उनके आराध्य देव सूर्य का आश्वासन?

तय करना कठिन। वसुषेण एक विश्वास लिए हुए पलकें खोलते... आसन, आचमनी और पात्र आदि उठाते, घर लौटने के पूर्व पुनः प्रणाम करते–चले आते।

रोज का यही क्रम...मन बार–बार कहता था कि एक-न-एक-दिन – संभवतः बहुत शीघ्र वह अपना मूल पा सकेंगे–मूलस्रोत...जन्मबिंदु।

मूलस्त्रोत की खोज-चेष्टा चलती रही थी। इसी चेष्टा ने बाद में सत्य को सामने किया अथवा संयोग ने–कहा नहीं जा सकता, किंतु हुआ कुछ इसी तरह...

सत्यक् और सम्यक्[1] निरंतर पुर में आते-जाते रहते थे...बहुतेक पुरवासियों से प्रगाढ़ता भी बनी हुई थी उनकी...उनका आना सहज समझा जाता था। अपने बारे में प्रचारित कर रखा था उन्होंने कि वे व्यापारी हैं। दोनों भाई मालव-वासी थे। दूर, बहुत दूर चर्मण्वती (चम्बल) के किनारे रहने वाले। महाराज़ कुंतिभोज के प्रजाजन।

शत्रुंतप ने अनेक बार उन्हें चंपानगरी में देखा था...बहुत छुटपन से देखता आया था। देखा उन्हें वसुषेण ने भी था, किंतु शत्रुंतप के मन में ही पहला-पहला संदेह बीज उगा...प्रतिवर्ष ये दोनों भाई किसलिए चंपानगरी आ पहुंचते हैं? अनेक नगरवासियों से परिचय हो गया है उनका...बातचीत में लौट-फिरकर बार-बार वसुषेण को लेकर प्रश्न करते हैं ऐसे जैसे कुछ खोज-तलाश रहे हों। शत्रुंतप का मन आशंका से भर उठा था। कहीं बंधु वसुषेण की पराक्रम कथाओं ने किसी दुष्टबुद्धि शत्रु को तो पैदा नहीं कर दिया, जो निरंतर वसुषेण-संबंधी जानकारियां जुटाता रहता है?

अधिरथ नगर के मुखिया थे। सूत-समाज में सम्मानित। अधिरथ और उसके परिवारजनों का नैतिक दायित्व था कि नगर में होने वाली हर गतिविधि पर दृष्टि रखें। वसुषेण के बढ़ते प्रभाव के कारण यह दायित्व और गहरा गया था। शत्रुंतप ने वही धर्म निबाहा। निश्चय किया था कि जैसे हो सत्यक् और सम्यक् का इस तरह संदिग्धावस्था में चंपानगरी आना-जाना परखेगा...उसके पूर्व वसुषेण को उन्हें लेकर सूचना देना शत्रुंतप ने आवश्यक समझा...

सत्यक् और सम्यक् हमेशा की तरह एक बार फिर से चंपानगरी में थे। सदा की तरह वसुषेण को लेकर ही पूछताछ करते हुए... शत्रुंतप लपक पड़ा था गृह की ओर।

---

1. वनपर्व : (महाभारत) के 309वें अध्याय में श्लोक क्रम 10 से 15 के बीच वर्णित है कि सद्यःजात कर्ण को नदी में बहा देने के बाद–कुंती गुप्तचरों के द्वारा निरंतर कर्ण का सारा डाल मालूम करती रहीं।

कक्ष में माता राधा और अधिरथ से वार्ता में व्यस्त थे वसुषेण। राधा के चेहरे पर चिंता और व्यग्रता, जबकि अधिरथ अति उत्साहित। एक ओर वसुषेण शांत भाव से सब कुछ सुनते हुए। राधा और अधिरथ उलझे हुए थे। अधिरथ कह रहे थे–"मोहग्रस्त मत हो, राधे !वसुषेण अब बालक नहीं, युवक है। तुम्हें तो प्रसन्न होना चाहिए कि तुम्हारा पुत्र अपने रण-कौशल और वीरता से युगपुरुष बनेगा। इसका गौरव हमें भी तो अमरता देगा देवी? धैर्य से विचार करो।"

"किंतु इतने समय तक मैं पुत्र से अलग कैसे रह सकूंगी देव?" राधा की आवाज भारी थी। लगता था कि रुआंसी हो रही हैं...ऐसे जैसे अब बरखा की तरह झरी–तब झरी...

अधिरथ मुसकुराए। वसुषेण की ओर देखा, फिर गहरा श्वास लेकर कहा–"राधे !वसुषेण के प्रति तुम्हारे नेह का मैं आदर करता हूं, किंतु इस नेह को उसके भविष्य का बंधन मत बनाओ–इसी में वृष का सुख है और इसी में हमारा शुभ।...मातृत्व और नेह की अति एक सीमा पर आकर स्वार्थ बन जाती है राधा और स्वार्थ नाश का सर्जक होता है। वृष को हस्तिनापुर जाने दो, इसकी क्षमता और सीमारेखा चंपानगरी से बहुत आगे है–संपूर्ण भरतखंड तक। आचार्य द्रोण का शिष्यत्व इसकी योग्यता को पूर्णता देगा। इसे हृदय से लगाकर विदा करो।"

"पर..." राधा ने कुछ कहना चाहा था, किंतु अधिरथ ने बात काट दी। बोले–"यात्रा की तैयारी करो देवी !मैं स्वयं वसुषेण को महान् युद्धाचार्य के चरणों में पहुंचाऊंगा ![1]मुझे पूर्ण विश्वास है कि महाराज धृतराष्ट्र मेरी मित्रता और कुरु राज्य की मेरे द्वारा की गई सेवा का विचार करके आचार्य से वृष को आयुध ज्ञान दिलवाने का प्रयत्न करेंगे !

राधा चुप हो गई। वसुषेण की ओर एक बार देखा, फिर होंठ काटकर पलकों में ही आंसू समेट लिए। अधिरथ बाहर चले गए। देर से द्वार पर

---

1. अधिरथ कभी धृतराष्ट के सारथी रहे थे। कुरु-जंगल की राज्यसेवा का गौरव उनसे जुड़ा था और अधिरथ ही थे, जो स्वयं कर्ण को द्रोणाचार्य का शिष्यत्व दिलाने हस्तिनापुर लेकर गए। महाभारत (वनपर्व) के 309वें अध्याय में शलोक क्रम 15 से 20 के बीच।

थमा हुआ शत्रुंतप माता-पिता की बातें सुन रहा था...यह जानकर उसे हलका-सा धक्का लगा था कि पिता वृष को पुर से बहुत दूर द्रोणाचार्य के शिष्यत्व में पहुंचाने जा रहे हैं, किंतु यह सोचकर सुख भी मिला कि उसका बड़ा भाई युग के सबसे बड़े युद्धज्ञ से आयुध-ज्ञान प्राप्त करेगा। इसमें संदेह ही नहीं था कि कर्ण के तपे पौरुष और साहस के साथ युद्ध का शास्त्रीय ज्ञान उसे महारथी बना देगा। एक पल के लिए शत्रुंतप भूल ही गया था कि वह भाई को विशेष सूचना देने के लिए ही वहां तक आया था।"

राधा उठीं। चाल में अजब-सा ढीलापन समाया हुआ था। वसुषेण के करीब आ खड़ी हुईं। शब्दहीन होकर कुछ पल टकटकी बांधे हुए पुत्र को देखती रहीं फिर देर से पलकों पर थमे आंसू बह आए...लग रहा था कि वसुषेण की हस्तिनापुर यात्रा के साथ वे भी मन से यात्रारत हो जाएंगी। नगर और इस गृह में रहते हुए भी यात्रारत।...वसुषेण जब तक लौटेगा नहीं अथवा राधा को अपने पास नहीं बुला लेगा तब तक राधा इसी तरह अपने ही भीतर अपने एकांतों में अथकित चलती रहेंगी !उनका हर स्मरण वसुषेण से जुड़ा होगा, पलक के हर मुंदाव के साथ वसुषेण का चेहरा उन्हेंदिखेगा, हर सूर्योदय के साथ वह याद आएगा, हर दिन सूर्यास्त पर पुकारता महसूस करेगा...

वृष ने भी माता के मन की दशा समझी। एक बार उसका मन भी डगमगा डठा था। जाए या न जाए?...जब पिता ने बतलाया था कि उसे वह : द्रोणाचार्य से शस्त्र–विद्या सिखलाएंगे तो हर्षोंमत हो उठा...आचार्य द्रोण से युद्ध-ज्ञान?...समय के सबसे बड़े युद्ध शास्त्री का वरद हस्त पाकर क्या नहीं पा जाएगा वृष?...कौन होगा जो उसे चुनौती दे सकेगा? रणक्षेत्र में उसका उत्तर रह पाएगा?...लगा था कि कल्पना-भर से सूर्य की किरणों जैसी कीर्ति प्रकाश उसके अपने बदन से झर उठा है...अपने को ही प्रकाशित अनुभव किया था कर्ण ने...किंतु अब, जब राधा की व्याकुल दृष्टि उसके सामने है–उसे बांधती हुई दृष्टि...पुतलियों और झिलमिलाते आंसुओं की हर परत के साथ निवेदन करता हुआ चुप चीत्कार–"नहीं मुझसे दूर मत जा वृष !तुझे देखे बिना कैसे रह सकूंगी?...इतना निर्मोही मत बन पुत्र?..."

...तब कर्ण का मन हचमचाया। व्यग्र होकर भीतर-ही-भीतर गुनगुना उठा था–"नहीं, कर्ण, मत जा !इन आंखों की पुकार और दृष्टि की जकड़न तोड़कर तू कैसे जा सकता है?...नहीं–तू नहीं जा सकता।"

थूक का घूंट निगलकर वृष ने कहा था–"माता, निश्चित होओ–मैं नहीं जा रहा हूं। मैं सदा ही तुम्हारे चरणों में रहूंगा। जिस तरह तुम मुझे बिना देखे नहीं रह सकतीं मैं कैसे रह सकता हूं?...न मां, यह असंभव है। मैं भी तुमसे दूर नहीं रह सकता।"

राधा आगे बढ़ीं। हाथ कांपे...फिर थरथराती हथेलियों ने वृष का भारी सिर अपने कोमल स्पर्श से नहला दिया। कहा–"हीं, पुत्र ! मैं तेरी माता हूं ...तुझे पाकर मैंने आनंद पाया है, ममत्व-सुख लिया है, पर मैं इतनी स्वार्थी नहीं कि तेरे भविष्य की प्रगति-यात्रा में बाधक बनूं।...तेरे पिता ने उचित निर्णय किया है। तुझे जाना ही होगा। मैं उस दिन की प्रतीक्षा करूंगी, जिस दिन तू अपने गौरवानुकूल पराक्रम के विविध संबोधनों से भरा-पूरा होकर मेरे पास आएगा। वही दिन मेरे जीवन का सबसे श्रेष्ठ दिन होगा। मेरी सबसे बड़ी उपलब्धि। मेरे लिए सबसे अधिक आनंददायी क्षण।"

"पर माता, अभी-अभी तो तुम चाहती थीं कि मैं सदा तुम्हारे चरणों में रहूं? तुम्हारी दृष्टि से कभी ओझल न होऊं?..."

"तब भी तू सदा मेरे पास रहेगा, वृष !" राधा ने भर्राए, किंतु हर्षित स्वर में उत्तर दिया था–"पल-पल मेरे शरीर का हर अंग तुझे शिशु-भाव के साथ स्मरण करता रहेगा। पतितपावनी माता गंगा की हर लहर तेरी कीर्ति सूचना मुझ तक ले आया करेंगी और इस तरह तू मेरे पास होगा–मेरे बहुत करीब।...हर प्रातः भगवान् सूर्य जब प्रकट हुआ करेंगे, तब पहली किरण के साथ मैं तुझे चूम सकूंगी, उस प्रकाश से जुड़कर तुझे सीने से भी लगा सकूंगी...तू तो सदा मेरे पास होगा, पुत्र।"

"माता !"

राधा ने आंसू पोंछ लिए थे। पति के शब्द कानों में श्लोक की तरह गूंजे। 'निर्देश श्लोक' एक मरह से धर्म श्लोक–'नेह को उसके भविष्य का

बंधन मत बनाओ, राधे !इसी में वृष का सुख है।' लगता था कि यही श्लोक है, जिसने राधा की ओस जैसी झरती ममता को चट्टानी कठोरता दे दी है... बोली थीं–"तू हस्तिनापुर यात्रा की तैयारी कर पुत्र। पिता की इच्छा और उसका आदेश निबाह।" फिर वह बिना वहां रुके–तेजी से दूसरे कक्ष में चली गई थीं।

कर्ण अकुलाए हुए से, चुपचाप बैठे रह गए...कुछ सोच सकें, इसके पूर्व ही शत्रुंतप सामने आ खड़ा हुआ, "भइया?..."

"हूं।" कर्ण चौंके–सजग हुए।

"तुम..."

"हां, मैं हस्तिनापुर जा रहा हूं–आचार्य द्रोण से शिष्यत्व प्रदान करने की प्रार्थना करने।" यांत्रिक ढंग से उत्तर दे दिया था कर्ण ने।

"यह जानकर मैं प्रसन्न हुआ भइया, किंतु मैं किसी और सन्दर्भ में आया था तुम्हारे पास।" शत्रुंतप ने कहा, फिर बतला दिया था कि उसके मन में क्या संशय है...सत्यक् और सम्यक् वसुषेण के भी देखे हुए थे, किंतु उस तरह, जिस तरह शत्रुंतप के मन में संदेह का अंकुर फूटा, कर्ण के मन में कभी नहीं फूटा था। हतप्रभ-से सुनते रह गए थे कर्ण।

शत्रुंतप बोला था–"वे अपने-आप को व्यापारी कहते रहे हैं भइया, किंतु यह बात मैं कभी नहीं समझ सका कि केवल तुम्हें लेकर ही पूछताछ क्यों करते रहते हैं? क्या तुम व्यापार वार्ता के विषय हो?"

कर्ण मुसकुराए। होंठ भीचे, इस तरह भाई को देखा जैसे कहा हो– "कहते जाओ, मैं सुन रहा हूं.

शत्रुंतप ने आगे कहा था–"पिछले कुछ वर्षों से निरंतर उसकी बातचीत का विषय मैंने तुम्हें ही पाया है और संदेह है कि ये लोग, जो दूरदराज कुंतिदेश से यहां तक आते हैं और केवल तुम्हें ही लेकर बातचीत करते हैं–व्यापारी नहीं, गुप्तचर हैं। कहीं ऐसा तो नहीं कि तुम्हारे बढ़ते प्रभाव के कारण किसी गुप्त शत्रु ने कोई षड़यंत्र बना रखा हो?"

कर्ण की तीखी नजरें भाई पर जा ठहरीं–देर तक ठहरी रहीं। शत्रुंतप की बात में दम था, आशंका में तर्क। कुछ पलों की चुप्पी के दौर में जैसे दूर तक सोच लिया था कर्ण ने, फिर धीमे, किंतु शांत स्वर में कहा था–"चिंता मत करो, शत्रुंतप !मैं ज्ञात कर लूंगा कि वे लोग कौन हैं और किस उद्देश्य से चंपानगरी में बार-बार आ पहुंचते हैं।'"

शत्रुंतप जितना आश्वस्त हुआ, उससे कहीं अधिक प्रसन्न। जब-जब बड़े भाई को उसकी कोई सम्मति पसन्द आती थी, तब-तब यही प्रसन्नता मिलती थी। सुख अनुभव होता। शत्रुंतप विदा हुआ तो सोच में पड़ गए थे कर्ण...शत्रुंतप का संदेह अब भी कानों में गूंजता हुआ–"व्यापारी नहीं, गुप्तचर लगते हैं।"

किंतु कर्ण के साथ तो ऐसा कोई कारण नहीं कि उन्हें लेकर गुप्तचरी की जाए? यदि उनका पराक्रम और कीर्ति इसका कारण बनी है और किसी गुप्त शत्रु का उदय हुआ है तो गुप्तचरी इस समय से प्रारंभ होनी थी, किंतु सत्यक् और सम्यक् तो बहुत पहले से चंपानगरी आ रहे हैं–उस समय से, जबकि राधा और अधिरथ ने कर्ण को गंगा माता की लहरों पर पाया था?

लगा था कि कोई किरण कमरे में कौंधी है और मस्तिष्क के भीतर उतर गई है–हर अंधेरे को छांटती, हर सोच को उजागर करती, सत्य को निर्दिष्ट करती हुई तेजस्वी सूर्य–किरण।

मन ने हौले से कहा था–"तुम किन्हीं कुलीन माता-पिता की संतति हो कर्ण !और गुप्तचर तुम्हारे यहां आने या अधिरथ के गृह तक पहुंचने के समय से निरंतर इसी क्षेत्र के दौरे करते रहे हैं–तुम्हें लेकर ही सूचनाएं एकत्र करते रहे हैं–कहीं ऐसा तो नहीं कि ये गुप्तचर तुम्हारे जन्मदाताओं में से किसी के द्वारा नियत हों?"

लगा था कि स्वप्न देखा है उन्होंने। स्वप्न, जिसे सूर्य के प्रकाश की तरह अपने मन-मस्तिष्क के भीतर प्रकाशित पाया है उन्होंने...मन के विरुद्ध न कोई तर्क उभरा, न शंका जन्मी–लगा कि समाधान पा लिया है उन्होंने। निश्चय ही सत्यक् और सम्यक् का कर्ण के विगत से गहरा संबंध है–विगत जिसके कुछ अंधेरे पन्ने कर्ण ने कभी बांच सके, न सुन सके !तुरंत शत्रुंतप

को बुलवा लिया। उसके आते ही कहा था–“बंधु, तुम्हें एक दायित्व सौंपता हूं..” फिर दायित्व सौंप दिया था भाई को। कहा कि सत्यक् और सम्यक् का निरंतर पीछा करें। उनके यहां से जाने के स्थान और मिलने-जुलने वालों को लेकर सूचनाएं दें। ये सारी सूचनाएं शत्रुंतप को तुरंत कर्ण के पास पहुंचानी थीं–कर्ण–जो उस समय तक आचार्य द्रोण के पास जा पहुंचने वाले थे।

शत्रुंतप ने उत्तर दिया था, “जैसी आपकी आज्ञा भइया।”

अगले दिन जब कर्ण को लेकर अधिरथ हस्तिनापुर की ओर चले–उसके कुछ समय पूर्व ही शत्रुंतप, सत्यक् और सम्यक् का पीछा करते हुए उसी दिशा में निकल चुका था।

फिर आया था वह पल, जब मर्माहत कर देने वाले सत्य से सामना हुआ। मन के भीतर जिस जगह घाव है और उस घाव का रंग-रूप कितना उजला है और कितना बदरंग–यह भी उसी समय ज्ञात हो सका।

अनायास अपना ही कथन याद हो गया-“अपने जन्म का सत्य जान लेने पर अधिक अशांत भी हो सकते थे, वृष!”

वह दिन याद आता है, जिस दिन पहली-पहली बार पता लगा था कि वह हस्तिनापुर की महारानी कुंती के पुत्र हैं!सूर्य के वीर्यांश!

–सुनकर पहली-पहली बार विश्वास नहीं कर सके थे वह। मन हुआ था कि चीख पढ़ें, कहें–“यह...यह कैसे हो सकता है? असंभव!पर सत्य अनेक बार इतना वैचित्र्य लिए हुए निर्मम होता है कि उसकी अविश्वसनीय निर्मतता को सहने-देखने के लिए मनुष्य चकित होता हुआ बाध्य हो जाए। यही हुआ था उनके साथ। निर्मम सत्य ने इस क्रूरता से प्रहार किया कि अपने-आप को अनेक जगह से स्वयं ही चिरते पाया। सूखी लकड़ी की तरह टूटते-चटकते हुए।

कितनी-कितनी प्रतिक्रियाएं नहीं हुई थीं–सत्य को सामने पाकर। या कि सत्य के सामने आकर। सब एक–दूसरे के विपरीत। विचित्र बात थी।

किसी बार कर्ण ने चीखकर उस सत्य की चकाचौंध को नकारना चाहा था और किसी बार जोर से हंस पड़ने की इच्छा हुई थी...किसी बार मन ने चाहा था कि मस्तिष्क-संतुलन खोकर जोर-जोर से चीखें, दौड़ें, सारे संसार को सुना दें–"सुनो !सब कान खोलकर सुनो !मैं सचमुच ही कुलीन और उच्च वर्ण का रक्त हूं ! तेजस्विनी कुंती और सूर्य की संतान !"

पर हर प्रतिक्रिया मन में ही दबी रही। जैसे सागर से ज्वार उठें, सागर में ही बैठ जाए–हर प्रतिक्रिया कुछ ऐसी।

सागर में उठा ज्वार समुद्र को किस तरह थरथरा देता है? कल्पनाओं और भावनाओं के जितने जहाज सागर-तल पर बढ़ रहे होते हैं–उलट-पुलट जाते हैं। उनके साथ-साथ सैकड़ों ही इच्छाएं समुद्र के अनंत गर्भ में समा जाती हैं।

सत्य के सामने आकर या कि सत्य को अपने सामने पाकर–यही कुछ हुआ था कर्ण के साथ। उस पल के स्मरण ने कर्ण को हर पल थरथराया है... यह थरथराहट भीतर के घाव से उपजे दर्द की होती है या कि इस थरथराहट से ही दर्द जन्मता है–निश्चय करना कठिन है। केवल यह निश्चय करना सरल है कि कर्ण के भीतर जिस ज्वार ने उस पल जन्म लिया था, उसके कारण हुए विध्वंस की विभीषिका अब भी मौजूद है। कुछ इस तरह मौजूद है, जैसे वह ज्वार कभी बैठा ही नहीं था...सदा उभरता रहा। जन्म से लेकर कर्ण के इस पल तक उभरा हुआ है...

सत्य का विचार !

और इस ज्वार की भयावह नाशलीला। उथल-पुथल। मन की शांत जल जैसे सतह पर एक विध्वंसकारी उथल–पुथल।

स्मरण-भर से मन को उसी जलोद्वेग में उछलता हुआ पाते हैं...लगता है समुद्र-भर की सतह पर जल नहीं उछलता है; अपितु एक इच्छा उछलती है फिर इच्छाकाश को छू पाने में असमर्थ होकर अतृप्ति भाव से सतह पर ही सिर पटकने लगती है...

इच्छा है–कुंती के मुंह से एक बार सुन पाना–"पुत्र।" केवल एक बार की स्वीकारोक्ति कि–"तू मेरा ही कोख जाया है कर्ण तेरी नसों में मेरा और सूर्य का रक्त बह रहा है। कुलीन और पवित्र रक्त है।"

गला चटकने लगा...शिविर में हलकी रोशनी थी। अकुलाकर इसी रोशनी में यहां-वहां देखने लगा। गला सूख गया–इतनी प्यास?

समुद्रवत् मन और उस पर ज्वार लिए रहे कर्ण प्यासे? भला कौन मानेगा कि कुरुराज दुर्योधन के एकमात्र विश्वास, इकलौती शक्ति और दिव्यतम अस्त्रों के संधाता मृत्युंजय कर्ण प्यासे हैं? इतने प्यासे कि वैभव-कीर्ति का कोई जल उनकी प्यास नहीं बुझा सकता?

किंतु वह प्यास भी अलग है...कर्ण के गले की चटकन का कारण भी अलग। अधिकार की इस प्यास के लिए ही तो सारे जीवन कर्ण खोजी रहे...कुंती की गहरी आंखों में उतरकर कई बार चीखना चाहा था–"माता !मैं प्यासा हूं। मुझे समाज-स्वीकार का केवल दो बूंद जल दे दो। मुझे और कुछ नहीं चाहिए। कुछ भी नहीं, बदले में जीवनदान के लिए भी तैयार हूं मां?"

पर कुंती ने कभी नहीं सुनी वह आवाज। सुनी भी तो हर बार अनसुनी करती रहीं और कर्ण की प्यास बढ़ती चली गई। प्यास के साथ-साथ बढ़ती गई तड़प। तड़प के साथ-साथ कुंठा। विचित्र-सी घृणा जो केवल कुलीनता के प्रति ही नहीं, समूची समाज व्यवस्था और न्याय के प्रति पैदा हुई। कर्ण जानते हैं कि अपने ही भीतर सिर पटकती-बिलखती हुई उनकी आत्मा ने तड़पकर विध्वंस का मार्ग चुन लिया। कर्ण के संपूर्ण श्रेष्ठत्व पर सदा-सदा के लिए प्रश्नचिह्न लगा डाला।

कौन है जिम्मेदार इसका? किस पर आता है इसका दायित्व? किसका दोष है यह? क्या कर्ण का?

नहीं। कर्ण न तो दोष हैं न दोषी। कर्ण तो केवल किसी दोष का प्रतिकार है। प्रतिकार उचित हुआ या अनुचित–अगली पीढ़ियां तय

करेंगी। कर्ण केवल किसी समाज-दोष की एक पीड़ित प्रतिक्रिया हैं। प्रतिक्रिया उचित थी या अनुचित–यह निश्चय करना भी आगत के द्रष्टाओं का धर्म।

हौले से गला मसला...उठे और कक्ष में घूमने लगे। भोर के साथ ही या तो यह प्यास सदा के लिए बुझ जाएगी या फिर कर्ण अपने ही तेज में जल जाएंगे। शेष रह जाएगा सूर्य किरण का अमर अस्तित्व। यह अस्तित्व लोगों को सदा-सर्वदा याद दिलाता रहेगा कि एक कर्ण हुआ था। सूर्य-सा तेजस्वी और तप्त। जितना दूसरों को जलाया उससे कहीं अधिक स्वयं ही अपने तेज में जला।

कभी-कभी लगता है कि कर्ण ने भूल की। क्यों नहीं कुंती के सामने उसी पल पहुंचकर प्रश्न कर दिया–"मुझे पहचाना नहीं माता? या पहचानकर भी अनपहचाना कर रही हो? क्या आदमी स्वयं को भी इस तरह भूल सकता है?" प्रश्न मन में उभरा...फिर उभरता ही चला गया। कर्ण अपने से ही तर्क-वितर्क कर उठे। ऐसे अवसर पर संभवतः कुंती उत्तरहीन हो जातीं।

या हो सकता है बाध्य होकर कुंती उन्हें स्वीकार लेतीं?

स्वीकार लेतीं और कर्ण को वह सब मिल जाता, जिसके लिए उनके समुद्रवत् मन पर ज्वार उठकर इच्छाकाश को छू लेने के लिए जूझ रहा था? ऐसा क्यों नहीं किया कर्ण ने?

अनेक अवसर थे–जब कर्ण चाहते तो यह कर सकते थे। शायद तभी कर सकते थे, जब पहली–पहली बार कुंतिदेश के उन दोनों गुप्तचरों पर गुप्तचरी करने की योजना बनाते-बनाते कर्ण ने सत्य को पा लिया था। एक बार फिर से पलंग पर आ लेटे वैकर्तन। पलकें मूंद लीं। सुबह से पहले एक बार फिर से उस सबको जी लेने की विचित्र-सी चाह उठ आई है मन में–जिसे जी चुके हैं...अनेक घटनाएं और घटनाओं की पीड़ा या उनका सुख!

उस दिन तक तय नहीं कर सके थे कि उस घटना से पीड़ा मिली या सुख? अब तक तय नहीं कर पाए हैं

जीवन सत्य के अपने ही गुफाद्वार पर खड़े हतप्रभ-से देखते-भर रह गए थे...उस पल सोच-समझ भी थम गए थे उनके।

यही क्यों–लगता है, सब कुछ थमकर रह गया था।

वृद्धावस्था के बावजूद अधिरथ उतने कुशल सारथी हैं–कर्ण ने केवल उसी समय पहचाना था, जिस समय उनके साथ हस्तिनापुर यात्रा की। सुना बहुत था कि अधिरथ कभी कुरु-राज धृतराष्ट्र के सारथी रहे थे। धृतराष्ट्र की अनेक विजय-कथाओं से अधिरथ का नाम जुड़ा था।

रास्ते में अधिरथ विगत के उन्हीं क्षणों को उधेड़ते-सिलते चले आए थे। विस्मय से कर्ण सुनते रहे। अधिरथ ने समूचे कुरुगाज और उस प्रतापी वंश की कहानी कह सुनाई थी...अनेक पात्र, पात्रों की विशिष्टताएं, कुलरक्त की कीर्तिकथाएं आदि...

कभी-कभी मन भटक जाता। याद आता कि शत्रुंतप को निर्देश दे आए हैं कर्ण कि उन गुप्तचरों को लेकर सूचनाएं दें...

अधिरथ ने भीष्म को लेकर अनेक कीर्ति कथाएं सुनाई थीं। कहा था–"वत्स !बड़ा गौरवशाली है कुरुवंश। पृथ्वी, जल और अग्नि को साक्षी करके भीष्म प्रतिज्ञा करने वाले प्रतापी देवव्रत कौरव-पांडवों के पितामह हैं। वहां विदुर जैसे धर्मात्मा और संजय जैसे नीतिज्ञ मंत्री रहते हैं।" उन्होंने धृतराष्ट्र के अंधत्व की भी चर्चा की थी और यह भी बतलाया था कि राजा धृतराष्ट्र अविश्वसनीय कांतिमय शरीर और बल वाले व्यक्ति हैं।

कर्ण को उन सबकी जानकारी पाकर आनंद हुआ। लगता था कि कुरु-जांगल देश का हर पात्र एक विस्मय कथा अपने साथ जोड़े हुए है। किसी बार व्यक्ति की कथा, किसी बार शक्ति की कथा–उन कथाओं के अनेक नायक-नायिकाएं और हर नायक-नायिका की एक कथा।

राह सुविधा से कटी। हस्तिनापुर पहुंचते–पहुंचते अधिरथ ने कर्ण के सामने एक तरह से संपूर्ण कुरु-जांगल राज्य और राज-परिवार का चित्र खींच दिया था। कर्ण ने काफी कुछ सुना-जाना...

जितना शेष रहेगा–हस्तिनापुर पहुंचकर सुन-समझ लेंगे।

अधिरथ राज–दरबार में उपस्थित हुए। अपने हस्तिनापुर आगमन का कारण कह सुनाया।

सुनकर धृतराष्ट्र ने प्रसन्नता व्यक्त की। बोले–"मित्र, मैं आचार्य तक तुम्हारी प्रार्थना आज ही पहुंचाए देता हूं। कल प्रातः तुम उनकी सेवा में उपस्थित होकर निवेदन करना ताकि वे तुम्हारे पुत्र को अपना शिष्य बनाएं।"

"मैं धन्य हुआ, महाराज!" अधिरथ ने श्रद्धा से प्रणाम किया। लौट आए।

अगली प्रातः कर्ण को लेकर वह आचार्य के सामने थे। पिता-पुत्र ने सादर दंडवत् करके इच्छा–निवेदन किया। अधिरथ ने क्या कुछ, किस तरह कहा था–कर्ण नहीं सुन सके। दृष्टि में श्रद्धा और कौतूहल लिए हुए युद्धज्ञ द्रोणाचार्य को देखे जा रहे थे–आचार्य द्रोण के अद्भुत शस्त्रज्ञान की अनेक कहानियां भरतखंड के कोने-कोने में प्रचलित थी। लगभग अविश्वसनीय, किंतु सत्य से पूर्ण।

उन्हीं कहानियों के नायक का दर्शन कर रहे थे कर्ण–दृष्टि आश्चर्य से उन पर टिकी हुई–उनके तेज, रूप और वेशभूषा को रेशे-रेशे देखने-पहचानने की चेष्टा करती हुई–

अधिरथ बोले–"आचार्य, आप साक्षात् ज्ञान हैं। आपकी एक कृपादृष्टि मेरे पुत्र का जीवन धन्य कर सकती है। इसीलिए आपके चरणों में इसे ले आया हूं–शिष्यत्व प्रदान कर मुझे अनुगृहीत करें।"

द्रोणाचार्य की पलकें उठीं–कर्ण के चेहरे पर जा ठहरीं। कर्ण को स्मरण नहीं कि क्या था उन आंखों में पर इतना याद है कि आचार्य कुछ पलों तक निःशब्द उसे देखते रहे थे–ऐसे, जैसे कर्ण के हर पोर का मुआयना कर रहे हों। मन-मस्तिष्क की दृष्टि-तरंगों की अंगुलियों से खखोल रहे हों...चुप थे वे।

कर्ण ने आचार्य को पहली बार इतने पास से देखा था, पर अधिरथ चिंतित–जन-उत्सव में कर्ण ने जो अस्त्र-प्रदर्शन किया था–उससे उन पर क्या प्रतिक्रिया हुई होगी–समझ पाना कठिन।

आचार्य द्रोण ने उस सबकी तनिक भी चर्चा नहीं की न ही दृष्टि से ऐसा कुछ प्रकट होने दिया था कि उनके मन में जो है–वह देखा-समझा जा सके। अधिरथ और कर्ण ने एक–दूसरे को देखा। मन अकुलाहट से भरा हुआ। पता नहीं द्रोणाचार्य क्या कहें? प्रार्थना स्वीकारें या अस्वीकार दें? फिर दोनों ही याचक भाव से आचार्य को देखने लगे।

युद्धाचार्य उठे। वृद्धावस्था के बावजूद उनका शरीर गठा हुआ था। दृष्टि में युवाओं से कहीं अधिक चमक कौंध रही थी। बोले–"आश्वस्त हों अधिरथ। मैं तुम्हारे पुत्र की योग्यता परीक्षा करूंगा–कल, सूर्योदय के साथ ही इसे मेरे पास भेज देना।"

कर्ण की योग्यता परीक्षा। अधिरथ के मन में दुविधा जागी–कर्ण उस परीक्षा को पार कर सकेगा या नहीं–डर लगा। किंतु कर्ण विश्वस्त था। मन ने उसी पल कह दिया था–"वृष, तू अवश्य ही यह परीक्षा उत्तीर्ण करेगा। तेरा गुण–कौशल देखकर आचार्य तुझे शिष्यत्व प्रदान करेंगे–प्रसन्न होंगे।"

अधिरथ और कर्ण ने पुनः आचार्य को दंडवत् किया–लौट पड़े। दूसरे दिन अधिरथ प्रसन्नमन चंपानगरी वापस हुए। कर्ण ने योग्यता–परीक्षा में स्वयं को शिष्यत्व के योग्य प्रमाणित कर दिया था।

सिद्धि और साधना का एक लंबा क्रम कर्ण जीवन में प्रारंभ हो गया था। आचार्य से विभिन्न प्रकार के अस्त्र–शस्त्रों का ज्ञान और उनकी संचालन-विधि कर्ण ने सीखी थीं...किंतु यहीं कहीं कर्ण के भीतर वह विष–बीज पड़ गया था, जिसे इर्द-गिर्द के वातावरण, व्यवहार और संबोधन ने 'सूतपुत्र' नाम के साथ अंकुराया...

आचार्य द्रोण के व्यवहार और शिक्षा के समय दृष्टि ही नहीं कटुतापूर्ण व्यवहार ने कर्ण के मन में धीमे-धीमे उच्च वर्ण के प्रति जड़ लेती जा रही

घृणा को मजबूत करना प्रारंभ कर दिया था...कभी सुना था माता राधा से कि मनुष्य के गुण और योग्यता ही उसके जाति-कुल नियामक होते हैं। किंतु कर्ण ने जीवन में हर पल और हर कदम के साथ इस तर्क के खोखलेपन को देखा...गहराई तक पहचाना कि जो कुछ ज्ञानी सुनाते हैं, और ऋषिगण कहते हैं–वह सत्य में कहीं नहीं है। जो है, वह केवल कटु है। निर्मतता से भरा हुआ।

हर बार शिव की तरह सामाजिक अवहेलना का हलाहल पान करते रहे थे कर्ण! हर बार आस-पास के समाज-व्यवहार से 'सूतपुत्र' शब्द उछलता और कर्ण को लगता कि विष का कोई घूंट जबरदस्ती ही समाज ने उनके गले में उड़ेल दिया है...जी होता कि चीखें, उत्तर में उस चेहरे को ही मिटा डालें जिसने वह संबोधन उछाला है...पर तभी बुद्धि थाम लिया करती–"नहीं, वृष, यह उचित अवसर नहीं है। इस दोषी व्यवस्था को दंड अवश्य मिलना चाहिए, किंतु उद्दंड से नहीं–कूटनीति से। तुम्हें यदि इस सबका उत्तर बनना है, तब धैर्य रखना होगा।"

जबड़े कसते, मुट्ठिया भिंचतीं, फिर धीमे-धीमे जहर पचा लिया जाता। पचाने के प्रयत्न में संतुलन की कोई एक सीढ़ी मन के भीतर से टूट जाती। सूर्योदय से बहुत पहले वसुषेण आचार्य के आदेशानुसार आश्रम व्यवस्था और सेवाकार्य में जुट जाते। साधना भी उसी बीच चलती और रात हुए जब तक काम से मुक्ति मिली तब तक बदन थककर चकनाचूर हो चुका होता–अपने कक्ष में आकर लेटते ही किस पल सारे होशोहवास को लोरी देकर निद्रा सुला देती–मालूम ही न होता। ऐसी ही एक रात की बात है :

पलकें झपकी ही थीं वसुषेण की कि द्वार पर आहट हुई...चौंककर पलके खोल दी, स्वर निकला–

"मैं–मैं शत्रुंतप हूं, भइया।" उत्तर में फुसफुसाहट उभरी।

वसुषेण तुरंत उठे। द्वार खोला, पूछा–"कब आया तू?"

"मैं तो प्रारंभ से ही यहीं हूं, भइया।" शत्रुंतप ने उत्तर दिया। एक ओर बैठ रहा।

"यहीं?–हस्तिनापुर में?" कर्ण चकित हुए।

"हां।" शत्रुंतप ने बतलाया–"सत्यक् और सम्यक् चंपानगरी से सीधे यहीं आए हैं–वे कुंतिदेश नहीं गए।"

कर्ण चकित हुए, पूछा–"ऐसा क्यों?"

"सब सुनाता हूं।" कहकर शत्रुंतप ने बतलाना प्रारंभ किया। कहा–"यह तो सच है भइया, कि वे दोनों कुंतिदेश के निवासी हैं, किंतु अब वे कुंतिदेश में नहीं रहते और न ही वे व्यापारी हैं।"

आश्चर्य से कर्ण सुनते रहे थे। शत्रुंतप ने आगे बतलाया था–"वे गुप्तचर हैं और महारानी कुंती के विशेष सेवक हैं। देवी कुंती की विशिष्ट दासी समीची से अक्सर मिलते-जुलते रहते हैं। मुझे लगता है कि समीची ही उन्हें कार्य-निर्देश देती है और उसी के अनुसार वे कार्य करते हैं। यदा-कदा समीची भी उनसे मिलती-जुलती है।"

कर्ण के माथे पर बल पड़े। जो सुना, वह जितना आश्चर्यजनक था उससे कहीं अधिक कौतूहल जगाने वाला? मन में कई प्रश्न खड़े हो रहे–"सत्यक् और सम्यक् कर्ण को लेकर इतनी रुचि क्यों लेते रहे हैं? क्या कारण है कि दोनों ही गुप्तचर कुंतिदेश के हैं और पांडवजननी कुंती के साथ-साथ हस्तिनापुर आ पहुंचे हैं?" पर कुछ कहा नहीं था।

शत्रुंतप अगले आदेश की प्रतीक्षा में खड़ा था। कर्ण ने उसे विश्राम करने के लिए कहा और सोच-विचार की गुत्थियों में उलझ गए...

हर बार माथा-पच्ची से एक नतीजा निकलता था। कर्ण को लेकर बरसों से चल रही गुप्तचरी 'यूं ही' नहीं हो सकती थी। निश्चय ही उसका कोई गहरा और गंभीर मतलब होगा।

गुरुकुल से बाहर यहां-वहां घूमने का अधिक समय नहीं मिल पाता था। साधना-समय और कार्यक्रम इस तरह गसे-कसे हुए थे कि कर्ण बहुत व्यस्त रहते। एक बार सोचा था कि शत्रुंतप को ही जिम्मेदारी सौंप

दें–'सत्यक् और सम्यक् पर गुप्तचरी करो !फिर लगा था कि यह उचित नहीं है। मामला जिस तरह उलझा हुआ लग रहा था, उससे प्रकट था कि या तो कर्ण किसी राजकारण से जुड़े हैं या फिर किसी ऊंचे कुल-वंश की मान-मर्यादा से उनका संबंध है। एक संशय मन में घुमड़ने लगा था...इस संशय के साथ–साथ एक निश्चित विचार भी–"तुम्हारे जन्म और जीवन का रहस्य इसी सबसे कहीं जुड़ा है, कर्ण। कुछ ऐसा सत्य है जो चंपानगरी, कुंतिभोज और हस्तिनापुर के बीच कहीं गुमा हुआ है...सत्यक् और सम्यक् ही अकेले सूत्र हैं उसके। इन्हीं सूत्रों से जुड़कर रहस्य ज्ञात करना होगा। देवी कुंती और उनकी दासी का भी सारे मामले से कोई-न-कोई संबंध हो सकता है।"

शत्रुंतप की सूचना से इसी तरह तार जोड़े थे। इन्हीं तारों के उलझाव को सुलझाने की चेष्टा में अधिकतर समय बीत जाया करता।

पर लगता था कि केवल विचारों और कल्पनाओं के सहारे उलझाव सुलझा पाना असंभव। तभी एक ऐसी घटना हुई थी, जिसने अनायास ही सही, पर सुलझाव की राह खोल दी। कब सोचा था कि यह घटना इस तरह घटेगी और कर्ण अनायास ही जीवन की जटिलतम गुत्थी के सुलझाव का सूत्र पा जाएंगे?

सत्यक् और सम्यक् पर गुप्तचरी करके पता करना चाहते थे; पर गुरु द्रोण के गुरुकुल से समय नहीं मिलता था। विचरण की स्वीकृति मिल सकती है, यह सोच पाना भी कठिन था। आचार्य के कठोर स्वभाव को कुछ ही दिनों में समझ लिया था कर्ण ने। इच्छा कृपाचार्य से व्यक्त की थी। सोचा था कि कृपाचार्य की सहायता से संभवतः कुछ समय का अवकाश पा जाएं...बोले थे–"द्विजश्रेष्ठ !आचार्य की कृपा और स्नेह से मुझे भी राजपुत्रों की तरह ही शस्त्र शिक्षा मिल रही है...किंतु कभी-कभी मन होता है कि थोड़े समय के लिए यहां–वहां विचरण करूं। महान् कुरु-जांगल देश की इस सुंदर और वैभवपूर्ण राजधानी को देखूं? क्या गुरुदेव इसकी आज्ञा दे सकेंगे?"

कृपाचार्य सरल थे–जितने दुष्कर योद्धा, उतने ही सरल व्यक्ति। स्वभाव से शांतिप्रिय और एकांतप्रेमी। कर्ण की योग्यता पर जितने स्नेहाकुल, उससे कहीं अधिक उसकी क्षमता से प्रसन्न। कभी-कभी उन्हें लगता था कि आचार्य द्रोण कुरु–पांडव कुमारों को युद्धज्ञान देते-देते सामान्य शिष्यों की अवहेलना कर देते हैं। बहनोई का यह स्वभाव कृपाचार्य को अच्छा नहीं लगता था, पर व्यर्थ बहस करना उन्हें अरुचिकर था। सोचते और टाल जाते...कर्ण का प्रश्न सुनकर कहा था–"कह नहीं सकता, राधेय। स्वभावतः गुरु बहुत अनुशासनप्रिय हैं। प्रार्थना अवश्य सुनेंगे, किंतु किसी भी प्रार्थना की पूर्ति के लिए शस्त्रशाला का नियम वे शायद ही तोड़ें!" कर्ण निराश हो रहे...

कृपाचार्य सहानुभूति से कुछ पल उन्हें देखते रहे, फिर गहरा श्वास लेकर मुंह फिरा दिया। कर्ण ने समझ लिया था कि जब तक आचार्य द्रोण के आश्रम में हैं, तब तक इसी तरह घुटते रहना होगा। चुपचाप सेवा में जुट गए। प्रतिदिन की तरह उस दिन भी उन्हें गुरुकुल के उद्यान में जल देना था।

शांत भाव से बैठे हुए कृपाचार्य कर्ण को देख रहे थे। गुरुकुल का यह हिस्सा उन्हें बहुत भाता था। अक्सर पेड़ तले आकर बैठ जाया करते और पंछियों की चहचहाहट सुना करते...आज समय से पहले आ गए थे, सो कर्ण से भेंट हो गई...कर्ण दूर चंपानगरी निवासी हैं और हस्तिनापुर समूचे भरतखंड का आकर्षण...भव्य राजमहल, राजमार्ग, उद्यान और ग्रन्थालय.... कितने ही स्थान थे, जिन्हें देखने की इच्छा किसी के भी मन में आना स्वाभाविक थी। कृपाचार्य को राधापुत्र की बेबसी पर पीड़ा जाग्रत हुई... टकटकी लगाए हुए बेबस भाव से कर्ण को पौधों में पानी डालते देख रहे थे। जल सिंचन के साथ-साथ कर्ण किसी-किसी पौधे की साज-संवार भी करते। बीच में रह-रहकर ढलते सूर्य को देखते जाते। कृपाचार्य को मालूम था कि कर्ण सूर्याराधक है। सूर्यास्त से कुछ समय पूर्व उन्हें ध्यानस्थ होना था।

कर्ण जल्दी-जल्दी कार्य से निवृत्त हुए, फिर एक ओर जाकर स्नान किया...कृपाचार्य चौंके–"विचित्र!" अनायास ही बुदबुदा उठे। उत्सुकता

और आश्चर्य से रहा नहीं गया, तो स्नान करते हुए कर्ण के करीब जा खड़े हुए। दृष्टि कर्ण के पैरों पर टिकी हुई...आश्चर्य गहराता हुआ...बड़बड़ाए–"विचित्र संयोग है, राधापुत्र।"

पात्र से सिर पर जल डालते-डालते कर्ण थमे, चकित होकर पूछा–"क्या हुआ ब्रह्मन्?"

"तुम्हारे पैर... ।" कृपाचार्य बुदबुदाएं। उनके माथे पर अब भी अचरज और अविश्वास के बल पड़े हुए थे–"अद्भुत बात है राधापुत्र। तुम्हारे पैर देखकर मुझे लगा कि मैं देवी कुंती के पैर देख रहा हूं...इतनी समानता? ऐसा विलक्षण मेल?"

कर्ण ने सुना। पात्र से जल नहीं गिराया जा सका। उसे धरती पर वापस रखकर कृपाचार्य को देखने लगे। इस तरह जैसे कृपाचार्य बड़बड़ाए न हों, उन्होंने कर्ण के सीने और माथे पर इतनी जोर से प्रहार कर दिया हो कि समूचा मन-शरीर हिल जाए। स्मरण-शक्ति सहेजकर कृपाचार्य के कुछ पल पूर्व कहे गए शब्द ज्यों के त्यों मन में उतार लिए..."तुम्हारे पैर देखकर मुझे लगा है कि मैं देवी कुंती के पैर देख रहा हूं। इतनी समानता? ऐसा विलक्षण मेल?"

कृपाचार्य चुप थे। दृष्टि में विस्मथ और वह विस्मय कर्ण के पैरों में जकड़ा हुआ[1] ...और कर्ण? चुप किंतु बाढ़ की शक्ति से बहे शब्दों के सामने अपने-आप को सम्भाले हुए...

वह दिन? लगता है उसी दिन जन्म हुआ था कर्ण का? कम-से-कम कर्ण के लिए उनका वही दिन जन्मदिन है।

कृपाचार्य के 'यूं ही' के भाव से कहे गए उन शब्दों ने रहस्य-सूत्र दे दिया था कर्ण को। उस पल बड़ी कठिनाई से भावावेश थाम सके। जल्दी-जल्दी

---

1. महाभारत (शांतिपर्व) के प्रथम अध्याय में नारद–युधिष्ठिर संवाद के दौरान युधिष्ठिर कहते हैं–"... कुंती के पैरों के समान कर्ण के पैर थे, इस समानता का कारण जानने की इच्छा रखता हुआ भी मैं. किसी तरह पता नहीं लगा सका...(कि वैसा क्यों है)"। श्लोक क्रम–40 पर।

स्नान करके, मन की उथल-पुथल से भरे हुए, गंगा तट की ओर चले। कितनी बार राह में ठोकर लगी, कितनी बार लड़खड़ाए–याद नहीं। केवल इतना याद है कि उस दिन और दिनों की तरह सहज नहीं रह पा रहे थे कर्ण...

लगता है कि कृपाचार्य के शब्द दिशाओं में ही कहीं घुल गए हैं, कर्ण के मन और मानस के बीच अनुमान एक सेतु बनकर ठहर गए हैं...इस सेतु पर चल रही है कर्ण की विचार-यात्रा।...

घटनाओं के टूटे-बिखरे अनेक तार जोड़-जोड़कर यह सेतु बंध रहा है ...कर्ण के चंपानगरी पहुंचने के समय से ही सत्यक् और सम्यक् निरंतर वहां पहुंचते रहे हैं। कर्ण को लेकर सूचनाएं पाते रहे दोनों व्यापारी नहीं, गुप्तचर हैं। ये गुप्तचर कुंतिभोज के देशवासी हैं और कुंतिभोज की बेटी हैं, देवी कुंती। प्रतापी कुरुवंश की रानी। वीर पांडवों की माता।...सत्यक् और सम्यक्, कुंतिदेश से कुंती के हस्तिनापुर आने के साथ-साथ हस्तिनापुर चले आए हैं। वे अब भी कर्ण पर गुप्तचरी करते रहे हैं.॥

"ये सारे टूटे-बिखरे सूत्र कहां किस तरह जुड़ते हैं?" कर्ण ने अपने से ही सवाल किया था और जवाब बने थे कृपाचार्य के शब्द-वे शब्द, जो सहज भाव से ही सही पर एक असहज सत्य का उद्घाटन कर गए थे।

"तब क्या कुंती के बेटे हैं कर्ण?" प्रश्न बनकर एक बेचैन छटपटाहट अपने–आप से पूछने लगी थी।

"...?" उत्तर नहीं। पर नकार भी नहीं।

"यदि कर्ण कुंती के बेटे नहीं हैं, तब उनके पैर देखकर कृपाचार्य को कुंती के पैरों को देखने की बात कैसे सूझी?"

उत्तर नहीं।

"और कर्ण तथा कुंती के चरणों में इतनी समानता क्यों है?...क्या ऐसी समानता केवल संयोग से हो सकती है?"

चुप। सवाल चीखें बनने लगे थे। उस समय भी चीखें ही बने रहे थे, जिस समय कर्ण सूर्यास्त के सनुहरे तेज से जुड़ने की चेष्टा कर रहे थे...

पर व्यर्थ हुई वह चेष्टा। मन व्यग्र। सब ओर कृपाचार्य के शब्द घुले हुए हैं। गूंजते और फिर तीव्र चीत्कार बनते जाते शब्द।

इन शब्दों से कहीं अधिक कर्ण के अपने भीतर उठे प्रश्न–"क्यों हैं उनके और कुंती के पैर समान? यदि यह संयोग है तब सम्यक् और सत्यक् का कर्ण की बाल्यावस्था के साथ उन पर जासूसी करते रहना भी क्या मात्र संयोग ही है? नहीं, बिल्कुल नहीं। तब?"

तब–कर्ण, संभवतः कुंती के पुत्र हैं !सूतपुत्र नहीं !

सूर्याराधन में जुड़े हाथ रह-रहकर कांप उठते। स्वभाव के विपरीत मन शांत न रहकर इस तरह उछलता जैसे किसी चट्टान से किसी और बड़ी चट्टान पर झर रहा हो–झरने की तरह। बूंद–बूंद बनकर उछलता, सिर धुनता हुआ।

क्या है सत्य?...सत्य?...और केवल सत्य?...

कभी कुछ नहीं चाहा अपने इष्टदेव से, पर उस दिन बड़बड़ाते हुए कर्ण मांगने लगे थे, "मुझे बतलाइए देव !पांडवजननी कुंती और मेरे पैरों में इतनी समानता क्यों है?"

सूर्य–सुनहरी चादर ओढ़े हुए शांत भाव से धीमे-धीमे–दृष्टि से दूर, दूरंत यात्रा करते हुए...

कर्ण की याचना नहीं सुनी थी उन्होंने। दोनों हाथ बांधे हुए कमर तक जल में समाए कर्ण टकटकी बांधे हुए तेजेश्वर की विश्राम-यात्रा का वह सुंदर दृश्य देखते रहे...स्वर नहीं निकला था उनके मुंह से, किंतु मन बार-बार याचना करता हुआ–"देव !यह कैसा रहस्य है? कैसा संयोग?...या कैसा सत्य?...मुझे बतलाइए, महात्मन्? क्या है इस सबका अर्थ? क्या मैं कुंती का पुत्र हूं?...क्या पराक्रमी अर्जुन, गदाधारी भीमसेन ओर ज्ञानी युधिष्ठरमेरे भाई हैं?...उत्तर दीजिए, मेरे आराध्य? मुझे बतलाइए?"

पर सूर्य ने कुछ भी नहीं सुना। सुना भी तो उत्तर नहीं दिया। छटपटाते हुए कर्ण को उसी तरह याचना में खड़ा छोड़ गए।

कर्ण को या एक प्रश्न को?

सूर्यास्त हुआ। कर्ण श्लोकोच्चारण किए–गंगा से बाहर आए। गुरुकुल की ओर चल पड़े। जबड़े कस रखे थे। एक कठोर–वज्र निश्चय मन में था। एक विश्वास–"एक-न-एक दिन आपको उत्तर देना ही होगा, सूर्यदेव। आपको बतलाना होगा कि महाराज कुंतिभोज की पुत्री और मुझ सूतपुत्र के बीच कौन-सा रहस्य-सूत्र जुड़ा हुआ है?"

गहरी उथल-पुथल से भरे कर्ण गुरुकुल में भी व्यग्र ही रहे। मन होता था कि एकांत पाते ही कृपाचार्य से बात करें?...इस बीच मन में बहुत से प्रश्न उभर आए थे–जो कृपाचार्य से उस समय पूछ-जान नहीं सके।

रात्रि तक अवसर ही नहीं मिला था–रात्रि को भी नहीं। उस रात्रि तो वही व्यग्रता लिए कर्ण अपने-आपसे जूझते रहे। आज तक स्मरण है कितनी-कितनी बार उठकर उस रात अपने पैर नहीं देखने लगे थे?...ये पैर पांडवजननी कुंती से मिलते हैं?...कृपाचार्य के अनुसार विलक्षण मेल है कर्ण और कुंती के पैरों में?...अद्भुत समानता?...

पलकों के भीतर हलकी-हलकी जलन होने लगी है...ठीक तरह सो न पाने की जलन है या भोर के साथ ही कौरव-सेना का सेनापतित्व सम्भालने की बेचैनी–निश्चित करना कठिन है।

कर्ण की दृष्टि एकांत शिविर में इधर-उधर के भटकावे से मुड़कर एक निश्चित जगह पर जा ठहरी है–अपने ही पैरों पर।

लगा कि आंखों में, पुतलियों और पलकों के बीच कोई चीज जल रही है–वह जो नींद या आगत की जिम्मेदारी नहीं, बल्कि उनकी अपनी पीड़ा है। पीड़ा जो व्यक्त हो तो रोष बन जाती है, अव्यक्त रहे तो आंसू।

लगा था कि जोर से चीखकर कोई कह उठा है–"प्रतापी वैकर्तन, तुममें और आंसुओं में तो कभी कोई रिश्ता नहीं रहा फिर ये आंसू क्यों? और इस चीखते प्रश्न के साथ ही उससे कहीं ज्यादा तीखी चीख बनकर उत्तर गूंजने लगा था उनके अपने भीतर से–"झूठ बात है !सच तो सिर्फ यह है कि सारे जीवन मुझसे यदि किसी का कोई रिश्ता, कोई रक्त-सम्बन्ध,

कोई जुड़ाव रहा तो वे सिर्फ आंसू ही हैं !ये आंसू ही हैं जो कर्ण के सखा रहे। इन आंसुओं के सथ ही कर्ण ने सब कुछ सोचा और इन आंसुओं से जुड़कर ही कर्ण ने हर जीवन-निर्णय लिया !"

"संभवतः तभी तुमने जीवन-भर केवल गलत सोचा...गलत निर्णय लिया।" प्रश्न फिर से उभरता है-"ठीक भी है-दृश्य और दृष्टि के बीच आंसुओं का परदा डालकर देखना-सोचना गलत के अतिरिक्त हो ही क्या सकता था?...वही हुआ !"

"किंतु..." कर्ण ने एकांत को तोड़कर बुदबुदना चाहा है। अपने भीतर सदा ही उद्दंड भाव से–दोष मढ़ते रहे अपने ही आत्म को।...उत्तर देना चाहते हैं किंतु–शब्द नहीं मिलते। कोई तर्क भी नहीं। अनजाने ही कर्ण मुलायम पैरों को सहलाने लगे...इतनी तेज-तेज सहलाहट कि तलवे जल उठें।

जब-जब आत्म जाग्रत् होता है, तब-तब इसी तरह बेचैन कर देता है उन्हें और आज जब आत्म और कर्ण के साक्षात्कार का संभवतः जीवन में यही समय शेष बचा है तब ज्यादा ही बेचैन हैं।

मन हुआ था कि सदा की तरह इस आत्ममन्थन और उत्तर-प्रत्युत्तर से कतरा जाएं या फिर अपने आत्मबल से उन्हें दबोच डालें, किंतु लगा कि अब यह करना ठीक न होगा।...इस सबको अपने भीतर घोंटे हुए इस अंतिम युद्ध को किस तरह लड़ सकेंगे मृत्युंजय? मृत्युंजयी कर्ण भला अपने ही भीतर परास्त कैसे हो जाएंगे? उन्हें उत्तर खोजना होगा। फिर अपने उत्तर को युग-सत्य के माथे पर इस तरह अंकित कर देना होगा कि वह सूर्य-भाव से ही युग-युग तक सदा-सर्वदा चेतावनी देता रहे। अखंड ज्योति की तरह।

ये पैर?...लगा था कि तलवा सहलाती हथेली हौले-हौले उस विगत सत्य को ही सहलाने लगी है, जब कर्ण को अपने जीवन का सबसे बड़ा रहस्य ज्ञात हुआ था और उस रहस्य को पर्त-पर्त पर प्रमाण की मोहर लगाई थी स्वयं सूर्य ने।

उस दिन भी इसी तरह अपने तलवे सहलाते कर्ण सारी रात व्यग्र रहे थे। अंतर केवल यह है कि आज की तरह आत्ममन्थन का दौर नहीं था। न ही कोई आत्मसंघर्ष। उस दिन थी एक व्यग्र चेष्टा। यह जानने की चेष्टा कि कुंती के पैरों से कर्ण के पैर क्यों मिलते हैं?

जो स्थितियां थीं, उनमें यह स्वाभाविक, सहज या संयोग मात्र नहीं लगता था। लगता था कि सब कुछ तारतम्य में है–अलग-अलग दिखता हुआ, किंतु अदृश्य ढंग से परस्पर जुड़ा हुआ।

उस सारी रात जागते रहे थे कर्ण। कुछ पलों के लिए पलकें झपकतीं, फिर हल्की–सी आहट या हवा के झोंके से खुल जातीं। पलके खुलते ही कृपाचार्य के शब्द कानों में गूंजने लगते। अंधकार के बावजूद वे आंखें दिखने लगतीं जो कृपाचार्य की थीं–अतीव कौतूहल और अविश्वास से कर्ण के पैरों पर जड़ी आंखें।

कितना अच्छा होता कि किसी तरह देवी कुंती के दर्शन कर सकते? कर्ण ने उस रात यही सोचा था। फिर सोचा था कि कभी दर्शन करेंगे और गौर से स्वयं ही पांडवजननी के पैरों को देखेंगे–अपने पैरों से उन्हें मिलाएंगे। समानता- असमानता का विचार करेंगे, किंतु लगा था वह सब दूर की बात है।

वह सब कर पाना इस समय असंभव। यों भी, सूतपुत्र कहे जानेवाले कर्ण को रनिवास तक पहुंचने की सुविधा किस तरह मिल सकेगी? अब तक इतनी समाज–स्थिति नहीं बना सके हैं कर्ण। जो कुछ हो रहा है, केवल उस समाज–शक्ति और स्थिति को पाने का प्रयास-भर है–मात्र पहला चरण।

ऐसे कई चरण पार करने होंगे–कुरु-राजरानी कुंती देवी तक पहुंचने के लिए। जब तक यह करेंगे तब तक कृपाचार्य के शब्द मन को छलनी कर डालेंगे। कुलबुलाते रहस्य को तार-तार कर डालने की व्यग्र कामना इस सारे समय कर्ण को उनके अपने ही भीतर आहत करती रहेगी।

कितनी करवटें बदलीं–याद नहीं है।

याद है सिर्फ इतना कि अगली सुबह के साथ ही एक बार पुनः कृपाचार्य की खोज आरंभ कर दी थी...इस खोज में उत्साह था–उससे कहीं अधिक आनंद। कर्ण यदि कुंती के ही पुत्र हुए तब यह सत्य जानकर कितना आनंद मिलेगा उन्हें...? बस, एक ही बात का दुःख रहेगा। माता से मिलते ही प्रश्न करेंगे–"तुमने मुझे इस तरह बिसरा क्यों दिया माता? मेरा दोष क्या था?"

क्या उत्तर पाएंगे–नहीं जानते, पर यह सोचकर प्रसन्न थे कि उत्तर अवश्य ही मिलेगा। सत्य जानने के बाद जैसे भी होगा कर्ण माता से भेंट करने की चेष्टा करेंगे।

सूर्य नमन के पश्चात् गुरुकुल के कार्य में जुटे रहे। कृपाचार्य से भेंट के लिए एकांत अवसर की खोज भी चलती रही...और फिर वह अवसर मिला। कर्ण तुरंत कृपाचार्य के समाने जा खड़े हुए–"ब्रह्मन्?"

स्वभावतः शांत बैठे कृपाचार्य प्रकृति-दृश्यों में खोए हुए थे। कर्ण को सामने पाकर मुस्कुराएं। कहा–"बैठो, राधेय।"

कर्ण एक निश्चित दूरी बनाकर बैठ रहे। कृपाचार्य ब्राह्मण थे, तिस पर गुरु द्रोणाचार्य के साले। अस्त्र-शस्त्रों की कुशल संचालन योग्यता के साथ-साथ सहज ब्रह्मज्ञान भी था उनके पास। कर्ण ने स्वर में विनम्रता घोली, मिठास जोड़ी। पूछा, "देव, कल आपने जिस विचित्र संयोग की चर्चा की थी, उसे लेकर मैं भी कम चकित नहीं हूं। क्या सचमुच ही मेरे पैर महारानी कुंती देवे के पैरों जैसे हैं?"

कृपाचार्य की दृष्टि पुनः कर्ण के पैरों पर जा ठहरी। बोले-"हां सूतपुत्र !पांडवजननी कुंती के और तुम्हारे पैरों में विलक्षण समानता है..."

"कैसे हैं उनके पैर?" उत्सुकता से कर्ण ने भावुक स्वर में प्रश्न किया।

कृपाचार्य हंसे–"कह तो चुका हूं–बिल्कुल तुम जैसे।"

कर्ण समझ नहीं पा रहे थे, कि क्या पूछें और किस तरह पूछें? बस, लग रहा था कि पूछना चाहिए। इस विषय पर अपरोक्ष रूप से बात करके भी विचित्र प्रकार का आनंद अनुभव हो रहा था उन्हें। प्रश्न किया, "क्या बहुत कोमल पैर हैं उनके? छोटे-छोटे और सुंदर?"

कृपाचार्य ने कुछ चिढ़कर कर्ण को देखा। कहा–"इससे अधिक क्या कह सकता हूं, राधा पुत्र? क्या तुम अपने पैरों का सौंदर्य, सुगठन और सुकुमारता नहीं देख पा रहे हो?..."

एक बार फिर से कर्ण का प्रश्न वहीं आकर ठहर गया था, जहां से प्रारंभ हुआ था। बात बढ़ाने के लिए प्रश्न किया, "और...और आपने देवी कुंती के पैर कैसे देख लिए द्विजवर?"

कृपाचार्य ने वह घटना कह सुनाई।

कहा–"यह तब की बात है वसुषेण, जब महारानी कुंती शतश्रृंग पर्वतमालाओं से अपने पांचों पुत्रों सहित लौटी थीं।"

कर्ण इस तरह सुनने लगे थे जैसे किसी पवित्र आख्यान को सुन रहे हों। संपूर्ण निष्ठा और ध्यान जोड़े हुए।

कृपाचार्य कहे गए–"महाराज पांडु अकालमृत्यु को प्राप्त हुए थे। कुंती और माद्री विधवा हुईं। माद्री ने तो पति के साथ सती होना निश्चित किया, किंतु छोटे–छोटे बच्चों के शुभार्थ कुंती को पतिगृह लौटना पड़ा।... यहीं–हस्तिनापुर में–जब कुछ ऋषियों की सहायता से कुंती अपने पुत्रों युधिष्ठिर, भीम, अर्जुन, नकुल और सहदेव के साथ आईं, तब यात्रा की थकान और मार्ग के कष्टों से बहुत व्यधित और क्लांत थीं...राजमहल में प्रवेश के समय दासियों ने उनके चरण धुलाए...वे चरण मुझे अब तक याद हैं। कोमल, सुंदर और राजसी चरण...मार्ग की जटिल ऊंचाई-नीचाइयों को पार करते हुए तपस्विनी कुंती देवी के उन सुंदर पैरों पर अनेक छाले पड़ गए थे... दासियां देर तक महारानी के पैर धुलाती रही थीं और पैरों की वही छवि मेरे मन-मस्तिष्क में अंकित है...कल, जब अनायास ही तुम्हारे पैरों पर मेरी दृष्टि गई तब मुझे वही दृश्य याद हो आया...दृश्य इसलिए और प्रभावी

हुआ, क्योंकि तुम्हारे और उनके पैरों में मैंने अदभुत समानता देखी...” सहसा कृपाचार्य चुप हो रहे।

कर्ण भी चुप, किंतु आनंद से भरे हुए। मन में जन्मा यह विचार ज्यादा ही गहरा हो गया था कि वह अवश्य ही कुंती पुत्र हैं।

इस विचार ने नए-नए विचारों से जोड़ा था उन्हें।

कैसी होंगी कुंती?

बहुत नाम-यश सुना था उनका। उससे कहीं अधिक उनके व्यवहार, शालीनता, चरित्र और गुणों की चर्चा।

कभी-कभी इस विचार को मन का विरोधी भाव आहत भी करता– एक आवाज उठ आती–“कहीं ऐसा न हो कि यह कल्पना-सुख टूट जाए और तुम्हारे जीवन का रहस्य कुछ और ही निकल पड़े वसुषेण?...अच्छा होगा कि सत्य तक पहुंचने के पूर्व इस तरह भावुक, कोमल और मार्मिक कल्पनाएं मन में न संजोओ।”

पर मन ही था जो नहीं मानता। कुंती को लेकर अजब-सा लगाव और आकर्षण पैदा हो गया था उनके भीतर।

एक दिन सूर्यास्त के समय प्रार्थना करते हुए न जाने कैसे एक याचना मन में जन्म आई थी। याचना से अधिक इच्छा–“दिवाकर !मेरी इस सुखद कल्पना को तोड़ना मत। कुंती ही मेरी मां निकलें।”

इसके बाद फिर से पिछले दिन की तरह प्रार्थना उभर आई मन में– “मुझे मेरा जीवन–रहस्य बतलाओ देव। कृपा करो।”

दूसरी बेचैन रात शुरू हुई थी...फिर–फिर कुंती को लेकर तरह-तरह की कल्पनाएं करने लगे थे कर्ण। कैसी होंगी वह?...कर्ण की संभावित माता।

“संभावित नहीं–निश्चित।” जबड़े कसकर अपने को ही उत्तर दिया था। पलके मूंद लीं–इस कल्पना-भर से बेचैन मन को बहुत राहत मिलती थी। नींद के एक झोंके ने हौले से दुलारकर शांत कर दिया था उन्हें।

पलकें नींद में डूबी हुई हैं..सब ओर गहरा अंधकार।

पर वह क्या? इस अंधकार को अचानक ही ज्योति के एक छोटे से बिंदु ने तोड़ दिया है...बिंदु फैलता है। फिर दृष्टि के सीमांत तक फैलता ही चला जता है। ऐसे जैसे सूर्योदय हुआ हो

और सूर्योदय का अर्थ होता है–आराध्य देव के सामने होना। आराधना में जुड़ी मृत्यंजय कर्ण की पलकें और श्रद्धा की अंजलि। इस अंजलि से झरता हुआ पवित्र गंगाजल...

माता–शब्द की तरह निर्मल और कोमल। वह क्षण स्मरण में अब भी इस तरह अंकित है जैसे कल की बात हो।

क्यों न हो अंकित? कर्ण के जीवन का श्रेष्ठतम है वह। अविस्मरणीय दिवस। एक तरह से जन्मदिन।

लगा था कि बेचैन हो उठे हैं। युद्ध-शिविर के सन्नाटे से कहीं अधिक बेचैन। सोचते-सोचते ही कब नींद आ गई–मालूम ही नहीं हुआ था... मालूम तब हुआ, जब अचानक वह दिन याद हो आया...सोये शरीर के जाग्रत् मस्तिष्क ने एक करवट ली और कराह पड़ा...

कराह में एक स्वर–"महावीर वृष !वह दिन तुम्हारे जीवन का श्रेष्ठ नहीं, निकृष्ट है शायद। इसीलिए अविस्मरणीय है !"

जन्मदिन नहीं, जन्मदिन का मुखौटा ओड़े हुए मृत्युदिन।

"कौन?...कौन है?" घबराकर जाग गए।

स्वप्न। शिविर उसी तरह सन्नाटे से भरा हुआ। इस सन्नाटे में युद्ध की याद दिलाती कराहें और यदाकदा रणस्थल का स्मरण कराती चीखें। भयावह कुरुक्षेत्र युद्ध ने कितनों को न तो जीवित ही रहने दिया है, न पूरी तरह मृत्यु दी है...

चौंककर जाग जाने के बावजूद एक हथेली अब भी पैर पर रखी हुई थी। पैर सहलाते हुए ही कब पलकें लग गईं–मालूम नहीं, पर यह हथेली और ये पैर याद दिला रहे थे कि उस घटना से जुड़े थे, जिसने जीवन-रहस्य जाहिर किया था। यह कि कर्ण–कुंतीपुत्र हैं।

एक श्वास लिया। शांत होकर बैठ रहे...गत-आगत के सोचों का इंद्रजाल ज्यों-का-त्यों। इसी इंद्रजाल के दौर में यह भी याद आया कि कुछ समय पूर्व गला चटका था...प्यास उभरी थी। अनजाने ही मुड़े और एक ओर रखा डंका हौले से बजा दिया।

अगले ही क्षण शिविर-द्वार पर सेवक उपस्थित हुआ। "आज्ञा महाराज?"

कर्ण का भारी स्वर उभरा-"जल!"

सेवक ने तुरंत जल ला दिया।

कुछ घूंट गले उतारे-शायद प्यास बुझे-पर लगा कि प्यास तो अनंत है। सेवक की दृष्टि से चेहरे की असहजता छिपी रहे, अतः पूरा गिलास गले तक उड़ेल लिया। कहा, "जा सकते हो।"

अभिवादन में सिर झुकाकर उसने प्रणाम किया-बाहर चला गया।

कुछ व्यर्थता महसूस करते हुए उस ओर देखते रहे, जिधर अभी-अभी सैनिक चला गया था। फिर याद आया कि अपना ही पैर सहलाने लगे हैं ...जब-जब एकांत मिलता था–पलकें मूंदें हुए अपने ही पैरों को सहलाकर कुंती के चरणों में होने का सुख लेते थे। अजब-सी तृप्ति मिलती थी इस विचार से कि मां के पैरों के पास तो नहीं पहुंच सके, किंतु उनके जैसे पैरों के पास हैं। कृपाचार्य की बात से यह सोचकर सुखी हुए थे कि किसी दिन महारानी कुंतीदेवी के पास पहुंचकर प्रणाम करेंगे, अपने-आप को दूर रखे जाने का कारण जानेंगे...कुंती से उत्तर भी पाएंगे, किंतु पिता ने वह इच्छा घोंट देने पर बाध्य किया था।

किंतु पिता को क्यों दोषी ठहरा रहे हैं कर्ण?...दोषी तो वह स्वयं हैं। क्यों नहीं साहस करके सार्वजनिक रूप से कुंती से प्रश्न किया–"उत्तर दो पांडवजननी कि मैं किसका पुत्र हूं?...किसके रक्त–मांस का अंश हूं मैं?"

कुंती बाध्य हो जाती–कर्ण को पुत्र स्वीकारने के लिए।

यदि यह स्वीकार पा लिया होता तो फिर विगत इतना काटता क्यों? किसलिए जीवन के हर सत्य को दृष्टि और दृश्य के बीच आंसुओं का परदा डाले हुए देखा होता?

तलवे पर हथेली तेज-तेज घूमने लगी है...सोच और सोच। लगता है कि कर्ण के पास इन सोचों के अलावा कुछ शेष ही नहीं रहा है। पराक्रमी, यशस्वी, कूटनीतिज्ञ और तेजस्वी महाराज अंगराज के पास कुछ भी नहीं। न पराक्रम, न यश, न कूटनीति और न तेज।

जो शेष है सिर्फ सोचना। सोचना भी वह जो मातृत्व की प्यास से भरा हुआ है। सोच का विषय भी केवल वह जो केवल एक शब्द से जुड़ा है–कर्ण का समाज–स्वीकार। निर्दोष पर अकारण लगे समाज-दोष का परिष्कार, पर पिता सूर्य ने उस दिन जो जन्म-कथा बतलाई, उस दिन माता के समाज-शुभार्थ कहा था–"...वह कलंकित न हों, इसीलिए उन्होंने तुम्हें जल में बहाया था पुत्र!"

लगा था कि वे शब्द नहीं सुने हैं–उन शब्दों को कर्ण ने अपनी सभी कामनाओं, इच्छाओं और अपने वांछित अधिकार पर नागपाश की तरह जकड़ते भी देखा और अनुभव किया है।

हां, कर्ण की हर इच्छा जकड़कर रह गई थी। उसी दिन की बात है। जन्मदिन कहो, या मृत्युदिन। ठीक इसी तरह, जिस प्रकार प्रकाश बिंदु से चौंककर जागे हैं–उस दिन भी जागे थे!

गुरुकुल की ही घटना है। याद है कि एकदम हाथ जोड़ लिए थे उन्हें सामने पाकर–सस्तब्ध!

दमदमाते प्रकाश के एक गोले की तरह तेजस्वी पुरुष सामने थे। होंठों पर मुसकान, स्वर्णिम केश और अंगारों की तरह जलती, किंतु मोह लेने वाली दृष्टि। हाथ जोड़े हुए युवक कर्ण स्तब्ध होकर देखने लगे थे। लगता था कि बहुत देर तक प्रकाशपुंज–जैसे उस अद्भुत व्यक्ति को देख नहीं सकेंगे। सूर्य थे वह...

सोचा–चाहा था कर्ण ने–वह स्वप्न देख रहे हैं या सत्य? पर सोच भी नहीं सके। सूर्य ने अपना परिचय दिया, फिर प्रश्न किया–"तुमने मुझे स्मरण किया है, वत्स?..."

जी, जी देव !" कर्ण की पलकें श्रद्धा से झुकीं। आनंद से विभोर होकर पुतलियों पर आंसू आए थे या सूर्य का तेज न सहेज पाने के कारण–कहना कठिन, पर सूर्य और अपने बीच कुछ झिलमिलाने जरूर लगा था...

"कारण वसुषेण?" लगता था कि सूर्य शांत भाव से भी जो कुछ कहते हैं बिजली की तरह कौंध जाते हैं। किसी पल समूचा वातावरण जलता हुआ और किसी पल आनंद के साठ रंगों से भरा हुआ।

"देव !आप अंतर्यामी हैं। आप जानते हैं कि मैं किस दुविधा का दुःख भोग रहा हूं।..." कर्ण की आवाज सहमी हुई थी। आराध्य की सहसा सामने उपस्थिति ने उन्हें बुरी तरह लड़खड़ा दिया था। कहा–"आपके दर्शन कर मैं आनंदित हुआ हूं सृष्टि पालक...मुझ पर अनुग्रह करें !"

सूर्य मुसकुराए–"आयुष्मान हो कुंतीपुत्र ! मैं तुम्हारी भक्ति और आराधना से प्रसन्न हुआ हूं।"

कर्ण ने सुना...विस्मय से मुंह खुला रह गया–"कुंतीपुत्र !" कुछ बोल नहीं सके। अवाक् होकर सूर्य की ओर दृष्टि गड़ाए रह गए। सूर्य तेज से निर्भीक होकर। सूर्य पूर्ववत् मुसकरा रहे थे। कर्ण पूछें, इसके पहले ही कहा था उन्होंने–"चकित मत हो, वैकर्तन !तुम कुंती के और मेरे पुत्र हो !"

शब्द गुम !सूर्य ने रहस्य की एक ही नहीं, दूसरी और बहुत महत्त्वपूर्ण कड़ी भी खोल दी थी...गौरवमयी कुंती का पुत्र होना ही किसी के लिए अपार सुख, आनंद और गौरव का कारण हो सकता है, तिस पर सूर्य जैसे देवपुरुष का विर्यांश !ओह ! सुख ने इस तरह सराबोर किया कि अपने ही भीतर भर गए। इतने कि यदि होंठ कांपे तो छलक पड़ेंगे।

बरसों से झुलसाते रहस्य को अपने शब्द जल से सूर्य इस तरह शांत कर रहे थे जैसे, बरखा के भरे बादलों को अपनी बांहों में भरे हुए आए हों। उन्होंने अपने और कुंती के कौमार्य संबंध की सारी कथा संक्षेप में कह सुनाई थीं...फिर कहा था–"अब तुम शांत हो, कर्ण तुम में देवी कुंती का ओज और गुण है जबकि मेरा तेज। तुम्हारी कीर्ति युग-युगों तक अक्षुण्ण रहेगी। तुम पराक्रम और पौरुष के आदर्श माने जाओगे। पृथ्वी पर सदा

तुम्हारी गाथा अंकित रहेगी, अतः आश्वस्त हो और अपने वीरत्व पूर्ण माता और पिता का नाम यशस्वी करो।"

कर्ण चुप, स्तब्ध। भला कैसे न हो जाते स्तब्ध? सूर्य-दर्शन का वह पल ऐसा ही था। बिल्कुल इस तरह, जैसे बरसों से सूखी पड़ी धरती पर अनायास ही जल की जीवनदायी बूंदें बरसने लगी हों....धरती सिर्फ पिये जा रही हो उन बूंदों को, आत्मसात् करती जा रही हो...जल की निर्मल शीतलता को अपने अनंत तक सहेज लेने में व्यस्त हो गई हो।

अनेक प्रश्न थे। जलती धरती की तरह ही सुलगते हुए। किंतु कोई प्रश्न उस समय न तो कर्ण के होंठों पर आ सका था, न ही मन में उभरा। वह तो केलव उस प्यास के बुझने में ही तृप्ति पाते रह गए, जिसने बरसों से उन्हें जलाया था...जो मिट नहीं पा रही थी...'सूतपुत्र, नीच...अकुलीन' आदि शब्द अग्निपिंडों की तरह कर्ण के मन-शरीर पर बरसते रहते थे–झुलसाकर रख दिया था उन्हें।

और सहसा सूर्य द्वारा रहस्य के उद्घाटन से वही झुलसन इस तरह शांत हुई कि पल-भर के लिए अकल्पित आनंद से विभोर सब कुछ भूल गए। यह भी भूल गए कि उन्हें पिता से जवाब लेना है–'मुझे अकुलीनता का दोषी बनाकर जीने को बाध्य क्यों किया आपने?'

पर नहीं, तब कोई प्रश्न ही नहीं जन्मा था उनके भीतर। मुग्ध दृष्टि से सूर्य को देखते रह गए थे।

सूर्य ने अंतिम शब्द कहे थे–"सुनो पुत्र। तुम्हारी माता कुंती निर्दोष हैं। उन्होंने दुर्वासा से प्राप्त मंत्र को लेकर कौतूहलवश ही मेरा स्मरण किया था। मेरी तरह तेजस्वी पुत्र की कामना कर बैठी थीं वह...और मैंने उन्हें वह पुत्र प्रदान किया, किंतु अब कुंती महान् कुरुवंश की राजरानी हैं। सामाजिक-राजनीतिक रूप से सम्मानित। उनका शुभ इसी में है कि तुम्हारा जन्म-रहस्य रहस्य ही बना रहे।"

सुना–सिर्फ सुना।

पूछे, कोई प्रश्न करे, तर्क रखें या अपने आंसू उलीचकर तेजस्वी पिता से अपना दोष या कारण जाने–इसके पूर्व ही फैला हुआ प्रकाश सहसा बिंदु बना, फिर गुम हो गया। कर्ण की पलकें खुली ही रह गई थीं–सामने गहरा, एकदम काफी स्याह–सा अंधकार फैला हुआ था।

स्वप्न में सूर्य ने ही सत्य से अवगत कराया था उन्हें।[1]

फैली-फैली आंखों से यहां-वहां बिखरे अंधकार में ही देखने का प्रयत्न करने लगे थे कर्ण। सूर्य-दर्शन के तेज से उन्हें इस तरह अचकचा दिया था कि दृष्टि के सामने अब भी जहां-तहां तारों की तरह प्रकाश बिंदु नजर आते, गुम जाते। छोटे-बड़े अनेक प्रकाश-बिंदु।

इन्हीं बिंदुओं में गुण सोच-समझ। देर तक यही स्थिति रही। फिर धीरे-धीरे सहज हुए...

जब सहज हुए–तब लगा था कि अपने पर ही क्रोध आने लगा है। इतना बड़ा रहस्य जानने के बाद उन्होंने सूर्य से प्रश्न क्यों नहीं किए? किसलिए चुप रहकर उनका यह अंतिम आदेश या इच्छा सुन ली कि कुंती का शुभ कर्ण के रहस्य बने रहने में ही है?

बहुत बार मन हुआ था कि किसी तरह कुंती के सामने पहुंचकर अपना अधिकार मांगें। कहें–"माता, यदि तुम मुझे जन्म देने की अधिकारी हुई हो तब भला मुझसे 'माता' संबोधन का अधिकार क्योंकर छीनती हो? वही अधिकार मांगने आया हूं मैं।"

किंतु वह भी मन ही था, जो रोक देता। अपने ही भीतर से कुछ शब्द उठते, कर्ण की इच्छा के हर चरण को विचार की बेड़ियों से जकड़

---

1. महाभारत, वनपर्व के 309वें अध्याय में श्लोक क्रम 20 से 22 तक कहा गया है कि "...कर्ण सूर्य के वीर्य और कुंती के गर्भ से पैदा होकर सूत के घर में पले थे। यही सूर्य का वह गुप्त विषय था, जिसका संकेत उन्होंने स्वप्न में कर्ण को दिया था।"

देते–"नहीं मृत्युंजय! तुम ऐसा नहीं कर सकते! तुम इतने स्वार्थी नहीं हो कि अपने अधिकार के लिए माता का सर्वस्व सम्मान हर लो।"

कुंती का सर्वस्व था–उनकी समाज प्रतिष्ठा, कुरुकुल की गरिमा और महान् राजा प्रतीप के वंश का राजगौरव। बचपन से ही सुनते आए थे कर्ण! हर वर्ग, हर स्तर और हर वर्ण के मुंह से कुंती पवित्रता और स्त्री आदर्श की प्रतिमा मानी जाती रही थीं, तब...तब भला कर्ण इस प्रतिमा को खंडित कैसे कर सकते हैं? अपने-आप को घोंटकर उस पल उन्होंने सूर्य की इच्छा का आदर ही किया। सोचा था कि कुंती ने भले कर्ण को त्याज्य समझ लिया हो, किंतु कर्ण अपनी जन्मदात्री को सामाजिक ताड़ना का पात्र नहीं बनने देंगे। कुंती से उनकी यह कीर्ति कभी नहीं छीनेंगे जो समाज में उन्हें प्राप्त है।

क्या केवल यही कारण था, जिसके आधार पर उन्होंने अपने मन को पहली बार दबोचा? इच्छा मसली और पीड़ा सहने की आदत डाली? मन में प्रश्न उठता।

लगता है कि बात इतनी ही नहीं है, कुछ और भी कारण है, जिसने कर्ण को इस तरह के निर्णय पर बाध्य किया?

वह कारण न कुंती हैं, न सूर्य और न ही कर्ण...

बल्कि कोई अन्य कारण। कुल, जाति और रक्त-संबंध से अलग एक भावना। भावना–जिसका नाम राधा है।

राधा। स्मरण मात्र से मन शीतलता से भर उठता है–एक पवित्र श्लोक जैसा नाम है राधा।

यह श्लोक कर्ण की पालक भी रहा है, शक्ति भी और हर समाज-दृष्टि के धिक्कार-प्रहार के लिए कवच भी। इसी नाम के सहारे कर्ण ने हर ताड़ना, हर लांछना और हर समाज-अपमान को झेल लिया है। जब-जब आत्मा ने चीखकर कर्ण को कुंती और संपूर्ण कुलीनता के विरुद्ध कटुतापूर्ण विद्रोह के लिए प्रोत्साहित किया है, उकसाया है, तब-तब राधा नाम की यही

ढाल कर्ण के संतुलन को असन्तुलित होते-होते बचा सकी है। जिस समय जन्म-रहस्य ज्ञात हुआ और कुंती की समाज-गरिमा के लिए सूर्य के निर्देश का पालन करना तय किया, उस समय यही राधा थी जो कर्ण के सामने आ खड़ी हई थीं-चुप, किंतु बहुत कुछ बोलती हुई।

अब भी सब कुछ इस तरह याद है, जैसे इसी समय घट रहा हो। कर्ण ने शिविर के भव्य आसन पर करवट ली और पलकें मूंदकर राधा की उसी दृष्टि से जुड़ गए, जिस दृष्टि को सदा ही अपने साथ पाते रहे हैं-लगता है जब-जब किसी पीड़ा-प्रहार से बचाव के लिए अपने-आपको राधा-पुत्र या राधेय सुनकर घायल होते हैं, तब-तब राधा इसी तरह सामने होती हैं–ढाल बनी हुई।

कितने मौके? कितनी जगहें, जब कर्ण के लिए राधा इसी तरह सामने आई? याद करने लगे हैं।

यह सब याद करना होगा। इस सबको याद किए बिना कर्ण का जीवन अधूरा है। कभी-कभी तो लगता है कि राधा, अधिरथ और इस संबोधन 'सूतपुत्र' के बिना कर्ण–अधूरे हैं। इनके बिना पूरे नहीं हो सकते। इसलिए राधा का स्मरण आवश्यक। केवल स्मरण ही नहीं–उनका मूल्यांकन। यह मूल्यांकन अनेक बार किया था कर्ण ने, अनेक तरह। किसी-किसी बार तो इस मूल्यांकन के फेर में ही वे राधा और कुंती की तुलना करने लगे थे...

एक जन्मदायिनी और दूसरी जीवनदायिनी। पालक और पोषक।

इनमें कौन श्रेष्ठ है? किसने कर्ण को उसका वांछित दिया? किसने अपना मातृधर्म निबाहा?

तय करना होगा। यह तय किए बिना कर्ण शांति नहीं पा सकेंगे।

आश्चर्य होता है...जब-जब राधा और कुंती को इस तरह तौलकर मातृत्व खोजने लगते हैं–तब-तब आश्चर्य ही होता है। कभी-कभी अविश्वास भी होने लगता है।

एक–जिसने कर्ण को पाया था...और पाकर भी खो देने में अपना शुभ देखा...

दूसरी–जिसने कर्ण को राह में मिले धन की तरह पाया, ईश्वर-प्रसाद की तरह श्रद्धा दी और जिसके लिए कर्ण को खो देने का मतलब होता उसकी अपनी मृत्यु।

एक–जिसकी कोख ने कर्ण को जन्म दिया और फिर किसी बार दर्द नहीं झेला और दूसरी जिसकी कोख ने कर्ण को नहीं जन्मा किंतु कर्ण की उदासी-भर से अपनी कोख को कांपते-कराहते महसूस किया।

इन दोनों के बीच ही तय करना होगा–मां कौन है?

और किसे कहना होगा मां? किसके मातृ-संवेदन को निबाहेंगे कर्ण?

विचार–भर से कुंती का हमेशा उभरता-फैलता चेहरा अचानक धुंधलाने लगता है और उसकी जगह उभरती हैं माता राधा। जन्मदायिनी नहीं, जीवनदायिनी माता। उस दिन भी वही राधा कर्ण के विचारों में सामने आ गई थीं। सहसा कर्ण को थाम लिया था–"नहीं कर्ण! तू कभी कुंती को अपनी माता नहीं कहेगा। ऐसा करके तू मुझे खाली कर देगा, पुत्र? क्या तू ऐसा स्वार्थी हो सकता है? बोल बेटा?"

द्रोणाचार्य के गुरुकुल के सबसे उपेक्षित हिस्से में रह रहे कर्ण को उस पल हर ओर राधा ही दिखी थीं...उनकी आवाज जैसे दिशाओं से गिर रही थी...हर दिशा से एक पुकार बनी हुई...पुकार, जिसमें आंसुओं की बूंदें घुली थीं? पुकार, जो अनायास ही धुंध बनकर कर्ण और कुंती के बीच छा गई थी–

कुंती को केवल इसलिए माता नहीं कह सकते कर्ण। वह राधा की गोद खाली नहीं कर सकते। राधा की कोख में दर्द उठे यह भी उनके लिए असह्य है। राधा के चेहरे पर उदासी आए, यह तक कर्ण के लिए कष्टदायी।

निष्ठा के प्रति निष्ठा धर्म कहलाती है। स्नेह का प्रतिदान केवल स्नेह। अतः राधा का प्रतिदान केवल समर्पित कर्ण।

राधा कर्ण की माता भले न रही हों, किंतु उन्होंने संपूर्णता के साथ मातृधर्म निबाहा है। अतः कर्ण भी उनके लिए दायित्वशील रहेंगे। दायित्व का प्रतिदान केवल दायित्व। यही धर्म।

सोचकर अच्छा भी लगता, सुख भी मिलता–

पर यही कुछ सोचकर कहीं हलका–सा दर्द भी उठ आता,खिन्नता भी जन्मती।

इसी ऊहापोह में समय बीतता रहा। कर्ण, युद्ध-शिक्षा की हर सीढ़ी सफलता के साथ ही नहीं असाधारणतया के साथ चढ़ते गए थे–कितनी ही बार कुंती के दर्शन की इच्छा मन में जन्मती थी, पर हर बार उसे घोंट लिया करते। सत्य को खोज चुके हैं वह। अपने-आप को आश्वस्त कर लिया है कि उनका सत्य कुलीनता है। मिलनेवाले शेष संबोधन असत्य है।

अपने-आप को सूतपुत्र कहते, गौरव से राधेय बखानते हुए भी कष्ट न होता–उसका सत्य जो पहचानते थे वह? इस सत्य को जानकर जितना सुख मिला था, उससे कहीं अधिक इस असत्य से सुख मिलता था कि वह राधा–पुत्र हैं–सारथी अधिरथ और राधा की संतान।

सोचते थे गुण और वीरत्व को असाधारणता बहुत-से कुलीनों का स्नेह दिलवाएगी, संबोधन-लांछन गौण हो जाएंगे...कर्ण को कर्ण के रूप में माना-जाना जाएगा, पर लगता है कि गलत सोचा...

बहुत गलत।

उस पल गलत न सोचते तो भविष्य में इतना गलत न होता। जानते थे कि गलत कर रहे हैं किंतु उस गलत को करके ही शांति मिलती थी कर्ण को।

पर गलत सोचने के तनिक भी अपराधी कर्ण नहीं हैं–अपराधी है वह समाज, स्थिति और व्यवस्था जिसने गुण-ज्ञान के मूल्यांकन में भी कुलीनता- अकुलीनता को कसौटी बना दिया था। इस कसौटी से ही विद्रोह किया था कर्ण ने। करना नहीं चाहते थे, पर किया।

इसके लिए भी कर्ण स्वयं को दोषी नहीं मानेंगे। भले ही मन कहता रहे–"कर्ण, तुम दानी थे, विवेकशील। इससे कहीं अधिक धर्माधर्म का ज्ञान भी था तुममें–तब भी तुमने अधर्म और कुचेष्टाओं की राह पकड़ी–ऐसा क्यों? दोषी तुम नहीं हो तो कौन है?"

"असत्य। नितांत असत्य।" हड़बड़ा उठे। झनझनाकर सिर हिलाया–उठ बैठे।

विश्राम के लिए शिविर में लेटे थे वह। भावना-चित्रों और स्मृतियों में घिरे-घिरे कब भावुक होकर जागते में सोए और कब सोकर सहसा जाग उठे–याद नहीं। इतना-भर याद है कि अपने-आप पर आरोप नहीं सुन सके। सहना तो दरकिनार।

क्यों सहें भला? सैकड़ों तर्क हैं कर्ण के पास। कारण हैं, वे स्थितियां हैं, जिन्होंने कर्ण को बाध्य किया कि वह क्रिया की प्रतिक्रिया बनकर जिएं। बहुत बार नहीं चाहा था कि प्रतिक्रिया भाव से जीवन जिया जाए, पर इतनी जगह, इतने स्तरों पर आहत किया था उन्हें कि वह केवल प्रतिक्रिया भर बनकर रह जाए। प्रतिक्रिया भी ऐसी, जिसका लक्ष्य ध्वंस बन गया हो। केवल नाश।

पुनः बेसब्री से चहलकदमी कर रहे हैं...कल सुबह के साथ ही जब कुरुक्षेत्र रण में कर्ण और समूचे पांडव पक्ष के बीच एक निर्णायक और अंतिम संग्राम होने जा रहा है, तब यह निर्णयात्मक आत्मयुद्ध अनिवार्य हो गया है।

क्यों है अनिवार्य–कर्ण नहीं जानते, किंतु निरंतर लग रहा है कि अनिवार्य है। जीवन शेष रहेगा या मृत्यु मिलेगी–इस निश्चित निर्णय वेला में, कर्ण को उनका अपना आत्म बाध्य कर रहा है कि पहले अपने जीवित रहने या मरने का निर्णय इस आत्मयुद्ध में कर लें।

यह आत्मयुद्ध कुरुक्षेत्र रण की तरह कुछ घंटों, दिनों या प्रहरों में निर्णीत नहीं होगा... न ही उस तरह प्रारंभ हुआ था–यह तो कर्ण के जन्म से ही चला था–अनेक मोरचे आए, इन मोरचों पर धर्म-पक्ष ने क्या किया– अधर्म-पक्ष ने क्या किया–यही निर्णय करना होगा।

तेज-तेज कदम...हर कदम व्यग्रता से भरा हुआ सीमित स्थान और उस स्थान सीमा में ही लौटते-मुड़ते और फिर लौटते हुए आत्मनिर्णय करते हुए कदम...। मन जैसे दो पक्षों में बंट गया है। एक पक्ष क्रिया जतलाता हुआ, क्रिया के तर्क करता हुआ, दूसरा पक्ष–प्रतिक्रिया। इन सबके बीच है सत्य। इस सत्य का शोधन ही कर्ण के इस निरंतर चलते रहे आत्मयुद्ध का निर्णय।

पहले पक्ष ने अभी-अभी यह कहकर कि कर्ण दोषी हैं, कर्ण को बुरी तरह आहत किया था...इस तरह कि लगभग चीखने की मुद्रा में बड़बड़ा उठे थे–"नहीं। एकदम असत्य।"

"यदि यह आरोप झूठ है–तो कर्ण बचाव में अपना पक्ष कहें। प्रमाणित करें कि सत्य क्या है।" मन का प्रश्न है।

"हां, मैं प्रमाणित करूंगा। अवश्य करूंगा। बहुत कुछ है मेरा सत्य। यह कि मैं निर्दोष हूं...दोषी हैं वे सब, जिन्होंने मुझे मेरा वांछित कभी नहीं दिया। मेरा सम्मान-अधिकार, समाज-अधिकार, कुल-स्थान...कुछ नहीं दिया। और इसके साथ ही कई-कई चेहरों को अपराधी कटघरे में खड़े करने लगे हैं कर्ण–बड़बड़ाते हुए..."

"यह हैं मेरी माता कुंती, जिन्होंने मुझे जन्म दिया, त्यागा और फिर कभी, किसी भी स्थिति में पुत्र नहीं स्वीकारा। जानते हुए भी सबके सामने मुझे सूतपुत्र के संबोधन से ही सम्बोधित होने दिया!"

"...और यह हैं आचार्य द्रोण, जिन्होंने अपने विकृत गुरुत्व और ज्ञान के कारण मुझे मेरे पराक्रम, कौशल और युद्ध-निपुणता के गौरव से सदा ही तिरस्कृत रखा। सदा मेरा सार्वजनिक अपमान किया।"

बदहवास कर्ण एक के बाद एक आरोप लगाए जाते हैं, तर्क दिए जाते हैं..माथे पर पसीना उभर आया है, स्वर होठों से बाहर नहीं आते किंतु लगता है कि अपने ही भीतर चीख-चीखकर सब कुछ कहते हुए गला सूखने लगा है...श्वास तीव्र हो गई है...

विद्रोही पक्ष एक के बाद एक अपराधी खड़े कर रहा है...

पिटा और झुका चेहरा लिए कुंती...वृद्ध युद्धाचार्य का दोष की कालिख से पुता चेहरा...श्वेत, धवल दाढ़ी पर एक दाग बनकर रह गया गुरुधर्म। एक यही चेहरा तो नहीं है कर्ण का अपराधी...? उस कर्ण का कारण जो व्यासकृत महाभारत के हजारों पृष्ठों में अपनी वेदनाकथा के असंख्य आंसू बनकर बिखरा पड़ा है

"...पितामह भीष्म? युग के साक्षात् समय–सत्य। वीरता और रण-कौशल के अनुपम उदाहरण। नीति-धर्म के ज्ञाता। महान् कुरुकुल के पूज्य।"

"...उन्होंने भी कहां न्याय दिया मुझे? केवल इस कारण कि यशस्वी कुरुकुल की महारानी लांछित न हो जाए। कुंती के तथाकथित गुण-गौरव और कुलीनता से कौरव कुल सदा सम्मानित होता रहे।"

चेहरे और चेहरे...एक के बाद अनेक चेहरे...ये सभी चेहरे कर्ण के प्रति घोर असामाजिक अन्याय के चेहरे हैं। तब यदि कर्ण केवल प्रतिक्रिया बनकर रह गए तो दोषी कौन हुआ?

इन सभी को, सबसे जुड़ी घटनाओं के साथ कर्ण अभियोग के कटपघरों में खड़ा करेंगे–पूछेंगे, तुमने ऐसा क्यों किया? क्यों?

सबसे पहले–कुंती।

कर्ण एक गहरा श्वास लेकर बैठ रहे पलंग पर। एक बुदबुदाहट बनकर अपने से ही पूछने लगे थे–वैसा क्यों किया कुंती ने? उस समय, जबकि हस्तिनापुर में जन-उत्सव आयोजित किया था पितामह भीष्म ने।

जन-उत्सव या कि अपने कुल-जनों की शक्ति-प्रदर्शन की आतंकपूर्ण राजनीति का उत्सव। जो भी हो, पर यह उत्सव हर योद्धा के युद्ध-प्रदर्शन के लिए है–यही बतलाया गया था, यही प्रचारित किया गया...

उसी में कर्ण अपने पिता अधिरथ के साथ पहुंचे थे...[1]

उसी दिन कर्ण ने पहला परिचय किया था हस्तिनापुर के जन-जन से। या कि जन-जन ने कर्ण को पहली बार देखा।

पर उस समय सब देख रहे थे–कुरु-पांडव कुमारों को। दृष्टि में आश्चर्य। कौतूहल पलकों के गिर्द थिरकता हुआ। अद्भुत पराक्रम-प्रदर्शन से चित्र जड़ित रह गए हजारों नर-नारी। बाल, वृद्ध, वनिताएं।

जन-साधारण की भीड़ में ही खड़े थे कर्ण साथ में वृद्ध अधिरथ। बाप-बेटों में से किसी को भी न अचरज था, न ही वे किसी के युद्ध-कौशल से बहुत प्रभावित हो रहे थे। गई रात्रि ही कर्ण नगर में आए थे। शस्त्रज्ञ द्रोणाचार्य का शिष्यत्व पाना था उन्हें। तब की बात है।

महाबाहु अर्जुन के शस्त्र कौशल ने सर्वाधिक प्रभाव किया। एक ओर उच्चासनों पर बैठे कुरु राजपुरुषों के मस्तक गौरव से दमदमा उठे। वृद्ध पितामह भीष्म और गुरु द्रोणाचार्य ने अपनी गहरी तेजस्वी आंखों से परस्पर एक-दूसरे को देखा, फिर क्रमशः उत्सव में उपस्थित जन-साधारण को। मुसकुराए-आश्वस्त हुए। भीष्म ने जैसे स्नेहादर की दृष्टि से द्रोण को थपथपा दिया था–"ब्रह्मन्, बरसों पूर्व कुरु-पांडव कुमारों को लेकर आपको जो दायित्व मैंने सौंपा था, उसे पूर्ण होते देखकर मैं सन्तुष्ट हूं। आभार लें।" गांडीवधारी इस समय भी विविध अस्त्र-शस्त्रों का संधान कर रहे थे। न

1. महाभारत, वनपर्व, के 309वें अध्याय में अधिरथ द्वारा कर्ण को हस्तिनापुर भेजने की चर्चा है। (श्लोक क्रम–18 से 20 तक) इसी में कहा गया है कि 'वहीं उनकी दुर्योधन से मित्रता हो गई" और इसी में एक वाक्य आया है कि 'वहीं रहकर वह द्रोणाचार्य से अस्त्र-विद्या सीखने लगे।' इन सारे संदर्भों को जोड़ने से यह अर्थ निकलता है कि कर्ण ने द्रोणाचार्य से ही अस्त्र-विद्या सीखी। जबकि आदिपर्व के (अध्याय 139) में कहा गया है कि कुरु-पांडव कुमारों के अस्त्र-संचालन हेतु हुए जन-उत्सव में कर्ण सहसा जनता के बीच से निकलकर आए और उन्होंने अर्जुन को चुनौती दी, कहा कि वह 'श्रेष्ठ' हैं। इस समय उनके साथ अधिरथ का होना भी बतलाया गया है। इसी समय पांडवों, कौरवों और द्रोणाचार्य ने उन्हें पहली बार देखा...
उपर्युक्त दोनों स्थितियों को यदि तारतम्य में जोड़ा जाए तो लगता है कि कर्ण को हस्तिनापुर लेकर अधिरथ स्वयं आए थे। वहां द्रोणाचार्य का शिष्यत्व पाने के पूर्व ही जन-उत्सव में कर्ण ने सहसा प्रकट होकर अर्जुन को चुनौती दी। बाद में उन्हें द्रोणाचार्य का शिष्यत्व मिला...

कोई निशाना चूकता था, न ही विचलित दीखते। आश्चर्यजनक एकाग्रता और अपने वीरत्व से वातावरण को सम्मोहित कर लेने की क्षमता थी उनमें।

लगता था जैसे सभी ओर से यंत्रवत् जय-जयकार उठ रहे हैं–दिग्-दिगंत तक गूंजते हुए। ऐसे ही दिग्-दिगंत तक गूंजते जयकारों को अब संपूर्ण प्रतीप वंश और शक्तिशाली कुरु-जांगलवासी देखेंगे, सुनेंगे। युधिष्ठिर, भीम, अर्जुन ही नहीं देवी गांधारी के सभी पुत्र अस्त्र-चालन, मल्लयुद्ध और रण-चातुर्य के विलक्षण प्रदर्शन कर चुके थे...

अर्जुन ने खड्गयुद्ध, गदायुद्ध, धनुर्युद्ध के अनेक कौशल दिखाए... सर्वाधिक जय-जयकार कमाया...

उपस्थित दर्शकों ने फूल बरसाए, हर्षावेग में देर तक आकाश को वीर धनंजय के जय-जयकारों से गुंजाए रखा...

एक पल के लिए अर्जुन ने कुरु-कुमारों को सहमा कर रख दिया था। दुर्योधन ने भी अद्भुत अस्त्र-प्रदर्शन किया था, किंतु अर्जुन के सामने फीके पड़ गए थे। बेबसी और चिढ़ से श्वेतवाहन को देखते बैठे हुए थे...

विशाल प्रांगण भीड़ से चारों ओर खचाखच भरा हुआ था। एक ओर उच्चासनों पर मखमली सिंहासन में सतर्क बैठे मंत्री, उच्चाधिकारी, सभासद् और विद्वान्–एकाग्रता के साथ रंगभूमि के हर दृश्य का आनंद सुख लेते हुए...सबसे किनारे पर रानियां और कुल की संबंधी स्त्रियां देख रही थीं। झिलमिलाते परदों की झीनी चादर ने कई सुंदर, सुकुमार, तेजस्वी चेहरे बन्द कर रखे थे...वे सब दृष्टि से ओझल, किंतु उनमें कहीं कुछ ओझल नहीं।

कर्ण की दृष्टि से भी कोई दृश्य ओझल नहीं। हस्तिनापुर में आते ही यह जानकर सुख मिला था कि राज्य की ओर से जन-उत्सव आयोजित है और उसमें सभी योद्धाओं को अपना अस्त्र-कौशल प्रदर्शित करना है। प्रतियोगिता की तरह उत्सव आयोजित नहीं हुआ था, किंतु अपरोक्ष रूप से प्रतियोगिता बन गया था। उस समय तक कर्ण ने नहीं सोचा था कि जन-उत्सव में भाग लेंगे, किंतु जब वातावरण देखा तब एक आकुल इच्छा जाग पड़ी...मन होने लगा कि वह भी अपना अस्त्र-कौशल दिखाएं।

किंतु वह उचित होगा या अनुचित, निश्चित नहीं कर सके थे वसुषेण। एक मन कहता था–"तुम तो गुरु द्रोण के छात्र बनने आए हो राधेय। तब गुरु के सिखाए लोगों के साथ आकर शस्त्र-प्रदर्शन करना कहां तक उचित होगा?"

मन इस विचार ने सहमा दिया था। किंतु सहसा यह सहम टूट गई थी। जनोत्सव के आरम्भ करते हुए कृपाचार्य बोले थे–"यह रंगभूमि सभी के लिए खुली है। यह केवल वीरों के लिए है...और वीरता तथा अस्त्र–संचालन में जो भी अपने को योग्य समझे–इस प्रदर्शन में सहर्ष भाग ले।"

तालियां बजी थीं। कर्ण को लगा था कि इन तालियों के साथ ही वह इस संकोच-बंधन से मुक्त हो गए हैं कि प्रदर्शन में किस तरह भाग लें? उसी पल निश्चय कर लिया था, जिस पल सुना। कर्ण अवश्य ही प्रदर्शन में भाग लेंगे। जितना स्वयं सीखा-समझा है, उसी को प्रदर्शित करके प्रसन्न होंगे। इस विचार को कुरु-पांडव कुमारों के अस्त्र-संचालन और युद्ध प्रदर्शन ने अधिक बुनियाद दी...आश्चर्य हुआ था कि गुरु द्रोणाचार्य के औसत शिष्य या तो बहुत योग्य नहीं थे, या उस समय तक पूरी तरह कुशल नहीं हो सके थे। गिने-चुने लोगों ने कुछ प्रभाव छोड़ा था मन पर...सबसे ज्यादा अर्जुन ने।

मन-ही-मन सराहना की थी अर्जुन की–"धन्य हो वीर। तुम अवश्य ही विशेष हो।"

यह सराहना जो कुछ पल पहले धनंजय के प्रति कर्ण के मन में वीरोचित श्रद्धा और सराहना-भाव से उत्पन्न हुई थी, सहसा उस समय चिढ़ बन गइ थी, जब कृपाचार्य ने चीखकर कहा था–"गांडीवधारी अर्जुन, महाबली भीमसेन, अद्भुत पराक्रमी दुर्योधन जैसों के बाद अब मेरे विचार से इस रंगभूमि में कोई विशेष नहीं है जो अस्त्र-शस्त्रों का वैसा संचालन कर सके। आचार्य द्रेश के इन सभी शिष्यों ने उपस्थित जनों को बहुत रोमांचित और आनन्दित किया है। समय बहुत हो चुका है, अतः मैं यह उत्सव समाप्त किए जाने की आज्ञा चाहता हूं...महाराज धृतराष्ट्र इसे समाप्त करें।"

"नहीं।" सहसा एक स्वर उठा था उपस्थित भीड़ के बीच से। सभी ने चौंककर देखा...कुछ सोच सकें इसके पूर्व ही कर्ण गौरवपूर्ण चाल में भीड़ से बाहर रंगभूमि में बढ़ आए थे...

राजपुरुषों से लेकर साधारण जनों तक दृष्टियां इस तरह कर्ण पर आ ठहरी थीं, जैसे वे सब विधि का कोई अलौकिक चमत्कार देख रहे हों। चमत्कार, जिसने सहसा ही पृथ्वी पर पौरुष, तेज और बल की कोई त्रयी शक्ति उत्पन्न कर दी हो। हां, ऐसे ही तो लग रहे थे कर्ण...पर्वताकार देह, शिखर की तरह ऊंचा मस्तक, विशालबाहु, गौरववर्ण वसुषेण। कानों में कुंडल दमक रहे थे–सीने पर चमकता चकाचौंध करता हुआ रत्न-जड़ित कवच। कांधे पर तरकश तीरों से भरा हुआ लटक रहा था, कमर में तलवार। सुर धनुष को आराम से लिए वे टहलते हुए-से रंगभूमि के बीचोंबीच जा पहुंचे थे। द्रोणाचार्य को प्रणाम किया था, फिर सभी को सम्मान से देखा। उनकी ओजपूर्ण वाणी किसी नदी की शांत धारा जैसी वातावरण में बह पड़ी थी...

"उपस्थित जनों को प्रणाम करता हुआ मैं निवेदन करता हूं, वृद्धजन, कि पृथ्वी पर अनेक ऐसे वीर हैं जो अर्जुन से कहीं अद्भुत पराक्रम दिखा सकते हैं। जिन विद्वान ने अभी-अभी यह कहा कि इस रंगभूमि में अब कोई ऐसा नहीं दिखता जो वैसे प्रदर्शन कर सके... इसीलिए मैं उपस्थित होने को बाध्य हुआ।"

कुछ पल के लिए बोलते-बोलते वसुषेण थमकर चारों ओर देखने लगे थे। वे सभी इस समय भी विस्मित, हतप्रभ-से एक-दूसरे को और कभी कर्ण को देख रहे थे। राजपुरुषों की पंक्ति में कुछ फुसफुसाहटें बिखरी हुई थी... कर्ण ने अनुमान किया था कि संभवतः वे सब राधापुत्र को देखकर ही बुदबुदा रहे हैं। फिर सब ओर से ध्यान हटाया, अपनी बात जारी रखी–"निस्संदेह अर्जुन ने अद्भुत अस्त्र-संचालन कर दिखाया है...किंतु इससे वह यह न समझ लें कि वही हैं जो इस पृथ्वी पर अकेले धनुर्धर या पराक्रमी हैं मैं भी हूं और उनसे कहीं अधिक कुशलता के साथ वे सारे अस्त्र–कौशल दिखा सकता हूं, जो अभी-अभी उपस्थित जनों को गांडीव

धारी ने दिखाकर रोमांचित किया है।" वह कुछ कदम आगे बढ़कर पितामह भीष्म और आचार्य द्रोण की ओर मस्तक उठाकर देखने लगे थे...

चुप्पी उस समय भी बिखरी थी। उठे मस्तक और दीर्घकाय शरीर के कर्ण को लेकर फुसफुसाहटें प्रारंभ की...

"अद्भुत शरीर और शक्ति दिखती है इस आगंतुक में!"

"हां उसकी बड़ी-बड़ी आंखें, गौरवपूर्ण व्यक्तित्व और वीरोचित चाल से साफ पता लगता है कि पराक्रमी होगा।"

"निस्संदेह गांडीवधारी अर्जुन से अधिक!एक आवाज उछली और तुरंत जवाबी आवाज ने थाम लिया था उसे :

"अधिक भी न हो तो संतुलन अवश्य है धनंजय का।"

"शांत रहो। शांत" एक आवाज उभरी...फिर इसी तरह की कई आवाजें उभरती चली गईं।

पर कई लोग अवाक् थे। सिर्फ वह असाधारण शरीर, बल, तेज और लंबाई देखते हुए। कर्ण के बदन पर मांसपेशियां चट्टानों की तरह गठी हुई थीं। एक सौ अड़सठ अंगुल उन्नत शरीर था उसका।[1]

अभी कोई कुछ कहे या फुसफुसाहटें नई लहर लें, इसके पूर्व ही राज-पुरुषों की पंक्ति से उतरकर दुर्योधन नीचे आए...उनकी आंखों में प्रसन्नता थी, चाल में फुरती। आगे बढ़कर कर्ण का कंधा थपथपाया था.. अर्जुन की ओर व्यंगात्मक दृष्टि से देखते हुए स्वर-गर्जना की थी–" तुम्हारा स्वागत करता हूं महाबाहु। वीर का आदर और परिचय वीरता ही होते हैं। इसी संबंध के आधार पर तुम्हारे प्रति सम्मान व्यक्त करता हूं मैं कुरुराज धृतराष्ट्र का पुत्र और प्रतीप का वंशज दुर्योधन। तुम जैसे साहसी के दर्शन

---

1. महाभारत, कर्णपर्व के 72वें अध्याय (लोक क्रम 29 से 30 तक) में श्रीकृष्ण अर्जुन को कर्ण के प्रति तरह–तरह से सावधान और सतर्क रहकर युद्ध करने को कहते हैं। यहीं वह कर्ण की वीरता, शक्ति, गुण और क्षमताओं के साथ-साथ उसकी शारीरिक शक्तियों का वर्णन भी करते हैं। कहते हैं–"एक सौ अड़सठ अंगुली का उनका उन्नत शरीर है।" आज के आदमी की औसत लंबाई के अनुसार अंगुल कम-से-कम 1 इंच का होता हे। यदि इस औसत के अनुसार कर्ण की लंबाई मापी जाए तो महाभारत में वर्णित 168 अंगुल से 14 फुट आती है। यहां यह नहीं भूल जाना चाहिए कि उस युग के आदमी का अंगुल, उसके शरीर की औसत लंबाई के अनुसार होता होगा और महाभारत में उसी अंगुली से कर्ण की लंबाई बयान की गई है।

कर मैं आनंदित हुआ हूं। यह कुरुवंश अब तुम अपना ही समझो। मुझसे तुम्हें सदा-सर्वदा स्नेह और समर्थन मिलेगा।"

भीड़ से तालियां बज उठीं। दुर्योधन समर्थकों की भी हस्तिनापुर में कमी न थी। फिर राजकाज में सर्वाधिक प्रभावी राजकुमार भी वही माने जाते थे। अनायास ही राजपुरुष से मिले आदर ने कर्ण के समाज-स्वीकार हेतु छटपटाते मन को जैसे आश्रय दे दिया था। दुर्योधन जिस सरलता से उसके पास पहुंचा, लगभग उसी सरलता से उन्होंने स्नेह-सम्मान को स्वीकार किया। बोले थे–"मैं आपके स्नेह से आनंदित हुआ राजकुमार। आपसे मित्रता करना चाहता हूं। यहां मैं केवल अर्जुन से द्वंद्व-युद्ध करने उपस्थित हुआ हूं..."

दुर्योधन ने गले लगा लिया था कर्ण को। वह स्मरण? लगता है कि कुरुकुमार की राजसी देह का वह बराबरी से स्वीकार और सामीप्य कर्ण के जीवन की श्रेष्ठतम उपलब्धि है। वही पल तो था, जिसने कर्ण को सदा-सदा के लिए दुर्योधन के प्रति उपकृत भाव से भर दिया।

दुर्योधन ने कहा था–"मित्र, आज के बाद तुम मेरे साथ राजसुख भोगो। शत्रुओं का नाश करो और मित्रों का प्रिय।"

पांडव सकपकाए रह गए थे। शेष गांधारी पुत्र इस प्रभावशाली व्यक्ति से बड़े भाई को मित्रता करते पाकर प्रसन्न हुए। उन्होंने हर्षध्वनि के साथ इस मैत्री का स्वागत किया। इस सारे दौरे में एक बार पुनः सन्नाटा बिखर गया था। भीष्म पितामह, आचार्य द्रोण और कृपाचार्य...हकबकाए-से बैठे देखते ही रह गए थे। दुर्योधन ने उस अपरिचित, किंतु वीर दिखने वाले व्यक्ति के साथ कितनी शीघ्र मित्रता कर ली थी। सोचकर वे जितने चकित हुए थे, उतने ही आशंकित।

अर्जुन बौखलाए हुए...कर्ण की दृष्टि में जितना उपहास भरा था, उससे कहीं अधिक दुर्योधन की दृष्टि धिक्कार रही थी उन्हें...रहा नहीं गया था। एकदम उठ पड़े थे...तरह–तरह से कोसने, अपशब्द बोलने लगे थे कर्ण के प्रति...

कितना अच्छा होता, कर्ण उस समय तक यह रहस्य जान चुके होते कि वह कुंती पुत्र है। पांडवों में सबसे बड़े। अर्जुन उनका छोटा भाई। जानते तो अर्जुन और उनके प्रति प्रतिस्पर्धा बैरभाव तक कैसे पहुंच जाती!

कर्ण कभी न पहुंचने देते।

क्या सच ही? कर्ण के अपने भीतर ही प्रश्न जन्मा आता है–"क्या सच सोच रहे हो बसुषेण? तुम दानी अवश्य रहे हो, किंतु क्षमा-दान का तो तुममें सदा ही अभाव रहा। यह न होता तो किसलिए विषबेल की तरह फलते-फूलते?"

लगा था कि अपने को ही नहीं सह पाएंगे। आंखें मूंद ली थीं। हो सकता है कि इस तरह आत्मा के प्रहारों से बच सके न भी बचें तो कम-से-कम प्रहार के हथियार को न देखें। सहम जाते हैं।

उस समय भी सहम गए थे। बुदबुदा उठे–"संभवतः नहीं। यह ज्ञात होने पर भी कि अर्जुन भाई हैं–छोटे भाई हैं–कर्ण उन्हें कभी क्षमा न करते। और क्यों करें? सदा कर्ण पर दर्प, अहंकार का दोष लगाया जाता रहा है। सब ने यही कुछ तो कहा है उन्हें, किंतु यह अहंकार क्या अर्जुन में कम रहा?"

कम रहा होता तो उस पल रंगस्थल से भला अर्जुन उस तरह क्यों बोलते? उस समय तो कर्ण ने केवल उन्हें चेतावनी दी थी कि एक वही नहीं हैं अकेले धनुर्धर...और भी हैं...

और आपा खोकर अर्जुन चिंघाड़े थे–"जो लोग बिना बुलाए कहीं जा पहुंचे, उन्हें जिस लोक में जाना चाहिए–मैं तुझे मारकर उसी लोक में भेज दूंगा।"

छिः, कितनी घिनौनी बात! कैसा व्यक्तिगत द्वेष। कर्ण तो उस पल केवल प्रतियोगी की तरह प्रदर्शन करने गए थे...वही कुछ कहा था उन्होंने। श्रेष्ठतम अर्जुन प्रमाणित हुए थे अतः अर्जुन का नाम ले लिया था उन्होंने ...और अर्जुन ने उस प्रतिस्पर्धा से बदलकर वैमनस्य बना डाला था। दोषी कौन है? कर्ण या अर्जुन?

"दोषी अर्जुन ही हैं? वही तो हैं, जिसके कारण मुझे पहला और जीवन का सबसे कड़वा सामाजिक अपमान झेलना पड़ा।" बड़बड़ाए हैं वह। पर विचित्र बड़बड़ाहट है। अपने से ही बड़बड़ाती हुई–शब्दहीन, किंतु पूरी तरह शब्द प्रतिक्रिया करती हुई। प्रश्नों को कुरेदती हुई। हौले से मन बोला है–"यह कहकर दोषमुक्त नहीं हो सकोगे, वैकर्तन।"

बहुत कुछ हुआ था उस जन-उत्सव में। कर्ण और अर्जुन ने परस्पर हिंसक दृष्टि से देखा था फिर मैदान में उतर आए...

जिस पल अर्जुन को द्रोण, भीष्म, कृपाचार्य आदि ने गले लगाया था, उस पल वह मान-सम्मान और स्नेह दुर्योधन तथा उसके भाइयों से कर्ण को मिला। वे गले मिले थे।

एक–दूसरे पर प्रहार आरम्भ करें या अलग-अलग प्रदर्शन करें, इसके पूर्व सभी ओर सनसनी और फुसफुसाहटें बिखर गई थीं। कर्ण ने यहां-वहां पुतलियां घुमाकर देखा था और जिस ओर कुरु-रानियां बैठी हुई थी उस ओर हलचल पर उनका ध्यान जा ठहरा था...फिर हलचल बढ़ने लगी थी। फुसफुसाहटों और चहल-पहल से कुछ क्षणों में पता चल गया था कि पांडुपत्नी कुंतीदेवी कुछ अस्वस्थ हैं...पर वह अपने स्थान से गई नहीं थीं। अभी कर्ण ने धनुष सभाला ही था कि कृपाचार्य उठ खड़े हुए। गंभीर आवाज में कहा था उन्होंने–"आगंतुक, कुरुवंश में उत्पन्न और महाराज पांडु के पुत्र अर्जुन तुमसे तुलनात्मक युद्ध करने को तैयार हैं, किंतु इसके पूर्व यह आवश्यक है कि तुम अपने नाम, कुल और वंश का परिचय दो। कुल का उल्लेख इसलिए आवश्यक है क्योंकि तुम एक राजपुत्र से युद्ध स्पर्धा करने जा रहे हो और तुम्हें ज्ञात ही होगा, आगंतुक वीर कि राजपुरुष अपने से नीचे कुल-शील वाले व्यक्ति के साथ युद्ध स्पर्धा नहीं किया करते।"

कर्ण को लगा था कि पल-भर में धरती घूमने लगी है...कृपाचार्य का हर शब्द उन पर असंख्य चट्टानों की तरह गिरा था...कर्ण का चेहरा इस तरह कुम्हला गया था जैसे किसी अंकुर को सहसा मरुथल की तपती रेत पर फेंक दिया गया हो। हे ईश्वर, यह कैसी परिस्थिति? कैसा संयोग? संपूर्ण

क्षमता और साहस के बावजूद कर्ण केवल इस स्पर्धा में इसलिए अयोग्य ठहरा दिए जाएं क्योंकि वह...

सभी ओर सनन्नाटा। सारी दृष्टियां कर्ण पर केंद्रित। हर आंख यह पूछने-जानने को आतुर कि कर्ण तुम कौन हो? किसके पुत्र हो? कौन है तुम्हारी गौरवशाली माता? किस गर्भ ने तुम जैसे वीरत्व को जना है?

अनुभव हुआ था कि इसी पल बेसुध होकर गिर पड़ेंगे। पसलियों के भीतर लहू झरता हुआ–बूंद-बूंद की इस रिसन के साथ बूंद-बूंद रिसते हुए कर्ण। लगा था कि सब ओर अंधेरा हो गया है। इतना घुप्प अंधेरा कि उसमें कर्ण कुछ भी नहीं देख पा रहे हैं–यदि कुछ दिख रहा है तो कालिख का एक समुद्र। रो पड़ना चाहते थे–चीख-चीखकर–"ओ मेरे पिता–मेरी माता, तुम जहां भी हो–मेरी पुकार सुनो। मुझे सामाजिक अपमान की इस कालिख के सागर से उबारो। बचाओ मुझे।"

अपनी ही चीखें अपने ही कानों में गड़ती हुई महसूस हुई थीं कर्ण को–शेष सब गुम हो गया था।

पलकें–कब, किस पल खुलीं–याद नहीं। बस, इतना याद है कि अच्छा लगा। शिविर के भीतर धीमा प्रकाश था। यह प्रकाश भी दृष्टि को अखरा। मन हुआ था कि जागते भले ही रहें, किंतु पलकें मूंदे हुए–अंधेरा अच्छा लग रहा है। आश्चर्य। लगा कि भीतर से कोई जोर से हाथ ठहाका मारकर हंसा है। तीखी, नुकीली हंसी में–"भला कोई विश्वास कर सकेगा सूर्यपुत्र–कि तुम्हें अंधेरा प्रिय है?"

जी हुआ था कि चीखकर जवाब दे दें–"इसमें अचरज जैसा क्या है? हर अंधेरा सूर्योदय की प्रतीक्षा का एक निश्चित क्रम होता है।" पर लगा था कि अपने ही भीतर स्वरहीन हो रहे हैं।

मखमली गद्दे पर भी चुभन महसूस हो रही थी–उठ बैठे। मन बेचैनी से भरा हुआ। अनचाहे ही अचरज के समुद्र में डूबता-उतरता। हर डुबकी के साथ एक प्रश्न–

क्या कर्ण आज के निर्णायक युद्ध को लेकर चिंतित हुए हैं? या पराक्रमी धनंजय से भय लग रहा है उन्हें? कुरुक्षेत्र समर की भयावह विनाश लीला ने डरा दिया है उन्हें या मृत्यु-भय उन्हें घबरा गया है?

हुंह। हर विचार को एक धिक्कार से धकेलकर अपने से परे किया–टहलने लगे। जीवन के हर पल में, हर स्तर पर किसी-न-किसी युद्ध को झेलते रहे वीर कर्ण को भला मृत्यु-भय क्या डराएगा? जिसके लिए जीवन और मृत्यु दोनों ही अस्तित्वहीन हो चुके हों–भला उसके मन में भय कैसा? कर्ण का तो सारा जीवन ही युद्ध के मैदान में बीता है। कभी उसने प्रश्नातुर समाज–दृष्टियों के तीक्ष्ण बाण अपने सीने पर सहे हैं, कभी युद्ध में घाव कमाए हैं. ..उस कर्ण के लिए भय? चिंता? दुविधा? सारे शब्द ही अर्थशीन। तब भला नींद क्यों खुल गई राधापुत्र की?

प्रश्न कहां से आते हैं–मालूम नहीं, पर आते हैं। कर्ण शिविर में तेज–तेज चहलकदमी करते रहे–स्वयं पर आश्चर्य हुआ–सच ही तो ऐसा कभी नहीं हुआ उनके साथ? इस तरह किसी अजाने, पल प्रहार में नींद नहीं खुली? तब आज ही ऐसा क्यों? बहुत खोजा है अपने भीतर, पर लगा कि उत्तर नहीं है। अपने पर ही झल्लाहट हो आई थी।

शिविर में सन्नाटा था। कभी-कभी आस-पास के युद्ध-शिविरों से दबी मुंदी कराहें या सिसकियां उभरतीं, फिर गुम जातीं। दुर्दांत युद्ध ने किस-किस कुल और वय के वृक्ष निगले, पौधे झुलसाए–याद नहीं। याद रह गया है सिर्फ विगत।

चलते–चलते कर्ण सहसा थम गए। शिविर में इधर-उधर देखा। दृष्टि ने जैसे किन्हीं चीजों को खोजा फिर वे क्रमशः उन्हें बटोरने लगे...उत्तरीय कंधे पर डाला, एक ओर रखी खड़ाऊं पहनीं, धीमे-धीमे शिविर-द्वार की ओर बढ़ चले–विगत। लग रहा था कि हर कदम के साथ यह शब्द माथे में कौंधने लगा है–

शिविर-द्वार पर खड़े पहरी सजग हुए। कर्ण ने उनकी ओर नहीं देखा। तेजी से युद्ध-शिविरों को पार करते हुए जंगल की ओर बढ़ चले...समय का इस

समय भी ठीक तरह अनुमान नहीं हो पा रहा था। लगता था कि रात के बिचौले प्रहर में है। एक पल के लिए विचार भी आया–इतनी जल्दी गंगा किनारे पहुंचकर क्या करेंगे? सूर्योदय में अभी बहुत समय शेष है।

किंतु चलते गए। मन में जन्मे प्रश्न का समाधान खोज लिया था। पुण्या गंगा के किनारे बैठकर लहरों के संगीत में खो जाएंगे–अच्छा लगेगा। अपनी ही पदचापों ने ध्यान खींच लिया...इसके साथ ही फिर से माथे में कौंध हुई–विगत।

कितनी विचित्र स्थिति है? कर्ण ने सोचा–लगता है जैसे भूत, वर्तमान और भविष्य की सनातन प्रक्रिया में ही कुछ अवरोध आ गया है–वर्तमान और भविष्य तो लगभग गुमने को ही आए हैं। जो है, वह केवल विगत शेष है। एक कर्ण ने भीतर ही क्यों, इस महासमर से जुड़े हर छोटे–बड़े के लिए केवल विगत ही शेष है।

वर्तमान और भविष्य अपनी–अपनी तरह अवश्य ही कुछ-न-कुछ रहेंगे ...पर कर्ण को लग रहा है कि वे महत्वहीन हो उठे हैं।

क्यों? किसी अदृश्य ने प्रश्न कर दिया है।

इसलिए कि वर्तमान है यह वीभत्स युद्ध...और युद्ध का हर दर्शित–अदर्शित-सा। इस सबका आगत–अनिश्चित।

यदि किसी के लिए कुछ सोच पाना संभव रह गया है तो केवल विगत। अनायास ही यह विगत कर्ण के भीतर घटाओं की तरह उमड़ आया है...बरस पड़ने को आकुल...उनके कदम अनजाने ही तेज-तेज चलने लगे हैं–अवश। उतने ही अवश जैसे मन विगत के किनारे पकड़ने को आतुर विचार लहरों पर दौड़ता हुआ।

बेचैनी बढ़ गई है...बहुत कोशिश कर रहे हैं कि विगत से न जुड़ें। उस किनारे से कतराए रहें जो अक्सर ही उनका मन सम्बल समझकर थाम लेता है–पर लगता है कि शक्तिहीन हो गए हैं...सन है कि उनकी आत्मशक्ति के जाल से किसी मछली की तरह फिसल जाता है–फिर किनारे पर खड़े विगत के शूल-वृक्ष को सम्बल समझकर बढ़ता है–अगले ही पल उसके पास।

कर्ण ने चलते-चलते बहुत थकान महसूस की। पाया कि मन ने दोनों बांहे फैलाकर उस वृक्ष को जकड़ लिया है। आगत का शूल-वृक्ष।

उन्होंने अपने को ही चीखते अनुभव किया। बहुतेक विगत-शूल मन के आर-पार हो गए। उन्हें ही लहूलुहान करते हुए...समाज-परंपराओं, संबोधनों, अपमानों और तिरस्कारों के असंख्य शूल।

विगत का हर पल, पल का हर स्मरण, स्मरण से जुड़ा हर श्वास–छोटे-बड़े शूलों का अंतहीन सिलसिला और हर बार घायल होते, कराहते रहे कर्ण। विगत! विगत! विगत!

कौन विश्वास करेगा कि इस दमदमाती देह, बलिष्ठ शरीर और राजसी व्यक्तित्व का रोम-रोम अदृश्य शूलों से छलनी हुआ पड़ा है। कौन सुन सकेगा कर्ण के भीतर से निरंतर उठती रहीं चीत्कारें!

शायद कोई नहीं...कर्ण ने सोचा। मन हुआ कि अपने से ही कह दें–जिस भाग्यहीन की माता ही इन शूलों को नहीं देख सकीं, चीखों को नहीं सुन सकीं–उसके लिए दूसरों से अपेक्षा करना मूर्खता है।

चलते-चलते लड़खड़ा उठे। पुण्यसलिला गंगा के घाट पर आ पहुंचे थे। यहां तो ऐसा कुछ है नहीं, जिससे ठोकर लगी हो, तब यह लड़खड़ाहट? स्वयं को थामा। मन नदी की खिलखिलाहटों से जोड़ लेना चाहा–जी हुआ कि उतने ही निर्मल भाव से अपने भीतर भी हंसी समो लें–

साथ लाया हुआ कुशासन एक ओर बिछाया–बैठ गए। अंधकार के कारण नदी और तट-क्षेत्र कितनी दूर से प्रारंभ होता है–तय नहीं कर पा रहे थे, किंतु जल की अठखेलियां और लहरों की खिलखिलाहटें स्पष्ट सुनाई दे रही थीं। उन्हीं ने अनुमान कर लिया था कि तट पर हैं–न जल से बहुत दूर, न जल के बहुत पास।

पुनः इच्छा जागी थी कि मन को खिलखिलाहटों से जोड़ें–कुछ पल विगत-स्मरण से मस्तिष्क को मुक्ति दें, शांत हों–पर लगा असंभव है। क्या कर्ण की एकाग्र-शक्ति में कमी आ रही है?

नहीं, अपने-आप को विगत से परे नहीं कर पाते हैं तो इसका कारण उनकी आत्मशक्ति या एकाग्रता में कमी नहीं, अपितु आत्म-न्यायाधीश है, जो जाग्रत् होकर न्याय करने बैठा है।

इसे सारे जीवन दबाया -कुचला कर्ण ने। कभी सोचा कि कीर्ति-अर्जन करके विगत के हर सुख-दुख को जीवन से गुमा देंगे, किसी पल सोचा कि दानशक्ति से अपनी असहनीय पीड़ा के कारण निरंतर करते जा रहे पाप-षड्यंत्रों को पुण्य में बदल देंगे, कभी सोचा कि शक्ति और क्षमता से जिस सफलता को पाएंगे, उसमें अपने प्रति किए गए दोषों को भी मिटा देंगे और उन दोषों के कारण प्रतिक्रिया में स्वयं से हुए दोष भी नष्ट कर डालेंगे। आत्म-न्यायधीश की आवश्यकता ही न होगी।

पर कुछ भी नहीं कर सके। न पाप को पुण्य बना सके, न दोषों को दान-धर्म से मिटा सके, न ही किसी के दोष में प्रत्युत्तर स्वरूप हुए अपने निरंतर दोषों को न्यायिक या उचित ठहरा सके।

निर्णायक युद्ध-बेला के इस पूर्व काल में कुचला हुआ न्यायाधीश सहसा उबर आया है...कर्ण से कहीं शक्तिशाली, कहीं क्षमतावान् और कहीं अधिक समर्थ।

दिखता नहीं है वह, किंतु कर्ण उसके हर प्रश्न का उत्तर देने को बाध्य हुए हैं। या यों कि वह अपनी असामान्य शक्ति से कर्ण के भीतर ही छिपा उत्तर खोज निकालता है। ढेरों प्रश्न हैं, ढेरों उत्तर। उन सबके बीच हैं, कर्ण के अंतिम युद्ध का निर्णय। धर्माधर्म का लेखाजोखा।

इस लेखे-जोखे में कर्ण के प्रति हुए दोष भी हैं और कर्ण के द्वारा जवाब में किए गए अनेक दोषों की श्रृंखला भी हैं वे घटनाएं भी हैं, जब कर्ण ने दोष को जानते हुए भी दोष-मार्ग का ही अनुसरण किया। नितांत पाप। लगता है कि गंगा की लहरें खिलखिला नहीं रही हैं–प्रश्न कर रही हैं। चीखते, चीरते हुए प्रश्न...

"दोष का प्रत्युत्तर दोष तो नहीं होता, महावीर? पाप का उपचार या कि प्रत्युत्तर पाप नहीं हो सकता। यदि कुंती तुम्हारे अनुसार दोषी हैं, तो तुम्हेरे अगले दोष इस कारण उचित नहीं हो जाते?"

"किंतु...किंतु..." कर्ण बड़बड़ा उठे हैं। लहरों की तरह मन में उमड़ता-बहता आत्म उनका स्वर सुन पा रहा है, या नहीं-नहीं मालूम। इतना मालूम है कि वह जूझ रहे हैं...अपने और सबके गुण-दोषों के इस निर्णायक क्षेण में जूझ रहे हैं। कहते हैं–"जन-उत्सव में हुए उस अपमान का दोषी कौन है? मैं ही नहीं, कोई कैसे भूल सकता था उस क्षण को, जब उसके अस्तित्व को ही पाप घोषित किया जा रहा था। उसके वांछित अधिकार को तथाकथित कुलीनता ठोकरें मारती हुई सार्वजनिक उपहास और धिककार का विषय बना गई थी?" उनकी आवाज सहसा तीखी हो गई है...आवेश में श्वास-गति बढ़ी हुई–"मेरे दोष ढूंढ़ने के पूर्व उस दोष को अनदेखा नहीं किया जा सकता?"

"सुनो..." एक गुनगुनाहट की तरह मन उनके तर्क को थामने का प्रयत्न करता है, पर वे जैसे चीखकर इस गुनगुनाहट को काट डालना चाहते हैं..निरंतर बोलते हुए, निरंतर आरोप लगाते हुए–"...उस पल मैं समझ नहीं सका था कि कुंती बेसुध क्यों हुई थीं? पर जब मालूम हुआ तब मुझे उनसे घृणा हुई थी। क्यों न होती भला? मेरे पास कृपाचार्य की बात का उत्तर नहीं था, पर मेरी जन्मदायिनी के पास तो था? वह–जो भव्य कुरुकुल और वंश के सर्वोच्च आसन पर बैठी थी? वह जो मुझे सार्वजनिक अपमान के सागर में डूबते-छटपाटते देख रही थी, वह क्यों नहीं याद करते तुम? वही याद करो। उस सबको याद करो...वहीं से याद करो।

हांफ गए हैं कर्ण...स्वर भी भर्राया हुआ...ऐसे, जैसे भीतर-ही-भीतर रो लिए हों...बोले नहीं हों–सिर्फ रोये हों। गला भर्रा जाने तक बिलखते रहे हों..."

उस दिन भी हांफ गए थे। कुछ बोल सकेंगे–इसी में शंकित हो उठे थे कर्ण। संभवतः गला भर आया था उनका। बहुत थके हुए–रुलाई से थके हुए।

कुल?...वंश?...और माता-पिता का नाम-परिचय?...

हर शब्द बड़ी सहजता और नम्रता से आया था उनकी ओर, पर कर्ण को लगा था कि भरी रंगभूमि में हर शब्द उनके शरीर में असंख्य बाणों की तरह आ लगा है। कर्ण हर ओर से लहूलुहान। घावों से भरा मन-शरीर लिए मृतवत् स्तब्ध खड़े हुए!

पुतलियां घूम रही थीं। सब देख पा रहे थे, समझ-सुन भी रहे थे, किंतु शक्तिहीन होकर। कृपाचार्य ने जो कुछ कहा था, वह नियम था; किंतु इस नियम से अनजाने ही प्रतापी वैकर्तन के भीतर से समूची जीवनशक्ति, सक्रियता छीन ली थी।

देख रहे थे–धिक्कार फेंकती भीड़ की दृष्टियां। उपहवास भाव से भीष्म और द्रोणाचार्य के सिकूड़े हुए होंठ। अर्जुन का चमकता और विजय-भाव से उठा हुआ शीश...।

खड़े रहना असंभव हुआ जा रहा था।

और चले जाना भी असंभव। लगा था कि आंखें भर आई हैं उनकी अपनी। अपने को ही धिक्कारने-थप्पड़ें मारने का मन हुआ था।

कृपाचार्य ने कुरेदा था उन्हें "आगंतुक शांत मत रहो–। उत्तर दो। महारानी कुंती के यशस्वी पुत्र अर्जुन तुमसे प्रतिस्पर्धा के लिए तैयार खड़े हैं–बतलाओ, क्या नाम, कुल है तुम्हारा?"

कर्ण की बेबसी से बुझी आंखों ने दुर्योधन को देखा था...दुर्योधन ने उनसे क्या समझा–क्या नहीं–यह अज्ञात, किंतु सहसा वह बोल पड़ा था–"वीरों का परिचय वीरता ही होती है ब्रह्मण। वही उनका कुल-वंश परिचय।"

"तुमने सत्य ही कहा है गान्धारीसुत, किंतु यह राजकीय औपचारिकता है, और इसकी पूर्ति आवश्यक है।" कृपाचार्य ने तर्क दिया था–"यह नियम है कि राजकुल के व्यक्ति का मुकाबला राजकुल के व्यक्ति से ही हो। साधारण जन उससे प्रतिस्पर्धा के योग्य नहीं माना जाता। आगंतुक को ..." अभी शब्द पूरे हों, इसके पूर्व कर्ण बोल पड़े थे–"मेरा नाम कर्ण है और मैं चंपानगरी का निवासी हूं..."

कृपाचार्य अपने शब्द पूरे करने को ही थे कि कर्ण की कटी बात, दुर्योधन ने झेल ली। कुछ कदम बढ़कर रंगभूमि में वह कर्ण के समीप जा पहुंचे। एक हाथ कर्ण के कंधे पर रखकर बोले थे–"यदि नियमानुसार यह आवश्यक है कि अर्जुन से प्रतिस्पर्धा के लिए कर्ण भी राजपुरुष हों, तब मैं इसी क्षण उन्हें अंगदेश का राजा घोषित करता हूं...।"

सब ओर सनसनी बिखर गई थी। कुरुकुल के वृद्ध फुसफुसाते हुए। आचार्य द्रोण और विदुर चिंतित और व्यग्र हो उठे थे। प्रतापी देवव्रत के भाल पर सिकूड़नें पैदा हुईं, सोच में पड़ गए।

दुर्योधन ने दुःशासन को आदेश दिया था, "बंधु, तुरंत अभिषेक का सामान लाओ। मैं यहीं वीर कर्ण का अभिषेक करूंगा ताकि वह अर्जुन से प्रतिस्पर्धा कर सकें। यों भी अब कर्ण...अब हमारे लिए केवल एक प्रतिस्पर्धी नहीं मित्र हैं और हमारे संपूर्ण राजवैभव, शक्ति, समृद्धि पर उनका मित्रवत् समान अधिकार है।"

दुःशासन और कई लोग तुरंत सामान लाने दौड़ गए।

उस समय तक कर्ण जिस सामाजिक अपमान के आंसुओं को पलकों की कोरों पर थामे रहे थे, वे सहसा...आनंदाश्रु बनकर गालों पर छलक पड़े। दुर्योधन की ओर उन्होंने केवल मित्रता से नहीं, श्रद्धाभाव से देखा था...लगा था कि कर्ण ने जीवन की सबसे श्रेष्ठ उपलब्धि प्राप्त की है। राधा की ममता ने यदि कर्ण पर अधिकार कर लिया था तो दुर्योधन के मित्र-स्नेह ने उनका जीवन खरीद लिया था। जिस समाज, श्रद्धा, वीरता के परिचय के लिए कर्ण तिलमिला रहे थे, सहसा उसे दुर्योधन ने शीतल गंगाजल से नहला दिया था। जिस आग ने कर्ण को झुलसाए रखा था, उस आग को दुर्योधन मिटा भले न सके हों, किंतु उस पल सबके सामने उन्होंने झुलसते कर्ण को अपनी बांहों में भरकर बचाने की चेष्टा की थी।

दुर्योधन भरी, ठहरी निगाहों से कर्ण को देख रहे थे...और कर्ण जितने मन से भीगे हुए, उतने ही आंसुओं से भीगे हुए। सहसा कर्ण ने भावावेश में भरकर दुर्योधन को सीने से लगा लिया। बुदबुदा उठे–"मित्रवर! आज का दिन मेरे जीवन का सबसे श्रेष्ठ दिन है। तुम्हारी मित्रता पाकर मैंने एक

ब्रह्मनिधि की प्राप्ति की है। राधापुत्र कर्ण इस उपकार के लिए प्रत्येक श्वास में तुम्हारे प्रति समर्पित रहेगा। तुम्हारे शत्रु, उसके शत्रु रहेंगे, तुम्हारे मित्र उसके मित्र।"

दुर्योधन ने उत्तर नहीं दिया। शायद कर्ण की उस स्नेहिल दृष्टि और रसमय शब्दों का उत्तर नहीं था उसके पास...जो भीतर था, वह कर्ण की पीठ पर आनंदातिरेक से थपकती उसकी हथेलियों ने व्यक्त किया।

सकपकाहटों और फुसफुसाहटों का सिलसिला जारी था...और तभी उस कक्ष की ओर, जिधर कुरु राजकुल की स्त्रियां बैठी थीं, चहल-पहल हुई थीं। फिर एक नई सनसनी फैली...सनसनी में समाचार..."पांडवजननी सहसा ही मूर्छित हो गई हैं।"

"अरे?" स्वयं कर्ण के मुंह से स्वर निकल गया था।

सुनानेवाला दुर्योधन को सुना रहा था..."देर से अस्वस्थ हो रही थीं वह...पहले जल पिया, फिर भी घबराहट नहीं थमी और कहते हैं सहसा बेसुध हो गईं। अब महात्मा विदुर उनका उपचार कर रहे हैं।"

दुर्योधन ने कुछ नहीं कहा। कर्ण ने सोचा था...संभवतः देर से रंग-भूमि में वीरों का अस्त्र-प्रदर्शन देखने के कारण ही बेसुध हो गई होंगी[1]। बात मन से आई-गई हो गई थी। इतना सोच लेने के अतिरिक्त कर्ण से कुंती की बेसुधी का संबंध ही कितना था।

लगता है, जिस बात को इस सहज ढंग से लेकर उस समय उपेक्षा बरत गए थे, वह इतनी असहज थी कि सारे जीवन की पीड़ा बनकर रह गई है। कहां जानते थे कि कभी कुंती के अचेत हो जाने की वह साधारण सी दिखनेवाली घटना उनके जीवन की सबसे असाधारण घटना बन जाएगी।

---

1. महाभारत, आदिपर्व के 139वें अध्याय में श्लोक क्रम 25 से 30 के बीच इस घटना का उल्लेख इस प्रकार है–"...कुंती का बड़ा बुरा हाल हुआ। कर्ण और अर्जुन दोनों ही उनके पुत्र थे। उनके परस्पर युद्ध करने की खबर से उनको चक्कर आ गया। धर्मात्मा विदुर ने दासियों की सहायता से चंदन का पानी छिड़ककर उन्हें सचेत किया। चेत होने पर कवच पहने युद्ध के लिए उद्यत दोनों पुत्रों को देखकर कुंती बहुत घबराईं; पर कुछ न कर सकीं–उन्हें कोई उपाय न सूझा।"

याद करते हैं और जबड़े कस उठे हैं। कुंती के प्रति एक धिक्कार मन को किन गहराइयों से पसलियों को चीरता हुआ उभर आता है–पता ही नहीं पड़ता।

याद करते हैं तो लगता है कि कुंती की वह अचेतना नहीं थी–चेतना थी। कुंती के अपने भीतर का धिक्कार। अवश्य ही उस पल कुंती को उनके आत्म ने धिक्कारा होगा–"कुल और राज-गौरव की झूठी मर्यादा में उलझी स्त्री। क्या तू जानती नहीं कि वह जो सार्वजनिक रूप से बेबस कर्ण के साथ घट रहा है–कर्ण का नहीं तेरा अपमान है? उस सहज प्रेम समर्पण का अपमान है, जो तूने सूर्य के प्रति किया? उस आशीष का अपमान है जो तुझे दुर्वासा से प्राप्त हुआ।"

कुंती सह न पाकर बेसुध हो गई थी।

क्या वह केवल कुंती की बेसुधी ही थी?

संभवतः नहीं।

बेसुधी की आड़ में वह स्पष्टतः कुंती का अन्याय था कर्ण के प्रति। सत्य की अवहेलना थी। घोर तिरस्कार।

कर्ण कभी नहीं भूल सकेंगे वह तिरस्कार।

इसलिए कर्ण जीवन-भर कुंती की अवहेलना ही करते रहे हैं...या यों कि हर कुंती पुत्र के प्रति उनके मन में घृणा भर आई है।

युधिष्ठिर का तथाकथित धर्मज्ञ होना। समूचे पांडवों का बार-बार न्याय के नाम पर कुरुराज्याधिकार की मांग करना। कुंती का देवी पुकारा जाना। समाज, राज से मिलने वाला सम्मान...सब कर्ण की दृष्टि में हेय। सब कर्ण के लिए घृणा का कारण! सब, को अस्वीकारना कर्ण का सत्य।

लहरों के स्वर फिर-फिर टकराने लगे हैं माथे में। लगता है इन स्वरों में आक्रोश नहीं है, पीड़ा की खीझ-भरी बिलखनें समाई हुई हैं। इन स्वरों को कर्ण ने प्रतिपल सुना है। प्रतिक्षण उनका दर्द भोगा है।

और उस दर्द ने कर्ण को केवल निषेध बना छोड़ा है। हर सत्य के प्रति एक नकारात्मक भाव उनके मन में भर गया है। नकार भाव का यह जीवन ही कर्ण को नियति बना है। असत्य ही उनका सत्य?

यदि कुंती उस पल कर्ण से भरी रंगभूमि में किए गए उस अपमानास्पद प्रश्न का उत्तर बनकर आ खड़ी होती, तब क्या कर्ण वही होते, जो आज हैं। हर सच को झुठलाते हुए? केवल सत्य का निषेध बने हुए? अन्याय पक्ष का सेनापतित्व सम्भाले हुए? पांडव बंधुओं के प्रति सदा षड़यंत्र की रचना में व्यस्त रहे हुए?

निश्चय ही नहीं। कर्ण बुदबुदाकर जैसे अपने ही शब्द सुन रहे हैं। अपने ही सवालों का उत्तर बने हुए–"निश्चय ही तब मैं वह नहीं रहा होता, जो आज हूं? तब मैंने दुर्योधन की दुर्बुद्धि को थाम लिया होता। तब मैं दुःशासन को द्रौपदी के वस्त्र-हरन से रोकता ही नहीं, उसका हन्ता बनता। पर वह अवसर तो मुझे मेरी माता ने ही नहीं दिया। जिस समाज-लज्जा की रक्षार्थ कुंती ने मुझे त्यागा वही समाज-लज्जा उस समय कहां थी, जब भरी रंगभूमि में मदमत्त भीमसेन ने मुझे सूतपुत्र कहकर पुकारा था?"

एक पल के लिए कर्ण को लगा था कि उनके इस प्रश्न पर आत्म कहीं डर उनके अपने ही भीतर चोरभाव से जा छिपा है–उत्तरहीन।

कर्ण के होंठों पर अंधेरे में ही एक व्यंग्य-भरी मुस्कान नाच उठी थी–"मुझ पर आरोप लगाने के पूर्व इसी सबका उत्तर देना होगा तुम्हें। जिस समाज-भय और नारीत्व-रक्षा के लिए कुंती ने मुझे त्याज्य समझा-वह नारीत्व और समाज–गौरव उस पल आहत क्यों नहीं हुआ जब भीमसेन ने मुझे गालियां बकी थीं। सच तो यह है कि वे सारी गालियां, सारे लांछन भीम ने मुझ निर्दोष पर नहीं लगाए थे, बल्कि भरी सभा में कुंती पर लगाए थे। और कुंती सब सुनतीं रहीं?"

सोचकर बहुत संतोष मिला है...जब-जब सोचा है, तब-तब यही संतोष पा लिया है।

भीम बोले थे–"सूतपुत्र! नराधम! अकुलीन! तू तो अर्जुन के हाथों मृत्यु योग्य नहीं है। तुझ जैसे जाति-कुलहीन का वध कर वीर अर्जुन अपने गांडीव को अपमानित नहीं करेंगे।"

कर्ण की भौंहें चढ़ गई थीं। मांसपेशियां थिरक उठीं। शिष्टाचार का विचार करके केवल हाल में मित्र बने दुर्योधन की ओर देखते रह गए थे।... "केवल देख रहे थे या कह रहे थे–'कुरुराज! क्या यही मित्र-सम्मान दिला रहे हो तुम? तुम्हारे कुल-बंधु ही तुम्हारे मित्र को इस तरह अपमानित–लांछित करें?

उस पल दुर्योधन ही कवच की तरह उस समाज-थधिक्कार के उत्तर में आ खड़ा हुआ था भीम और कर्ण के बीच–"दुर्मति भीम! क्या तुम जानते नहीं हो कि अब कर्ण राजपुरुष हैं? अंगदेश के महाराज उनका मूल्यांकन, जाति-कुल आदि का निर्धारण कायरों की तरह दुर्वचन बोल देने से नहीं, उनके समान वीरता के प्रदर्शन से ही संभव है। तुम वही करो। अपने भाई अर्जुन से कहो कि वह रंगभूमि में मेरे मित्र का सामना करे और अपने-आप को श्रेष्ठ सिद्ध कर दिखाए।"

खासी तू-तू मैं-मैं होने लगी थी कौरव-पांडव बंधुओं के बीच और कर्ण ने उस प्रतिक्षण अपने-आप को दुर्योधन के करीब और करीब होते पाया था। क्यों न पाते। उन धिककारों, लांछनों और अपमानों के समुद्र में डूबते हुए कर्ण को उबारने के लिए वही तो आया था।

उस दुर्योधन को कभी नहीं भूल सकेंगे कर्ण। कभी भूल भी नहीं सके हैं। वह केवल मित्र नहीं बंधु, सखा और साथी सभी कुछ रहा है। उसने जाति-कुल गौरव का तथाकथित दंभ किनारे रखकर उन्हें सार्वजनिक तौर पर छाती से लगाया था, उस छाती से लगाया था, जिसके लिए कर्ण बचपन से ही तड़प रहे थे।

काश, कुंती उस पल कर्ण को सीने से लगा सकी होतीं! स्मरण-मात्र से वे छाले ज्यादा जल उठते हैं जो कर्ण के सीने पर पड़े हुए हैं। जन्म के साथ किसी और ने नहीं उनकी अपनी माता ने वे दिए हैं।

दुर्योधन ने इन्हीं छालों को मित्र स्नेह से सहलाया था। तब, जबकि कुंती चाहतीं तो एक शब्द स्वीकार के साथ कर्ण के छालों को सदा-सादा के लिए लुप्त कर सकती थीं।

किंतु कुंती ने जान-बूझकर ऐसा नहीं किया था...कर्ण के प्रति निरंतर अन्याय ही किए गई थीं वह।

तब भी अन्याय किए गई थी, जब उसी रंगभूमि में एक और घटना घटी। बेटे को निरंतर अपमानित-ताड़ित होते देखकर भीड़ में खड़े अधिरथ लाठी टेकते हुए बाहर निकल आए थे। कर्ण के आत्म पर चलते समाज-ताड़ना के उन प्रहारों से हो रहे घाव सहलाना चाहते थे अधिरथ, या कि उन घावों के हिस्सेदार बनने आ पहुंचे थे वह?

चेहरे पर घबराहट, चिंता और व्यग्रता के साथ-साथ पुत्र को अंगदेश का राजत्व पा जाने की खुशी भी थी अधिरथ की आंखों में।

कर्ण, वृद्ध सूत-पिता को आता देखकर आगे बढ़े थे, गले लगा लिया था। आत्मपीड़न के उस क्षण में अधिरथ के स्पर्श से जो सहानुभूति झरी, उसने कर्ण को रुआंसा कर दिया।

धिक्कार ज्यादा और ज्यादा बरसने लगे।

"सारथी पुत्र!" कहीं कोई स्वर उठा था।

कर्ण को याद है–वह स्वर जन समुदाय के बीच से नहीं, कुरु–राजपुरुष की पंक्ति से उठा था।

"सूतपुत्र, छिः! अपवित्र! अकुलीन!"

वह भी राजपुरुषों के कक्ष से।

स्त्रियों की ओर से उभरीं कुछ व्यंग्य-भरी फुसफुसाहटें और धिक्कार से भरी खिलखिलाहटें।

कर्ण ने उस दिन कितनी-कितनी बार अपने भीतर उमड़ते क्रोध को थामा, याद नहीं...पर बहुतेक बार थामा था। बहुतेक बार अपने ही भीतर विष के कितने ही घूंटों की तरह उन धिक्कार-भरे स्वरों और टिप्पणियों को पिया।

पिया, पर पचा नहीं सके।

क्यों पचाते?

समाज से मिले विषय को पचाना साधु का काम हो सकता है...और कर्ण साधु नहीं। सूर्यपुत्र हैं। क्षत्रिय। वीर, जो प्रहार का उत्तर प्रहार से दिया करते हैं।

"पर तुम भूल रहे हो कर्ण! बहुत कुछ भूल रहे हो।" लगता है कि अंधकार की सिकुड़ती चादर धीमे-धीमे आकाश में एक स्वर गुंजाती हुई भागी जा रही है, कुछ याद दिलाती हुई...

कर्ण ने चौंककर यहां-वहां देखा...अंधेरा अब धीमे-धीमे धुंधलका बनने लगा है। इस धुंधलके में गंगा की लहरों की दिशा, आकार भी कुछ-कुछ स्पष्ट होता हुआ...

स्वर अब भी माथे से ऊपर गूंज रहा है। इस आवाज को पहचानते हैं कर्ण। यह उनकी अपनी आवाज है। अपना सवाल।

"हां, भूल गए हो कर्ण? भूल गए हो कि तुमने क्षत्रिय भाव से व्यवहार कम ही किया है इस कूटजाल से भरे समय में।"

"क्या...क्या किया है मैंने?" उत्तेजना पर काबू नहीं रख पाते हैं मृत्युंजय। प्रश्न से प्रश्न।

उत्तर में गूंज अधिक तीव्र हो उठी है–"प्रहार के उत्तर में प्रहार करना निश्चय ही क्षत्रिय धर्म होता है वैकर्तन, पर तुमने प्रहार कहां किया पांडवों पर? तुमने तो केवल छल किया? कूटनीति का जहर फैलाया कौरव-पांडवों के बीच? केवल षड़्यंत्र किए।"

"न-नहीं...नहीं।" बुदबुदाकर इनकार करना चाहा है, पर लगता है कि आवाज बहुत घुटी है। बहुत कमजोर। सत्य का सामना करने में असमर्थ एक पिटी हुई चेष्टा-भर।

और उत्तर हावी होता हुआ–"हां, यही सच है, वैकर्तन। तुमने वीरों की तरह किसी बार प्रहार का उत्तर प्रहार से नहीं दिया, बल्कि केवल छल और षड्यंत्रों का आसरा लिया। कितनी बार?"

फिर आत्म याद दिलाने लगा है वे घटनाएं, जब कर्ण प्रहार के उत्तर में प्रहार न करके दुर्योधन की दुर्बुद्धि ही बनते चले गए।

अपने ही भीतर निरुत्तर होने लगे हैं वह।

धुंधलके में गूंजती दिशाएं उन घटनाओं का एक सिलसिला बयान किए जा रही हैं, जब महावीर कर्ण ने अपनी गुण-शक्ति के विपरीत केवल छल जालों की रचना की। केवल षड्यंत्र बुने। अपने ही भाइयों के प्रति षड्यंत्र। अपने ही रक्त के प्रति षड़यंत्र।

वे घटनाएं...

उन घटनाओं को याद किए बिना संभवतः कर्ण अपने इस अंतिम युद्ध को न तो जीत ही सकेंगे, न हार सकेंगे–और जीत-हार का निर्णय आवश्यक है। इसलिए याद करने को बाध्य हैं।

अपने-आप को वीर, पराक्रमी और क्षत्रिय पुत्र कहने वाले कर्ण। "प्रश्न अनायास ही धिक्कार की तरह सब दिशाओं से घनगर्जना कर उठे हैं।" याद करो उस क्षण को जब तुमने अवश, असहाय द्रौपदी को नग्न करने की घिनौनी सलाह दुःशासन को दी थी? क्या वह तुम्हारा वीरत्व था? नहीं, वैकर्तन, वह केवल तुम्हारी कायरता थी। कुंठित और झुंझलाए हुए व्यक्ति की नीचतापूर्ण चेष्टा।"

कह देना चाहते हैं–"नहीं...नहीं। ऐसा नहीं है..." पर शब्द सोच–भर सके हैं, प्रश्न पर उलटकर उसी गति से प्रहार कर पाना कठिन। अपने भीतर से उस घटना के लिए तर्क भी खोज लेना चाहते हैं–कह देना चाहते हैं कि "उसका कारण कर्ण की कुंठा नहीं, केवल द्रौपदी और पांडवों के प्रति घृणा थी।"

किंतु घृणा करना तो वीरों का काम नहीं होता सूर्यपुत्र? वीर का काम तो युद्ध करना है। षड़यंत्र उसका स्वभाव नहीं। फिर द्रौपदी जैसी स्त्री के प्रति, जो उस समय अपने पतियों को धर्माधर्म की दुविधा में पाकर असहाय भाव से समूचे पौरुष की सहायता मांग रही थी?

कर्ण निरुत्तर हो उठे हैं।

या कि कर्ण के पास उत्तर ही नहीं है।

अपने ही दोषों को नकारे रखने की चेष्टा में कुतर्क सोच-सोचकर अपने को सहज और शांत बनाए रहे कर्ण अनुभव कर रहे हैं जैसे इस निर्णायक क्षण में, जबकि उनके अपने भीतर का न्यायाधीश जाग्रत् हो उठा है–उन कुतर्कों को तर्क बनाकर प्रस्तुत नहीं कर सकेंगे। वह घटना याद हो आई है...उसी तरह याद हुई है, जिस तरह बहुत पहले याद हो आई थी–

और उसके साथ ही स्मरण हो आया है वह सत्य, जिसे अपने ही भीतर सदा दबाए रहे थे। षड़यंत्र और उस षड़यंत्र का सत्य, जिसे अंतिम युद्ध-क्षण में आत्म ने मन के हर छिपे कोने से खोज निकाला है...

सत्य तो यह है कर्ण कि द्रौपदी के पति ईर्ष्यालु थे तुम? घृणा करते थे। घृणा भी इस सीमा तक कि उस नारी के प्रति तुम बदले की भावना से भर उठे थे।

"नहीं-नहीं..." कह देना चाहते हैं, पर लग रहा है जैसे न बोल सके हैं, न बड़बड़ा पाए हैं, केवल हांफ कर रहे गए हैं...

"इस सीमा तक तुम गिर गए थे मृत्युंजय, कि तुमने उस दिन यह भी विचार न किया था कि द्रौपदी तुम्हारे भाइयों की पत्नी है। यहां तक कि तुमने उसके प्रति अपशब्द कहे थे–उसे व्यभिचारिणी और कुलटा तक कह डाला था। तुमने उस दिन द्रौपदी को उस कृष्णा-भर के रूप में देखा था, जिसने कभी तुम्हारा सार्वजनिक अपमान कर दिया था।"

लगा है कि दौड़ते–दौड़ते हांफने लगे हैं। विगत के अंधेरे में विस्मृत मार्ग पर दौड़ने और उसे पाने की चेष्टा में यह सहज ही है...

द्रौपदी स्वयंवर की बात है।

लगता है कि हांफते-हांफते वहीं आ थमे हैं–जहां द्रौपदी के लिए वर का चुनाव हुआ था..द्रौपदी के ही द्वारा।

महाराज द्रुपद ने स्वयंवर आयोजित किया था...भरतखंड के अनेक राजा-महाराजा और कालीन क्षत्रिय उपस्थित हुए थे वहां...शिशुपाल, जरासंध, शकुनि, वृषक, राजा विराट् और दुर्योधन, कर्ण सभी...

एक-से-एक धनुर्धर। एक-से-एक योद्धा।

द्रुपद कन्या अतीव सुंदरी थी। नाम–कृष्णा और सांवला रंग सौंदर्य और छवि के अद्भुत मेल ने आकर्षण का तीव्र कारण बनाया।

द्रुपद ने उपस्थित योद्धाओं का समुचित आदर-सत्कार किया था। पांडवों को लेकर सभी ओर समाचार फैला हुआ था कि वारणावत के लाक्षागृह की अग्नि में जल मरे–दुर्योधन और कर्ण आश्वस्त थे कि अर्जुन स्वयं इस स्वयंवर में अनुपस्थित रहेंगे।

द्रौपदी जिस क्षण स्वयंभर सभा में उपस्थित हुईं, उससे पूर्व द्रौपदी को जय करने के लिए प्रतियोगिता रख दी थी...

दुर्लभ और कठिन प्रतियोगिता थी वह।

सभागार के बीचोंबीच एक चक्र लटकाया गया था। इस चक्र के ऊपर एक कृत्रिम मछली टंगी हुई थी। प्रतियोगी को चक्र के नीचे, धरती पर बैठकर एक कठोर धनुष-बाण द्वारा घूमते हुए चक्र के बीच संधान करना था। इस संधान में उसे ऊपर देखने की स्वीकृति नहीं थी, अपितु चक्र पर घूमती मछली के ठीक नीचे पृथ्वी पर एक तेल कुंड बना हुआ था। शांत तेल के भीतर जो प्रतिछाया पड़ रही थी, उसकी ओर देखते हुए मछली का लक्ष्य-बेध अनिवार्य था।

अति दुष्कर प्रतियोगिता।

किंतु इस दुष्कर प्रतियोगिता से ही तो अपूर्व सौंदर्यमयी द्रौपदी प्राप्त होनी थी।

हर राजा की दृष्टि सुंदर, सुकुमार, सुगठित देहवाली कृष्णा पर ठहरी हुई। अंग-प्रत्यंग इस कदर सजे-संवरे और सुडौल थे कि दर्शन मात्र से शरीर में उत्तेजना होती। उपस्थित सभी राजाओं ने इस उत्तेजना को अनुभव किया था।

कर्ण भी तो मुग्ध भाव से उस सौंदर्य-रस को दृष्टि से पीते रह गए थे ...किंतु सहज हुए। स्वयं को संभाला। साथ बैठे मित्र दुर्योधन को देखा। दुर्योधन की आंख कृष्णा पर टिकी हुई...इस टिकी आंख में आकर्षण ही नहीं, भूख की बेचैनी भी देखी थी कर्ण ने। मन ने कहा था–'कर्ण, द्रौपदी पर दुर्योधन का अधिकार होना चाहिए। यों भी इतनी सुंदर राजकन्या विशाल कुरु राज्य की रानी होने के योग्य ही है।'

किंतु दुर्योधन के लिए उसे प्राप्त करना कठिन। वहम उभर आया था। सहज था वह संशय। जिस तरह की कठिन स्थिति में मत्स्य-वेध करना था, वह कर्ण जैसे धर्नुधर के लिए ही संभव।

"तब मैं दुर्योधन के लिए द्रौपदी को जय करूंगा।" कर्ण ने अपने भीतर निर्णय ले लिया था।

द्रुपद पुत्र धृष्टधूमन ने प्रतियोगिता की घोषणा की। एक सनसनी फैली...फिर फुसफुसाहटें उभरी और उसके बाद दर्प-भरी दृष्टियों ने कृष्णा को इस तरह घूरना प्रारंभ किया जैसे वे सभी उसे पा लेंगे।

द्रुपद-कन्या के सामने एक स्वर्णथाल में बहुमूल्य वरमाला रखी थी... अभी, कुछ पल बाद कोई विलक्षण धनुर्धर लक्ष्य-वेध करके द्रौपदी का अधिकारी बन जाएगा और लज्जा से लदी हुई राजकन्या यह वरमाला उसके गले में डाल देगी।

घोषणा के बाद क्रमशः राजाओं के नाम पुकारे जाने लगे...फिर वे क्रमशः उठे...एक के बाद एक...

शल्य, शाल्व, दुर्योधन, कलिंगराज, सुनीथ, वक्र...अनेक।

किंतु यह क्या? कर्ण ने विस्मय से देखा–लक्ष्य-वेध तो दरकिनार, वह धनुष संभालना ही बहुतेरे राजाओं के लिए असंभव साबित होने लगा। कठोर धनुष को उठाकर उसकी डोर खींचना कठिन...

अधिकतर राजाओं की यही दशा हुई थी। संपूर्ण बल, चेष्टा और कुशलता के साथ राजा लोग धनुष उठाते, प्रत्यंचा खींचने की चेष्टा करते और या तो धरती पर गिर पड़ते या धनुष हाथ से उछलकर दूर जा पड़ता। एक वज्र टंकार उठती और फिर उपहासात्मक टिप्पणियां उठतीं, "धिक्कार! न भाग लिया होता इस स्वयंवर में तब अधिक अच्छा होता।"

हंसी और हंसियों के अनेक ठहाके।

कर्ण की तीव्र दृष्टि धनुष, उसकी डोरी, लक्ष्य–वेध के बिंदु सभी को बहुत नुकीली नजर से देखती हुई। अब क्रम उन पर आने को ही था। उस पल काफी पीड़ित हुए थे, जिस पल दुर्योधन असफल हुए। पिटा चेहरा लिए, दृष्टि झुकाए चुपचाप कर्ण के पास आ बैठे...कर्ण ने जबड़े कस लिए। निर्णय मन में अधिक दृढ़ किया–"यह लक्ष्य-वेध तुम्हें करना ही होगा कर्ण। वीरत्व प्रदर्शन के लिए नहीं, मित्र की कृष्णा को पाने की इच्छा के लिए।"

"प्रतापी अंगराज," एक स्वर उठा और उसके साथ ही दीर्घकाय, मृत्युंजय आसन से उठकर धनुष की ओर बढ़े...

धनुष तेल-कुंड के पास रखा था। चमचमाता, हंसता, चुनौती देता हुआ, जैसे कह रहा हो–"आओ वीर, मेरी प्रत्यंचा चढ़ाकर अपने बल का प्रमाण दो।

कर्ण की दृष्टि धनुष पर थी...अगले ही पल उसका हाथ धनुष की ओर बढ़ गया था...

किंतु छू नहीं सके। सहसा एक कोमल, किंतु विद्युत्-सी सनसनाती हुई आवाज ने उनके बढ़े पंजे को हवा में ही थाम लिया...

"नहीं।"

सभी चौंके। दुर्योधन ने चकित होकर आवाज की दिशा में देखा। कर्ण आश्चर्य से उसी ओर देखने लगे...किसकी आवाज है?

प्रश्न पूछने-जानने का अवसर नहीं आया था। अगले ही पल द्रपुद-कन्या विद्युत् की ही तरह आसन से उठ खड़ी हुई थीं। स्वर कौंध से भरा हुआ था, सौंदर्य तेज से दमकता हुआ,"नहीं, मैं सूत-पुत्र से विवाह नहीं कर सकूंगी।"

सब स्तब्ध हुए। सन्नाटा इस तरह वातावरण को निगल गया जैसे सूर्य को ग्रहण ने ग्रसा हो।

कई राजाओं के चेहरों पर घबराहट, चिंता और बेचैनी की कालिख पुती हुई। स्वयं राजा द्रपद की श्वास गति तीव्र हो उठी। एक ओर बैठे यदुंवशी बलराम भी सकपकाए हुए-से वह अकल्पित दृश्य और स्थिति देखते रह गए। श्रीकृष्ण साथ थे। कर्ण को सिर से पैरों तक घूरते हुए। प्रतापी अंगराज का बहुत नाम सुना था उन्होंने। ज्ञात था कि दुर्लभ और दुष्कर युद्धा हैं। यह भी कि पांडव पुत्रों के लिए दुर्योधन से कहीं अधिक चिंता और व्यग्रता का कारण हैं–कर्ण। सूतपुत्र कहे जाने वाले, किंतु तेज में सूर्य की तरह दमकते कर्ण को जब कृष्ण ने देखा तो विश्वास नहीं कर सके थे कि जो कहा-सुना जाता है उन्हें लेकर, वही सत्य है।

असंभव। कर्ण सूतपुत्र नहीं।

तब कौन हो सकते हैं कर्ण?

कृष्ण निष्कर्ष नहीं निकाल सके थे। निष्कर्ष पाने की व्यग्रता में केवल कर्ण के उस अद्भुत व्यक्तित्व को घूरते हुए।

कृष्ण भी चिंतित हो उठे थे। द्रपुद-कन्या के स्पष्ट संभाषण ने प्रतापी वृष को केवल प्रतियोगिता में भाग लेने से नहीं रोका था। अपरोक्ष रूप से अपमान का इतना तीखा थप्पड़ मार दिया था, जिसने कर्ण के स्वर्णित चेहरे को सहसा तपे हुए अग्नि के गोले में परिवर्तित कर दिया। चारों ओर सहम और भय का वातावरण फैल गया।

ग्रहण।

हां, सूर्य ग्रहण ही हुआ था उस दिन।

'सूतपुत्र' का यह लादा गया समाज-संबोधन। कर्ण जब-जब याद करते हैं, विद्रोह से उनके भीतर अग्नि सुलगने लगती है। कुंती के एक दोष ने कर्ण से उनके जीने का अधिकार छीन लिया था। सारे जीवन एक ऐसी स्थिति भोगी कर्ण ने, जिसमें जीने का सहज समाज-अधिकार भी नहीं पा सके वह।

उस पल लगा था उन्हें जैसे द्रौपदी ने उनके प्रति दोष किया है। उसी को लेकर वे मन-ही-मन प्रण-बद्ध हो गए थे–"पांचाली, एक दिन तुझे इस अपमान का पूरा-पूरा मूल्य चुकाना होगा। इसी तरह, भरी सभा में कर्ण तुझे अपमानित करेगा।"

पर नहीं–कर्ण ने संभवतः भूल की।

दोष पांचाली का नहीं, दोष तो था उस व्यवस्था का, जिसने वह घिनौना संबोधन ढोने के लिए कर्ण को बाध्य किया।

किंतु उस पल कर्ण को लगा था कि दोषी द्रौपदी ही है। मन की एक साध को जैसे थप्पड़ मारकर द्रौपदी ने तोड़ा था। बात केवल उस सामाजिक अपमान से भरे संवाद-भर की नहीं है, संभवतः बात है कर्ण की उस इच्छा की, जिसके अनुसार वह द्रौपदी को जय करके मित्र को ठीक उसी तरह भेंट करना चाहते थे जैसे कभी दुर्योधन को आश्वस्त किया है कि कुरुक्षेत्र युद्ध जय करके समूचे भरतखंड का राज्य उसे सौंप देंगे।

पर द्रौपदी...उसके वे शब्द? वह धिक्कृत दृष्टि? वह सामाजिक अवहेलना?

नहीं भूलेंगे कर्ण। कभी नहीं भूल सकेंगे।

भूल भी कहां सके?

भूल पाए होते तो प्रतिशोध की अंधाग्नि में जलकर अपनी ही कुल-वधू को उस तरह भरी सभा में नग्न करवाने की चेष्टा की होती?

संभवतः नहीं।

पर वह पल कभी नहीं भूल सके कर्ण।

सूर्य आकाश पर संपूर्ण प्रभा में हंस रहे थे उस पल...प्रकाश किरणों के एक समुद्र में संपूर्ण पृथ्वी डूबी हुई...

किंतु विचित्र स्थिति? प्रकाश समुद्र के बावजूद लगा था कि सूर्य को ग्रहण ने ग्रसा है।

अपमान-ग्रहण। एक काला, घिनौना अंधकार जो घृणा के विष से भरा हुआ हो।

कर्ण के चेहरे पर उतर आया था यह ग्रहण। इच्छा हुई थी कि द्रुपद कन्या का इसी क्षण हरण कर लें। सामने आने वाले किसी भी राजा को हत करें और रक्त-रंजित युद्ध करते हुए कृष्णा को ले भागें, फिर ताड़ना-प्रताड़ना देते हुए उन सारे शब्दों का हिसाब चुकाएं जो कृष्णा ने उनसे कहे हैं।

किंतु राज्य नियम, विचार और शिष्टाचार ने जकड़ रखा था उन्हें। एक गहरा श्वास लेकर विष-घूंट को भीतर उतार लिया था। कितनी आंतें उस विष ने काटीं और किस सीमा तक भीतर-ही-भीतर छलनी कर डाला– वह सब सोचने का समय न था। निर्लज्ज और धृष्ट अभिनय भाव से हंसे थे, एक दृष्टि सूर्य की ओर उठाई थी, जैसे हलके गुनगुने शब्दों में पिता से शिकायत की हो–"देखते हो देव! तुम्हारा तेज किस असम्मान को ढो रहा है?" फिर चुपचाप अपने आसन पर आ बैठे थे।

पांडव-कौरव राजकुमारों की युद्ध-परीक्षा के रंगस्थल में पिए विष-घूंट के बाद दूसरा विष–घूंट था वह।

नहीं पचा सके।

इतना अपच हुआ कि उन्हें पचाने की चेष्टा में एक के बाद एक दुर्नीतियां किए गए। किसी बार अपने-आप को सूतपुत्र कहकर अपने ही प्रति निर्ममता और कटुता से हंसे, किसी बार द्रौपदी को भरी सभा में नग्न करवाने के अतिरिक्त कटुतम वाक्य बोलकर उसका उपहास किया। प्रतिशोध और कुंठा की इस घिनौनी अग्नि ने बुद्धि-तंतुओं को केवल क्षतिग्रस्त ही नहीं कर डाला था, अपितु लगभग नष्ट कर दिया। इस सीमा तक कि सारे जीवन गंभीर्य के नाम पर कटुता ही उड़ेलते रहे। कभी भीष्म पितामह को कटु वचन बोले, कभी अहंकार भाव से अर्जुन के वीरत्व को धिक्कारा। कभी बालक अभिमन्यु के प्रति हिंसा में ग्रस्त होकर षड़यंत्र कर बैठे।

"अच्छा नहीं किया कर्ण! तुमने अपने वीरत्व, पराक्रम, दान और ज्ञान तक को लांछित कर दिया।" धुंधलके के साथ लहरें काफी कुछ स्पष्ट हो

उठी हैं...इन लहरों की गति से ही विगत की घटनाएं स्मरण में कौंध रही हैं ...लहरों से उठती ध्वनियां लगता है उन घटनाओं के सत्यासत्य का विश्लेषण करती हुई तर्क बन गई हैं

इन तर्कों की गति शक्ति और लय का सामना करना असंभव। उससे भी कहीं अधिक असंभव है–कायर भाव से इन लहरों को चीरते हुए पार हो जाना। विचारनद की इन लहरों में स्नान करना होगा कर्ण को। तभी स्वच्छ-पवित्र हो सकेंगे।

सूर्योदय होने को है...कुछ पलों बाद जब भास्कर अपनी संपूर्ण आभा पृथ्वी पर उड़ेलते हुए प्रकट होंगे, तब कर्ण नमन में पलकें मूंदकर उनके प्रकाश-सत्य में अपने विगत का हर अंधकार धो लेने की चेष्टा करेंगे...

उससे पूर्व अंधकारों से भरे विगत की अनेक घटनाएं...

अभिमन्यु याद हो आया है

कर्ण को लगा जैसे उनके अपने भीतर लहरों का एक अनंत सिलसिला पैदा हो गया। अभिमन्यु–उनका अपना भ्रातृ-पुत्र। उनका अपना ही कुल-अंश।

न चाहते हुए भी अवश भाव से आंखें छलछला आईं...कठिनाई से स्वयं को रोक पा रहे थे...तरह-तरह से किसी बार सांत्वना देते हुए किसी बार अपने–आप को अपने ही अस्तित्व का बोध कराते हुए...

बहुत थाम रहे हैं स्वयं को

"यह कैसे छलछला उठे हो वैकर्तन? युद्ध में जीवन-मृत्यु का विचार नहीं होता, विचार होता है केवल जय-पराजय का। अभिमन्यु के प्रति तुमने जो षड़यंत्र किया, वह अनीति नहीं–युद्धनीति ही था।"

और अपने लिए ही धिक्कार :

"नहीं, वह अनीति मात्र था। केवल षड़यंत्र। यह तो ऐसे ही हुआ जैसे मैंने अपने ही हृदय का एक टुकड़ा काट लिया हो।"

"छि:, किस तरह भावुक होकर सोचने लगे हो महावीर? अभिमन्यु हत न होता तो तुम्हारे उस मित्र-धर्म का क्या होता जो तुम्हें दुर्योधन के प्रति निबाहना है? उसका संहार करना उचित था।"

"निस्संदेह युद्ध में प्रतिपक्षी का संहार करना उचित है, किंतु क्या महारथी एक बालक को छल से मारकर वीरता या पराक्रम की घोषणा कर सकते हैं? फिर अभिमन्यु की मृत्यु का रहस्य, द्रोणाचार्य से पूछते समय तुम यह कैसे भूल गए थे कर्ण, कि वह अर्जुन का बेटा है। अर्जुन से तुम्हारा वैमनस्य भले ही रहा हो–उनके बालकों के प्रति वैमनस्य क्यों हुआ? अभिमन्यु तो तुम्हारा अपना... ।"

भूल जाना चाहते हैं। बड़बड़ाए हैं–"नहीं-नहीं। वह सब मुझे स्मरण मत दिलाओ। सूर्योदय के साथ ही प्रणाम-पूजा के उपरांत महान् कुरु सेना का नायकत्व संभालना है मुझे। इस तरह, इस पल भावनावेग में कमजोर मत करो मुझे। वह सब याद नहीं करना चाहता हूं मैं।"

पर यादों को कौन काबू कर पाया है?

इतना ही काबू करने की शक्ति होती तो उन विष-धूंटों को ही न पचा लिया होता, जिन्होंने कर्ण के समूचे श्रेष्ठव का नाश कर दिया। उसे इतिहास का दोष बना छोड़ा?

इसलिए यादों को नहीं रोक सकेंगे। अभिमन्यु...

एक सुकुमार छवि...पराक्रम और वीरता का अभूतपूर्व अध्याय। बालक, पर वीरों के लिए कालवत्!

हां, उस पल काल ही हो चुका था वह...कर्ण की दृष्टि धुंधलके में जल पर है। जल पर संभवतः अभिमन्यु का मुसकुराता, भोला चेहरा...निर्दोष आंखे...

वे सात थे–वह अकेला।

वे सब महारथी थे–वह बालक।

वे सब बुरी तरह खीझ रहे थे और वह अद्भुत फुर्ती के साथ कुरु-सेना को कुचलता-मसलता हुआ।

वे बौखलाने लगे थे। किसी बार अकुलाकर यहां-वहां निशाने लगाते, किसी बार अभिमन्यु का अभूतपूर्व रण-कौशल दर्शक की भांति मोहित भाव से देखते रह जाते।

यही कुछ कितने ही घंटों से चल रहा था। जहां-तहां कौरव सेना, उसका व्यूह, व्यूह-रचना के मुहाने बिखरने लगे थे। वे सब चिंतित नहीं हुए थे, अपितु लगता था कि परास्त होने लगे हैं।

कर्ण, शल्य, द्रोण, अश्वत्थामा, कृतवर्मा, बृहद्बल और कृपाचार्य। उन सबके बीच अभिमन्यु। ऐसे जैसे गुजरती घटाओं के भेड़ों जैसे समूह को रह-रह कर अकुलाता हुआ विद्युत-वेग-से-वीर अभिमन्यु।

कौरव-सेना में भगदड़ मच गई थी। चीत्कार और कोलाहल। 'बचाओ-बचाओ' की चारों ओर बिखरी ध्वनियां...

घबराए हुए कर्ण ने जगह-जगह से लहू में सन चुके कौरव योद्धाओं को देखा। वह स्वयं भी कम घायल नहीं थे। कृपाचार्य ने कहा था–"मृत्युंजय, यदि अर्जुन के इस दुर्द्धर्ष योद्धा पुत्र का संहार न हो सका तो जय-पराजय का निर्णय आज ही होता लगता है। अपने बिखराव को संभालो। संपूर्ण शक्ति के साथ दुर्जय अभिमन्यु पर प्रहार करो।"

"हां, प्रहार करो! मारो उसे?" शल्य चीखे।

द्रोणाचार्य ने बड़बड़ाकर कहा–"अद्भुत। मैं इसमें और अर्जुन में अंतर नहीं कर पा रहा हूं, वीरो। इसके संहार के लिए वैसी ही शक्ति आवश्यक है, जैसी अर्जुन के लिए चाहिए। आगे बढ़ो।"

"बढ़ो!" बृहद्बल ने घन-गर्जना की।

"दुर्दांत पराक्रमी है यह बालक। इसका संहार अनिवार्य।" एक ओर से रथ को हांकते हुए कोई सारथी चिल्लाया। यह रथ था–अश्वत्थामा का।

उन सातों के बीच था अभिमन्यु।

सात तीव्र दृष्टियां। सबका संधान अभिमन्यु पर और अभिमन्यु वायुचक्र की तरह घूमता हुआ उन सातों के हर बाण, हर शक्ति का प्रत्युत्तर। प्रलयंकारी प्रत्युत्तर!

समझ लिया था सातों ने–असंभव तो नहीं, किंतु दुष्कर है अभिमन्यु संहार। तभी कर्ण का रथ आचार्य द्रोण के पास आ पहुंचा था। कर्ण ने पूछा था–"आचार्य, यह असंभव है कि अभिमन्यु को परास्त करने का कोई रहस्य न हो। आप वीरों में श्रेष्ठ हैं, बतलाइए तो किस तरह इसे मारा जा सकता है?"

"कर्ण, उसका कवच देखते हो–अभेद्य और सुदृढ़ है। इस कवच के रहते अभिमन्यु का संहार करना असंभव है। एकमात्र तरीका है कि किसी तरह अभिमन्यु के धनुष की डोरी काट दो और तुम वह सफलता के साथ कर सकते हो वृष। जब तक वह धनुष नहीं कटेगा, तब तक अभिमन्यु इसी तरह हम सबको पीड़ित करता रहेगा।"

और कर्ण को अब भी याद है...दृष्टि सुनने के साथ ही अभिमन्यु के धनुष पर केंद्रित हो गई थी...क्रोध और चिढ़ ने जैसे पराक्रमी कर्ण की सारी संवेदना को नष्ट कर दिया था उस क्षण। उनके लिए अभिमन्यु का संहार कर देने की राह निकालने के अतिरिक्त, सोचना-समझना ही बंद हो चुका था।

द्रोण अन्य निर्देश दिए जा रहे थे..."धनुष की डोरी के साथ-साथ उसके रथ का नाश करना अनिवार्य। घोड़ों को हत करो, सारथी को मारो। इस सबके बाद अभिमन्यु लगभग निःशस्त्र हो रहेगा, तब सुविधा से उसे हत कर सकोगे।"

और अगले ही क्षण महाप्रतापी कर्ण ने धनुष की प्रत्यंचा चढ़ा ली थी। तीखे, नोकीले, चौड़े फल वाले बाण उस पर चढ़े थे और वायुगति से चले। वह दृश्य इस समय भी कर्ण की स्मृति में है...अभिमन्यु के अंत का दुखदाई दृश्य। अपने ही हत्खंड का टूटकर गिरना।

कर्ण ने व्यग्रता के साथ पलकों को सहलाया है। कुछ बूंदें अंगुलियों पर उतर आई हैं...ये बूंदे हैं अभिमन्यु का रक्त? कर्ण स्पर्श-भर से सिहर गए हैं...

जिस क्षण कर्ण के चौड़े फल वाले बाण बढ़े, वीर अभिमन्यु ने प्रत्यंचा चढ़ा रखी थी। उस पर बाण...छोड़ सकें, इसके पूर्व ही वायुगति से कर्ण के बाण ने धनुष की डोरी को काट दिया।

किशोर योद्धा विस्मित-सा खड़ा ही रह गया था। हाथ में टूटा धनुष, जिस बाण को चढ़ाया था, वह तृण की भांति निर्जीव होकर उसके अपने ही रथ में गिर गया।

कर्ण को इस पल भी याद है अभिमन्यु की वह दृष्टि–अकुलाई, सहमी हुई मासूम दृष्टि...लगता है कि वह दृष्टि इस पल बोलने लगी है–कर्ण से–"पिता?"

"हे भगवान्!" कर्ण को लगा कि वह बड़बड़ाए नहीं हैं, चीख पड़े हैं। दृष्टिपथ पर वह रक्तरंजित दृश्य इस तरह आता जा रहा है जैसे उस सबको दोबारा भोगने लगे हैं कर्ण–पात्रवत्।

उस पल मुसकुराए थे कर्ण। वह धनुषहीन हो चुका था। आश्चर्य और बेबसी की मिली-जुली प्रतिक्रिया में पीड़ित दृष्टि लिए...

किंतु इस पल दृश्य बदला हुआ है। कर्ण की संवेदना से जुड़ गया है दृश्य। अब वह अभिमन्यु की यह स्थिति देखकर हंस नहीं पा रहे हैं–खंड-खंड होकर टूटने से लगे हैं। लग रहा है कि उनके अपने सीने से हृदय का एक जीवंत-हिस्सा टूटकर लटका हुआ उन्हीं से प्रश्न कर रहा है–मौन प्रश्न–"पिता! मैं तो तुम्हारा ही था? अर्जुन केवल मेरे जन्मदाता, किंतु तुम्हारे रक्त संबंध में, मुझमें और वृषसेन में क्या अंतर था पूज्य?"

ओह! कर्ण ने पलकें जोर से भीचीं। आंसू झर गए...आंसू या अभिमन्यु की रक्त–बूंदें? कितनी? याद नहीं। इतना याद है कि दृष्टि भींचते ही सहसा अभिमन्यु और उनके अपने पुत्र वृषसेन का चेहरा गड्ड-मड्ड हो गया है। एकमात्र वृषसेन का ही क्यों लगता है कि कर्ण के अपने सभी बच्चों के चेहरे कभी अभिमन्यु बन जाते हैं, कभी उनके चेहरे...किसी बार प्रसेन, किसी बार वृषसेन और किसी बार अभिमन्यु।

व्यग्र भाव से रह-रहकर थूक के घूंट निगलने लगे हैं। जी होता है कि चीख–चीखकर कह उठें–"घोर अनर्थ हुआ मुझसे | सचमुच विष के घूंट मैं पचा नहीं सका। विष उगल उठा। कुंती द्वारा किए गए उचित-अनुचित ने मुझसे क्या-क्या करवा दिया?"

दृश्य अब भी आंखों से ओझल नहीं है।

डोरी कटे धनुष को फेंक दिया था अभिमन्यु ने। विद्युत् गति से तुरंत ढाल-तलवार सम्भाली थी। इस बीच कृपाचार्य उसके पार्श्वरक्षक सारथियों का संहार कर चुके थे। भोज ने घोड़ों को मारकर रथ को धरती पर गिरा दिया था। अभिमन्यु वायुगति से उछलकर धरती पर आ गया और वे सब रथों पर चढ़े हुए। क्रूर, दानवी भाव से बालक पर शस्त्र-संधान करते हुए।

कर्ण स्वयं भी तो कितनी तीव्रगति से बाण-वर्षा करने लगे थे! कुछ पलों के भीतर ही अभिमन्यु की सुंदर, सुगठित देह सातों महारथियों के बाणों ने जगह–जगह से छेद डाली...यहां तक कि कई बाण शरीर में इतने गहरे लगे कि झूलते से रह गए। समूचा शरीर खून से इस तरह सना हुआ कि उसका कोई हिस्सा रक्तहीन है–खोज देख पाना कठिन।

रथ, सारथी, धनुष यहां तक कि कुछ देर में अभिमन्यु ने उन महारथियों के घातक संहारों के कारण अपनी ढाल और खड्ग भी खो दी थी।

और तभी विचित्र दृश्य देखा था कर्ण ने। अकेले कर्ण ने ही क्यों, उन सभी ने। बालक अभिमन्यु का रक्तरंजित शरीर उसी गति से मुड़ा था... उसने धरती पर पड़ा हुआ एक विशाल रथचक्र उठा लिया था और उस रथचक्र को घुमाता हुआ वह आंधी की तरह कौरव महारथियों और सेना पर टूट पड़ा था। एक बार पुनः भगदड़ मच गई थी रणक्षेत्र में।

अविश्वसनीय पराक्रम देखा था कर्ण ने, उस रथचक्र से ही कितनों को कुचला होगा, कितनों का संहार किया होगा–गिनती नहीं। बाणबिद्ध उसके शरीर की गति धीमे–धीमे कम हो रही थी...सहसा उसे जोरों से चक्कर आ गया था।

वह मूर्छित हुआ।

कभी कर्ण संभल सकें या शांति का एक श्वास ले सकें, इसके पूर्व ही दुःशासन-पुत्र पागलों की तरह चीखता-चिंघाड़ता हुआ गदा लेकर धरती पर मूर्छित पड़े अभिमन्यु की ओर लपका। फिर कुछ पलों के बाद ही उसने बेसुध अभिमन्यु के मस्तक को गदा के प्रहारों से चूर-चूर कर डाला।

दृश्यानुभाव के किस क्षण कुशासन पर स्थिर भाव से बैठे कर्ण शक्तिहीन वृद्ध की तरह दोनों हथेलियां धरती पर टिकाए हांफने लगे थे–ज्ञात नहीं। लग रहा था कि आत्मयुद्ध की इस वेला में अभिमन्यु के प्रश्न बरस रहे हैं उन पर एक के बाद एक प्रश्न...

नदी के इस पार, उस पार, इस छोर, उस छोर से कोमल स्नेह-भरी आवाज में पीड़ा से थके-हारे शब्द बंधे हुए...ये शब्द अभिमन्यु के हैं... वे बोले भले न हों, अभिमन्यु, किंतु कर्ण के अपने भीतर से सुने जा रहे हैं...

"पूज्य, आपने उस पल दुःशासन के बेटे को क्यों नहीं रोका, जिस पल मैं मूर्छित धरती पर पड़ा था? आप तो धर्म की बात करते रहे हैं यदा-कदा? दानवीर और महात्मा भी तो कहा जाता रहा है आपको? तब उस अधर्मपूर्वक हुए युद्ध को क्यों नहीं थामा आपने?"

होंठ भिंचे हुए। गला सूखता हुआ। इसी तरह सूखता रहेगा। इसी तरह उत्तर में कर्ण के होंठ भिंचे रहेंगे।

उत्तर नहीं होगा।

कैसे हो सकता है? जिसने विष के घूंट शिवशक्ति होते हुए भी क्षुद्र व्यक्ति की तरह न पचाए हों, ज्ञान होते हुए भी जिसने अज्ञान में शांति पाई हो, धर्म जानते हुए भी जिसने सदा अधर्म का पक्ष लिया हो–वह भला किसी को क्या उत्तर दे सकता है?

कितने ही प्रश्नों, पात्रों, घटनाओं का कोई उत्तर नहीं है महावीर कर्ण के पास।

किंतु आज उत्तर देना होगा–अपराध स्वीकार कर या अपराध को अस्वीकार कर।

सदा जिसे नकारते रहे, आज नकार नहीं पाएंगे। बोल पड़े थे..."हां, अभिमन्यु। मैं तुम्हारा दोषी हूं। तुम्हारा अपराधी।"

दिशाएं हंस पड़ी हैं–लहरों की तरह खिलखिलाती हुई। व्यंग्य से एक आवाज उठ रही है–"कर्ण, अब भी कूटनीति को नहीं छोड़ा तुमने। आज भी वाक्जाल का खेल खेलने बैठे हो। अपने-आप से वाक्जाल।"

"क्या?" चकित होकर प्रश्न करते हैं स्वयं से।

"वाक्जाल नहीं है यह? तुम क्या केवल अभिमन्यु-भर के अपराधी हो? तुम तो उस सारी संवेदना के अपराधी हो, जिसके नाम पर बार-बार तर्क देते हुए हर नीति को अनीति बतलाते रहे। हर अनीति के पक्ष में सिर्फ विष उगलते रहे।"

कर्ण निरुत्तर।

"कुंती ने तुम्हारे साथ संवेदनात्मक अपराध किया था...तुम कहते हो। सदा यही मानते भी आए हो। सदा यही कहते आए हो। तुम्हारा सबसे शक्तिशाली तर्क रहा है वह। संवेदना का प्रदर्शन करते हुए ही तुम उस पल सबसे भावुक आदमी बन गए थे, जिस पल यदुश्रेष्ठ श्रीकृष्ण ने तुम्हें धर्म–पक्ष का साथ देने की प्रेरणा दी थी...बड़ी कोमल आवाज में बोले थे–"नहीं-नहीं, उस सहज घटना को मेरे विरुद्ध तर्क मत बनाओ। योगात्मा कृष्ण के प्रति मैं सदा ही श्रद्धा करता आया हूं, उनके ज्ञान, नीति और क्षमता के प्रति सदा ही श्रद्धालु रहा हूं...उन्हें ईश्वरांश मानकर सम्मान किया है मैंने। कृपाकर, उनसे हुई वार्ता को मेरे किसी दोष का प्रमाण मत बनाओ।"

"किंतु...?" मन सोचना चाहता है...सोचकर तर्क रूप में कर्ण को धमकाना भी चाहता है, किंतु लगता है शायद वासुदेव और कर्ण की वह सरल वार्ता ही कर्ण का सत्य है। उसे कर्ण के विरुद्ध उपयोग करना असंभव।

कर्ण बड़बड़ाए जा रहे हैं..."यह असत्य है कि मैंने धर्माधर्म का विवेचन नहीं किया। यह भी असत्य है कि मैं पांडवों के प्रति सदा ही विषभाव से सोचता, कर्म करता रहा। कितनी बार मैं उनके प्रति भावुक नहीं हुआ था? कितनी बार यह सोचकर सुखी नहीं हो लेता था कि वीर पांडवों का बड़ा भाई हूं?"

कुछ क्षणों के लिए उद्देलित मन शांत हुआ है।

कर्ण ने राहत पाई है।

कितना थकने लगे हैं इस आत्मयुद्ध में? इतनी थकान के बाद भला क्या युद्ध कर सकेंगे?...कैसे लड़ेंगे? और कैसे दिलाएंगे अपने मित्र दुर्योधन को कुरुक्षेत्र के महायुद्ध में विजयश्री।

धुंधलका अब क्रमशः प्रकाश-पथ बनता जा रहा है–कर्ण ने कुशासन छोड़ा। उठ खड़े हुए...संपूर्ण एकाग्रता से सूर्याराधन के लिए तैयार हुए।

गंगा की लहरें अब ज्योतिधाराओं से जुड़ने को हैं...कुछ ही पलों में सूर्यदेव प्रकट होंगे और लहरों का मिलना आरम्भ हो जाएगा।

कर्ण पवित्र गंगा के जल में उतर गए...कुछ डुबकियां मारीं। लगा कि मन-शरीर की तपन सहसा शीतल जल ने सोख ली है। गहरी शांति अनुभव हुई। शरीर के पोर-पोर में समाई हुई थकान बहती धाराओं के साथ बहने लगी है...कर्ण से परे–दूर और दूर होती हुई।

सूर्य प्रकट हुए। कर्ण ने आराध्य के लिए जल में खड़े होकर अंजुली भरी..."ओम् सूर्याय नमः।"

वर्तमान और गतागत आराध्य शक्ति की अद्भुत एकाग्रता में सूर्य पुत्र कर्ण इस तरह घुमा देते हैं जैसे उनके और जीवन सत्य के बीच कोई संबंध ही न हो। इस तरह एकात्म हो पाना उन जैसे आराधक के लिए ही संभव।

सूर्य का बढ़ता प्रकाश आशीर्वादों की एक श्रृंखला की तरह कर्ण के मन-शरीर पर बरसा। कर्ण एक नई जीवन-शक्ति, नई स्फूर्ति और नए यथार्थ से जुड़ गए।

बढ़ता ताप और उस पाप में गर्माती देह प्रतिपल उन्हें असामान्य बनाती गई। कर्ण अब आत्मसंघर्ष के रणस्थल में नहीं, कुरुक्षेत्र के रणस्थल में हैं। आराधना के बाद उठे और युद्ध-शिविर की ओर बढ़ चले।

सेनापतित्व का पहला दिन आरम्भ होगा आज।

शिविर में प्रतिक्षा की जा रही थी...शल्य रथ लिए तैयार खड़े थे। अर्जुन के सारथी का उत्तर शल्य ही हो सकते हैं। अतः शल्य उनका रथ हांकें, इसके लिए सेनापतित्व सम्भालने के पूर्व कर्ण आश्वासन ले चुके थे दुर्योधन से।

शिविर में प्रवेश किया। सेवक युद्ध की वेशभूषा पहनाने, श्रृंगार करने के लिए तत्पर खड़े थे।

कर्ण एक ओर शिलावत् खड़े हो रहे। सेवक दौड़-दौड़कर और सावधानी से उन्हें रणसज्जा से सज्जित करने लगे।

थोड़ी ही देर में वीरवण कर्ण शिविर से बाहर रथ की ओर आए। देखा कि दुर्योधन बड़ी आशा-भरी निगाहों से टकटकी बांधे हुए उन्हें देख रहे हैं एक ओर मद्रपति शल्य। समझ नहीं सके थे कर्ण–शल्य मुसकुरा रहे हैं या होठों के गिर्द व्यंग्य की आहत करने वाली हंसी है?

उतना देखने-सोचने का अवसर भी नहीं था। कर्ण एकाग्र भाव से युद्ध के प्रति मन-शरीर से समर्पित हो चुके थे।...

लगता था कि रह-रहकर हाथ से छूटे अनाज के दानों की तरह मन कई-कई विगत घटनाओं में बिखरकर मस्तिष्क की पकड़ से छूट-छूट जाता है। कठिनाई से उसे सम्भाल पा रहे हैं

रथ पर चरण रखा। विशाल कौरव सेना ने हर्षध्वनि की।

"प्रतापी अंगराज कर्ण की जय!"

फिर जय-जयकार गूंजती चली गई।

सहसा प्रकृति विफर उठी...इस तरह जैसे कर्ण के सेनानायकत्व ने महाविनाश का पहला चरण रखा हो

कर्ण रथ पर आरूढ़ नहीं हुए थे उस समय तक। केवल एक चरण रथ की ओर बढ़ाया था

भयावह आंधी ने अपनी विकराल शक्ति से रथ को हचमचा दिया। कर्ण ने चकित होकर आकाश की ओर दृष्टि उठाई। सूर्य तीव्र आभा से अग्नि बरसाते-से जान पड़े...उसे आभा से अकुलाई हुई वायु ने जैसे उनका निषेध किया था...आंधी बनकर।

इस आंधी-गरमी और सहसा उमड़ आई घटाओं के कारण समूची प्रकृति ही उलट-पुलट होती-सी लगी...कर्ण ही नहीं, शल्य, दुर्योधन, दुःशासन, अश्वत्थामा आदि स्तब्ध होकर यह प्राकृतिक उत्पात देखते रह गए।

कर्ण ने पलकें मूंदीं–सूर्य स्मरण किया। लगा कि सूर्य अंधेरा उड़ेलती घटाओं और भयावह वायु के झोंकों से जूझने का प्रयत्न कर रहे हैं...उनके जूझने से इस प्रयत्न ने घटाओं से टकराकर कितनी विद्युत पैदा की...समझ पाना असंभव। बस, इतना ही देख पाए थे कर्ण कि घोर गर्जन करते बादलों के बीच सूर्य अग्नि बरसाते हुए। यह अग्नि किसी-किसी उल्का की तरह पृथ्वी पर छूटती, उसे निगलने को आतुर झपटती दिखती...।

यह सब शुभ हो रहा है या अशुभ संकेत है। सोचने-समझने का न तो किसी के पास समय था, न अवसर।

कर्ण ने वायुगति से रथ पर दूसरा चरण रखा...शल्य ने घोड़ों की रास सम्भाली, कौरव सेना ने एक बार पुनः सेनापति की विजय का उद्घोष किया, जय-जयकार की स्वरमालाएं आकाश की ओर उछालीं।

हर्षित होकर गांधारी सुत दुर्योधन ने कर्ण की वीरोचित स्तुति की। उनकी दृष्टि विश्वास से भरी हुई थी, स्वर निश्चय के सुख से नहाया हुआ। बोले थे–"नरश्रेष्ठ, आज मैं तुम्हें अपनी सेना का दायित्व सौंपकर धन्य हुआ। मुझे पूरा विश्वास है कि तुम मेरे शत्रु-बंधुओं का संहार करोगे। अर्जुन सहित पांचों भाइयों के काल बनोगे तुम। वह महाकार्य जो पितामह भीष्म और गुरुवर द्रोणाचार्य पूरा नहीं कर सके–उसे तुम पूर्ण करोगे।"

नए सेनापति के कार्यभार ग्रहण के साथ ही तुरही-नगाड़ों की ध्वनि आकाश गुंजाने लगी थी...दुर्योधन के शब्द सुनकर कर्ण शांत, गंभीर स्वर में बोले थे–"आश्वस्त हो मित्र। मैं अवश्य ही युद्ध में विजयश्री पाकर तुम्हें इस महान् राज्याधिकार का सुख दिलाऊंगा। तुम्हारे शत्रु पांडवों को समाप्त

करूंगा...मैं ऐसा कालवत् उन पर टूट पड़ूंगा..." आगे भी कुछ कहना चाहते थे, किंतु लगा था कि मन फिर से ढुलकने लगा है...टोकता हुआ–"यह... यह सब क्या कह रहे हो कर्ण? क्या तुम भूल गए हो कि तुम वचनबद्ध हो? पांडव जीवित रहने हैं। तुम्हें तो केवल अर्जुन का संहार करना होगा। या अर्जुन के हाथों तुम वीरगति प्राप्त करोगे, पर कुंती के पांच पुत्र अवश्य जीवित रहेंगे। तुमने वचन दिया है माता को।"

कर्ण ने होंठ भींच लिए थे। बेबसी और बेचैनी से। पछतावा हुआ था कि कैसे वचनबद्ध हो गए। ज्ञानी कर्ण ने भावुकता में वह कैसा वचनदान दे दिया माता को?

कर्ण ने मित्रघात किया। दुर्योधन की दृष्टि आशा की चमक लिए अब भी उनके चेहरे पर थी...

और कर्ण नजर चुरा गए थे। हां, नजर चुराई थी उन्होंने? वह उस दृष्टि का सामना नहीं कर सकते थे। दुर्योधन कुछ कहें, इसके पूर्व ही विषय बदल दिया था उन्होंने। शल्य से बोले थे–"महाबाहु मद्रराज, मेरे रथ को तुरंत उस दिशा में ले चलो, जिस दिशा में अर्जुन हों। आज मैं गांडीवधारी को बतलाऊंगा कि धनुर्विधा क्या होती है और क्या होता है पराक्रम? चलो। देर मत करो शल्य।"

शल्य हंसे। बड़बड़ाकर कहा–"सूतपुत्र, अहंकार में कहीं तुम असंभव को संभव करने का स्वप्न तो नहीं देख रहे हो? अर्जुन तुम्हारी तुलना में कहीं पराक्रमी हैं। कहीं अधिक वीर।"

कर्ण ने चौंककर शल्य को देखा था। ऐसे जैसे कहा हो–"दुर्मति साथी, यह क्या कह रहे हो तुम? क्या तुम मुझे मानसिक दृष्टि से अपमानित करना चाहते हो? क्या तुम मेरे कौशल को कंपाना चाहते हो?..." पर बोले नहीं–चुप रहना ही उचित समझा था। एक पल के लिए मन में संशय आया था कि कहीं शल्य का चुनाव करके किसी षड्यंत्र में तो नहीं फंस गए हैं? पर अब समय शेष नहीं। सारथी के परिवर्तन का विचार तो दरकिनार उस पर विचार के लिए भी समय शेष नहीं।

सब कुछ भूला। समूची आत्मशक्ति बटोरकर तुरंत भुला दिया। कर्ण को यह सब भुलाना ही होगा। यहां तक भुला देना होगा कि वह कर्ण हैं–उन्हें इस क्षण केवल याद रखना होगा युद्ध-धर्म। उस विश्वास के सहारे सब कुछ याद रखना होगा जो दुर्योधन ने उन पर किया है।

रथ शल्य ने हांका ही था कि कर्ण की दृष्टि दूर-दूरंत घूमने लगी थी ...बोलती हुई दृष्टि...चीखती हुई...खोजी दृष्टि।

अर्जुन। कहां हैं अर्जुन? कर्ण को अर्जुन ही चाहिए। केवल अर्जुन। उनके जबड़े कस गए। माथा तमतमा उठा...दृष्टि के सामने अर्जुन की छवि गहरी और गहरी होती गई।

असल में अर्जुन को नहीं खोज रहे हैं कर्ण। कर्ण खोज रहे हैं–अपने प्रतिशोध को। खोजी है वह घृणाभाव, जो उस दिन रंगस्थल में कर्ण को धिक्कार कर, उसके वीरत्व को अपमान करके अर्जुन ने पैदा किया था।

दम्भी वीर अर्जुन।

किंतु यह भी तो हो सकता है कि दम्भी हों–कर्ण? मन पूछने लगा है। यदि अर्जुन ने कर्ण की वीरता को धिक्कारा था तो कर्ण यह कैसे भूल जाते हैं कि कर्ण ने सदा ही अर्जुन को लेकर एक प्रतिस्पर्धा...और बहुत हद तक वैमनस्य का भाव मन में रखा। केवल बैर।

यदि अर्जुन को दम्भी मान रहे हैं वह, तब वह स्वयं भी कम दम्भी नहीं हैं। बल्कि उनका दम्भ अर्जुन के अहंकार से कहीं घिनौना है। वह षड़यंत्र–प्रिय रहा है, छल में घुलामिला और उससे कहीं आगे केवल बैर भाव के विषय में डूबा हुआ।

•

प्रकृति पूर्ववत् नाटकीय परिवर्तनों से भरी हुई। ऐसा तो कभी नहीं होता था? कर्ण ने रथ पर दौड़ते हुए सोचा–इस तरह की प्राकृतिक उथल–पुथल उन्होंने कभी नहीं देखी। लगता है जैसे सूर्य और इंद्र परस्पर युद्धरत हो गए हैं। सृष्टि अकुलाई हुई–आक्रांत। भयभीत हिरनी जैसी।

प्राणियों के मन मृत्युभय के थपेड़े झेलते हुए।

बहुविध प्रतिक्रियाओं से एक साथ गुजर रहे हैं कर्ण...कभी प्रकृति ध्यान खींचती है, कभी अर्जुन का स्मरण हो आता है। युधिष्ठिर, भीम, नकुल और सहदेव...सभी उनकी आंखों के सामने आए हैं, पिछड़ गए हैं। उन पर दृष्टि किसी बार नहीं टिकी।

या कि उन पर दृष्टि टिकाने के लिए मन तैयार ही नहीं। तय जो कर रखा है। वे चारों कर्ण के लिए अवध्य।

लक्ष्य है केवल अर्जुन।

मन होता है, जोर से चीखें–"कहां हो तुम अर्जुन! सामने आओ!" पर नहीं–अभी युद्धारंभ नहीं हुआ है। अभी केवल रणमकशेत्र में पहुंच रहे हैं... कुछ पलों के बाद रथ दूर-दूरंत फैली कौरव सेना के बीचोंबीच जा पहुंचा था। शल्य ने रथ थामा। कर्ण ने शंख सम्भाला–फिर तीव्र घनभेदी हुंकार करता हुआ शंख बजने लगा।

युद्धारंभ।

सूर्य तीव्र और तीव्र होते हुए। लग रहा था कि आकाश में अग्नि बरस रही है। कुछ पल पहले सूर्य की तपन में अवरोध बनकर आए बादल थककर कहीं आकाश में ही लुप्त हो गए थे।

सूर्य अपनी प्रखर शक्ति से उभरे–और उतनी ही प्रखरता से कर्ण का तेज उभरा। जिस ओर कर्ण बढ़ते, काई की तरह पांडव सेना भाग खड़ी होती–फटकर बिखर जाती।

राह में जो पड़ता, वह कर्ण के विकराल प्रहारों से चकनाचूर हो जाता। किसी बाण में कर्ण को छूने की शक्ति नहीं, कोई दृष्टि कर्ण के विरोध में संधान तो दूर, देखने के लिए भी तैयार नहीं। चीखों, कराहों से भरी पांडव सेना का जो संहार कर्ण कर रहे थे, उसके कारण कौरव सेना बहुत आगे बढ़ चुकी थी। पांडव भागते हुए–पर अर्जुन लुप्त।

कहां हैं अर्जुन

अर्जुन–अर्जुन। कर्ण की दृष्टि ज्योति किरणों की शक्ति जैसी सब ओर खोजती–हर कोना, हर रथ टटोलती हुई–किंतु अर्जुन कहीं नहीं। चिढ़ और क्रोध के कारण बुरी तरह झुंझलाए हुए थे कर्ण। कितनी ही बार मन-ही-मन अर्जुन को कोसने लगते–"दुष्ट! छली! कायर गांडीवधारी! झूठा है तेरा वीरत्व! यदि तू सचमुच ही असामान्य योद्धा है, तब मुंह चुराए कहां छुपा हुआ है? सामने आ! सारे जीवन सूतपुत्र के धिक्कृत संबोधन से आहत होता रहा कर्ण तुझे पुकारता है। आ।"

अवश्य ही अर्जुन के योग्य और चतुर सारथी कृष्ण ने उसे छिपा रखा होगा। कर्ण ने बौखलाकर सोचा था। मन हो आया था कि अर्जुन के साथ-साथ श्रीकृष्ण को धिक्कारने लगे–"तुम सदा ही नीति के नाम पर छल करते रहे हो द्वारकाधीश। यदि तुम श्वेतववाहन को न बचाओ तो वह तो कीड़े-मकोड़े की तरह कब का मेरे हाथों मारा जाए।"

शल्य से कहा था–"मद्रराज! शीघ्रता करो। अर्जुन को खोजो। उसे हत करके मैं दुर्योधन की विजयश्री का मार्ग प्रशस्त करूंगा। तुरंत उसके सामने ले चलो, मुझे।"

अरे नीच सूतपुत्र! क्या युद्ध-भय से आक्रांत होकर तुम अपना संतुलन खो बैठे हो जो ऐसी असंभव बातें करते हो? अर्जुन जैसे महाधनुर्धर अजेय और रण से कभी मुंह न चुराने वाले योद्धा के सामने आने पर क्या तुम इसी तरह वाचालता करते रहोगे? यह मत भूलो कर्ण, कि अर्जुन तुमसे कहीं अधिक योग्य है। वह तुमसे हजार गुना अधिक पराक्रमी और रण कुशल योद्धा है। अच्छा यही होगा कि तुम उसके सामने न पड़ो। छुटपुट पांडव योद्धाओं को ही नष्ट करके तुम अपनी ओछी सफलता को बनाए रखो।"

युद्धतर कर्ण ने ये अपशब्द सुने...क्रोध और आवेश से भर उठे। मन हुआ था कि लात मारकर शल्य को रथ से दूर गिरा दें, किंतु युद्ध समय में अपने ही साथी से वैमनस्य और द्रोह करना नहीं चाहते...यह रणनीति के विरुद्ध है–यही सोचकर विषय की धारा जैसे निरंतर बहने वाले शल्य के उन शब्दों को सह गए थे। बोले थे–"'मैं तुम्हारी उच्छृंखल बातों का उत्तर

देकर अपनी जीभ खराब नहीं करना चाहता। इस समय तुम केवल इतना करो कि पांडवसेना के बीचोंबीच मेरा रथ ले चलो।"

शल्य ने उत्तर नहीं दिया–रथ को तीव्रगति से पांडव सेना के बीचोंबीच ला पहुंचाया।

पांडव सेना में भगदड़ मची।

कर्ण ने घनगर्जन करते स्वर से उन सभी को रोका–"भागो मत। एक क्षण रुककर मेरी बात सुनो। मैं एक उद्घोषणा करता हूं। उसे सुन-जान कर और उसके योग्य कार्य करके तुममें से कोई भी सुखी होगा, सौभाग्य प्राप्त करेगा। इन क्षणों में मैं युद्ध नहीं करूंगा। मेरी बात सुनो।"

भयभीत, थर्राए हुए अनेक योद्धा सैनिक सहमे हुए थमे। कर्ण यह सब क्या कर रहे हैं? सोचते हुए शल्य ने आश्चर्य और अविश्वास से उनका चेहरा देखा।

कर्ण रथ पर खड़े हुए घोषणा करने लगे थे–"सुनो। तुम सब सुनो। मैं कौरव-पांडव सेना के सभी योद्धाओं से कहता हूं, ध्यान लगाकर सुनो। एक पल थमे थे वह। कहा था–

"मैं अर्जुन को खोज रहा हूं। गांडवीधारी श्वेतवाहन कहां हैं–मुझे ज्ञात नहीं, पर मैं अर्जुन से युद्ध करना चाहता हूं। तुममें से जो कोई मुझे अर्जुन कहां है–बतलाएगा, वह पुरस्कृत होगा।"

इसके बाद पुरस्कार की घोषणा की थी कर्ण ने। बहुविधपुरस्कार। उत्साह-भरे स्वर में वह यहां तक बोल गए थे कि यदि कोई अर्जुन को दिखा देगा तो वह उसे अपनी स्त्री और पुत्रों के अतिरिक्त सारी धन-संपत्ति, राज्य आदि देने को तैयार हैं।

कहा था–"यही नहीं। अर्जुन और कृष्ण को मारने के उपरांत मैं उनका धन भी उसे ही दूंगा।

सन्नाटा ज्यों का त्यों रहा था। अंतर मात्र इतना ही पड़ा कि कर्ण की इस घोषणा ने पांडव पक्ष के मनोबल को काफी कुछ गिराया। लगता था कि कर्ण आज पांडवों की मृत्यु बनकर महासमर में आ पहुंचे हैं।

युद्ध पुन: आरम्भ हुआ और कर्ण के भयावह प्रहारों ने एक बार पुनः पांडव सेना को नष्ट करना प्रारंभ किया।

प्रकृति उसी तरह रह-रहकर उत्पातों में व्यस्त थी। मेघ, वायु आदि सूर्य को निरंतर आच्छादित करने का प्रयत्न कर रहे थे और सूर्य उनसे संघर्ष करते हुए अपनी ज्योति को पूर्ववत् पृथ्वी पर उड़ेलते रहने के लिए प्रयत्नरत।

और प्रतिसूर्य प्रयत्तरत थे अर्जुन की खोज में।

शल्य निरंतर दुःशब्द कहकर कर्ण को अपमानित करते, उनके मनोबल को गिराते हुए। दोपहर ढलते-ढलते कर्ण थकने-से लगे...सूर्य की तीव्रता में भी स्वभावतः कमी आना प्रारंभ हुई।

शल्य बोले थे–"इस तरह पागलों की तरह अर्जुन-अर्जुन करते क्यों चीख रहे हो सूतपुत्र। मूर्खों की भांति तरह-तरह के पुरस्कारों की घोषणा करते हुए क्या तुम यह भूल गए हो कि वह पुरस्कार देने का अवसर तुम्हें कभी नहीं मिल सकेगा। चिंतित मत हो, राधेय। अभी कुछ समय में ही अर्जुन तुम्हें दीख पड़ेंगे। उस वीर के देखते ही तुम्हारी संपूर्ण आभा लुप्त हो जाएगी और तुम त्रहिमाम् करते हुए रणक्षेत्र से भाग पड़ोगे।"

"शल्य !" कर्ण तड़पकर चिल्लाए–ऐसे जैसे शल्य ने दुर्वचन नहीं कहे थे, कर्ण के बदन पर कोड़ों से प्रह्मर किया था...

पर शल्य पूर्ववत् उसी भाषा और उसी अपमान के साथ कर्ण की वीरता को चुनौती देते हुए, प्रतिक्षण अर्जुन को श्रेष्ठ बतलाते गए...

"बुरा मत मानो, वैकर्तन ! जो सत्य है, उसे सत्य कहने के लिए मैं ही क्या, कोई भी बाध्य है। बतलाओ तो कब-कब तुमने अर्जुन का सामना किया है? कब-कब तुम उसके सामने ठहर सके हो? अनेक बार तुमने भागकर जीवन-रक्षा की है, अन्यथा अर्जुन कब का तुम्हारा संहार कर चुका होता। आज तुम उसी की अनुपस्थिति का लाभ उठाकर ऐसी डींगें मार रहे हो। थोड़ी देर में जब वह आ जाएगा तब तुम उसी इतिहास की पुनरावृत्ति करोगे, जो तुम्हारा धर्म बना रहा है ! कायर भाव से पलायन..."

"चुप हो शल्य!" कर्ण का तेज धुंधलाने लगा था। एक तो दोपहर का उतार, तिस पर आधे दिन तक हुई अर्जुन की खोज से जन्मा निराशा भाव और उस सब पर अपने ही सारथी और युद्ध-साथी शल्य से निरंतर अपमानित शब्दों का सुनना। कर्ण तिलमिला उठे। कितने ही शर-संधान गलत होने लगे, उत्तेजनावश अनेक बार क्रोध में कांपकर अपने ही रथ में लड़खड़ा गए।

शल्य फिर कुछ कहना चाहते थे कि उन्होंने सामने से युधिष्ठिर का रथ आते देखा। युद्ध की इस बेला में भी युधिष्ठिर के चेहरे पर सदा की तरह शांति मौजूद थी...पर शरीर आश्चर्यजनक फुरती का प्रदर्शन करता हुआ। कर्ण को सामने पाकर उन्होंने अपनी सेना को उत्साहित किया और संपूर्ण शक्ति से कर्ण और कौरव सेना पर प्रहार के आदेश दिए।

जैसे-तैसे अपने-आप को बटोरकर कर्ण युधिष्ठिर से संग्रामरत हुए। बहुविध अस्त्रों का प्रदर्शन करते हुए धर्मराज अविचलित भाव से युद्ध कर रहे थे किंतु कर्ण के भयावह आक्रमण को झेल पाना उनके लिए किसी भी क्षण संभव न हुआ। युधिष्ठिर कर्ण के प्रहारों से निरस्त्र होकर रणक्षेत्र से हटने को ही थे कि वायुगति से कर्ण ने उन्हें अपने रथ पर खड़े-खड़े ही कंधे से पकड़ लिया... युधिष्ठिर भयाक्रांत होकर कर्ण को देखने लगे।

कर्ण उत्तेजना और क्रोध में सब कुछ भूल चुके थे। दोनों ही योद्धाओं के शरीर से रक्त बह रहा था...

युधिष्ठिर कुछ बोल सके इसके पूर्व ही सहसा कर्ण को लगा था कि मेघ-गर्जना ने उन्हें उस बेसुधी से झकझोरकर जगा दिया है...अपनी ही आवाज गूंज उठी थी–"यह क्या अनर्थ कर रहे हो राधापुत्र? क्या तुम भूल गए–युधिष्ठिर अवध्य हैं। तुम्हारे ववन के बाद वह सदा जीवित रहेंगे। कम-से-कम तुम्हारे हाथों हत नहीं होंगे।"

कर्ण बेबसी से मुसकुराए–हाथ हटा लिया।

युधिष्ठिर ने गले का थूक निगला। सकपकाए-से खड़े रह गए।

कर्ण ने कहा था–"जाओ कुंतीसुत, कहीं श्लोक पढ़ो, यज्ञ करो और ब्राह्मणों की तरह अपने स्वभावानुसार जीवन बिताओ। यह रणक्षेत्र क्षत्रियों का है, तुम जैसे तर्कशास्त्रियों का नहीं। जाओ, मैं सूतपुत्र कर्ण तुम्हें जीवनदान देता हूं। मैं चाहूं तो इसी पल तुम्हारे शरीर के टुकड़े-टुकड़े कर सकता हूं, किंतु मेरे लिए तुम अवध्य हो। आश्वस्त रहो–कर्ण तुम्हें युद्ध में कभी न मारेगा। मैं तुम्हें मुक्त करता हूं।"

बात समाप्त करके कर्ण ने सहसा ही धर्मराज युधिष्ठिर की ओर से मुंह इस तरह घुमा लिया था, जैसे उन्हें देखा ही न हो।

और युधिष्ठिर घबराए हुए, संकोचग्रस्त युधिष्ठिर ने तुरंत रथ मोड़ा, युद्धस्थल से भाग निकले।

युधिष्ठिर को इस तरह रणक्षेत्र से पलायन करते पाकर सात्यकि, नकुल और अन्य पांचालगण भी उनके पीछे-पीछे खिसके। स्पष्ट लग रहा था कि पांडव सेना ने पल-भर में ही अतिरथी कर्ण के सामने पराजय बोध कर लिया हो।

शल्य चकित थे–कर्ण ने निहत्थे पाकर भी युधिष्ठिर को छोड़ दिया। संभवतः कर्ण के अंतिम संवाद ने शल्य को ज्यादा ही चकित कर दिया था–"आश्वस्त रहो। कर्ण तुम्हें युद्ध में कभी न मारेगा।"

पर एक वही घटना तो नहीं थी...उसके बाद लगभग भीमसेन को मार ही डाला था कर्ण ने...पर ठीक समय प्रहार में उठे अपने हाथ को रोककर शल्य से कहा था–"मद्रराज, रथ मोड़िए। अर्जुन के सामने ले चलिए मुझे। तुरंत।"

"किंतु सूतपुत्र, तुम्हारे सामने वह दुर्द्धर्ष पांडव भीम खड़ा है...इस पल तुम उसे युद्ध में लगभग परास्त कर चुके हो। वह निःशस्त्र होकर तुम्हारे बाणों के कारण क्लांत हो चुका है। तुम उसका इसी क्षण संहार कर सकते हो। जबकि तुम कह रहे हो कि मैं रथ मोड़ लूं?"

कर्ण ने झल्लाकर आज्ञा दी थी–"जैसा कहता हूं, मद्रराज, तुम वही करो।"

"किंतु..."

"शल्य, सारथी धर्म याद रखो तुम्हें मेरे अनुसार युद्धक्षेत्र में रथ-संचालन करना है। मैं तुम्हारी सलाह से युद्ध करने नहीं आया हूं। चलो, मोड़ो रथ।"

शल्य के हाथों ने यांत्रिक ढंग से काम किया। रथ मुड़ गया। कुछ पल के लिए शल्य बौखलाए हुए-से रह गए थे। युधिष्ठिर और भीम...में दो भाइयों को कर्ण ने जान-बूझकर जीवित छोड़ा था। स्पष्टतः जीवनदान दिया था उन्हें, पर क्यों?

शल्य थक गए थे–कारण कुछ भी समझ न आया।

मन कहता था–"कर्ण मूर्ख भी नहीं है। जितना बड़ा योद्धा है, उतना ही नीतिज्ञ और कुटिल भी...तब उसने ऐसा क्यों किया?"

कारण अवश्य होगा।

पर क्या होगा–शल्य की बुद्धि से बहुत परे। बहुत दूर।

कर्ण भी उस पूरे दिन यही कुछ सोचते रहे थे–युधिष्ठिर और फिर भीम। दोनों को जीवनदान दिया कर्ण ने।

एक क्षण के लिए अनुभव हुआ था, जैसे मित्रघात कर रहे हैं। दुर्योधन के दोषी हुए जाते हैं। आत्मा धिक्कारती हुई महसूस हुई थी।

पर स्वयं को सहेजा। सतर्क हुए। नहीं। संभवतः वचन रक्षा की थी। पर ऐसा वचन ही क्यों किया कर्ण ने? यह वचन देकर ही मित्रघात कर बैठे वह।

एक पल के लिए उत्तर नहीं आता कर्ण के अंतर से। कैसे आएगा? सत्य को सदा असत्य से झुठलाए रहे कर्ण अब इस अंतिम क्षण पर आकर असत्य को सहेज नहीं पाते हैं। जब-जब मन की गुफाओं में हाथ डालते हैं, सूर्य की तरह तेजस्वी सत्य उनके हाथों में आता है...सत्य ही दिखता है।

और सत्य यह है कि कुंती को वचन देने के साथ ही कर्ण ने अपने मित्र के साथ विश्वासघात कर डाला। क्या जानते नहीं थे कर्ण कि युधिष्ठिर, भीम, नकुल और सहदेव के जीवनदान की घोषणा का अर्थ है दुर्योधन की पराजय।

अनजाने ही सही, किंतु कुंती जो कुछ मांगने-चाहने आई थीं, वही कुछ कर्ण ने उनकी झोली में डाल दिया था।

संभवतः नहीं। सच केवल यह नहीं है। कर्ण को लगता है कि विधि का लिखा-बदा घटाने के लिए वे स्वयं बाध्य हुए हैं...कुंती का आना, वचन लेना, सब कुछ उसी विधि का बहाना है। सत्य यह है कि धर्म-जय होनी है।

इस धर्म-जय के लिए मार्ग में आया हर कंटक कहां, किस तरह टूटेगा, समाप्त होगा–कोई नहीं जानता। उस दिन कर्ण भी कहां जानते थे, जिस दिन अनजाने ही सही, किंतु श्रीकृष्ण से यह सत्य कह गए थे कि अंततोगत्वा जय धर्म की ही होगी वासुदेव!

चकित रह गए थे कृष्ण। इस तरह कर्ण का चेहरा देखते हुए, जैसे पूछ रहे हों–"यह...यह तुम क्या कह रहे हो कर्ण? तुम जो दुर्योधन की मनःशक्ति हो? तुम–जिसकी बांहों के सहारे दुर्योधन यह युद्ध लड़ने जा रहा है? विश्वास नहीं होता।"

और कर्ण मुसकुरा रहे थे...अनजाने ही सत्य बोलकर जो शांति अनुभव हुई थी, उसी की निर्मलता से जन्मी थी वह मुसकान। ऐसी शांत, सरल मुसकान जैसे सूरज के जन्म की मुलायम मखमली किरण होंठों से आ चिपकी हो।

संध्या समय युद्ध थमा तब वापस शिविर की ओर लौटते हुए कर्ण को वही घटना याद हो आई

पांडवों की ओर से संधि–प्रस्ताव लेकर आए द्वारिकाधीश कुछ निराश और कुछ क्षुब्ध होकर पांडवों के पास लौट रहे थे। दुर्योधन ने सदा की तरह स्वभावतः धृष्टता का प्रदर्शन ही किया था। श्रीकृष्ण के हर प्रस्ताव और

उसके शुभाशुभ संकेत पर उसने एक ही रट लगा ली थी–"बस, द्वारकाधीश! मेरी तरफ से उत्तर यही है। पांडव यदि राज्य चाहते हैं, तब उन्हें रणक्षेत्र में ही वह पाना होगा।"

श्रीकृष्ण चुप हो गए थे। विदा होते समय जब कुरु राज भवन से बाहर आए तब कर्ण उन्हें सम्मान सहित विदाई देने पहुंचे। वासुदेव का वैशिष्ट्य था किसी भी स्थिति में विचलित न होना...राजभवन के भीतर से बाहर आने तक उन्होंने आश्चर्यजनक ढंग से अपने-आप पर पूर्णतः वश कर लिया था, सहज हो चुके थे।

कर्ण के मन में श्रीकृष्ण के प्रति अपार स्नेह और श्रद्धा थी। क्यों थी? यह कभी नहीं जाना, पर जब-जब उन्हें अपने सामने पाते, तब-तब यह स्नेह-श्रद्धा उमड़ आती। जितनी बात होती, उससे कुछ जानने-समझने को ही मिलता। मन कहता था–"यशोदा नंदन! केवल वीर नहीं, सत्यासत्य का विवेचन करने में साक्षात् ब्रह्म की तरह हैं। सुख-दुःख आनंद और शोक उनके लिए सहज...समान!"

श्रीकृष्ण रथारूढ़ हुए। कर्ण ने स्नेह से भरकर उन्हें देखा...सहसा कृष्ण ने कहा था–"आओ, कर्ण। कुछ समय मेरे साथ रहो। मैं तुमसे कुछ वार्ता करना चाहता हूं।"

"अवश्य वासुदेव! मैं आनंदित होऊंगा।" कहकर कर्ण भी उनके साथ रथ पर बैठ गए।

विदुर के यहां ठहरे थे कृष्ण। वहीं कर्ण को ले पहुंचे। एकांत कक्ष में चर्चारंभ हुई। कर्ण उस समय तक चकित थे कि श्रीकृष्ण क्या कहने वाले हैं? मन ने कहा था–"हो सकता है कुंती पुत्र दुर्योधन को समझाने-बुझाने के लिए कर्ण से अनुनय करें? सहायता मांगें?"

पर कृष्ण जो बोले, उसने चमत्कृत कर दिया था कर्ण को। अवाक् उन्हें देखते ही रह गए...

बात कहकर कृष्ण मुसकुराने लगे थे–दृष्टि कर्ण की आंखों में चुभी हुई।

कर्ण आश्चर्य और अविश्वास के सागर में गोते खाते हुए! लग रहा था कि श्रीकृष्ण का श्याम रंग समुद्र की भांति सब ओर बिखर गया है और इस अनंत की गहराइयों को पाने की व्यर्थ-सी चेष्टा कर रहे हैं कर्ण। कभी सुना अवश्य था कि श्रीकृष्ण नीति, ज्ञान और योगशास्त्र के अद्भुत ज्ञाता हैं, किंतु राजनीति की इतनी गहरी और बारीक गोटों को चलाने का उन्हें सहज अभ्यास है, पहली बार जाना...

कृष्ण ने जिस तरह बात प्रारंभ की उसी ने कर्ण को अचकचा दिया था... जो समझा था कर्ण ने–वह तो निश्चित ही नहीं कहने वाले थे वासुदेव! कुछ और...संभवतः समझ से परे, बोलते जा रहे थे वह...भूमिका ने ही हकबका दिया था कर्ण को।

श्रीकृष्ण ने सहज मुसकान चेहरे पर उगाई। लगा था कि कोई बच्चा देख रहा हो। जब-जब नीति-ज्ञान का कोई उपदेश करते थे, तब-तब यही भोलापन और सहजता उनके चेहरे पर होती थी। कर्ण उसी पल गंभीर हो चुके थे, किंतु जब श्रीकृष्ण ने कहा था–"वीर! तुम जानते ही होगे कि स्त्री दो तरह की संतानों को जन्मती है। एक कहलाती है–कानीन और दूसरी सहोड़। कानीन वह जो उनकी कौमार्यवस्था में पैदा हो और सहोड़ वह जो विवाह के बाद जन्म ले।"

...कर्ण चुप। अकुलाए हुए, माथे पर बल और दृष्टि में बेचेनी। एक क्षण के लिए चिंतित भी हुए थे–कहीं द्वारिकाधीश राजनीति की कोई चाल तो नहीं चल रहे हैं, जिसमें बिना अधिक सोचे-समझे हुए सरल कर्ण फंस जाएं? सतर्क हुए। अपने-आप को सहेजा, पूछा–"मैं समझा नहीं यशोदानंदन, तुम कहना क्या चाहते हो?"

कृष्ण हंसे–"चिंतित मत हो, वैकर्तन! ऐसा कुछ कहने-करने नहीं जा रहा हूं, जिसमें उलझाव हो। मैं तुम्हें यहां स्नेह-भाव से ही लाया हूं...इसलिए कि तुम्हारे प्रति मन में सदा ही स्नेहादर रहा है...मेरी बात का उत्तर दो।"

कर्ण ने कह दिया था–"जानता हूं। अब आगे?"

कृष्ण ने एकदम से कहा था–"तब तुम कानीन हो, वसुषेण। और कानीन को भी उसी पिता की संतति माना जाता है, जिससे उसकी माता का

विवाह हुआ हो। इसलिए तुम भी मेरी बुआ कुंती और फूफा पांडु के पुत्र हुए।"

कर्ण का चेहरा एकदम फक् पड़ गया था–उनका जीवन रहस्य वासुदेव जानते हैं? फिर लगा था कि क्या बेतुका सोचते हैं वैकर्तन? श्रीकृष्ण की चतुर चपल दृष्टि से कौन-सा रहस्य है जो ओझल रह पाता हो। अपने चौंकाने पर काबू करके मुसकुरा दिए थे–"जानता हूं, देव! अब आगे?"

"पांडव तुम्हारे अपने ही भाई हैं कर्ण। तुम सूर्यांश हो। उतने ही ज्योतित पराक्रम हैं तुममें, उतना ही तेज। अब तक पांडवों को ज्ञात नहीं है कि तुम उनके बड़े भाई हो, जिस क्षण ज्ञात हो जाएगा–वे पांचों तुम्हारे चरणों में आ गिरेंगे। अर्जुन श्रद्धापूर्वक गांडीव तुम्हारी चरणधूलि में बिछाकर नतमस्तक हो जाएगा। मैं उन सभी को अच्छी तरह जानता हूं... और चाहता हूं कि मेरी बुआ के कुल का शुभ हो...इस शुभ में ही धर्म की रक्षा भी है।" बोलते-बोलते कृष्ण कुछ थमे। तीखी बहुत गहरे तक चुभ जाने वाली दृष्टि कर्ण के गौरवर्णीय चेहरे पर टिकी रही...सुनहरी आंखों में तैरती हुई–खोज रहे थे कृष्ण–कर्ण के भीतर क्या घट रहा है?

कितना खोज सके, कितना नहीं–अज्ञात। किंतु कर्ण ने मुसकराकर कहा था–"बोलते जाओ, गोपाल। तुम सदा ही रहस्यों के उद्घाटक रहे हो। भले संसार के रहस्य हों, या प्रकृति के–तुम हर रहस्य के जानकार हो। कहे जाओ, सुन रहा हूं–सुनकर आनंदित भी होता हूं–क्योंकि तुम्हारी भाषा कोमल है, स्वर मीठा और दृष्टि निर्मल। कम-से-कम वह सुख तो लेने ही दो मुझे–बोले जाओ।"

कृष्ण शांत। कर्ण के भीतर क्या घट रहा है और कैसी उथल-पुथल हुई है–किस तरह गंभीर कर्ण उस उथल-पुथल को दबा सकते हैं–समझ चुके थे कृष्ण। कहा था–"तुमसे यही बातें सुनकर आनंद मिलता है सूर्यपुत्र! तुम्हारे जीवन-जन्म का रहस्य मुझे बहुत पहले ज्ञात हो चुका था–यों, यह विशेष रहस्य है भी नहीं–भला वह रहस्य भी क्या रहस्य हो सकता है, जिसकी एक परत सदा सबके सामने रहती हो!"

"सो क्या?" सुख लेते हुए कर्ण ने प्रश्न किया।

श्रीकृष्ण की पलकें झुकीं, कर्ण के पैरों से किरणों की तरह दृष्टि जा टकराई–"तुम्हारे ये पैर–इन पैरों को देखकर द्रौपदी की स्वयंवर सभा में मुझे लगा था कि मैं अपनी बुआ कुंती को देख रहा हूं..." कृष्ण जोर से हंसे।

कर्ण ने एक गहरा श्वास लिया–मुसकान चेहरे पर बनाए रखी। कहा–"अब काम की बात पर आ जाओ, वासुदेव?"

"आता हूं, आता हूं..." कहते हुए श्रीकृष्ण ने आसन ग्रहण किया। कहने लगे थे कि जैसे ही पांडवों को मालूम होगा कि कर्ण उनके बड़े भाई हैं, वे इस वंश और राज्य के शुभार्थ कर्ण को ही कुरुराज बनाएंगे–यही नहीं, समाचार पाते ही वे हर्षोंमत्त होकर दौड़ आएंगे–उनका अभिषेक करेंगे, अपनी पिछली भूलों के लिए पश्चाताप भी करेंगे और आवश्यकता हुई तो वंश-राज्य प्राप्त करने में कर्ण के सहायक सिद्ध होंगे! वे पांचों भाई आज्ञाकारी सेवकों की तरह कर्ण की सेवा में आगे-पीछे चलने लगेंगे–कोई चंवर डुलाएगा, कोई छत्र लगाएगा, कोई चरणों पर जल डालेगा और कोई..."

"बस-बस–बस् यशोदानंदन! बस!" कर्ण ने हंसते हुए उन्हें रोक दिया था। आनंद से उनकी आंखें भर आई थीं, किंतु पुतलियां चपलता और चालाकी से श्रीकृष्ण की प्रशंसा करती हुईं। पूछा–"मैं जानता हूं, श्रीकृष्ण कि मेरे प्रिय भाई सत्य ज्ञात होने पर वही सब करेंगे, जो तुम कह रहे हो पर मेरी रुचि यह जानने में अधिक है कि तुम कहना क्या चाहते हो। आगे बढ़ो।"

"वह तुम समझ रहे हो कुंतीपुत्र। अच्छी तरह समझ चुके हो।" वासुदेव के स्वर में सहसा गंभीरता उतर आई थी–"मेरी इच्छा है कि सत्य को सामने लाओ और इस विशाल पृथ्वी खंड का राज्य निष्कंटक भोगो। गांडीवधारी का पराक्रम, भीम का बल, युधिष्ठिर का ज्ञान...यह सब तुम्हारे

सहायक सिद्ध होंगे और तुम भरतखंड को वह राज्य दे सकोगे, जो यहां कभी नहीं रहा।"

"...हूं, आगे कहो और कुछ?"

"जितना, जो कुछ कह चुका हूं, कर्ण, वह स्पष्ट है। मेरी इच्छा है कि तुम धर्म के पक्ष में आओ। न्याय से यह राज्य अधिकार तुम्हारा ही है। तुम ही पांडवों और कौरवों में सबसे बड़े हो। उत्तराधिकार भी तुम्हारा ही बनता है..." जिस सरलता से श्रीकृष्ण कहे जा रहे थे, जितनी आशा और विश्वास से कर्ण की आंखों में झांक रहे थे, उसका अनुभव कर कर्ण भावावेश से भर उठे। थूक का घूंट निगलकर अपने ही भीतर की डुबडुबाहट से उबरने का प्रयत्न किया था। कहा था–"जानता हूं–सब जानता हूं वासुदेव! तुम उचित ही कह रहे हो।"

सहसा कर्ण चुप हो रहे। उठे और चहलकदमी करने लगे। कुछ पलों के बाद बोले थे–"जब तुम्हें मेरा जन्म रहस्य और माता-पिता के बारे में सारी जानकारी है, तब तुम्हें यह भी ज्ञात होगा कि मुझे जन्म से ही न्याय नहीं मिला। मेरे वांछित अधिकार से मेरी माता ने ही मुझे दूर कर दिया। मेरा शुभाशुभ का विचार किए बिना माता कुंती ने मुझे जल में बहा दिया और तीन नदियों की यात्रा करता हुआ अनायास ही मैं अधिरथ के हाथ लगा, जिन्होंने अपनी पत्नी राधा को मुझे सौंपा–"

कृष्ण सुनते रहे–कर्ण के स्वर में सहसा ही भर्राहट आ गई थी। लगा कि शब्द जल में भीगे हुए बाहर निकल रहे हैं–सहानुभूति और स्नेह से भर उठे। कर्ण उनकी ओर से चेहरा मोड़कर बोल रहे थे–श्रीकृष्ण को लगा था कि उन्होंने मृत्यंजय की सबसे दुखती रग पर हाथ रख दिया है–पीड़ा को न सम्भाल पाकर कर्ण अपने से ही जूझ रहे हैं–थक रहे हैं...

तभी कर्ण पुनः बोलने लगे थे–"जानते हो वासुदेव, राधा से मुझे क्या मिला है? वह सब जो माता से किसी पुत्र को मिलता है। स्नेहमयी राधा ममता से कितनी भरी हुई हैं, तुम इसी से अनुमान लगा सकते हो कि मुझे पाकर ममतावश वह इतनी आनंदित हुईं कि उनकी छातियों से दूध निकलने

लगा। उसी दूध का पान करके मुझे जीवन मिला है। इस देह की हर नस में यदि माता कुंती का रक्त है तो उस रक्त को बढ़ाने वाला दूध देवी राधा का मिला हुआ है कृष्ण!" बोलते-बोलते वैकर्तन भावुक हुए जा रहे थे–लग रहा था कि सूर्य की आभा से मेघ-दल ने जुड़कर वातावरण को नमी से भर दिया है...उनकी श्वासें वायु के झोकों जैसी हो गई थीं जो सुनने वाले के मन को रह–रहकर सिहरा दें। वह बोले थे–"राधा मां ने मेरा मल-मूत्र उठाया है। मेरी उदासियों से वह उदास हुई हैं, मेरी पीड़ा में उन्होंने निद्रा त्यागी है, दर्द सहा है–सारे जीवन अधिरथ और राधा मुझे वात्सल्य से सहलाते-दुलारते रहे हैं। मेरे सुख में सुखी हैं, मेरे दुःख में मुझसे आगे बढ़कर सहभागी हुए हैं–ऐसी स्थिति में क्या तुम यह चाहोगे कि मैं मनुष्यत्व से गिर जाऊं? स्वार्थ के लिए उन वरदानों से परे हो जाऊं? उनका पिण्डलेप करूं?" कुछ क्षण थमे थे कर्ण फिर पूछा था–"तुम्हीं से उत्तर मांगता हूं वासुदेव, बतलाओ मेरा कर्तव्य क्या है? मेरे लिए कया करना धर्म है?"

कृष्ण शांत थे। टकटकी बांधे हुए कर्ण को देखते रहे। उत्तर नहीं दिया। दृष्टि कह रही थी–"तुम धन्य हो कर्ण। तुम अक्षयकीर्ति हो।"

कर्ण ने कहा था–"मेरा मन कहता है, वासुदेव, मैं ऐसा अधर्म और अकर्तव्य अपनी माता राधा और पिता अधिरथ के प्रति नहीं कर सकता। मैं आज कुंती को अपनी माता कहकर क्षुद्र स्वार्थ के लिए ममता के सत्य से अनदेखा नहीं कर सकता।" कर्ण ने उत्तर की आशा में श्रीकृष्ण की ओर देखा।

श्रीकृष्ण ने शांत स्वर में कहा था–"मै तुम्हारी बातें सुन रहा हूं, सूर्यपुत्र। कहो...मुझे मालूम है कि तुम बहुत कुछ कहना चाहते हो। वह सब सुन-जानकर मुझे सुख मिलेगा।"

कर्ण ने आगे कहा था–""तुम्हें यह भी भली प्रकार ज्ञात है कि दुर्योधन ने मुझे केवल मित्रता ही नहीं दी, अंधविश्वास भी दिया है। जब सब ओर से मुझ पर कुल-जाति और वंश का नाम लेकर धिक्कार पड़ रहे थे, तब वही वीर था जिसने आगे आकर मुझे छाती से लगाया था। मुझे मित्र कहा था,

मुझे राज्य, कीर्ति, समाज-सम्मान और अधिकार दिए थे। वह सारे जीवन पांडवों से मेरी ही शक्ति और मित्रता के विश्वास पर जूझा है। अब, जबकि राजनीति युद्ध की देहरी तक जा पहुंची है, तब मैं मित्रघात कैसे कर सकता हूं।...तुम ही मुझे उत्तर दो? मुझे विश्वास है यशोदानंदन तुम नीति-धर्म के ज्ञाता हो।...तुमसे सत्य का कोई कण अनदेखा नहीं, तुम सृष्टि के प्रतिफल को पहचानते हो...मुझे सुझाओ–इस समय मेरा क्या कर्तव्य होना चाहिए? ...मुझे यह भी ज्ञात है कृष्ण, कि धर्मात्मा युधिष्ठिर को जैसे ही ज्ञात होगा कि मैं उनका बड़ा भाई हूं, वैसे ही वह अपना संपूर्ण राज्य मुझे सौंप देंगे, किंतु मेरी बेबसी यह है कि मैं अपने वचन के अनुसार वह राज्य दुर्योधन को दे दूंगा।–जबकि मेरी हार्दिक इच्छा है कि राजा धर्मराज युधिष्ठिर ही हों।"[1]

कृष्ण चुप थे। प्रतिक्रियाहीन। दृष्टि के किसी कोने पर श्रद्धा और आदर का एक बिंदु चमचमा रहा था–यह बिंदु बोलता हुआ–"धन्य हो कर्ण! तुम अमर हो।"

कर्ण बोलते-बोलते बुरी तरह अपने ही भीतर थकने लगे थे–ऐसे जैसे अपने ही आंसुओं के समुद्र में हाथ-पैर मारते तैरने की कोशिश कर रहे हों, हर मांस-पेशी क्रमशः निद्रित होती हुई, हर चेष्टा, हर गति में हौले-हौले हलकापन उतरता हुआ–सहसा उन्होंने श्रीकृष्ण की दोनों बांहें थाम ली थीं। आंखें आंसुओं से भरी हुई–"कृष्णचंद्र, मैं जानता हूं कि तुम उत्तर नहीं दोगे। मैं यह भी जानता हूं कि इस महायुद्ध की अग्नि में मैं ही नहीं, सभी राजा भस्म होंगे। दुर्योधन, दुःशासन आदि सभी मारे जाएंगे, किंतु कम-से-कम इस समय मुझे मेरे पुत्र-धर्म, मित्र-धर्म से विलग होने को मत कहो।"[1]

श्रीकृष्ण शांत रहे। ऐसे देखते हुए जैसे कर्ण नहीं, एक भोला, मासूम बालक उनके सामने खड़ा हो–बालक के स्वर्णिम रंग पर जगह-जगह समाज, स्थिति और व्यवस्था कोड़ों की मार बनकर बरसी हो–घाव-ही-घाव हों और वह पुकार-पुकारकर अपने लिए न्याय मांग रहा हो...स्वर हिचकियों से डांवाडोल हो रहा हो, सांसें पीड़ा से उखड़ चुकी हों

---

1. महाभारत, उद्योगपर्व, के 141वें अध्याय में श्लोक क्रम 20 से 24 तक कर्ण का उपर्युक्त कथन आया है।

"वासुदेव", सहसा कर्ण का स्वर दृढ़ हो गया था, इस तरह जैसे अचानक उन्होंने अपने अश्रु-समुद्र को पार करके आत्मशक्ति का कठोर किनारा पा लिया हो। कहा था–"...यह तो एक यज्ञ हो रहा है जिसमें तुम मुझे अर्जुन के हाथों हत देखोगे। वह क्षण यज्ञ का पुनश्चिति कर्म होगा। मुझे तो केवल यही दुःख हो रहा है कि मैंने अनेक बार दुर्योधन की प्रसन्नता के लिए अपने ही भाइयों को कटुवचन बोले हैं–उन्हें कष्ट पहुंचाया है।"[2]

श्रीकृष्ण की दृष्टि में आश्चर्य की एक बिजली कौंधी–लुप्त हो गई। संभवतः उन्हें कर्ण के सत्य बोध पर पल-भर के लिए विस्मय हुआ था। स्नेहादर अधिक गहरा हुआ।

थोड़ी देर के लिए वातावरण बहुत बोझिल हो उठा था। कर्ण और कृष्ण दोनों ही शांत बैठे रहे थे–कभी एक-दूसरे की चुप दृष्टियां एक-दूसरे को छूतीं और कभी यहां-वहां जुड़ जातीं।

शिविर में आकर स्वयं भी स्तब्ध बैठे रह गए थे। लगभग उसी तरह खोए हुए, जिस तरह उस दिन वासुदेव से भेंट में खो गए थे।

स्मरण की इस बाढ़ में यह भी याद नहीं रहा था कि किस क्षण शिविर में प्रवेश किया था, किस समय, किन सेवकों ने वस्त्राभूषण और अस्त्र उतारे और कब थकान से चूर होकर आसन ग्रहण किया।

युधिष्ठिर और फिर भीम–एक के बाद एक को छोड़ते गए हैं कर्ण। युद्ध के क्रूर संहार का एक दिन और बीत गया है–कर्ण के पराक्रम ने पांडव सेना को हड़बड़ी की हालत में ही नहीं, पराजित मनःस्थिति में पहुंचा दिया है। कुछ समय पूर्व ही प्रसन्न मन दुःशासन ने सूचना दी थी–"धन्य हो

---

1. महाभारत, उद्योगपर्व, के 143वें अध्याय में कर्ण ने यह भविष्यवाणी भी की है कि वह स्वयं और अनेक राजा, दुर्योधन, दुःशासन आदि सभी गांडीव की अग्नि और इस युद्ध में भस्म हो जाएंगे।
2. महाभारत, उद्योगपर्व, के 141वें अध्याय में शलोक 40 से 48 के बीच कर्ण का यह संवाद आया है। इसमें उन्होंने अर्जुन के हाथों अपनी मृत्यु होने की भविष्य घोषणा भी की है और इस बात के लिए भी दुःख प्रकट किया है कि वह दुर्योधन की प्रसन्नता के लिए पांडवों के प्रति कटुवचन बोलते रहे।'

राधापुत्र–तुम्हारे कालवतू प्रहारों ने युधिष्ठिर को रण-क्षेत्र से भागने के लिए लाचार किया। पांडव पक्ष अकुलाया हुआ है। तुम्हारे रण-कौशल को देखकर विजयश्री की उनकी कल्पनाएं हवा हो चुकी हैं।"

सब सुना–चुप रहे। सिर्फ मुसकुरा-भर दिए। युद्ध में उस सफलता पर मुसकुराए थे या कि इस सत्य से जानकार होने के कारण कि वह युद्ध का अंतिम क्षण सत्य जानते हैं...परिणाम को बहुत पहले आंक चुके हैं...यही नहीं, उस दिन कृष्ण के सामने घोषणा भी कर दी थी उन्होंने...

"मैं जानता हूं वासुदेव, अंततोगत्वा विजय धर्म की ही होगी।" कैसे, कब और क्यों उनके मुंह से यह भवितव्य भाषित हो गया था–स्वयं नहीं जानते, पर इतना जानते हैं कि भावावेश में लगातार बोले चले गए थे...""यह प्रयत्त करना अब मुझे व्यर्थ ही जान पड़ता है कि यह महासमर थामा जा सकेगा। अब कोई ऐसी स्थिति शेष नहीं रही है जबकि दुर्योधन अपने निश्चय से डिग सके, अतः उचित यही होगा कि तुम गांडीवधारी अर्जुन को अस्त्र-शस्त्रों से सज्जित कर रणभूमि में ले आओ। यह जानते हुए भी कह रहा हूं कि जहां धर्म होगा, जय वहीं होगी।"

कृष्ण कुछ नहीं बोले थे। जितना कुछ पहले कह दिया था, उसके अतिरिक्त उनके पास कहने को कुछ भी शेष नहीं रहा था। अब था शेष सिर्फ सुनना...सो सुने गए।

"यह वीरवंशविनाशक युद्ध होगा। यदि हम लोग जीवित रह गए, तो तुमसे भेंट हो जाएगी...आनंद मिलेगा और यदि मारे गए तब स्वर्ग में ही तुमसे भेंट करेंगे। मुझे तो लगता है कि संभवतः अब हम लोगों की स्नेह-भेंट स्वर्ग में ही होगी।'

अपरोक्ष रूप से कर्ण कितनी ही बार कह चुके थे कि उनका अंत सन्निकट हैं कौरवों का नाश भी उसके साथ, पर भाषा इतनी सधी, सरल और असाधारण थी कि सामान्य के लिए अति असामान्य।

कृष्ण समझ रहे थे।

विदा लेते-लेते कर्ण स्नेह से भरकर श्रीकृष्ण से गले मिले, फिर अपने गृहनक्षेत्र की ओर लौट पड़े।

उसके बाद अब भेंट होनी है...अर्जुन के सारथी रूप में हैं श्रीकृष्ण। श्रद्धा से कर्ण ने उन्हें स्मरण किया है।

लेट रहे।

शिविर-द्धार पर हलचल हुई। चिकित्सक आ पहुंचे थे। रण-क्षेत्र में आए घावों पर लहू अब भी रिस रहा था। कुछ घावों पर सूखकर रक्त की पपड़ियां जम चुकी थीं।

चिकित्सक उनका उपचार करने लगे। कहीं पट्टियां बंधी, कहीं औषधि लगाई गई। कई-कई घावों को धोते और साफ करते समय चिकित्सकों ने कितनी ही बार शरीर पीड़ा पहुंचाई होगी पर...कर्ण उस सब से अलग। कष्ट को पीते हुए। चेहरे पर तनिक भी पीड़ा या शोक नहीं।

चिकित्सा कार्य पूरा हुआ। वे चले गए। कर्ण आसन पर पुनः लेट गए।

कुछ पल के लिए पलके मूंद लीं। हौले से करवट लेनी चाही तो बांह में आया खड़ग का घाव जोर से कसक उठा।

उसी के साथ याद हो आए युधिष्ठिर। उन्होंने खड़ग घुमाया था और बचाने की चेष्टा करते-करते भी कर्ण की बांहों को छू लिया था खड़ग ने। होंठ भींचकर पीड़ा को सहा, कसक झेल गए।

पर इस कसक से मुक्त कैसे हों कि घाव युधिष्ठिर के खड़ग से आया था। यह सोचकर चकित ही होते हैं सदा अपने की चोट ने घाव दिए; कसकाया और कई-कई बार रुला भी दिया।

माता हो या भाई...भीष्म जैसे कुलपुरुष हों या द्रोणाचार्य जैसे ब्रह्मज्ञानी ब्राह्मण। किसी ने कर्ण के घावों को सहलाया नहीं है...जिस अपेक्षा और आशा के लिए जीते रहे थे कर्ण, वह व्यर्थ हुई...सोचते थे कि एक दिन कुंती आएंगी, उन्हें पुत्र कहेंगी। फिर एक सार्वजनिक घोषणा करेंगी कि कर्ण उनके पुत्र हैं। कानीन।

पर वैसा नहीं हुआ। कुंती आईं अवश्य, कर्ण को उन्होंने पुत्र भी कहा किंतु वह आना और सम्बोधित करना भी इस खड्ग के घाव की तरह ही कर्ण को लगा।

घाव ज्यादा ही कसकने लगा है...बेचैनी से भर उठे। लगा कि केवल घाव नहीं कसक रहा है, अपितु कर्ण के समूचे शरीर में ही दर्द की लहरियां उठने लगी हैं। मन से मस्तक तक ये लहरें बिजली की तरह कौंधती हैं और उस कौंध में कर्ण के विगत की अनेक घटनाएं दिखने लगती हैं।

इन घटनाओं को कितनी ही बार कर्ण ने अपने सारे आत्मबल से दबाए रखना चाहा है। चाहा है कि कुछ भी याद न आए। विगत का हर पल-छिन भूल जाए प्रतिसूर्य–पर जैसे-जैसे प्रयत्न किया है वैसे–वैसे ये घटनाएं ज्यादा ही शक्ति से उभरी हैं–टीस ज्यादा और ज्यादा बढ़ती गई है...

महासमर के साथ-साथ इन घटनाओं ने ज्यादा ही उग्रतापूर्ण ढंग से प्रति सूर्य के मन-माथे को ग्रसना प्रारंभ कर रखा है–प्रारंभ में कुचलकर दबाए रखने का प्रयत्न किया था कर्ण ने, किंतु सारी पकड़ से मुक्त कर दिया, मन-मस्तक।

क्यों किया ऐसा?

यह भी मालूम नहीं। मालूम हो तो भी तर्क देकर उस सबमें उलझना नहीं चाहेंगे कर्ण।

क्या इसलिए कि वह सब करके कर्ण अपने-आपको हलका करना चाहते हैं? जिस मुसकान, हंसी या अहंकारपूर्ण ढंग से हर सत्य को नकारते रहे, हर बार अपने मन पर किसी पीड़ा का शिलावत् वजन रखे रहे–उस सबसे मुक्त हो जाना चाहते हैं कर्ण। अपने ही भीतर आश्वस्त भी हो लेना चाहते हैं कि कहां पुण्य हुआ, कहां पाप?

पर इस तरह हलका होना असंभव है। सत्यासत्य, नीरक्षीर से कैसे और कहां तक मनुष्य हलका हो सकता है–यह भी नहीं जानते, किंतु पिछले कुछ ही घंटों में मन को जिस तरह सहज होते पाया है, उससे लगता है कि कहीं कुछ है, जिसे पा गए हैं। संभवतः शांति–या यों कि भारहीन हो रहे हैं।

पहले कर सके होते तब इतना कष्ट न उठाना पड़ता। कक्ष में एक स्वर हौले-हौले उभरा है–"हां, वैकर्तन, इस तरह पहले सोचकर अपने गुण-दोषों को देखा होता, प्रत्येक घटना के सत्यासत्य का विश्लेषण किया होता तो संभवतः मन इतना बोझ न ढोए घूमता, पर वैसा नहीं कर सके तुम। परिणाम हुआ है यह आत्मकष्ट। जीवन-मृत्यु की इस निर्णायक बेला में इतना आत्मकष्ट भोगना पड़ा है तुम्हें।"

सुना–उत्तर नहीं दिया। निश्चय कर लेना चाहते हैं–अब मन से उठते किसी भी प्रश्न का उत्तर नहीं देंगे। केवल उसे सुनेंगे। आत्मालोचन की तीखी पर निर्दोष आलोचना को सहते रहेंगे। पहले सह सके होते तो इस तरह भावनाओं के वश होकर अपने अनेक श्रेष्ठ गुणों को दोष में न बदला होता।"

युधिष्ठिर के खड़ग का घाव अब भी कसक रहा है–पर लगता है अर्थहीन है यह घाव। इसकी कसकन सहने में समर्थ हैं कर्ण। मृत्युंजयी हैं वे।

जिस खड़ग-प्रहार को वह सह नहीं सके, वह उनकी अपनी माता का किया हुआ है। बहुत समय नहीं हुआ–युद्ध से कुछ पूर्व, सबसे पहला प्रहार कुंती ने ही तो किया था कर्ण पर।
उस प्रहार की पीड़ा मृत्युपर्यंत नहीं मिट सकेगी। आत्मबल को ज्ञान के पाश से बांधे रखने की चेष्टा करें तब भी उससे पीड़ा नहीं मिटा सकेंगे। एकाग्रता उस दृश्य को धुंधला नहीं सकेगी, जब वह प्रहार हुआ।

सूर्याराधन की बेला।

कर्ण ने कुछ पल पूर्व अपनी तपती पीठ का अहसास किया था। पलकें खोलीं। इसी तरह, प्रतिदिन वह सूर्य पूजा से निवृत्त होते थे। अर्घ्यदान-पुण्यदान किया जा चुका था–तेज ने चेहरे को ज्यादा ही दमका दिया था।

कुशासन समेटने के लिए झुके ही थे कि वे दीख पड़ीं-कुंती। स्तब्ध होकर बोल पड़ना चाहा था–"माता, तुम?" किंतु दांत भींचकर शब्द दबोच लिए–चकित भाव से कहा–"पांडवजननी, आप?"

सूर्य-तेज ने उसका सुंदर, शालीन चेहरा कुम्हला दिया था–कर्ण को ज्ञात भी नहीं होगा कि कुछ समय पहले वह सूर्य तेज से बचाव के लिए उसी की विशाल देह की छाया लिए हुए प्रतीक्षारत रही थीं कि आराधना पूरी हो–

कुंती जितनी कुम्हलाई हुई थीं, लगता था कि आंखें उतनी ही भरी हुई हैं। कर्ण के प्रश्न का उत्तर न देकर टकटकी बांधे हुए देख रही थीं–इस दृष्टि ने प्रतिसूर्य को कुछ क्षण के लिए विचलित कर दिया। यही तो वह दृष्टि है–जिसे सार्वजनिक रूप से चाहा है कर्ण ने? कितनी-कितनी बार, कितने ही अवसरों पर भरी भीड़ के बीच, अपने-आप को सूतपुत्र कहे जाने पर कर्ण ने कुंती की ओर चेहरा घुमाकर इसी दृष्टि की अपेक्षा की है उनसे–पर वह दृष्टि आज, इस एकांत में उनके सामने हैं–

अपने से ही पूछने को मन हो आया था–अर्थयुक्त या अर्थहीन?

कुंती इस बीच सहज हो चुकी थीं। कहा–"हां, मैं ही हूं वसुषेण–देर से तुम्हारी सूर्याराधना समाप्त होने की प्रतीक्षा कर रही थी..."

"आज्ञा दीजिए, देवी।" कर्ण प्रणाम करते हुए बोले थे–"मैं राधा और अधिरथ का पुत्र कर्ण आपको प्रणाम करता हूं। आज्ञा दें कि मैं आपका क्या शुभ करूं?"

तुरंत उत्तर न दे पाकर कुछ पल कुंती उसी तरह कुम्हलाई हुई खड़ी रहीं...लगा कि सूर्य की तपन ने उनके कोमल होंठ झुलसा दिए हैं। जीभ फिराकर उन्हें तर किया, बोलीं–"कर्ण, संभवतः तुम्हें यह ज्ञात नहीं कि तुम राधा और अधिरथ के नहीं, मेरे और सूर्य के पुत्र हो। तुम वीर पांडवों के अग्रज हो, पुत्र। मैंने तुम्हें कौमार्यावस्था में जन्म दिया था। अतः तुम मेरे कानीन हो।"

कर्ण ने सुना, कुंती के होंठों से सुनकर सुख मिला, किंतु तुरंत ही वह सम्भल गए। मन धीमे से उनके अपने कान में कह गया था–"कर्ण, जिस सत्य का उद्घाटन तुम अपनी माता के मुंह से ही सुनना चाहते थे–सुन चुके, पर एकांत में। वह सत्य कैसे बिना सिर-पैर का लगता है, जो किसी एकांत वन में गूंजे और राजभवन में गुम जाए।"

कुंती कुछ और कहना चाहती थीं, पर कर्ण का तपा चेहरा अधिक ही तप गया। स्वर किरणों की तरह अंधेरे की छाती चीरने वाला...नुकीला हुआ। बोले–"अच्छा, यह सब तो बहुत आश्चर्यजनक और कल्पनातीत लगता है, महारानी?" व्यंग्य करना नहीं चाहते थे, किंतु लगा था कि अपने पर ही वश नहीं कर पा रहे हैं...मन में एक साथ इतना कुछ उमड़ आया था कि सब उगल देना चाहते थे...पर थमे रह गए।

"पुत्र," कुंती आगे बढ़ आईं। उनकी दृष्टि ही नहीं सारे शरीर में अजब-सी सिहरन भरी हुई थी...क्यों न हो? वह भी तो जीवन में पहली बार पुत्र को पुत्र पुकार विचित्र-सा कंपन अनुभव कर रही होंगी? कर्ण ने सोचा। यह कंपन उन्हें भी अनुभव हुआ था, पर अब केवल क्रोध में बदलने लगा–नहीं जानते।

कुंती कह रही थीं–"पुत्र, समय, स्थिति और समाज-भय ने मुझे अब तक सत्य को छुपाए रखने के लिए बाध्य किया था, किंतु लगता है कि अब वह समय आ गया है, जब लोग कुंती पुत्र को सूतपुत्र न कहें। तुम्हें तुम्हारा वांछित मिले और अपनी संपूर्णता से मिले।"

कर्ण मुसकुराए। यह मुसकान ऐसे थी जैसे रेगिस्तान के तपते-झुलसते अंतहीन समुद्र पर कोई मृग-मरीचिका दिखे...

कुंती को टोक देना चाहते थे, वह अपने को सम्भाले रहे। चुप-शांत खड़े हुए माता के चरणों पर दृष्टि गड़ाए रहे...यही चरण तो हैं, जिन्हें मैंने छूना चाहा पर कभी छाया तक न पा सका। अपने ही पैर सहलाता हुआ, अपने को ही छलता रहा।

कुंती कहे गई थी..."तुम परम प्रतापी हो वीर। अपने पिता की तरह तेजस्वी और गुणवान् हो। तुम्हारा ही तेज है, जिसके बल पर दुष्ट दुर्योधन सरल युधिष्ठिर और उसके छोटे भाइयों को छलता आया है। तरह-तरह से उनका अपमान करता आया है। अनजाने में ही संभवतः तुम दुर्योधन से स्नेहवश उस सबके सहभागी हुए हो...पर इस सत्य को जान लेने के बाद मुझे पूरा विश्वास है कि तुम वैसा नहीं करोगे। मेरी इच्छा है कि अब तुम कुरुराज्य की सारी लक्ष्मी और राज्य प्राप्त करके सुख भोगो। जिस राज्याधिकार

के लिए पांडव युद्ध के हेतु बाध्य किए जा रहे हैं–वह तुम्हारा ही है बेटा। उसे प्राप्त करो और मुझे सुख दो।"

स्नेहपगे शब्दों ने कर्ण को अधिक ही पीड़ित कर दिया था...क्रोधावेश में उबल पड़ना चाहते थे माता पर, किंतु संयम को सूर्य ने साध लिया था। न जाने कहां से भटकते हुए अपने संपूर्ण तेज के साथ वह प्रकट हो गए थे–सूर्य की ओर दृष्टि उठते ही कर्ण के मन में उबलते ढेरों प्रश्न समुद्र की तरह शांत हो गए–कुछ लहरें शेष रहीं, जिन्होंने छटपटाते हुए उस पल पीड़ा की अभिव्यक्ति की–"माता, इस सबको करके मुझे प्रसन्नता होती, सुख भी मिलता। किंतु अब समय नहीं रहा। यों भी अब कोई नहीं जानता कि मैं तुम्हारा और तेजस्वी सूर्यदेव का पुत्र हूं...जीवन के अधिकतम भाग में यह सत्य असत्य ही बना रहा है...यहां तक कि गुप्त रहकर लगभग बीत चुका है, अतः उचित यही है कि इसे ऐसा ही बना रहने दें।"

"नहीं-नहीं, बेटे। इस तरह माता को निराश करना तुम्हारे लिए उचित नहीं...तुम उनका कहा मानो, निश्चय ही वह तुम्हारा शुभ विचार कर यहां तक आई हैं..." सूर्य का स्वर गूंजा।

कर्ण ने आदर और श्रद्धा के साथ उन्हें पलकें मूंदकर प्रणाम किया। कहा–"निस्संदेह माता ने संभवतः मेरा शुभ ही सोचा होगा, पर यह सब उसी समय विचारणीय था, जब इन्होंने मुझे त्यागा। मेरी जाति, कुल यहां तक कि सामाजिक अधिकार का लोप कर दिया पिता, आप शांत हो।"

सूर्य बोल नहीं सके–बेबसी से कुंती के चेहरे को देखते रह गए।

कुंती ने बेटे के उत्तर पर न आश्चर्य व्यक्त किया, न ही लगा कि अस्वाभाविक कहा है कर्ण ने–सुनती रहीं।

"क्षमा करें, माता।" कर्ण बोले। बहुत चाहा था कि स्वर को संयत रखें, उसमें कठोरता को जुटाए रहें; पर लग रहा था कि वैसा कर नहीं पा रहे हैं। इसके विपरीत अनुभव हुआ था जैसे पवित्र गंगा के जल में उतरकर खड़े ही हुए हैं–कि पैर डगमगा उठे...मन हिलता हुआ..."'प्रयत्न कर रहा हूं कि आपके शब्दों पर विश्वास करूं किंतु मेरे साथ जो कुछ बीता है, उसके

कारण सहसा मैं विश्वास नहीं कर पा रहा हूं...आपने लड़कपन में मुझे त्यागा ही नहीं था, अपितु एक तरह से मेरे प्राण ही हर लिए थे...मुझे मेरे सारे समाज, जाति और संसार के न्यायिक अधिकारों से विलग कर दिया। मेरे यश को तो आपने समाप्त किया ही, साथ ही मुझे अकुलीन, अज्ञात कुल–शील कहलाने के लिए जीवन-रण में जूझने भेज दिया। जब मैं भरी सभाओं और समाज उत्सवों से सूतपुत्र कहलाकर दुत्कारा, प्रताड़ित किया गया, तब आप क्यों नहीं आईं? उस समय आपने अपने मातृत्व की दया मुझ बेबस और निरीह पर क्यों न दिखाई?"

"कर्ण! पुत्र!" कुंती का स्वर ही नहीं डूब रहा था, अपितु लगा था जैसे वह प्रश्नतेज के कारण झुलस उठी हैं...उनके लिए खड़े रह पाना कठिन ही नहीं असंभव हो उठा है

किंतु कर्ण का स्वर बहता हुआ...उसी तरह बहता हुआ, जिस तरह बालक कर्ण कभी अश्वरथी, चर्मण्वती और फिर यमुना और गंगा तक बहता आया था..."आज आप कुल, जाति, माता और पुत्र का संबंध मुझे बतलाने आई हैं? तब जबकि आपने मुझे क्षत्रिय होते हुए भी जाति, कुल और अपने योग्य संस्कारों से विलग किए रखा? इतना अहित तो कोई दुष्ट और क्रूर व्यक्ति अपने शत्रु का भी नहीं कर सकता है माता?" कर्ण की अपनी आवाज डबडबा उठी थी। इन शब्दों को बोलते समय उन्हें लगा था कि वह वही असहाय बालक हो उठे हैं, जो वेगवती नदियों के मार्ग पर थप्पड़ खाता हुआ बढ़ रहा है...जीवन के प्रति अनिश्चित।

कुंती के होंठ थरथरा रहे थे...कुछ कहना भी चाहती थी वह, पर शब्द साथ नहीं, विश्वास और साहस कहीं छिपे हुए...कुंती असहाय-सी खड़ी... रह-रहकर कभी सूर्य के तेज और कभी पुत्र की नदी-सी छल-छलाती किनारों में बंधी बेबस धाराओं का बहना देखती हुई...

कर्ण के आगे कहा था..."नहीं, माता, अब मैं दुर्योधन का साथ नहीं छोड़ सकता। उसने मुझे वह सब दिया है, जो मेरा नैतिक अधिकार था। जो मुझे आपसे मिलना चाहिए था; मैं जानता हूं कि आप मेरा शुभ समझकर ही

मुझसे यह सब कहने आई हैं किंतु अब मेरा धर्म और कर्तव्य दुर्योधन के पक्ष में ही हैं; मैं उसके लिए अपने पराक्रमी भाई का वध करूंगा। न कर सका तब मैं उसके हाथों हत हो जाऊंगा। किंतु मुझे मित्र-धर्म से गिरने को न कहें। यों भी यह धर्म है कि मनुष्य अवसरवादी होकर यदि अपने समर्पित मित्र का साथ छोड़ता है, वह जीवित ही मृतवत् हो जाता है। उसकी लोक-निंदा तो होती ही है, वह अपना परलोक भी खो देता है।"

कुंती निराश हो चुकी थीं। समझ लिया था कि कर्ण को अब उस राह से हटाना संभव नहीं, जिस राह पर पहुंचा चुकी थीं...यो भी कर्ण के प्रति दोषभाव से भरी हुई थीं। उससे आगे कुछ कहना भी व्यर्थ ही होता...जाने को ही थीं कि कर्ण का स्वर सहसा सम्भल गया था। उसने कहा था... "माता, आपने मुझे एक बार इस जीवन में मातृसुख का यह जो अमृत दिया है...वह मेरे लिए संपूर्ण प्राप्ति जैसा है, अतः मैं आपका यहां आना व्यर्थ नहीं होने दूंगा।"

कुंती ने चकित होकर पुत्र की ओर देखा...

कर्ण की आंखें भरी हुई थीं–पर चेहरा तेजमय। ऐसे ही जैसे उस वन में तेजस्वी सूर्य की आभा के बीच निर्मल गंगा बह रही थी।

"मां! आश्वस्त हों आप। मेरे लिए रणक्षेत्र में तुम्हारे चार पुत्र अवध्य रहेंगे। कर्ण उन्हें हत नहीं करेगा...यदि हताहत होने का निर्णय होना ही है तो वह होगा मेरे और अर्जुन के बीच। यदि हम में से कोई एक मारा भी गया तब भी तुम पांच पुत्रों की माता बनी रहोगी। तुम्हारे पांच पुत्र जीवित रहेंगे।"

कर्ण कुछ आगे कहें, कह सकें, इसके पहले ही कुंती ने उन्हें अपने हृदय से लगा लिया था...अब तक पांडवों की नाश की शंका और दुःख से व्यथित होते रहे उनके हृदय को कर्ण के अंतिम संवाद ने सहसा डूबते-डूबते उबार लिया था। बड़बड़ाने लगी थीं–"मैं सुखी हुई पुत्र। आनंदित हुई, किंतु तुम यह मत भूलना कि तुमने अर्जुन को छोड़कर शेष चारों भाइयों को अभय दिया है। अब मैं जाती हूं, शत्रुदमन, सुखी हो।"

वह एकदम मुड़ीं–चल पड़ीं। इतनी तेज-तेज चाल में गई थीं कि कर्ण के भीतर दबी रही एक इच्छा शब्दमात्र बनी रह गई। अनबोले शब्द... कहना चाहते थे–"मुझे विजयाशीष दो, माता।"

पर जब तक शब्द निकलते, उसके पूर्व ही भावविह्वल कुंती ने उन्हें हृदय से लगा लिया था...इस स्पर्श ने वे शब्द हृदय में ही घोल दिए...पुनः आकार लेकर बाहर आएं, इसके पूर्व ही वे चली गईं।

लगता है अब भी चली जा रही हैं...एकांत में नदी किनारे, बहुत तेज-तेज कदमों से और कर्ण अब भी चीखकर वह वरदान मांगना चाहते हैं।

"मुझे...मुझे विजयाशीष दो, माता!"

चीखें भी तो अब कैसे सुन सकेंगी कुंती।

सुन भी लिया तो क्या विजयाशीष देंगी?

अनसुना कर देंगी।

और क्या उस समय भी अनसुना ही नहीं कर दिया था कुंती ने? कर्ण व्यग्र हो उठे हैं–घाव ज्यादा और ज्यादा कसकने लगा है...युधिष्ठिर का दिया घाव नहीं, माता का दिया घाव।

क्या कुंती जानती नहीं थीं कि हर योद्धा अपनी माता से विजयाशीष मांगता है? कर्ण ने भी मांगना चाहा होगा या मांग बैठता?

दें–वह वर दें, इसके पूर्व ही कतराकर चली गईं। वर लेकर–पांडव पांच ही रहेंगे। युधिष्ठिर, भीम, नकुल और सहदेव कर्ण के लिए अवध्य।

मरने-जीने का निर्णय होगा सबल अर्जुन और कर्ण के बीच।

करवट लेने का विचार आया, पर विचार बिखर गया। पलकों के दाएं–बाएं कोनों से जल बहता लगा।...आंसू।

आंसू समेट लिए...मन भी समेटा। लगा कि सब बिखर गया है।

उस पल भी यही लगा कि सब बिखर गया है। देर तक वैसे ही स्तब्ध बैठे रह गए थे। गंगा के निर्मल जल को देखते हुए...कुंती से साक्षात्कार और संवाद के बीच मन में जितनी बातें थीं, सब बिखर गईं। युद्ध होगा–यह

निर्णय हो चुका था। उस पल लगा था कि यह साध ही रह जाएगी कि कुंती के मुंह से 'पुत्र' शब्द का उच्चारण सुनें–किंतु वही उच्चारण सहसा उनके मन-शरीर पर आ गिरा था। पांडवों के कुशलार्थ ही सही, किंतु मिला था वह अमृत-बिंदु। कर्ण अब तक भीगे हुए हैं...

चारों भाइयों की अवध्यता का वरदान दे बैठे थे वह। संभवतः उस क्षण मन, बुद्धि, ज्ञान, कुटिलता और नीति सभी कुछ बिसर गए थे। मातृत्व की धारा ऐसी बही कि कर्ण जन्म के बाद और मृत्यु से कुछ पूर्व सहसा पुनः बह गए।

घाव कसक रहा है...पर इस कसकन में अंतर है।

एक कसक थी, वह जो माता अपने अस्तित्व के स्वीकार के लिए कसक रही थी...और एक कसक है यह जो स्वीकार सुनकर कसक रही है ...फिर याद हो अया है–भूलकर बैठे।

विजयाशीष मांगना था माता से। उस पल वह जो वर देतीं, फलित होता, किंतु अब अर्जुन विजयाशीष का अभेद्य कवच धारण किए हुए आएगा और कर्ण कवचहीन होकर उसका सामना करेंगे।

हंसने को मन हो आया...हंस लेने के अतिरिक्त वश में रहा ही क्या है? विधि ने सब कुछ तो संयोजित कर दिया। इस संयोजन के बाद क्या युद्ध का भविष्य अजाना रह गया है?

वे सब संयोजित बातें याद हो आई हैं, जिन्हें संभवतः विधाता ने पहले से ही निश्चित कर दिया था...

कर्ण का श्रीकृष्ण से अनजाने ही कहा जाना कि धर्म जय होगी। यह भी कि वह स्वयं और दुर्योधन के सभी भाई-साथी युद्ध में हत होंगे। यह कि उन्होंने माता को उसके दृष्टि-कथन-भर से सब सुन-जानकर स्वयं ही वर दे दिया है–"कर्ण के लिए अर्जुन को छोड़कर चारों भाई अवध्य हैं।" और अन्त में यह कि कर्ण जन्मदात्री को सामने पाकर भी उससे विजय पाने का वर प्राप्त नहीं कर सके हैं।

अब भी क्या कुछ सोचने के लिए शेष रह गया है वैकर्तन?

कोई दुविधा?

कर्ण ने युधिष्ठिर के खड़ग से आए घाव की कसक फिर सही, पर विचित्र प्रतिक्रिया दी थी उस कसक ने–मुसकुरा पड़े थे। पलके मूंद लीं। मन बहुत हलका। कब नींद आ गई–ज्ञात नहीं।

युद्ध के शेष कुछ दिन ही बीते हैं, पर दुविधाहीन होकर कर्ण इसी तरह निश्चित सोते आए हैं...सहज रहे हैं...भारहीन।

घाव अधिक हो चुके हैं...उनको कसकें भी निरंतर हो चुकी हैं...पर कोई कसक अब कष्ट नहीं देती–देती है एक मुसकान। सत्य को पा लेने की मुसकान। यह मुसकान एक प्रकाश रेखा है, जिसके आगे कोई अंधकार शेष नहीं रहता। यहां तक कि मृत्यु-भय का अंधकार भी निःशेष लगने लगा है।

रोज की तरह सूर्याशन करते हैं...सूर्य की किरणें घायल शरीर पर इस तरह पड़ती हैं जैसे घावों को सहलाने सूर्यदेव हथेली फेरते हों, बेटे के बदन पर। गंगा की लहरों से झूलती हुई हवाओं के झोंके आकर इन घावों में शीतलता पहुंचा देते हैं।

देह तपती और कर्ण का सेनानायकत्व जागता है। कर्ण दायित्व से भरे युद्धभूमि में जा पहुंचते हैं–शल्य पूर्ववत् आत्मबल गिराते हुए–दुर्वचनों के एक अंधड़ में खड़े कर्ण अर्जुन को खोजते हैं...

रोज खोजा है, पर अर्जुन उस समय दिखते हैं या कि कर्ण ही उन तक उस समय पहुंच जाते हैं, जबकि सूर्याभा ढलान लेने लगती है–उस बीच सैकड़ों ही योद्धाओं से जूझते प्रतापी प्रतिसूर्य थककर चूर-चूर हो जाते हैं...

दुर्योधन हर सुबह के साथ रणभूमि की ओर बढ़ते कर्ण की ओर आशांवित दृष्टि लिए देखता है, जैसे कहता हो–“मित्र, मुझे विजय दो। तुम मेरी एक मात्र शक्ति हो। बल्कि तुम ही हो, जिसके सहारे मैंने कुरुक्षेत्र का यह महासमर आयोजित कर लिया है।”

कर्ण मुसकुराते हैं। यह मुसकान में आश्वासन घुला होता है–"निश्चिंत हो, कुरुराज, कर्ण या तो जीवन देगा या जय। यदि कर्ण को जीवन देकर भी तुम्हारे लिए जयायोजन करना पड़ा, तो करेगा।"

गई रात्रि खीझ पड़ा था दुर्योधन। युद्ध में क्रमशः अपने पक्ष के महारथियों का हत होना असह्य हो उठा था उसे फिर कर्ण ने भी तो उस समय कुछ पांडव रथी, अतिरथियों के नाश के अतिरिक्त कुछ नहीं दिया था उसे। कहा था–"यह सब क्या हो रहा है वीरवर? तुम तो कहते थे कि तुम अर्जुन को हत करोगे, पर देखता हूं पांडवों में से नकुल और सहदेव जैसे बालक भी तुम नहीं मार सके हो? क्या तुम्हारा पराक्रम, वीरत्व और तेज धूमिल हो चुके हैं। कया तुम्हारा पौरुष समाप्त हो गया है?"

कर्ण खून से नहाए हुए थे...भीमसेन, नकुल और सहदेव ने उन्हें इतनी जगहों पर घायल किया कि हर अंग घावों से भरा–भरा पर हर बार वह उन्हें छोड़ते गए थे। या तो किसी हलके वार से मूर्छित कर दिया था या फिर कतराकर शल्य से रथ दूसरी ओर निकाल ले जाने के लिए कह दिया था। मित्र की खरी-खोटी बातों ने आहत किया, पर शांत रहे...अपने को संयत रखकर उत्तर दिया था–"कल का युद्ध कर्ण का अंतिम युद्ध होगा गांधारीपुत्र। कल या तो अर्जुन रहेगा या कर्ण।"

और उसी समय पांडव पक्ष से समाचार लेकर गुप्तचर आ पहुंचा था–"तेजस्वी अंगराज को कल के युद्ध में हत करने का प्रण किया है गांडीवधारी अर्जुन ने। आप सावधान हों।"

कर्ण ने सुना, उत्तर नहीं दिया, मुसकुराए और शिविर की ओर बढ़ गए।

अर्जुन का प्रण दिवस और कर्ण के लिए निर्णायक युद्ध का दिन।

सूर्य-पूजा के उपरान्त शांत मन-बुद्धि से रथारूढ़ हुए और रणक्षेत्र की ओर बढ़े चले।

नियमतः शल्य ने तिरस्कार बचन सुनाने प्रारंभ किए... सूतपुत्र !नराधम !नीच ! न जाने कितना कुछ–

कर्ण अनसुना करते हुए। सुन रहे हैं केवल अपनी आवाज–गई रात्रि दुर्योधन को दिया वचन–"कल या तो अर्जुन रहेगा या कर्ण!"

और अर्जुन भी कर्ण को हत करने के लिए प्रतिज्ञाबद्ध हैं।

सूर्य क्रमशः तेज बरसाता हुआ–इस तेज के साथ ही किरण की तरह कौंधती कर्ण की दृष्टि–खोज का सिलसिला पुनः प्रारंभ–

अर्जुन? कहां हो तुम? तुम्हें तो आज मुझे हत करना है। तुम प्रतिज्ञाबद्ध हो। आओ, अपनी प्रतिज्ञा करो।

पर दूर-दूर तक अर्जुन कहीं नहीं दीखते।

कभी युधिष्ठिर सामने पड़ते हैं, कभी भीम–और कभी बालक नकुल-सहदेव। सभी कर्ण पर दुःसह प्रहार और बाण-संधान करते हुए, पर कर्ण मुसकुराते हैं–प्रहारों के उत्तर में कुछ शब्द स्मरण में कौंधते हैं–"अभय। बंधु, तुम्हारे लिए कर्ण के पास शस्त्र नहीं, केवल अभय है।"

खोज पुनः प्रारंभ–

अर्जुन?

अर्जुन दीखे–तब, जब सूर्य ने पश्चिम दिशा की राह ली–

कर्ण ने सहसा चीखकर शल्य को आदेश दिया था–"मद्रराज! तुरंत रथ गांडीवधारी के आगे ले चलो।"

शल्य ने उपहास के भाव से कर्ण को देखा, फिर बिना कुछ कहे हुए रथ अर्जुन की दिशा में बढ़ा दिया...

और श्रीकृष्ण भी रथ को उसी तरह कर्ण की ओर ला रहे थे...

कर्ण का माथा तपता हुआ–फिर जैसे समूचा शरीर ही अग्निपिंड की तरह झुलसने लगा–"आज तुम्हें उन सारे दुर्वचनों और अपशब्दों का हिसाब चुकाना होगा कुंतीपुत्र–जिन्हें तुमने सदा मेरे प्रति बका है। आओ, गांडीवधारी। मैं तुम्हें चुनौती देता हूं–अपनी प्रतिज्ञा पूरी करो।"

पर अर्जुन के लिए भी कर्ण के पास शेष क्या बचा है? कर्ण के माथे में विद्युत् की तरह एक विचार कौंधा?

चार पांडव अवध्य–कर्ण के लिए केवल अर्जुन ही हैं, जो अवध्य नहीं हैं

अर्जुन का श्वेत घोड़ों से जुता रथ दौड़ाते हुए श्रीकृष्ण भी इसी ओर चले आ रहे हैं–मद्रराज शल्य ने कर्ण के रथ को उसके ठीक सामने लाना प्रारंभ कर दिया है–

एक गहरा श्वास लेकर कर्ण अर्जुन के रथ की पताका देख रहे हैं...

अर्जुन अवध्य भले न हों, पर वह वध्य भी कहां रह गए हैं? कर्ण ने अपनी ही रथ-पताका से एक फड़फड़ाहट-भरी आवाज सुनी है...

दोनों रथ पास आ रहे हैं। कुछ पलों में ही आमने-सामने होंगे। फिर होगा एक भयावह संग्राम। धरती हिलने लगेगी और आकाश तक पर अद्भुत दृश्य उभर आएंगे...

मेघ घुमड़ने लगे हैं–इन घुमड़ते मेघों के बीच कई-कई बार बिजलियां कौंधी हैं। सूर्य इन बिजलियों की कौंध से दिल दहलाने वाली गर्जनाएं करने लगे हैं...

कर्ण ने धनुष संभाला, दृष्टि अर्जुन पर टिकाई, पर एक बार श्रद्धा से गांडीवधारी के सारथी को देखा फिर बाण प्रत्यंचा पर चढ़ाया–घन-गर्जना ने याद दिला दिया है–"स्मरण रहे कर्ण! विजय धर्म की होनी है–और वह तुम्हारे रहते संभव नहीं।"

बाण छूटा–कौरव-पांडव सेनाओं के युद्ध करते हजारों हाथ थमकर रह गए हैं–कर्णार्जुन संग्राम कुरुक्षेत्र का निर्णयात्मक संग्राम जो है। वही देखने को पक्ष-प्रतिपक्ष सभी आतुर, सभी स्तब्ध।

अर्जुन का बाण भी मृत्युंजय के माथे की ओर चला आ रहा है–ऐसे जैसे वायु को चीरती कोई उल्का लपक रही हो।

कर्ण उससे बचाव का बाण चढ़ा चुके हैं–छोड़ते हैं–एक सरसराहट के साथ अपना ही बाण कह गया है–"प्रतिसूर्य !स्मरण रहे, अर्जुन तुम्हारे लिए

अवध्य भले न हों, किंतु धर्म के कारण वध्य भी नहीं रह गए हैं। याद रहे !यह तुम्हें सदा याद रहे।"

मुसकुराकर अनजाने ही बुदबुदा उठे हैं कर्ण–"याद रहेगा !मुझे सदा याद रहेगा। कम-से-कम मृत्यु या धर्म मुझे याद रहेगा। अधर्म में डूबे जीवन में यही एक धर्म शेष रह गया है मेरा।" सहसा याद हो गया है–कुंती से विजयाशीष भी कहां मांग सके थे वह?

शायद अच्छा ही हुआ–नहीं मांगा।

•••

अग्रज

उन सबकी आंखें भय से फैली रह गई थीं। थरथराती पुतलियां दाएं-बाए घूमती और रह-रहकर होंठ सूखने लगते। वे सभी शब्दहीन हो उठे थे। अपने भीतर एक खालीपन महसूस करते हुए। लगता था कि महासमर की वीभत्सता ने उन्हें जीवनहीन कर दिया है। वे मात्र शरीर बनकर रह गए हैं। शरीर भी ऐसा जिसमें न गति है, न शक्ति! कुछ खोखले पुतले हैं, जो रक्तसनी धरती पर दृष्टि-पार तक बिखरी लाशों की फसल पर निगरानी कर रहे हैं।

इस बीच कितनी-कितनी बार उन्होंने एक-दूसरे को नहीं देखा होगा? युधिष्ठिर ने सोचा फिर याद किया–बहुत बार!

किंतु किसी भी बार, न किसी ने कुछ पूछा, न किसी ने उत्तर दिया। इसके बावजूद वे निरंतर बोले हैं, निरंतर प्रश्नोत्तर करते रहे हैं। प्रश्न इतने कि हर टूटे रथ, गिरी ध्वजा और क्षत-विक्षत हो चुकी लाश सिर्फ प्रश्न होकर रह गई है! सड़ती या सड़ चुकी लाशों से उठी दुर्गंध सवालों की बरखा बन गई है...आसमान में उड़ते-मंडराते गिद्धों, कौवों और अन्य मांसाहारी पक्षियों के झुंड काले बादलों की तरह उमड़-घुमड़कर धरती पर टूटते हुए...और उन सबके बीच जड़ पुतलों की तरह खड़े पांचो भाई, अनेक साथी, शुभाकांक्षी और सर्मथकों की एक भीड़!

कुछ समय पूर्व संदेशवाहक समाचार लाया था। कुरुराज धृतराष्ट्र और महारानी गांधारी का समाचार–"प्रणाम महात्मन्! नीतिज्ञ संजय ने कहा है

कि दुःखी महाराज और महारानी पुत्रों-परिवारजनों की अंतिम क्रिया करना चाहते हैं...”

पत्थर की शिला जैसे खड़े रहे थे युधिष्ठिर। उनके इर्द-गिर्द भीम, अर्जुन, नकुल, सहदेव व अन्य...सब उन्हीं की तरह शिला बने हुए। सुन रहे है, पर समझ नहीं पा रहे हैं। समझ रहे हैं, किंतु सोचने की शक्ति नहीं!

आत्मबल जुटाकर युधिष्ठिर ने अपने-आपको संयत किया। मन हुआ था कि एक बार संदेशवाहक से कहें–“जरा दोहराओ तो, तुमने क्या कहा था?” किंतु लगा इस तरह स्वयं को कुंठित बुद्धि और कमज़ोर साबित करेंगे, अतः बोले–“अवश्य पधारें, किंतु उसके पूर्व हम सब बंधु-बांधवों, परिचितों, गुरुजनों, आदि के शव ढूंढ़वा रहे हैं–अच्छा होता कि कुलश्रेष्ठ महाराज धृतराष्ट्र कुछ समय बाद आते। उस समय तक...”

“धर्मात्मा संजय ने भी उनसे यही निवेदन किया था, धर्मराज, पर महाराज और महारानी बहुत दुःखी है...इस समय उनकी इच्छा, पूरी करना ही श्रेष्ठ है। मंत्री महोदय ने आपसे विशेष निवेदन करने को कहा है कि राजा-रानी के दुःख को इस समय किसी असुविधा के कारण न बढ़ने दें। यथासंभव उनकी इच्छापूर्ति करने में ही शुभ है। फिर यह भी देव कि महारानी के साथ वीर कौरवों की विधवाएं भी अपने-अपने पतियों के अंतिम दर्शन करना चाहती हैं।”

एक गहरा श्वांस लिया पांडवपुत्र ने। बोले–“ठीक है दूत !उन्हें आने दो।”

संदेशवाहक चला गया। युधिष्ठिर ने भाइयों की ओर देखा, बोले–“आओ, पूज्य धृतराष्ट्र के आगमन पूर्व हम लोग बंधु-बांधवों और संबंधियों के शव खोजें!”

अठारह दिन के क्रूरतम महायुद्ध को बीते हुए केवल दो दिन हुए थे। इन दो दीनों के भीतर-भीतर हज़ारों शव खोज लिए गए थे जो दूर-दूरंत मोर्चों पर कौरव-पांडव संग्राम के भीतर हत हुए। कोई शव ऐसा नहीं था, जिसे शरीर की पूर्णता में पाया गया हो। किसी के हाथ कटे हुए थे, किसी का धड़

किसी-किसी के केवल सिर मिल सके और किसी का शरीर मिला, पर गला-सड़ा हुआ। शव खोजने वालों के हाथ-पैर यहां तक कि शरीर के अनेक हिस्से, और वस्त्र लहू से रंग जाते...लाशों से उठती दुर्गंध उन्हें बेसुधी के हाल तक ला छोड़ती। वे युद्ध में उतने नहीं थके थे, जितने इस संग्राम की समाप्ति और पांडु-पुत्रों की जय के बाद वाली घिनौनी स्थिति में थकने लगे थे। अनेक योद्धाओं के शरीर बाणों से इस कदर बिंध गए थे कि उन्हें पहचानना कठिन हो चुका था। बहुतों की आंखें या शरीर के अन्य हिस्सों को गिद्धों ने नोचकर उन्हें कंकालों से भी कहीं अधिक वीभत्स और डरावना बना डाला था...

कुरुक्षेत्र के मैदान में ही नहीं उससे आगे-पीछे, सैकड़ों मील तक महासमर की विनाशलीला बिखरी थी और इस सबके परिणाम में हरे-भरे पौधों, फसलों, पेड़ों यहां तक कि पहाड़ियों में भी कालिख बिखर गई थी... जली लकड़ियों, झरे पत्तों तथा लहू की सूखी पर्तों–पपड़ियों से भरी भूमि देखने वालें का दिल दहला देती...पर अग्रज का आदेश था–"बंधु-बांधवों की अंत्य क्रिया के लिए उन सभी के शव एक स्थान पर लाए जाने आवश्यक हैं!"

अग्रज–युधिष्ठिर!

आदेशपालन में भीम, अर्जुन, नकुल, सहदेव और बची-खुची पांडव सेना के अनेक सैनिक या योद्धा जहां-तहां जा पहुंचे थे...रणभूमि के उस भयानक श्मशान में शवों की खोज चल रही थी। लाशें खींचते हुए या जैसे-तैसे उठाए हुए उन्हें रथों पर डाला जाता, फिर सारथी उस रथ को गंगा किनारे की ओर ले जाता, जहां युधिष्ठिर, विदुर और कुती उन्हें सिल-सिलेवार रखवाते जाते।

कितने-कितने संबंध शव-स्थिति में नहीं पा लिए गए थे? सैकड़ों!कोई किसी का बहनोई था, किसी का साला, किसी का पौत्र, किसी का पुत्र... ऐसे जैसे इंद्रधनुषी रंगों और हज़ारों आकार-प्रकारों की मणियों से युक्त एक माला समूचा देश पहने हुए था और इस माला को उस देश के अपने ही हाथों ने मूर्खतावश तोड़ डाला था...सब मनके बिखर गए थे, सब टूट-फूट चुके थे, सब अपना व्यक्तित्व खो चुके थे!

जैसे-तैसे लाशों से लदे रथ चारों दिशाओं के मोर्चों से इस निश्चित स्थान पर आते जा रहे थे, वैसे-वैसे युधिष्ठिर को यही लग रहा था... सदा-सर्वदा, जीवन-संसार और व्यवहार पर बोलते रहे युधिष्ठिर सहसा चुप हो रहे थे...लगता था कि हर तर्क व्यर्थ हो गया है, हर सत्य धीमे-धीमे असत्य में बदलता हुआ और हर ज्ञानधारा दृश्य सत्य की गरमी से सूखती, लुप्त होती हुई !

आकाश की ओर व्यग्र दृष्टि उठती और अकुलाया मन प्रश्न बनकर सूखे गले और तालू से बाहर निकलने के लिए छटपटाने लगता–"हे अनंत ! कहां है मनुष्य का ज्ञान, विवेक, संवेदना और भावना? सत्य क्या है और असत्य कौन-सा है? किस प्राप्ति के लिए हम सब यह करते रहे हैं और किस अप्राप्ति के कारण यह सब हो गया है?"

किंतु उत्तर नहीं।

उत्तर के नाम पर चीखते, गुर्राते और कर्ण-कटु ध्वनियां निकालते हुए मांसाहारी पक्षियों का कलरव, पंखों की फड़फड़ाहटें और शवों की बढ़त के साथ-साथ उनका झुंडों में बदलते जाना !

युधिष्ठिर रथ खाली करवाते। शवों को क्रमबद्ध रखवाते फिर चुप-चाप एक ओर जा बैठते। प्रहरी नियुक्त कर दिए गए थे...वातावरण में क्रमशः दुर्गंध सघन होती जा रही थी। यदा-कदा प्रहरियों का पंछियों पर चीखना, उन्हें शवों पर बैठने से पूर्व भगाने का प्रयत्न करना पांडुपुत्र का ध्यान खींच लेता। एक क्षण के लिए विचारहीन होकर यांत्रिक ढंग से देखते रह जाते फिर गहरा श्वांस लेकर अपने आप में लौटते...मन कभी व्यग्र नहीं होता था उनका। हर स्थिति, वातावरण और व्यवस्था को अपने ज्ञान से वश में रखने का अद्भुत आत्मबल था उनके पास, किंतु लगता था कि धर्माधर्म के इस युद्ध में यह तिरोहित हो गया है...उसकी जगह उभर आया है–ऐसा रिक्तता-बोध, जिससे न तो विवेक समझौता कर पाता है, न ज्ञान का कोई झोंका जिसे छू पाता है !

मन कहता–"अपने-आपको संयत रखो अजातशत्रु !तुम इस तरह निष्कर्षहीन तो कभी नहीं रहे? तब एक साधारण व्यक्ति की तरह अपने-आपको इस तरह व्यथित क्यों पाते हो?"

"हां, मैं स्वयं को संयत ही रखना चाहता हूं...ये सगे-संबंधी, बंधु-बांधव, सुख-दुख सभी कुछ भूल जाना चाहता हूं...स्थितप्रज्ञ भाव से सब कुछ सहजता के साथ झेल जाना चाहता हूं...किंतु?"

यह किंतु–उत्तरहीन !

इस किंतु पर जय पाना होगा !

किस तरह पा सकेंगे?

"अपने ही भीतर सत्यासत्य का विवेचन करके।" लगा था कि बुद्धि और मन ने संयुक्त स्वर में कहा है–"वही एक मार्ग है !एकमात्र मार्ग !"

लगा कि सिहर उठे हैं अपने इस आत्म-निर्देश से। इन आत्म-निर्देशों ने युधिष्ठिर को सदा ही सिहराए रखा है। थकाया है, नींद नहीं लेने दी है, कभी-कभी बेचैन कर दिया है !

क्या अब भी इस आत्म-निर्देश के वश होकर फिर से एक महासमर झेलेंगे !हां ! सत्यासत्य का विवेचन किस महासमर से कम होता है !लाखों-लाख अदृश्य घाव होते हैं मन बुद्धि पर, लाखों-लाख बार परस्पर आरोपों के प्रति-प्रहार !यही सत्यासत्य का विवेचन !

"किंतु अब तक महासमर ही तो लड़ते आए हैं युधिष्ठिर !किसी बार अपने ही भाइयों के षड़यंत्रों से बचाव के लिए, किसी बार अधिकार की मांग के नाम पर और किसी बार युद्ध की विभीषिका न हो, इस प्रयत्न में ! और अंत में यह महाविभीषिका से भरा खिनौना युद्ध !"

युधिष्ठिर ने एक सिहरन महसूस की है...ये सिहरन युद्ध-परिणाम के कारण है, या युद्ध के कारणों से–इस समय निश्चित कर पाना असंभव है !पर सिहरन हुई है

तीव्र दुर्गंध के कारण मन मितलियां-सी खाने लगा...अपने मन से हटकर दृश्य से जुड़ गए...कुछेक सैनिक नकुल की सहायता से शवों को रथ से उतार-उतारकर पंक्तिबद्ध लगा रहे थे...रहा नहीं गया था युधिष्ठिर पर। मितलियों पर काबू किया, अकुलाया चेहरा लिए हुए उनके पास जा पहुंचे।

"भइया !" थकी, डूबती सी आवाज़ में नकुल ने कहा था–"दुशासन का शव मिल गया है...देखो तो कितना वीभत्स लग रहा है?" नकुल की

आंखों मे जितनी पीड़ा थी, उससे कहीं ज़्यादा भय और संभवतः उससे भी कहीं अधिक थरथराहट।

युधिष्ठिर बोल नहीं सके–भयभीत-से खड़े देखते रहे थे अपने कौरव-बंधु को !

दुःशासन का शव वीभत्स स्थिति में उनके सामने पड़ा था। दुर्गंध के झोंके उगलता हुआ...मृत्यु-भय से आंखे फैली हुई थीं। चेहरे का काफी हिस्सा लहू से नहाया हुआ। उसी के साथ उसकी दायीं भुजा लटकी हुई थी. ..सीने को बीच से फाड़ डाला था भीमसेन ने। उसमें से अंतड़ियां और मांस के लोथड़े बाहर झूल आए थे

सहसा याद हो आया था युधिष्ठिर को !उन्मत्त भीम ने दुःशासन की छाती फाड़कर दोनो हथेलियों की ओक में उसका लहू भरकर पिया था...कई अंजुलियां !क्रूरता और अमानवीयता से भरी इस हरकत को देखकर अनेक कौरव-पांडव सैनिक भाग खड़े हुए थे !युद्ध ने उन्हें जितना नहीं थकाया था, उतना उस वीभत्स दृश्य ने थका और डरा दिया था ! वे चीख रहे थे !कोई कह रहा था कि भीम मनुष्य नहीं, राक्षस है !और किसी की थरथराती आवाज़ उभर रही थी–"हे ईश्वर ! यह युद्ध नहीं, केवल क्रूरता है !निर्लज्ज क्रूरता !"

समाचार युद्ध–भूमि में ही मिल गया था युधिष्ठिर को। अपनों-परायों की सैकड़ों दृष्टियां आ टिकी थीं उस पल। प्रश्न करती हुई–"क्या यही धर्म-युद्ध लड़ रहे हो, धर्मराज? इसी तरह शांति-आराधना करेंगे वीर पांडव?"

उत्तर नहीं दे सके थे युधिष्ठिर। बहुत लड़खड़ाते हुए अपने से ही तर्क करना चाहा था, समाधान भी ढूंढ लेने का प्रयत्न किया था। जी हुआ था, कह दें–"वह भीमसेन का वह कार्य अमानवीय तो अवश्य है, किंतु उसका कारण उनकी दुर्दांत प्रतिज्ञा है ! दुःशासन की दुष्टताओं और षड्यंत्रों ने महाबली भीम को इतना आहत कर दिया था कि वह अपने भीतर की मनुष्यता, भावना और संवेदना को भूल गए !"

पर लगा था कि उत्तर अपने ही भीतर रखे रहना होगा। अन्याय का

परिष्कार अन्याय से होता है–यह तर्क देना अपने आप में निर्लज्जतापूर्ण दुस्साहस से कम नही।

और दुःशासन की क्षत-विक्षत हो चुकी वीभत्स लाश उनके सामने है...लग रहा है कि एक बार फिर वही अपनों-परायों की नज़रें पास आ खड़ी हुई है, युधिष्ठिर उन दृष्टियों के तर्क बार-बार सुन रहे है...उत्तर-हीन हो रहे हैं ! बिना कुछ कहे, दृष्टि हटा ली थी शव से। कतराकर इधर-उधर देखने लगे। दुर्गंध नथुनों में भरी हुई थी, किंतु अहसास गुम। अहसास शेष रहा था तो केवल परिणाम-पीड़ा का अहसास !

समर जीत लिया है पांडवो ने? कृष्ण कहते है...धर्मयुद्ध !

गला सूख आया। होंठो को थूक से तर करते हुए व्यग्र भाव से पुनः अपनी जगह आ बैठे। नकुल और उनके अनेक साथी रथ को शवों से खाली करके फिर से जा चुके थे...नए शवों की खोज में।

सैकड़ों शव सामने हैं...सब क्षत-विक्षत !सब वीभत्स !जिन चेहरों पर दृष्टि ठहरकर, थमी ही रह जाया करती थी...उन्हीं को देखकर मन कांप जाता है।

गांधारी के सौ पुत्रों में से अनेक शव मिल चुके हैं...कुछ सड़े-गले हुए, कुछ सड़ने की तैयारी में...

और उन्हीं शवों के साथ-साथ मिल चुके है...अनेक रथियों, अति-रथियों, महारथियों के शव ! सबके एक–दूसरे से संबंध, सबकी कहानियां, और सब-के-सब किसी-न-किसी रूप में कौरव-पांडवों से किसी-न-किसी संबंध में जुड़े रहे !

युधिष्ठिर थकी-सहमी निगाहों से देख रहे है...समय धीमे-धीमे सरक रहा है। जैसे-जैसे सरक रहा है, वैसे-वैसे मन विगत की ओर दौड़ रहा है। थाम लेना चाहते हैं। स्वयं पर वश रखने की अद्भुत सामर्थ्य रही है युधिष्ठिर में, किंतु लगता है कि यह सामर्थ्य छिन चुकी...

कुछ समय बाद धृतराष्ट्र, गांधारी, संजय, विदुर सभी एकसाथ यहां होंगे। पीछे-पीछे होंगी विषादग्रस्त कौरव-पांडव रानियां, संबंधी स्त्रियां... बहुत थोड़ी सुहागिनें, शेष सभी विधवाएं...

हर आयु, हर पद और हर वंश की विधवाएं...बहुतों के पुत्र गुमे हैं, बहुतों का सुहाग रीत-बीत गया, बहुतों की बेटियां विधवा हुई...

वे सब युधिष्ठिर के सामने होंगी। सब दृष्टि में प्रश्न भरे होगी–ऐसे, जैसे पूछ रही हों उनसे–"धर्मज्ञ! आप तो राजयोगी कहे-माने जाते रहे हैं। ज्ञान और विवेक में साक्षात् धर्मावतार! न्याय-अन्याय का आपसे अधिक विश्लेषण करने की शक्ति किसी में नहीं?...तब हम सभी को न्याय दीजिए?"

और न्याय भी बहुत तरह, बहुत किस्मों का चाहिएगा उन्हें। युधिष्ठिर ने बेचेन होकर सोचा। पीठ सहारे पर टिकाई। आंखे मूंद लीं...

किंतु आंखें मूंद लेने से उन निगाहों का बचाव नहीं हो सकेगा! उन प्रश्नों का उत्तर भी नहीं दिया जा सकेगा जो उन दृष्टियों में होंगे!

मन हुआ था कि कहीं दूर भाग जाएं! लांछन ही तो मिलेगा–कायर थे युधिष्ठिर !सत्य का सामना नहीं कर सके! उस सत्य का तर्क भी नहीं दे सके !पलायनवादी!

पर कहां जाएंगे भागकर? इस रक्तरंजित धरती से भाग भी खड़े हों तो मन से कहां भाग सकेंगे?...यह मन भी क्या कम रक्तरंजित या आहत हैं? ...यह भी चिथड़े-चिथड़े हो चुका है! हर चिथड़े से प्रश्न जुड़े हैं...हर प्रश्न युधिष्ठिर के लिए?

तब?

तब यहीं–इस सबका सामना ही उनकी नियति है!

जबड़े कसकर बुदबुदा उठे थे–"हां! इस नियति से भागूंगा नहीं मैं! इसलिए कि भाग नहीं सकूंगा!"

शवों से लदा एक और रथ चला आ रहा था...उधर देखने लगे।

"पांचाली!" होंठ बुदबुदाएं। थूक का एक घूंट निगला। उठे। घुटनों ने कांपकर साथ देने से इनकार किया था, किंतु स्वयं को संभाल लिया।

रथ पास आ पहुंचा।

द्रौपदी उतरीं। वे युधिष्ठिर की ओर बढ़ आईं। इस तरह जैसे कोई

मशीन चली आ रही हो। चेहरा ऐसा लग रहा था जैसे जीवनहीन हो पुतलियां स्थिर। युधिष्ठिर पर गड़ी हुई। होंठ भिंचे।

युधिष्ठिर कुछ बोले नहीं। स्तब्ध-से खड़े देखते रहे।

रथ से अर्जुन और कुछ पांडव सैनिक शव उतार रहे थे–उन शवों को इतनी दूर से पहचान पाना कठिन। युधिष्ठिर ने सोचा !

पर पहचान के लिए बचा ही क्या है? या तो कौरव पक्ष के लोग होंगे या पांडव पक्ष के। भाई, बंधु, पूज्य अथवा पुत्र !

द्रौपदी पास आ पहुंची। बोली नही। टकटकी बांधे हुए पति को देखती रहीं। यह देखना?...युधिष्ठिर अधिक व्यग्र हो उठे हैं। दृष्टि कह रही है, कुछ ऐसा है जो पांचाली की आंखों में भी प्रश्न बनकर तैर रहा है।

द्रौपदी के चेहरे पर तनाव था–उससे कहीं अधिक बेबसी और निरीहता का भी। युधिष्ठिर बोले थे–"जानता हूं देवी, तुम्हारे मन में क्या है?...पर जो कुछ तुम्हारें भीतर घट रहा है, वह शेष बचे किस व्यक्ति के भीतर नहीं घट रहा? किसके पुत्र, भाई, बंधु, सगे-संबंधी इस क्रूरतापूर्ण संग्राम में नहीं मारे गए?...इसलिए अपने-आपको संभालो ! इस महानाश को सर्जना में हमसें से कौन नहीं है जो सम्मिलित नहीं रहा?...अतः दोष कौन किसे दे सकता है? यह कह पाना असंभव है !"

द्रौपदी ने एक गहरा श्वांस लिया। कुछ बोली नहीं। पति की ओर से दृष्टि हटाई और उस ओर ठहरा दी, जिधर रथ से शव उतारे जा चुके थे... युधिष्ठिर कभी उन्हें और कभी उस वीभत्स दृश्य को देखते रहे–

सहसा द्रौपदी रो पड़ीं। युधिष्ठिर घबराए हुए से बैठे रह गए। रथ खाली करके अर्जुन उन्हीं की ओर चले आ रहे थे। स्वभावतः अर्जुन की चाल में जितनी गति और गरिमा होती थी वह गायब। लग रहा था कि अर्जुन चल नहीं रहे हैं–अपने ही भीतर से अपने-आपको वांछित दिशा में धकेलते हुए आगे बढ़ रहे हैं। निराशा उनके हर कदम से बहती हुई। जय पाई है या पराजय? प्रश्न दुविधा भाव से मन-मस्तिष्क को थकाता हुआ।

अर्जुन पास आ पहुंचे। बोले–"बड़े भइया ! पांचाली के पांचो पुत्रों के शव आ गए हैं...दुष्ट अश्वत्थामा ने..." कुछ और कहें, तभी ठिठककर चुप

हो गए। युधिष्ठिर ने बहुत ठंडी, प्रतिक्रियाहीन दृष्टि से उन्हें देखा था !द्रोपदी पूर्ववत् रो रही थी...

युधिष्ठिर बोल पड़े थे–धनंजय !अब यह सब कहना-न-कहना व्यर्थ-सा जान पड़ता है कि इस घिनोने युद्ध में किस-किसने अपनी वीरता को लांछित नहीं किया?...किस-किसने युद्ध की मर्यादाएं नही तोड़ी और किस-किसका पौरुष पराक्रम केवल कायर चेष्टा नहीं बन गया?..."

"पर भइया, मन सहज भाव से चलता तो है ही...आपकी तरह स्थितप्रज्ञ होकर सोच पाना भला हम जैसे व्यक्तियों के लिए कैसे संभव है?...उस पल की पीड़ा आप नहीं समझेंगे देव, जब अश्वत्थामा ने युद्ध के नियम के विरुद्ध छापा मारकर सोए हुए पांचालों, द्रौपदी-पुत्रों और वीर शिखंडी का संहार किया ! उस निर्मम क्षण की दृश्य कल्पना ही पीड़ा से दहला देती है अग्रज, जबकि अश्वत्थामा और उसके छली साथियों ने निद्रित, अर्घनिद्रित तथा घायल पांडव-पुत्रों की निरीहतापूर्ण हत्या कर डाली ! वे क्षतविक्षत शव मैंने इन बांहों पर उठाए हैं भइया ! द्रौपदी ने कांपते हाथों से उनके लटके सिरों और टूटी बांहों को संभाला है..." बोलते-बोलते अर्जुन की आवाज़ थर्रा उठी थी। लग रहा था कि गांडीवधारी के विलक्षण धनुष की डोरी थर्रा रही है...युधिष्ठिर चिंतित हो उठे थे। युद्धांत के उन वीभत्स दृश्यों ने हर आंख को इतना सहमा-डरा दिया था कि मानसिक संतुलन लड़खड़ाने लगता था...अर्जुन की आंखों का वह खालीपन देखकर उन्हें भय लगा था कि कहीं पुत्र-शोक से ग्रस्त अर्जुन संतुलन न खो बैठें...बोले–"धैर्य रखो, धनंजय !योद्धा का युद्धारंभ या युद्धांत में इस तरह विचलित होना उसके पराक्रम को कलंकित करता है !यों भी तो यशोदानंदन की मैत्री और ज्ञान से लाभान्वित हुए हो... तुम्हारा इस तरह शोक करना कुछ अच्छा नहीं लगता !"

अर्जुन ने होंठ भींचे। द्रौपदी की रुलाई सिसकियों में बदल चुकी थी। गला रुंधता हुआ-सा...युधिष्ठिर कहने को कह गए, पर लगा कि उनके अपने भीतर से कुछ झरने लगा है। उनके अपने ही सोच, शब्दों को बहाता हुआ...पलकें इस ज़ोर से झपकी थीं, जैसे पुतलियों और पलकों के बीच कोई चीज़ गलने लगी हो...अर्जुन या द्रौपदी, युधिष्ठिर की कातरता पढ़ न

सकें–इसीलिए चोरों की तरह दृष्टि चुराकर दूसरी ओर देखने लगे।

अर्जुन कह रहे थे–"आर्ये!अभी शिविर के ही उस क्षेत्र में अनेक शव बिखरे हुए हैं...आओं, उन्हें..."

"मुझे क्षमा कर दें, किरीट! इस पल मेरा मन..."

"तब मैं चलता हूं..." कहकर अर्जुन लौट पड़े थे रथ की ओर। वही ढीली चाल, वही थके पांव...

द्रौपदी कुछ क्षण उन्हें जाते हुए देखती रहीं, फिर युधिष्ठिर की ओर बिना देखे उठीं और आंचल से आंसू पोंछती हुई शवों की ओर चल पड़ी।

अर्जुन खाली रथ लेकर जा चुके थे...

युधिष्ठिर ने गर्दन मोड़ी देखने लगे...ऐसे जैसे आंखें उनके अपने वश में नहीं हैं...

किंतु मन भी कहां वश में है? उन्होंने सोचा। अपनी ही बेबसी पर पीड़ा से हंस पड़ने को मन हो आया–कैसी विचित्र स्थिति है? सारे जीवन संयत भाव से पल-पल जीवन-जगत के हर प्रश्न पर हज़ार-हज़ार पहलुओं से सोचते-समझते रहे युधिष्ठिर की बुद्धि, शरीर, दृष्टि, मन कुछ भी वश में नहीं...सब छिटके हुए। एक होकर भी अलग-अलग।

अभी-अभी जब द्रौपदी को जाते देख रहे थे–तब मन अर्जुन के संवाद से उलझा हुआ था...जिस पल अर्जुन से बोले, उस पल शरीर की सारी जागृत शक्तियां पूरी ताकत से बटोरकर अपने भीतर उमड़ आई शोक की बाढ़ थाम रही थी...कहीं किसी जगह, किसी पल, किसी स्थिति से मन-शरीर के साथ एक होकर जुड़ नहीं पा रहे हैं...! जुड़ने से प्रयत्न में अधिक पीड़ित हो उठते हैं। पीड़ा, सारे विवेक तंतुओं को पारे की बूंदों जैसा बिखरा देती है...

इन बिखरी बूंदों को समेट पाना असंभव है!

और युधिष्ठिर के लिए ज्ञान का वह बिखराव जुटा पाना असंभव हो उठा है। लगा था कि इस पल भी सोच कुछ और रहे हैं, देख कुछ और रहे है और मन की तहों पर कुछ और ही अंकित होता जा रहा है।

तीन जगह, तीन तरह बिखरे हुए युधिष्ठिर।

सोच रहे हैं अपनी बेबस स्थिति पर। आंखे द्रौपदी की ओर जो उस समय तक शवों के उस क्रम में जा पहुंची हैं...बैठ रही है...मन की तहों पर अंकित हैं–कुछ देर पहले कहे गए अर्जुन के शब्द–

"...पुत्रों के वे क्षत-विक्षत शव मैंने इन बांहो पर उठाए हैं, भइया ! द्रौपदी ने कांपते हाथों से उनके लटके हुए सिरों और टूटी हुई बांहो को संभाला है !"

भूल जाना चाहते हैं युधिष्ठिर !इस पल से अलग केवल आगत के उस क्षण में जुड़ जाना चाहते हैं जब धृतराष्ट्र, गांधारी और अनेक कुरु-पांडव विधवाएं, पुत्र-वधुएं यहां आएंगी...

पर नहीं भूल पा रहे। इसके विपरीत अर्जुन द्वारा वर्णित घटना से जुड़ रहे हैं...पांच पुत्रों की लाशें ! पांच सलौने पांडव-पुत्र !

आंखे मूंद लीं उन्होंने। बे-तरह थक गए। सिर दोनों हथेलियों के बीच थामा–जड़वत् बैठे रह गए !

लगता था कि पैरों के नीचे की धरती पर जमी लहू की पपड़ी चटक उठी है। इस चटकी हुई पपड़ी के भीतर से वह दृश्य साकार हो उठा है, जिसे उन्होंने संयोगवश उस क्रूर नरसंहार के नाटक से बच निकले एक पात्र से सुना था...

पात्र था–धृष्टघुम्न का सारथी !

वह हांफ रहा था...बदन से कई जगह लहू रिसता हुआ। आंखे इस तरह फैली हुई थीं, जैसे मृत्यु उसके पीछे ही दौड़ी आ रही हो...शिविर द्वार पर खड़े प्रहरी उसे रोक-थाम सकें, इसके पहले ही वह आंधी की तरह भीतर चला आया था...युधिष्ठिर उस पल व्यूहरचना को लेकर कुछ सेनाधिकारियों से चर्चा कर रहे थे कि तभी वह लड़खड़ाता-कांपता हुआ एकदम पलंग के पास आ गिरा था !

चौंककर सभी उसे, फिर एक-दूसरे को देखने लगे थे।

सैनिकों ने उसे बांहों से सहारा देकर खड़ा किया...वह उनके सहारे

लगभग झूल गया था...सांसों को जैसे-तैसे साधकर बड़बड़ाया था–"बड़ा अनर्थ हुआ राजन! घोर अनर्थ! प्रतापी पांचाल! महावीर धृष्टद्युम्न और आप के पांचो सुकुमार पुत्र सोते समय ही असावधानी में मारे गए! दुष्ट... दुष्ट अश्वत्थामा ने इतनी क्रूरता से उन सबकी हत्या की, जिसे देखकर मनुष्य कांप उठे!"

सब भोंचक्के हो रहे...सुनने, समझने और विश्वास करने की चेष्टा करते हुए न शब्द मुंह से निकल सका, न ही अचरज व्यक्त हो पाया। कुछ पलों के लिए बुद्धि कुंठित होकर रह गई थी। मस्तिष्क ठहरा हुआ। मन सिर्फ लहरों की तरह कुलाचें भरता हुआ किंतु शब्दहीन!

फिर कठिनाई से सहज हो सके थे धर्मराज। पूछा–"शांत हो, सारथी! विस्तार से सब कुछ बतलाओ! मुझे विश्वास नहीं हो रहा है कि महारथी अश्वत्थामा ऐसा कुकृत्य कर सकते हैं?...युद्ध नियम के विरूद्ध इस तरह का अनर्थ उनके विचार में आ सकता हैं!"

एक सैनिक ने जल दिया था सारथी को। सारथी कुछ सहज हुआ, फिर उसने सब कुछ कह सुनाया...बोला था–"मैं तो इतना ही जानता हूं महाराज कि यह सब कुछ हुआ हैं, इसी तरह हुआ है...यदि कृतवर्मा असावधान न होते तो संभव है कि मैं भी यह दुःखद समाचार सुनाने के लिए शेष न रहता!"

युधिष्ठिर बहुत अचमचा गए थे, पर स्वयं को संभाले रहे। कहा–"मुझे सब कुछ सुनाओ! किस-किसने यह नीच कृत्य किया है?...क्या अश्वत्थामा के अतिरिक्त कोई और...भी था!"

कृतवर्मा और कृपाचार्य भी थे।

सारथी की उस सूचना-समाचार के बाद बहुतेरी बातें ज्ञात हुई थीं युधिष्ठिर को। यह भी कि किस तरह वह योजना बनी थी और किस तरह राजा दुर्योधन की मृत्यु के बाद पांडव सेना का उत्साह अनायास ही घोर पराजय-बोध से ग्रस्त हो गया था...

बहुत मन हो रहा है–याद न करें, किंतु लगता है कि चित्रवत् वे चेहरे

संयमी युधिष्ठिर के संयम को थप्पड़ मारते तोड़ रहे हैं–एक के बाद एक चेहरा–द्रौपदी और पांडवों के सुकुमार पुत्र...

प्रतिविंध्य, सुतसोम, श्रुतकर्मा, श्रुतसेन और शतानीक!

लगता है, इस पल भी युद्ध-शिविर के उस कक्ष में सोए हुए हैं, जिस समय कलुषित मन अश्वत्थामा ने रात्रि के अंधकार का लाभ उठाकर वह छापा मारा था!

युधिष्ठिर अकुला गए...नहीं-नहीं !याद नहीं करेंगे। वह सब याद करके बहुत कष्ट होगा। आंखों पर वश करना कठिन होगा। मन में बिखरे वेदना के बादल बूंदे बनकर झर पड़ेंगे!

पलकें खोल दीं।

द्रौपदी संभवतः लाशों के बीच बैठी हुई रो रही है...युधिष्ठिर देखने लगे, फिर उठ खड़े हुए। निश्चय किया कि द्रौपदी के पास पहुंचकर उन्हें स्वयं को संयत रखने को उपदेश देगे...इस तरह संभवतः विगत के उस कष्टपूर्ण स्मरण चित्र से मुक्ति मिलेगी जिसे अर्जुन के पीड़ा-भरे शब्द चित्रित कर गए हैं।

नाक सिकोड़ते और बार-बार दुर्गंध से उबकाईयां खाते मन को साधे हुए द्रौपदी के पास जा पहुंचे।

वह सिसक रही थी। बाल बिखरे हुए...आंखे सुर्ख और कुछ-कुछ सूजी हुई। पांचों पुत्रों की लाशें उनके सामने पड़ी थी...

उन्हें देखना नहीं चाहते थे युधिष्ठिर। जानते थे कि देखकर अस्त-व्यस्त हो उठेंगे, पर अनचाहे ही देखने लगे...जैसे-जैसे पुतलियों ने उन शवों के क्षत-विक्षत रूप को देखा–रोम खड़े हो गए। लगा कि पैर कांप रहे हैं...

कितनी घृणा और विद्वेष भाव लेकर उन युवाओं का संहार किया होगा अश्वत्थामा ने उन्होंने सोचा। शवों की दुर्दशा, उन पर जहां-तहां लटके मांस के लोथड़े, रक्तरंजित वस्त्र और फटे-कटे शरीर जैसे उस घृणा की याद दिला रहे हैं

सारथी से समाचार पाकर जब युधिष्ठिर उस युद्ध शिविर में पहुंचे थे, जहां वह दुर्दांत नाशलीला का तांडव हुआ था, वहां घायल सैनिकों ने

चीखते-रोते हुए बहुत कुछ बतलाया...दम तोड़ते उन व्यक्तियों के वर्णन ने उस रात की काली घटना को इस तरह धर्मराज की दृष्टि के सामने उपस्थित कर दिया था, जैसे मूक-जड़ दर्शक की तरह उसके शब्दांश को चित्रवत् देख रहे हों

कहते हैं कि भीम द्वारा दुर्योधन की समाप्ति के तुरंत बाद अश्वत्थामा ने बदला लेने की प्रतिज्ञा कर ली थी ! कृपाचार्य, कृतवर्मा और अश्वत्थामा की पराजय से बौखलाए हुए एकांत से उस षड़यंत्र की रचना कर रहे थे ! षड़यंत्र में कृष्ण पक्ष के अंधेरे ने उनका साथ दिया था...

विशाल शिविर। पांडवों की सेना का सबसे बड़ा शिविर था वह। एक ओर कई कक्ष थे चिकित्सालय के। इन कक्षों में युद्ध के दौरान घायल हुए सैनिकों की चिकित्सा चल रही थी, दूसरी ओर विभिन्न कक्षों में सैनिक सो रहे थे। बीचोंबीच पांडव सेना के महत्त्वपूर्ण योद्धाओं के कक्ष बने हुए थे...इन्हीं में पांडव के पांचों पुत्र और धृष्ट्घुम्न, शिखंडी आदि विश्राम कर रहे थे...

काली, बहुत अंधेरी रात्रि। शिविरों में जहां-तहां प्रकाश की व्यवस्था की गई थी, किंतु विशाल क्षेत्र में बिखरे अनेकानेक शिविरों के बीच का बहुत-सा स्थान अंधकार से ग्रस्त।

प्रहरी सभी ओर थे, किंतु घेरे की व्यवस्था करने की परंपरा न थी। युद्ध-नियम था कि रात्रि आरम्भ का संकेत मिलते ही दोनों पक्ष अपने-अपने शिविरों को लौट जाएं।

इसी परम्परा से सदियों तक युद्ध हुए थे। इसी तरह होते आए थे। यह एक सैनिकीय मूल्य बन चुका था।

किंतु कौन जानता था कि मूल्यों के उस विशृंखलन वाले कुरुक्षेत्र युद्ध में नियम या व्यवस्था नहीं, अपितु केवल घृणा, द्वेष, छल, प्रपंच और येन-केन प्रकारेण विजयश्री प्राप्त कर लेने का मोह भर रह गया है ! पिछले अठारह दिनों सूर्य के प्रकाश में भी तो दोनों ही पक्षों की ओर से कितनी ही बार, कितने ही अवसरों पर कितने ही महारथियों, अतिरथियों

और रथियों ने या तो इसी तरह विजय पाई थी या इसी तरह पराजय झेली थी।

पांचालों की बड़ी सेना ने आधी रात गए तक राजा दुर्योधन की मृत्यु पर विजयोत्सव के उत्साह में भरकर अनेक धृष्टतापूर्ण बातें कहीं थीं, अहंकार से भरे संवाद उछाले थे और अपने पुरुषार्थ-पराक्रम की घोषणाएं की थीं।

अश्वत्थामा, कृपाचार्य और कृतवर्मा अपने सैनिकों से साथ इसी अंधेरे का लाभ उठाते हुए छोटी-छोटी टुकड़ियों में बंटकर पांडव-शिविर को घेर चुके थे...फिर वे काले सांपों की तरह ही रेंगते-रेंगते शिविर के भीतर तक पहुंचे।

योजना के अनुसार तीनों ने पूर्व-निश्चय कर लिया था कि अश्वत्थामा और उनकी सैनिक टुकड़ी शिविर के भीतर मुख्य द्वार से न जाकर दूसरे द्वार से जाएंगे, ताकि प्रहरियों की दृष्टि से बचे रह सकें और कृतवर्मा तथा कृपाचार्य की टुकड़ियां अपने-अपने नायकों के साथ सोई सेना पर टूट पड़ेंगी।

धृष्ट्द्युम्न युद्ध में बड़े वैभव से जूझने आया था। उसने अपने कक्ष में रानियों और सेवकों की भी खासी व्यवस्था कर रखी थी। कक्ष हलके अंधेरे में डूबा हुआ था कि दबे कदमों नंगी तलवार लिए हुए क्रुद्ध अश्वत्थामा ने भीतर प्रवेश किया।

भव्य पलंग पर धृष्ट्द्युम्न निश्चित भाव से नींद में खोया हुआ था। उससे कुछ परे अंगरक्षक सो रहे थे। नियमानुसार उन्हें जागते रहना था; किंतु भीमसेन द्वारा दुर्योधन को मरणासन्न हालत में पहुंचा दिए जाने की सूचना के साथ मान लिया गया था कि घिनौना युद्ध समाप्त हो गया। विजयश्री के इस झोंके ने सेनिकीय लापरवाही पैदा की। परिणाम यह हुआ कि सभी जहां-तहां निश्चिंत हो रहे।

अश्वत्थामा ने पलंग के पास पहुंचकर सोये हुए धृष्टद्युम्न के सिर में ज़ोर से लात मारी। हड़बड़ाकर जैसे ही वह जागा कि अश्वत्थामा ने उसे उठने, सावधान हो पाने का अवसर दिए बिना एक झटके में बाल पकड़कर

दूर धरती पर उछाल दिया और चिंघाड़ता हुआ उसकी छाती पर सवार होकर उसका गला और सीना घोंटने लगा। उस क्षण धृष्टद्युम्न चीख रहा था...फिर गर्दन पर बढ़ते दबाव के साथ उसकी आवाज़ केवल गुंगुहाट बन गई थी...वह किसी शस्त्र से मार देने की प्रार्थना करने लगा था ताकि उसका शीघ्र प्राणांत हो सके, किंतु प्रतिशोध की ज्वाला में झुलसता हुआ अश्वत्थामा उसे क्रूरतापूर्वक मृत्यु देने का प्रयास करता रहा। सहसा वह ज़ोरों से उछल-उछल कर उसके शरीर के कोमल अंगो पर प्रहार करने लगा। हर प्रहार के साथ धृष्टद्युम्न एक भयावह चीत्कार करता। गुंग-आता और उसके मुंह से लहू के कुछ कुल्ले बाहर निकल पड़ते!

इस चीत्कार और प्रहारों के स्वरों में से अंगरक्षक जागे तथा कुछ पल स्तब्ध रहकर अपने स्वामी का वह क्रूर संहार दृश्य देखते रह गए, तभी टुकड़ी के अन्य सैनिकों ने उनकी हत्या कर डाली! स्त्रियों अपने-अपने कक्ष से भागी हुई उस ओर चली आई थीं और अब पागलों की तरह चीखती-चिल्लाती कक्ष से बाहर निकली जा रहीं थीं!

कक्ष में जागरण की लहर दौड़ने तक धृष्टद्युम्न को मारकर संतुष्ट भाव से अश्वत्थामा खड़ा हो गया था...टुकड़ी के अनेक सैनिक जागे हुए लोगों पर टूट पड़े थे और स्वयं अश्वत्थामा अब गर्जना करता हुआ शिखंडी की ओर लपक रहा था। उसने मार्ग में आए अनेक योद्धाओं, उत्तमोजा, युधामन्यु आदि का तलवार से ही संहार कर डाला और विद्युत गति से आगे बढ़कर शिखंडी के शरीर को दो भागों में काट दिया...

पांडवों के पांचों बेटे जाग चुके थे। स्थिति को समझें-न-समझें तब तक अश्वत्थामा उनके कक्ष में जा घुसा। उसके हाथ में रक्तरंजित खंग और लहू से सने उसके कपड़े देखकर वे पांचो उस पर सम्पूर्ण शक्ति से टूट पड़े! प्रतिविंध्य की पसलियों को उसने तलवार से फाड़ दिया और सुत-सोम की तरफ बढ़ा। सुतसोम ने इस बीच पास रखा प्रास[1] उठाया और वेग से उस पर प्रहार किया। पर अश्वत्थामा युद्ध कला में अत्यंत निपुण था। उसने

1. प्रास-एक तरह का बरछा। यह सात हाथ लम्बे बांस के मुंहाने पर लगा रहता था।

सुतसोम का वह प्रहार बचाया तथा आंधी की गति से उछलकर उसकी वह बांह काट डाली, जिसमें उसने प्रास लिया था।

सुतसोम लड़खड़ाया। उसके कंधे से रक्त का एक फव्वारा छूट पड़ा, जिससे स्वयं अश्वत्थामा का चेहरा लहू से भर गया...पर इस बीच अश्वत्थामा की तलवार सुतसोम के पेट में घुस चुकी थी! उसके फेफड़े कटकर बाहर झूल आए। 'पितृ !' उसने मरते-मरते एक पीड़ाजनक चीत्कार किया और श्वांस छोड़ दी।

इस सारे दौर में नकुल-पुत्र शतानीक सावधान होकर रथचक्र[1] अपने हाथ में संभाल चुका था। वह पिता की तरह ही नाजुक और सुंदर देह-व्यक्तित्व वाला था। असावधानी के इस आक्रमण के कारण बौखलाए हुए उस नवयुवक को उस पल बचाव के लिए रथचक्र के अतिरिक्त कुछ नज़र न आया...पर अश्वत्थामा की वायुवेग से घूमती लम्बी तलवार ने पहिया फेंका जा सकें, इसके पहले ही शतानीक के धड़ से गर्दन उड़ा दी! और श्रुतकर्मा के चेहरे पर इस ज़ोर से लात का प्रहार किया कि वह लड़खड़ा-कर एक ओर जा गिरा। भयावह प्रहार और अश्वत्थामा के कठोर जूतों की चोट से उसका चेहरा फट गया। मांस के अनेक लोथड़े गले से नीचे झूल आए! वह आर्तनाद करता हुआ पृथ्वी पर जा गिरा!

श्रुतसेन ने संयत होकर धनुष बाण सम्हाले और अश्वत्थामा पर बाण-वर्षा का उपक्रम किया। अश्वत्थामा ने पांडव-पुत्रों में से उसको भी बहुत अवसर नहीं दिया। इसके पहले कि श्रुतसेन आलस त्याग सके, अश्वत्थामा की कराल ने उसका सिर भी उड़ा दिया।

सैनिक टुकड़ियां जहां-तहां सोए, अलसाए हुए सैनिकों का संहार किए जा रही थी। अधिकतर लोगों को बचने का अवसर नहीं मिला था और जो बचे भी थे, वे घबराहट और भगदड़ में या तो कुचलकर मारे गए या फिर यहां-वहां अस्त्र-शस्त्रों की चपेट में आकर ही हत हो गए!

राजा द्रुपद के पुत्र, परिवारजनों के अतिरिक्त विराट के राजपुत्र भी इसी

---

1. रथ-चक्र-संभवतः यह रथ का पहिया ही था।

नर-संहार के दौरान या तो थोड़ा बहुत प्रतिरोध करते हुए मारे गए अथवा निःशस्त्र स्थिति में ही समाप्त हो गए!

इस घटना का अंतिम दृश्य बहुत भयावह और वीभत्सता से भरा हुआ था। कृपाचार्य ने शिविर में चारों ओर से आग लगा दी थी और उसके आगे घेरा डाले हुए थे। इस आग से बचाव की चेष्टा में जो कोई चीखता-चिल्लाता हुआ बाहर आता था, उसे उनके सैनिक पल भर में काट डालते थे। जो वहां से निकल नहीं पाया वह जिन्दा ही जल गया!

घिनौने हत्यांकाड के बाद विजय-भाव चेहरों पर लिए हुए अश्वत्थामा कृपाचार्य और कृतवर्मा उसी तरह रक्तरंजित तलवारें लिए हुए उस क्षेत्र की ओर चले गए थे, जिधर मरणासन्न स्थिति में दुर्योधन अंतिम श्वांसें गिन रहे थे।

युधिष्ठिर ने टुकड़ों-टुकड़ों में इस वीभत्स कांड का समूचा ब्यौरा सुना थॉ... उस समय अर्जुन, भीम, नकुल और सहदेव सभी युद्ध के विभिन्न मोर्चों पर थे। सात्यकि और कृष्ण भी अनुपस्थित थे। भागे-भागे पांडव शिविर की ओर पहुंचे तो सिहर उठे थे। शिविर का अधिकतर हिस्सा या तो जल चुका था या जल रहा था। जिस कक्ष में पांडवों के पुत्र, और संबंधी थे, वह आग से बच गया था किंतु लाशों से पटा पड़ा था। युधिष्ठिर जैसे-तैसे लड़खड़ाते हुए उस और जा पहुंचे थे और फिर उन्होंने जहां-तहां बिखरी हुई लाशों में क्रमशः पांचो पुत्रों को पहचाना था, धृष्टद्युम्न की भयग्रस्त लाश देखी थी, शिखंडी का दो टुकड़ा हो चुका शरीर पा लिया था।

माथा थामकर बैठ रहे थे युधिष्ठिर! लगता था कि बुद्धि, विवेक, धर्माधर्म के सारे तर्क पल भर में गड्ड-मड्ड हो गए हैं! उनके साथ युधिष्ठिर की विचारशक्ति भी! यदि कुछ शेष रहा है तो केवल वह रक्त-समुद्र शेष रहा है, जो अधिकार, अनाधिकार, धर्म या अधर्म के नाम पर उनके सामने बिखरा हुआ है...

वह रक्त-समुद्र इस पल भी शेष है!

तल में शव पड़े हैं। आदि-अंत से हीन लगते हुए! युधिष्ठिर शिलावत्

खड़े हुए सोच रहे थे। द्रौपदी की सिसकियां इस पल भी उनके कानों में गूंज रही थीं, किंतु वे उस अनंत आर्त्तनाद से भरे हुए, जिसे इस युद्ध के दौरान ही नहीं, समूचे जीवन अनेकानेक स्तरों पर झेलते आए थे!

कहना चाहते थे–"स्वयं को संयत करो, आर्ये!" किंतु शब्द साथ नहीं दे सके। केवल हाथ बढ़ा और हौले-हौले द्रौपदी के सिर पर घूमने लगा।

द्रौपदी ने चेहरा उठाया, पति को देखा, ज़ोर से हिलक पड़ी।

युधिष्ठिर जबड़े कसकर रह गए! लगा था कि विवेक कानों में अट्ठहास करने लगा है–तुम विजयी हुए पांडवराज! तुमने उस नैतिक अधिकार का युद्ध जीत लिया, जिसके लिए तुम निरंतर संघर्ष करते रहे थे! अब यह सम्पूर्ण पृथ्वी तुम्हारी है! तुम कुरूवंश की गौरवशाली राजगद्दी पर आसीन हुए!"

युधिष्ठिर के होंठों पर वही बेबस हंसी फिर से उठ आई है! मन में इस युद्ध के हर दिन और उसके हर पल के साथ होती रही प्रतिक्रिया शब्द ग्रहण कर रही है–"नहीं! यह जय नहीं है। यह पराजय है। ऐसी पराजय जो जय के नाम से सदा ही सत्ता और शक्ति की भूख ने पृथ्वी की ममता-भरी छाती पर रक्त से लिखी है!"

याद आए हैं, उस दिन स्वयं के मुंह से निकले शब्द! पुत्रों की लाशें देखकर पागलों की तरह घबड़ाने लगे थे पांडुपुत्र! उनके साथ आ पहुंचे पांडव सैनिक और अधिकारी घबराकर उनका वह विलाप देख रहे थे। इस तरह जैसे युधिष्ठिर–सदा सर्वदा ज्ञान और तर्क की बातें करने वाले युधिष्ठिर–सहसा विवेक खो चुके हों!

वे शब्द फिर से याद हो आए है...जैसे-जैसे प्रतिविंध्य, सुतसोम, श्रुतसेन आदि के शव देख रहे हैं, वैसे-वैसे शोकग्रस्त होकर कहे गए उनके अपने ही शब्द उनके कानों में गूंजने लगे है...इस पल, जब द्रौपदी को संतुलित रहने का उपदेश करना चाहते हैं, सदा की तरह ज्ञान-विवेक का भाषण करना चाहते हैं, तब मन में शोक-पगे वही शब्द उमड़-घुमड़ रहे हैं, जो नितांत मानवीय हैं! उस अति साधारण मनुष्य की प्रतिक्रिया जो पिता, बंधु या संबंधी होता है! रोग-शोक जिससे कभी परे नहीं हो पाते! उनकी हर

प्रतिक्रिया न सिर्फ वह झेलता है, अपितु सहज संवेदना के साथ भोगता भी है!

ऐसा क्यों हो रहा है? युधिष्ठिर का मन हुआ कि अपने से ही प्रश्न कर ले। "यह...यह कैसे संभव है धर्मराज कि तुम जैसा विवेकशील व्यक्ति साधारण व्यक्ति की तरह सोचे, व्यवहार करे, प्रतिक्रियाओं से प्रभावित हो? तुम तो ज्ञान, विवेक के सागर समझे जाते रहे हो! साक्षात् धर्मा-वतार! तुम भला साधारण मनुष्यों की तरह क्यों प्रभावित हुए? क्योंकर हो जाते हो?"

उत्तर नहीं है युधिष्ठिर के पास...दृष्टि यांत्रिक ढंग से शवों के उस सिलसिले पर घूम रही है...

उत्तर इसी समय नहीं है या कभी भी नहीं था? मन पुनः प्रश्न कर उठा है।

संभवतः कभी नहीं था!

तब वह क्या था, जिसे लेकर सबकी श्रद्धा विश्वास और सहानभुति जुटाए रहे हैं पांडवाग्रज?

समझ नहीं आ रहा। किसी बार लगता है कि वह केवल उनका विवेकशील मानस भर रहा, जो हर क्रिया और प्रतिक्रिया में निष्कर्ष खोजने की चेष्टा करता था। केवल खोजी! इसके अतिरिक्त उसका अन्य कोई रूप-रंग नहीं। यदि कुछ शेष था, तो वहीं सहज मनुष्य जो हर स्थिति से अति-सहजता के साथ प्रभावित होता था, कष्ट जिसे दुःख देता था...घाव जिसे पीड़ित करते थे। स्नेह जिसे बांधे रह सकता था, घृणा और क्रोध भी जिसके मन-सोच को प्रभावित कर देते थे! अत्यन्त साधारण व्यक्ति! यही हैं युधिष्ठिर!

मानने का मन नहीं होता कि उनका सच यही है। अपने आप को ही नकार देना चाहते हैं! कह देना चाहते हैं–"झूठ है यह! मैंने हर स्थिति, घटना क्रिया, और प्रतिक्रिया में अप्रभावित भाव से निर्णय लिए हैं? हर बार धर्माधर्म को लेकर सोचता रहा हूं...मुझे उस कोटि में कैसे रख सकते हो तुम?"

एक ठहाका उठता है मन के भीतर...फिर यह ठहाका गूंजता हुआ

युधिष्ठिर के मन मस्तिष्क पर बिखर जाता है–एक धुंध की तरह! इस में न तो आगे सोचा जा सकता हैं, न देख पाना संभव है। ठहाके में निरंतरता लिए एक स्वर गूंज रहा है। स्वर नहीं, संभवतः अपना ही आत्म-निर्णय–तुम अब भी उसी दुविधा में भटक रहे हो अजातशत्रु! तुम सदा ही दूसरों के लिए निर्णय लेते रहे, निर्णय देते रहे, किंतु किसी भी बार तुम अपने लिए ठीक तरह कोई निर्णय नहीं ले सके! तुम व्यक्ति नहीं, केवल दुविधा हो! मस्तिष्क से सोचते हुए–सत्यासत्य का विवेचन करते हुए एक बुद्धिमान व्यक्ति, किंतु जीवन के हर क्षण में मन से चलने वाले अति-साधारण मानव! अपने भीतर देखो युधिष्ठिर! विगत के हर पन्ने पर तुम्हारा यही चेहरा, यही व्यक्तित्व, यही भाव और यही रूप अंकित है! देखो, गौर से देखो! घटनाओं का एक लम्बा सिलसिला बिखरा पड़ा है तुम्हारे सामने!"

कतरा जाने को मन करता है...पर अब कतराएंगे नहीं। अपने ही हर पल का हिसाब, अपने लिए करेंगे, अपने आपको देंगे। इस हिसाब में कितना पाएंगे, कितना खो देंगे–तय नहीं है। किंतु हिसाब अवश्य करेंगे!

सोच ही रहे थे कि द्रौपदी की ओर दृष्टि घूम गई। चौंके, देखा कि वह शोकग्रस्त होकर बेसुध-सी हुई जा रही है। घबराकर बोल पड़े–"पांचाली? अपने को सम्हालो, देवी! सुनो?"

किंतु चेष्टा करने के बावजूद द्रौपदी स्वयं को संभाल नही सकी। प्रतिविंध्य की फटी छाती पर उनका चेहरा झुकने लगा। राजा युधिष्ठिर ने तुरंत उन्हें संभाला, फिर सहारा देकर उठाया और शवों की उस भीड़ से बाहर ले जाने लगे...

द्रौपदी की अंर्तचेतना पर पुत्रों की मृत्यु अब भी हावी थी। वह टूटे-फूटे शब्दों में बड़बड़ाए जा रही थीं–"महाराज? मेरे पुत्र? वे...वे?"

"जानता हूं, देवी–जानता हूं! किंतु पराक्रम अमर होता है! देह नष्ट हो जाती है पर..."

अपने ही शब्दों के खोखलेपन पर अपने आप हंस पड़ता है–"यह सब क्या कहे जा रहे हो युधिष्ठिर? तुम्हारा मन तो कुछ और कह रहा है?"

इस आत्मा-प्रश्न को कुचल देना चाहते हैं। कठोरता से रौंद डालना

चाहतें हैं, पर जान चुके हैं कि यह उनके वश में नहीं है। उनके वश में है केवल अपनी तरह जीना, सोचना, व्यवहार करना और फिर अपनी हर चेष्टा का अपने को ही उत्तर देना !

युधिष्ठिर ने द्रौपदी को दूर वृक्ष की छाया में जा लिटाया। हांफ गए। शव लाने वाले रथ इस समय भी आते जा रहे हैं...उन्हें देखते रहे। द्रौपदी कुछ सहज हुई। उनकी आंखो में अब भी आंसू तैर रहे थे, पर होंठ भिंचे हुए। युधिष्ठिर ने एक दृष्टि उन्हें देखा, फिर दूसरी ओर देखने लगे। जानते है कि अभी पत्नी से दृष्टि मिली तो या तो वह बिखर जाएंगी या फिर शायद युधिष्ठिर को बिखरा दें?

सूर्य ढलने को बेला हो आई...धृतराष्ट्र, गांधारी, संजय, विदुर आदि आने को ही होंगे। उनके साथ रोती-बिलखती पचासों स्त्रियां ! वे जिनके चेहरों पर राजगौरव की धूप खिली रहती थी, माथे सुहाग बिंदियों से दमकते रहते थे, आंखे आकाश की तरह उदार और नीलीं दींखती थीं...

पर अब वे आएंगी बाढ़ के बाद रीत-बीत चुके नगर-गांव जैसी। लाशों के उसी झुंड में जाकर वे अपने-अपने पतियों, पुत्रों, बंधुओं और संबंधियो को खोजने लगेंगी ! बदहवास रो रही होंगी, चीत्कारें कर-करके भाग्य और ईश्वर से प्रश्न कर रही होंगी?

ये प्रश्न क्या केवल भाग्य और ईश्वर से ही होंगे? युधिष्ठिर के माथे में एक प्रश्न कौंध आया है–

संभवतः नहीं ! ये प्रश्न विजयी पांडवों से होंगे? ये प्रश्न होंगे–युधिष्ठिर से? युधिष्ठिर–जिन्हें धर्मराज कहा जाता है। युधिष्ठिर–जो असमान्य माने जाते है

और युधिष्ठिर जान रहे हैं कि वे असामान्य नहीं हैं ! उन सभी की तरह सामान्य हैं, जो इस महासमर के इतिहास से जुड़े हैं, जिन्होनें अंश रूप में ही सही किंतु इस घिनौने संग्राम की रचना में योगदान दिया है। जिसके जीवन का कोई भी पल इस अंशदान की कहानी और घटना से अप्रभावित नहीं है !

मस्तिष्क कहता है कि इस आरोप को अस्वीकार कर दें। कह दें–"असत्य ! सत्य केवल यह है कि युधिष्ठिर असामान्य ही हैं ! केवल परिस्थितियां थीं,

जिन्होनें उन्हें मोहर की तरह कुरु-पांडव कथा में नाट्याभिनय करने के लिए बाध्य किया। किसी बार अधिकार का अभिनय, किसी बार सत्य-निर्धारण का अभिनय और किसी बार निष्कर्ष देने का अभिनय।

सब मानते हैं कि युधिष्ठिर सबके बीच रहकर भी सबसे अलग रहे हैं। पितामह भीष्म, महात्मा विदुर, योगिराज कृष्ण यहां तक कि राजा धृतराष्ट्र भी! तर्क खोजा है उन्होंने।

मन हंसता है–"हां, तुमने सही ही सोचा है धर्मराज! तुम सबके बीच रहकर भी सबसे अलग रहे। यह दूसरी बात है कि तुम अति-सामान्य और असामान्य के बीच जिए। सत्यासत्य के निर्धारक नहीं, केवल खोजी रहे! पर इस खोज के बीच तुम वही सब करते आए जो एक सामान्य व्यक्ति करता है। अनेक बार! निरंतर!

"पर?"

सत्सासत्य, नैतिक-अनैतिक और उचित-अनुचित...खोज की एक सनातन क्रिया के पात्र हैं युधिष्ठिर! युद्धांत के इस पल भी मन और मस्तिष्क के द्वंद्व से सत्यशोधन करते हुए!

इस सत्यशोधन में स्वयं ही हर घटना, हर स्थिति और हर वातावरण के बीच साधारण व्यक्ति को तरह सुखःदुख की घोर पीड़ा सही है उन्होंने? हर क्रिया पर प्रतिक्रिया बनकर अपने प्रति ही क्रूर हुए हैं। अपने को ही मोहरा बनाकर अपने आप पर प्रयोग करते रहे हैं!

स्वयं जलकर, जलने का कष्ट बताना और अग्नि की शक्ति खोजना कितना विचित्र लगता है? आत्मघाती कष्ट पाकर एक यथार्थ का शोध।

बस, इसी तरह आत्मघाती कष्टों को निरंतर भोगते रहे युधिष्ठिर का यह सत्य-शोधन की उनकी अपनी कहानी है! जुआरी बनकर स्त्री को धनवत् दांव पर हार जानेवाले युधिष्ठिर ने उस दिन क्या सचमुच ही द्रौपदी को हारा था?

संभवतः नहीं! सत्य-शोधन के उस क्रूर प्रयोग में वह खोजना चाहते थे

कि स्त्री क्या सच में ही धन है? पुरुष, जड़-वस्तु की भांति क्या उसे अपना खिलौना बनाए रख सकता है?

पुत्रों की मृत्यु पर शोक करते युधिष्ठिर और उस शोक से निष्कर्ष निकालने वाले युधिष्ठिर...कभी भीष्म, कभी विदुर और कभी श्रीकृष्ण से विभिन्न परिस्थितयों में तर्कातर्क करते युधिष्ठिर...सारे जीवन माता, पत्नी और भाईयों के अनुगत बने या बनाने वाले युधिष्ठिर जब-जब किसी परिस्थिति पर निष्कर्ष देते है, तब-तब केवल खोजी होते हैं। बिल्कुल वही खोजी, जो स्वयं जलकर अग्नि-शक्ति की खोज करता है! मन और मस्तिष्क के बीच सदा ही जूझते, दुविधाओं में भटकते रहे युधिष्ठिर, व्यक्ति नहीं उस सनातन समाज-संसार की एक प्रतिक्रिया और प्रतिक्रिया पर निष्कर्ष भर हैं जो मन-बुद्धि के संतुलन से श्रेष्ठ का निर्धारण पाती है!

सोचकर सुख मिल रहा है। अपने से ही पूछते हैं–"तब, मेरे जीवन में ऐसा क्या है, जिसके लिए आत्मचिंतन, आत्म-मंथन आवश्यक हो। सीधा सपाट-सा व्यक्तित्व और जीवन रहा है मेरा...उसमें कहीं, कुछ ऐसा नही जिसे लेकर निष्कर्ष लिए जाएं?" सोचा है कि इस तरह निर्णय लेकर उस मन को थाम लेंगे जो बाध्य कर रहा है कि वह सोंचे–अपना सत्य खोजें!

किंतु मन अधिक शक्तिशाली है। तार्किक भी। कहता है–"नहीं, धर्मराज! तुम्हें उस आत्ममंथन से गुजरना ही होगा। उस पीड़ा की कथा लिखनी होगी, जो सत्य-शोधक के नाते तुमने स्वयं ही अपने-आपको प्रयोग की वस्तु बनाकर भोगी है! वही तुम्हारा सत्य! मानवीय होते हुए भी घोर अमानवीय!"

उस सुबह बच्चों की तरह बिलख पड़े थे युधिष्ठिर! अति साधारण मनुष्य की तरह चिल्लाने लगे थे–"मेरे पुत्र! मेरे शरीरांश–वे सुकुमार राजपुत्र?"

जहां-तहां खून से रंगे, बदरंग हो चुके सैकड़ों शवों की भीड़ में उन्होंने पांचों बेटों को खोज निकाला था...सिर घूमता हुआ, आंखे भय और पीड़ा से बिफरी हुई...हे ईश्वर! कैसा अनर्थ हुआ!"

कांपते लड़खड़ाते हुए युधिष्ठिर बदहवास से यहां-वहां घूम रहे थे...

बड़बड़ाते जा रहे थे–'ओह ! तुम हार गए ! जय पाकर भी हम हार गए !' उन्होंने मानसिक असंतुलन की स्थिति में मांस के लोथड़ों में बदल चुके श्रुतकर्मा के सिर को हाथ में ले लिया था और थरथराती अंगुलियों से उन लोथड़ों को यहां-वहां जोड़कर चेहरे को आकार देने का प्रयत्न करने लगे थे ...उनकी अंगुलियां लहू से सन गई थीं। होंठ थूक से सूख चुके थे...

चिंतित, व्यग्र और घबराए हुए से पांडव पक्ष के अनेक लोग उनकी दशा देखे जा रहे थे। एक रात्रि पूर्व विजयोल्लास में मुस्कुरा पड़े युधिष्ठिर, भोर के साथ अपने सुख को इस तरह दुःख में बदलते पाएंगे–कौन जानता था?

"श्रुतकर्मा की वह मोहक छवि मैं कैसे भूल सकूंगा? किस तरह द्रौपदी को यह शोक सह पाने के लिए कह सकूंगा–नहीं जानता !" युधिष्ठिर थरथराई आवाज़ में बड़बड़ा रहे थे–"यह...यह क्या हो गया? द्रौपदी पुत्रहीन हुई ! मेरी यह जीत सहसा हार बन चुकी है ! जिस विजय की प्राप्ति करके इस तरह पछताना पड़ता हो, भला वह जय कैसे हो सकती है?" वे अपने से ही प्रश्न करते जा रहे थे, स्वयं ही उत्तर देते जा रहे थे-"नहीं-नहीं? यह तो पराजय है ! ऐसी पराजय, जो जय का मुखौटा ओढ़कर आती हैं। धिक्कार है हम पांडवों पर ! धिक्कार है हमारे भाग्य और कर्म पर ! जिसके कारण हम ऐसी घृणास्पद स्थिति झेल रहे हैं !

युधिष्ठिर और भी बड़बड़ाते, अधिक व्यग्र होते जाते, किंतु चौंक गए थे। कंधे पर हलका स्पर्श पाया था उन्होंने। मुड़कर देखा। नकुल आ पहुंचे थे। आंखे उनकी भी आंसुओं से भरी हुई थीं, पर अजानी शक्ति से स्वयं को सम्हाल रखा था उन्होंने। कहा था–शांत हों, पूज्य ! शांत हों ! यदि आप ही इस तरह धैर्य छोड़कर सामान्य मनुष्यों जैसा व्यवहार करने लगेंगे, तब पांचाली क्या करेगी? हम सब का क्या होगा देव?"

किंतु नकुल...तुम–तुम देख रहे हो ना? छली अश्वत्थामा ने किस तरह यह संहार किया है? कैसे इन पराक्रमी राजपुत्रों को हत किया है? उनके सुंदर, आकर्षक शरीर को केवल मांस के टुकड़ों में बदलकर रख दिया है? भला कैसे हम जय का प्रकाश बनकर आए इस पराजय के अंधकार को सहें?"

युधिष्ठिर को सहारा देकर नकुल शिविर के कुछ परे ले गए थे। पुत्रों की मृत्यु के कारण वह भी कम पीड़ित और दुःखी नहीं थे, किंतु इस समय अपने-आपको संयत किए हुए थे...विवेकशील और थैर्यवान भाई के उस तरह टूट-बिखर जाने पर उन्हें विस्मय हो रहा था...पूछा–"आप? आप तो भईया, सदा ही धैर्य रखते आए हैं? आपने हम सभी को पीड़ा, उत्तेजना और दुःखों में धीरज बंधाया है, और आज इस तरह?"

"हां, नकुल ! पर मैं स्वयं को इस पल सहेज नहीं पा रहा हूं।" युधिष्ठिर ने उत्तर दिया था–"देखो तो, जिन पुत्रों के लिए हमने इस युद्ध में कौन अपना है–कौन पराया, यह अंतर नहीं किया? जिनके भविष्य सुख के लिए हमने स्वजन, बंधु, बांधव, संबंधी आदि मार डाले–वही आज हमसे बिछड़ गए हैं।[1] भला सोचो तो भाई, अब यह जय किस काम की रह गई है? किसके लिए है? कैसी है?"

नकुल ने एक गहरी सांस ली। आंसू पोंछ लिए। युधिष्ठिर की पीड़ा सहज थी। लगा था कि सब सच कह रहे हैं। सच ही तो, इस महासमर में अब पांडव-बंधुओं के पास लड़ने को मोह ही कौन-सा शेष रह गया था? आयु का एक बड़ा हिस्सा, राज्याधिकार की वार्ता, बहस, प्राप्ति-चेष्टा, दूतों के आदान-प्रदान संदेशों से लेने-देने में बिता दी थी...जय का सुख यदि अनुभव हो रहा था तो केवल यह सोचकर कि सबके पुत्र हैं, भरत खंड का राज्यधिकार उन्हें प्राप्त होगा ! वे सुख भोंगेगे...किंतु इस तरह विजय के मुहाने पर आकर पराजय मिलेगी–कौन जानता था?

देर तक इसी तरह रोते-बिलखते रहे थे युधिष्ठिर...इस बीच द्रौपदी को लेने के लिए नकुल रथारूढ़ होकर राजमहल की ओर चले गए थे। जब लौटे, तब तक युधिष्ठिर ने अपने-आपको संयत कर लिया था। सदा की तरह वे शांत चित्त बैठे परिवारजनों की प्रतीक्षा कर रहे थे...

भीम क्रुद्ध होकर अश्वत्थामा के नाश की घोषणाएं करते रहे थे, अन्य

---

1. सौप्तिक पर्व : महाभारत : के 10वें अध्याय में पुत्रों की हत्या पर शोक व्यक्त करते हुए युधिष्ठिर ने स्वीकारा है कि पुत्रों के लिए ही उन्होने यह युद्ध लड़ा श्लोक-क्रम–10 से 15 तक।

भाई पीड़ाकुल तरह-तरह से शोक कर रहे थे। पांडवों की बची-खुची सेना में इस तरह समाचार के साथ निराशा का अंधेरा बिखर गया था... द्रौपदी माथा पीट रही थीं। और उनसे सबसे अलग एक ओर बैठे थे युधिष्ठिर! पुत्रों की मृत्यु के दुःख को पचाने की अमानवीय चेष्टा करते हुए...मस्तिष्क को भटका रखा था उन्होंने। जब-जब ऐसी दुःखद स्थिति से सामना हुआ था तब-तब युधिष्ठिर बुद्धिलोक में निष्कर्ष खोजने लगते थे...ऐसे जैसे मरुथल में जल ढूंढ रहे हों! समाधान के नाम पर कितनी-कितनी मृग-मरीचिकाएं नहीं छलती थीं उन्हें? कितनी-कितनी बार घटना से आहत मन लिए हुए युधिष्ठिर कराहते-पीड़ा सहते इसी बुद्धिलोक में नहीं जा पहुंचते थे?

हर बार! हर बार यही कुछ करते रहे थे युधिष्ठिर! हर घटना पर बुद्धि से तर्कातर्क करते हुए उसके कारण को खोजने में उन्होंने गत-आगत की सैकड़ों परतें उधेड़ी थीं...तब तक उधेड़ते रहे थे, जब तक कि निष्कर्ष न पा ले! अपने ही मन-शरीर का लगे हर घाव पर निष्कर्ष का मरहम लगाकर अजब-सी शांति मिलती थी उनके खोजी मन को!

उस बार भी उन्होंने तर्क खोज निकाला था। एक नया सिद्धांत दे दिया था संसार के नाम–"यह सब प्रतापी धृष्टधुम्न, शिखंडी और हमारे अपने पुत्रों की अज्ञानता के कारण ही हुआ है। उन्हीं की भूल है, जो उनके अपने नाश का कारण भी बनी है और हम सबकी पीड़ा का कारण भी हुई है!"

चिढ़े हुए भीमसेन ने उद्दंडतापूर्वक प्रश्न किया था–"क्या भूल थी उन निरपराधों की, किस अज्ञानता की चर्चा कर रहे हैं आप?"

युधिष्ठिर भाइयों के स्वभाव से परिचित थे। सदा की तरह शांत स्वर में कहा था उन्होंने–"तुम्हारी वेदना जानता हूं महावीर! पर मैं जिस कारण की ओर संकेत कर रहा हूं, उसे विचारकर तुम्हें भी यह स्वीकारना होगा कि पांचालराज कैसे समझदार आदमी से भी भूल हुई, तनिक विचार करो, बंधु! जिन वीरों को कर्ण, भीष्म और आचार्य द्रोण जैसे योद्धा हत नहीं कर सके, वे सब भला इस तरह असहाय स्थिति में क्योंकर मरे? मुझे लगता है कि

मनुष्य का बहुत बड़ा दोष है, तनिक-सा सुख पाकर असावधान हो जाना[1] दुर्योधन की मृत्युवत् स्थिति का समाचार जानकर ही ये सब लोग विजयोल्लास में इतने असावधान रहे कि अश्वत्थामा, कृपाचार्य और कृतवर्मा जैसे शत्रुओं को विस्मृत कर बैठे।"

भीम बड़े भाई की बात सुनकर थमे, चुप हो रहे।

युधिष्ठिर स्वभावतः अपने ही घाव को निर्ममता के साथ कुरेदते हुए कहे गए थे–"हमारे प्रिय पुत्रों की यह अकाल मृत्यु हमारी जय को तो पराजय में बदल ही चुकी है, साथ ही इस सिद्धांत का प्रतिपादन भी कर गई है कि जो लोग असावधानी के दोष से ग्रस्त होते हैं, वे सब कुछ पाकर सब कुछ खो सकते हैं।"

भीम, नकुल, सहदेव सभी उनकी ओर इस तरह देखने लगे थे जैसे उन्होंने किसी किरण से साक्षात्कार किया हो!

युधिष्ठिर चुप हो गए। द्रौपदी का क्रंदन उस समय भी कानों में था, उनके उत्तेजक संवाद रह-रहकर उभर-डूब रहे थे...युधिष्ठिर चुप के बावजूद गहरी पीड़ा से भरे हुए थे। वे न रो पा रहे थे, न ही अब शोका-कुल होकर तरह-तरह की बातें कर पा रहे थे!

उत्तेजना, क्रोध और आवेश के वश में आकर शेष चारों भाई और द्रौपदी न जाने क्या-कुछ कह जाते थे...कितनी ही बार उन्होंने ईश्वर, भाग्य और संसार को दोषी बनाया था। तरह-तरह की बातें की थीं, तरह-तरह से दुःख या सुख की अभिव्यक्ति कर डाली थी।

युधिष्ठिर भी उन्हीं की तरह, उनकी स्थिति, उनके कष्टों, उनके आनंदों से जुड़े रहे हैं, किंतु किसी बार उस तरह सम्पूर्णता में चमक-चहककर अपने-आपको खाली नहीं कर सके! लगता है कि इस पल भी वह हर घाव उनके मन-मस्तिष्क पर उसी तरह बना हुआ हैं, रिस रहा है, जिस तरह

---

1. सौप्तिक पर्व : महाभारत : के 10वें अध्याय में युधिष्ठिर ने पुत्रों के अश्वत्थामा द्वारा हत होने पर यह निष्कर्ष निकाला है कि 'असावधानी से मनुष्य के सब काम बिगड़ जाते हैं!' श्लोक-क्रम–21 से 23 तक।

किसी घटना के समय बना था। अपने-आपको ज्ञान के प्रयोगार्थ कष्ट देने की यह क्रिया कितनी क्रूर रही है–कौन जानेगा?

संभवतः कोई नहीं जान सकेगा!

कोई जाना भी नहीं है। जानते हैं सिर्फ युधिष्ठिर! एक-एक करके अनेक घटनाए हैं, अनेक कहानियां, अनेक दुखःसुख के क्षण! वे सब युधिष्ठिर के मन पर उसी तरह ताज़े हैं, जिस तरह अपने विगत में लगे थे!

युधिष्ठिर ने एक गहरा श्वांस लिया। आगे सोचें, इसके पूर्व ही हर विचार को किनारे करके उठ पड़े...

रथों का एक सिलसिला सामने से आता दीख रहा था...

संभवतः गांधारी, धृतराष्ट्र, विदुर आदि आ पहुंचे है...संयत होकर धर्मराज ने दुःख से बेसुध-सी पड़ीं पांचाली को जगाया–"देवी?"

पांचाली ने उनकी ओर देखा। युधिष्ठिर शांत स्वर में बोले–"उठो, देवी! महाराज धृतराष्ट्र कुलजनों के साथ आ रहें हैं!"

वे रथों से उतरे...

युधिष्ठिर और सिर झुकाए द्रौपदी उनके सामने जा खड़े हुए। मन अपराध-बोध के समुद्र में डूबा हुआ। बहुत चाहा था दोनों ने कि यह बोध न हो, किंतु श्वेत धवल दाढ़ी वाले, वृद्ध कुलपुरुष को देखते ही लगा जैसे तर्कहीन हो गए हैं। शब्द होते हुए भी उच्चारण कर पाने में असमर्थ।

कौरवराज धृतराष्ट्र संजय के सहारे रथ से उतरे। उनके बाद गांधारी। युधिष्ठिर ने देखा–पितृबंधु के जबड़ों पर अजब-सा तनाव था। झुर्रियों भरे किंतु कठोर चेहरे पर दृष्टिहीन पुतलियां थिरकती हुई वज्रवत् शरीर रह-रहकर कंपन्न करता हुआ...

द्रौपदी–कुरुजननी का चेहरा देख रही थीं। लग रहा था कि वह सब कुछ देख पा रही हैं। क्या दुःख या सुख दृष्टि से ही देखे जाते हैं? लगा था कि नहीं। उनका दर्शन मानस करता है। स्वयंमेव करने लगता है!

और कुरुजननी, प्रतापी दुर्योधन की माता पीड़ा का वही मानस-दर्शन करती हुई! उनके पतले कोमल होठों पर थरथराहट हो रही थी। पट्टियों पर ऊपर तक गीलापन। संभवतः वे इस भयावह दृश्य को भली तरह देख पा रही होंगी? द्रौपदी सोच रही थी...

सिलसिले में पड़े हुए पुत्रों, प्रपुत्रों के शव...भाइयों, संबंधियो के क्षत-विक्षत शरीर, दुर्गंध से भरे सड़ते हुए, महारथियों, रथियों और अतिरथियों के कटे-फटे अंग-प्रत्यंग!

युधिष्ठिर ने स्वयं को संभाला, कहा, "प्रणाम पूज्य! इस भयावह संग्राम में हत हुए वीरों के शव हमने खोज निकाले हैं!"

उत्तर नहीं दिया था राजा धृतराष्ट्र ने। नाक पर बल पड़े। संभवतः सड़ांध के कारण वह बेचैन होने लगे थे।

संजय ने उन्हें बतलाया–"राजन! आपके पुत्रों, प्रपुत्रों, परिवारजनों के शव एकत्र हो चुके हैं...जो थोड़े बहुत शेष हैं, उनके अंत्य संस्कार की व्यवस्था उन्हीं स्थानों पर की गई है, जहां कि वे योद्धा लड़ रहे थे!"

गांधारी सहसा ही सिसक पड़ी। बड़बड़ाई–"कृष्ण! कहां हैं कृष्ण?" उनके स्वर की तेज़ी और गालों पर थिरकते मांस ने पल भर में युधिष्ठिर को सतर्क कर दिया था–"दुःख से भरी हुई कौरवजनी इस पल कृष्ण को क्यों खोज-पूछ रही हैं? निस्संदेह ही वे क्रोध में कृष्ण को धिक्कार सकती हैं! हो सकता है कि शाप दें!"शांत, मीठे स्वर में उन्हें धैर्य बंधाने कि लिए कुछ कह देना चाहा था, पर थक गए। दुःखी मां से वह सब कहना उसे ज्यादा दुःख पहुंचाना होगा! प्रतिक्रिया में गांधारी क्या कह बैठें–तय नही। चुप रहना ही श्रेयस्कर!

संजय आगे हो लिए। धृतराष्ट्र उनके कंधे पर हाथ रखे हुए पीछे-पीछे। उनके पीछे गांधारी...

वे शवों की ओर बढ़ चले...

एक निश्चित दूरी बनाए रखकर युधिष्ठिर, विदुर और द्रौपदी चले। शवों के क्रम में चलते-चलते संजय हर युद्ध-हत योद्धा का परिचय दिए जा रहे थे...गांधारी और धृतराष्ट्र थमते, सुनते और थूक के घूंट निगलते हुए

आगे बढ़ जाएं...फिर अगला परिचय...

दुर्योधन, कर्ण, दुःशासन, द्रोणाचार्य, अभिमन्यु...शव और शवों का एक लम्बा सिलसिला...

यहां-वहां कौरव-पांडव विधवाए बिखरी हुई थी...उन्होंने अपने-अपने रथों से उतरते ही बदहवासी में अपने-अपने पतियों, पुत्रों, परिचितों, भाईयों की लाशे खोज ली थी...वे तरह-तरह से रो रही थीं, विलाप करती हुई कभी युद्ध की क्रूरता, छलनीति, भाग्य और अपने मृतक के पराक्रम का वर्णन कर रही थी...अनेक चेतना खो बैठी थी और अनेक अब भी शवों के उस समुद्र में अपना वांछित खोजती चीखती घूम रही थीं!

सहमे हुए यधिष्ठिर सोच रहे थे–कौन दोषी है इस सबका? कौरव या पांडव? व्यक्ति या समूह? राज्य या व्यवस्था? न्याय या अन्याय?

देर तक वह रुदन, क्रंदन, और शोक का पीड़ाजनक वातावरण बना रहा था, फिर से सब अंत्य संस्कार की तैयारी में जुट गए थे। भीम, अर्जुन, नकुल, सहदेव, कुंती, कृष्ण आदि भी इस बीच आ चुके थे। उन सबमें एक-दूसरे से कहा-सुनी भी हुई थी, दुःख और आवेश में गांधारी और अनेक कौरव विधवाओं ने युधिष्ठिर, कृष्ण और अन्य पांडवों पर तरह-तरह के आरोप भी लगाए थे...विदुर ने उन सबको शांत किया था। बोले थे–"जो घट चुका है, उस सब पर शोक करना अब व्यर्थ है! श्रेयस्कर और उचित यही है कि इन वीर योद्धओं के शवों को हम लोग इस तरह न डाले रहें। उनके प्रति यह हमारा अन्याय होगा?"

शोकवश श्रीकृष्ण को शाप दे चुकीं गांधारी को भी विदुर ने ही शांत किया था। कहा–"भाभी! युद्ध के इस घोर अनर्थ का दोषी कौन था या कौन नहीं, यह सब निश्चित करने का अवसर यह नहीं है, उचित यही है कि इस समय आप धैर्य रखें और अपने वीर पुत्रों के अंतिम संस्कार के लिए तत्पर हों?"

बहुत मन हो रहा था युधिष्ठिर का, कुछ कहें, बोलें, शांत-सहज वाणी में गांधारी के घावों पर मरहम रखें, पर लगा था कि भयग्रस्त हो उठे हैं।

क्रोधावेश से भरी हुई कौरवजननी ने जिस तरह श्रीकृष्ण को शाप दे डाला था, उसके कारण युधिष्ठिर सहमकर रह गए।

लगता था कि युद्धांत की पीड़ा और दुःख ने उनसे धैर्य, शांति और विवेक सब कुछ छीन लिया है। उत्तेजित होकर बोली थीं–"तुम तो समर्थ थे श्रीकृष्ण? तुम चाहते तो यह क्रूर नरसंहार रुक सकता था! तुमने यदि तनिक भी प्रयत्न किया होता तो शायद इस तरह पराक्रमी दुर्योधन और उसके अन्य भाई मुझे पुत्रशोक से ग्रस्त करके जीवनहीन न हो जाते! पर तुमने कुछ भी नहीं किया! यहां तक कि तुमने घृणा से भरे कौरव-पांडवों को एक-दूसरे का संहार करते हुए नहीं रोका!

भयातुर युधिष्ठिर, विदुर, भीम आदि सब कृष्ण को देखने लगे थे। गांधारी क्या कुछ कहने जा रही हैं, यह उनके स्वर का तीखापन और कटुता व्यक्त कर रही थी...

पर कृष्ण मुस्कुरा रहे थे...ऐसे, जैसे गांधारी के शाप को आमंत्रित कर रहे हों। युधिष्ठिर ने उस पल चकित होकर सोचा था–"विचित्र है यह युवा यादव! हर स्थिति, हर घटना, हर दुःख-सुख में सहज और शांत! क्या यह मनुष्य के लिए संभव है?"

लगता था कि असंभव है। इसीलिए कृष्ण जब जो कुछ बोलते, युधिष्ठिर आयु में बहुत बड़े होते हुए भी बहुत धैर्य से सबकुछ सुना करते। मन की अनंत गहराइयों तक उसे उतार लेते। मस्तिष्क से परखने का प्रयत्न करते हुए भी ठीक तरह परख न पाते। निस्संदेह कृष्ण की असामान्यता ही उनके मन की इस धारणा को पुष्ट करती जा रही थी वह ईश्वरांश है! अवतार!

गांधारी ने टूटे शब्द पुनः जोड़े–"कृष्ण!" इस तरह बोली थी वह, जैसे चीखी हों–"इस दुर्दांत नाशलीला के कारण तुम हो! तुम ही हो, जिसने परोक्ष-अपरोक्ष रूप से इसकी रचना की है, अतः मैं...मैं अपनी पतिनिष्ठा, सेवा और सम्पूर्ण एकाग्रता से प्राप्त मन-शक्ति से तुम्हें शाप देती हूं कि तुम्हारे यदु-वंश का भी इसी तरह नाश हो, जिस तरह कौरवों का हुआ है! कृष्ण! तुम स्वयं ही उस नाश के कारण बनोगे! तुम्हारे सजातीय, परिवारजन,

बंधु, बांधव, पुत्र, प्रपोत्र यहां तक कि तुम्हारे शुभचिंतक भी इसी तरह मारे जाएंगे! तुम्हारे जाति-परिवार की स्त्रियां, ठीक उस तरह, जिस तरह आज कौरवों की विधवाएं, पुत्रवधुएं अपने पति-पुत्रों के शवों पर सिर पीट-पीटकर रो रही हैं–रोएंगी!

"भाभी! शांत हो, भाभी!" विदुर की आवाज़ कंपकंपा रही थी। गांधारी की तीखी, बिजली की तरह कड़कती आवाज़ के कारण वे सब निःशब्द होकर रह गए थे। लगता था कि उनके सुनने-समझने की शक्तियां जाती रही है...भयग्रस्त होकर वे कांप रहे थे। अंधे राजा धृतराष्ट्र के जबड़ों पर मांस रह-रह कर थरथरा रहा था...

पर गांधारी ने जैसे कुछ नहीं सुना था, वे बोले गईं। इस तरह जैसे समुद्र की शांत सतह को सहसा उठे ज्वार ने हचमचाकर रख दिया हो–"स्मरण रहे शंख, चक्र और गदाधारी! तुम स्वयं भी अनाथ की तरह किसी निर्जन वन में मरोगे! तुम्हारे शव का भी किसी को पता नहीं लगेगा! आज से ठीक छत्तीसवें वर्ष तुम इस देहावसान को प्राप्त करोगे।" बोलते-बोलते हांफ गई थीं गांधारी! उनके माथे पर पसीना छलछला आया था...

धृतराष्ट्र कराहते हुए से बोले थे–"सुबलपुत्री! यह तुमने क्या कर डाला?"

विदुर बोलना चाहते थे; किंतु आवाज़ नहीं निकल सकी थी...

और युधिष्ठिर! एकदम जड़! इस तरह जैसे बुद्धि, ज्ञान, विवेक सब कुंठित होकर रह गए हों!

बहुत कुछ घटता जा रहा था...ऐसा, जिसकी कल्पना भी नहीं की थी पांडवपुत्र युधिष्ठिर ने! गांधारी का वह कठोर श्राप! फिर फूट-फूटकर रो पड़ना, अंत में उन सबका मिलकर परिवारजनों के अंत्य कर्म करना।

गंगा किनारे शवों को कई ढेरों में एकत्र करके दाहकर्म हुआ। अनगिनत शव अग्नि की ज्वालाओं में समर्पित हो गए...अनगिनत होते हुए!

छोटी-छोटी टोलियों की शक्ल में वे सब इधर-उधर बैठे हुए अपने ही रक्त और रक्त संबंधियों की चटकती हड्डियों और लहू के छनकने की

ध्वनियां सुनते रहे थे। एक ढेर की ज्वालाएं शांत होतीं, उस बीच दूसरे ढेर की ज्वालाएं लपलपाती हुई आकाश की ओर उठने लगती...यश, कीर्ति, वीरता पराक्रम, पृथ्वी का वैभव, राज्य, कुल मर्यादा, सभी कुछ यहीं छोड़कर धुएं में बदलते शरीर! युधिष्ठिर ठहरी दृष्टि से देखते रहते...

और एक युधिष्ठिर ही क्यों, वे सब! अर्जुन, नकुल, सहदेव, भीम, विदुर, संजय अनेक...

राजा धृतराष्ट्र चिताओं से उठती लपटों की गर्मी महसूस करते और अनुमान लगा लेते कि उनके पुत्र, पौत्र, परिवारजन निःशेष हुए!

अभी यही सब चल रहा था कि सहमी, थकी-सी चाल में कुंती उनके पास आ बैठी थीं। कहा था–"युधिष्ठिर! अनेक सगे-संबंधियों का अंत्य संस्कार तुम कर रहे हो, उचित होता यदि कर्ण का अंतिम संस्कार भी..."

युधिष्ठिर चकित हुए। पास बैठे भीम, अर्जुन, नकुल और सहदेव ने इस तरह चौंककर देखा जैसे चिता से उठती कोई लपट तलवार की तरह उनके अपने शरीरों को काट गई हो!

"माता, यह आप...क्या कह रही हैं ?..."युधिष्ठिर की आवाज़ लड़खड़ा गई।

कुंती ने क्रमशः सभी बेटों के चेहरे देखे, होठों पर जीभ फिराई, फिर धीमी आवाज़ में कहा–"मुझे यही उचित लगा पुत्र, इस कारण..."

"आश्चर्य!" भीम बड़बड़ाये–"संभवतः दुःख और पीड़ा के कारण हमारी माता कुछ असहज हो गई हैं, इसी कारण वह उच्च, कुलीन क्षत्रियों के साथ एक सूतपुत्र का संस्कार करवाना चाहती हैं।"

अर्जुन जैसे अब भी समझने की चेष्टा कर रहे थे। द्रौपदी सहमकर देखने लगी थीं सास की ओर।

"नहीं, ऐसी कोई बात नहीं है, भीमसेन!" कुंती का स्वर सहसा ही केवल कठोर नहीं हुआ था अपितु तीखा भी हो गया था–" जिसे तुम सारे जीवन सूतपुत्र कहकर धिक्कारते रहे, जिसका गुणांकन उसके जीवित रहते कभी नहीं हो पाया, जिसके पराक्रम और वीरता को सदा ही समाज-परिस्थितियों

ने अंधकार से ग्रसे रखा–वह यशस्वी कर्ण तुम्हारा बड़ा भाई था!"

युधिष्ठिर शांत दृष्टि से निरंतर मां की आंखों में देख रहे थे। आंखें जिनका हर छोर कष्ट, पीड़ा और वेदना से भरा हुआ था। लगता था कि वह कर्ण को लेकर जो कुछ कह रही हैं, केवल प्रलाप नहीं हैं, न ही उनके मानसिक संतुलन का बिखराव है, अपितु कोई ऐसा सत्य है जो समय-काल के एक बड़े हिस्से में किसी कारण रहस्य बना रहा या बनाए रखा गया!

अर्जुन और द्रौपदी एक-दूसरे को देखने लगे थे...ऐसे जैसे एक-दूसरे को विश्वास दिलाने का प्रयत्न कर रहे हों कि जो कुछ उन्होंने सुना है–वह असत्य है! भला कर्ण जैसा व्यक्ति उनका भाई कैसे हो सकता है? वह जो सदा ही उनके विरुद्ध षड्यंत्रों की रचना करता आया था, वह जो समूचे पांडव पक्ष के लिए मृत्यु से कहीं भयानक चुनौती बना हुआ था, वह जिसे याद कर-करके कितनी ही बार युधिष्ठिर रातों को सोते में जाग जाया करते थे...चौंकते फिर डरे हुए से यहां-वहां देखने लगते!

नकुल-सहदेव इस तरह विस्मित, जैसे वह सहज लोक में ही न हों। भीम भौंचक्के हुए-से।

कुंती इस बीच जैसे साहस बटोरती रही थीं। उन्होंने जब एक बार बेटों की ओर देखा तब युधिष्ठिर को लगा था कि एक अपराध-बोध उनकी आंखों में हैं। उससे कहीं अधिक है पछतावा! सिर झुकाकर पुनः कहने लगी थीं–"धर्मराज! तुम विद्वान और ज्ञानी हो। मुझे विश्वास है कि शांतिपूर्वक इस सत्य को सुनोगे जो आज मैं सुनाने जा रही हूं...तुम जिसे राधा पुत्र कहकर सारे जीवन पुकारते रहे, वह अद्वितीय योद्धा और सरल दानी मृत्युंजय तुम्हारा सगा बड़ा भाई था, जिसे मैंने कौमार्यावस्था में जन्म दिया था...वह मेरी और सूर्य की संतान था!" बात समाप्त करते-करते कुंती की आवाज़ भर आई। उससे भी कही अधिक गला रुंधन-सा लगा...

युधिष्ठिर को लगा था कि अपने-आपको चुप रख पाने के लिए उन्हें अपने से ही कठोर संघर्ष करना पड़ रहा है। जबड़े भिंचकर रह गए थे, गला सूखता हुआ इच्छा हो रही थी कि इसी क्षण उठें और अपनी तपस्विनी कही

जाने वाली माता पर मुष्टि प्रहार कर दें!

किंतु नहीं! यह सब नहीं कर सकेंगे युधिष्ठिर! एक दोष से दूसरे दोष का प्रायश्चित नहीं हुआ करता। इसके विपरीत अक्सर पापों में बढ़ोत्तरी हो जाती है! कहा था–"माता! उचित होगा यदि सब कुछ तुम कह सुनाओ! यह सच है कि हम सब भाइयों को अब तक असत्य के अंधकार में रखकर तुमने हमसे घोर पाप करवा दिया है, फिर भी इस क्षण हम यह जानने को उत्सुक हैं कि कर्ण किस तरह हमारा भाई था?"

सब सुना। उस सारे समय अद्भुत धैर्य-शक्ति से अपने को सम्हाले रखा। अनेक बार मन के न जाने किस-किस गहरे कोने से बाढ़ की तरह उफान लेकर कुछ अश्रु आंखो तक उबल आए, अनेक बार धिक्कार कहते-कहते होंठ माता के प्रति शिष्टाचार के कारण थमे रह गए!

पर शेष भाई? युधिष्ठिर तुरंत वर्तमान की स्थिति के लिए चिंतित हो रहे थे...डरकर शेष भाइयों की ओर देखा था।

अर्जुन की आंखे छलछलाई हुई थी। द्रौपदी लज्जित होकर सिर झुकाए बैठी रह गई थीं–इस तरह जैसे जड़ हो गई हों! भीम का चेहरा रक्त से उबलता हुआ-सा। जबड़े जकड़े हुए। उनकी सांस ज़ोर-ज़ोर से चल रही थी। शरीर क्रोध सहने के प्रयत्न में फूलकर दोहरा हुआ जा रहा था!

युधिष्ठिर शांत हो उठे थे...क्या अर्जुन, भीम और नकुल-सहदेव इसी तरह सहकर थमे रह सकेंगे? लग रहा था कि असंभव है! उन्होंने कुछ चिढ़ और क्रोध से भरकर माता की ओर देखा था, जैसे कहा हो...धिक्कार है तुमपर! तुमने महावीर वृष को जन्म देकर जितना बड़ा पुण्य किया था, उतना ही बड़ा पाप सूर्य-सत्य को छिपाकर कर डाला? इच्छा होती है कि तुम्हें दंडित किया जाए! पर कैसे बेबस हैं हम लोग...वह भी हमारे वश में नहीं?"

यही कुछ सोच रहे थे कि भीम असह्य भाव से सहसा उबल पड़े। ऐसे जैसे धरती सहसा लावा उगलने लगी हो। घृणा, क्रोध और नाश-शक्ति से

भरा हुआ लावा! "तुम्हें माता कहते हुए लज्जा आती है कुंती देवी! तुमने अपने बड़े बेटे से छल किया ही, साथ ही हम सभी को धोखा दिया! हमारे हाथों एक घिनौना पाप करवाया! हमें हमारे ही भाई का हत्यारा बना डाला! धिक्कार है तुम पर! मुझे तो लगता है कि तुम नारी ही नहीं हो! भला वह स्त्री, कैसे कहला सकती है जिसमें मातृत्व के नाम पर केवल क्रूरतापूर्ण चेष्टा हो!" भीम आगे भी बहुत कुछ कहते जाना चाहते थे पर युधिष्ठिर ने उन्हें रोक लिया था–"भाई! संयत रहो! जो हो चुका है, वह अब सुधारा नहीं जा सकता! हमारे सामने अब शोक व्यक्त करने के अतिरिक्त कुछ नहीं रहा! अपने दानवीर भाई की हत्या का पातक लेकर हम सारे जीवन पश्चाताप की अग्नि में जलते रहेंगे! इसके अतिरिक्त हम कुछ नहीं कर सकते!"

अर्जुन कुछ बोले नहीं थे। जो बोलना चाहते थे, वही कुछ पिघलकर जैसे शब्दों के बजाए केवल अवश छटपटाहट बनकर रह गया था... अर्थहीन होते हुए भी अर्थयुक्त! वह रो पड़े थे बच्चों की तरह...अस्पष्ट शब्द उच्चारते हुए–"यह...यह सब क्या कर डाला माता! मेरे अपने ही हाथों, मेरा अपना अग्रज मारा गया! मैंने स्वयं ही अपने हाथों अपना ही गला घोंट लिया? इस निर्लज्जतापूर्ण सत्य को जानने के बाद मुझे अपना जीवन ही अर्थहीन लगने लगा है!"

एकदम चौंककर टोक दिया युधिष्ठिर ने–"संयत रहो, धनंजय! यदि कर्ण की तुम्हारे हाथ से मृत्यु तुम्हारा पाप है, तब उसके पाप निश्चित होने के पूर्व प्रलाप करने से कोई लाभ नहीं! शांत हो।"

वे चुप हो रहे थे पर लावे से जले-झुलसे हुए! लग रहा था कि पराजय उनके सारे बदन में गलीज केंचुओं की तरह रेंगने लगी है... वे अपने ही प्रति दोष और घृणा से भरे हुए तरह-तरह से अपने को धिक्कारते रहे थे... गहरे-गहरे निःश्वास भरते हुए कुंती को क्रोधित दृष्टि से देखते रहे थे।

युधिष्ठिर भी कहां उनसे अलग हो पा रहे थे? सबसे कुछ ज्यादा ही घट रहा था उनके भीतर। सबकी तुलना में सबसे अधिक पीड़ा देता हुआ...किंतु

इस पीड़ा को उथले ढंग से व्यक्त नहीं करेंगे! सम्पूर्ण साहस संजोए हुए अपने को सम्हाले रहे।

कुछ पल के लिए वे सभी स्तब्ध से बैठे रहे थे। चुप, किंतु चीत्कारों से भरे हुए। लाशों के उस वातावरण में सहसा अधिक वीभत्सता और घिनौनापन बढ़ गया था। उन सभी को लग रहा था कि अपनी-अपनी तरह से सब दोषी हो गए हैं! जिस प्रतापी कर्ण को लेकर स्मरण के साथ ही घृणा और उपेक्षा का भाव जन्मता था, उसी का स्मरण अचानक उन्हें आत्मग्लानि के लावें में झुलसाने लगा है...नहीं जानते कि कैसे, किस तरह थामा था स्वयं को–पर उस समय थाम लिया था!

प्रतिक्रिया के नाम पर इतना भार हुआ था कि कर्ण को लेकर वे सब अलग-अलग हो गए थे। एक स्थान पर बैठे हुए, किंतु अलग-अलग जीते हुए! अलग-अलग सोचों से भरे-घिरे।

कुंती के इस आत्म-स्वीकार ने: केवल पांडवों को ही हचमचा डाला हो...ऐसा तो नहीं था? युधिष्ठिर की घूमती दृष्टियों ने आस-पास बैठे परिवारजनों के चेहरों को भी देखा था...गांधारी, धृतराष्ट्र, विदुर, विदुरपुत्र ...और कौरव-पांडव विधवाओं का विशाल झुंड?

वे सभी फुसफुसाहटों से भर उठे थे...कुछ तरह-तरह से कुंती को धिक्कार रहे थे। कुछेक भाग्य और विधाता को कोस रहे थे...

चिताएं जल रही थी...उनके साथ-साथ लाशों के विशाल ढेर धुआं बनकर गायब होते जा रहे थे...

शाम होते-होते एक बार पुनः सभी ने अनेक संबंधियों के शव खोज निकाले। कुंती स्वयं ही युधिष्ठिर और शेष चारों बेटों को लेकर कर्ण का क्षत-विक्षत शव उठवा लाई थीं!

युधिष्ठिर ने जब कर्ण को पैरों की ओर से उठाकर रथ तक पहुंचाने के लिए सहारा दिया तो मन ज़ोर-ज़ोर से हिचकियां भर-भर कर रोने को हो आया था। बहुत कठिनाई हुई थी स्वयं को थामे रहने में! याद हो आया था विगत-क्षण! वह कर्ण, जब पहली-पहली बार कर्ण के पैरों को देखकर उन्हें

माता याद हो आई थीं !

वह दिन, जब कर्ण के पैरों को उस तरह पहली बार देखा था युधिष्ठिर ने ! देखने का कारण कुछ और था, किंतु दृष्टि कर्ण को सिर से पैर तक घूरते-घूरते कदमों में अटकी रह गई थी ! अविश्वास, आश्चर्य और कौतहूल से भर उठे थे युधिष्ठिर ! अनायास ही होठों से शब्द निकल गए थे...अद्भुत सामंजस्य है माता कुंती और सूत-पुत्र के पैरों में?"[1]

वह पल?

लगता है कि वही पल अब आंसुओं का एक तालाब बनकर युधिष्ठिर के भीतर उबर आया है। इस तालाब में उस दृश्य को इस तरह देख रहे हैं जैसे सदा-सदा के लिए चित्रवत् अंकित होकर रह गया हो !

उस दिन अनायास ही उनके मन में एक विचार आ गया था, "ऐसा क्यों है? यह सहज नहीं...अपने-आप में कुछ असहज-सा ही है !"

मन ने कहा था–"युधिष्ठिर ! कर्ण सूत-पुत्र कहलाता भले ही हो, भले ही राधेय कहे जाने पर उसकी आंखो में सुख-शांति की चमक बिखर जाती हो, किंतु तुम्हारी माता से उसके पैरों का मिलना अकारण नहीं हो सकता?"

"तब क्या कारण हो सकता है?" भरी सभा में बड़बड़ाकर बोल गए थे। ज़ोर से बोल गए हैं, यह उस समय पता चला था जब पास बैठे भीम ने प्रश्न किया–"क्या हुआ अग्रज?"

"हूं?" युधिष्ठिर सहज हुए–फिर संभलकर बोले–"ऐसे ही...कुछ विचार करने लगा था।"

भीम संतुष्ट हो गए। मुस्कुराए। सोचा–भाई का यह स्वभाव सहज ही है। किसी भी पल अपने साथ रहकर, भीतर नहीं रह पाए हैं। न जाने कहां-कहां तक भटकता रहता है उनका मन। दृष्टि द्रुपद कुमारी की ओर लगा दी। लगा था कि मन के भीतर बिजलियां कौंध रही हैं। खून उबलता

---

1. महाभारत : शांतिपर्व : के प्रथम अध्याय में श्लोक-क्रम 40 से 42 के बीच युधिष्ठिर नारदजी से कहते हैं-"...कुंती के पैरों के समान ही कर्ण के पैर थे। इस समानता का कारण जानने की इच्छा रखता हुआ भी मैं किसी तरह पता नहीं लगा सका।"

हुआ-सा! अद्भुत सौन्दर्य का द्रुपद कन्या का! स्वयंवर के लिए आयोजित सभा में बहुत देर से आ चुकी थीं द्रौपदी–तब से सभी का ध्यान अपनी ओर खींचे हुए थीं! इस ध्यान में अपने अद्भुत शरीर-सौन्दर्य और गठन के अतिरिक्त कृष्णा की मोहक मुस्कान थी जो सहसा ही किसी की दृष्टि में कामभाव को जागृत कर देती!

युधिष्ठिर ने कितनी ही बार सोचा था–कर्ण के पैरों की ओर से दृष्टि हटाएं, और सौन्दर्यमयी द्रौपदी पर पुतलियां ठहरा दें! उस द्रौपदी पर, जिन्होंने युधिष्ठिर के संयत-संयमित रहने वाले मन को अनायास ही बांध लिया था! लगभग एक घंटे पहले जब द्रुपदकन्या ने स्वयंवर में प्रवेश किया था, तब सभा में सहसा सन्नाटा बिखर गया था! सभी इस सननाटे के पात्र! सभी सन्नाटे में व्याप्त उस व्यग्रता से भरे हुए जो द्रौपदी की पहली नजर देखते ही सभी के मन में आ गई थी!

युधिष्ठिर भी कहां अलग रह पाए थे–उस मनःस्थिति से?

मनःस्थिति या मोहस्थिति?

इस पल सोचा पाना कठिन...इस पल तो केवल कर्ण के पैरों को लेकर उठे संदेह क्षण से जुड़ने के लिए बाध्य हुए हैं युधिष्ठिर!

कितना अच्छा होता कि वह अत्यंत अधूरा न छोड़ा होता जो उस दिन कर्ण को लेकर मन में उठी आशंका के कारण प्रारंभ किया था! कर्ण के पैर, कुंती जैसे क्यों है–यही पता लगाने के लिए प्रयत्नरत हो उठे थे अजातशशत्रु!

किंतु उससे पहले पैरों का वह प्रथम दर्शन! दर्शन से हुई स्तब्ध कर देनेवाली प्रतिक्रिया! प्रतिक्रिया में पैदा हुए सवाल?

ऐसा क्यों है? ऐसा हो कैसे सकता है, कर्ण कौन है? और कुंती से क्या संबंध हो सकता है उसका? नहीं है, तब पैरों में इतनी अद्भुत समानता क्यों कर रहे हैं?

द्रौपदी की प्राप्ति के लिए वे सब कसौटी पर कसे जा रहे थे...शाल्व, शल्य,

अश्वत्थामा, वक्र, कलिंगराज, बंगनरेश...अनेक राजा, वीर और अस्त्रकौशल से पूर्ण पराक्रमी पुरुष !

कसौटी बहुत कठिन थी। सभास्थल के बीचोंबीच एक छोटा-सा कुंड बना हुआ था, इस कांड में तरल द्रव। कुंड के ऊपर, भवन की छत पर एक घूमता हुआ चक्र लटका हुआ था। चक्र के बीचोबीच एक मछली रखी गई थी। उस चक्र और मछली की छाया कुंड में पड़ रही थी। छाया को देखते हुए मछली पर निशाना लगाना था ! निशाने के लिए एक ओर धनुषबाण रखे हुए थे।

जो यह निशाना साधता, द्रौपदी उसी की होती ! राजा द्रुपद, धृष्टद्युम्न, शिंखडी आदि एक ओर बैठे हुए थे। उनके साथ द्रौपदी। बहुमूल्य वस्त्राभूषणों से सजी रुपवती कन्या सभी के मन-शरीर को उत्तेजना से उद्वेलित करती हुई। क्रमशः प्रतिस्पर्धी राजा उठ रहे थे, असफल हो रहे थे। अनेक तो धनुष ही नहीं उठा सके। कुछ ने उठा भी लिया तो उसकी प्रत्यंचा चढाना ही उनके लिए असाध्य हो गया...

धुरंधर महारथी, अतिरथी और रथी उठते बड़ी गौरव भरी चाल में, किंतु घोर पराजय झेलकर अपमानग्रस्त पिटा-सा चेहरा लिए हुए वापस अपने-अपने आसन पर लौट आते। यही कुछ हो रहा था कि वह उठा !

वह यानी कर्ण !

घोषणा हुई थी–"पराक्रमी अंगराज कर्ण !"

सभी ने मृत्युंजय के तेजस्वी गौरवपूर्ण, जिस पर सोने की तरह दमकते शरीर और किरन-सी कौंधती आंखो में देखा। मृत्युजंय कर्ण श्रेष्ठतम धनुर्धरो में हैं, यह सबका जाना-समझा हुआ था...युधिष्ठिर, भीम, अर्जुन, सभी तो सहमकर देखने लगे थे कर्ण को ! कितनी ही बार युधिष्ठिर ने अकुलाकर उस पल नहीं सोच लिया था–"गई द्रौपदी ! सौन्दर्यमयी द्रुपद कन्या !" कर्ण के वीरत्व और संधान पर संदेह नही किया जा सकता था !

भाइयों की ओर भी दृष्टि गई थी। लगा था कि वे भी निराश हो गए

हैं। कर्ण आसन से उठ पड़े थे। दिव्य देह, बलिष्ठ और लम्बी भुजाएं, तेजमय दृष्टि, चौड़ा माथा और दमकता बदन...

युधिष्ठिर ने अनजाने ही अपने भीतर अजब-सी मोहग्रस्तता अनुभव की थी कर्ण के प्रति। जब-जब कर्ण सामने होते थे, तब-तब युधिष्ठिर मुग्ध भाव से महावीर वृष का आभापूर्ण व्यक्तित्व देखते रह जाते थे! एक पल के लिए कर्ण के प्रति मन में सदा ही रहा चिंताभाव कहीं दूर छिटक जाया करता...

वैसे ही मोहग्रस्त होकर निहारते लगे थे वे कर्ण के प्रभावी व्यक्तित्व को–सिर से पैरों तक...दृष्टि चमकते कवच-कुण्डलों से उतरती हुई, भारी पुष्ट जंघाओं तक आई थी, फिर पिंडलियों पर!

यह क्या? मोहग्रस्तता दृष्टि सहसा ही श्रद्धा से भर उठी! लगा था कि माता कुंती के पैर देख रहे है...वैसे ही मुलायम, नाजुक और सुगठित पैर! विश्वास नहीं कर पा रहे थे कि कर्ण की फौलादी देह को ये कोमल पैर थामे रहते हैं। आंखे अकुलाहट में भरी किरनों की तरह पैरों का मुआयना करने लगी थीं...आश्चर्य।

निःसंदेह आश्चर्य की ही बात थी। युधिष्ठिर उस क्षण सब कुछ भूल गए थे। स्वयंवर, द्रुपदकन्या का मोहक सौन्दर्य, उस सौन्दर्य के कारण मन में उमड़ता-घुमड़ता काम-भाव, राजा द्रुपद की भव्य सभा, सभा में चुनौती बना हुआ वह संधान-चक्र! सब भूले हुए!

कर्ण की पिंडलियों से लेकर पंजों, टखनों अंगुलियों, नाखूनों...यहां तक कि चमड़ी के उतार-चढ़ाव में भी अद्भुत समानता थी कुंती से! एक पल के लिए अविश्वास कर लेना चाहते थे। अपनी ही दृष्टि को झुठला देना चाहते थे! अपने-आपको रोक लेना चाहते थे–"न! पहचानने में युधिष्ठिर ही भूल कर रहे हैं! यह पैर सूत-पुत्र कर्ण के हैं। कुरुवंश की महारानी कुती के नहीं! युधिष्ठिर की माता के नहीं!"

पर लगा था कि अपने ही भीतर, अपने-आपको नकारने की यह चेष्टा व्यर्थ है! सच यह है कि कुंती और कर्ण के पैरों में तनिक अंतर नहीं। लेशमात्र भी नहीं। यदि एक चादर उढ़ाकर कर्ण को लेटा हुआ देखा जाए तो पैर किसी भी पांडुपुत्र को माता का विश्वास दिला सकते हैं!

और जाने कैसे मन हो आया था कि युधिष्ठिर उन्हें छुएं...हौले-हौले स्पर्श करें श्रद्धा व्यक्त करें!

मन को रोका–"धिक्कार है पांडु-पुत्र! तुम कर्ण के चरण स्पर्श करना चाहते हो? राधेय कर्ण के! सारथी अधिरथ और राधा के पुत्र वसुषेण के?

थूक का घूंट निगलकर इच्छा मन में ही घोंट ली थी। शायद न भी घोंट पाते, किंतु तभी द्रुपद-कन्या की बिजली-सी तड़कती आवाज़ ने युधिष्ठिर को ही नहीं, सभी को चौंका दिया था–

युधिष्ठिर ने कर्ण के पैरों से दृष्टि हटाई, स्वर की ओर मोड़ी। द्रौपदी आसन छोड़कर उठ खड़ी हुई थीं। उनका सुन्दर चेहरा सहसा क्रोध और घृणा से भर गया था...स्वर आवेश में कांपता हुआ–"नहीं-नहीं! रुक जाओ सूत-पुत्र! रुको!"

कर्ण थमे। सबने आश्चर्य से कभी द्रौपदी, कभी कर्ण और कभी राजा द्रुपद को देखा। चिंता उन सबके चेहरों पर इस तरह पुत गई जैसे घटना ने अपना रंग सारे वातावरण पर उंडेल दिया हो!

द्रौपदी कह रही थीं–"मैं सूत-पुत्र को वरण नहीं करूंगी!"

युधिष्ठिर ही नहीं, उपस्थित सभी घबरा गए थे। द्रौपदी ने सार्वजनिक रूप ये अपमानित कर दिया था वसुषेण को! और पराक्रमी वसुषेण का अपमान करना ऐसे ही था जैसे कोई सूर्य की सत्ता से इनकार करे! सत्य को अनदेखा कर दे!

मन में एक शब्द वज्र की तरह लगा था–क्रूरतापूर्ण युद्ध! होंठ कहने को व्याकुल हो उठे थे–"हां, वही होना! द्रौपदी ने कर्ण को नहीं अनजाने ही सही किंतु जाति-वर्णहीन पराक्रम को अपमानित कर दिया है। अनिष्ट स्वाभाविक!" लग रहा था कि हवाएं ठहर रही हैं...सूर्य उग्र होकर अग्निवर्षा करने लगे है...वसुषेण सभा भवन के बीचोंबीच थमे रह गए थे! सब शब्दहीन! दुर्योधन का चेहरा झुलसता हुआ।

एक गहरा श्वास लिया थां वसुषेण ने। युधिष्ठिर ने ही नहीं, सभी ने वह श्वांस सुना होगा। फिर दृष्टि सभा-भवन के विशाल प्रांगण से बाहर

चली गई थी–आंखे कौंधीं, जबड़े भिचे, सहसा हंस पड़े थे वह–फिर श्वास उभरा मुड़कर अपने आसन की ओर चल पड़े। शांत होकर बैठ गए।

युधिष्ठिर को याद हैं–उस पल कितनी शांति अनुभव हुई थी सभी को। लगा था कि तूफान आते-आते थम गया है...प्रकृति सहज हो गई है... हवाएं पुनः चलती हुई–प्राणदायक वायु से झोंके मन-शरीर को आनंद से भरते हुए।

प्रतिस्पर्धा के लिए अगला नाम पुकारा जा रहा था...

उससे भी अगला पुकारा गया था...

द्रुपद-कन्या को पाने की होड़ चल रही थी...

किंतु युधिष्ठिर की दृष्टि कब फिर से उन पैरों पर जा टिकी थी– उन्हें ही याद नहीं है। चाहकर भी भूल नहीं पा रहे थे–उन पैरों की समानता।

कब आंखें छलछलाईं, कब पलकों के बांध तोड़कर बही, कब बरस पड़ी–याद नहीं!

उस क्षण याद आया था, जब आंसुओं की कुछ बूंदे मृत्युंजय के पैरों पर जा गिरी। मन को बहुत संभाला था, सदा की तरह विवेक जुटाए रखना चाहा था, किंतु हो नहीं सका। युधिष्ठिर के होंठ कांपे, फिर ज़ोर से रो पड़े । बुदबुदाते हुए–"अग्रज! मेरे अग्रज!"

सूर्य डूबने को था... और उसकी सुनहरी अलसाई किरणें निश्चेष्ट पड़े कर्ण के शव को धीमे-धीमे दुलरा रही थीं। वायु के झोंके ममता का दुलार लिए हुए। तेजस्वी कर्ण के दमकते पैरों पर टिकी युधिष्ठिर की दृष्टि...दृष्टि में आंसू...कुछ आंसू मोतियों की तरह कर्ण के पैरों पर!

कहां है, क्या कर रहे हैं, क्या करना है– सब कुछ भूल गए थे उस पल। केवल पैरों को सहला रहे थे...जीवनहीन हो चुके वे पैर, जिनकी धमक ले दूर-दूरंत बड़े-बड़े योद्धाओं के दिल दहल जाया करते थे...वे पैर जिन्हें देखकर युधिष्ठिर का मन श्रद्धाभिभूत हो, उन्हें स्पर्श करने को व्यग्र हो उठता था...

अब स्पर्श कर पा रहे है! तब, जब वे चरण प्रतिक्रिया नहीं देगे! तब,

जब इनका स्पर्श वीर कर्ण के होंठो से आशीषों के फूल नहीं झरवा सकेगा! तब, जब ये चरण थिरकेंगे नहीं!

हिलकियां बंध गई...किसी ने इन हिलकियों को न सहारा देकर सम्हाला, न शब्दाश्रय देकर सहेजा...कौन सहेजेगा?

कर्ण की माता कुंती? भाई पांडव? पूज्य धृतराष्ट्र और माता गांधारी।

वे जब किसी और तरह उस निर्मम सत्य से आहत होकर छटपटा रहे होंगे, जिसने धर्मराज युधिष्ठिर के सारे विवेक को थर्रा डाला है। सारी बुद्धि कुंठित कर छोड़ी है। चेतना केवल आंसुओं में डुबो दी है!

सहसा एक स्वर ने टोका था उन्हें–"संयत हो पुत्र! अपने पराक्रमी भाई के अंत्य संस्कार की तैयारी करो!"

स्वर था कुंती का। युधिष्ठिर ही नहीं, सभी भाई क्रोधावेश से भरकर माता को देखने लगे थे। धिक्कार, अवहेलना, लांछन और घृणा थी उन आंखों में। कोई कुछ बोल सके, इसके पूर्व ही विदुर ने स्थिति संभाली। कहा–"भावनावश समय-सत्य से परे हो जाना दुःखदायी होता है अजातशत्रु! यह समय विगत पर शोक करने का नहीं है, उसके गुण-दोषों को समझने का है। उचित यही होगा राजन! कि मोह, क्रोध, पीड़ा, शोक इन सब प्रतिक्रियाओं से अलग होकर केवल समय-सत्य का निर्वाह करो! रात होने को है और अब तक तुम्हारे सबसे बड़े भाई कर्ण का शव अंत्य संस्कार करने के लिए शेष है। चिता सजाओ!"

युधिष्ठिर ने उत्तर में कहना चाहा था–"किस तरह महात्मन्? किस विलक्षण शक्ति को जुटाकर इस पल मैं यह कष्ट भूल सकूंगा कि मेरी माता के छल ने मुझसे ही अपने अग्रज की हत्या करवा डाली है। कैसे भूल सकूंगा कि मैं किसी के दोष के कारण निर्दोष होते हुए भी दोषी हो गया हूं? मुझसे भाई की हत्या का काम महापातक हो गया है?"

पर नहीं कहा। विदुर की शांत सम्रुद-सी गहरी दृष्टि और वाणी की निर्मलता ने युधिष्ठिर के भावावेश पर काफी कुछ किया। भाइयों से बोले थे। "गांडीवधारी! अग्रज के अंत्य संस्कार की तैयारी करवाओ!"

कुंती माथा दोनों हाथों में थामे हुए एक ओर बैठी थी। चाहकर भी वे

पुत्रों, परिवारजनों की ओर नहीं देख पा रही थीं। युधिष्ठिर ने सोचा था–"क्या उन्हें अपने दोष पर दुःख हो रहा होगा?"

लगा था कि नहीं!

पर ऐसा कैसे हो सकता है? उन्होने स्वयं से ही प्रश्न किया–"जिस अतिरथी और दानवीर भाई की मृत्यु के शोक ने मुझ जैसे विवेकशील व्यक्ति को दुःख से दहला दिया है, उसकी माता पीड़ा अनुभव न करे?"

अवश्य ही कुंती दुःखी हो रही है...असह्य पीड़ा से भरी हैं...युधिष्ठिर ने दृष्टि घुमाई। देखा पवित्र गंगा तट पर कर्ण के लिए भाई-बंधु मिलकर चिता सजा रहे थे...अनायास ही मन फिर से भर आया...दृष्टि पुनः शव के पैरों पर जा ठहरी।

द्रौपदी स्वयंवर के बाद जब-जब कर्ण सामने आते थे, अनचाहे ही युधिष्ठिर संदेहभरे सैकड़ों ही प्रश्नों के साथ उनके पैरों को देखने लगते...हर बार यह निश्चय मन में गहरी जड़ें जमाता चला गया था कि वह समानता यूं ही नहीं है!

केवल समानता ही तो नहीं थी? लगता था कि अंतर ही नही है। फिर मन में तर्कातर्क होने लगे थे–कर्ण की बुद्धि, शरीर, रंग, प्रतिभा, शक्ति कुछ भी तो राधा या अधिरथ से मेल नहीं खाते थे? सब जैसे चीख-चीखकर कहते हुए–"मैं सूतपुत्र नहीं हूं! नहीं हूं! क़दापि नहीं हूं!"

संदेह ने अनजाने ही युधिष्ठिर के मन में इतनी गहरी जड़ें पकड़ ली थीं कि उन्होंने निर्णय लिया था–किसी भी तरह हो, पता लगाएंगे कि ऐसा क्यों हैं? कर्ण हैं कौन? कया सच ही राधा के गर्भ ने जन्मा है उन्हें? और अधिरथ के संसर्ग से उत्पन्न हैं वह?

यहां-वहां पूछ-ताछ करे अनेक लोगों, अनेक सूत्रों से पता किया था। केवल यहीं तक सत्य को पा सके थे कि कर्ण राधा की गोद में पले हैं। उसी का दूध उनके रक्त में घुला हुआ है। अधिरथ के स्नेह ने उन्हें आयु दी है। स्वयंजात प्रतिभा ने उन्हें पराक्रमी बनाया है। कर्तृत्व के कारण अंगराज हुए हैं। व्यक्तित्व और गुणों ने उन्हें दान शक्ति में असामान्य बना डाला है!

बहुत प्रयत्न किया था, फिर अपने ही भीतर एक तर्क खोज लिया था–"यह सब विधि का चमत्कार! अति-सामान्य में असाधारण को जन्म देना ईश्वरीय शक्ति ही हो सकती है! कर्ण वही शक्ति हैं!"

जिज्ञासा शांत हो गई थी इसके बावजूद मन कभी इस बात से सहमत नहीं हो सका था। जब-जब कर्ण सामने पड़ते, तब-तब सोया या सुला दिया गया कौतहूल प्रश्नाकार लेकर फिर से उठ खड़ा होता–"यह समानता...?"

समय बीतता गया था। अक्सर कर्ण से मिलना, उन्हें देखना, उन्हें लेकर वार्ता करना, उनसे भयातुर रहना...और इस हर स्थिति में उनके और कुंती के पैरों की समानता याद करना–सहज हो गया था...

अभी–युद्धकाल में ही–जब कर्ण के अर्जुन द्वारा हत होने की सूचना मिलीं थी तो कर्ण के पैर याद हो आए थे युधिष्ठिर को। जाने क्यों कुछ पीड़ा अनुभव की थी उन्होंने, पर बिसरा दी थी...

केवल स्मरण रखी थी–जय! कर्ण की मृत्यु का अर्थ या पांडवों की विजय।

संतुष्ट हो गए थे। शांत।

क्यों न होत शांत? मृत्युंजय कर्ण को लेकर सदा ही भयग्रस्त रहे थे युधिष्ठिर! याद आता है–पूरे तेरह वर्ष वीर कर्ण के भय से ग्रस्त युधिष्ठिर चैन की नींद नहीं ले सके!

कितना अच्छा होता, पहले जान सके होते कि कर्ण उनके अग्रज हैं।

"भइया!"

स्वर अर्जुन का था। भर्राया हुआ–और उदास।

युधिष्ठिर चैतन्य हुए अर्जुन की ओर देखा। उनके पीछे-पीछे शेष सभी भाई खड़े थे। विदुर, संजय आदि भी।

"चिता तैयार हो चुकी है, राजन्!" विदुर ने कहा–"अब महावीर वसुषेण का मृत शरीर उसपर रखो!"

युधिष्ठिर ने सुना। केवल देखते रह गए। शेष भाइयों ने यहां-वहां से

कर्ण के शव को उठाने का उपक्रम आरंभ किया। युधिष्टिर मुड़े। पैरों की ओर से सहारा लगाया...

यंत्रवत् वे सभी शव उठाकर चिता तक ले गए। कठोर लकड़ियों पर उसे लिटाया गया!

कुलजनों ने शव की परिक्रमा की। मंत्रोच्चारण हुए, फिर दाह-संस्कार की क्रिया सम्पन्न हुई! कुछ ही क्षणों में कर्ण की दिव्य देह को लपटों ने अपनी असंख्य बांहों में भर लिया और तीव्रगति से आकाश की ओर बढ़ने लगीं।

वे सब लकड़ियों की चिटचिटाहट सुनते हुए शोकग्रस्त पड़े उन ज्वालाओं को देखते रहे। बहुत देर तक अपने-आपको थामे रहे सब भाई एक बार पुनः बिलख उठे...

कुंती एक ओर अपराध-भाव से ग्रस्त बैठी हुई थीं। जी होता था कि प्रथम परिणय के उस फूल की अंतिम शरीर गंध लें, उन ज्वालाओं की ओर देखें जो उसके तेज को समेटने की चेष्टा कर रही थीं–समेटने की चेष्टा कर रही थी या आत्मसात् कर रही थी?

पर नही? साहस नहीं हो पा रहा था।

कुछ समय बाद जब ज्वालाएं अधिक तेज हो गईं और उन्होंने कर्ण की कठोर अस्थियों को चटकाना, चीखना प्रारंभ कर दिया तो सभी लोग उनके प्रभाव-क्षेत्र से कुछ परे होकर बैठ गए!

युधिष्ठिर टकटकी बांधे हुए देखते रहे...उन लपटों में भी उन पैरों को खोजते हुए, जैसे वे पैर नहीं जल रहे थे, युधिष्ठिर स्वयं जल रहे थे। सहसा बोल पड़े थे–"माता! इस क्षण मुझे लगभग वही असह्य वेदना झेलनी पड़ रही है जो इन लपटों में जलते हुए महावीर मृत्युंजय को झेलनी पड़ रही होगी! तुमने उनके जन्म को रहस्य में रखकर घोर अनर्थ किया। विश्वास करो, अभिमन्यु और सम्पूर्ण कौरवों के संहार ने भी मुझे इतना कष्ट नहीं पहुंचाया, जितना इस समय हो रहा है! यह जानकर कि वीर कर्ण मेरे भाई थे, मुझे द्रौपदी के पांचो पुत्रों की मृत्यु से भी हज़ारगुना कष्ट हो रहा है! यह सोचकर मैं अपने आपको महापातकी और हत्यारा अनुभव कर रहा हूं कि

मेरे ही नेतृत्व में मेरे ही सगे बड़े भाई मारे गए! यह तुमने हम लोगों से किस कारण बैर किया–मेरी समझ से बाहर है!"

कुती उत्तरहीन सिर झुकाए बैठी थीं। सभी की आंखें उनकी ओर उठी हुई। एक ओर खड़े कृष्ण सहमी-सी दृष्टि से युधिष्ठिर को देख रहे थे। धर्मराज को इतना व्यग्र और उत्तेजित कभी नहीं देखा था उन्होंने। बहुत चिन्तित हुए थे। कुछ कहें, इसके पूर्व ही युधिष्ठिर फिर-फिर धिक्कारने लगे थे कुंती को–"तुमने बहुत बड़ा दोष किया है आर्ये! कर्ण का जन्म-रहष्य छिपाकर तुमने अकारण ही सम्पूर्ण कौरव-वंश का नाश करवा डाला है! तुम ही दोषी हो, जिस कारण हमारे भाई-बांधवों, परिवारजनों और सुकुमार पुत्रों का यह क्रूर नरसंहार हुआ है! यदि तुमने पहले यह बतला दिया होता कि कर्ण हमारे भाई हैं तब मैं दुर्योधन से कभी युद्ध न करता! यही नहीं, संभवतः दुष्टबुद्धि दुर्योधन ही यह साहस न कर पाता कि वह हमसे युद्ध करे! तब शायद कौरव-कुल का इस तरह नाश होने से बच जाता!"

वे सब चुप थे! सब क्षुब्ध! सब किसी-न-किसी रूप में कुंती के प्रति रुष्ट। विदुर और कृष्ण चिंतित कि धर्मराज युधिष्ठिर की व्यग्रता कही किसी अनिष्टकार स्थिति को जन्म न दे दे...वह खोज सकें, इसके पूर्व ही युधिष्ठिर उठ खड़े हुए थे...कोई कुछ पूछ सके या जानने का प्रयत्न करे–युधिष्ठिर ने किसी को अवसर ही नहीं दिया था। वह तेज़ चाल में दूर नदी किनारे चले गए थे...इतनी दूर की चिता दृष्टि से ओझल हो जाए!

किंतु चिता ओझल नहीं हो पा रही है! लगता है कि अब भी दृष्टि के सामने है। उसी तरह चटकती, तड़पती प्रश्न के बाद प्रश्न करती हुई। हर प्रश्न पर युधिष्ठिर या तो चुप हो जाते हैं या फिर डर जाते हैं?

कर्ण! उनका अपना भाई। उनका अग्रज!

लगता है हर कौंधती लपट के साथ सामने आ खड़ा होता है–पूछता हुआ–"युधिष्ठिर! तुम धर्मा-धर्म के ज्ञाता हो? नियम-नियामक। बतलाओ तो, तुम्हारे किस धर्म, सत्य और समाज के न्याय-नियम ने मुझे यह क्लेषकर जीवन और मृत्यु दी?"

युधिष्ठिर भयभीत हो उठते हैं। अदृश्य की ओर देखते हुए। दृष्टि के सामने है गंगा, धुंधलके में धीमे-धीमे गुम होती हुई गंगामाता...पर मन चिताओं की लपटों से जुड़ा हुआ...प्रश्न अग्नि में झुलसता हुआ...

"उत्तर दो, युधिष्ठिर? धर्मराज?"

उत्तरहीन हैं युधिष्ठिर! अकेले युधिष्ठिर ही नहीं, सम्पूर्ण व्यवस्था और समाज-नियम!

कर्ण–व्यक्ति नहीं, एक प्रश्न है। प्रश्नों के अनंत झुंडों का एक वृक्षवत् प्रश्नाकार! इस समय प्रश्नाकार ने हचमचा डाला था युधिष्ठिर को। कर्ण को लेकर धर्मा-धर्म का निर्णय लेना होगा उन्हें। न लेना चाहें तब भी उनका खोजी मन उन्हें यह निर्णय लेने या खोजने के लिए बाध्य कर देगा! उसके पहले युधिष्ठिर को शायद अपने-आप भी खोजना पड़े। अपनी माता कुंती के सत्यासत्य का अन्वेषण भी करना पड़े!

थके, चिढ़ने लगे...अपने से ही कह बैठे थे–"कर्ण ने सदा अविवेक से काम लिया? वह दुर्योधन की दुर्बुद्धि बना। द्वेष, षड़यंत्र, बैरभाव उसने अपने स्वभाव बना लिए...

किंतु...

युधिष्ठिर घबरा गए हैं। यह किंतु उनके अपने आत्म से उठा है या कर्ण की चिंता ने झुलसाता हुआ अंगारा उन पर उछाल दिया है। यह अंगारा एक प्रश्न। कालखंड का एक सत्य।

"कर्ण से पूर्व तुम अपना विश्लेषण तो कर देखो, धर्मराज? याद करो उस क्षण को, जब तुमने कर्ण को हत करने के लिए कूटजाल की रचना का पहला धागा फैलाया था...? याद करो, शल्य से हुई अपनी भेंट? तुम्हें वह सब याद करना होगा युधिष्ठिर! हर पल का हिसाब देना होगा!"

कौरव-पांडव सेनाएं आमने-सामने थीं।

कौरवराज दुर्योधन लाखों सैनिकों, हज़ारों रथियों, अतिरथियों, महारथियों के साथ रण-क्षेत्र में खड़ा हुआ था...दोनों ही पक्षों के वीर एक-दूसरे को

चुनौती-भरी निगाहों से देख रहे थे। और युधिष्ठिर रथारूढ़ होने के पूर्व सहसा आगे बढ़कर कौरव-सेना की ओर चल पड़े थे...

एक शोर बिखर गया था सब ओर। कौरव-पक्ष के लोग तरह-तरह से निंदा करने लगे थे पांडवों की। किसी की राय में युधिष्ठिर का कौरवों की ओर आना इस बात का द्योतक था कि वह भयग्रस्त होकर राजा दुर्योधन से समझौता करने बढ़े आ रहे है और किसी की सम्मति में भयग्रस्त और कायर पुरुष की तरह कौरव-पक्ष के सामने अपनी भूल के लिए पश्चाताप करने आ रहे है...

किंतु युधिष्ठिर स्वभावतः परिवारजनों, वृद्धों से युद्ध-पूर्व विजयाशीष हेतु गए थे। उनके पीछे अनेक राजा, योद्धा और अन्य पांडव...

क्रमशः भीष्म, द्रोण, कृपाचार्य सभी से मिले थे युधिष्ठिर...और बाद में पहुंचे थे शल्य के सामने। आदरपूर्वक प्रणाम किया था, फिर बोले थे–"मामाजी! युद्ध-पूर्व में आपसे विजयाशीष मांगने आया हूं। मुझ पर अपनी कृपा और वरद को बनाए रखें।"

शल्य, कौरव-पक्ष के अन्य वृद्ध-योद्धओं की तरह दुविधा में पड़े। राजा युधिष्ठिर विनम्र स्वर में जो निवेदन कर रहे थे, उसे टालना संभव न था और दूसरी और नैतिक रूप से वह दुर्योधन के उपकार से लदे हुए थे। कहा था–"चिरंजीवी हो कुंतीपुत्र! तुम्हारी इच्छा सुनकर मुझे आनंद हुआ है, किंतु यह तो तुम्हें ज्ञात ही है कि मैं कौरवकुल-श्रेष्ठ दुर्योधन के साथ के लिए वचनबद्ध हूं। ऐसी स्थिति में मै तुम्हारी या तुम्हारे पक्ष की युद्ध में कोई सहायता नहीं कर सकूंगा। इसके अतिरिक्त यदि तुम कुछ कहो तो वह देने में मुझे प्रसन्नता होगी।"

कुछ पल सोचते रहे थे युधिष्ठिर? होंठ भींचे, चुप रहे।

याद हो आया था–मद्रपति शल्य रथ-संचालन में श्रीकृष्ण के बराबर पटु हैं। यह भी सुन रखा था कि कर्ण चाहते हैं कि शल्य ही उनका रथ-संचालन करें । एक गहरा श्वांस लेकर मामा की ओर देखा था, बोले–"मैं आपकी स्थिति समझ पा रहा हूं मामा, और यह भी जानता हूं कि आप मन से हम पांडुपुत्रों के साथ ही हैं। सक्रिय-रूप से आप हमारे लिए कुछ कर

सकें या न कर सकें, किंतु सहानुभूति के रूप में बहुत कुछ कर सकते हैं उतना ही करें, यह चाहता हूं।

शल्य ने उत्तर नहीं दिया था। मुस्कुराए–युधिष्ठिर को टकटकी बांधे देखते रहे जैसे पूछ रहे हों–"क्या चाहते हो सहानुभूति के रूप में?"

युधिष्ठिर ने कहा था–"मुझे ज्ञात है, वीर कर्ण का रथ आप ही चलाएंगे।"

"तुमने सही सुना है, कुंतीपुत्र!...मैंने सूत-पुत्र को वचन दिया है।"

"तब मैं चाहता हूं महाराज, कि आप तेजस्वी कर्ण को निरंतर अपमानित करते रहें, इस तरह के शब्द कहें और विगत-कथाओं का वर्णन करें कि प्रतापी सूत-पुत्र का उत्साह और तेज नष्ट होता जाए...वह झुंझलाने लगें और उनके संधान असंयत हो जाएं! हमारे लिए आप इतना कर सकें, वही आपकी ओर से हमें आशीष बन जाएगा।"

शल्य कुछ समय शांत रहे। धर्मराज को इस तरह देखा था जैसे उनकी प्रशंसा कर रहे हों–कह रहे हों–"मुझे ज्ञात नहीं था अजातशत्रु तुम जितने धर्मज्ञ हो, उतने ही नीतिज्ञ भी हो–आज समझा!" अंत में शल्य ने कहा था–"तुम प्रसन्न हो युधिष्ठिर! मैं तुम्हारी इच्छा पूरी करूंगा!"

और युधिष्ठिर सचमुच प्रसन्न होते गए थे...जैसे-जैसे समाचार मिलते थे कि मद्रपति रथारूढ़ होने के साथ ही कर्ण को अपमानित और प्रताड़ित करने वाली बातें करने लगते हैं, वैसे-वैसे प्रसन्न होते थे...

पर आज वही सब याद कर युधिष्ठिर खिन्न हैं! खिन्न ही क्यों, मृत्युवत कष्ट झेल रहे हैं! कैसा अनर्थ किया? अपने ही अग्रज को तेजहीन करने का षड्यंत्र किया था उन्होंने![1]

ये समाचार भी तो मिलते रहते थे कि अनेक बार शल्य और कर्ण के

---

1. युधिष्ठिर ने शल्य से अपनी सहायता के नाम पर कर्ण को निरंतर निन्दित करके निस्तेज करने का वचन लिया है। महाभारत : भीष्म पर्व : के 43 वें अध्याय में श्लोक-क्रम-80 से 85 तक युधिष्ठिर और शल्य का संवाद।

बीच उत्तेजित वार्ता इस सीमा तक जा पहुंची थी कि वे परस्पर क्रुद्ध हो कर-दूसरे को समाप्त कर डालने की बातें कहने लगे थे! निस्संदेह युधिष्ठिर का वांछित वर पूर्ण कर दिया था उनके मामा मद्रपति शल्य ने, पर यह वर था कटु जाल!

कर्ण के षड़्यंत्रों, बैरभाव और छलों को याद करते समय यह भी तो याद रखना होगा युधिष्ठिर को?

"केवल यही नहीं, युधिष्ठिर!" मन फिर मुखर हो उठा है। उसकी स्वरहीनता के बावजूद युधिष्ठिर उसे सुन पाते हैं। उनके हर कुरेदते, घाव करते प्रश्न का वार झेलते हैं–"तुम्हें बहुत कुछ याद करना होगा। उस सबको याद करने के बाद ही सत्यासत्य की तुम्हारी खोज पूरी होगी, जिसकी साधना तुम बाल्यावस्था से ही करते आए हो!

युधिष्ठिर चुप बैठे है। गंगा अंधकार में घिरकर अब केवल गतिस्वर से पहचानी-देखी जा सकती है। यहां-वहां अपने ही वंश के लता-पत्रों जैसे लोगों के शव जल रहे है...उनकी चिताएं या तो इस दूरी से सुर्ख रक्त की धाराओं जैसी लगती हैं या फिर मृत्यु-तांडव करते नाशदेवता की याद दिलाती है।

मन होता है कि स्वयं को संभाले, कहें–"मुझे इस खोज से मुक्त कर दो, मेरे मन! जानता नहीं था कि जिस संसार प्रयोगशाला में सत्यासत्य खोज करने चला हूं, उसका एक पात्र स्वयं भी बनूंगा। कोई नहीं जानता कि हर चुप में मुझे कितना रोना पड़ता है। मेरी हर शांति किस कदर बेचैनी और पीड़ा के कोलाहल से भरी होती है?..."

पर यह कह पाना भी वश में नहीं। वश में है केवल खोजना...दूसरों को नहीं, उनसे पहले अपने-आपको खोजना...आनंद और पीड़ा से लेकर प्राप्ति-अप्राप्ति के हर पल को अपने ही भीतर से निकालकर तार-तार उधेड़ना! युधिष्ठिर का सत्य यही है!

युधिष्ठिर हैं भी केवल यही!

कर्ण से कई शिकायतें हैं। उससे कई गुना शिकायतें रहेंगी अपनी ही माता कुंती से!

पर सबसे अधिक शिकायतें और सवाल युधिष्ठिर को अपने प्रति भी रहेंगे। अपने-आप से करने होंगे!

कितना अच्छा. होता कि युधिष्ठिर–युधिष्ठिर न होते। किसी राजपुरुष की तरह जी लेते या मर जाते। या किसी सेवक की तरह जनमते और बीत जाते; पर विधि का निर्णय?

वैसा कुछ भी न हुआ। भाग्य ने अलग निर्णय किया उन्हें लेकर। जन्म दिया राजकुल में, मन दे दिया ऋषि का, स्थितियां राजनीति और कूटजाल की प्रवृति उचित-अनुचित की दुविधा से ग्रस्त होकर परिस्थितियों के बीच खिलौने की तरह खेलते जाने की। युद्ध-कला सीखते हुए भी मन श्लोंको से जुड़ा रहता। राजभवन में रहकर भी इच्छाएं-कामनाएं संन्यासी की तरह सोचने को बाध्य करतीं...

पर कहीं, किसी भी स्तर पर तो पूरी तरह जी नहीं सके युधिष्ठिर। किसी पल सहज शांत, सरल नहीं रह पाए। किसी बार चैन नहीं पाया। बहुत कष्टकर जीवन!

सोचते थे कि शाश्वत मूल्यों को खोज कर रहे हैं। सत्य का निरुपण कर जाएंगे। मानव-धर्म के कभी न टूटने वाले नियम खोज निकालेंगे...किसी और को भले ही न बतला सकें, स्वयं जानकर संतुष्ट होंगे। उपलब्धि का आनंद पाएंगे। जीवन सहज हो लेगा।

पर अब लगता है कि बहुत जानकर बहुत कष्ट पा रहे हैं। इस जानने-पाने या खोजने के प्रयत्न में अपने-आपको ही भूल गए! जब याद आया है, तब यही तय नहीं कर पा रहे हैं कि कौन से हैं युधिष्टिर?

वह जो पांडवों के अग्रज हैं? या वह जो इस महासमर की बुनियाद में अधिकार और न्याय-पक्ष के नेता बने हैं?

या वह जो कुंती के गर्भ से धर्म के अंश बनकर जन्मे हैं? या वह जो सामान्य मनुष्य हैं?

कौन से युधिष्ठिर सही हैं? इस एक शरीर-रूपी युधिष्ठिर के भीतर कितने ही युधिष्ठिरों का एक समूह मौजूद है? इसी में से एक निश्चित रूप-व्यक्तित्व खोजकर चुनना होगा। तभी युधिष्ठिर पहचाने जा सकेंगे!...

संन्यासी मन वाले युधिष्ठिर? या जीवन-जगत के हर पहलू में धर्मो धर्म का निर्णय करने के लिए छटपटाते तर्कशील विद्वान युधिष्ठिर?

युधिष्ठिर राजपुरुष हैं। वही तो हैं जिन्होंने इस महासमर का निर्णय लिया? युधिष्ठिर एकदम सहज मनुष्य हैं–अति-साधारण, जिनके भीतर काम जागता है, जो युद्ध में झूठ भी बोल जाते हैं, जो किसी के हत हो जाने पर सोचने के लिए बाध्य हो जाते हैं! जो कर्ण के न मर पाने पर दुःखी होते हैं।

"बोलो अजातशत्रु! उत्तर दो! इतने युधिष्ठिरों में तुम कौन-से हो? क्या परिचय है तुम्हारा? कौन-सा व्यक्तित्व सच है और कौन-सा कर्तव्य सही है?"

युधिष्ठिर को लगा था कि अंधकार के बावजूद उनके अपने चारों ओर वह अपने-आपको ही देख पा रहे है...अपने अनेक चेहरे, अपने अनेक व्यक्तित्व, अपने ही अनेक रूप?...

हर चेहरा मुस्कुराता है। कहता है–"कहो, युधिष्ठिर कि तुम मुझ-जैसे हो!" और फिर से सारे चेहरे एक साथ चीखने लगते हैं कि युधिष्ठिर स्वीकार लें, वह उस-जैसे हैं!

इन आवाज़ों ने व्यग्र कर दिया है उन्हें। ये चेहरे, व्यक्तित्व सदा ही युधिष्ठिर के भीतर लड़ते आए हैं। अपनी-अपनी सत्ता युधिष्ठिर पर बनाए रखने के लिए!...एकमात्र अपना ही शासन युधिष्ठिर पर चलाए रखने के लिए!

और युधिष्ठिर किसी बार अपना एक रूप, एक व्यक्तित्व, एक चेहरा तय नहीं कर सके। अवश, अपने ही हाथों, अपने ही व्यक्तित्व में व्यक्ति न होकर केवल रण-क्षेत्र बने रह गए! ...किसी बार कोई व्यक्तित्व हारा, किसी बार कोई चेहरा हताहत हुआ...अनेक घटनाएं हैं विगत की, कोई घायल होकर कराह रही है, कोई हंसती हुई! जीवंत मनुष्य! जड़ रणभूमि!

मन कहता है–स्वीकार लें–"हां, संभवतः मेरा सत्य यही है!" पर वह भी नही स्वीकार पाते। आवाज़ों से घबराकर बड़बड़ा उठे थे–"नहीं! मैं सत्याराधक हूं। धर्मराज युधिष्ठिर!"

"तब तुम्हें बतलाना होगा युधिष्ठिर, कि तुम द्रोणाचार्य की मृत्यु के लिए असत्य क्यों बोले?" मन ने आरे की तरह चीरता हुआ प्रश्न कर दिया है...

युधिष्ठिर चुप हो रहे है...उत्तर खोजेंगे। खोजें, उसके पूर्व लगता है वह प्रश्न चित्रवत् गंगा की लहरों से उफनकर उठ आया है

अवाक् अपने ही चेहरे को देखे जा रहे हैं युधिष्ठिर ! युधिष्ठिर के अनेक चेहरों में से –एक चेहरा ! वह जो कुरु-क्षेत्र के महायुद्ध में एकपक्ष है। केवल नेता नहीं, एक सम्पूर्ण तर्क ! '

मन हुआ था कि कह दें–"उस समय वही उचित था ! समय-सत्य !" पर बोलें, इसके पहले ही आत्म अधिक ज़ोर से आरी चलाने लगा है तर्क पर। कहता हैं–"किंतु तुम तो शाश्वत सत्य के वाहक रहे हो युधिष्ठिर? समय-सत्य की बात कैसे कर सकते हो? तुम्हें धर्मराज कहा जाता रहा है?"

उस समय आचार्य द्रोण ने भी तो यही कहा था सबसे–"यदि धर्मराज भी यही कह देंगे तब मैं विश्वास कर लूंगा !"

वे बेचैन थे। प्रतिपल कोई-न-कोई अशुभ और दुःखदायी समाचार आ रहा था। हर समाचार निराशा को गहरा और गहरा करता हुआ...

कृष्ण, अर्जुन, भीम, और युधिष्ठिर। कुछ पलों के लिए युद्धभूमि में ही एक सुरक्षित स्थान देखकर वे मंत्रणा के लिए आ खड़े हुए थे। सबकी आंखो में प्रशन–सबके होंठो से ही शब्द,"अब...?"

उत्तर में हर चेहरा निराश, हर दृष्टि अकुलाई हुई। हर व्यक्ति को पराजय-बोध की थकान झेलता हुआ।

कृष्ण बोले थे–"दुर्दांत आचार्य से यदि बचना है तब केवल एक मार्ग है।" उनके स्वर में दृढ़ता थी। चेहरे पर निश्चय का पथरीलापन।

"वह क्या, यदुश्रेष्ठ?" अकुलाकर युधिष्ठिर ने प्रश्न किया था।

"धनंजय उनसे युद्ध करें।" कृष्ण बोले थे।

"मैं? यह क्या कहते हो वासुदेव?" अर्जुन चिंतित हुए, उससे कहीं

अधिक व्यग्र। बड़बड़ाए–"नहीं-नहीं, ऐसा कैसे हो सकता है? आचार्य द्रोण पर शस्त्र उठाना मेरे लिए दुष्कर है!"

"बुद्धि से काम लो पार्थ!" श्रीकृष्ण आगे बढ़े, स्नेह और आश्वासन भरी हथेली अर्जुन के कंधे पर रखी। कहा–"महारथी द्रोणाचार्य आज जिस गति और शक्ति से रणक्षेत्र में आए हैं, उसे देखकर लगता हैं जैसे पांडव सेना बहुत देर नहीं टिक सकेगी! थोड़े समय में ही सब कुछ नष्ट हो जाएगा। तुम सभी का न्याय और अधिकार का यह समर तुम्हारे लिए पराजय की घोषणा कर देगा!"

"किंतु देवकीनंदन?" अर्जुन भावुक हो उठे–"यह कैसे संभव है कि जिन आचार्य ने मुझे सबसे अधिक स्नेह दिया है, जो वचनबद्ध हैं कि मैं संसार का श्रेष्ठतम धनुर्धर सिद्ध होऊंगा, उन्हीं पर हथियार उठाऊं?"

कृष्ण ने अप्रभावित भाव से उसी सहजता के साथ उत्तर दिया था–"युद्ध और राज्य नीति से चलाए जाते हैं गांडीवधारी, भावावेग और संवेदना भर से नहीं। तुम इसी कारण आचार्य को हत कर सकोगे क्योंकि यह तुम्हारे प्रति हर शिष्य की तुलना में अधिक स्नेहाकुल हैं, अधिक मोहग्रस्त हैं, वचनबद्ध भी हैं! तुम्हें गांडीव के साथ अपने सामने आया देखकर ही महारथी द्रोण का वह वेग हल्का हो जाएगा, जिसने पांडव सेना में भगदड़ मचा दी है! जिसके कारण चारों ओर पांडवों के रथी-अतिरथी, कीड़े- मकोड़ों की तरह मरते जा रहे हैं! ...बुद्धि से काम लो, पार्थ! गांडीव उठाओं!"

"नहीं, कृष्ण! ...नहीं! यह असंभव है!–मेरे लिए नितांत असंभव हैं!" कहकर लड़खड़ाए हुए से अर्जुन एक ओर खड़े रथ में जा बैठे थे।

अब वे तीन रहे–भीम, युधिष्ठिर और कृष्ण।

कृष्ण कह रहे थे–"मैं स्पष्ट देख रहा हूं, पार्थ, कि युद्धज्ञ आचार्य को इस समय हत करना किसी भी मनुष्य के वश में तो दूर, देवताओं के वश में भी नहीं है। वे अब भी जिन शक्तियों से सम्पन्न हैं, उनका एकत्रीकरण किसी एक व्यक्ति में होना न तो संभव है, न ही है! और द्रोणाचार्य के जीते-जी पांडवों की विजय कल्पना भी नहीं की जा सकती, अपितु यह

निश्चित जानो कि थोड़े ही समय में पांडवों की पराजय अवश्य होगी ! क्या अब भी तुम अपने विचार पर दृढ़ रहोगे?"

श्रीकृष्ण की कौंधती बातों के बावजूद अर्जुन चुप रहे। वह सब कुछ सुन पा रहे थे, किंतु द्रोणाचार्य के प्रति मन में गहरी गुरु-भक्ति ने उन्हें जड़ कर दिया था। उन्होंने निराशा अवश्य अनुभव की थी, पर दुष्परिणाम जानते हुए भी गुरु-वध के लिए तैयार न थे।

श्रीकृष्ण समझ गए थे कि अर्जुन को उनके निश्चय से डिगा पाना संभव नहीं। युधिष्ठिर व्यग्र होते जा रहे थे...पूछा, "तब क्या होगा यशोदा नंदन?"

कृष्ण मुस्कुराए, धीमी आवाज़ में उत्तर दिया–"क्या इतना सब सुन लेने के बाद भी आपको बतलाना होगा धर्मराज कि क्या होना है?... आचार्य की संहार लीला देख-सुन रहे हो, फिर भी पूछते हो कि क्या होगा? क्या देख नहीं रहे कि थोड़े समय बाद सम्पूर्ण पांडव-पक्ष की मृत्यु निश्चित है ! इसलिए कि आचार्य का जीवन अभी तक निश्चित है !"

श्रीकृष्ण के शब्द समाप्त ही हुए थे कि युद्ध-भूमि से दौड़ा हुआ एक संदेशवाहक आ पहुंचा?..."देव !...देव?..." वह लड़खड़ाता हुआ रक्त से सराबोर युधिष्ठिर के चरणों में गिरा।

हड़बड़ाए हुए युधिष्ठिर ने उसे संभाला, पूछा, "अपने को संभालो, वीर? क्या हुआ?...तुम इतने व्यग्र...?"

"देव !...रक्षा कीजिए, पांडवों-सेना की !..." वह हांफ रहा था। पलकों को बार-बार भींचता और उपस्थित लोगों को देखने का प्रयत्न करता। उसके माथे से इतना लहू रिस रहा था कि पलकों पर धारें लगी हुई थी...रक्त से भीगी वे भयावह आंखे युधिष्ठिर को बेचैन कर गई।

"आचार्य द्रोण ने पांचाल देश के बीस हज़ार से अधिक योद्धाओं का संहार कर डाला है, राजन ! ...वसुदान मारे जा चुके हैं और सात्यकि ने कहलवाया है कि यदि शीघ्र ही आचार्य नहीं मारे गए तो...तो..."

"बोलो? बोलो, वीर?" पर लगा कि युधिष्ठिर की अपनी आवाज़ उनके अपने ही कानों में गूंजती रह गई है। संदेशवाहक सैनिक का सिर उनके हाथों में ही झूल गया था।

"अब उसके बोलने और आपके सुनने के लिए क्या शेष रह गया है धर्मपुत्र?" कृष्ण हंसे–दृष्टि में व्यंग्य था, हल्की-सी पीड़ा भी।

वे सब चुप हो रहे–सहसा श्रीकृष्ण ने कहा था–"अब एक ही मार्ग बचा है प्रजानाथ?"

"वह क्या?" युधिष्ठिर ने प्रश्न किया।

कृष्ण के पास ही बैठे विषादग्रस्त अर्जुन की ओर व्यंग-भरी दृष्टि से देखा और उत्तर दिया–"धनंजय को पहले ही बतला चुका हूं, राजन्! अब आप भी सुनें।" उन्होंने मार्ग बतलाया था–"अश्वत्थामा!"

"अश्वत्थामा?" भीम चकित हुए। नासमझ ढंग से श्रीकृष्ण को देखने लगे।

"हां, अश्वत्थामा!" श्रीकृष्ण कहे गए–"आचार्य द्रोण अपने पुत्र को अत्यधिक स्नेह करते हैं। यदि इस समय धर्म-अधर्म का विचार त्याग कर उन्हें किसी तरह निःशस्त्र किया जा सकता है, तो उसका मार्ग केवल अश्वत्थामा है।[1]

"मैं...मैं समझा नहीं, श्रीकृष्ण?"

"समझाता हूं, कुंतीनंदन!" कृष्ण ने धीमे किंतु बहुत गंभीर स्वर में बतलाया था–"यदि आचार्य द्रोण को इस समय यह सूचना दी जाए कि उनका पराक्रमी पुत्र अश्वत्थामा युद्ध में हत हुआ...तब वे शोकग्रस्त होकर अस्त्र त्याग देंगे! ऐसे अवसर का लाभ उठाकर उन्हें निःशस्त्र स्थिति में कोई भी साधारण व्यक्ति मार सकेगा!"

"नहीं-नहीं यह तो अनर्थ होगा–पाप!" अर्जुन बौखलाए हुए से उठ बैठे।

"तुम शांत रहो, पार्थ! विचार करो! यह युद्ध-स्थल है–पुण्य-पाप निश्चित करने का धर्म-स्थान नहीं।" श्रीकृष्ण के स्वर में इतनी कठोरता थी

---

1. महाभारत के : द्रोणपर्व : के 190 वें अध्याय में ही श्लोक-क्रम 10-12 पर श्रीकृष्ण अर्जुन से कहते हैं–"... धर्म-अधर्म का विचार छोड़कर इन्हें (द्रोण को) जीतने का–शस्त्र त्याग कराने का–कोई उपाय तुम लोगो को करना चाहिए!"

कि अर्जुन सहमकर चुप हो गए, पर आंखें कह रही थी कि वह उनसे तनिक भी सहमत नहीं है।

भीम ने कहा था–"हां, यह ठीक है। मैं ऐसा ही करता हूं..." वह जाने को हुए, तो कृष्ण ने रोक दिया था–"नहीं महावीर!...तनिक थमो।"

भीम प्रश्नातुर रुक गए।

श्रीकृष्ण ने बड़ी मीठी मुस्कान के साथ कहा था–"असत्य से अधर्म होता है, कुंती-पुत्र! मेरी इच्छा है कि अधर्म न हो!" फिर वह बोले–तुम सब यहीं रुकना, मैं अभी आता हूं!"

इस सारी बातचीत में युधिष्ठिर जड़वत् खड़े रहे थे। बहुत बार मन होता था कि इस सबसे सहमत न हों, किंतु वह भी तो मन ही था, जो कहता–"सच ही तो कहते हैं कृष्ण! यह युद्ध-स्थल है–पुण्य-पाप निश्चित करने का धर्म-स्थल नहीं!"

कुछ देर बाद कृष्ण लौटे। भीम से कहा था–"एक साधारण-सा कार्य करके तुम्हें तुरंत लौटना होगा, भीमसेन!...वह तुम्हारे लिए पलों का काम है!"

"सो क्या, वासुदेव?" भीम ने पूछा।

हकबकाए हुए-से अर्जुन और युधिष्ठिर देखते रहे।

श्रीकृष्ण ने कहा–"मालवराज इन्द्रवर्मा थोड़ी ही दूर पर युद्धरत हैं... तुम जाकर उनके हाथी का वध कर आओ–बस! शेष सब मैं संभाल लूंगा! तुरंत जाओ!"

भीमसेन वायु-गति से चले गए। श्रीकृष्ण चुप थे। धर्मा-धर्म की गहरी ऊहापोह में डूबे युधिष्ठिर सहसा बोल पड़े–"तुम पर श्रद्धा करता हूं वासुदेव, पर ऐसा कुछ न करवा देना जो अनीति बन जाए!"

"राजन!" श्रीकृष्ण ने गंभीर और सागर की तरह गहरे स्वर में उत्तर दिया था–"नीति-अनीति, कर्मक्षेत्र में शुभाशुभ के विचार पर आधारित होती हैं। उचित और अनुचित घटना से नहीं, घटना के कारण से निश्चित किए जाते हैं, अतः उसी सब का विचार करें और अपने-आपको अधिक दुविधाग्रस्त न होने दें!"

"पर..." युधिष्ठिर कुछ कहना ही चाहते थे कि भीमसेन ने पुनः प्रवेश किया। उनके चौड़े, वज्रवत् सीने पर पसीने की हल्की बूंदे थीं। आंखें विजय-भाव से दपदपाती हुई। कहा था–"वासुदेव? तुम्हारी इच्छा पूर्ण हुई! इन्द्रवर्मा का हाथी-मारा गया?"

श्रीकृष्ण ने चौंकने का अभिनंय किया–"यानि...यानि तुम कह रहे हो, कुंती-पुत्र कि अश्वत्थामा मारा गया?"

अर्जुन ने घबराकर श्रीकृष्ण की चंचल आंखों में देखा। युधिष्ठिर बुरी तरह हड़बड़ा गए–"...यह...यह सब कया हो रहा है, श्रीकृष्ण? मुझे बतलाओ तो?" चेहरे पर कुछ समझ न पाने की वेदना उभर आई।

श्रीकृष्ण तुरंत नहीं बोले। धर्मराज के व्यग्र चेहरे और उखड़ी दृष्टि को कुछ पल देखते हुए जैसे निश्चित करते रहे थे कि क्या कहना चाहिए, क्या नहीं? फिर मृदु स्वर में कहा था–"यही एकमात्र रास्ता शेष रहा था कुंतीनंदन! ...यही एक तरीका था कि आचार्य द्रोण को निःशस्त्र कर दिया जाए! अब, अब वीर भीम उन्हें समाचार देंगे कि अश्वत्थामा मारा गया तब निश्चय ही शोक-विहल आचार्य अस्त्र रख देंगे और उस स्थिति में उन्हें पांडव-सेना का कोई भी योद्धा सुविधा से हत कर सकेगा!"

"किंतु यह तो असत्य होगा, वासुदेव?" अर्जुन एकदम उठ खड़े हुए। उत्तेजित, व्यग्र।

श्रीकृष्ण शांत रहे। पूछा, "क्यों, असत्य क्यों होगा?" प्रश्न इस भोलेपन से किया गया था कि प्रश्नकर्ता स्वयं की बात पर ही संदिग्ध हो जाए।

"यही कि अश्वत्थामा मारे गए!" अर्जुन ने कहा–"पर अश्वत्थामा तो नहीं मारे गए हैं?"

"यहां यह तो स्पष्ट नहीं किया जाएगा अर्जुन कि अश्वत्थामा, जो द्रोणपुत्र हैं, वह मारे गए या कि मालवराज का हाथी अश्वत्थामा मारा गया?" कृष्ण ने प्रश्न किया।

"फिर भी यह सत्य तो नहीं है..."अर्जुन ने पूछा।

"नहीं, वासुदेव धर्मानुसार यह आचरण असत्य ही कहलाएगा!" युधिष्ठिर तुरंत विवेचना कर उठे थे।

"मैं पूर्व में ही कह चुका हूं राजन्? यह अवसर धर्म और अधर्म पर विचार करने का नहीं, जय-पराजय का है।" श्रीकृष्ण ने कहा था–"फिर अर्जुन या युधिष्ठिर कुछ कह सकें, इसके पूर्व ही उसी सरल-स्वर में भीम से बोले थे–"जाओ महावीर! ...अपने गुरुदेव को समाचार दे दो!..."

भीम तुरंत चल पड़े।

कितना रोकना चाहा था उस पल भीम को, पर युधिष्ठिर बोल नहीं सके। अवसर ही नहीं मिला था। अवसर नहीं मिला या कि जान-बूझकर चुप रह गए थे, यह भी निश्चित नहीं कर पा रहे हैं।

लगता है कि अब भी तय करना कठिन है! उस क्षण चुप रहे थे या बोलने का अवसर नहीं मिला था?

मन ने फिर से आरा चला दिया है–"नहीं, कुंतीपुत्र! सच केवल यह है कि तुम जान-बूझकर चुप रहे थे...वह दुखदायी असत्य तुमने जान-बुझकर घटने दिया था। तुम चाहते तो भीम को रोक सकते थे–कह सकते थे–"नहीं भाई! जय मिले या पराजय, किंतु मैं अधर्म के माध्यम से धर्मयुद्ध नहीं लड़ूंगा!"

अंधेरे में भटकती नजरें चिताओं की लपटों पर जा ठहरती है...और लगता है कि विगत का हर गुण-दोष एक प्रश्न या समाधान बनकर उनके अपने भीतर सुलग उठा है। किसी पल धुआं बनकर सम्पूर्ण आत्मा को घेर लेता है और कभी सत्य की लपट बनकर मस्तिष्क को झुलसा डालता है!

जय पा ली है...पर बार-बार लगता है कि अपने भीतर इस जयबोध के अनुभव से भरे गहरे पराजयबोध की खाइयां में ढुलकते चले जा रहे हैं। ...प्रशन बाढ़ की तरह उमड़कर युधिष्ठिर के हर कमज़ोर तर्क को इस तरह बहाकर निःशेष कर देता है जैसे वहां कभी कुछ था ही नहीं! था तो इस कदर माटी के ढेले-सा तर्क था जो भूमिसात् हो गया। प्रश्नभूमि पर ही विल्लीन!

मन निरंतर अपराध-बोध से दबाए जा रहा है–"श्रीकृष्ण ने धर्म-युद्ध

लड़वाया था, पर उसमें कितनी-कितनी बार अधर्म के प्रतिकार में अधर्म ही नहीं हुआ?...वह भी धर्मराज के जरिए अधर्म?...

"हां, दोष हुआ! अपनी ही विश्वसनीयता और श्रद्धा का धर्मरथ जनता के बीच मैंने गिरा दिया! कितना अच्छा होता उस दिन आचार्य के प्रति दोषी न होता?"

केवल आचार्य के प्रति क्यों! उस दिन समूचे धर्म के प्रति दोषी हो गए थे युधिष्ठिर।

भीम ही नहीं, बहुतों के निरंतर यह कहने पर कि "अश्वत्थामा मारा गया! वृद्ध द्रोणाचार्य विश्वास करने को तैयार नहीं थे!

एक बार पुनः चिंता ने ग्रस लिया था पांडव पक्ष को। उससे अधिक चिंतित पांडव और श्रीकृष्ण

अब क्या हो?...किस तरह आचार्य विश्वास कर सकेंगे इस बात पर कि अश्वत्थामा हत हुए?

भीम बोले थे–"वासुदेव, वह कहते हैं कि उन्हें केवल धर्मराज से यह समाचार सुनकर विश्वास हो सकता है और भइया...?" भीम के शब्द अधूरे छूट गए थे। अकुलाई दृष्टि युधिष्ठिर पर जा ठहरी थीं। आंखों में संकोच भर गया था। पलकें झुक गईं।

श्रीकृष्ण तीखी, कुरेदती आंखें युधिष्ठिर पर ठहराए हुए, जैसे पूछ रहे हों–"अब क्या विचार है, अजातशत्रु? ब्रह्मन द्रोणाचार्य केवल तुम्हारी बात पर विश्वास करेंगे...और पांडवों के शुभार्थ इस समय तुम्हें यह कह ही देना चाहिए!"

"भइया?..." अर्जुन बुदबुदाए।

"नहीं-नहीं, यह असंभव है!" युधिष्ठिर झुंझलाए हुए से अलग हटने लगे–"भला मैं ऐसा असत्य भाषण कैसे कर सकता हूं?"

"यह जानते हो न धर्मराज कि आचार्य की संहारलीला यदि कुछ समय और चल गई तो..." श्रीकृष्ण ने उन्हें टोका था।

"बिलकुल नहीं! कुछ भी हो, किंतु मैं असत्य नहीं बोलूंगा!"

"अपने लिए नहीं पुरुष श्रेष्ठ, सम्पूर्ण पांडव सेना के शुभार्थ तुम्हें इस

समय यही मार्ग अपनाना चाहिए...जिस गति से द्रोण पांडव पक्ष का नाश कर रहे है, उसमें न केवल हज़ारों जीवन बचाने का प्रश्न उपस्थित है, अपितु न्याय पक्ष की जय भी प्रश्नवाचक बन चुकी है?...

"किंतु वासुदेव?..." युधिष्ठर के कोमल चेहरे पर बेबसी उभर आई थी।

"क्या तुम जय नहीं चाहते राजन?" श्रीकृष्ण ने प्रश्न किया। स्वर तीखा था, उससे भी कहीं अधिक लग जाने वाला।

"चाहता हूं, पर..."

"तुम्हारा हर किंतु तर्कहीन है राजन! तर्क है केवल असत्य भाषण!" श्रीकृष्ण गंभीर और कठोर स्वर में कहे गए–"याद रखो, राजन्! विपत्तिहीन मनुष्यों का जो धर्म होता है, वही विपत्ति में पड़े पुरुषों का धर्म नहीं होता। अतः धर्म का निर्णय आसानी के कर पाना संभव नहीं है।"

युधिष्ठिर की आंखे श्रीकृष्ण के प्रभावशाली चेहरे पर टिकी थीं। लग रहा था जैसे वह बोल नहीं रहे हैं, अपरोक्ष रूप से ज्योति-किरणों की तरह अपने तर्क युधिष्ठिर के मन-मस्तिष्क में उतारे जा रहे हैं।

भीम बोले थे–"यह समय दुविधा का नहीं है, भइया...?"

अकुलाकर युधिष्ठिर ने भाई को देखा। लगा कि द्रोण के पराक्रम से भयग्रस्त होकर भीम का वीरत्व तेज हलका होने लगा है। मन भर आया था।

श्रीकृष्ण ने कहा–"जीवन बचाने के लिए मिथ्या भाषण से पाप नहीं लगता धर्मराज–यह शास्त्रों मे लिखा है। आचार्य द्रोण जिस निर्ममता से अस्त्र-विद्या में अनिपुण लोगों का संहार किए जा रहे हैं, उसे देखते हुए आपका यह सब कहना बहुत आवश्यक है। ...दुविधा में मत पड़िए राजन!! चलिए और कह दीजिए कि अश्वत्थामा मारा गया!"[1]

---

1. महाभारत : द्रोणपर्व : अध्याय-190वें में श्लोक-क्रम 45 से 50 के बीच श्रीकृष्ण द्वारा युधिष्ठिर से यह कथन आया है–"...आप मिथ्या बोलकर अपनी सेना की रक्षा कीजिए। ऐसे अवसर पर सत्य बोलने की अपेक्षा झूठ बोलना ही अच्छा है। जीवन बचाने के लिए मिथ्या भाषण से मिथ्यावादी होने का पातक नहीं होता!"

बात समाप्त करके श्रीकृष्ण युधिष्ठिर के कंधे पर हाथ रखे हुए उन्हें उस दिशा की ओर ले चले थे, जिधर द्रोणाचार्य थे।

और युधिष्टिर मंत्रमुग्ध इस तरह चलते गए थे जैसे उनका सोचना-समझना बंद हो गया था। श्रीकृष्ण के मोहक उपदेश ने उन्हें कुछ क्षणों के लिए बांध लिया था।

श्रीकृष्ण उस समय भी कहे जा रहे थे–"राजन्! इस समय यही शुभ है...यही श्रेष्ठ है...और यही धर्म है!"

"अच्छा, ठीक है–यशोदा नंदन! चलो।"

भयावह कोलाहल और मारक अस्त्र-शस्त्रों से भरे उस रणस्थल में पहुंचकर युधिष्टिर यंत्र-भाव से चलते हुए आचार्य द्रोण के सामने जा खड़े हुए थे। उनका सिर झुका हुआ था, शब्द टूटते हुए–"आपने स्मरण किया देव?"

"हां, पुत्र!" आचार्य तरकश से तीर निकालते हुए कहने लगे–"अभी-अभी पुत्र भीमसेन ने आकर मुझे बतलाया कि अश्वत्थामा मारा गया। ...क्या यह सत्य है धर्मराज?"

एक पल के लिए युधिष्ठिर को लगा था कि उनके पैर डगमगाए हैं... गला अवरूद्ध होने लगा है, किंतु स्वयं को संयत किया मन में मिथ्या बोलने का घोर भय काट रहा था, किंतु साथ-साथ विजय अभिलाषा भी थी।"[1]

"तुम जानते हो युधिष्ठिर कि मैं तुम पर धर्मदेव की तरह ही निष्ठा रखता हूं, तुम्हारा विश्वास करता हूं। कहो?"

"...अश्वत्थामा मारा गया, आचार्य!" युधिष्ठिर अपनी सम्पूर्ण चेतना शक्ति जुटाकर बोल गए, अगले ही पल बुदबुदाकर जैसे उन्होंने अपने से ही कह लिया था..."पुरुष नहीं, हाथी!"

---

1. महाभारत : द्रोणपर्व : के 190 वें अध्याय में युधिष्ठिर ने अपनी और अपनी सेना की रक्षार्थ झूठ बोला– "अश्वत्थामा मारा गया!" फिर धीरे से कहा "मनुष्य नहीं, हाथी!" यही महाभारतकार ने लिखा है " ...एक ओर मिथ्या बोलने के पातक का भय था और दूसरी ओर विजय की अभिलाषा (युधिष्ठिर को) थी!" श्लोक-क्रम 51 से 55 तक।

पर द्रोणाचार्य उनके अगले शब्द सुन नहीं सके! ओह! कहकर ज़ोर से कराहे, अगले ही पल उनका तेज डूब गया। शरीर निश्चेष्ट होने लगा। उल्लास भंग हो गया।

युधिष्ठिर को लगा था कि रो पड़ेगे वह...उलटे कदमों इस तरह लौटे थे, जैसे द्रोणाचार्य की दृष्टि से भाग रहे हों! कायर की तरह!

हां उस पल कायर ही हो गए थे वह! किंतु आचार्य द्रोण से नहीं, अपने-आपसे कायर हो उठे थे! अपने से पराजित! अपने से ही थके हुए!

स्मरण करते हैं तो इस पल भी भागने को मन होता है।

किंतु अपने आपसे कहां भाग सकेंगे युधिष्ठिर!

और अब तक भाग भी कौन पाया है?

फिर युधिष्ठिर तो इस आत्मचिंतन की बेला में किसी से नहीं भागना चाहते! उनका अपना आप या कोई और।

याद आता है, उस दिन आचार्य से असत्य-भाषण करके लौटते समय वे शरीर से भले ही न भागे हों, पर मन से ज़रूर भागे थे।

धर्मरमाज को इस कायर भाव के साथ भागने की आवश्यकता क्यों हो गई था? क्या इसलिए कि वे जानते थे कि सदा की तरह मन दोहरेपन में ही जिया था? एक मन था, जो मिथ्या बोलने के पातक से भयभीत था दूसरा विजय-अभिलाषा का स्वप्न संजोए हुए!

"यह झूठ है!" वह अपने आप पर झुंझला पड़े हैं–"एकदम झूठ?"

अंधेरे के भीतर से एक उपेक्षा भरी हंसी उभरी है। शायद उनकी अपनी ही हंसी–"तब...तब सच क्या है, युधिष्ठिर?"

"सच?" वह चौंकते हैं– बुदबुदा पड़े हैं। आंखे अंधकार में अर्थहीन ढंग से इधर-उधर भटकती हुई, जैसे कुछ खोजने को व्यग्र हों?

"सच को खोजना नहीं पड़ता अजातशत्रु? सत्य एक स्थापित तर्क है।" कुछ शब्द हैं जो अदृश्य से उभरकर युधिष्ठिर के कानों में गिरते जा रहे हैं...उनके अपने शब्द हैं या उनके सत्य के–इसे तय करने के फेर में नही पड़ेगे युधिष्ठिर। केवल उत्तर देने का प्रयत्न करेंगे।

"...हां, स्थापित तर्क...सत्य!" उस अदृश्य का स्वर गूंज बन गया

है–युधिष्ठिर के तन-बदन से लेकर आत्मा की गहराईयों तक में गूंजती हुई एक आवाज़, "उसे खोजने की आवश्यकता नहीं पड़ती, कुंतीनंद! वह सदा-सर्वदा एक शिला की तरह अडिग रहता है। समस्त-काल की सीमाओं से आगे, अविचलित–एक रूप? वह क्षण की तरह धाराओं में बहता नहीं, वह रूप-रंग रस से हीन ऐसा साक्षात् है, जिसका अस्तित्व सदा बना रहता है, जिसके अस्तित्व को नकारकर नकारा नहीं जा सकता। जिसे विस्मरण करके भी विस्मृत नहीं किया जा सकता!"

युधिष्ठिर आवाक् सुने जा रहे हैं...पूछना चाहते हैं–"तुम कौन हो? कहना क्या चाहते हो?"

और वह अदृश्य जिसने युधिष्ठिर के भीतर का सवाल सुन जान-लिया है। कहता है–"मैं तो वही हूं पाण्डुपुत्र, जिसका अस्तित्व तुम यह प्रश्न विचारकर स्वीकार रहे हो? मैं तुम्हारा सम्पूर्ण गत, आगत और वर्तमान हूं...जो तुम्हारे रहते कभी मिटेगा नहीं, जो तुम्हारे न रहने पर भी सदा अस्तित्वमान रहेगा। मेरे हर प्रश्न का उत्तर दो धर्मराज! इन उत्तरों के बिना तुम न विजयी हो, न युधिष्ठिर और न ही वह सत्यवाहक, जिसने वृद्ध आचार्य से छल करके भी नहीं किया!"

"पर...पर मैंने छल नहीं किया!" युधिष्ठिर को लगता है कि उनकी आवाज़ रुंधने लगी है...जली लाशों की गंध ने नाक में समाकर मन बेचैन कर दिया है। सासें घुटती हुई-सी लग रही है...जी होता है कि उठ जाएं और वापस बचे परिवारजनों तक पहुंचे, किंतु...शरीर साथ नहीं दे रहा है। पैर जड़ हो गए लगते हैं। अदृश्य से गूंजे आत्मा के इन आरोपों को अस्वीकार कर देना चाहते हैं कि उन्होंने द्रोणाचार्य से छल किया! कहते हैं–"शास्त्रों में कहा गया है कि स्त्री के निकट हास-परिहास में, वृत्ति के हेतु वैवाहिक संबंध आदि को लेकर और अपने प्राण संकट में पाकर गाय अथवा ब्राह्मण की रक्षार्थ यदि असत्य बोला जाए तो उसका पातक नहीं लगता!"

एक हंसी फिर उभरी है...उखड़ जाना चाहते हैं, युधिष्ठिर। लगता है कि मन उनका संयम ही तोड़ने लगा है...चीख पड़ना चाहते हैं–"तुम...तुम हंसते क्यों हो?"

इसलिए युधिष्ठिर कि तुम सत्यशोधक होते हुए भी सत्यासत्य के विवेचन से कतरा रहे हो...तुम्हारी विडम्बना ही यह है कि तुम सदा सत्य के स्थापक नहीं, केवल सत्य के लिए प्रयोग भर रहे हो !"

"किंतु सत्य की स्थापना किसी प्रयोग से ही होती है !"

"और प्रयोग जब, जिस पर होता है, वह किसी बार निष्कर्ष दे पाता है किसी बार नहीं !"

"पर मैंने सदा सत्य-मूल की स्थापना की है, यक्ष के हर प्रश्न को क्या तुमने नहीं सूना था? और उसके जो उत्तर मैंने दिये थे..."

"भूलते हो–बुद्धि-विवेक से जिस मूल्य को घोषणा व्यक्ति कर सकता है, वह जीवन में उस तरह व्यवहत कर पाए–आवश्यक नहीं है ! तुमने केवल सत्य की उद्घोषणाएं की हैं, स्वयं के जीवन में जब-जब मूल्य या विचार उभारने का प्रश्न आया, तब-तब तुम कतरा गए हो...तब-तब तुम निर्णय-अनिर्णय का ऊहापोह में रहे हो, तब-तब तुम निश्चय से अधिक दुविधा बन गए हो !...?" स्तब्ध हो गए हैं युधिष्ठिर।

और आत्म है कि एक धुंआ बनकर उनके मन-मस्तिष्क पर छाया हुआ। विगत का हर क्षण धुंए में चित्र बनाता हुआ...यह चित्र जितना मथते हैं, उससे कहीं अधिक अपने आप पर पुनर्विचार के लिए बाध्य कर देते हैं।

धुंए में प्रश्न हैं...प्रश्नों में चित्र। इन चित्रों को चुपचाप देखते जाना ही उनकी नियति...

युधिष्ठिर स्तब्ध बैठे हुए। सिर्फ अपने ही दर्शक।

"भइया?"

चौंके। मुड़कर देखा। दूर जलती लपटों से रह-रहकर जो रोशनी उभर आती है, उसमें पहचाना–अर्जुन सामने खड़े थे। उनकी अपनी ही तरह विषादग्रस्त, बोझिल मन लिए।

"माता कुंती ने स्मरण किया है आपको।" अर्जुन ने सूचना दी।

उठ पड़े। यंत्रवत् साथ हो लिए।

महात्मन ! यही तो कहा था अर्जुन ने। सोचते गए–"महात्मन् कहलाते

हो तुम? धर्मात्मा भी। क्या सच ही उस तरह जी पाए हो? जीने का प्रयत्न अवश्य किया, किंतु?"

याद हो आया है, एक बार विदुर बोले थे–"तुम राजगृह में तपस्वी भाव से जीवन बिताने वाले महामानव से युधिष्ठिर! तुम एक साथ महात्मा और राजपुरुष हो?"

मन हंसने को हो आया है–"यह भी दुविधा भरा चरित्र! एकसाथ महात्मा और राजपुरुष! विचित्र बात है। जिस राजनीति का अर्थ ही साम, दाम, दण्ड, भेद होता है, वहां महात्मा कैसे रह सकता है? या कि कोई महात्मा रहकर उस तरह राजनीतिज्ञ कैसे रह सकता है?"

अपने से ही कह उठे हैं–"हां, तुम ठीक ही कहते हो...अब तक जैसे सारा जीवन-कर्म दुविधा बनकर ही बीत गया! कभी मनुष्य रहने की चेष्टा की, कभी राजनीतिज्ञ बनकर जी लेना चाहा और कभी महात्मा बने रहकर सबके सामने श्रेष्ठत्व जुटाया रखना चाहा...कितना हो पाया?"

"कुछ भी नहीं!"

अपने से ही सहमत होते हैं–"हां, कुछ भी नहीं! पर सहमत नहीं होंगे। हो पाए होते तो द्रौपदी के भाइयों में विभाजन की वह योजना ही क्यों रखी होती?

"मगर सहमत न हो सके तब तुम्हें बहुतेरे प्रश्नों का उत्तर देना होगा धर्मराज?" मन फिर प्रहार कर उठा है...तुम्हें बतलाना होगा कि तुमने द्रौपदी को लेकर भाइयों में विभाजन क्या केवल इसी कारण किया था कि तुम सभी भाइयों में शांति चाहते थे? या तुम भी द्रौपदी के प्रति उसी सामान्य भाव से आसक्त ही नहीं, कामातुर हुए थे, जैसे अन्य हुए थे? द्रौपदी को तुमने भी तो उसी तरह चाहा था...? उत्तर दो!"

"झूठ है यह! मैंने–मैंने उस समय जब कि अर्जुन ने मुझपर ही धर्मार्थ के अनुसार द्रौपदी को लेकर माता का आदेश निबाहने का दायित्व छोड़ा और उसके पांच पति होने का प्रस्ताव सुना, तब यही सोचा था कि कहीं रूपवती पांचाली के कारण भाइयों की एकता नष्ट न हो जाए...अतः उसका

पांच की पत्नी होना ही आवश्यक है !" लगा कि चलते-चलते ठोकर खा गए हैं...

"सच !" व्यंग्य भरा ही प्रश्न था।

"हां...हां, यही सच हैं..."

"एक बार फिर ठीक से याद कर लो, धर्मराज ! कहीं अपने से ही भाग तो नहीं रहे हो?"

अब उत्तर नहीं दे पाएंगे...हांफ गए है...चलते-चलते अर्जुन के कंधे पर हाथ रख लिया है।

अर्जुन चिंतित स्वर में पूछते हैं "क्या हुआ भइया?"

"कुछ-कुछ नहीं, ऐसे ही। थकान हो गई है बहुत !" युधिष्ठिर बड़बड़ा उठे हैं..."इस महायुद्ध ने बहुत थका दिया है किरीटी !" उन्होंने कहने को कह दिया है।

किंतु क्या महायुद्ध ने ही थकाया है उन्हें?

नहीं ! थका रहा है उनका अपना-आप। युधिष्ठिर के भीतर सहसा जागृत हो उठे धर्मराज थका रहे हैं उन्हें। मन की अनंत गहराईयों तक उलीच डाला है उन्होंने !

शब्द गूंज रहे है..."एक बार फिर याद कर लो, धर्मराज ! कहीं अपने से ही भाग तो नहीं रहे हो?"

लगता है कि भाग रहे थे, पर नहीं भाग सके।

विगत-सत्य ने जकड़कर गिरा दिया है उन्हें...द्रौपदी स्वयंवर की बात ! पर जमीन तो स्वयंवर से बहुत पहले ही पड़ गई थी। उसी पल, जब वारणावत[1] की आग से बचकर माता के साथ पांचों भाई यहां-वहां आसरा लेते घूम रहे थे...

---

1. वारणावत–मेरठ से उत्तर पश्चिम की ओर, लगभग 18 मील दूर स्थित बरनावा नामक ग्राम क्षेत्र, जो हस्तिनापुर के ही पास पड़ता है।

एकचक्रानगरी में रह रहे थे कुंती और पांडव। सब ओर खबर थी कि पांडु-पुत्र माता सहित वारणावत की आग में जल मरे। महर्षि वेदव्यास की सहायता से माता-पुत्रों को एक ब्राह्मण के यहां निवास की सुविधा मिली थी। भिक्षाटन करके ब्राह्मण वेष में रहते हुए पांडव समय काट रहे थे। उन्हीं दिनों एक अन्य ब्राह्मण आ पहुंचा था उस मेजबान ब्राह्मण के यहां...उसी से द्रौपदी के स्वयंवर का सारा समाचार सुना था कुंती और पांडवों ने।

पांचालराज[1] द्रुपद, उनकी अपरिमित राजशक्ति, धन-वैभव के अतिरिक्त वहीं पांडवों और कुंती को उनके परिवार की जानकारी मिली थी। ब्राह्मण ने बतलाया था–"राजा द्रुपद शीघ्र ही अपनी पुत्री का स्वयंवर करने जा रहे हैं ...उनकी पुत्री अनिंद्य रूपवती है। उसे लेकर निश्चय ही राजपुरुषों में भारी प्रतिस्पर्धा होगी...वह एक साथ रूप, रस और गुण की अद्भुत मूर्ति है..."

उत्सुक होने लगे थे सभी...कुंती ने देखा था कि ब्राह्मण द्वारा बार-बार अत्यंत रोचक और चित्रात्मक ढंग से द्रौपदी के सौन्दर्य का बखान सुनकर सभी भाई उसके प्रति गहरी उत्कंठा और उत्सुकता से भर उठे थे...

और ब्राह्मण था कि पर्यटन में जुटाए ज्ञान और जानकारी का बहुत रोचक वर्णन करने वाला। वह द्रौपदी का जब वर्णन कर चुका तब उसने बतलाया था–"पांचालराज द्रुपद, कभी के अपने मित्र और ध्रष्ट युद्धाचार्य द्रोण से बहुत दुःखी हैं। वह द्रौपदी के बहाने अपरोक्ष रूप से एक ऐसा राजसंबंध बनाना चाहते हैं जो किसी दिन द्रोण से बदला लेने के काम आए! इस दृष्टि से यह स्वयंवर बड़ा महत्त्वपूर्ण होने वाला है!"

"द्रौपदी जैसी गुणवती स्त्री के लिए कौन श्रेष्ठ पुरुष लालायित न हो जाएगा, ब्रह्मन्!" सहसा ही बड़बड़ा गए थे युधिष्ठिर। अचानक अपने को रोक लिया था उन्होंने। लगा था कि जितना बोल गए हैं, उतना बोलना उचित न था।

---

1. पांचाल प्रदेश : यह राज्य दिल्ली के उत्तर पश्चिम में हिमालय की तराई तक और दूसरी ओर चम्बल नदी (तत्कालीन चर्मणवती) तक फैला हुआ। बाद में यह दो भागों में बंट गया और एक भाग, जो गंगा से हिमालय तक था, उत्तर पांचाल कहलाने लगा, तथा दूसरा भाग, जो गंगा के दक्षिण से चम्बल तक बिखरा था, दक्षिण पांचाल नाम से जाना गया!

"तुमने उचित ही कहा है वत्स! द्रौपदी है ही ऐसी!" एक बार फिर बड़ी रसमय आवाज़ में ब्राह्मण रूप-रंग का कवितामय वर्णन सुनाने लगा...

लगता था कि वे शब्द समूचे वातावरण में घुल-मिल गए हैं...हर श्वांस के साथ उनकी गूंज महक बनकर मन में समा जाती है। हर शब्द पुतलियों के आगे तूलिका की भांति चित्र खींचता हुआ-सा। कल्पना आकाश का सपाट कागज रंगबिरंगी मोहक आकृतियां बनाता हुआ...

युधिष्ठिर अपने सभी भाइयों के साथ बाहरी प्रकोष्ठ में सोए हुए थे। कई बार करवटें बदली थीं उन्होंने, कई-बार पलकें खोलीं–छत की ओर गड़ा दीं।

पांचाली! रूप, रस, रंग का अद्भुत सामंजस्य!

ब्राह्मण रात्रि-भोजन के बाद जब बिदा हो गया तब कुंती अपने बेटों से द्रौपदी को लेकर ही चर्चा करती रही थीं...कहा था–"राजा द्रुपद और ब्राह्मणश्रेष्ठ द्रोणाचार्य में बाल्यावस्था से ही गहरी मित्रता थी, किंतु भाग्य ने उन्हें एक-दूसरे का परम् शत्रु बना दिया...सहज ही है कि द्रुपद के यहां जिस किसी का संबंध बनेगा, वह राजनीतिक दृष्टि से भी कम महत्वपूर्ण नहीं होगा।"

युधिष्ठिर, भीम और अर्जुन माता के सरल चेहरे पर दुष्कर राजनीति का तनाव देख रहे थे...युधिष्ठिर का मन हुआ था कि पूछें, किस तरह की राजनीति? किंतु उस पल टोकना उचित नहीं समझा था। केवल सुनते रहे।

कुंती ने कहा था–"राजा द्रुपद से खिन्न होकर ही द्रोणाचार्य पितृ भीष्म के पास आए थे। पितृ द्वारा उन्हें राजसेवा में ले लिए जाने के बाद द्रुपद सम्पूर्ण कुरु-वंश से ही अप्रसन्न हैं...द्रौपदी के माध्यम से पांचालराज का संबंध किसी शक्तिसम्पन्न व्यक्ति और राज्य से होने जा रहा है। इस कारण भी यह स्वयंवर बहुत महत्वपूर्ण होने वाला है।"

युधिष्ठिर के भीतर उठा प्रश्न सहसा उत्तर पा गया था! द्रौपदी का आकर्षण अनायास ही सही, किंतु कुंती की नीति-वार्ता के बाद बहुत बढ़ गया...

कितना बढ़ चुका है–यह–महसूस हुआ था रात्रि के समय। युधिष्ठिर बहुत चाहते थे कि संयम बटोरे रहें। ब्राह्मण द्वारा पांचाली की रूप प्रशंसा को भुला दें...गहरी नींद सो जाएं, किंतु संभव नहीं हो सका था!

हर करवट जैसे एक बेचैनी बनकर सांसों में समा जाती...पांचाली! अंधेरे में पलकें खुलतीं-मुंदती और याद हो आता कि द्रौपदी लम्बे, घने काले केशोंवाली हैं...दृष्टि के आगे ज्योति-किरणों की तरह कुछ शब्द कौंध जाते...सुगठित अंग, बड़े-बड़े नेत्र और बदन से उठती नील-कमल-सी सुगंध![1]

गहरा श्वांस उबलता...एक उच्छवास बनकर प्रकोष्ठ के शून्यवत अंधकार में कहीं गुम जाता...

पर....? ध्यान किया था युधिष्ठिर ने–अर्धरात्रि तक जागते रहने के दौरान उन्होंने देखा था कि भीम कइ-कई बार उठे हैं। कुछ पल अपने आसन पर शांत बैठे रहे हैं...फिर लेट गए हैं।

अर्जुन कितनी ही बार प्रकोष्ठ के बाहर गए...फिर लौटे...

क्या वे भी युधिष्ठिर की ही तरह पांचाली के रूप-रंग सौन्दर्य का वर्णन सुन-जानकर बेचैन होगे?

संभवतः... !

सम्भवतः नहीं, निश्चित!

और उन सबसे अलग सोई हुई कुंती। पर कुंती का अर्धरात्रि में उठकर दीवार से सटे रहना असहज नहीं लगा था युधिष्ठिर को। अक्सर वह इसी तरह बेचैन होकर रात-रात जागती रहती थीं। कभी भविष्य की दुश्चिंता से ग्रस्त, कभी भाग्य चक्र की उद्दंडता को कोसती हुई...

---

1 'आदिपर्व' के 17वें अध्याय में श्लोक क्रम 1 से 11 तक एक ब्राह्मण द्वारा द्रौपदी के जन्म और उसके सौन्दर्य की चर्चा सुनकर निम्न पंक्तियां आई हैं–"–ये वाक्य सुनकर कुंती के महाबली पुत्र द्रौपदी के लिए बहुत ही उत्कंठित हुए। हृदय में जैसे किसी ने वाण मार दिया हो, इस तरह बेचैनी से उन्होंने वह रात काटी। कुंती ने समझ लिया कि उनके सब पुत्र अद्वितीय सुंदरी कृष्णा के लिए उत्कंठित हो रहें हैं। सबका मन द्रौपदी में लगा हुआ है–" आगे यह वर्णन है कि कुंती ने सभी भाइयों को राजा द्रुपद के देश चलने को कहा।

युधिष्ठिर ही नहीं, संभवतः वे सब जान रहे थे कि एक-दूसरे के भीतर क्या कुछ घट रहा हैं।

सबके भीतर द्रौपदी ही घट रही थी। उसी तरह, जिस तरह युधिष्ठिर के बीच घट रही थीं...प्रतिपल, प्रतिक्षण, प्रति-श्वांस के साथ!

पर कोई नहीं जानता था कि वह कुंती के भीतर भी घटी हैं। उनसे कहीं अधिक वेग और विचार के साथ।

उस समय युधिष्ठिर नहीं समझे थे। उस समय तो उनका कहना बहुत सहज-भाव से ही लिया था पांचो ने...अगली भोर के साथ ही कुंती ने प्रस्ताव किया था–"हमने ब्राह्मण श्रेष्ठ को बहुत कष्ट दिया, पुत्र!...इस क्षेत्र को देख-समझ भी लिया है, अतः कहीं किसी और नगर-क्षेत्र में चलकर रहें तो कैसा रहेगा?"

छोटे पुत्र बहुत उत्साहित हुए, "हां, माता!...तुम उचित ही कहती हो। बार-बार इसी जनजक्षेत्र को देखकर अब वह आनंद नहीं मिलता, जो पहले-पहले आया था..."

"पर हम चलें कहां, आर्ये?" युधिष्ठिर बोले थे। क्या यही बोले थे युधिष्ठिर! संभवतः नहीं!...बोलना चाहते थे–"पांचाल चलें तो कैसा रहे?" पर बोले कुछ अलग। मन-ही-मन ईश्वर से प्रार्थना कर रहे थे–कुंती स्वयं ही पांचाल राज चलने का प्रस्ताव कर दें तो अच्छा हो!..."

कुंती ने कहा था–"पांचाल देश मनोरम है, वहां की समृद्धि और सुख को लेकर बहुत सुना है मैनें। राजा द्रपद जितने उदार हैं, उनकी प्रजा भी उतनी ही उदार और धर्मपरायण है!...मैंने सुना है कि वहां भिक्षा भी सरलता से प्राप्त हो जाती है, इसलिए सोचती हूं कि हम सब पांचाल ही चलें तो..."

शब्द पूरे हों, इसके पूर्व ही वे सब बोल पड़े थे–"अवश्य माता!.... अवश्य!"

युधिष्ठिर व्यग्र होकर सभी भाइयों को देखते रह गए थे।

और फिर उन सभी ने राजा द्रुपद के देश चलने की तैयारियां प्रारंभ कर दी थीं...

स्वयंवर के दिन तक के लिए वे सभी बहुत उत्सुक रहे थे...कोई किसी से कुछ कहता तो न था, किंतु अपरोक्ष-भाव से उसकी हर चेष्टा व्यक्त करती थी कि वे सभी द्रौपदी के प्रति उत्सुकता की सीमा लांघकर बेचैनी की हद तक जा पहुंचे हैं।

फिर आया था बहुप्रतीक्षित दिन...

युधिष्ठिर सुबह के साथ ही मन में अजब-सी उथल-पुथल अनुभव करते रहे थे। भिक्षाटन के लिए निकलने के पूर्व उन्होंने अनुभव किया था कि मन-शरीर कुंलाचे भरने लगा है...आंखे प्रतिपल भटकती हुई-सी। पंछी की तरह पांचाल के आकाश में कृष्णा की भव्य छवि को खोजने के लिए व्यग्र !...श्वांसे उत्कंठा से भरी हुई–हर बार ब्राह्मण द्वारा वर्णित वह गंध समेट लेने के लिए आतुर, जो पांचाली के शरीर से निकलती है...

ब्राह्मण बोला था–"...उस कुमारी के शरीर से नील-कमल की सुगंध आती है और दूर-दूर तक फैली रहती है..."

वह सुगंध...?

उसी सुगंध को आत्मा में गहरे तक छू लाने की साध लिए हुए वे सब स्वयंवर-स्थान पर पहुंचे थे...न जाने क्यों, मार्ग में कितनी ही बार युधिष्ठिर को अनुभव हुआ था, जैसे हर भाई एक-दूसरे से दृष्टि चुरा रहा है। एक-दूसरे से कुछ छीनता हुआ...या एक-दूसरे के पास कुछ है, जिसे खोजने का प्रयत्न करता हुआ !

स्वयंवर आरंभ हुआ...द्रौपदी ने प्रवेश किया। वे सभी एक-दूसरे से अपरिचित होकर केवल पांचाली को निहारने में व्यस्त हो गए थे। युधिष्ठिर की दृष्टि ने नख-शिख तक द्रौपदी को देखा था...कितनी बार होंठो पर अजाने ही जीभ फिराई होगी, कितने गहरे श्वांस पिए-निगले होंगे–याद नहीं, पर उस क्षण उनके अपने भीतर एक साथ कई फव्वारे छूट पड़े थे...

कृष्णा को लेकर कौन-सी आंख थी, जिसमें प्राप्ति की ललक नहीं थी उस पल? कौन-सा मन था जो भूकम्प की तरह उस अद्वितीय सौन्दर्य ने हचमचा नहीं डाला था? द्रुपद-कन्या की प्राप्ति के अतिरिक्त कौन-सी इच्छा थी, जो किसी मन में शेष रह गई थी?

तब युधिष्ठिर ही अलग क्यों होते ?...

याद आता है–युधिष्ठिर के साथ भी वही औसत तरह ही घटा था, जिस तरह उस समय उपस्थित पचासों राजपुरुषों और दर्शकों के भीतर तक घटा !...वे मोहग्रस्त हुए थे ! वे सब कुछ भूलकर द्रौपदी की चाहना से जुड़े रह गए थे !...

केवल चाहना से नहीं–युधिष्ठिर–द्रौपदी के प्रति कामातुर हो उठे थे !... कामवश हो गए थे !

और तुम उनसे अलग नहीं !...अति साधारण !...

उत्तर-शेष हो रहे हैं !... हां, संभवतः ! उत्तर के लिए उनके पास कुछ बचा ही नहीं है। विवेकी युधिष्ठिर उस पल कामातुर[2] होकर जैसे अपने से ही परे हो चुके थे...कह देना चाहते हैं–"नहीं !"पर कह पाना आसान है क्या? अपने से असत्य बोल पाया है कोई?...फिर युधिष्ठिर तो दूसरों से सत्यासत्य बोलने में ही सदा दुविधाग्रस्त रहे हैं ! अपने-आप से कैसे गलत बोल सकेंगे।

बोल पड़े हैं–"हां, उस पल यही हुआ था...मैं...मैं पांचाली के प्रति कामातुर हो उठा था !..."

लगता है–सहसा अपने भीतर का सत्य खोलकर हलके हो गए हैं !...

विचार-क्रम टूट गया है...बहुत-से लोग जो सामने हैं। सब युधिष्ठिर की ही तरह टूटे-बिखरे हुए !...उनके अपने। परिवारजन, बंधु, बांधव !

अर्जुन के पीछे-पीछे चलते हुए युधिष्ठिर कब, किस पल दो कदम तेज़

---

1. महाभारत : आदिपर्व : के 190वें अध्याय में श्लोक क्रम 10 से 15 के बीच यह वर्णन आया हैं–"कुंती के पुत्र पांचों पांडव भी और राजाओं की तरह द्रौपदी को देखकर कामवश हो गए !"

2. महाभारत : आदिपर्व : के 94वें अध्याय में श्लोक क्रम 1 से 35 के बीच द्रौपदी किसकी पत्नी हो–यह निर्णय करते हुए भाइयों का वार्तालाप आया है। इसी में विवरण है–'पांचाली ने सबको नज़र भरकर देखा। द्रौपदी ने सब भाइयों का चित्त चुरा लिया। सब भाइयों के हृदय में द्रौपदी का रूप बस गया। सबके हृदयों को कामदेव ने मथ डाला–"

चलकर आगे हो लिए हैं–उन्हें स्वयं नहीं मालूम। बस, इतना मालूम है कि यांत्रिक ढंग से माता के सामने जा खड़े हुए हैं।

कुंती के एक ओर गांधारी, धृतराष्ट्र, विदुर आदि...कुरु-कुल की विधवाओं का एक बड़ा समूह इधर-उधर बिखरा हुआ...

चिताएं अब लपेटे छोड़कर केवल अंगारों का समूह बन गई हैं। वैसा ही समूह, जैसा इस पल चिता जलाने वालों का है। चिताओं के अंगारो से अधिक जलता हुआ, अधिक सुलगा हुआ और हर बीतते पल के साथ राख में बदलता हुआ...

अब न वायु यह सिहरन देती है, न प्रकृति सुखकारी लगती है और न ही जीवन का शेष या निःशेष हो जाना बहुत अर्थवान रह गया है!...

युधिष्ठिर का मन रह-रहकर अपनी ही स्थिति पर हंसने को हो आता है। करुण हंसी में। ऐसी ही हंसी, जो रुलाइयों से भीगी हो–"कितनी अबूझ स्थिति है यह?...जब शेष होना चाहा है, तक निःशेषता खोज ली है...और जब निःशेष हो जाने के लिए भाग्यचक्र ने मन-शरीर काटे थे, तब शेष होने की इच्छा व्यग्र रही!

"शत्रुदलन!..." कुंती बोली है। युधिष्ठिर ने सुना है। कुंती की आवाज़ तो कभी ऐसी, इतनी भारी, इतनी रूखी और इतनी अर्थहीनता से भरी महसूस नहीं की उन्होंने? ...तब आज ही ऐसी क्यों लग रही है?

लगा था कि व्यर्थ ही उत्तर खोजेंगे। कौन ऐसा बचा है, जिसके भीतर स्वर-मन में ऐसा ही खोखलापन शेष न रह गया हो? कौन है जो इस विजय से पराजय का बोध नहीं कर रहा?

संभवतः कुंती थी!...

"पुत्र!" कुंती जैसे बोल नहीं रही है–बोलने के प्रयत्न में शब्द बटोरती हैं–शब्द भी बिखर गए हैं, मन-विचारों की तरह। कहा था–"रात्रि बहुत हुई, अब चलें?"

एक गहरा श्वांस निकला। बोले–"हां, देवी!...

वे चल पड़े थे। सब थके हुए। अपने-आपको खींचते हुए से।

युधिष्ठिर सोचने लगे थे कि वह बोले नहीं थे, केवल गुंगुआए भर थे। कुछ इस तरह कि उसका जो चाहो, अर्थ निकाल लो!

यानि अर्थ भी नहीं बचे हैं उनके पास?...

पर अर्थ तो तब होते हैं, जब शब्द हों, स्थिति हो, उनका कुछ आदि-अंत हो?

और इस समय तो किसी के पास कुछ रहा ही नहीं है। यदि कुछ शेष रहा है तो केवल विगत बचा है!...उसकी छीलती यादें बची है...घटनाओं की वह निरंतरता शेष रही है, जिसने खंग की तरह आत्मा पर अकथित वार करने प्रारंभ कर रखे हैं!...हर वार कांपता-कराहता मन!...

युधिष्ठिर का मन कांप-कांप उठता था...स्वयंवर में एक-एक कर जब वे महाबली लोग उठे तब लगता था कि 'द्रौपदी गई!...'

सबसे अधिक उस पल सहमे थे, जिस पल कर्ण उठा!...उनका अपना ही भाई! उस समय तक जान सके होते, तब भी क्या उतने ही सहमते?

संभवतः नहीं!...

असत्य!

जानते, तब भी द्रौपदी को लेकर उनके भीतर जो कुछ जाग उठा था, वह मन को कर्ण के प्रति खिन्नता से अवश्य ही भर देता!...

चलते-चलते मन हुआ था कि उस सबको याद न करे, किंतु लगा कि याद किए बिना स्वयं ही संतुष्ट नहीं हो सकेगे। अभी पल-भर पहले मन का यह आरोप स्वीकार कर कि वह द्रौपदी को पहली-पहली बार देखकर कामातुर ही हुए थे–कितनी शांति अनुभव की थीं?

वैसी ही शांति चाहिए उन्हें!...अतः सब याद करेंगे। तर्का-तर्क करते हुए अपने ही भीतर अपने ही आरोपों को स्वीकारेगें या नकारेंगे।...

हो, कर्ण होता या और कोई भाई–युधिष्ठिर उसी तरह सहमते, मन घोंटते, अपने ही भीतर टूटते, जिस तरह उस क्षण भी टूटे थे–जब अर्जुन ने द्रौपदी जय कर ली थी!...

कितनी शक्ति और संयम सहेजकर स्वयं को दबोच लिया था उन्होंने। पर क्या दबोच पाए?

"नहीं-नहीं, तुम कुछ भी नहीं दबोच पाए थे युधिष्ठिर?...दबोच सके होते तो भला द्रौपदी का विभाजन उस तरह क्यों करते? एक स्त्री और उसके पांच पति।

चीखना चाहते हैं–"नहीं!...तुम, तुम व्यर्थ आरोप लगा रहे हो मुझ पर! उस क्षण तो मैंने केवल भाइयों की एकता पर विचार किया था।... इसी में शुभ था हम सब का!...यही एक मार्ग शेष रह गया था हमारा संगठित रह पाने का!...भीम, अर्जुन, नकुल और सहदेव–सभी भाई तो आसक्त थे पांचाली पर!...

किंतु हर चेष्टा निश्चेष्ट?...हर सोच व्यर्थ! हर शब्द अर्थहीन और स्वर विद्रोही होता हुआ। केवल चुप...

और मन निरंतर विगत की उस घटना के अगले-पिछले सच जोड़ता हुआ...स्वयंवर से द्रौपदी विजित करके लाए अर्जुन उस कुम्हार के घर पहुंचे थे, जहां सबने द्रुपद के देश में शरण ले रखी थी...

अर्जुन ने पुकारा था–"माता?...माता?..."

"हम भिक्षा ले आए हैं, माता!..." भीम बोले थे।

द्रौपदी सबके पीछे थीं। आभूषणों से सजी-धजी, नील-कमल की गंध वातावरण में बिखेरती हुई...उनके साथ-साथ ब्राह्मणों की भीड़, जो इस संबंध से प्रसन्न हुए थे। द्वार खुले इसके पूर्व ही कुंती की भीतर से आवाज़ आई–"...तुम सब मिलकर उस भिक्षा को खा लो।..."

युधिष्ठिर ही नहीं, सब भाई स्तब्ध हो रहे। ब्राह्मण उन्हें बधाईयां दे-देकर अपने ठिकानों पर लौट रहे थे...

दो पल बाद कुंती ने द्वार खोला। पुत्रों के साथ ब्राह्मणों को देखकर स्तब्ध हो रही थीं, सहसा उसका मन विषाद् की बदलियों में नहा गया था। बोली थीं–"आह!...यह कैसा अनर्थ हुआ!..."फिर चुप रहीं।

"माता!..." भीम उत्साहित होकर आगे बढ़े, चरण छूकर कहा था–"भाई अर्जुन ने स्वयंवर में द्रुपद-कन्या को विजित किया है!... आप प्रसन्न हों!"

द्रौपदी आगे बढ़ीं, कुंती के चरण छुए।

इस सबके बीच युधिष्ठिर शांत खड़े हुए केवल माता के चेहरे को देखते रहे थे। क्या इसलिए कि जो कुछ वह बोल गई हैं–उसके बाद क्या निष्कर्ष देगी वह, क्या द्रौपदी पांचो भाइयों में विभक्त हो जाएगी!

किंतु मन को थामा था उन्होंने–यह सब क्या सोचने लगते हैं वह, भला ऐसा भी कहीं होता है कि एक स्त्री पांच पति रखे?...

कुंती ने द्रौपदी को आशीष दिया, स्नेह से गले लगाया और आदर-पूर्वक घर ले गई। पीछे-पीछे पांचो भाई चले।

द्रौपदी और पांचो भाइयों को कक्ष में बिठाकर चिंतित और व्यग्र कुंती बाहर निकल आई।

युधिष्ठिर को छोड़कर वे चारों भाई यहां-वहां की बातें करने लगे थे और युधिष्ठिर रह-रहकर सोच रहे थे–माता के शब्दों और बाद में उनकी चिंतित, व्यग्र मुद्रा पर। लग रहा था अजाने ही एक गुत्थी पैदा हो गई है और कुंती परेशान हो उठी हैं।

सहसा कुंती ने पुकारा था उन्हें–"युधिष्ठिर!..."

वह उठे, "आज्ञा माता?"

"यहां आओ।" कुंती का कठोर स्वर आया था।

वे भीतर पहुंचे।

कुंती का चेहरा बदली से भरा हुआ था। आंखे बेचैनी के साथ इधर-उधर भटकती-सीं। कहा था–"बड़ा अनर्थ हो गया, पुत्र!...अनजाने ही मैं भिक्षा बांट लेने की बात कर बैठी...और गांडीवधारी सुंदरी याज्ञसेनी को स्वयंवर में जय कर लाए हैं। मुझे क्या मालूम था कि...

"आप शांत हों, माता!...निष्प्रयोजन भूल पाप नहीं होती, पाप है भूल के पीछे सोचा गया योजनाबद्ध विचार!

कुंती की आंखों में चमक पैदा हुई। जब-जब नीति-अनीति, धर्माधर्म को लेकर दुविधा होती थी, युधिष्ठिर से ही तर्का-तर्क करके उन्हें शांति मिलती थी। लगा कि उस दृष्टि ने विश्वास खोज लिया है। उनका धर्मराज कहा और माना-जाने वाला पुत्र अवश्य ही उनके शब्दों का नीति और धर्म के साथ अर्थ दे सकेगा! बोली थीं–"मैं चाहती हूं, पुत्र कि कोई ऐसी राह

निकले जिससे मेरा वचन भी झूठ न हो और द्रौपदी का पतिव्रत धर्म भी बना रहे !...”

युधिष्ठिर शांत थे...यह शांति उनकी असाधारण बौद्धिक शक्ति और क्षमता व्यक्त करने वाली थी। पर लग रहा था जैसे बहुत खोजकर भी कोई राह नहीं खोज पा रहे हैं...एक गहरा श्वांस लेकर कहा था–“कुछ-न-कुछ निष्कर्ष निकलेगा ही मां, आप आश्वस्त हों !”

कुंती कुछ कहें, इसके पूर्व ही वह वापस उसी कक्ष में मुड़ गए थे, जिसमें शेष चारों भाई द्रौपदी के साथ बैठे हुए थे।

बातें करते-करते वे सब चुप हुए। भाई का गंभीर चेहरा देखने लगे।

युधिष्ठिर कुछ पलों तक सोच में डूबे रहे। रह-रहकर नज़रें एक-एक भाई पर जातीं, और अंत में द्रौपदी पर कुछ क्षण ठहरकर लौट पड़ती। कुंती उदासी की हालत में एक ओर खड़ी हुई थीं।

युधिष्ठिर बोले थे–“भाई अर्जुन !...राजकुमारी द्रौपदी को तुमने ही विजित किया हैं, अतः नैतिक दृष्टि से तुम ही उसके पति हुए हो...किंतु माता ने अनजाने ही जो कुछ कह दिया है–उसके कारण एक दुविधा खड़ी हो गई है...” कुछ और भी कहते, पर द्रौपदी से जब दृष्टि मिली तो असहज हो रहे...

अर्जुन के चेहरे पर तनिक भी दुविधा न थी। उठे और कहा–“आप ऐसा न कहें महाराज ! माता के शब्दों से मैं तनिक भी विचलित नहीं हूं। उन शब्दों का सम्मान करनें में ही हम सब का शुभ है, अतः मेरे विचार में द्रौपदी केवल मेरी ही नहीं, हम पांचों ही भाइयों की पत्नी है ! हम पांचो ही उनसे पाणिग्रहण करेंगे !”

युधिष्ठिर चुप हो रहे थे।...केवल शेष सभी भाइयों को देखते हुए। द्रौपदी ने गर्दन झुका रखी थी–उनके भीतर क्या घट रहा था, देखना-जानना असंभव।

सभी भाई सहसा महकते-खिलते हुए से लगे थे युधिष्ठिर को।

और वह स्वयं?...अपने ही भीतर से सहसा कोई पूछने लगा है। कह

देना चाहते हैं नहीं! झूठ है यह! वे केवल उस उलझन का निष्कर्ष खोजने में व्यस्त थे उस समय। अतिरिक्त सोच से खाली!'

पर लगा था कि नहीं कह सकेंगे...

सच केवल यह है कि उस पल वह भी उसी तरह खिल गए थे, जिस तरह शेष चारों भाई अपने भीतर महक रहे थे। उन सबकी चमकती आंखे, चेहरों पर उभर आई दमदमाहट और रह-रहकर होठों का हौले-हौले कांपना ...सभी कुछ तो व्यक्त कर रहा था कि अर्जुन ने स्वयं ही सारी समस्या हल कर दी।

अर्जुन पूछ रहे थे–"आदेश दें, भइया?..."

"हूं?..." युधिष्ठिर चौंके, अपने को संभाला। एक क्षण के लिए यह भी विचार किया था कि कहीं द्रौपदी के कारण गलत निर्णय से भाई बिखर न जाएं। यह बिखराव उस स्वप्न का अंत बन जाएगा, जो न्याय और अधिकार के नाम पर कुरु राज्य को लेकर उन्होंने संजोया है।

सबकी आंखे उनपर ही ठहरी हुई थीं। निर्णय जो ठहर गया था युधिष्ठिर के पास।

कुछ क्षण बाद कहा था उन्होंने–"संभवतः अर्जुन ने उचित ही विचार किया है माता!" वह कुंती की ओर मुड़े थे। एक ओर नज़र से द्रौपदी को भी देख लिया था। अगले शब्द बोलते समय कुछ देर लगी थी उन्हें...? किसी विचार के कारण या उस नज़र के कारण, जिससे द्रौपदी सभी भाइयों को बहुत भरी-भरी नज़रों से देख रही थीं–?

हां, द्रौपदी के भीतर भी झांक लिया था उन्होंने। लगा था कि वे भी पांचों के प्रति बंटी-बंटी-सी हैं। देखकर शांति अनुभव हुई थी। कहा था–"तब ठीक है! माता की आज्ञानुसार, शुभलक्षणा द्रौपदी हम पांचो ही भाइयों की पत्नी होंगी।"[1]

---

1. अर्जुन द्वारा द्रौपदी को स्वयंवर में जीत लाने पर, वह पांचो भाइयों की पत्नी किस तरह बनीं–इसका स्पष्टीकरण महाभारत के (आदि पर्व) अध्याय 194वें में श्लोक-क्रम 1 से 6 के बीच इस तरह आया है कि द्रौपदी को साथ लिए हुए जब अर्जुन और भीम अपने शरण-स्थल पर पहुंचे तब देहरी से उन्होंने माता को सूचित किया कि वह भिक्षा ले आए हैं। भीतर से कुंती ने उन्हें बिना देखे ही उत्तर दे दिया

वे सभी प्रसन्न हो गए थे...और स्वयं युधिष्ठिर! लगता था कि वारणावत जंगल से पांचाल तक हुए भटकाव और मार्ग कष्ट से सहसा राहत पा गए हैं। मन एकदम हलका हो गया था!

बहुत बड़ी समस्या हल कर दी! यदि द्रौपदी केवल अर्जुन की हो गई होती तो कितनी बड़ी राजनीतिक उलझन खड़ी हो जाती?...भाइयों में वैमनस्य हो गया होता! हो सकता हैं कि वे परस्पर युद्ध भी कर बैठते!

क्या केवल यही सच है द्रौपदी के पांच पति होने का कारण?...

युधिष्ठिर के अतिरिक्त और कौन बतला सकेगा?...कम-से-कम वह अपने-आपको तो बतला ही सकते हैं?...

अपने-अपने विश्राम स्थल पर पहुंच चुके थे सब। बहुत रात बीत चुकी...सुबह होने को है!

युधिष्ठिर आसन पर लेटे-लेटे निरंतर विगत से उल्झे हैं...मन उधेड़ता हुआ–"क्या केवल यही सच है युधिष्ठिर कि तुमने भाइयों में एकता रहे–इस कारण द्रौपदी को पांचो भाइयों में बांटा?"

नहीं नकार सकेंगे! नकारते भी नहीं हैं। बुदबुदाकर अपने से ही कह उठे हैं–"किंतु पांचाली केवल हम सबकी आसक्ति के कारण नहीं, माता की इच्छा के कारण भी सबकी पत्नी बनीं। और फिर उस दिन पांचाली की अपनी दृष्टि में भी तो हम पांचों को लेकर वही कुछ भाव था जो हम सबके भीतर उन्हें लेकर आया था?...यह तुम कैसे भूल रहे हो कि अर्जुन द्वारा द्रौपदी के पांच, पति होने का प्रस्ताव आते ही पांचाली ने भी हम पांचों भाइयों को उतनी ही भरी-भरी आंखों से देखा था?"...

"किंतु पांचाली की उस दृष्टि का अर्थ आसक्ति होना तो नहीं लगाया जा सकता युधिष्ठिर?..."

कि–"पुत्रों, तुम सब मिलकर उस भिक्षा को खा लो।' फिर बाहर आकर द्रौपदी को देखते ही वह व्यग्र हो उठीं और बोलीं–"बड़े कष्ट की बात है कि मैने बिना समझे बूझे यह क्या कर डाला!' यहीं उन्होंने युधिष्ठिर को अलग ले जाकर कहा है कि वह कोई ऐसा उपाय बताएं, जिससे उनका (कुंती का) वचन भी मिथ्या न हो और द्रौपदी को भी अधर्म होने के कारण खिन्न न होना पड़े!

"तब?"

"तब हो सकता है कि वह दृष्टि केवल अर्जुन के प्रस्ताव पर उन पांच व्यक्तियों को अच्छी तरह देख लेने की रही हो?...विशेषकर उस स्थिति में तो सहज था द्रौपदी के लिए! जिसने जय किया था, वह उसे अपने अतिरिक्त शेष चार में और बांटने जा रहा था?...कैसे हैं वे चार?...यही देखा हो पांचाली ने?"

युधिष्ठिर निरुत्तर हो गए हैं!

मन निष्कर्ष देने लगा है–धर्मराज! द्रौपदी यूं ही नहीं बंटी हैं तुम सबके बीच?...वह उनकी सम्पूर्णता और तुम सबकी अपूर्णता है! तुम सब मिलकर पूर्णत्व में एक होते हो, जबकि वह सम्पूर्ण में एक है।...द्रौपदी का विभाजन एक राजनीतिक विभाजन ही है युधिष्ठिर! उसका मूल है वही क्रूर राजनीतिग्रस्त सामाजिकता जिसने तुम्हारे काल की अनेक घटनाओं को घटाया है!"

"न-न...यह...यह सब विचित्र-सा लग रहा है। यह सच नही है... सच...

द्रौपदी स्वयंवर से राजनीति का क्या संबंध है भला? युधिष्ठिर अचानक ही उबल आए मन के इस तर्क को उलीच डालना चाहते हैं! वह एक सहज स्त्री-पुरुष विवाह सम्बंध की प्रक्रिया का अंश है...इसके अतिरिक्त?...

नहीं! अदृश्य के शक्तिशाली तर्क उन्हें अपने ही भीतर नहीं बोलने देते। अपने से ही नहीं बोलने देते। कहते हैं–"याद करो धर्मराज! वह क्षण याद करो, जब ब्राह्मण ने तुम्हें एकचक्रानगरी में राजा द्रुपद द्वारा आयोजित स्वयंवर की सूचना दी थी, द्रौपदी का रूप-वर्णन किया था...

और उस पल ही कुंती को याद करो! वह जो तुम सबके भीतर द्रौपदी के सौन्दर्य वर्णन को सुनकर होने वाली प्रतिक्रिया देख ही नहीं रही थीं, आंक भी रही थीं...

हां...हां शायद...बुदबुदा पड़ना चाहते है युधिष्ठिर!

शायद नहीं, सब क्रमबद्ध है। सब सच। सबकी धरती में राजनीति! यह भी तो हो सकता है कि यह उसी तरह घटा हो, जिस तरह घटना पूर्व-निश्चित था।

कुंती की आंखें याद हो आई हैं...जिस समय युधिष्ठिर मंत्र-मुग्ध होकर ब्राह्मण के मुंह से द्रौपदी की सौन्दर्य-प्रशंसा सुने जा रहे थे, तब देखा था उन्हें ! वे आंखे...?[1]

दूर-दूर तक सोचती हुई–एक-एक कर हर बेटे पर थमतीं फिर आगे बढ़ती हुई...

और कुंती सारी रात जागती भी तो रहीं थीं उसी दिन? युधिष्ठिर को याद हो आया है। फिर यह भी कैसे भूल सकेंगे कि अगले दिन ही उन्होंने एकचक्रनगरी से प्रस्थान का प्रस्ताव रखा था...प्रस्ताव के समय भी तो वहीं आंखें, उसी तरह ठहर-ठहर कर देखती रही थीं, हर बेटे को? युधिष्ठिर पर भी ठहरी थीं वह !

याद आता है कुंती के वार्ता के समय द्रोण और द्रुपद के कटु संबंधों को लेकर द्रौपदी के विवाह को राजनीतिक महत्ता का बतलाया था यह भी याद है कि वही थीं जिन्होंने पांचाल राज चलने का सुझाव रखा था...[2] और फिर कैसे भूलेंगे कि वह कुंती ही थीं, जिन्होंने स्वयंवर वाले दिन देर रात पांडवों के लौटने पर बिना बाहर आए भीतर से ही कह दिया था–तुम सब मिलकर उस भिक्षा को खालो।'[3]

क्या उस राज्य में रहते हुए भी कुंती इस जानकारी से अनभिज्ञ

उपरोक्त समूचे अनुमानों के संदर्भ में 'महाभारत' में आए निम्न संदर्भों को क्रमबद्ध देखना आवश्यक है

1. "–कुंती ने समझ लिया कि उनके सब पुत्र अद्वितीय सुन्दरी कृष्णा के लिए उंत्कठित हो रहे हैं। सबका मन द्रोपदी में लगा हुआ है–" : आदिपर्व अध्याय-171, श्लोक-क्रम 1 से 15 तक।
2. तब उन्होंने युधिष्ठिर से कहा–'हे पुत्र ! जो ! जो तुम्हारी सलाह हो तो हम लोग पांचाल देश की शुभ यात्रा करें?' आदिपर्व में वही अध्याय, श्लोक क्रम 5 से 10 के बीच :
3. "–मैं मिथ्या वचन से बहुत डरती हूं। मेरे वचन को झूठ न होने देने के लिए इसके सिवा और क्या उपाय हैं? (कुंती और द्रुपद और व्यास का कथन जबकि एक स्त्री के बहुपति कैसे हों, इस पर द्रुपद ने शंका व्यक्त की आदि पर्व अध्याय 119, श्लोक क्रम 12 से 15 तक)
   उपरोक्त वर्णन से यह प्रकट होता है कि कुंती ने अनजाने ही 'भिक्षा बांट लेने का' वचन नहीं दिया था, अपितु वह अपने बेटों की द्रौपदी पर आसक्ति को पहले से जान समझ रही थीं और उनमें किसी प्रकार का वैमनस्य कृष्णा के कारण न हो जाए, अतः कुंती ने उचित समझा कि कृष्णा पांचो बेटों की पत्नी बन आए।

रहीं होंगी कि महाराज द्रुपद की कन्या का स्वयंवर है?...क्या कुंती को मालूम न था कि उनके पराक्रमी पुत्र स्वयंवर में अवश्य ही पहुंचे होंगे?...

तब क्या कुंती उस समय आश्वत न रहीं होंगी कि उनके शस्त्र-कुशल राजपुत्रो में से एक-न-एक अवश्य ही स्वयंवर में विजयी होकर लौटेगा?...

और उन्होंने वचन दे दिया था अनजाने में कि 'मिल-बांटकर खा लो !'

सचमुच 'अनजाने' ही दिया था वचन?...

युधिष्ठिर टिप्पणी नहीं करेगे। टिप्पणी करके इस दुविधा में नहीं उलझेगें कि माता कुंती की मनःस्थिति क्या थी?...या क्या था उनके भीतर...

उन्हें केवल अपना निर्णय करना है। इसी के अधिकारी हैं वह। इसके बावजूद मन कुंती से ही जुड़कर रह गया लग रहा है...कर्ण याद हो आए है–उन्हें तिलांजलि देनी है भोर के साथ...

अंत्य संस्कार, मृत्युदान की अपेक्षा अधिक कष्टकारी होता है–पहली बार जाना...उस पल तो बच्चों की तरह बिलख पड़ने को मन हो आया था, जिस पल गंगा की धारा में उतरे...

दाएं-बाएं देखा–दूर-दूर तक परिवारजनों, विधवाओं और पुत्रहीन माताओं की एक पंक्ति खड़ी थी। सभी घुटनों-घुटनों गंगा में डूबे हुए... उससे अधिक अपने ही भीतर सम्पूर्णता से डूब चुके लोग !

उस समय अधिक ध्यान नहीं दिया था, जिस समय निवास स्थान से भाइयों आदि के साथ चल पड़े थे। सारी राह विदुर से बातें करते आए थे। क्या कीर्तिमान है, क्या नहीं? किसकी अमरता निःशेष होती है? जीवन और संसार के विविध पहलू। उस समय यह देखा ही नहीं था कि वह अकेले नहीं हैं। उन्हीं की तरह विषादग्रस्त कुलजनों की एक बड़ी भीड़ आगे या पीछे चलती जा रही है।

गंगातट पर जिस समय तिलांजलि देने उतरे, उस समय भी उस ओर ध्यान नहीं गया था, किंतु जैसे ही ब्राह्मणों ने श्लोकोच्चारण किए, पूर्वजों और कुल-गोत्र के स्मरण के साथ-साथ याद दिलाया कि तिलांजलि पाने

वालों के नाम-गोत्र संबंध स्मरण करें, वैसे ही लगा था कि मन के भीतर अनेक लोग अंकुरा आए हैं। कर्ण, अभिमन्यु, प्रतिविंध्य, शल्य, दुर्योधन, दुःशासन...अनेक! सब अपने-अपने संबंधों के आधार पर युधिष्ठिर को संबोधित करते हुए से...पितृ?...सखा?...बंधु?...अनेक संबंध! अनेकानेक सम्बोधन!

व्यग्र हो उठे!

इधर-उधर देखा था और फिर वैधव्य की आंधी में अस्त-व्यस्त हो चुकी कुलवधुओं की एक बड़ी भीड़ पर दृष्टि जा ठहरी थी...

श्लोकोउच्चारण चल रहे थे...युधिष्ठिर ने आत्मबल जुटाए, रखकर तिलांजलि धर्म पूरा किया था...फिर सब लोग तट पर यहां-वहां बिखर गए थे। आंखे निरुद्देश्य ही गंगा की सतह पर ठहरीं...

सूर्य किरणें इस जल पर क्रमशः इस तरह तिर रही थीं, जैसे कर्ण के सुनहरी बालों को सिहरा रही हों...याद हो आया है। जब-जब कर्ण को किसी कारण हंसते-बोलते देखते थे, तब-तब लगता था कि स्वर्णमंडित कुंडलों से कुछ ज्योतिधाराएं यहां-वहां शरीर पर उतर रही हैं...जल-धाराओं-सी...

बहुत अच्छे लगते थे कर्ण। मन में अजब सा स्नेह-भाव पैदा होता था। तब कहां जानते थे कि यह स्नेह यूं ही नहीं है, रक्त का सहज संबंध है!

वही कर्ण स्मरण में...

युधिष्ठिर ने ठहरी आंखो पर कई बार पलकें झपकीं। लगा कि फिर से अकेले होने लगे हैं।...

नहीं! संभवतः अकेले नहीं हैं। वह हैं और हैं जलधाराओं से उभरते प्रतिसूर्य–कर्ण!

क्या उनकी अपनी तरह कर्ण भी सदा अंधेरे में ही रहे होंगे? मन में प्रश्न उठ आया है। फिर यह प्रश्न आंतों को कसने लगता हैं–प्रश्न पर प्रश्न फेंकता हुआ। हर प्रश्न मन को नागपाश की तरह जकड़े हुए!

अकुलाकर यहां-वहां देखने लगे थे युधिष्ठिर। एक ओर कुंती किसी बात को लेकर कृष्ण से चर्चामग्न थीं। सहसा दृष्टि ठहर गई थी। किससे पूछें? माता कुंती से ही? या कृष्ण से?

एक गहरा श्वांस लिया। किसी से कुछ पूछने का अब शेष ही क्या रहा हैं? विगत को अधिक उधेड़कर अपने ही भीतर अधिक पीड़ाग्नि में जलना होगा। गहरा श्वांस लेकर शांत बैठ रहें। दोनो घुटनों में सिर गड़ा लिया–अंधकार अच्छा लगता है–आंखे मूंदकर यही महसूस हुआ था।

पर इस अंधकार में इतनी शक्ति नहीं है कि विगत की कालिखभरी घटनाओं का अस्तित्व मिटा सके। यह इस अंधकार से भी कहीं अधिक गहरी और कटु है! फिर से गर्दन उठा ली...चौंके–"ऋषिवर, आप!...प्रणाम लें!" उठने को हुए।

"आयुष्मान् हो कुंतीपुत्र!", ऋषि ने कहा। स्वर जितना शांत था, दृष्टि उससे भी अधिक शांत और गहरी। इधर-उधर देखा, फिर बोले–"तिलांजलि कर्म पूरा हो चुका संभवतः?"

"हां, देव!" युधिष्ठिर ने उत्तर दिया।

ऋषि एक ओर, जिधर पेड़ की छाया थी, बढ़ रहे थे। युधिष्ठिर श्रद्धा-पूर्वक उनके पीछे हो लिए। कब से नारद उनके और कुरु-जनों के बीच घूम रहे थे, ध्यान ही नहीं कर सके। मन क्षुब्ध हुआ।

ऋषि छाया में रुके तो युधिष्ठिर ने विनम्रतापूर्वक हथेलियों से ही उनके बैठने के लिए स्थान बुहार दिया। फिर हाथ जोड़कर एक ओर खड़े हो रहें–"विराजें, महात्मन!"

"नहीं वत्स!" ऋषि ने उत्तर दिया–"इधर से आश्रम की ओर जा रहे थे हम...राह में तुम लोग दिखे, अतः..."

"कृपा की, देवात्मन्! मैं उपकृत हुआ।" युधिष्ठिर ने श्रद्धा से बीच में ही कहा। स्वर भर्राया हुआ था। पिछली कई रातों विश्राम करना चाहकर भी विश्राम नहीं कर सके थे, अतः शरीर भी असहज-सा।

नारद उन्हें कुछ क्षण देखते रहे, फिर बोले–"मन स्वस्थ न हो, पांडुपुत्र! तो शरीर भी स्वस्थ नहीं रहता, इसलिए मन को स्वस्थ-शांत रहना आवश्यक है। तुम युद्ध के कारण हुए विनाश से बहुत चिंतित और व्यग्र हो रहे हो राजपुरुष! पर बीत चुके के प्रति सतर्क होना आवश्यक होता है, उसमें बीत जाना व्यर्थ हैं!"

युधिष्ठिर ने श्रद्धा से उन्हें देखा। पुतलियों पर अश्रु तिर आए, कहा, "देवर्षि! यह शोकनाश किस तरह हो सकता है, कृपाकर बतलाएं?"

नारदजी ने एक क्षण उन्हें टकटकी बांधे हुए देखा, फिर कुंती से वार्ता मग्न श्रीकृष्ण की ओर देखते हुए उत्तर दिया–"जन्म और नाश का संपूर्ण रहस्य तो तुम्हारे साथ ही है धर्मराज! तुम जैसे विवेकशील मनुष्य को उसे समझते देर नहीं लगेगी।"

युधिष्ठिर कुछ और कहें, इसके पूर्व ही नारद आगे बढ़ लिए–"नारायण! नारायण! फिर भेंट होगी, धर्मज्ञ! मन सहज रखकर शांति-पूर्वक संसार धर्म का पालन करो! शुभाशीष!"

वे चल पड़े थे। युधिष्ठिर ठिठके हुए-से उन्हें देखते रह गए...

कितने ही दिन बीते थे...पर लगता था कि हर दिन एक बोझ लेकर प्रारंभ होता है, डूब जाता है।...नारद ने कहा था–"...जन्म और नाश सम्पूर्ण रहस्य तो तुम्हारे पास ही है धर्मराज! तुम जैसे विवेकशील मनुष्य को उसे समझते देर नहीं लगेगी!"

कहां है रहस्य?...इधर-उधर खोजते रहे हैं। किसके पास है यह रहस्य? क्या भीष्म, विदुर, धृतराष्ट्र संजय...? इनमें से किसी के पास है? किंतु लगा था, नहीं है। सब खाली है...भरे होते हुए भी खाली-खाली!

अपने ही भीतर चिंतन-मनन् की प्रक्रिया चलाए रखी है। इस प्रकिया से कभी मुक्त नहीं रहे युधिष्ठिर! मन कहता है–"तुम अधिक कष्ट, वेदना और पीड़ा केवल इस कारण भोगते हो धर्मराज! क्योंकि तुम सोचते हो!"

हां! लगता है मनुष्य का विचारशील होना ही उसका सबसे बड़ा दोष है! दोष ही नहीं, एक तरह का दंड!

यह दण्ड जीवन भर भोगते रहे हैं युधिष्ठिर!...केवल अपने को लेकर ही नहीं, दूसरों को लेकर भी जितना सोचा है–यही दण्ड भोगा हैं!

महायुद्ध की विनाश-लीला को बीते कुछ ही दिन हुए हैं, पर लगता है कि युद्धारंभ अब हो रहा है...युद्ध से कहीं अधिक तो युद्ध के बाद भोगता

है मनुष्य ! वह जय-पराजय के परिणाम से कहीं ज्यादा दुःखदायी और कष्टकर !...

मन कहीं नहीं ठहर पाता। न द्रौपदी के पास होने पर सहज रह पाते हैं, न भाइयों के बीच। विदुर से धर्म-चर्चा करते हुए भी कोई निष्कर्ष नहीं निकलता। सब व्यर्थ-सा होने लगा है?...

इस व्यर्थता-बोध से मुक्ति कैसे पाएं?...इस छटपटाहट ने न भोर का अहसास होने दिया है, न संध्या का?...जीवन-कर्म यांत्रिक भाव से चलते लगते हैं। सब कुछ यंत्रवत् !...उनके बीच स्वयं भी संभवतः यंत्र होते हुए !

परिजनों के क्रिया-कर्म के निवृत होते ही व्यर्थता-बोध ने इस कदर जकड़ लिया था कि भीड़ के बीच एकांत का अनुभव होने लगा। युधिष्ठिर के पास केवल युधिष्ठिर–और कोई नहीं। अकुलाकर, शांति की व्यग्र इच्छा ने आगत को देखने के बजाए विगत को ही कूरेदना प्रारंभ कर दिया ! ... इतना कुरेदा कि हर घटना तहों और सतहों तक खुद आई...

और उसके साथ-साथ युधिष्ठिर अधिक व्यग्र और व्यथित होते गए। रोना स्वभाव में नहीं था, अतः मन-ही-मन बच्चों की तरह बिलख लिया करते...कितनी-कितनी घटनाओं की तहों तक इसी सतह नहीं बिलखे थे युधिष्ठिर !...कभी कृष्ण, कभी कुंती और कभी और किसी अन्य सूत्र से उन्होंने वे सब घटनाएं ज्ञात कर ली थीं जो युद्ध-पूर्व कर्ण और कुंती के बीच घटी...

"कर्ण को यह ज्ञात था युधिष्ठिर कि तुम पांचो उनके भाई हो..." वासुदेव ने बतलाया तो भौंचक रह गए थे युधिष्ठिर–अविश्वास से भरकर उन्हें देखते हुए। सदा की तरह, हर अनुकूल-प्रतिकूल स्थिति में, एकभाव से संयमित-संयत रहने वाले कृष्ण के सांवले चेहरे पर मुस्कान बिखरी हुई थी। पल-भर पहले जब कृष्ण के सामने कर्ण को स्मरण कर विगत को उधेड़ने लगे थे, तब कृष्ण ने कहा था..."वह अक्षयकीर्ति हुए !"

युधिष्ठिर ने उनसे प्रश्न किया था–"...उन्होंने मुझे बतलाया क्यों नहीं वासुदेव, कि वह मेरे अग्रज हैं?...यदि ज्ञात हो गया होता तो मैं यह सारा राज-पाट और अधिकार उन्हें सौंपकर निश्चित होता। हम सभी भाई उनके

चरणों में होते !...क्या प्रतापी कर्ण को अपने ही भाइयों की सेवानिष्ठा पर किसी तरह का संशय था?"

"नहीं, धर्मराज !...कुंती-पुत्र कर्ण केवल इसी कारण तुम्हें या किसी को भी यह नहीं बतलाना चाहते थे कि वह तुम्हारे बड़े भाई हैं

अधिक ही चकित हो गए थे युधिष्ठिर। बड़बड़ाकर प्रश्न किया था, "यह क्या कहते हैं वासुदेव?...कर्ण इस कारण नहीं बतलाना चाहते थे कि सारा राज्य और अधिकार पा जाएंगे?"

"हां, अजातशत्रु !..." श्रीकृष्ण की आंखे यमुनाजल की तरह नीली हो गई थीं...गहरी और गंभीर। कहा था–"कर्ण मनुष्यों में श्रेष्ठ थे भाई ! स्वयं उन्होंने ही मुझसे कहा था कि वह जानते हैं कि सत्य-निष्ठ युधिष्ठिर सत्य बात के ज्ञात होते ही उनके चरणों में आ गिरेंगे, राज्याधिकार और सम्पूर्ण शक्ति सौंपकर उनके अनुगामी हो जाएंगे...अतः वह उचित नहीं समझते कि ऐसा हो। क्योंकि कर्ण दुर्योधन के प्रति समर्पित भी थे वचनबद्ध भी कि आर्यावर्त का सम्पूर्ण राज्य वैभव वह उन्हें समर्पित कर देंगे !..." एक पल थमकर कृष्ण बोले थे–"सत्य ज्ञात होने पर तुम अधिकार उन्हें सौंप देते और वचन-बद्ध होने के कारण प्रतिसूर्य कुरुराज्य दुर्योधन को सौंपते !...अतः उन्होंने यही उचित समझा कि रहस्य–रहस्य ही बना रहे !..."

युधिष्ठिर प्रश्नहीन होकर श्रीकृष्ण के चेहरे को देखते रह गए थे...लग रहा था कि उनके चेहरे के समीप ही कर्ण का सूर्यव्रत चेहरा उभर आया है... प्रकाशमान और तेजपूर्ण !...

श्रीकृष्ण ने तब की सम्पूर्ण घटना सुना दी थी, जबकि उन्होंने युद्ध-पूर्व कर्ण से पांडव-पक्ष में आने के लिए कहा था...वह घटना भी, जब कुंती कर्ण से मिली थीं...

और युधिष्ठिर बिना कुछ पूछे, टोके, इस तरह सुनते रहे थे जैसे विस्मय के अद्भुत लोक में भटक रहे हों !...

कर्ण-कथा के पृष्ठों को समेटते-समेटते युधिष्ठिर निरंतर व्यग्र होते गए हैं। यह व्यग्रता है या उनके अपने भीतर संजोया हुआ समुद्र–ज्ञात नहीं, पर

इतना निश्चित है कि इस समुद्र ने रह-रहकर लहरों की तरह युधिष्ठिर की ही अंतरात्मा से टकराना प्रारंभ कर दिया है !...

विचार की कोई लहर उठती है और युधिष्ठिर अपने ही भीतर एक ताकतवर धक्का झेलकर जैसे-तैसे उबाल को संभाल पाते हैं?...

किंतु कितने दिनों तक थामे रह सकते, आत्म-तटों से टकराती, विगत-स्मृति की पीड़ाओं से भरी ये वेगवती लहरें?

लगता है–बहुत दिनों तक संभव नहीं होगा।

आत्म-शक्ति से पूर्ण युधिष्ठिर के लिए भी संभव नहीं होगा !...

जीवन-चक्र में निरंतर आते रहे अवरोधों, दुविधाओं और सांसारिक सामाजिक चोटों ने युधिष्ठिर की आत्म-शक्ति के तट बहुत कमज़ोर कर डाले हैं !...तब कर डाले हैं, जबकि युधिष्ठिर राज्यारोहण की राह चल पड़े हैं !...युद्ध का जय-मुकुट माथे पर रखे हुए !

कर्ण-कथा के रहस्य-पृष्ठों का उद्घाटन उन्हें अत्यधिक शक्ति-हीन कर गया हैं !...जानते हैं कि अजाने हुए अनर्थ और पाप का दोषी मनुष्य नहीं होता, पर यह जानते हुए भी कैसा आत्मपीड़न है, जो मन से छंट नहीं पाता?...यह भी जानते हैं कि कर्ण के दोषी, उनका समाज, व्यवस्था, मूल्य और कुंती के अतिरिक्त स्वयं कर्ण ही हैं...युधिष्ठिर या अन्य पांडवों का उससे तनिक-सा भी संबंध नहीं–पर इस बोध को मन से कैसे हटाएं कि अजाने ही कर्ण के प्रति युधिष्ठिर स्वयं को दोषी अनुभव करते हैं। ऐसी स्थिति में थके-हारे, गल चुके आत्म-शक्ति के तट कितने दिनों तक आत्म-मंथन की वेगमयी लहरों को थामे रह पाएंगे?

बहुत दिनो तक नहीं !

एक-न-एक दिन रोना ही होगा युधिष्ठिर को !...जीवन-मृत्यु और सत्य-असत्य की सैकड़ो तहों के जानकार युधिष्ठिर अति-सामान्य व्यक्ति की तरह बिलख-बिलखकर रोएंगे...

कितनी-कितनी यादें तो हैं रुलाने के लिए...कर्ण के संदर्भ में ही कर्ण की एक स्मृति...वह स्मृति, जिसे संभवतः युधिष्ठिर शरीरांत के अंतिम क्षण तक बिसरा नहीं सकेंगे...

अदृश्य दबाव की तरह उनके मन से सदा रिसती रहेगी यह स्मृति! याद आती है और बाएं कंधे पर हल्का-सा दबाव पैदा हो जाता है...वही तो हाथ रखा था कर्ण ने?...[1]

वज्र-पुरुष का हाथ, पर फूल-सा हल्का! ...

संकुल-युद्ध का वेग आंधी की तरह समूचे रण-क्षेत्र में बिखरा हुआ था! सूर्य की तेजस्वी किरणों के बीच जहां-तहां अग्नि के छोटे-बड़े अनेक पुंजो की तरह सेना के सिरों पर फूटते अग्निबाण!...विध्वंसकारी हाहाकार और उसी में रथारूढ़ रथियों, अतिरथियों और महारथियों का घोर संग्राम!... कोई शरीर न था जिसपर लहू की धाराएं न हों...कर्ण और युधिष्ठिर के बीच देर से एक-दूसरे पर घातक अस्त्र-शस्त्रों के प्रहार चल रहे थे...तभी कर्ण के वेगमय प्रहार ने युधिष्ठिर के रथ को ध्वजाहीन कर दिया था। युधिष्ठिर संभाल सकें, इसके पूर्व कर्ण के तूफानी हमले ने उनका तरकश, यहां तक कि रथ को भी टुकड़े-टुकड़े कर डाला...मुड़े और बुरी तरह चौंक गए–उस पल यही लगा था कि मृत्यु ने साक्षात् स्पर्श कर लिया है उन्हें। कंधे पर कर्ण का हाथ आ पहुंचा था। उनके कंधे पर...इतने पास और इस तरह कि एक ही झटके में अजानबाहु कर्ण का हाथ उन्हें उछालकर अपने रथ पर डाल लेगा!...जीवित ही पकड़ लिया जाएगा पांडव-पक्ष के सिरमौर को।

भय, आतंक और संकोच से भरकर युधिष्ठिर थर्रा गए थे। कर्ण की आग में जलती आंखे उस पल उन्हें असह्य हो उठी थीं। लगने लगा था कि उनके समूचे बदन में सलाखों की तरह कर्ण की दृष्टि-रश्मियां वह आग समोए दे रही हैं!...मन ने उसी पल चीखकर कहा था–"तुम समाप्त हुए युधिष्ठिर!...पूर्व में किया गया तुम्हारा भयानुमान ग़लत नहीं था!... तुम सचमुच ही कर्ण के हाथों हत हुए!...कुछ घड़ी और, फिर यह युद्ध समाप्त

1. महाभारत : कर्णपर्व : के 42 वें अध्याय में श्लोक क्रम 50-52 पर वर्णित है– "...महारथी कर्ण पांडव-पक्ष के सभी वीरों को परास्त करके शीघ्र ही महाराज युधिष्ठिर के पास पहुंच गए। उन्होंने अपना हाथ धर्मराज के कंधे पर रख दिया!"

हो जाएगा !...पांडव-पक्ष नेतृत्वहीन ही रहेगा !....'[1]

बेसुध होने लगे थे युधिष्ठिर

कर्ण द्वारा मिलने वाली मृत्यु के भय से या युद्ध में शरीर पर जगह-जगह हो चुके घावों के कारण !...[2]

संभवतः कर्ण के आंतक से ही बेसुध हो रहे थे वह ! झपकती पलकों के बीच उन्होंने देखा था कि पांडव-पक्ष में युधिष्ठिर के इस तरह कर्ण के हाथ पड़ जाने को देखकर एक खलबली फैल गई है...भयातुर सैनिक इधर-उधर भागने लगे हैं। कर्ण की सेना इन भागते हुए वीरों को घास की तरह रौदें डाल रही है !...

पलकें पूरी तरह झपक जातीं पर तभी कर्ण ने हंसकर कहा था–"तुम्हारे क्षत्रिय धर्म को क्या हुआ युधिष्ठिर ?...कहां गया तुम्हारी रक्षा करने वाला धनंजय?...तुम ऐसे निरीह भाव से कौरव-योद्धाओं को क्यों देख रहे हो कुंती-पुत्र?..."

युधिष्ठिर ने सुना। लगा था कि वे शब्द भी अंगारों की तरह, कर्ण के मुंह से युधिष्ठिर के तन-मन पर बरस रहे हैं ! जगह-जगह से उन्हें झुलसाते और उनका तिरस्कार करते हुए व्यंगपूर्ण शब्द !...

उत्तर देना चाहकर भी ग्लानि और अपमान की पीड़ा के कारण बोल नहीं पा रहे थे...तभी एक हलका-सा धक्का देकर युधिष्ठिर के थके शरीर को ज़ोर से हिला दिया था कर्ण ने, कहा था–"यह जगह तुम्हारी नहीं है

---

1. महाभारत : कर्ण पर्व के 66वें अध्याय में श्लोक क्रम 11 से 20 तक युधिष्ठिर ने अर्जुन से कर्ण को लेकर अपने मन पर छाया आतंक वर्णन करते हुए कहा है "...हे धनंजय ! कर्ण के डर से मैं तेरह वर्ष न तो सोया और न ही दिन की घड़ी भर के लिए सुखी हुआ। मैं जागते सोते सदा कर्ण को ही स्मरण किया करता था। मुझे अब तक चारों ओर यह जगत् कर्णमय दिखाई दे रहा है। उसके भय से मैं जहां जाता था, वहीं मुझे अपने आगे कर्ण को ही दीख पड़ता था। समर से न हटने वाले कर्ण ने आज युद्ध में रथ और घोड़े नष्ट करके मुझे जीत लिया और दया करके किसी तरह जीता छोड़ दिया !"
2. कर्णपर्व के इसी अभ्यास में श्लोक क्रम 11 से 20 में युधिष्ठिर ने अपने मन पर छाया कर्ण द्वारा मृत्यु मिलने का भय इन शब्दों में स्वीकार किया हैं–"मैं वाध्रीणस पक्षी की तरह युद्ध में कर्ण के हाथों से अपनी मृत्यु जानता था–"

   वाघ्रीणूस : यह पक्षी पितृक्रम में याज्ञिकों के हाथ मारा जाता है। उसके पंख सफेद रंग के होते हैं। सिर लाल होता है और गर्दन काली।

युधिष्ठिर !...न ही यहां चौसर बिछी है जिसपर तुम खेलने चले आए? मैं तुम्हारी हंसी करने के लिए भी शब्द नहीं ढूंढ़ पा रहा हूं..." सहसा कर्ण की हंसी और व्यंग कटुता में बदल गए थे–"धिक्कार है तुम पर ! योद्धा न होते हुए भी तुम युद्ध में क्षत्रियों के सामने इस तरह निर्लज्ज-भाव से आ खड़े हुए हो?...तुम पर धिककार हैं !..."

युधिष्ठिर व्यंग, कटुता और अपमान-भरे शब्दों से आहत होकर सजग हो गए थे। उत्तर के लिए शब्द न थे, अतः एक छटपटाहट मन में भरे हुए बेबसी से सूत-पुत्र की आंखों में देखे जा रहे थे...

कर्ण क्रोध, दर्प और घृणा से भरा हुआ लगातार कटु-वचन कहता रहा। उसने बहुत तरह युधिष्ठिर को ही नहीं, सम्पूर्ण पांडव-पक्ष को धिक्कारा, फिर कहा था–"तुम स्वाध्याय और यज्ञादि करते रहे हो, ये ब्राह्मणों के काम हैं। मेरे विचार में तुम इसी कर्म को जानते-पहचानते हो, अतः तुम्हें युद्ध के मैदान में नहीं आना चाहिए !...[1]

युधिष्ठिर ने अपमान और तिरस्कार के अनेक खंग शरीर पर चलते महसूस किए थे। कर्ण का हर शब्द एक प्रहार !...हर प्रहार युधिष्ठिर के मन-शरीर को चिथड़े-चिथड़े करता हुआ ! ...

मन से एक प्रार्थना उभरी थी–"हे ईश्वर !...इस अपमान से तो कर्ण के हाथों मैं वीरगति पा जाता तो अच्छा था !..."

निराशा और कष्ट से सिर झूलने लगा था युधिष्ठिर का !

पर कर्ण निरंतर आहत करने वाले खंगवत् शब्द-प्रहार करता हुआ–ऐसे जैसे इस पल शरीर-दान देकर मन से युधिष्ठिर का संहार किए डाल रहा हो !...बोला था–'जाओ अपने घर और अच्छा हो कि वहां जाओ जहां तुम्हारे सहारे और शक्ति अर्जुन और श्रीकृष्ण हैं... ! जाओ रणभूमि से !...

---

1. "–तुम ब्राह्मणोचित कर्म स्वाध्याय और यज्ञ आदि करते रहते हो और उसी को अच्छी तरह पहचानते हो, अतः मैं कहता हूं कि युद्ध और वीरों का सामना मत करो ! हे धर्मराज ! अपने घर को अथवा जहां पर श्रीकृष्ण और अर्जुन हैं, वहां जाओं। कर्ण तुमको समर में कभी नहीं मारेगा !" (कर्णपर्व के 49वें अध्याय में कर्ण का युधिष्ठिर से संवाद। श्लोक क्रम 52 से 58 तक)

कर्ण ने तुम्हें जीवित छोड़ा! जीवित ही नहीं छोड़ा अपितु आश्वासन दिया कि तुम्हें युद्ध में कर्ण कभी नहीं मारेगा!..."

युधिष्ठिर रुआंसे होकर कर्ण को देखने लगे थे। इस तरह जैसे प्रार्थना कर रहे हों–"महावीर!...हत करो मुझे!...यह सब न कहकर मुझे मार डालो!..." किंतु कर्ण ने अवसर नहीं दिया था, शल्य से बोला था–"चलो, मद्रराज!...रथ मोड़ लो, किसी और दिशा!"

और रथ मुड़ गया था कर्ण का! अगले ही पल वीर कर्ण पांडव-सेना के एक और हिस्से पर टूट पड़ा था...

युधिष्ठिर लौट आए थे रणभूमि से!...पराजित बोध से पीड़ित। आत्म-बेधन से तड़पते हुए!...प्राणों को बोझ की तरह अनुभव करते हुए!...

कर्ण ने जीवन-दान दिया था उन्हें!...

जीवन-दान दिया था या मृत्यु से अधिक कष्टदायी स्थिति में ला छोड़ा था? कम-से-कम उस पल इसी तरह और यही सोचा था युधिष्ठिर ने! कर्ण के प्रति अधिक ही क्रोधाग्नि से भर उठे थे वह!...

...पर आज लग रहा है कि उस दिन का क्रोध और पीड़ा सब मिलकर युधिष्ठिर से पूछने लगे हैं–"उस पल तुमनें क्यों नहीं खोजे कर्ण के संवाद-अर्थ?...तुम तो सदा ही संवाद के हर शब्द की तहों तक उतरने के अभ्यासी रहे हो युधिष्ठिर?... उस पल क्यों भूल गए कि कर्ण जैसा शत्रु तुम्हें युद्ध में कभी न मारने का आश्वासन क्यों दे रहा था?"

आंखें भर आई हैं। आत्म-तट का एक बड़ा शिलाखंड मन की लहरों ने तोड़ दिया है।...कर्ण तुम्हें समाप्त कर सकता था किंतु उसने जीवन-दान दिया!

यह शिलाखंड गल रहा है...रेशे-रेशे!...फिर अनंत गहराइयों में डूबता भी चला जा रहा है?

इसे पचा सकेंगे युधिष्ठिर?...

असंभव!...

कहां जानते थे कि एक दिन उसी कर्ण को लेकर रोने-बिलखने का मन होगा, जिसकी मृत्यु के लिए निरंतर कामना करते रहे थे? जिसे मार डालने

के लिए उन्होने स्वयं ही अर्जुन से केवल कहा नहीं था, अपितु उसे उत्तेजित भी किया था !...अपने ही शब्द याद हो आते हैं। उस दिन जब युद्ध में कर्ण की मृत्यु को लेकर असत्य समाचार फैल गया था, तब कितने प्रसन्न हुए थे वह?...

अर्जुन और कृष्ण रणभूमि से लौटे तो सहसा बांहो में भरने लगे थे उन्हें...स्वर संतोष और आनंद की उपलब्धि से भरा हुआ था...युद्ध की थकान और घावों की पीड़ा के बावजूद चेहरा दीप्ति से दमदमाता हुआ– "आओ !...आओं , मेरे भाई ! मैं व्यग्रता से तुम्हारी ही प्रतीक्षा कर रहा था !...यह जानकर मैं सुखी हुआ कि तुमने उस कपटी, धूर्त और वाचाल कर्ण का वध कर दिया है और स्वयं अछूते लौट आए हो...?"[1]

अर्जुन और कृष्ण दोनों ही सहमे हुए एक-दूसरे को देख रहे थे। युधिष्ठिर की ओर कभी-कभी उनके अवाक् चेहरे मुड़ते, आंखें विस्मय से देखतीं यह खोजने की कोशिश करती हुई कि कहीं युधिष्ठिर मानसिक-रूप से तो नहीं गड़बड़ा गए !...

पर युधिष्ठिर उसी तरह हर्षोन्मत्त बोले जा रहे थे...वह थरथराती हथेलियों से क्रमशः अर्जुन की बांहे, सीना और गर्दन टटोल रहे थे... स्वर प्रसन्नता के समुद्र में डबडबाया हुआ–"कर्ण भयावह योद्धा था धनंजय !... भला बताओ तो तुमने युद्ध में उस दुर्जन को किस तरह पराजय दी?...इस समय तो शायद वह रणक्षेत्र में मरा हुआ पड़ा होगा ! उसके लम्बे-चौड़े दीर्घ काय शरीर के चिथड़े हो चुके होंगे? तुम तो सोच भी नहीं सकते अर्जुन कि मैं यह समाचार पाते ही कितना प्रसन्न हुआ हूं कि कर्ण हत हुआ !..."

"भइया...तुम..." अर्जुन ने कुछ बोलना चाहा था, पर युधिष्ठिर भावावेश में कुछ सुनने को तैयार न थे। वे गहरा श्वांस लेकर आश्वस्त-भाव से पलंग पर जा बैठे थे। उन्होंने बच्चों की तरह प्रसन्नता के साथ अपने हाथ पटकते

---

1. महाभारत : कर्णपर्व : के 66 वें अध्याय में श्लोक क्रम 1 से 30 तक विभिन्न स्थानों पर कर्ण के मारे जाने पर युधिष्ठिर ने अपनी हार्दिक प्रसंनता व्यक्त की है। बाद में उन्हें सूचना मिलती है कि कर्ण हत नहीं हुए !

हुए कहा था–"...हां, मै बहुत आनंदित हुआ, यशोदानंदन !...बहुत सुखी हुआ।"

"किंतु धर्मराज !..." श्रीकृष्ण बोले थे–"राधापुत्र कर्ण अभी जीवित है...आपको समाचार असत्य मिला कि वह हत हो चुके है।"

युधिष्ठिर सहसा पुतले की तरह स्थिर रह गए थे। शब्दहीन, स्वरहीन। यहां तक की उनकी आंखे थमी रह गई थी कृष्ण पर–स्थिर !

कानों में केवल कुछ शब्द और उन शब्दों की प्रतिगूंज शेष रह गई थी–कर्ण जीवित है !...कर्ण जीवित है !...कर्ण जीवित है !..."

सहसा तिलमिलाकर उन्होंने अर्जुन को अनेक तरह से धिक्कारना प्रारंभ कर दिया था।

कितना और क्या कुछ नहीं कहा डाला था अर्जुन को?...उनके गांडीव को धिक्कारा था !...उनकी शक्ति और वीरत्व को तरह-तरह लांछित कर दिया था ! यहां तक कि उनके पौरुष पर ही आशंका प्रकट करने लगे थे युधिष्ठिर !...

वही युधिष्ठिर जो पांचाली को सर्वस्व सहित चौसर के दांव पर हारने के बाद भी संतुलित रहे थे। वही युधिष्ठिर जो यक्ष के सामने अपने चारों भाइयों को मृतवत पाकर भी संयम जुटाए रहे थे। वही युधिष्ठिर, जो वन में भटकते-भटकते अपने छालों और कष्टों को जल के घूंटो की तरह शांत होकर पीते गए थे !...

वह युधिष्ठिर–कर्ण के युद्ध में उस समय तक न मारे जाने पर संयम छोड़ बैठे थे ! इसीलिए ना कि जीवन-भर दुर्योधन, द्रोणाचार्य, यहां तक कि भीष्म से भी भयभीत नहीं हुए थे...युधिष्ठिर ! केवल कर्ण था, जो अपनी शक्ति, नीति और पौरुष के कारण उनके मन-शरीर पर मृत्यु-भय बना रहा?...यह भय कब कर्ण के प्रति विरक्ति बन गई थी और कब इस विरक्ति ने अनजाने ही कर्ण की मृत्यु कामना को उनके भीतर जगा दिया था–उन्हें ही पता न लगा था !

किंतु उस दिन लगा था कि उनके भीतर कर्ण को लेकर जो कुछ था, वह सहसा उबलकर अर्जुन के प्रति आक्रोश में व्यक्त हो उठा है!

...पर प्रतिसूर्य के डूबते ही उनकी अपनी माता कुती ने जब उन्हें कर्ण-कथा सुनाई है और कुछ रही-सहीं तहें यहां-वहां के सूत्रों से युधिष्ठिर जुटा बैठे हैं, तब फिर कर्ण कष्ट का कारण बन गया हैं!...

रह-रहकर बड़बड़ा उठते हैं–"प्रतिसूर्य!...मेरे अग्रज!...मुझे किस कारण दण्ड दे रहे हो तुम?...क्या है मेरा दोष?"

दिशाएं उत्तरहीन रहती हैं। कितनी-कितनी बार यही कुछ अपने भीतर बुदबुदाकर युधिष्ठिर ने कर्ण की स्मृति से याचना नहीं की है? कितनी बार नहीं जानना चाहा है कि कर्ण किसलिए जीवन-भर उन्हें कष्ट देते रहे हैं?...

पर किसी ने उत्तर नहीं दिया। इसके विपरीत सन्नाटों ने अधिक गहरा कर कर्ण स्मृति को मन में उभारा है। दिशाओं ने अधिक गूंज के साथ रह-रहकर कर्ण याद दिलाए हैं!...

पिछले अनेक दिनों से कुंती, द्रौपदी और भाई-बंधु कहते रहे हैं–"राजन! अब सिंहासनारूढ़ होकर धर्म-पूर्वक राज्य-संचालन करें आप!" पर युधिष्ठिर हर बार कतरा जाते हैं। चाहते नहीं हैं कि कतराएं, किंतु मन विद्रोही हो उठता हैं। ऐसी रुचिहीनता तो संसार के प्रति उनमें कभी नहीं रही?...क्या कारण हैं इसका?...

अनेक कारण!...उन कारणों को याद करेंगे युधिष्ठिर!...राजभवन में भी संन्यासी मन लेकर रहते रहे युधिष्ठिर ने कर्तव्य से कभी अनदेखा नहीं किया! न कर्म से घबराए हैं...

तब कौन-सा कारण हैं जो उन्हें इस महायुद्ध की विजय के बावजूद सत्ता, शक्ति और राजसुख से विरक्त किए दे रहा है?...अपने ही भीतर अपने-आप से अनेक बार यही कुछ पूछा है युधिष्ठिर ने।

उत्तर नहीं मिलता!...उत्तर के बजाए मिलते हैं केवल प्रश्न...प्रश्नों का कभी न समाप्त होने वाला सिलसिला...

पितामह से भेंट के लिए लगभग प्रतिदिन ही पहुंच जाया करते। उनसे विभिन्न विषयों पर बात करके सुख मिलता...बहुतेरे प्रश्नों का समाधान कर लिया करते। हर भटकाव और बिखराव को समेटे रहते...आज भी वहीं जाना चाहते थे, किंतु पता चला कि ऋषिगण आए हैं

युधिष्ठिर ने आदेश दिया था सहदेव को–"उन्हें सम्मानपूर्वक लिवा लाओ, अनुज!...नगर-द्वार पर उनकी अगवानी करो। मैं तुरंत उपस्थित होता हूं..."

सहदेव चले गए। समाचार लाए थे कि ऋषिगण युधिष्ठिर को विजयश्री प्राप्त होने पर आशीर्वचन कहने आए हैं। परंपरा थी। सहदेव तुरंत बड़े भाई तक समाचार ले पहुंचे थे। बतलाया था–"इस समय तपस्वी ऋषि नगर द्वार की ओर आ रहे हैं...

उजड़े मन से वीरान हो चुका राज-भवन युद्ध-पश्चात् पहली बार विद्वज्जनों और ब्राह्मणों के श्लोंको से गुंजरित होने जा रहा था। युधिष्ठिर ने 'अहोभाग्य' कहकर अगवानी की तैयारियां प्रारंभ करवा दी थी...कुरुकुल की स्त्रियां भी तपस्वियों की अभ्यर्थना हेतु तैयार हुईं।

सहदेव ने नगर-द्वार पर ऋषियों की पूजा की फिर आदरपूर्वक राजभवन की ओर ले चले...

युधिष्ठिर बढ़ रहे थे उस कक्ष की ओर जहां उन्हें ऋषियों को प्रणाम कर उनकी पूजा करनी थी।

मुख्य सभा-भवन में ऋषियों और विद्वानों को ससम्मान बिठाने की व्यवस्था हुई। अर्जुन, नकुल, भीम तथा विदुर के पुत्र ने जल्दी-जल्दी सारी व्यवस्था की। विश्राम व्यवस्था कराई। स्वागत-पूजा की सम्पूर्ण औपचारिकताएं पूरी कर धर्मराज ने उन्हें आसन दिए। राज-पुरोहित धौम्य के साथ महर्षि वेदव्यास, नारद, देवल कण्व, सिद्ध, देवस्थान आदि अनेक ऋषि-मुनि और ब्राह्मण आए थे। युधिष्ठिर ने सोचा था–"विद्वज्जनों से अनेक जिज्ञासाएं करके मन को शांत कर सकेंगे!".

और फिर जिज्ञासाओं का एक समूह तिर आया था मन में...यह निश्चित कर पाना कठिन हो रहा था कि किस प्रश्न को पहले पूछें?... किस

विषय पर पहले चर्चा करें?...

संध्या समय तक भी धर्मराज निर्णय नहीं कर सके थे कि पहली जिज्ञासा क्या करेंगे?...मन गहरे शोक में डूबा हुआ था। बहुत चेष्टा करते थे कि नारद के बतलाए अनुसार अपने ही भीतर बैठे शोक के उपचार को खोज निकालें, किंतु कठिन हो गया था वह...

ऋषियों ने भेंट का समय दिया। युधिष्ठिर यांत्रिक-ढंग से चल पड़ें। उनके पीछे-पीछे, शेष भाई, विदुर, कुंती और द्रौपदी आदि। महाराज धृतराष्ट्र और गांधारी पहले ही उनकी सेवा में पहुंच चुके थे।

प्रणाम करके आसन ग्रहण किया, उस समय भी मन प्रश्न से खाली था...पहला प्रश्न कौन-सा हो?...

ऋषियों ने तरह-तरह से आशीष दिया। नारद बोले थे–"कुतीपुत्र! ...महायुद्ध में तुम सौभाग्य से विजयी हुए हो, किंतु देखता हूं तुम्हारे मुख पर विजय का आनंद और उल्लास नहीं झलक रहा। क्या तुम्हें किसी तरह का शोक हैं?..."

युधिष्ठिर का चेहरा अधिक कुम्हला गया था...क्रमशः अपने भाइयों और माता की ओर देखा, फिर पल-भर के लिए दृष्टि अनजाने ही एक ओर आसनारूढ़ वृद्ध धृतराष्ट्र की थरथराती आंखो पर जा ठहरीं। लगा था कि युधिष्ठिर से किए गए प्रश्न को सुनकर वे व्यथित हो उठे हैं...

ऋषियों की दृष्टि क्रमशः उन सभी को देख रही थी। उनकी पुतलियां हर चेहरे पर घूमतीं, फिर युधिष्ठिर पर आ ठहरतीं...पुतलियों का यह टकराव जैसे रह-रहकर नारदजी के प्रश्नों को ही दोहराता हुआ...तुम्हें कोई शोक तो नहीं हैं कुंती-पुत्र?..."

युधिष्ठिर आकुल हो उठे थे। पलकों के भीतर उन्होंने आंसुओं की झिलमिलाहट का अहसास किया। स्वर को बहुत संयत रखने की चेष्टा करते हुए बोल पड़े थे–"भगवन्!...अपने ही पुत्रों-परिजनों को मारने के बाद प्राप्त हुआ यह राज्य मुझे दुःखकर लग रहा है...इस विजय को विजय के अर्थ में किसी भी क्षण मैं अनुभव नहीं कर पा रहा हूं...इन स्मरण-कष्टों ने

मुझे जितना घेर रखा है, उससे कहीं अधिक कष्ट मुझे मेरे अपने ही परिजन दे रहें हैं?...मेरी माता कुंती ने अग्रज को सारे जीवन छिपाए रखकर हमारे ही हाथों युद्ध में हत करवा दिया...इस विचार से मैं किसी भी घड़ी स्वयं को संयत नहीं रख पाता हूं। कितनी-कितनी बातें तो हैं, जिनके कारण यह राज्यश्री पाकर भी मैं गहरे शोक, से ग्रस्त हो गया हूं।...मुझे जीवन ही व्यर्थ जान पड़ने लगा हैं!...

और भी बहुत कुछ कहे जाते युधिष्ठिर...लगता था कि नारद के प्रश्न ने उनके भीतर जन्म से एकत्र होती रही हर जिज्ञासा को कुरेद दिया है। ...उनके भीतर भरे भराव को अचानक तोड़कर मुक्त कर डाला है...बहे जा रहे हैं...पर व्यासजी की गंभीर वाणी ने थाम लिया था उन्हें। वे स्नेहपूर्वक बुदबुदाए थे–"शांत हो धर्मराज!...शांत हो!

युधिष्ठिर सहसा गर्दन झुकाकर चुप हो गए थे। अनजाने ही उनके हाथ ने पलकों के पास आकर उन आंसुओं को समेट लिया था...जो आंखों से विद्रोही होकर झर पड़े थे।

एक पल के लिए सभाभवन में सन्नाटा तिर आया था। जिस हिस्से में स्त्रियां बैठी थीं, वहां कुछ हलचल हुई थी। कुछ दबी सिसिकियां उभरीं, हल्के से खांसी के ठसके उठे...युधिष्ठिर ने ही नहीं, सभी ने उस ओर चौंककर देखा, फिर एक गहरा श्वांस लेकर युधिष्ठिर पुनः बोल पड़े– "...देवर्षि!... कर्ण-कथा जानकर मैं जितना शोकग्रस्त हुआ हूं, उतना तो प्रतिविंध्य, सुतसोम, अभिमन्यु आदि के युद्ध में मारे जाने पर भी नहीं हुआ!...जिस क्षण पितामह का शरीर भाई अर्जुन के बाणों से बिंध गया था, उस पल भी मुझे इतनी पीड़ा नहीं हुई थी, जितनी यह जानकर हुई कि प्रतापी कर्ण हमारे अपने ही भाई थे। फिर भाई भी ऐसे जिनके पराक्रम, वीरता, दान-धर्म और अन्य क्षमताओं का किसी से कोई मुकाबला ही न था!..."बोलते-बोलते युधिष्ठिर का गला भर्राने लगा था। आवाज़ स्पष्टतः घोषणा-सी कर रही थी कि वह रो पड़े हैं...कुछ पल यदि उन्हें न सम्हाला गया तो वे शब्दहीन होकर केवल सिसकियों के समुद्र भर बने रह जाएंगे।

नारद ने धीमे, पर स्नेहिल शब्द बोलकर उन्हें थामने का चेष्टा की

थी–"राजन्! तुम जैसे ज्ञानी और विवेकशील व्यक्ति का इस तरह पीड़ा ग्रस्त होकर अति सामान्य भाव से व्यथित होना, कुछ अच्छा नहीं लगता। तुम जीवन और मृत्यु के रहस्यों से भलीभांति परिचित हो, तब इस तरह शोकाकुल होना क्या उचित है?

युधिष्ठिर का चेहरा जलता रहा था कि उन्हें अपने-आपको संयत किए रहने में कितना संघर्ष करना पड़ रहा है। उनकी आंखे एक आहत बालक की भांति कोमलता से भरी हुई थीं और होंठ रह-रहकर कांप रहे थे... एक दो बार कुंती की ओर दृष्टि गई तब यही थरथराहट और कोमलता सहसा पत्थर की तरह जड़ होती लगी थी सभी को...स्वयं लग रहा था कि अपने-आपमें यह विचित्र परिवर्तन काफी कुछ विस्मयकारी है, किंतु अवश हो रहे थे।

ऋषि धौम्य ने पांडवाग्रज के क्रमशः उखड़ाव को समझा था। लग रहा था कि भावुक और कोमल हृदय युधिष्ठिर को युद्ध की विभीषिकाओं ने हचमचा डाला है। थामने का प्रयत्न करते हुए बोल पड़े थे–"कौन्तेय! तुम्हारी विह्वलता समझ पा रहा हूं, किंतु जीवन-मरण का नियंता मानव नहीं होता। वह ईश्वराधीन हैं। यह सब जो कुछ हुआ वह पूर्व-निश्चित था। भक्तिव्य सदा ही अपनी राह चलता है, अतः मनुष्य को केवल अपने कर्म पर विचार करना चाहिए...ईश्वरेच्छा उसकी विचारशक्ति का विषय नही... इस महायुद्ध में जिन-जिन पराक्रमियों वीरों ने जीवन का जिस-जिस तरह अंत किया या पाया वह पूर्व निर्णीत था, इसलिए तुम अपने-आपको दोषी मत समझों!"

युधिष्ठिर ने सबकुछ सुना, पर कितना स्वीकार सके–यह तुरंत चेहरे से व्यक्त नहीं हुआ। स्पष्टतः व्यथा-सागर इतना उमड़ आया था कि ज्ञान के कूल-किनारे उस तूफान की तुलना में शक्तिहीन हो उठे थे। सदा ही अपने सत्य से परे, सम्पूर्ण जीवन सत्य की सतहों पर सोचते रहे युधिष्ठिर को जब उनके अपने सत्य ने झकझोरा तब असहज हो उठे...पीड़ा कभी होठों से बाहर नहीं आने दी थी उन्होंने। बहुत कुछ सहा था, सहते रहे थे...किंतु भीतर एकत्र दर्द ने जब राह पा ली तो इस वेग से फूटा कि उसने दूर-दूर

तक की सिसकियां उगलनी प्रारंभ कर दीं। युधिष्ठिर बिना थमे तरह-तरह से बोलते गए थे...इतना बोले कि विद्वज्जन स्तब्ध भाव से बैठे रह गए। परस्पर दृष्टियां मिलाई–इन दृष्टियों ने बहुत कुछ कहा सुना। युधिष्ठिर को बिना टोके उन्होंने बोलने दिया था।

बोलते-बोलते हांफ गए थे धर्मराज।

और उससे कहीं अधिक हांफने लगे थे भीम, अर्जुन, नकुल और सहदेव के मन! कहां सोचा था कि जिस भाई को लेकर सदा यही समझते आए थे कि युधिष्ठिर मानवीय पीड़ाओं से परे जीते हैं–अपने भीतर इस कदर पीड़ाएं बटोरे रहे होंगे। कितनी-कितनी तहों, कितने-कितने स्तरों पर सहेज रखी थी पीड़ाएं? शब्दों-धारणाओं के उन निरंतर संवादो से सब बाहर आ गईं थीं...

अर्जुन चकित होकर देख रहे थे। कुंती सिर झुकाए हुए–जैसे अपराध-बोध के वज़न से भारी। भीम हैरान कि सह पाने की कैसी समुद्रशक्ति थी अग्रज युधिष्ठिर में। नकुल-सहदेव व्यग्र–कितना कुछ सहते रहे होगे मानववादी युधिष्ठिर!

और ऋषिगण शांत। इस तरह जैसे युधिष्ठिर के खाली हो जाने की प्रतीक्षा कर रहे हो।

अंत में युधिष्ठिर का भर्राया स्वर एक नहीं अनेक सवालों का ढेर ऋषियों के सामने रखने लगा था–"माता कुंती ने कर्ण के साथ ऐसा व्यवहार क्यों किया, देवर्षि? हमारे अपने हाथों हमारे परिजन क्यों मारे गए? हम अपने ही पराक्रमी भाई के वध का माध्यम क्यों बने?"

व्यास की गरिमामयी वाणी गूंज उठी थी–"तुम्हारे मानवीय प्रश्न सहज हैं कुंतीपुत्र! उनका समाधान हुए बिना भी तुम शांत नही हो सकोगे, इसलिए कुछेक सत्य समझ लो...जिस अद्वितीय वीर भाई की मृत्यु को लेकर तुम व्यथित हो रहे हो और उसके प्रति केवल माता को दोषी मान रहे हो, वह भी जान लो!"

युधिष्ठिर बोलना चाहते थे किंतु तपस्वी वेदव्यास की ज्योतिर्मयी आंखो ने अनायास ही उन्हें मंत्रमुग्ध होकर चुप रहने पर विवश कर दिया था...

व्यास कह रहे थे–"कुंती की ओर से कर्ण के प्रति अनजाने ही वह अपराध हुआ था...पुत्र ! जिस समय उन्होंने सूर्यावाहन कर कर्ण को प्राप्त किया उस समय वह बालिका थीं। सामाजिक ज्ञान और बुद्धि की उन सीमाओं से अनभिज्ञ थीं, जो गुण-दोष के कारण पर विचार करके उसका स्वरूप निश्चित कर सकें...इसी कारण उन्होंने कर्ण को जल में बहाया..."

"किंतु देव !" युधिष्ठिर ने टोक दिया था ऋषि को, स्वभावतः तर्क की आदत से गुत्थी का हर रेशा सुलझा लेना चाहा था–"...माता कुंती देवी की उस अपरिपक्व आयु के दोष को दोष न भी माना जाए, तब क्या उस समय उन्होंने दोष नहीं किया, जबकि दुर्योधन की शक्ति संबल बने हुए कर्ण के कारण ही हममें और हमारे कौरव भाइयों में वैमनस्य बढ़ता जा रहा था... उस समय माता कुंती ने हमें उस रहस्य से अवगत न कराकर क्या इस क्रूर युद्ध की रचना नहीं कर दी?..."

"तुम ठीक ही कह रहे हो अजातशत्रु !" व्यास ने शांत स्वर में उत्तर दिया था–"पर तुम यह भूल रहे हो कि कुंती उस सबको रहस्य नहीं बनाए रखना चाहती थीं, अपितु उन्होंने युद्ध-पूर्व वीर कर्ण से प्रस्ताव भी किया था कि वह पांडवों का भाई है अतः उनके पक्ष में आ जाए...किंतु दुर्दैव कर्ण के शीश पर सदा ही छाया रहा। इसी कारण उसने पांडव-पक्ष में आने का प्रस्ताव अस्वीकार कर दिया।

"क्षमा करें पूज्य !" युधिष्ठिर का समाधान नहीं हुआ था। कम-से-कम कर्ण के मामले में तनिक भी समाधान नहीं हो सकता था...जितना जो कुछ ज्ञात हो चुका था, उसके बाद बहुविधि स्तरों पर उन्हें माता कुंती का दोष ही लग रहा था...कर्ण की असाधारण वीरता, पौरुष और पराक्रम को लेकर यह विचार भी मन से नहीं निकाल पा रहे थे कि कुंती की भूल के कारण ही उनका अपना अग्रज मारा गया। इस अग्रज की मृत्यु के वे कारण बने !

व्यास कहे गए थे–"मैंने तुमसे पूर्व ही कह दिया है युधिष्ठिर! जो जीवधारी हैं, वह केवल अदृश्य की क्रीड़ा का माध्यम भर है। माध्यम किस तरह कार्य करता है, निर्धारित कार्य को किस तरह निर्वाहता है–यह अवश्य माध्यम की योग्यता हो सकती हैं, किंतु परिणाम विश्वनियंता के हाथ होता

है, अतः कर्ण के साथ जो कुछ हुआ या कि इस युद्ध में जो-जो वीर हत हुए, किसी की जय किसी की पराजय हुई, वह सब तुम्हारें विचार की परिधि में नहीं आता। तुम या जीवमात्र अपनी कार्य के पद्धति को लेकर दोष-अदोष पर विचार कर सकते हैं–सृष्टि के परिणाम पर नहीं !"

कुंती ने एक गहरा श्वांस लिया, इस तरह जैसे एक लम्बी यात्रा के बाद थकान उतारने के जिए छायादार वृक्ष की शरण पा गई हों ! छलछलाई आंखे उठाकर क्रमशः हर व्यक्ति-पात्र को देखा।

नारद बोलने लगे थे–"धर्मज्ञ ! कर्ण को लेकर तुम्हारा व्यथित होना सहज है। पर उसकी मृत्यु को लेकर स्वयं को दोषी मानना अकारण ! तुम्हें संभवतः नहीं मालूम कि तुम्हारे महावीर अग्रज को मार पाना तुममें से किसी के लिए कभी संभव न था !"

युधिष्ठिर, भीम, अर्जुन और अन्य सभी ने चौंककर देवर्षि को देखा। वह व्यंग और रहस्य की मिली-जुली मुस्कान से मुस्कुरा रहे थे...फिर जैसे सभी की आंखों में प्रश्न पढ़कर उन्होंने बतलाया था–"धर्मराज ! कर्ण की मृत्यु का कारण अर्जुन नहीं है, उसका वह सम्पूर्ण जीवन है जिसमें उसने बहुतों के प्रति दोष किए बहुत से शाप जुटाए...परशुराम से छल करने के कारण वह उनका शापग्रस्त हुआ, कामधेनु की हत्या कर देने के कारण वह ब्राह्मणों के क्रोध का शिकार बना, इन्द्र को कवच कुंडल दे डालने के कारण वह सुरक्षा हीन हुआ..."

युधिष्ठिर के माथे पर विस्मय रेखाएं उभरी...लगा कि नारद कुछ ऐसा बता रहें हैं, जिसकी जानकारी उन्हें थी ही नहीं। शांत होकर सुनते गए–आंखे देवर्षि के चेहरे पर टिकी हुई...

देवर्षि नारद ने बहुत कुछ बतलाया था...कर्ण किस-किस कारण शक्तिहीन और सुरक्षाहीन होकर अपनी ही मृत्यु के कारण समेटता चला गया था... उन्होंने उन अनेक घटनाओं का वर्णन कर डाला था, जब कर्ण बहुतों के प्रति दोष और रोष का कारण बना ! बोले थे–"तुम्हें ज्ञात नहीं है युधिष्ठिर, कर्ण की मृत्यु के जो बहुतेक कारण बने, उनमें से एक था ब्राह्मणश्रेष्ठ परशुराम

से छल ! परशुराम के श्राप के कारण ही वह ब्रह्मास्त्र का ज्ञान पाकर भी उस समय उस ज्ञान से अछूता रह गया, जिस समय वह अस्त्र उसकी प्राण रक्षा कर सकता था !"

चकित हो गए थे युधिष्ठिर। प्रश्नपूर्व उन्होंने अपने भाइयों की तरफ देखा था समझा दिया था कि वे भी उन्ही की तरह इस नई जानकारी पर हैरान हो रहे हैं !

"हां, धर्मराज !" नारद ने बतलाया–"अर्जुन से युद्ध के समय परशुराम का वह शाप कर्ण के हत होने का बहुत बड़ा कारण बना !" फिर उन्होंने वह सम्पूर्ण घटना कह सुनाई थी...

बहुत दिनों तक आचार्य द्रोण से ब्रह्मास्त्र सिखा देने की याचना करते रहने पर भी जब कर्ण गुरू को प्रसन्न करने में असफल रहे तो घोर निराशा से भर उठे थे ! अर्जुन ने प्रति सदा ही स्पर्धा भाव मन में रहा था। जानते थे कि किसी-न-किसी दिन श्रेष्ठता का निर्णय युद्ध अर्जुन और उनके बीच ही होना हैं, अतः उत्तमोत्तम अस्त्र-विद्या प्राप्त करने की चेष्टा करते रहते...

बहुविधि अस्त्र-शस्त्रों का अतिकुशलता के साथ संचालन सीख चुके थे, किंतु ब्रह्मास्त्र?

अर्जुन के लिए वह अनिवार्य। यही विचारकर कुछ समय के लिए आचार्य द्रोण के आश्रम से अवकाश लिया था। मन में विचार कौंधा था–"ब्रह्मास्त्र का ज्ञान परशुराम से प्राप्त करेंगे !

पर वहां एक उलझन थी। परशुराम युद्धाचार्य तो थे, किंतु क्षत्रिय को बिना लम्बी-सेवा तपस्या के इतने महत् अस्त्र का संचालन-ज्ञान दे दें, यह असंभव था ! जिस पर परशुराम को लेकर एक बात और सर्वप्रसिद्ध थी ! ब्राह्मण योद्धा, क्षत्रियों से सदा ही अप्रसन्न रहे हैं, ऐसी स्थिति में कर्ण को ज्ञान किस तरह देंगे !

तिस पर कर्ण तो क्षत्रिय रक्त नहीं, शूद्र रक्त कहे जाते हैं।

एक मन हुआ था कि अपने जीवन का रहस्य बतलाकर प्रमाणित कर

देंगे कि कर्ण सूर्य और कुंती के पुत्र हैं, पर उससे परशुराम संतुष्ट होंगे–इस बात का निश्चय करना असंभव?

तब? कर्ण को त्वरित ब्रह्मास्त्र पा जाने की इच्छा व्यग्र किए हुए थी। और तुरंत परशुराम को शिष्यत्व प्रदान कर देने के लिए तैयार नहीं किया जा सकता था? बुद्धि ने कुटिलता की राह ले ली थी। कर्ण के मन में विचार आया था–ब्राह्मणश्रेष्ठ से छल करके भी तो ब्रह्मास्त्र का ज्ञान पाया जा सकता है? मन कुछ डरा था। परशुराम के क्रोधी स्वभाव की भी पूरी-पूरी जानकारी थी कर्ण को। ऐसी स्थिति में, यदि किसी भूल से रहस्य खुल जाता है, तब क्रोधी ब्राह्मण का रुख क्या होगा–सोच पाना कठिन है।

किंतु मन में जन्में इस डर को युद्धास्त्र-प्राप्ति की इच्छा के मोह ने बांध लिया था। कर्ण द्रोणाचार्य के गुरुकुल से अवकाश पाते ही परशुराम के निवास की ओर चल पड़े थे।

जैसे-तैसे परशुराम के आश्रम की ओर बढ़े वैसे-वैसे ब्रह्मास्त्र की प्राप्ति का मोह सघन होता गया। इतना सघन कि उसके अंधेरे में कर्ण गुरू के प्रति छल के पाप का विचार भी बिसरा बैठा।

वे परशुराम से आश्रम में थे।

महेन्द्र पर्वत।[1] प्रकृति का अद्भुत क्रीड़ास्थल। परशुराम का आश्रम यहीं था। गिने-चुने शिष्य तपस्वी ब्राह्मण की सेवा और गुरुकुल की व्यवस्था में रत। युद्धज्ञ ब्राह्मण से भेट हुई। पहली दृष्टि में ही कर्ण ने समझ लिया था कि तेजस्वी ब्राह्मण से छल करना घातक हो सकता है, पर मन अस्त्र-विद्या के मोह से ग्रस्त। इस तरह जकड़ा हुआ है कि उस जकड़ को तोड़ पाना यदा-कदा उठ आते भय की शक्ति से परे!

परशुराम। गठा बदन, श्वेत दाढ़ी, सिर की जटाएं बंधी हुई। फरसा सदा पास रखते थे। यह उनका शृंगार। ब्राह्मणत्व का तेज माथे से कौंधता,

---

1. महेन्द्र पर्वत : कहा जाता है कि यह उड़ीसा मदुरा तक विभिन्न श्रृंखलाओं में बिखरा हुआ है। परशुराम ने सम्पूर्ण भारत की यात्रा की थी। जहां रहे वहीं आश्रम रहा।

क्षत्रियोचित वीरता दृष्टि से झांकती! लाल-लाल आंखे जतलाती कि क्रोधी हैं। चेहरे का तनाव गहरी गंभीरता व्यक्त करता रहता।

प्रणाम करके कर्ण बिना परिचय दिए ही कुछ स्तब्ध और भयभीत दृष्टि से ऋषि की आंखों में देखता रह गया। भृगुवंशी तपस्वी विभिन्न स्थानों पर यात्रा करते रहते थे। कभी गंगा किनारे ऋषिकेश में होते, कभी यमुना के कूल-कगारों पर। जितने दिन जहां निवास करते, वहीं शिष्य आश्रम बना लेते। धर्म-ज्ञान चर्चा के अतिरिक्त अस्त्र-शिक्षा भी वहीं मिलती।

परशुराम ने तीखी नजरों से कर्ण को देखा था, जैसे भीतर तक कुरेदकर प्रश्न किया था–"तुम्हारा परिचय वत्स? गोत्र निवास, जाति?..."

एक बार सिहर उठे थे कर्ण!...इस तेजस्वी ऋषि के सामने असत्य बोल सकेंगे? मन ने सिहराया था, किंतु अपने भीतर की बलवती मोहेच्छा से स्वयं को सम्भाला। कहा–"दास भृगुवंशी है पूज्य!..."

"जानकर आनंद हुआ।" परशुराम बोले–"गोत्र?"

कर्ण ने भृगुवंशी ब्राह्मणों में से एक गोत्र का नाम बताया।

"हूं..."एक पल के लिए शांत रहे युद्धाचार्य, फिर कहा था–"क्या चाहते हो तुम?"

"आपका आशीष चाहता हूं भगवन?..." कर्ण चरणों की ओर देखते हुए इस तरह बोलने लगे थे, जैसे सब कुछ यात्रा के बीच रटते आए हों... असत्य के बाद असत्य की सीढ़ियां चढ़ते हुए ब्राह्मण ऋषि का कृपाशीष पाना था उन्हें...फिर ब्रह्मास्त्र प्राप्त करना था..." आपके चरणों में रहकर युद्ध-शिक्षा पाना चाहता हूं ब्रह्मन्!...मुझे शिष्यत्व प्रदान करें।"

स्वर इतना मीठा था कि परशुराम की दृढ़ता दरकी। चेहरे पर अजब-सा बालकपन बिखराए हुए कर्ण उनके चरणों में झुक गए थे–"मुझे शिष्यत्व प्रदान करें महात्मन्!

एक पल के लिए युद्धज ब्राह्मण ने विचार किया, पलकें मूंदी, फिर सरलता के साथ कह दिया–"आयुष्मान हो पुत्र!...यह आश्रम तुम्हारा हुआ!"

कर्ण के भीतर हज़ारों फूलों की महक बिखर गई थी...मन कलियों की

तरह खिला हुआ। भूल ही गए थे कि एक दिन आंधी आएगी और ब्राह्मण वीर का क्रोध सारी कलियां मुरझा डालेगा!

कर्ण ने परशुराम की सेवा में दिन-रात एक कर दिया था...ऋषि की पलक उठने का अर्थ समझ लिया करते। परशुराम प्रसन्न थे। सेवा और लगन के भाव ने जल्दी ही कर्ण को अन्य शिष्यों की तुलना में गुरु के अधिक पास पहुंचा दिया था!

फिर वह पल आ पहुंचा था, जिसकी प्रतीक्षा में व्यग्र कर्ण ने यह सब किया था। गुरु से छल ही नहीं किया था, छलों के एक सिलसिले में उन्हें जकड़ लिया था। परशुराम स्वयं ही बोले थे एक दिन–"पुत्र!...मैं तुम्हारी निष्ठा और सेवा से प्रसन्न हूं, अतः तुम्हें ब्रह्मास्त्र का ज्ञान दूंगा!...यह ज्ञान केवल तपस्वी क्षत्रियों और ज्ञानी ब्राह्मणों को ही प्राप्त होता हैं!...

कर्ण ने सिर झुकाकर गुरु के चरणों की माटी माथे लगा ली थी–"जैसी आपकी आज्ञा, गुरुवर!"

और कर्ण को एक लम्बे अभ्यास के बाद उस अलौकिक अस्त्र का ज्ञान मिल गया था। कर्ण का वांछित पूरा हुआ। मन-ही-मन प्रसन्न थे राधेय!...अर्जुन से अधिक ही अनुभव किया था स्वयं को!

परशुराम के आश्रम में एक अतिरिक्त लाभ और पा गए थे कर्ण! उन्हें ब्रह्मास्त्र के अतिरिक्त भी अनेक विचित्र अस्त्र-शस्त्रों का ज्ञान हुआ। धनुर्विद्या में भी अद्भुत श्रेष्ठता और परिपक्वता मिल गई थी कर्ण को।

कर्ण हृदय से वीर ब्राह्मण के प्रति आभारी थे। एक दिन परशुराम बोले थे–"पुत्र!" तुम अब हर तरह शस्त्रास्त्र के ज्ञाता हो चुके हो? तुम्हारी शिक्षा पूरी हुई...पूर्णिमा के दिन तुम्हें आश्रम से विदा करूंगा मैं!"

कर्ण के भीतर की कलियां अब फूल बनने को थीं...

अगले दिन पूर्णिमा थी।

जिस दिन कर्ण के लिए विदाई की घोषणा की थी परशुराम ने, उस दिन उन्होंने उपवास किया था। शरीर में आलस और थकान अनुभव कर रहे थे।

कर्ण पास ही बैठा हुआ था। थके हुए गुरु पर निद्रा हावी हो रही थी। आसन की चिंता किये बिना विश्राम हेतु वे लेटें रहे। कर्ण की जंघा को सिरहाने की तरह उपयोग कर लिया।

कर्ण बिना हिले-डुले बैठे रहे–शांत और दृढ़। मन इस प्रसन्नता से भरा हुआ था कि कल के बाद वह ब्रह्मास्त्र के ज्ञाता वीरों में से एक माने जाएंगे!... युद्ध में सामना करनेवाले योद्धा सदा सावधान रहा करेंगे कि अंगराज कर्ण अलौकिक अस्त्र के ज्ञाता हैं!

सोच ही रहे थे कि हौले से पीड़ा की एक लकीर माथे तक खिंची चली गई। घबराकर कर्ण ने अपनी जांघ की ओर देखा। जिस जगह परशुराम का सिर रखा हुआ था, उससे कुछ नीचे की ओर अलर्क[1] (एक जंगली कीड़ा) मांस में चिपककर रह गया था। पीड़ा की पहली लकीर के बाद अब निरंतर लकीरें माथे में कौंधने लगी थीं...और कीड़ा था कि जांघ में गहरे और गहरे उतरता हुआ...

तिलमिलाहट के कारण जांघ हिला लेनी चाही थी, पर वह संभव नहीं! गुरू की निद्रा तोड़ना नहीं चाहते थे। कर्ण ने जबड़े कसे, टीस को पीते गए और कीड़ा मांस में गहरे और गहरे उतरता गया...उसके साथ ही रक्त की एक लकीर जांघ से बहकर नीचे तक बह आई...फिर यह लकीर सोये हुए परशुराम के बदन की ओर बढ़ चली...

कीड़े के निरंतर काटने और मांस में समाते जाने के कारण कर्ण गहरी पीड़ा अनुभव कर रहे थे, किंतु अपनी कठोरता और दृढ़ता से उस पीड़ा को सहते रहे। निश्चय कर लिया था उस समय तक सहते रहेंगे, जब तक कि गुरु की नींद स्वयं ही नहीं खुल जाती...उनका चेहरा तनाव और कष्ट के कारण खिंच उठा था!

पर नींद खुली रक्त की लकीर के स्पर्श से!...परशुराम हड़बड़ाकर जाग गए। चौंककर अपने ही शरीर को देखते रह गए थे ब्राह्मण ऋषि। उनके बदन का तमाम हिस्सा लहू से भीगा हुआ था...पर पीड़ा कहीं नहीं?

---

1. अलर्क : बहुत कुछ पटार, कानखजूरा आदि कीड़ों की जाति। अलर्क को लेकर कहा गया है कि उसके आठ पैर, शरीर पर सुई जैसे रोंगटे और तीखी दाढ़ होती हैं।

तब यह लहू किसका हैं?

कर्ण की ओर ध्यान गया...कर्ण अब कीड़े को जांघ से निकाल रहे थे !

परशुराम को समझते देर नहीं लगी थी कि किसका रक्त है और किस कारण बहा है? एक ओर शिष्य की निष्ठा ने प्रसन्न किया था तो दूसरी ओर इस विचार ने कि उपवास के दिन पर वह रक्त से नहा गए–खिन्न भी कर डाला ! आंखें कर्ण पर टिकी हुई थीं जो अब जांघ से कीड़ा निकाल कर परम संतुष्टि के भाव से गुरू की ओर देख रहे थे। उस स्थिति में भी कर्ण को मुस्कुराते पाकर कुछ चकित हो उठे परशुराम ! जन्मशः ब्राह्मण है उनका यह शिष्य, किंतु इतना सहनशील ! पूछा था–"यह सब कैसे हुआ वत्स, निस्संकोच बतलाओं?"

दृष्टि कर्ण की आंखों में खुबादी थी। इस दृष्टि से तेज बरसता हुआ। इस तेज के सामने असत्य भाषण करना असंभव !

कर्ण ने आंख देखी–बुरी तरह सहम गए !...मन घबराहट से भर उठा। यह दृष्टि कुछ जानना चाहती है ! क्या? कह पाना कठिन ! तभी परशुराम का कौंधता प्रश्न फरसे की तरह ही कारदार वार करता बरस पड़ा था उन पर–"यह सब कैसे हुआ–मैं जानना चाहता हूं?..."

कर्ण ने कांपते स्वर में सब कुछ कह सुनाया।

परशुराम सुनते गए। शांत रहे।...सोचते हुए।

कर्ण के सब कुछ कह चुकने पर परशुराम ने कहा था–"तू मूर्ख है रे !...क्या तू यह नहीं जानता कि किसी ब्राह्मण के लिए यह सब सह पाना असंभव है?..."

कर्ण एकदम चुप !...आतंकित ! चेहरा पीला पड़ने लगा था। ब्रह्मर्षि क्रोधवश न जाने क्या कह बैठें या कर बैठें?

कर्ण ने सब कुछ सच-सच कह दिया था।...परशुराम सुनते गए थे। हर शब्द के साथ चेहरा तमतमाया हुआ था, फिर आंखे रक्त-सा उगलने लगी थी...

"तूने मुझसे छल किया दुष्ट!" परशुराम का स्वर इतना धारदार था कि

सहते-सुनते समय कर्ण क्षमा याचना भी नहीं कर सकेंगे। भयभीत केवल देखते ही रह गए थे।

परशुराम ने श्राप दे दिया था–"नीच?...तूने मुझे नहीं छला, अपने-आपको छल लिया! स्मरण रख, जिस अलौकिक अस्त्र का ज्ञान तूने मुझसे विश्वासघात करके प्राप्त किया है, उसे तू ठीक समय पर भूल जाएगा!... प्रयत्न करके भी तुझे वह याद नहीं आएगा!...यह ठीक है कि रणभूमि में तुझसे अधिक वीरतापूर्वक पराक्रम दिखानेवाला कोई अन्य वीर नहीं होगा; पर गुरु से छल के कारण तू इस अस्त्र का उपयोग कभी न कर सकेगा!

"...और इस तरह बहुत बार क्षमा याचना करने पर भी कर्ण को क्रोधी युद्धाचार्य ने क्षमा नहीं किया था।..." नारद बोले थे–"वही हुआ, अर्जुन से युद्ध के समय कर्ण उस अलौकिक अस्त्र का उपयोग करना भूल गया!..."

वे स्तब्ध बैठे थे...नारद ने कर्ण के जीवन की अनेक घटनाएं कह सुनाई थीं, जिनसे उनका व्यक्तिगत दोष और भूलें प्रमाणित हो रही थीं। अंत में कहा था–"धर्मराज! इस तरह कर्ण के मारे जाने के अनेक कारण हैं!...तुम अपने-आपकों दोषी व्यर्थ ही मान रहे हो!"

"किंतु आचार्य कर्ण के प्रति हमसे भी तो कम दोष नहीं हुए हैं...?" सहसा युधिष्ठिर बोल पड़े थे। मन उस समय भी इस दोष से स्वयं को मुक्त नहीं कर पा रहा था कि उनके अपने ही नेतृत्व में शत्रुत्व भाव से कर्ण हत हुए।...यह भी निश्चित नहीं कर पा रहे थे कि यह दोष भाव है अथवा कर्ण के निधन-बाद उनके प्रति उमड़ आया भ्रातृमोह!...

नारद ने कहा था–"यह सृष्टि-व्यवस्था इसी तरह चलती है युधिष्ठिर! ...विधाता ने जीवनमात्र को एक-दूसरे के प्रति गुण-दोषों से जोड़ रखा है। इन गुण-दोषों के कारण मनुष्य परस्पर एक-दूसरे के प्रति उपकार-अपकार करते हैं, कोई किसी का रक्षक बनता है, और कोई किसी का संहारक?... कर्ण ने जिनके प्रति दोष किये, उनके शापों को तुम्हारे पक्ष के माध्यम से पूर्ण होना था, अतः कर्ण मारे गए?...

युधिष्ठिर ने गहरा श्वांस लिया। सिर झुका लिया।

नारद कहे जा रहे थे–"कर्ण हत हुए...इसके कारण कर्ण स्वयं भी कम

नहीं रहे। यदि वह कुंती से अर्जुन के अतिरिक्त अपने किसी भाई के वध की प्रतिज्ञा न कर लेते, उनके पास भी श्रीकृष्ण जैसे नीतिज्ञ का परामर्श धन होता, इन्द्र उनके दानगुण के बहाने उनसे छल न करते, तब तुम्हारा तेजस्वी और सूर्यवत् भाई युद्ध में अर्जुन के हाथों कभी न मारा जाता !...यह सब मैं इस कारण बतला रहा हूं कुंतीपुत्र कि तुम कर्ण की मृत्यु का कारण मात्र अपने-आपको मान रहे हो !...विचार करोगे तो तुम्हें लगेगा कि वह अलौकिक पराक्रमी अपने ही दुर्गुणों, दोषों और तुमसे इतर लोगों के छल के कारण युद्ध में हत हुआ?"[1]

वे सब चुप हो गए थे।

किंतु युधिष्ठिर?...क्या चुप हो सके हैं? लगता है नहीं। ऋषि जा चुके थे। विजयोल्लास में डूबे पांडवपक्ष के लोग उत्सव मनाने लगे थे। राज्य की ओर से ब्राह्मणों को दान-धर्म किया जाने लगा था...धीमे-धीमे शोक की घटनाओं को कुछ समय मन पर बरसाए रहने के बाद रोशनी भरा आकाश बिछने लगा था...पर युधिष्ठिर अशांत ! उसी तरह असहज, उसी तरह अपने ही आत्मद्वंद्व में लीन ! अपनी ही शल्य-क्रिया करते हुए।

इस शल्यक्रिया से मुक्ति असंभव !...एक ओर मन को चीरकर घाव ठीक कर लेना चाहते हैं तो लगता है कि दूसरी ओर फोड़ा कसकने लगा है...तरह-तरह के फोड़े हैं, तरह-तरह की टीसें !

अशांत, असहज से बैठे हुए घंटो सोचते रहते हैं। विगत, विगत और केवल विगत ! कितना अच्छा होता कि सामान्य मानव होते युधिष्ठिर ! बुद्धि-विवेक और ज्ञान की ऐसी चेतना से परे...अति-सामान्य व्यक्ति ! किसी सैनिक की तरह अपना धर्म निबाहते हुए युद्धक्षेत्र में मारे जाते !...

पर वैसा नहीं हुआ ! राजपुरुष बने ! राजपुरुष होते हुए भी ऋषि के संस्कारों से जुड़कर सत्य के खोजी बन गए !

---

1. महाभारत : शांतिपर्व : के 5वें अध्याय में श्लोक-क्रम 10 से 25 के बीच युधिष्ठिर से नारद का कथन

सारा कष्ट केवल इसीलिए !...

व्यग्र होकर किसी बार प्रकोष्ट में टहलने लगते हैं, किसी बार एकांत में पड़े टकटकी बांधे हुए, कभी धरती की ओर देखते रहते हैं, कभी आकाश की दिशा में ! देखते हुए भी सब कुछ अनदेखा-सा रहता है !

द्रौपदी और सभी भाइयों ने व्यग्र मनःस्थिति देखी तो पूछ लिया था– "कारण?" युधिष्ठिर का मन हुआ था कि गुस्सा होकर प्रश्न पर प्रश्न थोप दें। पूछें– "इतने कारण जानते-बूझते हुए भी तुम लोग कारण जानना चाहते हो?" पर नहीं पूछा। केवल इतना ही कहा था–"अब इस राज्य से जुड़े रहने की कोई इच्छा मन में शेष नहीं हैं द्रुपदपुत्री !...लगता है कि मैं यूं ही जी रहा हूं–आत्मा से तो उसी पल मर चुका जबकि आत्मीयों और परिजनों को मारकर यह राज्य, सत्ता प्राप्त की थी ![1]

वे सब घबरा उठे हैं युधिष्ठिर की मनःस्थिति से। डरकर कभी भीम, कभी अर्जुन और कभी द्रौपदी प्रश्न कर बैठती है–"ऐसा क्यों अनुभव करते हैं राजन्?... यह युद्ध तो न्याय के लिए हुआ था। कौरवों के अधर्म से बाध्य होकर ही आप लोग रणभूमि में उतरे?...अतः इसका दोषी स्वयं को क्यों मानते हैं?"

"तुम लोग उचित ही कहते हो, पर यह कह देने से कि हमने धर्मपक्ष के लिए युद्ध लड़ा, हम युद्ध और इस महानाश के दोष से मुक्त नहीं हो जाते !"

"ऐसा क्यों महात्मन्?..." अर्जुन ने प्रश्न किया है–"अहिंसा और शांति के प्रयास जब विफल हो जाए और न्याय विश्वास लड़खड़ाने लगे, "तब उसे पाने के लिए शस्त्र उठाना तो धर्म होता है भइया !...हम अपने-आपको दोषी क्यों समझें?...दुष्टबुद्धि दुर्योधन और उसके पक्षधारियों का नाश केवल इस कारण हुआ क्योंकि वे निरंतर छल, कूटजाल और षड्यंत्र की रचना करते रहे। उन्होंने धर्म के विरुद्ध अधर्म की स्थापना का प्रयत्न किया !"

महाभारत : शांतिपर्व : के 7वें अध्याय में श्लोक-क्रम 16 से 22 तक युधिष्ठिर की राज्येच्छा में विरक्ति का संवाद।

"यह कहते समय धनंजय, यह विस्मरण मत करना कि जिन्हें तुमने युद्ध में मारा या मरे हैं, वे तुम्हारे ही रक्त-अंश थे, तुम्हारे अपने भाई-बन्द! ...उनमें से अनेक ऐसे थे, जिन्होंने अब तक संसार और जीवन को तनिक भी नहीं भोगा था, उनका जीवजन्म वृथा हुआ, दुर्योधन की अनीतियों के कारण जो कुछ हुआ, उसमें इस विचार से अलग कैसे रहा जा सकता है कि उनके संहार का कारण हम लोग बने हैं?...इसलिए मेरा विचार है कि हम लोगों ने न तो उनको जीता है, न ही वे हमें जीत सके हैं!...हम दोनो ने ही एक तरह से आत्महत्या की!...एक शरीर से नष्ट हुआ, दूसरा मन से मर चुका!"

वे सब तर्कातर्क करते युधिष्ठिर के भीतर निरंतर गति से बढ़ती जा रही वैराग्यभावना को सहेजने की चेष्टा करते रहते हैं...आए दिन इसी तरह परस्पर बहसें होती हैं, तर्क दिए-लिए जाते हैं, किंतु युधिष्ठिर अपने भीतर जन्म आए विराग से मुक्त नहीं हो पाते!...

होना चाहते हैं। भयावह महायुद्ध में विजयश्री प्राप्त करके इस आखंड भारत का साम्राज्य सुख भोगना चाहते हैं। एक आदर्श और मूल्यवादी समाज-राज की रचना करने की इच्छा भी होती है, पर इनसे कहीं अधिक वेगवती है यह इच्छा जो सोते-जागते उन्हें प्रेरित कर रही हैं...कुछ आवाज़ें हैं जो निरंतर उनके कानों में उनके अपने भीतर से उठकर गूंजती हैं...फिर गूंजती ही जाती हैं

"यह सब व्यर्थ हुआ युधिष्ठिर!...मन को क्लेष देनेवाला दुःखद!... इस सबके कारण ही तुम शोकग्रस्त हो, दुःखी हो!...निकल पड़ो यहां से!...भूल जाओ यह संसार सुख, सत्तामोह, शक्ति-साधना का केन्द्र!... जाओं यहां से!"

ये आवाज़ें कितनी ही बाद घोंट लेना चाही है मन में, पर किसी बार तनिक भी नहीं दबा सके। इसके विपरीत लगा है कि हर बार आवाज़ों ने ही मन को उछाल दिया है इतनी पटकनियां दी है कि युधिष्ठिर अपने ही भीतर कई-कई जगह से आहत हो उठे हैं।

स्वयं से ही जान लेना चाहा है–"क्या विरक्ति का कारण केवल यह

महायुद्ध भीषण संहारलीला, परिजनों का अंत और असहनीय विगत के स्मरण-कष्ट भर हैं?...या कुछ और?"

बहुत कुछ। संभवतः यह सभी है जो युधिष्ठिर को बाध्य कर रहे हैं कि अर्थहीन को अर्थ देने की इस जीवलीला के जाल में फंस गए वह !... परिणाम यह कि विवेकी मन को सोच के हर क़दम के साथ पीड़ा हो रही है...मर्मांतक पीड़ा !

"किंतु यह नियति तो हर उस साधु की होती है, अजातशत्रु जो ज्ञान-मार्ग और धर्म की राह पकड़ता है?...क्या तुम नहीं जानते थे यह?" मन ने सहसा ही प्रश्न कर दिया है।

"जानता था, पर कर्म से विलग कैसे हो सकता था मैं?...कैसे नियति के उस चक्र से परे होता, जिसने माध्यम बनाकर मुझसे वह सब करवाया, जीवनपर्यंत करवाया, जिसे मैने कभी नहीं करना चाहा?..."

एक ठहाका उठ आया है, उनके भीतर?...क्या सच ही?...

युधिष्ठिर उत्तरहीनता की कमज़ोरी अनुभव करने लगे हैं?..."क्या सच ही मनुष्य सब कुछ नियंता की इच्छा से करता है? केवल माध्यम भर होता है? क्या विधि ने उसपर ऐसा कुछ भी नहीं छोड़ा हैं, जहां वह स्वयं निर्णय ले सकें–उस निर्णय को कार्यान्वित कर सके?..." प्रश्न गहरी घटाओं की तरह युधिष्ठिर के मन-आकाश पर उमड़ आया है। इतना गहरा कि तर्क के हर प्रकाशित चेहरे को उनके अंधेरे ने ढंक लिया है। इस अंधेरे को युधिष्ठिर उसी समय थाम सकेंगे, पूरे कर सकेंगे, जबकि वह सत्याधारित अपने भीतर खोज लेंगे...और जब उत्तर देना होगा तब एक बार फिर विगत चीखता, चिंघाड़ता हुआ सामने आ खड़ा होगा ! उसकी अनेकानेक घटनाएं उन्हें उत्तर मार्ग पर जाते-जाते रोककर पूछेंगी–"पहले हमारा उत्तर देना होगा युधिष्ठिर? ...क्या हमें नियंता ने घटाया या तुमने घटाया ?:'

अनेक घटनाएं हैं, किंतु जिस घटना का युधिष्ठिर कभी अपने भीतर उत्तर नहीं खोज पाएंगे, वह है...द्रोपदी के चीर-हरण का दोष !...

"क्या वह भी नियति-क्रम था धर्मराज?...उसमें तुम कहीं दोषी न थे?" सत्य की राह रोककर विगत फिर से आ खड़ा हुआ है।

ऋषिगण आशीष देकर चले गए थे। युधिष्ठिर फिर से अपने एकांत कक्ष में आ बैठे। कुछ समय पहले भाइयों और पत्नी से राज्य करें या न करें, इस बात को लेकर देर तक तर्कातर्क होते रहे थे। युधिष्ठिर अपनी ओर से स्पष्ट कह आए थे–"अब इस दुःख के दलदल में पैर नहीं फंसाऊंगा मैं !... उन्होंने अर्जुन और भीम पर राज्य करने की सलाह दी थी। स्वयं के लिए बोले थे–"अब मैं इस वेदनापूर्ण जीवन-जाल से मुक्ति पा लूंगा, भाई !... त्याग का मार्ग पकड़ूंगा। वेदों में लिखा है कि त्यागी लोगों के पाप नष्ट हो जाते हैं और जीवन-मरण के क्रम से भी मुक्ति पा लेते हैं। अतः मैं मोक्षमार्ग पर चलूंगा...तुम यह राज्य संभालो !"

बहुत कुछ कहना चाहते थे भाई, बहुत कुछ कहा भी था, किंतु खिन्न मन युधिष्ठिर ने सुना-अनसुना कर दिया। उखड़े मन से अपने कक्ष में लौट आए थे। रह-रहकर निरंतर अनुभव हो रहा था कि वन की राह लिए बिना प्रतिपल होने वाले विगत-स्मरण की पीड़ा से पीछा नहीं छूटने वाला ! ...

बहुत चाहा था कि सबकुछ नियति-चक्र पर थोंप दें और पल-भर के लिए ही सही, किंतु मन को हल्का कर लें–

वैसे ही नहीं पाया...किसी क्षण नहीं हो पाया।

पलंग पर लेटे, पलके मूंदी। कुछ पलों के लिए अंधेरे में गुम जाना चाहा, पर मुक्ति नहीं।

लग रहा था कि पल-भर पहले भाइयों से विदा लेकर लौटते समय जो स्मरण मन में कौंधा था, वही दृश्य-रूप में सामने आ खड़ा हुआ है...

द्रौपदी का चीरहरण !...नियंता के माध्यम युधिष्ठिर !...

या युधिष्ठिर के कारण घटी घटना?...

एक के बाद एक पासे फिंक रहे थे...

शकुनि सामने। सभा स्तब्ध। हर चेहरा पिटा हुआ। हर आंख आगत के भय से आतंकित।

पर बहुतेरीं आंखें थीं जो उस अपमानलीला के हर पल में कौंधकर हंस

रही थीं। अनके लोग मुखर भी!...दुर्योधन और उसके भाई!...मामा शकुनि। एक सीमा तक राजा धृतराष्ट्र भी।

राज्य, धन, सेना, सेवक, राजमहल सभी कुछ दांव पर लग चुके थे। हर दांव गांधारराज के हाथ आया था! हर दांव युधिष्ठिर के हाथों से फिसलकर दुर्योधन के चरणों में जा गिरा!

भीम जबड़े कसते, तिलमिलाते, पर बाध्य भाव से किसी बार बच्चों की तरह रुआंसे हो चुके नकुल-सहदेव को देखते, कभी धनुर्धारी अर्जुन को। अर्जुन का तेज डूबता हुआ। लग रहा था कि गांडीवधारी के हाथ रह-रहकर कांपते है...बदन थरथरा उठता है!

गांधारराज निरंतर उत्तेजित कर रहे थे–"...यह दांव भी मेरा हो चुका, युधिष्ठिर?...अब!"

और अब?...यह अब युधिष्ठिर की प्रशंसा बन गई थी या अपमान–नहीं याद है, उस समय केवल यही लगा था कि गांधारराज चुनौती दे रहे हैं!... और चुनौतियां झेलना युधिष्ठिर का स्वभाव नहीं! किसी भी राजपुरुष का स्वभाव नहीं!...

बदहवास होकर यहां-वहां देखने लगते, तब शकुनि ही सलाह दे देते थे– "अभी पशुधन शेष है...पांडुपुत्र! वह लगाओ!"

और चौसर के एक छोटे-से चौखाने पर हज़ारों पशुओं को कैद कर दिया था युधिष्ठिर ने–"ठीक है!...मैं अपने असंख्य, हाथी, घोड़े, गाएं-बैल आदि सभी पशुधन लगाता हूं!"

"तो, लो!..." शकुनि का हाथ हिला, पासे खड़खड़ाये और चौसर के पास आ गिरे!

एक कोलाहल हुआ–"यह भी गया धर्मराज!...अब?"

अकुलाकर विदुर बड़बड़ाए थे–"बस-बस!...बहुत हुआ यह खेल! बन्द करो! यह सब कुलनाश का आयोजन है। हर दांव कुरुराज्य के सुख-शांति और वैभव का अंत!..."

पर कौन सुने! दुर्योधन, शकुनि, दुःशासन, कर्ण सभी के ठहाके इतनी ज़ोर से उठ रहे थे कि उनमें नीति, बुद्धि की बात गुम हो जाती!...फिर नीति

और बुद्धि तो उसी क्षण गुम हो चुकी थी, जब चौसर के दांव पर राज्य और श्रम-शक्ति लगने लगी !...और उस समय उस सबका क्या अर्थ जब स्वयं धर्मराज ही चौसर पर दांव लगाने बैठे हों?...

गांधारराज शकुनि ने कुटिलता से दाढ़ी पर हाथ लगाते हुए हंसकर प्रश्न किया था, "अब अगला दांव लगाओं कुंतीपूत्र?...

युधिष्ठिर ने भाइयों की ओर देखा। वे आसपास बैठे थे। सबके सिर झुके हुए, सबके शरीर सिहरते हुए !...भीम के बाजुओं पर मांस रह-रहकर अकड़ता, इंठता हुआ...

तभी सलाह आई थी–"अब बचा क्या है पांडुपुत्र के पास?...युधिष्ठिर सब कुछ तो हार चुके !..."

"बहुत कुछ बचा है युधिष्ठिर !..."सहसा गांधारराज ने सलाह दी थी– "अभी तो तुम स्वयं शेष हो। तुम्हार भाई अब तक स्वतंत्र हैं?"

"हां-हां !...शेष हैं !" दुर्योधन ने कहा था–"पर निराश हो चुके धर्मराज में अब साहस नहीं रह गया है कि वह खेलें?..."

युधिष्ठिर ने जबड़े कसे–उत्तेजित हो गए ! चुनौती ने तिलमिला डाला था उनके राजस्व को?...राजत्व को या विवेकहीनता को?...उस पल युधिष्ठिर कितने सामान्य, एक सीमा तक जड़बुद्धि की भांति विवेकहीन निर्णय लेते गए थे? अब याद करने से आश्चर्य होता है।

युधिष्ठिर ने पागलों की तरह कहा था–"हां, ठीक है !...मैं अपने प्रिय भाई नकुल को दांव पर लगाता हूं !...पासे फेंकिए, गांधारराज !"

पासे फिंके ! नकुल हार दिए गए !

युधिष्ठिर का मन हो आया था कि रो पड़े...इतनी पराजय, इतना अपमान और ऐसा कष्ट तो कभी नहीं हुआ था उन्हें?...एक बार नहीं, अनेक बार एक धारा की तरह विचार मन में जन्मा था कि चौसर की इस बिछात से उठ पड़े, किंतु जाने कौन-सी शक्ति थी उनके भीतर, जिसने उन्हें बांधकर रख दिया था !...उनका अहं? राजगौरव?...ज़िद?...या अविवेक !

जिस तरह धार जैसा विचार उमड़ता था, उसी तरह युधिष्ठिर की

उत्तेजना आग की तरह उबलती। धार को पी जाती! ...विचारशून्य कर डालती!

शकुनि की ओर से निरंतर उत्तेजन आ रहा था–"अब?..."

उस बार सहदेव को लगा दिया था दांव पर!...वह भी गया। युधिष्ठिर ने फिर से उठ जाने का विचार किया, पर तभी शकुनी बोले थे–"लो, युधिष्ठिर! माद्री के दोनों बेटे भी दुर्योधन को मिले!...अब संभवतः तुम कुछ नहीं लगाना चाहोगे?"

युधिष्ठिर ने कौंधती दृष्टि से सुबलपुत्र को देखा।

शकुनि ने बेहद काइयांपन से बात पूरी की–"भला अपने सगे भाई तुम किस तरह दांव पर लगा सकोगे धर्मराज?...ये भीम और अर्जुन?"

युधिष्ठिर उत्तेजना की आग से झुलस उठे। उन्होंने क्रमशः भीम, अर्जुन यहां तक की स्वयं को भी हार दिया था! माथा थामकर बैठ गए।

"धिक्कार!...धिक्कार है धर्मराज!...यह सब तुम क्या कर बैठे...?" बातें सभाभवन से उछल रही थीं। किसी ओर से केवल सहानुभूति के वचन उभरते और किसी ओर से तिरस्कार!

युधिष्ठिर निराशा के दलदल में गहरे तक उत्तर चुके थे। चारों भाइयों को कुछ पलों में उन्होंने राजा से रंक बना छोड़ा था!...दुर्योधन का दास!

"अब?..." शकुनि ने एक नज़र दुर्योधन पर डाली, फिर चेहरा धृतराष्ट्र की ओर घुमा लिया। पासे हाथ में मचल रहे थे उसके। युधिष्ठिर माथा थामे चौसर पर देखते हुए!

धृतराष्ट्र की अंधी आंखों में पुतलियां थिरकती हुई। संभवतः बेटे ने बड़ी आसानी से सब कुछ पा लिया है। हर्ष से थिरक उठी थीं पुतलियां।

"बोलों, कुंतीपुत्र?...चुप क्यों हो?" शकुनि ने उन्हें पुनः उत्तेजित किया था..."अब क्या लगाते हो दांव पर?"

युधिष्ठिर ने बेबसी और पीड़ा से भरा अपना चेहरा उठाया–मामा की

आंख में आंखे डाल दीं। यह आंखे जैसे पूछ रही थी–"अब मेरे पास बचा ही क्या है गांधारराज?"

और शकुनि ने एक तीखी, चुनौतीभरी मुस्कान चेहरे पर उगाकर कहा था–"अभी तो तुम्हारे पास धन शेष हैं युधिष्ठिर! तुम चाहो तो उसे दांव पर लगाकर उसकी प्राप्ति के साथ-साथ दासत्व से भी छुटकारा पा सकते हो?"

"सो क्या?..." यह पूछने की आवश्यकता नहीं थी। याद हो आया था उन्हें! द्रौपदी! एक पल के लिए भी नहीं सिहरे थे वह! सब कुछ सोच-समझकर किसी गहरे अधंकूप में जा पड़े थे। कहा था–"ठीक है मामा!... मैं पांडवों की प्रियतमा, अपूर्व सुंदरी द्रुपदपुत्री को दांव पर लगाता हूं–फेंको पासा!"

शकुनि ने हर्षित होकर पासे खड़खड़ाने प्रारंभ किए!...

युधिष्ठिर चौसर पर नज़र लगाए हुए। देखा ही नहीं था उन्होंने कि उनके शेष चारों भाई कांप उठे हैं। क्रोध से या पराजय-भय से–ज्ञात नहीं, पर वे सहसा थरथरा उठे थे।

सभा भवन से एकसाथ युधिष्ठिर और सभी भाइयों के प्रति धिक्कार हैं!...धिक्कार है तुम जुआरियों पर!...आदि अनेक वचन पांडवों पर फिंकने लगे थे, किंतु युधिष्ठिर ने सुना ही नहीं था कुछ।

तभी पासे फिंक गए थे। शकुनि आसन से उछलकर बोले थे–"लो, यह दांव भी मैने जीता!"

सभाभवन में सन्नाटा फैल गया था!...कौरव हर्षित होकर तरह-तरह से चीखने लगे थे। अनेक भाई प्रसन्नतावश सभा का अनुशासन तोड़कर मदमत्तों की तरह वहीं नाचने लगे!...युधिष्ठिर, भीम, अर्जुन, नकुल और सहदेव–इस तरह जड़, जैसे दावानल झुलसाकर मन-शरीर से राख कर गया हो उन्हें!...

देर तक फैले रहे सन्नाटों में केवल दुर्योधन, शकुनि, दुःशासन और कर्ण आदि की उपेक्षाभरी हंसी, ठहाके और बड़बड़ाहटें ही गूंजी थीं। युधिष्ठिर को

याद नहीं कि क्या प्रतिक्रिया हुई होगी उस पल भीष्म, विदुर, आदि पर !...

और स्वयं द्रौपदी?

सिर धुन लेना चाहा था उसी पल, किंतु बेबस बैठे रहे। आश्चर्य हो रहा था उन्हें? कौन-सी निर्ल्लज्ज शक्ति है जो उनके शरीर में प्राण रखे हुए हैं?... एक बार इच्छा हुई थी कि भाइयों की ओर देख लें–किंतु उतना आत्मबल और साहस भी तो शेष नहीं रहा था धर्मराज में?

"याद है...सब याद है !...इसे कभी नहीं भूल सकेंगे !...जिस पल राज्यसिंहासन पर बैठेंगे, उस पल निरंतर याद आता रहेगा उन्हें कि वह उसी सभाभवन में बैठे हैं, जहां उन्होंने द्रौपदी को दांव पर लगाया था !...

एक लम्बी चर्चा छिड़ गई थी विद्वज्जनों में। सभाभवन वृद्धों की तड़पन और बेचैन खीझ से भर उठा था। धर्माधर्म पर बहसें होने लगी थीं और युधिष्ठिर चुप।

आश्चर्य !...वह युधिष्ठिर चुप, जो धर्म-मूल्यों को लेकर अपने प्रत्येक शब्द में समाज द्वारा स्वीकारे जाते रहे?...श्रद्धा जिनके चरणों पर हर दृष्टि मे फूल की तरह झरती रही?...वही युधिष्ठिर चुप !

चुप ही नहीं–अपराधी !...घिनौने अपराधी !

लगा था कि पीठ में कई जहरीले कीड़े काटने लगे हैं। तिलमिलाकर उठ बैठे। कक्ष में सन्नाटा था–कोई नहीं है !...

कौन कहता है कि कोई नहीं है ! युधिष्ठिर ने बेचैनी से नजरें उस खोखले और खालीपन में घुमानी प्रारंभ कर दीं–लगा था कि हर तरफ वह खुद खड़े हैं। स्वयं को ही धिक्कारते हुए !...

युधिष्ठिर !...किस अधिकार से तुमने द्रौपदी को दांव पर लगाया था?

"स्त्री धन होती है।" कह देना चाहा था उन्होंने।

"छि: !" सामने खड़े युधिष्ठिर घृणा से उत्तर दे रहे हैं–"धर्मराज और असत्य?...मूल्यों की रचना करने वाला उन्हें समाज में प्रतिष्ठित करने वाला यह कह सकता है?...धिक्कार है !..."

"किंतु परंपरा यही थी...स्त्री को धन ही माना गया...!" अकुलाकर कह देना चाहा है युधिष्ठिर ने।

"पर तुम जानते थे युधिष्ठिर कि स्त्री धन नहीं है!...बुद्धि-विवेक-युक्त जीवन किसी का धन नहीं हो सकता?...उसकी सत्ता स्वतंत्र होती है। इस स्वतंत्रता को समाज-मूल्य हर जीवन की तरह एक निश्चित अनुशासन में अवश्य बांधे रख सकते हैं!"

युधिष्ठिर चुप हो रहे हैं।

सब, कुछ फिर से दृष्टि के सामने घटता हुआ..द्रौपदी को रजस्वला स्थिति में ही सभाभवन में बुलाया जाना, उसका सार्वजनिक रूप से अपमान!...इस सीमा तक अपमान कि वस्त्र-हरण के पूर्व शब्दों ने ही उसे लगभग नग्न कर दिया था!...वे घिनौनी दृष्टियां!...तिलमिला डालने वाली हंसी!...दुर्योधन, दुशासन और कर्ण के परस्पर कथन!...

छि: !...छि: !...सहसा कान बन्द करके बैठ गए हैं युधिष्ठिर! उसे कैसे भूलें?...

कान बंद करके क्या उन गूंजो को अनसुना कर सकेंगे, जो सांस रहते तक उनके कानों में गूंजती रहेंगी?...

आंखो पर चढ़ी पलकें क्या द्रौपदी की आंखे, बेबस नज़रे, बार-बार बचाने के लिए फैले हाथों का वह पीड़ाजनक दृश्य भुला सकेंगी?

असंभव! ...

और उससे भी अधिक असंभव है–द्रौपदी के उस प्रश्न का उत्तर देना, जो उसने भरी सभा में उस समय भिजवाया था, जब प्रातिकामी को उसे बुला लाने के लिए भेजा गया था! ...

प्रातिकामी ने लौटकर सभाभवन में युधिष्ठिर से प्रश्न किया था– "महाराज! पांडवपत्नी द्रौपदी ने पूछवाया है कि आपने अपने-आपको किसका स्वामी समझकर उन्हें हार दिया है?...और यह भी कि आपने पहले अपने को हारा है या उन्हें?"

और युधिष्ठिर चुप। शिलावत। सहमें हुए केवल पास बैठे भीम की तेज़ होती जाती श्वांसों के स्वर सुन पा रहे थे।

प्रातिकामी ने पुनः पूछा था–"उन्हें क्या उत्तर दूं राजन्?"

युधिष्ठिर क्या उत्तर देंगे?...कभी उत्तर नहीं दे सकेंगे!...

दुःशासन उन्मत्त भाव से द्रौपदी को सभाभवन में ले आया था। बड़े-बूढ़ो को धिक्कारती, पांडुपुत्रों को घृणा से देखती हुई द्रौपदी पीड़ा और कष्ट से भरकर बहुत से नैतिक तर्क करती रही थीं। पर हर तर्क व्यर्थ!...

धर्मधारण केवल दुविधा बनकर रह गया था! युधिष्ठिर, जो जान रहे थे कि वह अनीति है, इस तरह शांत जैसे मर चुकें हों!...शेष चारों भाई क्रोध और खीझ से भरे हुए बार-बार अपनी मुट्ठिया कसते, तिलमिलाते!...भीम ने उत्तेजित होकर कहा था–"भइया!...तुमने पांचाली के साथ जो अन्याय किया है, वह मेरे लिए असह्य है!..."

फिर उनका यह क्रोध बढ़ता ही चला गया था...इस सीमा तक जा पहुंचा था कि वह तरह-तरह धिक्कारने लगे थे–तिलमिलाकर कह उठे थे–"सहदेव!...जा, आग ले आ!...जिन हाथों से राजा युधिष्ठिर ने यह धुतक्रीड़ा की है, मैं उन्हें इसी क्षण जला डालना चाहता हूं!..."[1]

अर्जुन क्रोधित भीम को संभाल रहे थे। द्रौपदी चीख रही थीं...पर सब कुछ ठंडा।...इस तरह जैसे बर्फ बनकर सारा पौरुष और ज्ञान पिघलने लगा हो।

यही हुआ था–युधिष्ठिर का!...किसी पल, किसी स्थिति में, सिर ऊपर नहीं उठ सका था...

आज तक नहीं उठा हैं!

तब यह सिर उसी सभाभवन में, उसी राज्य का संचालन करते हुए

1. महाभारत : सभापर्व : के 68वें अध्याय में भीम ने युधिष्ठिर को द्रौपदी को दांव पर लगा देने के लिए इस तरह धिक्कारा है–"...जुआरियों के घर में जो वेश्वाएं होती है, उन्हें भी दांव पर लगाकर वह जुआ नहीं खेलते! अपनी स्त्री की तो बात ही दूसरी है। उन वेश्वाओं पर भी उन्हें दया और ममता होती है!" श्लोक-क्रम–1 से 3 तक। युधिष्ठिर निरुतर होते हैं।

किस तरह उठा रह सकेगा?...उठाए भी रहे, तब क्या शांत होंगे युधिष्ठिर?

कक्ष में बेचैनी से टहल रहे हैं। याद ही नहीं रहा है कि किस पल यह टहलना तेज़ हुआ है, किस क्षण थमता-सा लगा है और कितनी बार युधिष्ठिर ने अपने-आपको बेसुध होकर गिरते हुए बचाया है?

इस सबसे मुक्ति पानी होगी!...और मुक्ति की एक ही राह है–राज्य न करें!...संन्यासी मन को राजभवन की दीवारों से मुक्त कराकर प्रकृति के खुले आकाश में ले चलें!...

किंतु ले जाने देंगे ये लोग?...लगता है कि कैद हो रहे हैं। यह कैद ही युधिष्ठिर की नियति रही है। युद्ध न चाहते हुए भी युद्ध करना पड़ा, बंधु-बांधव को मारना तो दूर, उनसे कटु भी नहीं बोलना चाहा था कभी वह वध की सीमा तक करना पड़ा...और अब जब राज्य नहीं करना चाहते, तब नियति-चक्र उन्हें राज्य संभालने के लिए बाध्य कर रहा है!...

और युधिष्ठिर का स्वभाव है–जिसे लेकर पहले नकारते रहे, वही अंत में स्वीकारते आए हैं। युधिष्ठिर का पूरा जीवन। नियति का यही लेख है युधिष्ठिर के भाग्य में। युद्ध नहीं चाहा, किंतु युद्ध किया!...असत्य भाषण नहीं करना चाहा, किंतु द्रोण की समाप्ति के लिए असत्य बोले!...जुआ नहीं खेलना चाहा, किंतु जुआ खेले!...

अब राज्य नहीं करना चाहते–पर राज्य करेंगे। युधिष्ठिर ने एक गहरा श्वांस लिया। कक्ष में आ लेटे। पलकें फिर से मूंद ली हैं, सो सकेंगे...

और राज्य करने के बाद क्या राज्य कर सकेंगे?...

जिस तरह पलकें मूंदकर भी सो नहीं पा रहे हैं, संभवतः उसी तरह राज्य करके भी राज्य नहीं कर सकेंगे!...मन फिर अशांत हो उठा है!...गहरा श्वांस लेकर ज़ोरों से बुदबुदा पड़े थे–"हे, विश्वनियंता!"

●●●

आहुति

देखते हुए भी लग रहा था कि सब अनदेखा हो गया है !...उस देखे हुए का अर्थ ही क्या जो मन तक न पहुंच सके ।

और मन तक पहुंचता कैसे? मन पराक्रमी बेटों के उस आर्त्तनाद से भरा हुआ, जिस क्षण क्रूर अश्वत्थामा का खंग उन पर बरसा होगा! समाचार पाते ही रथ तैयार करवाकर द्रौपदी रणभूमि की ओर चल पड़ी थी। पहली-पहली बार जब सुना तो विश्वास नहीं किया था–बिना कुछ बोले हुए संदेशवाहक सैनिक का चेहरा देखती रह गई थीं। मन पानी की तरह उबलकर बुदबुदाता हुआ–"नहीं-नहीं! ऐसा कैसे हो सकता है?... भला ब्राह्मणवीर ऐसा छल क्यों करेंगे?"

सैनिक लहू से नहाया हुआ था। शरीर जितना थका हुआ, उससे कहीं अधिक थकान स्वर में उभरी...कहे जा रहा था–"अनर्थ हुआ, महारानी! अश्वत्थामा ने युद्ध की सारी नैतिकता-नियम तोड़कर सोते हुए पांडव-पुत्रों का वध कर दिया! वीर प्रतिविंध्य, सुतसोम, श्रुतकर्मा, शतानीक और श्रुतसेन सभी मारे गए!" बोलते-बोलते हांफने लगा था वह... ।

"हे भगवान !" द्रौपदी के बोल निकले, फिर इस तरह चुप हो रही, जैसे खाली हो चुकी हों। खाली ही नहीं खोखली! हां, खोखलापन ही तो था वह? अब शेष क्या रह गया है द्रौपदी के पास? जिस ममता को मन में लिए हुए स्त्री समुद्र की तरह भरी रहती है–वही जल रिस गया!

रणभूमि से राजभवन तक, समाचार लाते-लाते कितने ही स्थानों पर उस

संदेशवाही सैनिक को कौरव सेना की बिखरी, छिटकी टुकड़ियों से जूझना-बचना पड़ा था। इस चेष्टा ने शरीर को अनेक जगहों से आहत किया, घावों से बहे रक्त ने शक्ति निःशेष करना प्रारंभ कर दी...वह पांडव-पत्नी तक समाचार पहुंचाते हुए मूर्च्छा अनुभव करने लगा था। पलकें शरीर शक्ति से बेकाबू होकर पल-पल झुक जातीं...पुतलियों के आगे अंधेरे के धब्बे उभरने लगते...धरती पर गिरते-गिरते उसने समाचार की शेष किश्त अदा कर दी थी–"...और...और उसी शिविर में आपके पराक्रमी बंधु-बांधव भी मारे गए! उनमें वीर...वी... ।" सहसा वह लड़खड़ाया, फिर धरती पर बिछ गया!

द्रौपदी ही नहीं, उत्तरा, सुभद्रा आदि अन्य रानियां उसकी ओर लपक पड़ी थीं, "कहो, कहो सैनिक!..."

सैनिक का शरीर निर्जीव हो चुका था।

उन्होनें खाली निगाहों से एक-दूसरे को देखा। वे सब छलछलाई हुई थीं। सबके चेहरे श्रीहीन, सबकी पलकें सूजी हुई। कुछ परे पांडव-पक्ष की विधवाओं का एक आतंकित समूह खड़ा था। वे, जिनकी सिसकियां गुम चुकी थीं, स्वप्न और साधें रीत गई थीं, शरीर कुम्हला चुके थे। वे सब निःशब्द थीं। संभवतः भयावह युद्ध के रक्तरंजित समाचारों ने उन्हें जीवंत मृत्यु दे रखी थी। कभी उठी चीखों, कराहों और सिसकियों ने सहसा उनके मन-शरीर से विदाई ले ली थी और उन्हें शब्दहीन करके सनन्नाटे भरी सांसे लेते रहने के लिए बाध्य कर डाला था।

कितने अभिमन्यु खोए! कितने सुतसोम! किसी को याद नहीं। केवल इतना याद कि जिस ओर पलक उठती राजमहल की दीवारों पर रक्त पुता हुआ लगता। हर हरियाली सकुचाई हुई, हर फूल मुस्कान से मुंह चुराता हुआ-सा!

और अब खो गए थे द्रौपदी के पांचों पुत्र! पांचों पतियों द्वारा पत्नी को पहनाई हुई पांच मालाएं।

कब, किसने द्वारपालों को बुलाकर संदेशवाही सैनिक का शव ले जाने के लिए कहा, न किसी ने देखा, न सुना, न जाना। द्रौपदी धरती पर ही बैठी हुई दीवार से सट गई थीं। दृष्टि यांत्रिक भाव से उस स्थान को देखती हुई,

जहां पल भर पूर्व वह सैनिक गिरकर दम तोड़ चुका था...उसके लहू का एक बड़ा धब्बा अब भी संगमरमरी धरती पर चमचमा रहा था।

ऐसे ही उन पांचो के धब्बे रह गये होंगे? उनके साथ-साथ द्रौपदी के भाई-बंधुओं के भी।

जिस पल खंग की धार उनके शरीरों को काटने बढ़ी होगी, उस पल क्या घटा होगा उनके भीतर?

वे चीखें होंगे?

नहीं! संभवतः संभले होंगे। बचाव की चेष्टा की होगी उन्होंने?

किंतु युद्ध निपुण महारथी अश्वत्थामा के वार से संभलने या बचने का मौका ही कहां मिल सकता था उन्हें?

कुछ समय पूर्व ही तो समाचार मिला था–कुरुराज दुर्योधन हत हुए! पांडव विजयी!

इस समाचार ने भी राजमहल के वातावरण पर विशेष प्रभाव नहीं डाला था। विधवाएं उसी तरह निःशब्द रही थीं। प्रकृति पूर्ववत उदास। महलों की दीवारों पर लहू वैसे ही चमकता हुआ! सन्नाटे में रंचमात्र का भेद नहीं! विजय! किंतु विजय की वह स्थिति पराजय की तुलना में कही अधिक क्लेशकारी!

'और अब यह समाचार!' द्रौपदी मन-ही-मन बड़बड़ा उठी थी। आंख से आंसू नहीं झरे थे, पर लगा था कि धाड़ें मार-मारकर रो रही हैं। अपनी ही हिलकियां, चीखें, कराहें सुनती हुई । सन्नाटे से भरी ये चीखें और सिसकियां अश्वत्थामा के कई खंगों का प्रहार झेल रही हैं। सहसा बुदबुदा उठी थीं वह–"नहीं! युद्ध समाप्त नहीं हुआ! प्रारंभ हुआ है...और..."

लगा कि शेष शब्द मन ने पूरे कर दिए हैं–"...हां! और अब यह युद्ध कभी समाप्त नहीं होगा!"

विह्वल होकर द्रौपदी ने व्यर्थ ही सिर हिलाया। कह देना चाहा था–"नहीं, नहीं..."

पर मन बोला था–"हां, याज्ञसेनी! जब-जब युद्ध मन की धरती पर प्रारंभ होता है, तब-तब वह अंतहीन होता है! इस कुरुक्षेत्र युद्ध की विजय

के बाद परिणाम की सीमा से परे एक अंतहीन युद्ध प्रारंभ हो गया है! यह युद्ध तुम झेलोगी, युधिष्ठिर झेलेंगे, भीम इससे थकने लगेंगे और राजा धृतराष्ट्र इसमें डूब जाएंगे! यह अंतहीन युद्ध है–देवी! इसमें हर पल, घड़ी के साथ कुरुक्षेत्र में मारे जा चुके पात्र जिएंगे या जीवित रहे पात्र कितनी ही बार मरेंगे!"

उत्तरहीन हो रही थीं वह। स्वयं पर झुंझलाती हुई–रो क्यों नहीं पा रही हैं वह? इच्छा हो रही थी–ज़ोर-ज़ोर से रोएं, पांचो बेटों के मारे जाने पर तीव्र विलाप करें!

पर इसके विपरीत उन्होंने यांत्रिक भाव से द्वारपाल को बुलाकर आदेश दिया था–"रथ तैयार करवाओ!"

कोमलांगी उत्तरा सफेद वस्त्र पहने हुए, अकुलाई हुई सामने आ खड़ी हुई थी "माता! आप कहीं जा रही हैं?"

"हां! "द्रौपदी ने सन्नाटे से भरे हुए शब्द उगल दिए थे–"मैं स्वयं अपने मृत पुत्रों को देखना चाहती हूं!"

सब ओर सिर्फ चुप्पी थी।

युद्धक्षेत्र से गुजरते समय रथ के चारों ओर बिखरे विध्वंस, सड़े मांस की दुर्गंध, जहां-तहां रक्त-रंजित और टूटे-फूटे रथों की ओर देखकर भी अनदेखा-सा करती गई थी द्रुपदपुत्री। मन केवल बेटों और मातृपक्ष के लोगो से जुड़ा रह गया था। हवा का वेग रथ की तीव्रता के कारण दो-गुना हो गया था। इस वेश में रह-रह कर द्रौपदी के केश उड़ रहे थे...कितनी ही बार कई गुच्छे आंखो के सामने आ गए थे, जिन्हें उन्होंने अंगुलियों से बटोरकर परे किया...और हर बार इन खुले, फहराते केशों ने विगत स्मरण कराया...उनके अपने ही शब्द उनके अपने कानों में गूंज उठे...बस! बस कर, शैव्या! मेरे बाल तनते हैं।"

और शैव्या हंस पड़ी थी। द्रुपद कन्या की कोमल और अल्हड़ आवाज़ को अनसुना कर दिया था उसने। वेणी सजाने के लिए वह उन फहराते केशों की हर धारा समेटती हुई, उन्हें गूंथती गई थी।

द्रौपदी ने पलके मूंद ली। केश अब भी उड़ रहे थे...पर कोई शैव्या न थी जो उन्हें गूंथे। उनकी वेणी सजाए, उनमें श्रृंगार के फूल जड़े। वह द्रौपदी का एक और जन्म था–द्रुपदकन्या राजकुमारी याज्ञसेनी वर चुनने जा रही थी। सुगंधित द्रव्यों, इत्रों और फूलों से सजाया-संवारा जा रहा था उन्हें!

एक गहरा श्वांस लिया द्रौपदी ने। नथुनों से युद्धक्षेत्र में व्याप्त सड़ांध अनुभव की। वर्तमान से जुड़ गई पल भर के लिए! तब कहां जानती थीं राजकुमारी द्रौपदी कि वे कन्या से विवाहिता बनने के नए जन्म में काल की सबसे क्रूर राजनीति का अंश बनने जा रही हैं।

वीभत्स महायुद्ध की जिस घिनौनी धरती पर द्रौपदी का रथ दौड़ रहा है, उसकी बुनियाद उसी पल तो पड़ गई थी?

मन हुआ था कि उस सबको स्मरण करके पीड़ा को अधिक न बढ़ाएं, पर पल भर ने ही समझा दिया–असंभव है! यह चेष्टा व्यर्थ! जिस अंतहीन युद्ध को द्रौपदी ने झेलना प्रारंभ किया है, उसमें विगत के हर पड़ाव से गुजरे बिना राह नहीं। द्रौपदी को उन सबसे गुज़रना होगा...उन पर नए सिरे से सोचना होगा–एक लेखा-जोखा करना होगा, कहां क्या कुछ ऐसा हुआ, किनके गुण-दोष से हुआ–जिसने सुख-वैभव में कली की तरह खिली हुई याज्ञसेनी को श्मशान के अंधकार में डूबी इस युद्धभूमि पर ला खड़ा किया है।

रथ दौड़ रहा है...।

उतनी ही गति से दौड़ रहा है–विगत स्मरण!

शैव्या ने बतलाया था...पिछले पन्द्रह दिनों में पचासों क्षत्रिय योद्धा और राजा आ चुके हैं राजकुमारी! उनमें कुरुराज दुर्योधन जैसे सर्वाधिक शक्तिसम्पन्न व्यक्ति भी हैं और महावीर कर्ण जैसे अद्भुत पराक्रमी भी!... श्रेष्ठ शस्त्रधारी अश्वत्थामा भी उपस्थित हुए हैं और गांधारराज शकुनि, वृषक, वृहद्वल भी आ पहुंचे हैं। आज इन्हीं में से कोई एक महावीर महाराज द्रुपद की उस आश्चर्यजनक संधान परीक्षा में विजयी होकर तुम्हें प्राप्त करेगा!... तुम किसी अपूर्व पराक्रमी की भार्या बन जाओगी!..."

द्रौपदी ने सुना। मन-शरीर संकोच से भरकर हवा में झूमते फूल की तरह हल्के अनुभव हुए। निःसंदेह पांचाली आज जन्म का नया रूप ही भोगनेवाली थीं।...शैव्या और अन्य दासियों ने उनका श्रृंगार कर दिया था। अपनी ही देह से फूटती सुगंध को मन पूर्वापेक्षा कहीं अधिक महसूस करता हुआ।

तभी राजभवन से संदेशवाहक दौड़ आया था...स्वयंवर सभा लगने लगी थी। सभी द्रुपदकन्या की प्रतीक्षा कर रहे थे।

सलज्ज द्रौपदी के आगे-पीछे शैव्या एवं अन्य सेविकाएं सभा-भवन की ओर चल पड़ीं। विचित्र अनुभूतियों से भर उठा था मन। द्रौपदी इस पल भी याद कर पा रही हैं। शैव्या के शब्द कानों में गूंज रहे थे..."...इन्हीं में से कोई एक महावीर संधान परीक्षा में विजयी होकर तुम्हें प्राप्त करेगा। तुम किसी अपूर्व पराक्रमी की भार्या बन जाओगी!..."

यह सोचकर मन बरसात की मदमाती हवा जैसा लहर उठता कि द्रौपदी आज के बाद से किसी का पत्नी होंगी और यह ध्यान आते ही मन सहम जाता कि स्वयंवर में अद्भुत धनुर्धारी कर्ण भी आए हैं!...कर्ण को लेकर बहुत कुछ सुन रखा था याज्ञसेनी ने। उनका उत्तर केवल गांडीवधारी अर्जुन ही हो सकते हैं, अन्य नहीं। कुरु राजवंश में चल रहे विवाद में दुर्योधन की यदि कोई शक्ति और सहारा है तो वह कर्ण ही है!...यह भी कि कर्ण अपने मित्र कुरुराज दुर्योधन के लिए कुछ भी कर सकते हैं!... स्वयंवर की चर्चा से पूर्व द्रोपदी तक शैव्या समाचार ले आई थी..."सुना है राजकुमारी, इस स्वयंवर में प्रतापी वैकर्तन भी भाग लेनेवाले हैं, किंतु वह तुम्हें प्राप्त करने के लिए नहीं आएंगे, अपितु तुम्हें जीतने के बाद अपने मित्र दुर्योधन से तुम्हारा विवाह करवाना चाहेंगे!..."[1]

द्रौपदी चकित हो रही थीं। सुनकर तुरंत बोली नहीं; किंतु इस विचार से

1. अनेक आख्यानों और ग्रन्थों के अनुसार कर्ण स्वयंवर में द्रौपदी को दुर्योधन के लिए ही जय करने गया था। स्व. श्री कन्हैया लाल माणिक लाल मुंशी ने भी यही निष्कर्ष निकाला हैं।

मन भारी हो गया था कि उन्हें एक सूतपुत्र जीतेगा और दान की तरह अपने मित्र को सौंप देगा !

कर्ण के प्रति मन अजाने ही घृणा से भर उठा था ! ...छिः !... याज्ञसेनी एक सूत की पत्नी बनेंगी?...या कि पत्नी-भाव से सूत उन्हें विजयी करेगा और वस्तुभाव से दान कर देगा !

कर्ण को लेकर चिंतित हो गई थीं। शैव्या ने समाचार की तहें खोल डाली थीं..."जन-चर्चा यही है देवी !...अंगराज की साधना, दानशक्ति और त्याग ब्राह्मणों की तरह हैं !...वह अपने मित्र के लिए प्राण भी दे सकते हैं !...उनसे यदि रणक्षेत्र में कोई तुलना कर सकता हैं, तो वह केवल कुंतीपुत्र अर्जुन है...और अर्जुन संभवतः लाक्षागृह की आग में अपनी माता और शेष चारों भाइयों सहित जल चुके हैं !

"हे ईश्वर !..." मन-ही-मन द्रौपदी ने प्रार्थना की थी..."मेरे भाग्य के साथ ऐसा खिलवाड़ न हो !" शैव्या की बात सुनी-अनसुनी कर दी थी, इसके बावजूद मन से भय नहीं हटा सकी थी।

और वही कर्ण इस स्वयंवर में आ चुके हैं...सभाभवन की देहरी पर पहुंचकर द्रौपदी का पांव कुछ कांप गया था। तुरंत उन्होंने स्वयं को संभाला था और आगे बढ़ चली।

सभाभवन में एक सनसनी-सी फैल गई थीं। कुछ फुसफुसाहटें, कुछेक उच्छवास !। हर दृष्टि गजगामिनी द्रोपदी की ओर। हर आंख उत्तेजित सागर को समेटने की बेबस कोशिश करती हुई।

द्रौपदी ने भी वातावरण में बिखरी प्रतिक्रिया अनुभव की थी; किंतु इस सबसे सुख नहीं मिला, न रूपगर्विता का सहज स्त्री भाव मन में जन्मा, इसके विपरीत उनका मन फिर सिहर उठा था...कर्ण !...दुर्दांत योद्धा, अविजित धनुर्धारी, विलक्षण पराक्रमी और अस्त्र-शस्त्रों का अद्भुत जानकार !...

मन के भीतर एक रिसन उभर आई थीं। एक प्रार्थना..."हे ईश्वर !... कहीं सूतपुत्र...?"

आगे सोच नहीं सकी थी द्रौपदी। दृष्टि अनायास ही राजाओं पर जाने, थमने लगी थी...

द्रौपदी के आसन ग्रहण करते ही उनके भाई धृष्टद्युम्न बोलने लगे थे..."नरपतियों! उच्च कुल-सम्पन्न मेरी बहिन द्रौपदी आपके समक्ष है। जो भी महावीर इस कठिन संधान-परीक्षा में विजय प्राप्त करेगा, मेरी सौन्दर्यमयी बहिन उन पराक्रमी को प्राप्त होगी!...अतः मैं प्रार्थना करता हूं अपने संधान-कौशल का प्रदर्शन करें!..."

भाई के वचन टूटते ही याज्ञसेनी की कोमल दृष्टि क्रमशः राजाओं के चेहरों पर दौड़ने लगी थी...इस दृष्टि में जितनी उत्सुकता थी, उससे कहीं अधिक सहम और भय यदि सूतपुत्र ने उन्हें विजित कर लिया तो...

एक-एक कर राजा अपने-अपने आसनों से उठकर उस दुष्कर प्रतियोगिता में उतर रहे थे!

कर्ण उठे, तब द्रौपदी घबरा गई थी...जिस व्यक्ति को लेकर अनेकानेक कहानियां सुनती रही थीं राजकन्या, वह साक्षात् सामने था...द्रौपदी चकित हुई थीं, वसुषेण के व्यक्तित्व पर!...

कर्ण को लेकर सभाभवन में सूचना गूंज रही थी..."प्रतापी अंगराज कर्ण का नाम-यश सबका सुना-जाना है!...वे शस्त्रज्ञ परशुराम और आचार्य द्रोण द्वारा प्रशिक्षित हुए हैं। उनके पराक्रम की कहानियां भरतखंड के कोने-कोने में बिखरी हैं...अब वही संभवतः इस दुष्कर संधानपरीक्षा में विजयी हो सकेंगे!..."

द्रौपदी ने कुछ सुना, कुछ अनसुना हो गया। भय और चिढ़ मन में बिजली की तरह कौंधती हुई!..."द्रौपदी!...न तो सूतपुत्र तेरा अधिकारी हो सकता है और न ही तू किसी अहंकारी के दान की वस्तु है!..."

"किंतु...? द्रौपदी ने उस पल अकुलाकर अपने से ही प्रश्न किया था। चिंता और चिढ़ मन में हर उस कदम के साथ बढ़ते जा रहे थे, जो अंगराज कर्ण उस धनुष की ओर बढ़ा रहे थे... ।"

"इसे रोक, द्रौपदी!...कुछ अशुभ घटे, इसके पूर्व ही स्पष्टतः घोषित कर

दे कि तेरे लिए सूतपुत्र से विवाह करना असंभव है!...कह डाल द्रौपदी ।..."

कर्ण धनुष की ओर झुकने को ही थे कि द्रौपदी चीख उठी थीं... "नहीं!..."

कर्ण थमे रह गए थे। सभाभवन से हर ओर अचरच बरसता हुआ। हर आंख व्यग्र और चिंतित, क्या हुआ द्रुपदकन्या को?

द्रौपदी ने तीखी आवाज़ में घोषणा कर दी थी..."मैं सूत-पुत्र को वरण नहीं करूंगी!..."

आवाज़ गूंजी थी और फिर गूंजती ही चली गई थी...एक ओर पूजा के लिए बनी वेदी में चंदन और घृत की सुलगन से लपटें उठ रही थीं...लगा था कि उन लपटों पर द्रौपदी के शब्द घृत की तरह जा गिरे हैं!...पल भर में अग्नि की एक लपलपाती लौ सभाभवन में उपस्थित हर दर्शक का सीना भय से सुलगा गई है!...

रथ की वायुगति पूर्ववत जारी थी...उसी गति से द्रौपदी की विगत यात्रा भी! केश संभालते हुए द्रौपदी ने न चाहकर भी वातावरण को देखा...कई-कई जगहों से लपटें उठती नजर आई...युद्ध में प्रयोग किये गए अग्नि अस्त्रों के झुलसे हुए प्रमाण!...

नंगे पत्तें, जली हुई शाखाएं, काली हो चुकी मिट्टी और जीवित व्यक्तियों की झुलसती जलती देहें...इन तरह-तरह की दुर्गंध से नथुने भरे हुए...मन मितलियां खाता हुआ।

लपटें...और लपटों का एक सिलसिला!

द्रौपदी अनायास ही फिर विगत से जा जुड़ी हैं...उस दिन भी पूजनवेदी से वही लपटें उठी थी...अंतर यही था कि वे अदृश्य रहीं! द्रौपदी के शब्दों ने आहुति का काम किया था!

मन कह उठा है..."याज्ञसेनी! उन लपटों को पहचान न सकी होतीं, अजाने ही हो गए अपने आहुति कर्म को आंक लिया होता, तो आज यह धरती सिर्फ लपटों का ढेर बनकर न रह गई होती! इसमें तुम्हारे पुत्र न जल

मरे होते! तुम्हारे बंधु-बांधव, और सुख शांति सभी कुछ इस तरह युद्ध में होम न हो जाते!"

जबड़े कस लिए हैं पांडवपत्नी ने। बुदबुदाकर अपने से ही कह देना चाहती हैं..."संभवतः ठीक ही कहा है तुमने! इन सुलगती लपटों से स्मरण आ रहा है कि अजाने ही सही; किंतु मैं कितनी जगह , कितने ही स्तरों पर, किस-किस तरह आहुति बन गई! इस घिनौने महायुद्ध की आहुति।"

सोचती हैं–अनजाने हुए इस दोष को दोष-भाव से स्वीकार कर राहत पा सकेंगी; पर बहुत देर तक अपने ही सोच से सहमत नहीं हो पातीं। तर्क करने लगती हैं–"भला अजाने हुए दोष को दोष कैसे कहा जा सकता है? और इसमें दोष ही क्या था मेरा कि सूतपुत्र को वरण करने के लिए मेरा मन तैयार न था? मेरा कुल, संस्कार, समाज... !"

"क्या केवल कुल, संस्कार और समाज ही थे तुम्हारे मन में?" व्यगंभाव से द्रौपदी के भीतर जाग आई एक और द्रौपदी प्रश्न कर उठी है... और द्रौपदी चुप। सहमी-सकुची-सी रह जाती हैं। दृष्टि यंत्रवत् रथ की दौड़ के साथ पीछे छूटते जाते वीभत्स युद्ध-क्षेत्र पर ... ।

"नहीं, द्रौपदी! कुछ और था तुम्हारे मन में! वह, जो इस वीभत्स संग्राम की जड़ बनता जा रहा था...एक क्रूर राजनीति, जिसे भरतखंड का इतिहास सदा ही स्त्री के माध्यम से खेलता आया है...ठीक कुछ वैसी ही राजनीति थी, जिसके कारण गांधारी को अंधे धृतराष्ट्र से जोड़ा गया था... और तुम योजनाबद्ध ढंग से पांडवों के साथ जोड़ी जा रही थीं...याद है तुम्हें, तुम्हारे अपने पिता की ही योजना, वे शब्द, जिन्हें तुमने शैव्या के द्वारा पा लिया था...?

द्रौपदी चुप है। मन के शक्तिशाली तर्क का सहसा उत्तर नहीं खोज सकी है! याद हो आया हैं–शैव्या को किसी काम से महाराज द्रुपद के मंत्रणा-कक्ष की ओर जाना पड़ा था। द्रौपदी के स्वयंवर की ही तैयारियां चल रही थीं उन दिनों!

द्रौपदी नए इन्द्रधनुषी सपनों की कल्पना में खोई रहती थी। स्वयंवर होगा।

वह किसी पराक्रमी राजा की राजरानी बनेंगी! कल्पना की पांखे लगाए हुए मन दूर-दूरंत विचारों के आकाश में घूमने लगता था...। कैसा होगा वह राजा! उसका होनेवाला पति? उसका राज्य? व्यक्तित्व?

द्रौपदी के मन में बिना चेहरे की पुष्ट देह उभरती। आकृति के अजानबाहु उन्हें अपने करीब खींच लेने को बढ़ आते...और द्रौपदी देह पर वसंती हवाओं की कसन महसूस करने लगतीं। बदन रोमांच से भर उठता।

न जाने कितनी बार श्वांसों की गति बढ़ी थी...। कितनी बार द्रौपदी ने उस गति को संभालने-साधने की सलज्ज चेष्टा अपने भीतर अनुभव की थी।

और तभी आ पहुंची थी शैव्या–"राजकुमारी! राजकुमारी!"

द्रौपदी ने चकित होकर उसे देखा। झरोखे से हट आई। शैव्या उत्साह से भरी उनके पास आकर ज़ोर-ज़ोर से हांफने लगी थी–"राज...राज... कुमारी...!"

द्रौपदी ने झुंझलाकर कहा था–"अरे, ऐसे उतावली क्यों है? जरा दम ले ले, फिर जो कहना चाहती है, कह देना।"

"बात ही ऐसी है याज्ञसेनी!" वह दासी भी थी, बालसखी भी। स्नेह और अधिकार के भाव से एक समानता बनाए रखती थी द्रौपदी के साथ। केवल राज-मर्यादा का मान शब्दों में व्यक्त होता रहता था। कहा था–"एक शुभ समाचार है तुम्हारे लिए...तुम...तुम...।" सीने पर हाथ रखकर वह सांस सहेजने लगी थी।

द्रौपदी ने धैर्य से उसे देखा, कुछ बोली नहीं। इतना समझ पा रही थीं कि शैव्या कोई ऐसी खबर लाई है, जो उसके अपने ही मन में नहीं समा पा रही है...।

शैव्या ने काफी कुछ सहेज लिया था स्वयं को। समाचार दिया था– "जानती हो द्रुपदकन्ये! स्वयंवर में लक्ष्यबेध बड़ा कठिन होगा...एक तरह से असंभव! उसका बेधन अप्रीतम प्रतिभावाले धनुर्धर ही कर सकेंगे और ऐसे धनुर्धर होंगे केवल अर्जुन! पराक्रमी पांडु और देवी कुती के पुत्र!"

द्रौपदी ने सुना–ठीक तरह समझी नहीं। इसमें भला शुभ समाचार जैसा क्या हो सकता है, यह समझ नहीं आया।

शैव्या ने विवरण दिया था–"अभी-अभी मंत्रणा-कक्ष में महाराज द्रुपद और वीर धृष्ट्धुम्न यही चर्चा कर रहे थे। महाराज कह रहे थे–"यह प्रतियोगिता मैं जान-बूझकर रख रहा हूं, पुत्र! यह दुर्लभ संधान द्रौपदी को ही सौभाग्यशाली नहीं होगा, अपितु पांचाल देश के लिए भी शुभ बनेगा!"

"सो कैसे, महाराज!" धृष्ट्धुम्न ने प्रश्न किया था।

शैव्या ने पिता-पुत्र के संवाद ज्यों-कें-त्यों कह सुनाए थे...द्रौपदी सुनती गई थीं।

महाराज द्रुपद ने संधान-योजना इतनी कठिन बनाई थी कि लक्ष्यवेध असामान्य के लिए भी दुष्कर था! सहज था तो केवल इक्के-दुबके धनुर्धारी के लिए! राजा ने कहा था..."पुत्र! ऐसा विलक्षण लक्ष्यसंधान केवल पांडुपुत्र अर्जुन की कर सकेंगे।"

"किंतु...किंतु आपको तो ज्ञात ही है पितृ! महावीर अर्जुन वारणावत के लाक्षागृह में लगी आग में भस्म हो चुके हैं!" धृष्ट्धुम्न ने चिंतित होकर कहा था। उन्हें लगा था कि द्रुपद अनजाने में ही द्रौपदी के स्वयंवर को व्यर्थ किए डाल रहे हैं।

द्रुपद ने कहा था–"नही वत्स! यह समाचार गलत है। मुझे विश्वस्त सूत्रों से ज्ञात हो चुका है कि पांडव लाक्षागृह से बच निकले हैं। उनके साथ देवी कुंती भी हैं!"

धृष्टद्युम्न सहम गए थे; किंतु पिता की इच्छा से सहसा सहमत नहीं हो पा रहे थे। लग रहा था कि इस चेष्टा में अनजाने ही कहीं पिता द्रौपदी के भवितव्य को उलझन में न डाल दें!

"मैंने जानबूझकर ही यह दुर्लभ लक्ष्यबेध की परीक्षा रखी है। मुझे

विश्वास है कि पराक्रमी अर्जुन के अतिरिक्त अन्य किसी के लिए यह कठिन कार्य संभव नहीं हैं !..."

धृष्टद्युम्न चिंतित और व्यग्र भाव से पिता की बाते सुनते गए। पांचालराज ने कहा था–"यदि पांडुपुत्र अर्जुन मुझे याज्ञसेनी के वर रूप में प्राप्त हो गए, तो पांचाल का संबंध महान कुरुवंश से बनेगा। राजनीतिक दृष्टि से यह समूचे देश के लिए लाभकर होगा!...कुरुप्रदेश से बड़ी सत्ताशक्ति सम्पूर्ण भरत खंड में कहीं नहीं हैं !"

धृष्टद्युम्न कुछ बोल नहीं सके थे।

द्रुपद सोचें और आगे कुछ कहें, इसकी प्रतीक्षा कार्यश उस ओर आ पहुंची शैव्या ने नहीं की थी। वह तुरंत द्रौपदी के कक्ष की ओर दौड़ पड़ी थी। अर्जुन की वीरता-पराक्रम की अनेक शौर्यकथाएं उसने भी सुनी थी... यह भी सुन रखा था कि गांडीवधारी सुंदर, आकर्षक व्यक्तित्व वाले हैं... इस कल्पना भर से प्रसन्न थी कि पांचालराज ने द्रौपदी के लिए उपयुक्त वर की पहले ही खोज कर रखी थी।

राजकुमारी याज्ञसेनी ने सब सुना–शांत रहीं। उस पल इसके अतिरिक्त कुछ अधिक नहीं सोचा-समझा था कि पिता उनके उपयुक्त वर का विचार ही कर रहे हैं। बस, एक ही चिंता मन को सता रही थी...वीर पांडवों को लेकर सभी और समाचार फैला हुआ था कि वे अब संसार में नही रहें।

पर द्रुपद को विश्वस्त समाचार मिला था कि वे जीवित हैं...

शैव्या बड़बड़ाए जा रही थी–"यह तो अति प्रसन्नता का समाचार है राजकुमारी!...महाप्रतापी भीष्म के कुल-वंश से जुड़ना, तुम्हारे ही लिए नहीं,

---

1. महाभारत (आदिपर्व) के अध्याय 188 में श्लोक क्रम 5 से 10 के बीच लिखा गया है–"राजा द्रुपद के मन में यह इच्छा थी कि उनकी कन्या के पति अर्जुन ही हों, किंतु वे अपनी यह इच्छा किसी के आगे प्रकट नहीं करते थे। द्रुपद ने अपनी इस इच्छा को पूर्ण करने के लिए वह दुर्लभ्य संधान परीक्षा आयोजित की।...द्रपद को विश्वास था कि अर्जुन के सिवा और किसी से यह दुष्कर कार्य न हो सकेगा।"

तुम्हारे सम्पूर्ण राज्य-परिवार के लिए सुखकर और गरिमामय बात होगी! पांचालराज ने उचित ही विचार किया है!..."

द्रौपदी चुप। संभवतः विचारने लगी थीं-कैसे होंगे गांडीवधारी?

शैव्या ने कहा था–"बस, एक ही डर लग रहा है, कुमारी! महाराज को मिली सूचना सत्य हो! महावीर पांडव जीवित हों..."

द्रौपदी ने सुना था–कुछ कहा नहीं

कुछ कहने योग्य सोचा भी नहीं था। उस पल तो केवल अपनी उमंगो और साधों को लेकर ही सोच सकी थीं। लगता था कि उतना सोचना ही उनके लिए सोचनीय है–इससे अधिक उनका विचार विषय नहीं।

सोच सकी होती तो पिता से निवेदन करती...पितृ! क्या वर्ग या प्रतिशोध या राज्य शुभ के लिए किसी संवेदन का सौदा किया जा सकता हैं? यही विचार कर मेरा विवाह निर्णय लें! विवाह संबंध को तो सहज रहने दें?"

पर उस पल विचार ही नहीं आया था याज्ञसेनी को। और जब आया, तब तक द्रौपदी उस विलक्षण और निर्मय राजनीति-चक्र में उलझ चुकी थी, जिसने सारे जीवन उन्हें केवल कष्ट, केवल संयम और दुःख के समुद्र में डुबोए रखा...इस सीमा तक पीड़ित किया कि उन्होंने अपने स्त्रीत्व को सार्वजनिक रूप से अपमानित स्थिति में पाया...।

कभी-कभी लगता है जैसे विदुषी द्रौपदी कभी पितृपक्ष और कभी पतिपक्ष का वह मोहरा बनकर रह गई, जिसे कुछ लोग जी चाहे उस तरह राजनीति की चौसर पर उछालते रहे! बिना यह सोचे, जाने कि द्रौपदी उन्हींकी तरह जीवंत हैं। उनकी तरह या अनेक बार उनसे अधिक विचारशील और संवेदनशील...।

कभी-कभी लगता हैं, जैसे महायुद्ध से जुड़ा हर नारी चरित्र केवल पुरुष की चौसर पर मोहरे की तरह से खेला जाता रहा है। गांधारी हों या कुंती! द्रौपदी हो या सुभद्रा! सब मोहरे!

द्रौपदी की पीड़ा यह कि वह दूसरों की तुलना में अधिक सोच पाती है।

दूसरो की अपेक्षा अधिक संवदेनशील है ! दूसरों की तुलना में कहीं अधिक विचारशील और अपने अस्तित्व के प्रति चैतन्य है !

वे आवाज़ें कुछ ज़्यादा ही छटपटाहट झेलती हैं, जिनमें सत्य का आग्रह हो ! अस्तित्व की मुखरता हो और त्याज्य के प्रति एक बुलंद विद्रोह हो !

रथ की गति ज्यों-की-त्यों थी। बीच-बीच में कुछ क्षेत्र आ जाता है जहां युद्ध की विभीषिका तो नहीं दिखती, किंतु छाया उपस्थित रहती है। वायुमंडल में अस्त्रों-शस्त्रों के कारण विचित्र-सी गंधे बिखरी हुई हैं। नथुने एक कसमसाहट के साथ इन गंधों का अहसास करते हैं और याद हो आता है कि घिनौने महासमर को धरती ने झेला है !

इस महासमर ने अनेक महासमर जन्म दिए हैं। ऐसे युद्ध, जिनका अंत नहीं होगा। द्रौपदी फिर से अपने में लौट पड़ी...जिस राजनीतिग्रस्त जीवन ने सुख, स्वप्न, सम्मान और गरिमा दी थी, वही नाश की इस विभीषिका तक पहुंच गया ! ऐसे उजाड़ में द्रौपदी को ला खड़ा किया, जिसमें ममता निःशेष हो चुकी है ! मातृपक्ष नष्ट हो गया ! भाई-बंधु सब दुर्दांत युद्ध की ज्वाला में आहुति बन गए !

पहले यदि जान सकी होती कि जिस मूल्यहीन होती जाती राजनीति के चक्र में उन्हें आहुति की तरह उपयोग किया जा रहा है, तब निःसंदेह ही विद्रोह करतीं ! पर उस समय सोच-विचार ही नहीं किया...भूले-भटके मन में कुछ आया भी तो बिसरा बैठी !

बहुत उपेक्षा बरती ! किसी और से नहीं–अपने-आप से ही !

जीवन में जिस तरह मोड़ों ने आना प्रारंभ किया था, उसी समय समझ लेना था कि याज्ञसेनी का अस्तित्व कहां हैं?

स्वयंवर में आयोजित उस विलक्षण परीक्षा को क्यों नही समझा द्रौपंदी ने? पितृ द्रुपद की उस इच्छा का कारण क्यों नहीं पहचाना, जिसे मन में संजोए हुए वह द्रौपदी के लिए अर्जुन को ही वर-रूप में चाहते थे?

कितना अच्छा होता राजनीति के निर्मम रस्से में पड़े उन अदृश्य बलों को देख सकी होतीं याज्ञसेनी। उसी दृष्टि से देख सकी होती, जिस दृष्टि से

पुत्र-पुत्रियों के होते हुए भी राजा द्रुपद ने द्रौपदी और उनके बड़े भाई धृष्टद्युम्न की जन्माकांक्षा की थी?

अब लगता है कि सब कुछ आयोजित था! सब निश्चित। सब दूसरों का चाहा हुआ और मोहरा द्रौपदी!

वही सब याद करना होगा–इस क्रूर-घिनौने समर में युवा और किशोर पुत्रों की आहुति देने वाली द्रौपदी सब याद करेंगी...एक-एक घटना, जब सोच-समझ की सम्पूर्ण क्षमताएं होते हुए भी द्रौपदी को लेकर दूसरों ने निर्णय किए! कुछ राजनीतिक सौदे किये, कुछ योजनाएं सोची...

पिता का ही चेहरा उभर आता है...उस कथा से जुड़ा चेहरा, जो द्रौपदी को जन्म के बाद सुनने को मिला था...।

पांचालराज द्रुपद! पांचाल को द्रोण ने विभाजित करवा लिया था। युद्ध में द्रुपद शस्त्रज्ञ द्रोणाचार्य के शिष्यों से बुरी तरह पराजित हुए थे। इस पराजय के परिणामस्वरूप पांचालराज को बंदी की स्थिति में बंधे हुए द्रोण के समक्ष प्रस्तुत किया गया था!

इस युद्ध और घृणा की धरती थी–कभी की द्रुपद-द्रोण मैत्री!

बाल्यावस्था में द्रुपद और द्रोणाचार्य एक ही गुरुशाला में पढ़ते थे। द्रुपद राजापुत्र थे और द्रोण भारद्वाज की संतान। गुरुकुल भारद्वाज का ही था। परशुराम का शिष्यत्व पाकर द्रोणाचार्य ने शस्त्र विद्या में अतिनिपुणता प्राप्त की और द्रुपद अपने पिता पांचालराज की मृत्यु के बाद राजा बने।

द्रोण ने सुना कि बालसखा राजा हुए हैं, तो प्रसन्न होकर पांचाल जा पहुंचे । सभा में उपस्थित होकर द्रुपद को स्मरण दिलाया–"याद आया राजन्! मैं कौन हूं?"

द्रुपद ने गंभीरता से उन्हें देखा। कुछ उत्तर नहीं दिया।

द्रोणाचार्य ने याद दिलाया–"मैं भारद्वाज-पुत्र द्रोण हूं पांचालराज! आपका बालसखा!"

सभा में उपस्थित लोग व्यंग्य और आश्चर्य से ब्राह्मण-पुत्र द्रोण को देख

रहे थे। द्रोणाचार्य के स्वर में ब्राह्मणोचित गरिमा थी, और वीरोंचित तेज। राजा द्रुपद को अच्छा नहीं लगा था। बोले–"तुमने उचित ही कहा है द्रोण! किंतु तुम्हें संभवतः यह ज्ञात नहीं कि जो योद्धा नहीं होता, वह किसी योद्धा का या जो राजा नहीं है, वह किसी राजा का अथवा जो ज्ञानी नहीं हैं, वह किसी ज्ञानी का मित्र नहीं हुआ करता! मित्रता सदा बराबर वालों में होती हैं द्रोणाचार्य! अतः अब उस मित्रता का स्मरण करना अर्थहीन हो चुका है।"

द्रोणाचार्य का चेहरा धुंधला गया था! अगले ही क्षण क्रोध और चिढ़ से भर उठे थे वह। मन में निश्चय किया था–"ठीक है राजन्! एक दिन मैं फिर आऊंगा और उस दिन तुम्हारा कथन सत्य कर दिखाऊंगा कि मित्रता बराबरवालों में ही होती हैं!"

द्रोणाचार्य पांचाल की सभा से लौट गए थे। बाद में राजा द्रुपद को सूचना मिली थी कि युद्धज्ञ ब्राह्मण ने कुरु-राज्य में शरण ली है। वे राजाश्रयी हो गए हैं। द्रुपद सुनकर हंस पड़े थे–"धिक्कार है! ब्राह्मणत्व को कलंकित किया द्रोण ने! अब तक ज्ञान, धन से विक्रीत नहीं होता था, किंतु द्रोणाचार्य ने गुरु-परंपरा में एक दोष डाला!"[1]

विचारशील मंत्रियों ने द्रुपद को समझाया था–"वह सब तो ठीक है राजन! किंतु द्रोणाचार्य का शक्तिसम्पन्न कुरुकुल से जुड़ना पांचाल के लिए शुभ नहीं है। समाचार यह भी मिला है कि द्रोणाचार्य की देखरेख में ही कुरुकुमार दुर्योधन, दुःशासन, विकर्ण आदि शस्त्र विद्या सीख रहे हैं। वही पांडु पुत्रों को भी शस्त्रज्ञान दे रहे हैं!"

"उससे क्या होता है?" द्रुपद उपेक्षा से बोले थे।

---

1. द्रोणाचार्य से पूर्व धन और सुख:सुविधाओं के आधार पर किसी गुरु से ज्ञान प्राप्त करने की परंपरा कभी नहीं रही। ऐसा कोई आख्यान, कथा, किंवदंती हिन्दू धर्मग्रंथों, उपनिषदों, पुराणों में नहीं है, जबकि ज्ञानी को वेतनभोगी रखा गया हो या रखा जाना संभव हुआ हों! द्रोणाचार्य पहले गुरु हैं, जिन्होंने ज्ञान को विक्रय करने की परंपरा डाली। गुरु शिष्य संबंधों की बुनियाद इसके पूर्व सेवा, समर्पण, त्याग और निष्ठा हुआ करती थी। इसी के आधार पर शिष्य गुरु से ज्ञान की प्राप्ति कर पाता था; किंतु द्रोणाचार्य पहले ब्राह्मण हुए, जिनसें राज्याश्रयी बुद्धिजीवियों के विकृत बुद्धिवाद की परंपरा प्रारंभ हुई।

मंत्री बोले थे–"बहुत कुछ होता है पांचालराज! हो सकता है कि एक दिन द्रोणाचार्य अपने शिष्य पांडुपुत्रों या कौरवों के माध्यम से ही आपसे प्रतिशोध लें! आप भूल चुके हैं कि ब्राह्मण को अपमानित किया था आपने और द्रोण के लिए अपमान भूलना कठिन है!"

द्रुपद सहसा स्तब्ध हो रहे थे। मंत्री ने जो कुछ कहा था, गलत नहीं था। निःसंदेह द्रोण की यह मुखमुद्रा प्रतिशोध भाव की मुद्रा ही थी, जिसे द्रुपद ने उनके राजदरबार से जाते समय देखा था।

मंत्री ने कहा था–"आप सावधान रहें! द्रोणाचार्य अपने अपमान का बदला अवश्य लेंगे!"

सावधान रहे थे द्रुपद, किंतु कोई सावधानी काम नहीं आई थी। एक दिन समूचे राज्य में हड़बड़ी फैल गई थी! पांडवों ने पांचाल पर आक्रमण कर दिया था। उनके साथ द्रोणाचार्य भी थे!

उस बीच पांडवों की शौर्य-कथाएं काफी बिखर चुकी थीं। किशोर आयु होते हुए भी वे सब वीरता और पराक्रम की चरम सीमाओं पर पहुंचे हुए थे। द्रुपद ने अपने पुत्रों, परिजनों और विशाल सेना के साथ ज़बरदस्त युद्ध किया था; किंतु धर्नुधारी अर्जुन ने पांचाल सेना को कीड़ो-मकोड़ों की तरह रौंदना प्रारंभ कर दिया था; फिर आया था द्रुपद के जीवन का सबसे पीड़ाजनक क्षण! अर्जुन ने द्रुपद और उनके पुत्रों-परिजनों को न केवल जीवित ही पकड़ लिया था, बल्कि बांधकर द्रोणाचार्य की सेवा में प्रस्तुत कर दिया था।

"मैं तुमसे प्रसन्न हुआ पांडुपुत्र! तुम लोगों ने गुरुदक्षिणा पूरी की।" द्रोणाचार्य ने हर्ष व्यक्त किया था, फिर दृष्टि द्रुपद की ओर उठाई–हाथ पीछे बंधे हुए थे उनके, सिर झुका हुआ। ग्लानि और अपमान से दृष्टि तेजहीन हो चुकी थी। उनके पीछे-पीछे परिजन और पुत्र थे। पराजित पांचाल की घोर अपमानित स्थिति थी वह!

"राजन! तुमने कहा था न कि राजा का मित्र राजा ही हो सकता है और मित्रता बराबर वालों में ही होती है, अतः मैंने यह आवश्यक समझा कि तुम्हें बतलाऊं कि हम बराबर हैं!"

द्रुपद घोर ग्लानि से भर उठे–शब्दहीन!

द्रोणाचार्य कह गए थे–"निश्चिंत रहो द्रुपद! मैं तुम्हारी हत्या नहीं करूंगा! मैं तुमसे मित्रता की प्रार्थना करने आया हूं और यह बतलाने के लिए आया हूं कि आज के बाद से यदि तुम्हें मेरी मित्रता स्वीकार है, तो पांचाल के गंगा के दक्षिण भाग का राज्य तुम करो और उत्तर तट का राज्य मैं सम्हालूंगा!"[1]

द्रुपद के पास शब्द नहीं रहे थे।

द्रोण ने पूछा था–"उत्तर दो पांचालराज!"

द्रुपद ने गहरा श्वास लेकर विजयी द्रोणाचार्य की शर्त स्वीकार कर ली थी। राज्य दो टुकड़ों में विभाजित हो गया और एक खंडित राज्य के अपमानित राजा की ग्लानि ढोते हुए द्रुपद मुक्त हो गए थे!"

बात आई-गई हो गई थी, किंतु द्रुपद द्रोणाचार्य के प्रति प्रतिशोध की आग में झुलस उठे थे। पुत्रों और परिजनों के वीरत्व पर उन्हें संदेह हो गया था तथा अब वे ऐसे किसी साधन की तलाश में जुट गए थे, जिसके माध्यम से द्रोणाचार्य से बदला ले सकें!

और अब बदला बचा था–द्रोण की मृत्यु! इसी बदले के लिए ब्रह्मर्षि याज से उन्होंने पुत्रेष्टि यज्ञ करके एक पुत्र देने की प्रार्थना की थी, जो द्रोण को हत कर सकें![3]

---

1. पांचाल हिमालय की तराई से लेकर, चम्बल नदी तक फैला हुआ था। दिल्ली के उत्तर पश्चिम से इसका प्रारंभ होता था। द्रोण ने अर्जुन के माध्यम से द्रुपद को परास्त करके इस राज्य को दो भागों में विभाजित करवा लिया। एक कहलाया–दक्षिण पांचाल दूसरा उत्तर पांचाल। इस तरह गंगा के उत्तर तट का पांचाल राज, जो उत्तर पांचाल बना, द्रोणाचार्य ने हथिया लिया।

2. महाभारत (आदिपर्व) के 160 वें अध्याय में श्लोक-क्रम–26 से 28 के बीच द्रोणाचार्य द्वारा पांडवों के माध्यम से पांचालराज्य की दो हिस्सों में विभाजित करके एक हिस्सा प्राप्त कर लेने पर द्रुपद अपमानित हो गए। उन्होंने वह समझौता कर लिया और 'मित्रता स्थापित करके दोनो अपने-अपने स्थान को चले गए' किंतु राजा द्रुपद अपने उस घोर अपमान को पल भर के लिए भी नहीं भूले। वे इसी चिंता में दिन-दिन दुर्बल होने लगे!

3. ब्रह्मर्षि याज के पास पहुंचकर द्रोण को हत किए जाने के लिए पुत्र-कामना की द्रुपद ने। पुत्रेष्टि यज्ञ करके याज की कृपा से द्रुपद को एक पुत्र यज्ञसेन और पुत्री याज्ञसेनी हुए। आदिपर्व के 170वें अध्याय में वर्णित आख्यान।

यज्ञसेन और याज्ञसेनी को इसी पुत्रेष्टि यज्ञ द्वारा प्राप्त किया था उन्होंने ! नाम रखे थे क्रमशः धृष्ट्धुम्न और द्रौपदी !

उन्हीं धृष्ट्धुम्न ने आचार्य द्रोण को हत किया कुरुक्षेत्र समर में ! जिस चाह और प्रेरणा से धृष्ट्धुम्न को राजा द्रुपद ने संवारा था, वह पूरी हुई; किंतु आचार्य के पुत्र अश्वत्थामा ने उन्हीं धृष्टधुम्न का संहार कर दिया है ! साथ ही द्रौपदी के पांचो बेटे भी मौत के घाट उतार डाले हैं !...

विचित्र बात है...जन्म, जीवन और मरण तक केवल राजनीति ! व्यक्ति कहां है इसमें? कहां है मनुष्य और कहां है सहज जीवन-चेतना?

जिन अर्जुन ने द्रौपदी को विजित किया था, उसके पूर्व कभी द्रुपद को युद्ध में जय कर चुके थे। महाराज ने उसी क्षण निश्चित कर लिया था कि अर्जुन को वश में करेंगे वह !

वश में किया था द्रौपदी का दान करके ! अर्जुन के ही लिए आयोजित स्वयंवर था वह ! सब राजनीति की बुनियाद पर खड़ा हुआ। द्रौपदी केवल उस बुनियाद पर खड़ी की गई एक दीवार !

यह दीवार शक्तिशाली और समर्थ पांडुपुत्रों से जुड़कर पांचालराज द्रुपद की राजनीतिक शक्ति बन गई थी।

इन सबमें द्रौपदी का अस्तित्व कहां है?

केवल उसी सब में क्यों, द्रौपदी के सम्पूर्ण जीवन में ही द्रौपदी का अपना निजत्व कहां है?

चाहती हैं कि उसे खोज निकालें। एक गरिमा का अहसास करें कि वह इस समूची कथा में कहीं स्वयं भी है ! केवल स्वयं !

पर लगता है–नहीं खोज सकेगी। कैसे खोज सकती है? खोज पाएगी, तो उसी समय, जब ऐसा कुछ होगा?

ऐसा कुछ भी नहीं है–अतः खोज पाना असंभव ! वे अपने-आप में किसी पल कुछ नहीं रह सकीं। हर बार चाहा कि स्वयं होकर स्वयं के लिए कुछ अनुभव करें; पर किसी बार कुछ नहीं कर सकीं। अविवाहिता थीं, तब पांचालराज द्रुपद से जुड़ी रहीं, पितृ-आदेश और पितृपक्ष को मर्यादा धर्म

बांधे रहा? फिर हुई पांडव-पत्नी! तब से केवल पांडवों से जुड़कर रह गई! न स्वयंवर आयोजन के असली सोच से पिता ने उन्हें अवगत रखा, न ही महाराज युधिष्ठिर ने उन्हें भोज्यवस्तु की भांति पांच पतियों में विभाजित करते समय उनकी इच्छा जानने का प्रयत्न किया!

कैसी विडम्बना!...बुद्धि, ज्ञान, गुण और योग्यता-क्षमता होते हुए भी द्रौपदी का हर निर्णय दूसरे के हाथ में?...उनका अस्तित्व दूसरों की हथेलियों में पासे की तरह उछलता थरथराता हुआ...?...हर दांव एक राजनीतिक आहुति!

चौसर किसीकी–और द्रौपदी मोहरा!

मन अनाज के दानों की तरह बिखरने लगा है...ऊबड़खाबड़, घटनाओं और दुःख-सुख की ऊंचाइयों-नीचाइयों से भरी जीवन-भूमि पर हर दाना बिखरा हुआ। उन सबको सहेज पाना असंभव!

पर सहेजना होगा–जितना सहेज सकेंगी, सहेजेंगी। तीव्रगति से दौड़ते रथ में हिचकोले खाती हुई द्रौपदी सोचती जा रही थीं, कम-से-कम हर पल अपने आपको बटोर कर उन क्षणों का लेखा-जोखा करेंगी, जब उन्हें विद्रोह कर देना था, अपना अस्तित्व बोध कराना था; पर ठीक तरह करा नहीं सकीं! करा सकी होतीं तो यह सब इस तरह न भोगना होता!

"तब किस तरह भोगती पांचाली?" सहसा मन ने पूछ लिया हैः "इस महायुद्ध के अतिरिक्त विकल्प की क्या रह गया था तुम्हारें और तुम्हारे पतियों के पास? पीड़ा, अपमान और उत्तेजना की जिस ज्वाला में तुम झुलसती रही थीं या कि तुम्हें तुम्हारे अपने देवरों ने झुलसाया था, इस युद्ध के अतिरिक्त विकल्प क्या था?..."

"युद्ध से भय मुझे कभी नहीं रहा! न मैं युद्ध को भय का कारण मानती हूं–मुझे इस पल भय लग रहा है अपने आपसे! उन बीते हुए पलों को लेकर पीड़ा हो रही है, जिन्हें मैं धर्म के नाम पर झेल गई!" द्रौपदी को लगा था कि वे अनचाहे ही उत्तेजित हो उठी हैं–

हां, उत्तेजना जैसी बात जो है–क्यों न हों अपने-आप पर उत्तेजित?

...विद्रोह करना चाहा, धर्म के प्रश्न भी जीवन-भर उठाए, किंतु किसी बार भी उन पर अड़ी नहीं रह सकीं ! रह पाई होती तो उतना न झेलना पड़ता, जितना झेला !

कितनी ही बातें है, किसकी ही घटनाएं...वे जो प्रश्न बनी थीं। उत्तर रूप में द्रौपदी उठी भी थी, किंतु न जाने किस संकोच या तथाकथित मर्यादा के भय से बंधी रह गई ! तर्क किए, किंतु अधूरे छोड़ दिए ! निष्कर्ष दे सकती थी, किंतु चूक गई !

याद आता है–स्वयंवर में अर्जुन द्वारा विजित किए जाने के तुरंत बाद द्रौपदी का पांचों भाइयों में विभाजन...उस पल क्यों नहीं कहा द्रौपदी ने कि यह अस्वभाविक-सी लगने वाली व्यवस्था है ! इसके विपरीत द्रौपदी ने तपस्विनी के भाव से उन पांचो को पति रूप में ग्रहण किया था ! कितनी कठिन तपस्या, जिसे जीवन के प्रति पल घड़ी पांचाली साधती रहीं ! क्रम से पांचो पांडवों ने जब एक-एक दिन पाणिग्रहण करके द्रौपदी को पत्नी बनाया, तब तुरंत दूसरे दिन उन्हें मन-शरीर से पुनः कन्याभाव ग्रहण करना पड़ा था ! असामान्य योग और साधना थी वह ! इस आत्मबल के संयोजन में कैसी असहज शक्ति बटोरनी होती थी उन्हें? हर भोर के साथ उन्होंने उस चेहरे, शरीर, चेष्टा, आनंद, वार्ता और व्यवहार को मन की स्लेट से इस तरह मिटाया था, जैसे कभी उस पर कुछ लिखा ही नहीं गया !

पूछना था पांडुपुत्रों से–"इस तरह भोज्यवस्तु की भांति विभाजित करते हुए मेरी इस भविष्य पीड़ा की कल्पना क्यों नहीं की तुमने? किस कारण मुझे गृहस्थ जीवन में संन्यासिनी के भाव से रहने के लिए बाध्य किया? ऐसी अग्नि-परीक्षा तो किसी युग की किसी नारी ने नहीं दी?"

किंतु कभी, कुछ नहीं पूछा था द्रौपदी ने। यहां तक कि पल-भर के लिए मन में विचार भी नहीं जनमने दिया था ! तपस्या की सीढ़ी-दर-सीढ़ी चढ़ती हुई वह जीवन-यात्रा किए गई थीं !

पर आज, जब विगत को बटोरने, निचोड़ने बैठी हैं तो अनायास ही सही, मन इन सब किनारों पर आकर सोचने लगा है ! विचार लहरों की तरह द्रौपदी के आत्म से टकराते हैं–चीखते हुए कुछेक सवाल उठते हैं...

हर सवाल एक धारा से जुड़ा हुआ–"पांचाली! तुम अकेली ही हो, जिसने उस सीमा तक सहा है और उस पर सोचा भी है! वह भी तुम्ही अकेली हो, जो बिखरे मूल्यों को संवारने में समर्थ थीं, प्रश्न करने का आत्मबल रखती थीं? समाधान की ज्ञानशक्ति से पूर्ण थीं और जर्जर परंपराओं, दम तोड़ते विकृत मूल्यों को राह दे सकती थीं! एक व्यवस्था बना सकती थीं!"

व्यग्र हो उठी हैं द्रुपदपुत्री! तय करना कठिन कि आत्मा से उठते प्रश्न किस सीमा तक सही हैं, किस सीमा तक गलत!

लगता है कि थकने लगी हैं! संघर्षमय जीवन की इस राह ने इतनी ठोकरें पहुंचाई हैं, इतनी-इतनी जगह आहत किया है कि द्रौपदी का मस्तिष्क कभी-कभी कुछ पलों के लिए जड़ होकर रह जाता है! चेतनाहीन-सा!

कभी यह चेतनाहीनता बाल्यावस्था के भोलेपन ने दीं? कभी पतिपक्ष के विशाल कुल की भीड़ ने और कभी कलह और अशांति से भरे उसके वातावरण ने, किसी क्षण द्रौपदी उद्दंड राजशक्ति के सामने ठिठकी-सी देखती रह गई, किसी पल धर्माधर्म की उहापोह ने उन्हें भौंचक्का कर दिया!

प्रश्न उठे, समाधान भी मन में जन्में, बुद्धि ने विद्रोह किया, निष्कर्ष निकाले! पर हर बार देर से।

तब, जब तक द्रौपदी उस क्षण में जी चुकी थीं...

देवी कुंती का वचन मिथ्या न हो और पांचों भाइयों में द्रौपदी को लेकर किसी किस्म की फूट न पड़ जाए, अतः युधिष्ठिर ने सम्मति दी थी–"द्रौपदी हम पांचो की ही पत्नी होंगी।"

द्रौपदी ने अजब-सा संकोच लिए हुए यह स्थापना सुन ली थी, फिर राजा द्रुपद, युधिष्ठिर, कुती, धृष्ट्धुम्न, महर्षि व्यास आदि में खासी चर्चा हुई। युधिष्ठिर की दी हुई व्यवस्था पर सभी निरंतर विचार कर रहे थे–यह कहां तक उचित होगा, कहां तक अनुचित? एक स्त्री के पांच पति हो सकते हैं? यह सुनने में ही अटपटा लगता था, सहने की बात दरकिनार!

किंतु युधिष्ठिर के तर्क ही स्वीकार लिए गए थे। द्रौपदी का भाग्य निर्णय हो गया था–पांच पांडवों की भार्या होगी पांचाली !

पांचों ही द्रौपदी पर आसक्त हैं–यह उसी क्षण अनुभव कर लिया था पांचाली ने, जिस पल उन्हें एक साथ देखा। हर आंख द्रौपदी को पाने की गहरी लालसा लिए हुए थी ! स्वयं युधिष्ठिर भी कहां मुक्त हो सके थे कृष्णा के रूप आकर्षण से?

उनकी मुस्कानों के उत्तर में पांचाली भी मुस्कुरा दी थीं, पर मन में गहरी दुविधा ! पांचो के प्रति एक-दूसरे के प्रति निर्दोष समर्पण भाव कहां से ला सकेंगी द्रौपदी?

मन बहुत अकुलाया था। कितनी ही बार यह अकुलाहट होठों तक आ जाना चाही थीं–"यह कैसे संभव होगा?..." कहना भी चाहा था कि बहुत कठिन है, किंतु होंठ सिलकर रह गए। समाज मर्यादा ने जकड़ लिया था उन्हें। पुरुष निर्णय ही श्रेष्ठ माना जाता रहा था...स्त्री इस नियम को निबाहने के लिए बाध्य। यही कुछ संस्कारों ने सिखाया था, यही समाज-मर्यादा बनी हुई थी।

दुविधा में घिरे-घिरे ही द्रौपदी का युधिष्ठिर से पाणिग्रहण हो गया था। धर्मराज कहे जाने वाले विद्वान के साथ पहली रात्रि मनाई थी उन्होंने। सम्पूर्ण रूप से समर्पित हो गई थीं, किंतु भोर के साथ ही पांचाली ने अपने आपको जीवन के सबसे बड़े परीक्षा-काल में पाया था...

क्रमशः प्रतिदिन उन्हें पांचो पांडवों से पाणिग्रहण करना था और वह दिन भीमसेन का !

द्रौपदी छटपटाई हुई-सी राजमहल में बैठी रही थी...देर तक विचारमग्न ! मन कहता था–"दोष हुआ, द्रौपदी ! यदि पति धर्म निबाहना है, तब अन्य पुरुष का स्मरण भी पाप होता है ! जबकि तेरे शरीर-मन पर अंकित हैं युधिष्ठिर ! भीमसेन से पाणिग्रहण करने के बाद तुझे उनके प्रति वही कन्याभाव लिये समर्पित होना होगा, जो युधिष्ठिर से पूर्व था।"

"किंतु वह...वह वैसा भाव कहां से आ सकेगा?...कैसे?" रुआंसी होकर अपने पर ही झल्लाने लगी थीं।

कोई राह नहीं सूझ रही थीं। लग रहा था कि पाप करने जा रही है... जानबूझकर नहीं करेगी पाप, किंतु होगा! धर्मभीरु मन रह-रहकर कंपा देता! एक ही राह बार-बार सूझती थी–"ईश्वर! वही है जो शक्ति दे सकते हैं, इस उलझाव का सुलझाव दिखा सकते हैं?"

भोली द्रुपदपुत्री जैसे सम्पूर्ण आत्मा से पुकार उठी थीं–"मुझे शक्ति दो, भगवन्! मैं उन पांचों को एक रूप में देख सकूं! उन्हें एक पुरुष की तरह अनुभव कर सकूं!"

देर तक शांत, आंखे मूंदे हुए बैठी रही थी द्रौपदी। कब तक बैठी रही थीं–याद नहीं! केवल इतना याद है कि उस क्षण उन्होंने अपनी सम्पूर्ण अंतः चेतना जागृत कर अपने-आपकों अद्भुत ज्ञानज्योंति से जोड़ लिया था ...इस चेष्टा में विधाता सहायक हुए थे या द्रौपदी का अपना आत्मबल–ज्ञात नहीं, किंतु द्रौपदी को इतना याद है कि उन्होंने अपनी सम्पूर्ण इन्द्रियों को अद्भुत ढंग से वश में कर लिया था। फिर यह क्रम बना लिया था उन्होंने ...वें सबसे जुड़ी, पर मानस रूप में। एक तरह से योगिनी हो गई थीं वह!

और इस योग की साधना में द्रौपदी ने सारा संसार धर्म निबाह दिया था! शरीर होते हुए भी शरीर की तरह कभी नहीं जी। विवाहिता होकर भी पल-पल कन्या भाव सहेजे रहीं।

घोर संघर्ष करना होता था इस योग साधना में!

और केवल यही साधना तो नहीं करती थीं द्रौपदी? एक ओर साधना भी थी–उन पांच को एकात्म में बटोरे रखना! उन्हें उस स्नेहडोर का दायित्व भी निबाहना पड़ता था जो उन्हें जोड़े रहे!

सबकी रुचिया अलग थीं, सबके स्वभाव अलग, सबके गुण अलग... कभी-कभी तो द्रौपदी को लगता था कि वे सब एक सम्पूर्ण पुरुष के विभाजित खंड हैं।

युधिष्ठिर–ज्ञान, बुद्धि और चेतना के साक्षात्! शेष–?

भीमसेन–सरलता और अद्भुत पौरुष के प्रतीक! शेष–?

अर्जुन–सम्पूर्ण पुरुष होते हुए भी निर्णय शक्ति के प्रति दुविधाग्रस्त! पल-पल यशोदानंदन का मुंह ताकते हुए! शेष–?

नकुल-सहदेव–सौन्दर्य, आकर्षण और स्फूर्ति से भरे हुए संवेदनशील और भावुक किशोर! शेष–?

पांच–पर एक! पांचो में इस एक को ही देखा था द्रौपदी ने। न उसका नाम युधिष्ठिर, न भीम, न अर्जुन!

यह नाम–केवल पांडव! और पांडव–एक पुरुष और उसकी पत्नी द्रौपदी!

घोर आत्मबल, संयम और साधना की निरंतर परीक्षाएं देती रहीं द्रौपदी ने कितना संघर्ष झेला होगा–कौन जान सकता है? कभी-कभी एक शंका भी उपज आती थी मन में। कहीं द्रौपदी के कारण वे परस्पर गांठे न बांध लें! द्रौपदी की हर चेष्ठा, व्यवहार और क्रिया ऐसी होनी चाहिए जो किसी विशेष के प्रति अनुरक्ति न दिखाती हो!

जीवन-व्यवहार की सामान्यता में इस असामान्यता को निबाहना कितना असहज था, द्रौपदी जानती थी...पर निबाहा था उन्होंने! हर सांस केवल तपस्या बनकर रह गई!

यह तपस्या वे भी कर रहे थे, किंतु सहज सांसारिक व्यक्ति के नाते–केवल व्यवहार स्तर पर। उसके लाभ-हानि का विचार करते हुए! राजपुरुष जो ठहरें!

द्रौपदी को याद है–एक बार नारद आ पहुंचे थे इन्द्रप्रस्थ में। सुंद-उपसुंद की कथा सुनाई थी उन्होंने पांडवों को–दूसरे कक्ष में बैठी द्रौपदी भी सुनती रही थीं...

विचित्र थे सुंद-उपसुंद। आत्मविश्वास और संयम से पूर्ण। साहसी, बली और पराक्रमी, किंतु एक कमी थी उनमें...और यही कमी उनके नाश का कारण बनी।" उत्सुकता और कौतहूल से भरे पांडु-पुत्रों से रहा नहीं गया।

युधिष्ठिर ने पूछ लिया था–"वह क्या देवर्षि?"

नारद मुस्कुराए, प्रश्न का तुरंत उत्तर न देकर कहा था–"वही तो बतला जाना चाहता हूं, धर्मराज! जानता हूं कि तुम सब कुछ जानते हो, पर ज्ञान–भूमि, राज्य अथवा सागर नहीं है जो सीमायुक्त हो...संसार में यही

एक ऐसा तत्व है जो असीम है। सिमट भले जाए, किंतु सम्पूर्णतः समेटा नहीं जा सकता। इसलिए ध्यान से सुनो।" और नारद कुछ पल के लिए सभी भाइयों के चेहरे देखने लगे थे।

उन सभी की दृष्टि में देवर्षि के प्रति गहरा आदर और असीम श्रद्धा थी, किंतु उनके अगले संवाद के प्रति तीव्र उत्सुकता। राजा धृतराष्ट्र से इन्द्रप्रस्थ का राज्य पाकर श्रेष्ठ व्यवस्था में जुटे थे सभी भाई। समय-समय पर राज्य सीमा में आ पहुंचने वाले ऋषि-मुनियों का स्वागत करते, उनसे समाज, राजनीति और धर्म संबंधी जिज्ञासाएं करते, समाधान पाते। देवर्षि नारद को घेरकर इसीलिए बैठ गए थे। वीणाधारी न केवल ज्ञान भण्डार थे, अपितु सूचनाओं के चलते-फिरते यंत्र भी थे। उनका सहज संवाद भी असहज सूचनादायी हो सकता था। उनका असहज ज्ञान सहज जीवन-सत्य के दर्शन कराने वाला। यथोचित आदर-सत्कार के बाद ऋषि को घेरकर बैठ रहे थे सब। प्रश्न पूछें, इसके पूर्व अनायास ही नारद स्वयं बोल पड़े थे–"धर्मराज!...तुम सभी स्नेहित भाइयों को एकसाथ पाकर आनंद हुआ है... पर यहीं एक विचार भी मन में उपज आया है, अतः एक कथा कहता हूं। मुझे विश्वास है इस कथा से तुम समीचीन दृष्टि प्राप्त करोगे।"

और ज्येष्ठ पांडुपुत्र ने तुरंत कहा था–"सुनाइये, देवर्षि!"

नारद ने कथारंभ किया। असुरराज हिरण्यकश्यपु–वंश के राजा निकुम्भ के पुत्रों को लेकर कह उठे थे–"निकुम्भ के ही पुत्र थे सुंद-उपसुंद।" फिर तरह-तरह दोनो भाइयों की वीरता, पराक्रम, क्षमताओं और शक्ति का वर्णन करने के बाद कहा था–ऐसे वीरों में सम्पूर्ण सुखों को प्राप्त करने की लालसा का जनम जाना स्वभाविक था–युधिष्ठिर! और वही हुआ। सुंद-उपसुंद के भीतर विश्व जय का स्वप्न जाग उठा, पर पूरा कैसे हो? हेतु-प्राप्ति के लिए दोनों भाइयों ने तपस्या आरंभ की। कठोर श्रम, साधना, लगन और आत्म-विश्वास के साथ ज्ञान-विज्ञान संबंधी ढेरों प्रयोग किए, विभिन्न् प्रकार की शक्तियां प्राप्त की, किंतु उस समय तक संतुष्ट न हुए जब तक कि अनंत रहस्यों के सर्जक स्वयं ब्रह्मा को नहीं पा लिया। उनकी अपूर्व साधना और तपस्या से ब्रह्मा इतने प्रभावित हुए कि उन्हें अपूर्व शक्तियां दीं। अनेक

मायावी शक्तियां उनके पास थी ही। सहज था कि उनकी शक्ति बहुत बढ़ जाए।...

"परिणाम यह हुआ कि सुंद-उपसुंद इन असामान्य शक्तियों को प्राप्त करके तत्कालीन राजाओं की तुलना में कही अधिक बलशाली और तुलनात्मक रूप से अधिक साधन सम्पन्न हो गए।...नारदजी ने एक गहरा श्वास लिया, क्रमशः पांडवों के चेहरे देखे। लग रहा था जैसे उनकी कहानी उत्सुकता के चरम पर जा पहुंची है। बोले...इस तरह राजन, जैसा सदा होता आया है, उसकी एक बार पुनः पुनरावृति हुई। शक्ति संपन्नता के मद में चूर होकर सुंद-उपसुंद एक-एक कर राज्यों पर न केवल हमले करने लगे अपितु अपने मनचाहे नियमों को लादकर प्रकृति के सनातन नियमों को भी नष्ट करने का प्रयतत करने लगे। मदांध भाइयों ने सर्वत्र नाश करना प्रारंभ कर दिया। मायावी शक्तियों के कारण नक्षत्रों के संसार में भी खलबली मचा दी। सृष्टि के सर्जक ब्रह्मा ने स्वयं ही सुंद-उपसुंद को असामान्य शक्तियां दे दी थीं। कोई क्या करें? और तब ब्रह्मा ने ही सुंद-उपसुंद से पृथ्वी की मुक्ति का उपचार किया। यह उपचार थी–तिलोत्तमा!...'

"तिलोत्तमा!...कामरूपिणी रूपसी तिलोत्तमा!...तिलोत्तमा, जिसके पास न तो अस्त्र-शस्त्र थे न घातक–मारक शक्तियां और न ही असामान्य बल!–पर वही तिलोत्तमा सुंद-उपसुंद का नाश करने चलीं।"

"आश्चर्य महर्षि!" अर्जुन सहसा बोल पड़े थे–"भला वह नारी उन श्रेष्ठ शक्तिधारियों का संहार कैसे कर सकती थी?...दुःसाहस!..."

"मैं दृष्टि तो देना चाहता हूं धनंजय!...नारदजी ने कहा था–"शक्ति के विभिन्न रूप होते हैं, किंतु हर शक्ति एक निश्चित महाशक्ति के बिना व्यर्थ होती है और वह शक्ति तिलोत्तमा के पास तो थी, किंतु सुंद-उपसुंद उस महाशक्ति के पास होते हुए भी उससे अनजान थे।..."

चकित भाइयों ने एक-दूसरे को देखा, जैसे जानना चाहते हों कि देवर्षि किस रहस्य की ओर संकेत कर रहे हैं...किंतु रहस्य नारद की मुस्कान में समाया हुआ था। कुछ पल के लिए वे चुप हो रहे थे और पांडुपुत्रों के भीतर

उत्सुकता सागर की उन लहरों-जैसी हचमचा रही थी, जो किनारा न पा रही हों। नारद ने पूरी कहानी कह सुनाई थी–

सब कुछ तो पा चुके थे सुंद-उपसुंद। वीर और बलवान थे ही। मायावी अस्त्रों के जानकार भी ब्रह्मा ने कामरूपी व्यक्तित्व दे दिया था। त्रिलोक में जितने भी चर और अचर पदार्थ थे, उनसे मृत्यु संभव नहीं थी। ब्रह्माशीष था कि जब मृत्यु होगी, एक-दूसरे के ही हाथों होगी। लेकिन भाई-भाई में अपूर्व सहयोग था। झगड़े का कोई मुद्दा ही नहीं।

अद्भुत वर ने उन्हें असंतुलित कर दिया। मृत्यु की निश्चितता ने बेलगाम उन्मुक्त आचरण की प्रेरणा दी। नीति-अनीति सब ताक पर रखकर न केवल हिंसा पर उतारू हुंए। अपितु उन्मत्त भाव से पड़ोसी राज्यों पर अधिकार भी करने लगे। शांतिपूर्ण जीवन-यापन करते लोगों के लिए भय और आतंक का कारण बन गए। अनीतियां और अत्याचार इतने बढ़े कि साधु लोग त्राहिमाम् कर उठे। सामान्य जन-जीवन अस्त-व्यस्त होने लगा।

प्रसन्नतावश ब्रह्मा वर तो दे बैठे थे, किंतु अब लग रहा था कि भूल की। कुपात्र और अज्ञानी को आशीष देना ऐसे ही हुआ जैसे पागल के हाथ में तलवार सौंप दी जाए।

किंतु जो भूल हुई थी, उसका निराकरण तो किसी-न-किसी प्रकार करना ही था। इस निराकरण के लिए ही तिलोत्तमा नामक सुंदरी सामने आई। सुंद-उपसुंद वासना और शक्ति के तूफान में उलझकर ज्ञान की तिलांजलि दे बैठे है...। उचित-अनुचित का विचार उनसे परे हो चुका है, शक्तियां होते हुए भी आत्मा पर एक निरकुंश असंयम सवार है...यही एकमात्र ऐसी जगह थी जहां उनका उपचार हो सकता था। सुंद-उपसुंद को दिए वर की भूल का निराकरण भी।

तिलोत्तमा इस निराकरण के लिए चली...अपूर्व सौन्दर्यमयी, अद्भुत शरीर का सुगठन लिए हुए! पहली दृष्टि में ही किसी के भी बुद्धि, ज्ञान को नष्ट कर देने में समर्थ...।

वह सुंद-उपसुंद के सामने थी। दोनों भाइयों ने मदिरा पी रखी थी। सुंदर

कन्याओं को पकड़ लाया करते थे। किंतु तिलोत्तमा जैसे ही सामने आई, काम-वासना से पागल होकर उचित-अनुचित बिसराए हुए एकटक देखते रह गए। फिर दोनों के मन में उभरा वासना-ज्वर। एक ही साथ दोनों तिलोत्तमा के सामने काम प्रार्थी हुए।

तिलोत्तमा ने लजा-मुस्कुराकर अपना सम्पूर्ण सौंदर्य जाल इस तरह फेंका कि सुंद-उपसुंद आकर्षण में बंदी होकर रह गए। तरह-तरह के लोभ दिखाते हुए सुंदरी तिलोत्तमा ने पूरी तरह वश में कर लिया। मायावी अस्त्रों के सिद्धहस्त, अमानवीय शक्ति से समृद्ध दोनों भाइयों पर निहत्थी तिलोत्तमा के सौंदर्याकर्षण भरे कटाक्षों ने इतने वार किए कि दोनों की सोच-समझ, बुद्धि-ज्ञान सभी कुछ कुंठित हो रही।

तिलोत्तमा समान-भाव से दोनों को ही कामाहत कर रही थी...तिलोत्तमा का सौंदर्य, शरीर पहले किसके कब्जे में आए–कब, किस पल यह प्रतिस्पर्धा दोनों भाइयों के भीतर बिखर गई–उन्हें ही पता नही चला!...तिलोत्तमा चुप थी, किंतु इसके चुप भी मुखरता से उन दोनों से बोल रही थी। सहसा बड़ा भाई सुन्द उठा और उसने तिलोत्तमा की दाई कलाई थाम ली।

सुंद तिलोत्तमा को अपनी ओर खींचे, इसके पूर्व ही उपसुंद ने आगे बढ़कर उसकी बाई कलाई पकड़ी। दोनों भाइयों ने एक-दूसरे को चुनौती भरी नज़रों से देखा। इन नजरों में जितना क्रोध था, उससे कहीं अधिक धन का गर्व, शक्ति और मदिरा का नशा, वर-लाभ का गौरव! ज्ञान शून्यता में दोनों एक-दूसरे को मुखर होकर चुनौतियां देने लगे। तिलोत्तमा पर अपने-अपने अधिकार की घोषणा करने लगे। फिर कब ये चुनौतियां और घोषणाएं दोनों भाइयों के बीच घृणा और द्वेष का कारण बन गई–यह भी पता नहीं चला।

सहसा बड़े भाई ने गदा उठाई और छोटे को तिलोत्तमा से दूर रहने की चेतावनी दी।

चेतावनी के उत्तर में छोटे ने भी गदा उठा ली।

अगले ही पल भयावह टंकार के साथ दोनो गदाएं टकरा गई। तिलोत्तमा को छोड़कर दोनों ने युद्ध के जरिए तिलोत्तमा पर किसका अधिकार है, यह

निश्चित करना प्रारंभ कर दिया। दोनो विचारशून्य भाई हुंकारते, चीखते-चिल्लाते एक-दूसरे पर मारक प्रहार करने लगे। लहूलुहान हो गए। परस्पर पड़े हर प्रहार ने क्रोध और घृणा की ऐसी ज्वाला दोनों के भीतर जगा दी थी कि विचार और ज्ञान लेशमात्र भी यदि कहीं रहा होगा तो वह नष्ट हो गया। इस ज्ञानशून्य युद्ध ने थोड़े ही समय में एक-दूसरे को मरणासन्न हालत में पहुंचा दिया। फिर बुरी तरह घायल स्थिति में ही दोनों ने मृत्यु-वरण किया। तिलोत्तमा उसी तरह मुस्कुरा रही थी।

कथा सुनाकर सहसा नारद शांत हो रहे। पांडवों ने एक-दूसरे की ओर देखा। एक गहरा श्वांस लेकर नारद ने कहा–"इसीलिए कहता हूं युधिष्ठिर! शक्ति, समृद्धि और राज्य सभी सीमित होते हैं–एकमात्र ज्ञान ही है जो असीम होता है। इस असीम के प्रति जागृत रहने वाला मनुष्य ही जीवन को श्रेष्ठ ढंग से जी सकता है। सौंदर्यमयी द्रौपदी को लेकर तुम सभी भाइयों में यह ज्ञान सदा उपस्थित रहे–तुम्हें यही सावधानी सदा बरतनी होगी।"

सभी भाइयों ने शांत होकर देवर्षि के विचार से सहमति-भाव में एक-दूसरे को देखा। सहज हो गए।

सब कुछ समझा था द्रौपदी ने। सहमी-सकुचाई और चिंतित भाव से खड़ी नारद का हर शब्द सुनती रही थीं। ऋषि स्पष्ट शब्दों में युधिष्ठिर और अन्य भाइयों से बोले थे–"इस तरह सुंद-उपसुंद एक ही स्त्री में अनुरक्ति के कारण नष्ट हो गए।...द्रौपदी की स्थिति भी तुम लोगों के बीच ऐसी ही है। अतः कहता हूं कि कोई निश्चित नियम बनाकर पति-पत्नी संबंध की इस दुर्लभ व्यवस्था का पालन करो, जो तुमने अपने बीच की है। ऐसा न हो कि द्रौपदी तुम लोगों के बीच परस्पर नाश का कारण बने..."

द्रौपदी सहम गई थी। पांडव चिंतित हुए, उससे कहीं अधिक गंभीर। नारद ने पांचाली को भी बुलवा लिया था। यही कुछ कहकर उन्हें भी सावधान कर दिया..."स्मरण रहे, द्रुपदपुत्री! कहीं ऐसा न हो कि तुम अपने

व्यवहार या किसी विशिष्ट पांडुपुत्र से लगाव के कारण अपने ही घर-परिवार के नाश का कारण बन जाओ !..."

और अनायास ही सही, द्रौपदी पर एक नया दायित्व आ पड़ा था ! उन सभी के सारे सांसारिक शुभ का दायित्व !...खिलखिलाने, हंसने और यौवन की सहज वायु-सी निर्बंध कामनाओं पर सहसा ही दायित्व-गांभीर्य की प्रौढ़ता हावी हो गई थी ! असमय ही, द्रौपदी एक साथ लोक-परलोक की साधना में जुटकर नारी नहीं रही थीं, केवल दायित्व बन गई !

हस्तिनापुर से विदुर पांडवों को लेने आए थे। सब जान चुके थे कि एक तरह से निर्वासित पांडवों का संबंध शक्तिशाली द्रुपद से जुड़ जाने के कारण भरत-खंड की समूची राजनीति में ही उलटफेर हो गया है ! कुरुराज दुर्योंधन का संदेश लेकर जब धर्मात्मा विदुर ने द्रुपद के राजमहल में प्रवेश किया तो द्रौपदी समझी थीं कि वृद्ध श्वसुर भीष्म और धृतराष्ट्र आदि की ओर से सहज बुलावा आया है। उस समय तो पांचाली कुरुवंश में चल रही भारी उथल-पुथल से एकदम अनभिज्ञ थीं। जानकारी के नाम पर केवल इतना ही पता चला था कि वंश में राज्याधिकार को लेकर कहा-सुनी हो रही है, पर वह कहानी न होकर षड्यंत्रों का कभी न समाप्त होने वाला जाल है...यह सब बाद में मालूम हुआ।

उस समय तो द्रौपदी सहज और गौरव से भरी-भरी हस्तिनापुर चल पड़ी थीं। नीतिज्ञ और चतुर श्रीकृष्ण-बलराम उनके साथ-साथ।

हस्तिनापुर में भव्य स्वागत हुआ था पांडवों का। साथ-साथ द्रौपदी भी पूजित हुई। वही क्षण था, जब कीर्ति कथाओं के चरित्र बने रहे महान व्यक्तियों के पहली बार दर्शन किए थे द्रौपदी ने। धृतराष्ट्र, भीष्म, द्रोणाचार्य, कृपाचार्य और तपस्विनी गांधारी ! आनंद, सुख और एक हद तक गर्व से भर उठी थीं पांचाली ! पांडवों से विवाह करके वे काल खंड के सर्वाधिक प्रतापी राजवंश से जुड़ गई थीं। वह एक ऐसे कुल की वधू बनी थीं जिसके एक-एक पुरुष और नारी जीवित रहते ही समय के सबसे बड़े आदर्श बन चुके थे

अग्निवत् तेज वाले वृद्ध भीष्म की प्रतिज्ञा से दिशाएं अब तक चमक रही थी, गांधारी के सतीत्व से कुरुकुल सूर्य की तेरह तेजमान हुआ था, देवी कुंती के नारीत्व में सागर-सी गंभीरता थी और महात्मा विदुर भी इस कुल के रक्तांश थे, जिन्हें राजमहल में वैभव, समृद्धि और शक्ति के माथे पर वैराग्य के प्रतीक की तरह जाना जाता था।

ऐसा वंश, ऐसे पुरुष और ऐसे चरित्र?

उसी वंश की वधू हुई थी द्रौपदी! धन्यभाग!

जब-जब याद आता है, लगता है कि द्रौपदी अपने ही भीतर सुख, आनंद, श्रेष्ठत्व और पवित्रता की गरिमा से बोझिल हो उठी है। इस बोझ में समय-चक्र के सबसे बड़े नामों-चरित्रों का वजन है!

पर उस समय तक द्रौपदी ने कहां जाना था कि नीलाकाश की तरह गंभीर दिखने वाले समुद्र की तहों में असंख्य झाड़-झंखाड़, विषदायी जंतु दैत्याकर पर्वत और अनसुलझी झाड़ियां समाई होती हैं? उस समय तक तो द्रौपदी केवल सुखानंद की सतह पर ही तैर रही थी...

पांडवों को यथोचित स्नेह-सम्मान देकर हस्तिनापुर के भव्य राजमहल में ठहराया गया था। और एक दिन द्रौपदी को मालूम हुआ था कि कुल में चल रहा राज-विवाद बड़ी सरलता से समाप्त हो गया है। राजा धृतराष्ट्र ने पांडवों को बुलाकर खाण्डवप्रस्थ में राजधानी बनाने और आधे कुरुराज पर राज्य करने की स्वीकृति दे दी थी।

कृष्ण-बलराम आदि की सम्मति-सहायता से पांडवों ने खाण्डवप्रस्थ क्षेत्र में इन्द्रप्रर्थ शहर बसाया...यही थी पांडवों की राजधानी!

द्रौपदी प्रसन्न थीं। उससे भी कहीं अधिक प्रसन्न थे पांडव! राजा युधिष्ठिर ने जितना धन इन्द्रप्रस्थ के निर्माण में व्यय किया था, उसमें कहीं अधिक उन्होंने इन्द्रप्रस्थ के राजनीतिक संबंध बनाने में किया था। व्यवहारकुशल, सरल और शांत स्वभाव युधिष्ठिर जल्दी ही आस-पड़ोस के अनेक राजाओं में न केवल लोकप्रिय हो गए थे, अपितु अर्जुन, भीम आदि की शक्ति के कारण उनका प्रभाव भी बढ़ता चला गया था। युधिष्ठिर ने विद्वानों को भी

सम्मानित किया था, इन्द्रप्रस्थ में उन्हें निवास की सुविधाएं दी थीं। संस्कृत और पाली भाषा के अनेक विद्वान और पंडित इन्द्रप्रस्थ में एकत्र हो गए। पांडव अपने राज्य में समय-समय पर कोई-न-कोई आयोजन करते रहते। इन कार्यक्रमों में अनेक प्रभावशाली ऋषि-महर्षि बुलाए जाते। सम्मान पाकर वे प्रसन्न होते। जो आशीष मिलता, उससे कहीं अधिक प्रभावी आशीष यह मिलता कि ऋषिगण इन्द्रप्रस्थ से लौटकर दूर-दूरंत युधिष्ठिर एवं अन्य भाइयों के गुणों की सार्वजनिक चर्चा करते-फैलाते। कुल मिलाकर पांडव बहुविधि प्रशंसित हो रहे थे।

द्रौपदी पतियों के हर कर्म में सहज, समर्पित भाव से जुटी रहतीं। इसमें लोकाचार कितना है, कितना परलोकाचार...इस सब पर विचार कभी नहीं किया। बस, सुख अनुभव करती थीं। केवल इसी आनंद से भरी-भरी कि पांचों को उन्होंने न सिर्फ एक सूत्र में बांध रखा था, बल्कि उनपर समान रूप से प्रभावी भी थी। इस सहज प्रतिक्रिया में कभी विचार नहीं किया कि उनका और उनके पतियों का हर सहज कर्म-व्यवहार उनके अनजाने ही हज़ारों राजनीतिक गुत्थियों को जनमता जा रहा है।

कभी सोचा ही नहीं था कि ये गुत्थियां एक दिन ऐसे सर्पझुंड में बदल जाएंगी, जो कितने ही स्तरों पर, कितनी ही तरह द्रौपदी की सुख-शांति को डसता रहेगा! इस सीमा तक डसेगा कि द्रौपदी को विजय में घोर पराजय की पीड़ा का बोध लिए हुए बदहवास होकर लाशों से पटी पड़ी धरती में अपने ही पांचों पुत्रों की लाशें खोजनी होंगी!

सरल द्रौपदी!

इस हद तक सरल कि राजरानी बनकर भी अपना सम्पूर्ण संसार केवल नारीत्व और घर-परिवार में देखा और समझा! उसी की साधना की और उसी की पूजा!

अपने-आपको इस सीमा तक उस सबमें गुमा दिया कि प्रतिपल दृष्टि के सामने खेली जाती रही राजनीति की चौसर पर उपस्थित रहकर भी अनुपस्थित भाव से जुड़ी रही! कुछ जुड़ाव अनुभव भी किया तो मात्र पति सुख या पतियों के दुःख-भर से–उसके कारण से नहीं या तो पतियों

को प्रसन्न रखने की चेष्टा में रत रही या फिर पांचो पुत्रों से मातृसुख लेने में।

बहुत सपाट; पर अपनी ही तरह का बहुत उलझा जीवन।

रथ थमा। द्रौपदी खोई हुई-सी बैठी थीं। याद ही नहीं कि कहां आ पहुंची हैं? युद्ध में प्रयुक्त भीषण अग्नि अस्त्रों के कारण दूर-दूर तक जल चुकी धरती और उस धरती पर जहां-तहां उठते आग या धुएं के गुबार। इस सबको घेरे हुए हर उम्र के पुरुषों के शव। क्षत-विक्षत, भयावह, जले हुए या रह-रहकर जीवन की शेष सांसों को घसीटते...न जीवित, न मृत!

सारथी ने कहा था–"राजरानी! महाराज युधिष्ठिर सामने वाले शिविर में हैं!"

"हं?" चौंकी थीं पांचाली, फिर गहरा श्वांस लिया, अपने को ही बोझिल वस्तु की तरह उठाती हुई खड़ी हुई, शिविर को देखा फिर बिना कुछ कहे चल पड़ीं।

सारथी आगे हो लिया।

शिविर द्वार में प्रवेश से पूर्व जाने क्यों रुक गई। मुड़कर युद्धक्षेत्र को भयभीत दृष्टि से देखने लगीं...सहमा हुआ सारथी और द्वार पर तैनात सैनिक गर्दन झुकाए खड़े थे। द्रौपदी ने होंठ भींचे जैसे अपने भीतर उबलता हुआ अश्रुसागर थामा हो, फिर भीतर चल पड़ी।

"पांचाली, तुम?" युधिष्ठिर चौंक गए थे। शब्द ऐसे, जैसे कांपते हाथों से चौसर पर पांसा फेंका हो। हर दाना लड़खड़ाता हुआ। उनके एक ओर बैठे थे शेष भाई। भीम, अर्जुन और नकुल-सहदेव! सबके चेहरों पर द्रौपदी के सहसा आ पहुंचने से विस्मय। सब गहरे दुःख और पीड़ा से भरे हुए। सबके शरीर किसी-न-किसी जगह घावग्रस्त।

द्रौपदी ने उत्तर नहीं दिया...रिक्त, सूखी पुतलियां क्रमशः पांचो पर घुमाई। हर चेहरे के साथ पांचो बेटे याद हो आए...इन पांचो की प्रतिछाया।

पांचों की माता द्रौपदी! लगा था कि पांचो बेटों ने मृत्युपूर्व जिस यातना को झेला होगा, वह द्रौपदी के अपने अंतर में एक ही साथ उत्तर आई है। थूक का घूंट निगला, बहुत चाहा था कि संयत रहें, किंतु आंखे भर आई, होंठ कांप गए।

उन सभी ने एक दूसरे को देखा...समझ गए! पुत्रों के वीभत्स संहार की सूचना मिल चुकी थी पांचाली को और संभवतः... !

तभी द्रौपदी आगे बढ़कर उनके करीब जा पहुंची...थरथराते शब्द ओठों से बाहर आए–"कहां...किस ओर था उनका शिविर?"

"उनका?–अर्थ समझना कठिन न था कि द्रौपदी किनके लिए कह रहीं हैं?

युधिष्ठिर ने गहरी सांस ली, बोले–"हम सब वहीं चल रहे हैं द्रौपदी! तुम शांत हो...बैठो!"

द्रौपदी उसी तरह खड़ी रहीं। दृष्टि ने कहा–"मैं प्रतीक्षा नहीं कर सकूंगी।"

युधिष्ठिर बोल नहीं सके। अर्जुन उठ पड़े थे–"भइया, मैं पांचाली के साथ जाता हूं...अन्य सगे-संबंधियों को भी तो खोजना होगा।"

युधिष्ठिर कहना चाहते थे..."तनिक ठहरो! हम लोग भी चलते हैं किरोटी!" पर अर्जुन ने अवसर नहीं दिया था। द्रौपदी से कहा..."आओ, देवी!" आगे हो गए।

द्रौपदी शेष की ओर बिना देखे अर्जुन के पीछे हो ली थीं। बाहर आकर वे पुनः रथारूढ़ हुए थे! एक बार केश फिर लहराए और हवा को चीरता हुआ रथ उस दिशा में चल पड़ा, जिधर धृष्टधुम्न का शिविर था!

विभिन्न मोर्चे थे, विभिन्न रथ, अतिरथी, महारथी...इन मोर्चों के सेनानायक। पांचालों की शक्तिशाली सेना का संचालन कर रहे थे द्रुपदपुत्र, धृष्टधुम्न, बृहद्वल आदि। धृष्ट्धुम्न को पांडव सेना का सेनापति भी बनाया गया था।

श्वेतवाहन का रथ तीव्रगति से धृष्ट्युम्न के शिविर की ओर बढ़ता जा रहा था। द्रौपदी का शरीर निरंतर रथ यात्रा की थकान से चूर हो चुका था,

पर मन की व्यग्रता ने इस थकान को जकड़े रखा। उस पल को अनायास ही याद करने लगी थीं, जब पांचों एकसाथ उनके सामने आए थे। सबसे आगे बढ़कर प्रतिबिन्ध्य ने चरण स्पर्श किए थे, फिर शेष चारों भाइयों ने।

प्रतिबिन्ध्य बोले थे..."हमें विजयाशीष दें, माता!"

द्रौपदी ने दृष्टि में चमक भरकर उन सभी को देखा था। हर चेहरा अपने-अपने पिता की प्रतिछाया...। एक-एक वर्ष का अंतर था उनमें। सब गठे बदन के, तेजवान् और फुर्तीले। युवावस्था और कैशोर्य की संधिस्थल वाली आयु। पांचाली टकटकी बांधे एक-एक को देख गई थीं। मन कहीं हलकी-सी वेदना महसूस करता हुआ। दुर्दांत युद्ध में ये बालक भीषण अस्त्र-शस्त्रों के प्रहार करेंगे भी झेलेंगे भी! अनुभव, शक्ति, क्षमता बहुतेक दृष्टि से पांडव-कुमारों की तुलना में कहीं अधिक और कई-कई गुना महावीर शत्रु पक्ष में थे। उन सभी का सामना करना होगा उन्हें!

सुतसोम ने कोमल स्वर में प्रश्न किया था, "क्या विचार कर रही हैं, माता! पितृ बाहर हमारी प्रतीक्षा कर रहें होंगे। उपलव्य नगर की सुरक्षार्थ सारी तैयारियां पूर्ण हो चुकी हैं और अब सभी पूज्यों से विजयाशीष ले रहे है...हमें भी दीजिए?"

द्रौपदी ने स्नेह से सब के माथे दुलराए, गले लगाया। कहा, "विजयी हो पुत्र।

श्रुतकर्मा ने कहा था–"मां! महाराज युधिष्ठिर की आज्ञा है कि हम लोग मामाजी के शिविर में रहें, उनके साथ। उनके ही नायकत्व में कुरु सेना से युद्ध करें। यहां का जितना दायित्व मुझे मिला था, वह पूर्ण कर चुके हैं।"

द्रौपदी बोल नहीं सकी थीं। वे चले गए थे...मुड़कर एक बार भी नहीं देखा था पांचो ने!

याद करते ही एक हूक-सी उठ आई थी द्रौपदी के मन में!

बुदबुदा उठी थीं–"एक बार देख लिया होता मुड़कर..."

रथ चालन करते हुए अर्जुन मुड़े। चकित होकर पांचाली की ओर देखा, पूछा–"क्या हुआ कृष्णा!"

"हूं? कुछ नहीं। कुछ भी तो नहीं...।" द्रौपदी ने आंसू पोंछ लिए। उन पलों को भूलने की चेष्टा की, जो मन पर अंकित हो गए थे!

अर्जुन ने फिर कुछ नहीं कहा। सोचने लगे थे–व्यथित मातृ हृदय को किस तरह संवेदना-शब्दों में साध सकेंगे। लगता था कि स्वयं ही कहीं से रो रहे है...कोई नहीं बचा! सबके अस्तित्व ख़ाली! खोखले मन, खोखली सोच! कहां से शक्ति ला सकेंगे द्रौपदी को सांत्वना देने की!

शिविर बहुत-बहुत फासले पर थे। धृष्टद्युम्न के बियाबान हो चुके शिविर तक पहुंचने में अभी काफी समय शेष। सहसा अश्वत्थामा याद हो आया। पितृ की हत्या से क्रोधित होकर नीति-अनीति सभी कुछ भूल बैठा वह! दुर्दांत राक्षत बन गया! सोते हुए पांडव-पुत्रों का वध कर डाला। घिनौना छल! कहा–"देवी?"

द्रौपदी ने अकुलाई दृष्टि ऊपर उठाई। गांडीवधारी को देखा। खिनन्न चेहरा, उससे भी कहीं अधिक पीड़ा से नहाया हुआ। ऐसे जैसे फूल मुरझा गया हो।

अर्जुन ने कहा था–"वीर पुत्रों की मृत्यु यदि रणभूमि में होती, तब मुझे उतना दुःख न होता, किंतु जिस तरह छलपूर्वक उन्हें अश्वत्थामा ने हत किया, उससे मुझे ही नहीं सभी को आघात लगा है! युद्ध में छल! धिक्कार है उस कायर ब्राह्मण पर!"

द्रौपदी ने सुना। लगा कि बहुत रूखे, मरुथल जैसे शब्द सुने हैं। सहसा याद हो आया था उन्हें–छल! यह शब्द? द्रौपदी की इच्छा हुई थी, पूछ लें– "छल? किस छल की बात कर रहे हैं कुंतीपुत्र! छलों का लेखा-जोखा ही कठिन हुआ लगता है? इस युद्ध और युद्ध से पूर्व ऐसा कितना है, जो छल न हो?" बोली नही!

"नराधम!" अर्जुन बड़बड़ाए जा रहे थे–"मैं उसे छोड़ूंगा नहीं! उसे हत किए बिना युद्ध समाप्त नहीं होगा!"

सहसा द्रौपदी बोल पड़ी थीं। बोलना ही पड़ा था, आखिर कब तक सहेगी, वह तथाकथित वीरता और गौरव के वहम में बरती गई क्रूर संहार क्रिया! कहा था "कभी-कभी लगता है श्वेतवाहन, जैसे पुण्य-पाप, छल और सरलता, वीरता और कायरता सभी कुछ नष्ट हो चुके हैं। अश्वत्थामा ने एक घिनौना छल किया और सोए हुए पांडव पुत्रों और महारथियों का वध

कर दिया, पर मैंने तो सुना है कि आचार्य के साथ भी छल हुआ? धर्मराज से असत्य संभाषण करवाया गया?"

"यह...यह क्या कहती हो पांचाली!" अर्जुन कुछ उत्तेजित होकर बड़बड़ा पड़े थे, किंतु द्रौपदी तय कर चुकी थीं, अब थमेंगी नहीं। जो कहना है, कह ही जाएंगी। कहने न कहने या सुनने न सुनने के लिए इस महासमर के बाद शेष ही क्या रहा है? इसीलिए कहेंगी, जो सुनना शेष होगा–उसे सुनेगी भी।

"धर्माधर्म की सीमाओं से बहुत आगे चले आए हम सब!" द्रौपदी ने बोलना जारी रखा था–"युद्धपूर्व की भी तो बहुत घटनाएं हैं, जब वीरता और कायरता, धर्म और अधर्म, नीति और अनीति...सभी अर्थ खोने लगे थे!"

अर्जुन बोले नहीं। रथ-चालन करते हुए सोच में पड़ गए, जैसे द्रौपदी क्या कहना चाह रही है, यह समझने की चेष्टा कर रहे हों । प्रश्नात्मक दृष्टि से उन्हें देखा।

द्रौपदी बोली थी–"और आचार्य द्रोण? कभी आपने ही तो सुनाया था पांडुपुत्र! कि आचार्य आपके प्रति इतने स्नेहातुर थे कि एकलव्य को अकारण दंडित कर दिया था उन्होंने?"

अर्जुन चकित होकर पत्नी को देखते रह गए! संदर्भ से जुड़कर भी कितनी दूर तक और क्यों, क्या बात कह रही हैं, समझ नहीं आया। इतना याद था कि द्रौपदी को यूं ही बातों-बातों में अपने प्रति द्रोणाचार्य के गहरे स्नेह भाव को लेकर एकलव्य की कथा सुना दी थी...कहा था–"पांचाली! कितने ही अवसरों पर आचार्य ने मुझे अपने शिष्य से अधिक प्रीतिपात्र बनाया है? इसके लिए वह दोष भी कर बैठे है।"

पर आज उस एकलव्य, उस घटना और द्रोण का क्या संबंध निकल आया है और क्यों निकल आया है, यह नहीं समझे अर्जुन। दृष्टि में वही अबूझता बटोरे हुए उन्हें देखते गए।

पांचाली बोली थीं–"उपप्लव्य नगर में रहकर भी हमें व्यग्र भाव से युद्धभूमि के समाचारों को जानने की इच्छा रहती थी देव! यही कारण था

कि आचार्य के देहावसान पर मुझे युद्धपूर्व उनकी मनःस्थिति का वर्णन याद हो आया है। वह भी तो आपसे भेंट पर ही सुनने को मिला था। उस दिन आप ने ही तो कहा था कि आचार्य जब रणक्षेत्र में बहुत घायल हो गए, तो आपका मन नहीं माना था, उन्हें देखे बिना? आप उनके शिविर में जा पहुंचे थे? याद है न?"

"हां-हां, याद है।" अर्जुन बड़बड़ाए–"पर...उस सबसे हमारे पुत्रों की हत्या और अश्वत्थामा के कायर छल का क्या संबंध है पांचाली!"

"है, आर्य पुत्र! बहुत संबंध है।" द्रौपदी बोल पड़ी थीं–"उन मूल्यों की समाप्ति से संबंध है, जो समाप्त होकर आज हमारे सामने चरितार्थ हुए हैं. ..और...और अब संभवतः ये मूल्यहीनता ही परंपरा बन जाएगी।"

अर्जुन चुप। रथ जैसे-जैसे तीव्रगति से दौड़ रहा था, उन्हें याद आ रहा था, वह क्षण जब द्रौपदी को आचार्य के अपने प्रति स्नेह का उदाहरण देते हुए बहुत प्रसन्नता से उन्होंने आचार्य द्वारा एकलव्य को छले जाने की घटना कह सुनाई थी।

द्रौपदी बोली थीं–"मैं पुत्रहीन होकर घोर शोकाग्रस्त हुई हूं, किंतु भावी के इस क्रूर सत्य को मैंने उसी पल क्यों नहीं पहचान लिया था, जब मूल्य विघटन प्रारंभ हो गया था? गांडीवधारी! यह सारा घिनौनापन जो युद्ध में दीख रहा है, उसी क्षण निश्चित हो चुका था, जब छोटे-छोटे छलों, षड्यंत्रों और मोहो में घिरकर हम सभी कहीं-न-कहीं से खोखले होते जा रहे थे?"

पर अर्जुन सुन नहीं सके थे। क्या सुने? वह तो सुन रहे हैं, अपना ही स्वर। वह स्वर, जब उन्होंने द्रौपदी को आचार्य के शिविर में पहुंचकर उसकी मनःस्थिति को लेकर कहा-सुना था, फिर एकलव्य की कथा सुनाकर बोले थे–"देवी! अस्त्रज्ञ दोरणाचार्य मुझे अपने किसी भी शिष्य की तुलना में अत्यधिक स्नेह करते थे। यह कहूं तो अतिशयोक्ति नहीं होगी पांचाली! कि आचार्य सदा ही मेरे प्रति बहुत मोहग्रस्त रहे हैं, पर उस दिन जाने क्यों उन्हें एकलव्य याद हो आया था।"

और द्रौपदी चकित भाव से सुनती गई थीं।

अवसर पाकर कुछ समय के लिए उपप्लव्य[1] नगर की सुरक्षा देखने चले आए थे वह। पांडव-पक्ष की स्त्रियां, बच्चे और नगरवासी कैसे हैं? नगर के चारों ओर खाइयां खुदी हुई थीं। अस्त्र-शस्त्रों से सुसज्जित टुकड़िया जहां-तहां रक्षार्थ भी तैनात थीं, किंतु बीच-बीच में अवश्य लगता था कि वे सब कुशल से हैं–यह आश्वस्ति की जाए।

रणभूमि में आचार्य द्रोण बहुत घायल हो गए थे। अर्जुन ने शिष्यधर्म के नाते उनसे भेंट करना आवश्यक समझा था, फिर भेंट की थी और भेंट में उन्होने पाया था कि द्रोण सहसा ही बहुत वृद्ध हो गए हैं। अपनी आयु से कई गुना अधिक वृद्ध।

वे लेटे हुए थे। अर्जुन को पास बैठाकर यहां-वहां की बातें की थीं उन्होने, फिर कहा था–"विजय तो धर्म की ही होनी है, वत्स!" और सहसा गंभीर होकर बड़बड़ाने लगे थे–"पर बहुत अधर्म हुआ! बहुत!"

अर्जुन समझे नहीं। सिर झुकाए हुए आचार्य के चरणों की ओर खड़े रहे।

द्रोणाचार्य अचानक कहने लगे थे–"अर्जुन! आज जाने क्यों मुझे एकलव्य बहुत याद आ रहा है!"

एकलव्य! अर्जुन ने आश्चर्य से युद्धज्ञ का चेहरा देखा। सहसा समझ नहीं सके थे कि वैसा क्यों बोले हैं वह? और एकलव्य क्यों याद आ रहा है? कुछ पूछें, इसके पूर्व ही द्रोण फिर बड़बड़ाए–"बहुत याद आ रहा है निषाद पुत्र! उसके प्रति बहुत दोष हुआ।"

अर्जुन चुपचाप एक ओर बैठ गए।

द्रोण श्वेत दाढ़ी पर हाथ फिराते, चेहरे पर तनाव बढ़ जाता, फिर कुछ-न-कुछ एकलव्य से सम्बद्ध बोल पड़ते–"असल में धर्म की जय जो होनी है। यह सृष्टिनियंता का घटना चक्र है। कुछ धर्म के वाहक होते हैं,

1. उपप्लव्य –दिल्ली से लगभग 105 मील दक्षिण और जयपुर से करीब 40 मील उत्तर की ओर स्थित विराट या वैराट नामक स्थान। इस स्थान के समीप ही कहीं पांडवों ने अपनी छावनी बनाई थी।

कुछ अधर्म के ! मुझे संभवतः धर्म या अधर्म का माध्यम बनना था, सो बना।"

और अर्जुन चुप, चकित द्रोणाचार्य के भीतर-बाहर झांके जा रहे थे। शब्दों का सारा जोड़-तोड़ करके निष्कर्ष पर पहुंचे थे। द्रोण की तरह सोचना, बड़बड़ाना और उनके भीतर क्या कुछ घट रहा होगा, उन्होंने अपने भीतर इस तरह घटाया जैसे द्रोणाचार्य ही हो रहे हैं।

वही सब द्रौपदी को सुनाया था...द्रोण पर प्रतिक्रिया भी और द्रोणाचार्य के अपने भीतर हर घटते हुए को इस तरह वर्णित कर दिया था अर्जुन ने, जैसे वह उस क्षण द्रोणाचार्य ही हो गए थे !

वही सब आज द्रौपदी ने पुनः याद दिला दिया है उन्हें–संदर्भ कहीं दूर-से-दूर तक जोड़ रही है पांचाली–पर जोड़ रही है !

अर्जुन को याद है–उस दिन भी एकलव्य को लेकर जो कुछ आचार्य के भीतर उन्होंने घटते महसूस किया था, उसका सन्दर्भ भी कहीं बहुत दूर विगत और संभवतः आगत से भी जुड़ा हुआ था।

आचार्य के जबड़े कस गए थे; पलकें मुंद गई। बहुत चाहा था कि अपनी सम्पूर्ण एकाग्र शक्ति से वाण-संधान की ही तरह उन विचारों का भी लक्ष्यबेध कर दें जो एक के बाद एक, कड़ी-दर-कड़ी उनके मन-मस्तिष्क को व्याकुल किए दे रहे थे...लग रहा था कि इस दुविधा और आत्मचिंतन से उलझे रहे तो ठीक तरह युद्ध कर पाना तो दूर रथ पर सम्हलकर खड़े रहना भी कठिन होगा !...पर आचार्य ने ज़ल्दी ही समझ लिया–आत्म-वेध कठिन ! पछतावा हुआ। ज्ञान-योग की इस चरम स्थिति को पा सके होते तो कृष्ण न हो जाते? और कृष्ण हो जाने का अर्थ होता–न द्रुपद से द्वेष, न दास भाव से ज्ञान की बिक्री !

लगा था कि मस्तिष्क में तूफान की सनसनाहट जैसा यह शब्द आचार्य को झिझोड़ गया है...केवल उन्हें ही नहीं, उनके समूचे अस्तित्व को ! अस्तित्व, जिसमे ब्राह्मणत्व था, गुरू-गरिमा और गुरू-धर्म की पवित्रता थी, गुरू-ज्ञान का ईश्वरत्व निहित था !

किंतु जब यह अस्तित्व-बोध हुआ है, तब तक आचार्य द्रोण कितने-कितने स्तरों पर क्या-क्या ऐसा नहीं कर चुके हैं। जिसने किसी और को नहीं, उनके अपने अस्तित्व को ही आहत कर डाला है। उनके अपने क्रीत-ब्राह्मण भाव ने महाप्रतापी द्रोणाचार्य को हर मोर्चे पर हरा दिया है! उनका हर संधान चूका है, हर प्रयास निष्फल हुआ है, हर चेष्टा व्यर्थता में बदल गई हैं!

उस समय तो जैसे याद ही नहीं था उन्हें? यदि कुछ था तो राज्याश्रय की इतनी ठोस बरफीली चट्टानों ने वह सब दबा लिया था जो उनकी आयु के लम्बे समय में कभी नहीं पिघल सकी...जितनी पिघलीं, वह व्यर्थ! अस्तित्व उसी तरह दबा रहा...

जब पूरा पिघला है, तब कितनी देर हो चुकी है? द्रोणाचार्य ने सोचा। बेचैन हो उठे। व्यग्र भाव से चहलकदमी करने लगे। इच्छा हुई थी, सेवक को बुलाएं और जल मंगाकर सूखते तालू को कुछ ठंडक दें पर...शब्द उगलते-उगलते रह गए। याद आया। अभी, थोड़े से ही समय में आत्ममंथन के इस दावानल से झुलसकर कितनी ही बार तो जल पी चुके हैं। क्या समझेगा वह सेवक?

अपने-आपको थका डालना चाहते है...इतना थका देना चाहते हैं कि विगत की हर छाया मानस से लोप हो जाए! न हो सके तो बेसुध हो कर गिर पड़े। इस बेसुधी में ही शायद राहत मिले? छायाओं से मानस मुक्त हो ले? किंतु यह शक्ति? युद्धाचार्य को मिली यह अपार भीड़ पौरुष शक्ति? शरीर इतना स्वस्थ और संयमित था कि नवयुवक भी चकित भाव से देखने लगते थे। आचार्य का शरीर-सौष्ठव, तेज और बदन के हर रंध्र से फूटती शक्ति की ज्योंति रेखाएं!

असंभव! बेसुध होना भी असंभव!

मानस में पराजित-भाव का जैसा कोलाहल बिखरा हुआ था, वैसा ही कोलाहल बाहर से भी उभर रहा था। मृत हो चुके अश्वों, हाथियों और सैनिकों के शवों को हटाने के प्रयत्न की आवाज़ें, मरते हुए योद्धाओं का आर्त्तनाद और कराहें, थमती डूबती सांसों के झुटपुटे से भरी हुई वह सांझ...

पर यह आर्त्तनाद, चीखें, कराहें और सिसकियां उस आर्त्तनाद और कराहों की तुलना में कई गुनी कम या लगभग लोप–जो वीर द्रोणाचार्य के अपने भीतर बिखरी हुई थी...कितनी-कितनी स्मृतियां, कितने-कितने अवसर, कितनी-कितनी घटनाएं? और हर स्मृति, अवसर घटना पर वयोवृद्ध सेनानायक का स्वयं को ही सुन पड़ता अपना क्रंदन! अश्रुहीन क्रंदन

विजय के बावजूद पराजय बोध! विगत के हर ज्ञान-पुंज के पीछे का सघन अंधकार!

यही तो हैं द्रोणाचार्य! यही दीखता हुआ महान ब्रह्मणतत्व! यही उनका सत्य।

अब, जब भयावह युद्ध की छायाओं ने समूचे महाभारत को लपेट लिया है, हर ओढ़ा गया सत्य जलकर नष्ट होता जा रहा है, तब कुछ पांडवों के महान गुरू और समय के सबसे बड़े युद्धशास्त्री का सत्य उभरता हुआ प्रकाशित हो रहा है...इतना प्रकाशपूरित, जिसकी सूर्य से अधिक गर्म किरणों को स्वयं द्रोणाचार्य ही नहीं सह पा रहे हैं...लगता है कि झुलस रहे हैं...पर विचित्र है यह ताप? इसकी लपटें? इसकी झुलसन? आचार्य जीवित ही नहीं हैं, सम्पूर्ण सुधि में हैं। शरीर-ज्यों-का-त्यों, लक्ष्यसंधान में वही अद्भुत कौशल, स्मरण शक्ति में वही चमत्कार! किंतु घोर अशक्त आत्मा!

विगत की हर घटना का थप्पड़ मारता हुआ सत्य सहसा ही जाग्रत हो उठा है...और उसके जागरण के साथ ही आचार्य को याद आ रहे हैं अनेक अवसर, अनेक घटनाएं और अनेक व्यक्ति! वे सब, जिनके साथ और राज्याश्रय की बेड़ियों में जकड़े हुए महान द्रोणाचार्य के ज्ञान ने बाध्यभाव से केवल अनीति की! अन्याय किया, असत्य थोपा।

लगा था ऐसे व्यक्ति, घटनाएं और दृश्य एक-एक कर उभर रहे हैं शिविर में! जिधर दृष्टि उठती है, उधर कोई-न-कोई चेहरा है कोई-न-कोई व्यक्ति, कोई-न-कोई घटना सहसा एकलव्य उभर आया था आचार्य के सामने! लगा कि अपने ही आंसुओं में डूबने लगे हैं द्रोणाचार्य! पर एकलव्य मुस्कुराता हुआ निषाद एकलव्य! उसके अंगूठे से अब भी लहू झर रहा है द्रोणाचार्य को महसूस हुआ जैसे हर बूंद एक नहीं, अनेक प्रश्न करती जा

रही है। उनसे। स्वयं एकलव्य शांत। केवल गुरु दक्षिणा के भाव से आनंदित!

पर जितना शांत एकलव्य, उतनी ही मुखर दक्षिणा में दी गई उसकी रक्त-बूंदे! हर बूंद एक चीख...'चीखते' प्रश्नों का एक सिलसिला।

द्रौपदी को याद है–अर्जुन ने वह सब इस तरह सुनाया-समझाया था जैसे आचार्य के मन-मस्तिष्क के भीतर तक गए हों...खूब गहरे तक। उनके अंतरतम की हर स्थिति–सोच को झांककर देखते हुए।

अर्जुन बतलाए गए थे जिस दिन पहली-पहली बार एकलव्य आचार्य के सामने पहुंचा था, उस दिन वे सभी उपस्थित थे। अर्जुन, युधिष्टिर, दुर्योधन, सब...

द्रोण–युद्ध-कला-आचार्य, महारथी द्रोण–सहसा ही लड़खड़ा उठे थे। लगा था निरंतर नहीं देख सकेंगे एकलव्य का वह लहू...। निष्ठा की जिस चमक को उन्होंने एकलव्य की दृष्टि में कौंधते देखा था, उसने सहसा ही द्रोणाचार्य के तेज को धुंधला दिया था। उस पल वे उस धुंधलाहट को छिपा गए थे। छिपा गए थे या अपने से ही चोरी की थी उन्होंने? संभवतः चोरी ही की थी। न की होती तो अपराध-बोध के जिस तिलंगे को उन्होंने उस पल पूरी शक्ति से अपने भीतर दबोच लिया था, सहसा दावानल की तरह उन्हें क्यों झुलसाने लगता?

लगा था कि अपने गुरूत्व को राज, धन और वैभव के हाथों विक्रय करके सारे सामाजिक मूल्य ही बेच डाले हैं! कुरु-वंश की सेवा में आकर जिसे सुख समझते रहे थे, वह कब उनका ही नहीं सम्पूर्ण आचार्य परंपरा का दुःख बन गया, मालूम नहीं हुआ था। जब मालूम हुआ, तब बहुत देर हो चुकी थी। इतनी देर कि द्रोणाचार्य धन-धान्य, सुख-वैभव, प्रशंसा-सराहना पाकर भी कंगाल हो गए है। कैसी विडम्बना है यह? महान कौरवों और पांडवों का आचार्य सम्पूर्ण युद्धकलाओं का विशेषज्ञ अपने ही आत्म में

राजमार्ग पर पड़ा एक तुच्छ भिक्षु। आत्महीन, पराजित, थका हुआ और निराश!

कितना अच्छा होता, उस पल समझ पाते, जब वह सहज-सरल, निषाद अंधेरे जैसा काला शरीर; किंतु सूर्य जैसी ज्योतिमयी दृष्टि लिए उनके सामने विनत आ खड़ा हुआ था। भोला-भाला निषाद। झुककर प्रणाम किया था उन्हें, फिर शांत, विनम्र, इस तरह एक ओर खड़ा हो गया था, जैसे मनुष्य द्रोणाचार्य के सामने नहीं, ईश्वर के सामने खड़ा हो?

सभी तो थे उस पल। अर्जुन, युधिष्ठिर, दुर्योधन, दुःशासन सब! सभी कुरु पांडव कुमार। द्रोणाचार्य नियत समय पर प्रतिदिन युद्धाभ्यास कराते थे उन्हें।

द्रोणाचार्य को उस सरल व्यक्तित्व ने प्रभावित किया था। उससे कहीं ज्यादा प्रभावित हुए थे निषाद् युवक की तेजस्वी दृष्टि से। पूछ लिया था।

"तुम कौन हो वत्स!"

श्रद्धा से और अधिक सिर झुक गया था युवका का। स्वर ऐसे निकला था, जैसे निर्मल झरना बहा हो, "आचार्य! मै निषाद-पति हिरण्यधनु का पुत्र हूं। आपकी कीर्ति सुनकर एक विश्वास और लगन लिए हुए आपके चरणों में उपस्थित हुआ हूं। शस्त्र-विद्या में मेरी रुचि है, देव! मुझे शिष्य रूप में ग्रहण करें।" इससे पहले कि द्रोणाचार्य उत्तर दे सकें वह पुनः प्रणाम-मुद्रा में झुक गया था।

द्रोणाचार्य तुरंत कुछ कह नही सके थे। उनके कानों में केवल वह स्वर गूंजा था, जो अभी-अभी एकलव्य के मुंह से निकला। आंखो के सामने उस निषाद् की तेजमयी; किंतु एकाग्र दृष्टि उभरी थी। श्रद्धा और लगन के साथ-साथ शरीर को हर चेष्टा से वह आत्मविश्वास भी दर्शित हुआ था, जिसने उन्हें सहमा दिया। जितना सहमाया, उससे कहीं अधिक चिंतित भी किया। मन के किसी कोने से सहसा एक गुनगुनाहट की तरह चेतावनी उभरी थी और गूंज की तरह माथे में बिखर गई थी–"सावधान, द्रोण! आशीर्वाद देने से पूर्व अच्छी तरह विचार कर लो यह काली देह, असामान्य व्यक्तित्व और विलक्षण आत्मविश्वास की ज्योति है। कहीं ऐसा न हो कि

तुम्हारा शिष्यत्व पाकर यह निषाद कुरु-पांडव कुमारों से अधिक युद्ध-निष्णात् हो जाए?”

होंठ खुले थे; किंतु शब्दहीन ! दृष्टि सभी कुछ देख रही थी। वातावरण, स्थान, उपस्थित कौरव-पांडव पुत्रों को; किंतु अनदेखा करती हुई। द्रोणाचार्य उस पल केवल एकलव्य को ही देख पा रहे थे। वह एकलव्य जो उनका शिष्यत्व पाते ही अजेय हो जाने वाला था ! अपने ही भीतर लगा था उन्हें कि डर गए हैं।

नहीं-नहीं ! उन्होंने अपना ही विचार-निषेध किया था–नही ! द्रोणाचार्य और डर का दूर-दूर तक कोई संबंध नहीं। वीर द्रोणाचार्य भला किससे भयभीत हो सकते हैं?

किंतु आज लग रहा है पराक्रमी, महारथी द्रोणाचार्य उस दिन भयभीत ही हुए थे। एक साधारण निषाद् बालक से। उस बालक से या उस निष्ठा से उस जिसकी शक्ति ने सहसा उन्हें सहमा दिया था। उनके गुण को नहीं, उनकी गुरुता को, जिसे कभी हस्तिनापुर के राजा के यहां विक्रय कर चुके थे महान् द्रोणाचार्य। राज्याश्रय से प्राप्त सुख, सुविधाओं और धन-धान्य ने उन्हें खरीद लिया था। उन्होंने जबड़े कसकर कहा था–“उठो, निषादपुत्र ! उठो ! और जब एकलव्य खड़ा हो गया था, तब वे बोलने लगे थे। ऐसे जैसे भागते शब्दों को पकड़-पकड़कर फेंक रहे हों, उन्हें अपनी ही वाणी अपरिचित-सी लगने लगी थी, पर बोलते गए थे–“मेरे पास समय नहीं है पुत्र ! मैं तुम्हें शिष्य नहीं बना सकूंगा।”

“किंतु आचार्य मैं सैकड़ों मील दूर से, आपकी कीर्ति जानकर बड़ी श्रद्धा के साथ उपस्थित हुआ हूं, मुझे निराश न कीजिए’...एकलव्य लगभग रुआंसा हो उठा था !”

द्रोणाचार्य ने जबड़े कस लिए थे, दृष्टि घुमा ली...दृष्टि घुमाई थी या चोरी की थी? पर कहा था–“यह असंभव है, एकलव्य ! तुम जा सकते हो !”

एकलव्य चला गया था। निराश, थका हुआ बेबस। जाते हुए केवल उसकी पीठ ही देखी थी उन्होंने। एकदम मुड़कर उसे लौटते हुए देखने को

मन हो आया था उनका। क्या इसलिए कि वे उसकी निराशा देखना चाहते थे।

शायद। पर उन्हें आज भी स्मरण है–वे उस समय तय नहीं कर सके थे कि निषाद युवक निराशा में असहज हुआ है या सहज है? एकलव्य दृढ़ कदमों से लौटा जा रहा था फिर ओझल हो गया था उसकी दृष्टि से।

"वह चला गया था।" अर्जुन बोले–"लगता था कि गहन शांति अनुभव की है युद्धाचार्य ने।"

पर अब लगता है कि वह आत्मशांति नही थी। वह था अपरोक्ष दास-भाव, जो उनके अनजाने ही उनके तेज को नष्ट कर गया था। राज्याश्रय में पलते उनके ज्ञान सूर्य को धन-सुख और सुविधाओं ने ग्रस लिया। ब्राह्मण होते हुए भी गुरू-धर्म का निर्वाह नही कर सके थे द्रोणाचार्य। एकलव्य को पहली बार देखकर ही समझ चुके थे कि उसमें अर्जुन ही नहीं, किसी भी कुरु-पांडव की अपेक्षा अधिक क्षमता और योग्यता के अतिरिक्त युद्धज होने की सामर्थ्य है। इस भय से कि कहीं वह राजपुत्रों से श्रेष्ठ न हो जाए–द्रोण ने उसे शिष्यत्व देना स्वीकार नहीं किया! खाली हाथ लौटाया।

लगता है, जैसे व्यापक ज्ञान-दान की समाज-परंपरा को उन्होंने तोड़ दिया। गुरु-गरिमा, धर्म और ब्रह्म-कर्म को आहत कर डाला महारथी द्रोणाचार्य ने! कुरु राज्य के धन ने केवल उन्हीं को नहीं, महान् आर्य-परंपरा को भी क्षतिग्रस्त कर दिया। सुख-सुविधाओं के भेद से केवल द्रोणाचार्य ही नष्ट नहीं हुए, अपितु वह परंपरा ही नष्ट हो गई, जो बुद्धिवाद को राज्याश्रय से सदा दूर रखती आई थी।

आचार्य को लगा था कि पल-पल वह लहू उनके शरीर से झरने लगा है, जिसे कभी उन्होंने एकलव्य का अंगूठा कटवाकर बहाया था। वह लहू एकलव्य का नहीं, उस परंपरा का लहू है, जिससे समाज, जाति और राष्ट्र दिशा पाया करते थे। उस सत्य के शरीर से तिल-तिल कर रक्त बहने लगा है, जिसके दर्शन की कल्पना भर से राजाओं की निरकुंश सत्ताएं धराशायी हो जाया करती थीं। द्रोणाचार्य ने एकलव्य के साथ जो कुछ किया, जिस भावना के वशीभूत होकर किया, उसने एक पवित्र परंपरा की जगह ज्ञान के

राज्याश्रयी हो जाने की दूषित परंपरा को जन्म दे दिया। उनसे पहले कब, किस युग में ज्ञान उस तरह राज्याश्रयी हुआ?

कभी नहीं।

और जब हुआ, तब परिणाम है यह वीभत्स नरसंहार। घिनौना महासमर। इस महासमर के दोष और कारण बने हुए हैं स्वयं द्रोणाचार्य। अंशरूप में ही सही, पर द्रोणाचार्य कारण हैं। अगर राज्याश्रय न लिया होता, तब उनका ज्ञान सत्य के लिए लड़ता। उसकी दिशा ध्वंसक नहीं, निर्माणक होती। वे अधर्म के पक्ष में नहीं, धर्म के पक्ष में खड़े होते।

पर ऐसा नहीं हुआ। कैसे हो सकता था? कितनी बार तो स्वयं अनुभव कर चुके हैं वह। वह बाध्य हो गए। वह धन, वैभव, समृद्धि और सुख, जो दुर्योधन से उन्हें मिलता रहा, उसने उनके सत्य-संभाषण की शक्ति हर ली। केवल यही क्यों, उन्हें असत्य का पहरुआ बना छोड़ा।

और आचार्य द्रोण, कौरव-पांडव कुमारों के रक्षक बनकर रह गए। युद्ध-कला विशारद। आह! द्रोणाचार्य थककर बैठ रहे। शिविर के गिर्द फैला कोलाहल सहसा उन्होंने तीव्र होता अनुभव किया। लगा, जैसे लाखों आवाज़ें हैं, जो उनसे ऐसे प्रश्न कर रही हैं, जिनमें से किसी का उत्तर दे पाने की सामर्थ्य उनमें नहीं है।

"गुरुवर्य। आपके पास तो सत्य की सीमाहीन सत्ता थी, तब आपने अपना सत्य केवल हस्तिनापुर राजकुल के लिए क्यों सीमित कर लिया?"

सत्य ही तो है! द्रोणाचार्य भला क्यों नहीं देख सके, समझ सके कि उनकी सत्ता तो कहीं बड़ी थी। हस्तिनापुर उस सत्ता का बिन्दु हो सकता था, पर उनका राज्य तो समूचा समाज था, सम्पूर्ण राष्ट्र। उनके अनुयायी हर जाति, हर वर्ग और हर क्षेत्र में थे। सभी को कुछ-न-कुछ देने की शक्ति थी उनमें। सभी उनके आश्रित थे।

और ऐसे परम सत्तावान् गुरू स्वयं आश्रित हो रहे? उनके अपने-आप से एक प्रश्न उठा, फिर प्रश्न को तीखा, धारदार बनाते हुए कुछ अन्य प्रश्न। हर प्रश्न उनके सीने को चीरता हुआ। हर प्रश्न उनके शरीर पर असंख्य आघात करता हुआ।

और ऐसे प्रश्नों के साक्षात् प्रमाण! एक नहीं अनेक। द्रौपदी के चीर हरण को चुपचाप रहकर देखते रहे महारथी द्रोणाचार्य! दुर्योधन के बेलगाम अपशब्दों के समय कतराकर पलायन कर जानेवाले द्रौनाचार्य! कर्ण द्वारा युद्ध-कला की शिक्षा के समय बचने का प्रयत्न करते हुए द्रोणाचार्य। बालक अभिमन्यु को रण-क्षेत्र में घेरते हुए लज्जित न होने वाले द्रोणाचार्य!

और वे द्रोणाचार्य, जो राज्याश्रयी बुद्धि के विकार से ग्रस्त होकर एकलव्य को लौटा चुके थे...

अब वह एकलव्य उनके हर एकांत को तोड़ रहा हैं उनसे पूछ रहा है–"गुरुदेव! मैं हस्तिनापुर के सेनापति या कुरु-वंश के विक्रीत गुरू से नहीं, ज्ञानी से ज्ञान लेने आया था। यह मेरा समाज-अधिकार था और आपका समाज-सत्य! फिर मुझे क्यों लौटाया आपने? अपना अधिकार क्यों नहीं पहचाना और मुझे मेरा अधिकार क्यों नहीं दिया?"

द्रोणाचार्य के पास उत्तर नहीं है। वह स्वयं जानते है कि उत्तर नहीं है। संभवतः उत्तर देने की सामर्थ्य भी नहीं है।

किंतु यह प्रश्न एकलव्य ही क्यों, अनेक लोग उनसे करेगे? उनका शरीर नष्ट हो चुकेगा, तब भी पीढ़ियां उनसे करती रहेगी? और हर बार महारथी द्रोणाचार्य इसी तरह चुप रहेंगे। कभी स्वयं और कभी इतिहास के पृष्ठों में। काल-खण्ड की अनेक यात्राओं में। निरुत्तरित द्रोणाचार्य! एकलव्य को लौटाते समय यह कैसे भूल गए थे वह कि एकलव्य व्यक्ति नहीं, एक ऐसा प्रश्न है, जिस पर से व्यक्ति द्रोणाचार्य की नहीं, समाज-पद्धति की ही विवेचना होगी। जब यह सब सोच रहे थे तब बदन कंपकंपा उठा था।

और फिर वह दिन–जब अर्जुन के प्रति अतिरिक्त मोहवश आचार्य ने एक दोष कर डाला था। वही दोष उन्हें उस अंत समय पर काट रहा था। उन्हे लग रहा था कि अर्जुन के अतिरिक्त उस संध्या में एक और चेहरा भी उभर आया है...एकलव्य!

अर्जुन–जिनके बदन पर बहुमूल्य राजसी कपड़े और आभूषण हैं। चेहरा विषाद से भरा हुआ। दृष्टि चिंतित।

और दूसरी ओर शांत भाव से खड़ा है एकलव्य। जटा बल्कल से ढंका

शरीर। साधना और श्रम के स्वेद-बिंदु माथे पर। धूल से नहाया बदन। कठिन वनजीवन में सजी-संवरी सुगठित देह।

दोनों के ही हाथों में धनुष-बाण, पर दोनों की मुद्रा अलग। एक पर पराजय के भय की आशंका और दूसरे पर जय का आत्मविश्वास।

इन दोनों के बीच दुविधाग्रस्त द्रोणाचार्य!

अर्जुन ने शिकार से लौटकर वह विचित्र अनुभव सुनाया था। बोले थे–"वह क्षण अत्यन्त विस्मयकारी था, गुरुदेव! जब हमने शिकारी कुत्ते को भयातुर लौटते पाया। उसका मुंह बाणों से इस तरह भरा हुआ था, जैसे किसी ने कपड़ा मुंह में भर दिया हो। वह हांफ रहा था। मुंह में तनिक भी चोट नहीं आई थी, किंतु उसकी हर चेष्टा व्यर्थ हो चुकी थी।"

अर्जुन आगे कुछ कहें, इसके पूर्व ही आचार्य अचरज से पूछ बैठे थे–"विचित्र! पर कैसे और किसने किया यह चमत्कार?"

"एक धनुर्धारी युवक एकलव्य ने।" अर्जुन से पहले ही बोल पड़े थे दुर्योधन।

"एकलव्य?" आचार्य ने बुदबुदाकर कहा फिर माथे पर सलवटें बनी-बिगड़ी याद हो आया था वह। कभी विद्या-याचना लेकर आए उसी निषाद युवक को लौटा दिया था उन्होंने। फिर यह भी याद आया कि निषाद विलक्षण क्षमताओं वाला था। उसकी आगत-कीर्ति और शक्ति को उसी समय पढ़ लिया था उन्होंने। पूछा, "अब कहां है वह?"

"वहीं हैं, आचार्य! वही वन उसका साधना-केन्द्र है।" अर्जुन ने उत्तर दिया था। इस उत्तर, शब्द-ध्वनि और चिंतित मुख-मुद्रा ने आचार्य को यह भी समझा दिया था कि राजकुमार एकलव्य की अद्भुत बाण-विद्या को देखकर प्रभावित भर नहीं हुए है, अपितु सहम गए हैं, कहा था–"चलो, उस विलक्षण धनुधररी को मैं स्वयं देखूंगा।"

और फिर देखा था उन्होंने।

शांत, सहज और निश्चिन्त भाव से बैठा एकलव्य। वह एक शिलाखंड पर बैठा हुआ था। कंधे पर तरकश, तरकश में बाण और हाथ में धनुष। कानों में कुंडल पहन रखे थे उसने। काला रंग था, पर चेहरा पौरुष के तेज

से दमदमाता हुआ। अनजाने ही द्रोणाचार्य आज के एकलव्य और शिष्यत्व मांगने आए पिछले एकलव्य से तुलना करने लगे।

यह एक बदला हुआ एकलव्य था? प्राप्ति-संतोष की गरिमा से भरा-भरा। वांछित के प्रति आश्वस्त!

द्रोणाचार्य मुग्ध भाव से देखते रह गए थे उसे। यह एक सहज प्रतिक्रिया थी। वीर का वीर के प्रति सहज सराहना-भाव। एक पल के लिए भूल ही गए थे कि उनके पास ही कुरु-पांडव कुमार खड़े हैं। याद आया था उस समय, जब एकलव्य का ध्यान ही उनकी ओर चला आया। विद्युत-गति से उठ पड़ा था वह। आगे बढ़कर, श्रद्धा से माथा झुकाया था उसने, प्रणाम कहते हुए कहा था, "धन्यभाग गुरुवर! आपके दर्शन करके कृतकृत्य हुआ।

आशीष-मुद्रा में हाथ उठा था द्रोण का। मन गहरे सोच में डूबा हुआ। याद आया था कि कभी अर्जुन को आशीर्वाद दे चुके थे वह कि उससे बड़ा धनुर्धर पृथ्वी पर अन्य कोई न होगा और आज वह धनुर्धर सामने है!

एकलव्य श्रद्धा से घुटने के बल बैठा हुआ कहे जा रहा था, "पूज्य! आपके स्मरण मात्र से मैं थोड़ी-बहुत युद्ध-विद्या सीख गया हूं...नहीं जानता कि कितना योग्य हूं, कितना अयोग्य..."

वह आगे क्या कुछ कहता गया, द्रोणाचार्य सुन ही नहीं पा रहे थे। वह देख रहे थे...एक ओर वृक्ष की छांह में रखी अपनी एक छोटी-सी प्रतिमा जिस पर फूल चढ़े थे, प्रकट था कि एकलव्य ने सारा साधना-क्रम अपनी सम्पूर्ण एकाग्रशक्ति और आस्था द्रोणाचार्य के नाम पर केन्द्रित करके ही अपूर्व शक्ति प्राप्त कर ली है। अद्भुत तपस्या से प्राप्त यह शक्ति किस बिन्दु तक पहुंची हुई है, इसकी कल्पना ने उन्हें भी कम चिंतित नहीं किया था! रह-रहकर एक ही भय काट रहा था उन्हें। एकलव्य किसी भी कुरु-पांडव कुमार से कहीं अधिक योग्य धनुर्धर हो चुका है! उसे किसी न किसी तरह थामना होगा! इस तरह थामना होगा कि वह राजकुमारों की तुलना में केवल थम ही न जाए, बल्कि कम भी हो जाए!

पर एकलव्य की श्रद्धा, आस्था, विश्वास और तपस्या को क्या छलना होगा उन्हें? उनके आत्म ने उन्हें भीतर-ही-भीतर झकझोरने का प्रयत्न किया

था...झकझोरा भी, पर इस झकझोर को कुचल डाला था उन्होंने। कहा था..."मैं प्रसन्न हुआ, वत्स, उस समय अधिक प्रसन्न होऊंगा जब तुम मुझे गुरु-दक्षिणा दोगे।"

"आज्ञा करें, गुरुदेव !" एकलव्य ने हाथ जोड़ लिए थे। आंखे आनंद की चमक से भरी हुई।

जबड़े कसे थे द्रोणाचार्य ने, शब्द तय कर चुके थे, किंतु ओठों से बाहर करते समय उन्होंने एकलव्य से दृष्टि चुराली थी। कहा था–"तब मैं तुमसे तुम्हारे दाहिने हाथ का अंगूठा मांगता हूं, एकलव्य !"

आचार्य के शब्द गूंजे। एक ओर खड़े अर्जुन, युधिष्ठिर, दुर्योधन आदि चौके ! पर एकलव्य? उसने उसी शांत भाव के साथ अपना अंगूठा काटकर द्रोणाचार्य की ओर बढ़ा दिया था–"...स्वीकार कीजिए, गुरुदेव !"

वही सब द्रौपदी को याद हो आया है...उस दिन अर्जुन ने स्वयं ही उनसे स्वीकार किया था–"कृष्णा ! यदि आचार्य ने उस निषाद से वह दुर्लभ गुरु दक्षिणा प्राप्त न की होती तो संभवतः आज मैं इस श्रेष्ठतम स्थिति में न होता, जिसमें हूं..."

द्रौपदी ने उस दिन सुना था। द्रोणाचार्य के अंतिम दिनों में उनकी वह वेदनादायी स्थिति और एकलव्य की कथा सुनाकर अर्जुन चुप हो रहे थे। द्रौपदी ने देर तक उनका चेहरा चुपचाप देखा–जैसे खोज रही हो कि अर्जुन उस सबसे प्रसन्न हैं या खिन्न?

पर समझी नहीं थीं कुछ।

और अनायास ही छलों की परंपरा में वह घटना भी याद हो आई है...

अर्जुन चुपचाप रथ दौड़ाए जा रहे हैं–शब्दहीन।

द्रौपदी ने कितनी ही बार उन्हें देखा। गांडीवधारी के चेहरे के तनाव ने

जैसे कुनमुनाकर कहा था–"तुम संभवतः ठीक ही कह रही हो, देवी ! हमारे पुत्रों की हत्या और अश्वत्थामा के कायरतापूर्ण छल से विगत में हुए छलों के लम्बे सिलसिले का बहुत संबंध है !

द्रौपदी ने गहरा श्वांस लिया। स्वर अर्जुन ने महसूस किया–चौंककर उन्हें देखा।

द्रौपदी की आंखों में वही सूनापन था...ठीक वैसा ही जैसा सूनापन समूची धरती पर दीख रहा है...

यह सूनापन अर्जुन के भीतर भी तो उतर गया है...? दृष्टि, मुद्रा और उनकी शब्दहीन अकुलाहट की हर वह सिलवट गवाह है, जो उनके तनाव में झलक रही है।

दोनों चुप थे।

पर सब ओर शोर ! उथल-पुथल। यह शोर जीवन के क्रमशः विलीन होने का है...प्रकृति के उबल पड़ने का ! युद्ध-परिणाम !

द्रौपदी अचरज और अविश्वास से देखे जा रही हैं–सब कुछ नष्ट हो चुका है ! लगता है उनका आत्म उनसे प्रश्न करने लगा है–"पांचाली ! तुम पुत्रों को लेकर शोकग्रस्त हुई हो, पर देखो तो इस युद्ध ने क्या कुछ दिया है? पांडव राज्याधिकार पा चुके हैं–पर राज्य?"

यह सब जो आंखो से दीख रहा है, तीव्र कसैली गंध बनकर नथुनों में समा गया है, जिससे मन मितलियां खाता हुआ इस तरह छटपटाता है कि श्वांस थम जाएं–यह सब महान युधिष्ठिर का साम्राज्य है !

वही गौरवशाली साम्राज्य, जिसे उन्होंने पुरुषार्थ से प्राप्त किया है। जिसके अणु-अणु पर अणुयुद्ध की कथा ही अंकित हो गई है ! ऐसे भयावह संग्राम में विजयश्री प्राप्त करके पाया गया साम्राज्य, जिसके रंग, मौसम, सूरज, चांद और समुद्र तक बदल गए हैं !

युधिष्ठिर इस पृथ्वी पर राज्य करेंगे ! उनका नैतिक अधिकार ! उसे पा लिया है उन्होंने। और बदले में कया देना पड़ा है उन्हें? सहसा द्रौपदी को लगा था कि वह...वह कांप उठी हैं?

आश्चर्य ! अपने आप से डर गई है वह?

नहीं ! संभवतः इस साम्राज्य से डर गई है...इस उपलब्धि से डर गई है, जिसे पौरुष के नाम पर उसके पतियों ने पाया है। इस धरती से डर गई है...

एक पीड़ा मन में उभर आई है–क्यों नहीं सक्रिय रहीं राजनीति में?

किंतु द्रौपदी सक्रिय रही थी केवल नारी धर्म में ! पत्नी धर्म में ! अपनी उस तपस्या में, जिसे निबाहने के लिए उन्होने पांच पुरुषों में पांच तत्वों का एक जीवन देखा था ! उन आदर्शों की स्थापना में, जिनके आधार पर वह सत्यभामा से यह कह सकी थीं कि किस तरह पतियों को वह सहेजे ही नहीं रखतीं, सम्पूर्णतः उनके वश में होकर उन्हें अपने वश में रखती हैं !

इस सब में इतनी सक्रिय रही थीं द्रौपदी कि भूल ही गई...समाज-राजनीति किस स्थिति तक जा पहुंचे थे...

पांडव, कुंती और कृष्ण चर्चा करते, तब-तब ऊबने लगती थी वह। जितना वश चलता, उनकी वार्ता सुनतीं, सहती, फिर उठ पड़तीं !

उठ आती थी या कि उन्हें अपने शेष धर्म के निर्वाह में उस सबमें सक्रिय रह पाने का समय ही नहीं रहता था।

नहीं।...संभवतः द्रौपदी उस सब में रुचि नहीं लेती थीं। रुचि के नाम पर यदि कुछ था तो केवल पांडव थे–उनके पति। उनका शुभ, उनका अनुगमन। द्रौपदी का अधिकांश जीवन यही।

यदि कुछ शेष बचता था तो वह समय द्रौपदी उस साधना और ज्ञानोपलब्धि जिसकी शक्ति से वह उन पांच में एक-के दर्शन करती थीं। हर एक के प्रति अपने सम्पूर्ण समर्पण का भाव बनाए रखती थीं।

इस अद्भुत शक्ति के कारण वे समाज-श्रद्धा की पात्र बनीं, आदर्श की तरह स्थापित हुई, सेवा, पतिब्रत धर्म और गृहस्थ धर्म की उदाहरण कही जाती रहीं !

लगता है कि इस सब में अपने-आपको सम्पूर्ण से डुबोकर कहीं कुछ

बिसरा बैठीं ऐसा कुछ भूल गई, जो उन्हें करना था ! जो उनका धर्म था ! उन सब की तरह जो उस समाज से जुड़े थे।

तिस पर द्रौपदी तो उस समाज की सदस्या भर नहीं, उसमें घटित होने वाली हर घटना के लिए उतनी ही दायित्वशील भी थीं, जितने उनके पति थे, उनके अन्य परिवारजन थे।

"जब-जब समाज का कोई व्यक्ति केवल अपने बनाए संसार में जीने लगता है। पांचाली तब-तब यही होता है !"

"किंतु...वह मेरा धर्म था ! एक नारी, पत्नी, माता के नाते वह मेरा धर्म था" बुदबुदाकर अपने को ही उत्तर दे लेना चाहा है उन्होंने।

पर अंतरात्मा अधिक तार्किक हो उठी है। अधिक शक्तिशाली। एक स्वर मन से उभर आया है..."नहीं, द्रुपदपुत्री ! संसार में जनमने वाले हर मनुष्य का एक समाज-धर्म भी होता है। यह धर्म है, सत्य की रक्षा के साथ-साथ उस स्वर को निरंतर जागृत रखना जो समाज शुभ की चेतना का होता है...सम्पूर्ण का शुभ ! जब राजनीति छल, कूटजाल नैतिक मूल्यों में गिरावट और पाप के ऐसे कगार पर पहुंच जाएं, कि अगला कदम नाश का सर्जक बने...वहां व्यक्ति-व्यक्ति का समाज-धर्म है, उसमें सक्रिय होना, उस सबका विरोध करना, उस सबकी रोक-थाम के लिए चेष्टारत होना...किंतु तुमने तो वैसा कुछ भी नहीं किया?"

द्रौपदी अपने भीतर उत्तर खोजना चाहती हैं, अपने आपका उत्तर, पर उत्तर कहीं गुमा हुआ है।

और स्वर अधिक तीव्र होता हुआ–"तुमने तो उस सबकी रोकथाम न कर इस वीभत्स संग्राम की रचना में योग दे दिया था?...याद हैं अपने शब्द जो तुमने श्रीकृष्ण से उस समय कहे थे, जब वह पांडव पक्ष की ओर से दूत बनकर कौरवों तक जाने वाले थे?"

"किन्तु... ।"

द्रौपदी बोल नहीं पा रही हैं। रथ की गति के साथ विगत घटना मन पर सघन होने लगी है।

वह पल...।

भव्य राजमहल के प्रागंण में वे सब सोचमग्न बैठे थे। पांडव, कुंती और द्रौपदी।

सबने देर तक सोचभरी दृष्टि से एक-दूसरे को देखा था, फिर-फिर सोचने लगे थे। सबके भीतर एक उथल-पुथल। साधारण निर्णय नहीं होना था उस वार्ता में।

युद्ध-पूर्व वार्ता के लिए श्रीकृष्ण, पांडवो की ओर से दूत बने थे। वह अंतिम पल था जब कि पांडव और कौरव राज्याधिकार संबंधी मामला तय कर लेना चाहते थे। बहुत कुछ घट चुका था तब तक। दुर्योधन, कर्ण और शकुनि के ढेर-ढेर षड़यंत्रों से बहुविधि कष्ट भोगते रहे पांडव द्रौपदी और कुंती लगभग टूट चुके थे। यह टूटन परस्पर चुनौतियां का आदान-प्रदान बनकर कब उत्तेजना के अंतिम चरण तक जा पहुंची थी–मालूम ही नहीं हुआ था।

और फिर आ पहुंचा था दूतों के आदान-प्रदान से निष्कर्ष का क्षण! इन क्षणों के पास आते-आते द्रौपदी अजब-सा आनंद महसूस कर रही थी... हर भोर जागने के साथ जब केश संवारतीं तब याद हो आता कि भरी कौरव सभा में इन केशों को बिखेरने वाले, द्रौपदी को नग्न करने की चेष्टा में रत दुःशासन से प्रतिशोध लेने का समय पास आता जा रहा है...रात सोते समय हर केशों का यह बिखराव याद दिला देता कि आत्म-कष्ट के ऐसे ही हर पल का मूल्य कौरव अब चुकाएंगे।

और वे पल थे प्रतिशोध के निर्णय-पल। रुक्मिणी पति कृष्ण पांडव-पक्ष के तर्क लेकर हस्तिनापुर जा रहे थे...इसी भेंट में तय हो जाना था कि कौरव-पांडवों में युद्ध होगा या नहीं? प्रस्ताव स्पष्टतः संधि का ही होना था।

वे सब मंत्रणा-कक्ष में एकत्र हुए। यशोदानंदन का रथ हस्तिनापुर की यात्रा के लिए तैयार होकर बाहर आ खड़ा हुआ था और श्रीकृष्ण अपनी बुआ के बेटों के बीच। द्रौपदी शांत भाव से एक ओर बैठी हुई...सुनने के लिए उत्सुक कि युधिष्ठिर, भीम आदि दूत से क्या कहते-सुनते हैं?

दोनों ही पक्षों का तनाव इस हद तक जा पहुंचा था कि दुर्योधन को

लेकर पांडव ही नहीं, स्वयं द्रौपदी भी संदिग्ध थीं। दुर्नीति के दुष्चक्र में फंसा हुआ दुर्योधन छल की किसी भी सीमा तक जा सकता था। यह भी संभव है कि पांडवों के दूत से ही छल करे!

पर वासुदेव की राजनीतिक शक्ति क्षमताएं और चपलता सबकी जानी-पहचानी। उनके अतिरिक्त पांडवों के पास अधिकारिक रूप से उनका पक्ष प्रस्तुत करने वाला न तो कोई परिजन था, न ही मंत्री। श्रीकृष्ण की चतुरता, वाक्कशक्ति और राजनीतिक क्षमता अद्भुत थी इसके बावजूद युधिष्ठिर उनका आना पसंद नहीं कर पा रहे थे। बोले थे–"हृषीकेश! मैं इस राय से सहमत नहीं हूं कि तुम वहां जाओ! दुष्टबुद्धि दुर्योधन किसी भी सीमा तक जा सकता है। घृणा, क्रोध, छल और कूटजाल की निरंतरता के कारण सुयोधन अपने सभी मनुष्योचित धर्म भूल चुका है। उसके साथ इस भरतखंड के सर्वाधिक शक्ति सम्पन्न राजाओं और वीरों का जुड़ाव है। कहीं ऐसा न हो कि वह तुमसे भी किसी तरह का छल करे! तुम्हारा अनिष्ट करना चाहे! क्योंकि सुयोधन ही नहीं, इसके दुर्मति मंत्री शकुनि और कर्ण यह भली प्रकार जानते हैं कि तुम ही हो जो हमारी शक्ति और विश्वास रहे हो! तुम्हारी नीति से ही हम निर्णय लेते हैं, तुम्हारे ज्ञान ने ही हमें हर समय राह दिखाई है...।"

श्रीकृष्ण मुस्कुराए। कहा–"आप आश्वस्त हों, कुंतीसुत! दुर्योधन के दुष्ट स्वभाव से मैं परिचित हूं और उसके हर छल को पहचानने तथा उससे बचाव करने की क्षमता भी मुझमें है। कौरवों के बीच पहुंचकर मैं उन्हें आपका शांति प्रस्ताव ही नहीं सुनाऊंगा, अपितु प्रयत्न करूंगा, कि युद्ध टल जाए। व्यर्थ ही जन-धन नाश न हो! किंतु यदि हमारी ओर से यह संदेश लेकर कोई नहीं गया तब हमारी लोकनिंदा होगी राजन! युद्ध को किसी समस्या का हल बनाने से पूर्व उसके हर विकल्प को पाने की चेष्टा करना राजधर्म भी है, मानव धर्म भी।"

अर्जुन और भीम ने समर्थन किया। संधि के प्रस्ताव पर बातचीत हुई। द्रौपदी सुनती रही थी सब। पल-पल अनुभव हुआ था, जैसे कहीं शूल लग रहे हैं। सहनशीलता तो धर्म हो सकती है; किंतु असह्य को सहना धर्म

है–यही सोचकर गहरी पीड़ा अनुभव कर रही थीं। पीड़ा अनुभव कर रहीं थीं या प्रतिशोध के कारण युद्ध के अतिरिक्त कुछ सोच-समझ पाना उनके लिए संभव नहीं रहा था, तय करना कठिन...किंतु उस समय सह नहीं पा रही थीं द्रौपदी!

एक-एक कर पतियों के चेहरों पर नजर जाती। दृष्टि में जितना आश्चर्य होता, उससे कहीं अधिक चिढ़। लगता था कि किरनों की तरह कौंध-कौंध कर उन सबसे कह देना चाहती हैं–"क्या तुम सब पुरुषार्थ भूल गये हो? भूल गए हो कि मैं तुम्हारी पत्नी हूं?"

पर उस समय केवल सुनना ही उचित समझा था उन्होंने। शांत होकर या कठोरता से-पर अपने आपको दवाए बैठी रही थी।

भीम बोले थे–"मधुसूदन! हमारी सब आशाए आप पर केद्रिंत हैं। हम लोगों की इच्छा है कि वंश में शांति स्थापित हो। उद्धन्ड दुर्योधन को समझाने की सम्पूर्ण चेष्टा कीजिएगा यादवश्रेष्ठ! वह दुर्मति तो है ही साथ ही ऐश्वर्य और शक्ति के घमंड से भी भरा हुआ है। अतः पूरा प्रयलल कीजिएगा कि वह आपके कोमल शांति प्रस्ताव को सुने। युद्ध आदि की धमकी से भयभीत होने वाला व्यक्ति नहीं है वह। कृपया उसे धमकी न दीजिएगा।

रहा नहीं गया था द्रौपदी से। धिक्कार शब्द भले ही न बोली हो, किंतु स्वर में धिक्कृत-भाव लपेटकर टोकने लगी थीं–"यह...यह तुम कह रहे हो महावीर! क्या ये तुम्हारे ही शब्दोद्गार हैं, जिन्हे मैं सुन रही हूं?"

उन शब्दों ने पल भर के लिए भीम को बोलते-बोलते लड़खड़ा दिया। द्रौपदी की ओर देखा, फिर उत्तर न देकर कृष्ण से ही कहने लगे थे–"मुझे विश्वास है यादवश्रेष्ठ! आपके कोमल वचन सुनकर और पितामह भीष्म तथा आचार्य द्रोण के सद्परामर्श से शांति हो सकेगी। हम सभी युद्ध से सहमत नहीं हैं। अग्रज युधिष्ठिर की तरह भाई अर्जुन भी यही चाहते हैं कि युद्ध न हों और संधि से ही बात बन जाए। यह बात बनाना आपके लिए कठिन नहीं है, देवकीपुत्र! आप योग्य भी हैं, समर्थ भी है।"

द्रौपदी अधिक कुछ सुन नहीं सकीं। उठकर दूसरे कक्ष में चली आई थीं। झल्लाई हुई, पीड़ित और दुखी! पल भर पूर्व कहे गए भीमसेन के शब्दों

पर विश्वास नहीं हो पा रहा था उन्हें! क्या सच ही वे शब्द भीम के थे? उन भीम के, जिनके बलानुमान को लेकर दूसरे लोग अस्वाभाविक कल्पनाएं करते रहे हैं और जिन्हें स्वयं ही अपनी असीम शक्ति-सामर्थ्य का ज्ञान नहीं है? वे भीम, जिनके सान्निध्य में द्रौपदी सदा ही अनुभव करती रही हैं कि वे एक अभेद्य किले के परकोटे में सुरक्षित हैं–वही भीम इस तरह की बातें कर रहे थे!

होंठ बुदबुदा उठे–"नहीं, द्रौपदी! ऐसा नहीं है! संभवतः गलत सुन लिया है तुमने। भीम और वे शब्द?

किंतु वे शब्द भीम के ही थे। बड़बड़ाने लगी थीं वह–"मन तुम मुझे बहला नहीं सकोगे!

पास के कक्ष से उस समय भी उन सबके स्वर उभर रहे थे...द्रौपदी राजनीति में सीमित रुचि ही रखती थीं, किंतु वह एक निर्णायक क्षण था. ..कम-से-कम द्रौपदी के लिए एक बड़ा निर्णायक क्षण! चीर-हरण के बाद से एक पल के लिए भी अपमान नहीं भूल सकी थी। धर्माधर्म का विचार और पौरुष सभी कुछ किनारे हो गए थे। द्रौपदी को सरेआम निर्वस्त्र किया जाने लगा था!

इस निर्णायक क्षण की अवहेलना नहीं करेंगी। सभी की बात सुनेंगी–क्या कुछ कहते हैं वह?

अर्जुन का स्वर आ रहा था उस समय–लगभग वही बात, जो किसी और तरह और शब्दों में, स्वभावगत विनय या अविनय के साथ...

द्रौपदी ने सुना था–

"जनार्दन अभी-अभी आपने कहा है कि पराक्रम और पौरुष के बिना मनुष्य के सभी कार्य निष्फल हो जाते हैं, किंतु मुझे लगता है कि सभी जगह ऐसा नहीं होता! किसी भी बात को बिल्कुल असाध्य या असंभव मत समझिए! संधि का प्रस्ताव अच्छी तरह और योग्यता के साथ करने पर सफलता भी पाई जा सकती है। यथासंभव आप यही प्रयत्न कीजिएगा कि कौरवों से संधि हो जाए!"

द्रौपदी के जबड़े कस गए थे। यह–यह अर्जुन हैं? ब्रह्मास्त्र के ज्ञाता।

इच्छा नहीं थी कि उन सबके अगले शब्द सुनें, किंतु श्रीकृष्ण का रुख जानना चाहती थी। वही हैं, जो इस निर्णायक पल में सबसे अधिक प्रभावशाली हैं। जानती थीं कि पांडव वासुदेव के प्रभाव में है। उनकी सम्मति को सदा ही आदर देते आए हैं, अतः उनकी बात बहुत महत्वपूर्ण है।

आगे भी सोचतीं, किंतु अर्जुन के बदले शब्दों ने द्रौपदी के मन की सुलगन को कुछ शांत किया था। वह कह रहे थे–"आप सर्वव्यापी है, हमारे शुभैषी भी हैं, परम परिजन भी। आप जानते हैं कि यदि आप संधि के लिए कहेंगे तब हम संधि ही करेंगे और यदि आपकी इच्छा होगी कि युद्ध में ही हमारा श्रेष्ठ है, तब हम अवश्य ही युद्ध के लिए तत्पर होंगे...अतः सब कुछ अब आप पर निर्भर है श्रीकृष्ण! आप जो भी समयोचित समझें–अवश्य करें!"

द्रौपदी ने गहरा श्वांस लिया था। उठीं और पुनः मंत्रणाकक्ष में जा पहुंची। उस क्षण याज्ञसेनी के चेहरे का तनाव देखकर वे सब एक पल के लिए शांत हो रहे थे।

द्रौपदी बैठ गई–क्रमशः युधिष्ठिर, भीम, अर्जुन और नकुल-सहदेव पर दृष्टि डाली, फिर बोली–"केशव! आप कौरवों की सभा में जाइए अवश्य; किंतु यदि वह आधा राज्य दिए बिना संधि करने का प्रस्ताव करें, तब कदापि न स्वीकार कीजिए! वैसे मुझे लगता है कि विनम्रता या दान के द्वारा कौरवों से किसी प्रकार के समझौते की कोई आशा नहीं है, फिर भी प्रयत्न कीजिएगा। अगर वे धृष्ट, व्यवहार करें तब उन पर तनिक भी कृपा न कीजिएगा!" बोलते-बोलते द्रौपदी उत्तेजित होती जा रही थीं...उनका चेहरा तमतमा आया था–आंखे उसी क्रोधाग्नि से सुलगती हुई, जैसे कभी चीरहरण के समय सुलगी थी! श्रीकृष्ण उन्हें शांत करने के लिए आश्वासन देने लगे थे–"तुम धैर्य रखो, पांचाली! यदि दुर्योधन और उसके दुष्ट साथियों ने मेरा कहा नहीं माना तो आश्वस्त रहो कि वे पृथ्वी पर मृत पड़े होंगे और कुत्ते, सियार, गिद्ध आदि उनका मांस नोचते होंगे।"

सुलगती द्रौपदी सहसा सजल हो उठीं थी। उन्होंने वेणी खोलकर श्रीकृष्ण के सामने कर दी थी–"देखते हो, जनार्दन! मेरे ये केश उस समय

भी इसी तरह बिखर गए थे, जब मैं अपने वीर पतियों की पराक्रमहीन स्थिति में कौरव सभा के बीच विलाप कर रही थी। दुष्ट कौरवों से प्रार्थना कर रही थी कि मैं उनकी ही कुलवधु हूं। उन्हीं की मर्यादा, जिसे वह सार्वजनिक रूप से लज्जित कर रहे हैं!" सहसा सिसकने लगी थी द्रौपदी, पर उनकी आवाज़ में अजब-सी कड़वाहट घुल गई थी–"वे नीच जब संधि के लिए कहें, तब निर्णय लेते समय पांचाली के ये बिखरे केश न भूलिएगा श्रीकृष्ण!"

"मैं तुम्हारा दुःख जानता हूं द्रौपदी और तुम्हें विश्वास दिलाता हूं कि ऐसा कोई निर्णय नहीं लूंगा, जिसके कारण तुम्हारे दग्ध हृदय को आघात लगे!" वासुदेव उन्हें यथासंभव सहज करने का प्रयत्न करने लगे थे। युधिष्ठिर ने बोलना चाहा था–"देवि! शुभ और शांति के लिए यदि सन्धि हो सके, वही उत्तम है। अतः... ।"

पर द्रौपदी ने सहसा चिढ़ और पीड़ा से भरकर क्रमशः उन्हें और सभी को देखा था...वे सब सहमे हुए थे। द्रौपदी बोली थी–"स्मरण रखिएगा श्रीकृष्ण! यदि भीम और अर्जुन दीनभाव से युद्ध-विमुख होकर संधि के लिए तैयार भी हो गए, तब मेरे वृद्ध पिता, भाई और अभिमन्यु सहित मेरे पांचो बेटे कौरवों से युद्ध करेंगे!

एक क्षण के लिए सन्नाटा फैल गया था उनके बीच द्रौपदी के भीतर कितनी आग और प्रतिशोध का कैसा ज्वालामुखी धधक रहा है–उसी समय देखा था सबने! पर कौन, क्या कह सकता था? कौरवों के कटु कलापों ने घृणा और द्वेष भाव को उस सीमा तक पहुंचा दिया था, जहां विस्फोट के अतिरिक्त कोई शेष राह नहीं रहती!

और द्रौपदी थीं कि ज्वाला की तरह शब्दों की लपटें उगलती गई थीं–उनकी श्वांस गति बढ़ गई थी, आंसू पुतलियों पर ही सूख गए थे। उन्होंने अंतिम शब्द कहे थे–"वह हाथ मुझे अब भी याद है वासुदेव! सदा याद रहेगा! निर्लज्ज दुःशासन का क्रूर काला हाथ! जिस क्षण तक वह कटकर धूल में लोटते मैं नहीं देख लूंगी, उस क्षण तक मुझे शांति नहीं

मिलेगी ! तेरह बरसों तक वेदना और क्लेष-कष्ट की जिस आग को मैंने मन में दबाए रखा है, वह यों ही नष्ट नहीं हो सकती !"

द्रौपदी की प्रतिशोध-ज्वाला ठंडी हो गई है ! सारी प्रतिज्ञाएं पूर्ण हुई ! सब चाहा हुआ, ज्यों-का-त्यों घट गया।

पर ये ज्वालाएं..?

द्रौपदी दूर-दूर तक दृष्टि दौड़ा रही है...कितनी ही जगहों पर अब भी रह-रहकर तिलंगे-से उड़ने लगते हैं ! लाल, सूर्ख, कभी हरे और कभी नीले ! भयावह अस्त्रों के परिणाम में जलते-सुलगते पत्थर, वायु के बदले, झुलसें-झोंके, नदियों के ऊबड़-खाबड़ हो चुके घाट ! उनका उबलता पानी !

पेड़ दूर-दूरंत तक नहीं दीखते। पेड़ ही क्या, प्रकृति का कोई जीवित अंग ! द्रौपदी ने देखा है कि राह में अनेक स्थानों पर राख की ढेरियां बन चुकी लाशों के आसपास सड़े, गले या झुलसे हुए पशु-पक्षी भी पड़े हैं !

हवा का हर झोंका बदले मिजाजवाला ! गंधयुक्त और गंध भी ऐसी, जो समूचे शरीर में या तो झुरझुरी फैला देती है, या फिर तीव्र कंपन !

दोष हुआ द्रौपदी से !

एक की प्रतिशोध ज्वाला, समूची सभ्यता से ही प्रतिशोध में बदल गई ! एक दुःशासन के कटे हाथ, असंख्य हाथों को चिथड़ों और राख की ढेरियों या फिर सम्पूर्ण में ही समाप्त कर गए !

उस क्षण यदि श्रीकृष्ण को वह उत्तेजक सुझाव न दिया होता तो संभवतः सम्पूर्ण के लिए कुछ शांतिकारी होता !

"नहीं !" चीख पड़ना चाहती है द्रौपदी..."झूठ है यह ! महायुद्ध की इस विभीषिका के लिए केवल मुझे ही दोषी नहीं ठहराया जा सकता ! बहुतों के बहुतेरे दोषों का एक अनंत सिलसिला है यह...ऐसा सिलसिला, जिसका प्रारंभ कौरवों ने किया था ! जिसके लिए मात्र मैं कारण नहीं !"

"किंतु तुम इस युद्ध-यज्ञ की पूर्णाहुति तो बन ही गई हो द्रौपदी !" मन फिर बड़बड़ा उठता है..."ऐसे नाश-यज्ञ की आहुति, ज़िसे सभ्यता के

विकास का चरम जन्म देता है। काल का वह खंड जनमता है जब ज्ञान गौण होने लगता है और आत्महीन विज्ञान महत... !"

बुदबुदाकर विरोध करना चाहती हैं पांचाली..."मैं...मैं क्यों हूं आहुति?"

लगता है कि मन में कोई हंस पड़ा है...उनका अपना आप। फिर इस चुप हंसी से उछलने लगे हैं कुछ शब्द..."याद करो द्रौपदी, याद करो! कितनी बार, किस-किस तरह तुम अजाने ही आहुति बन गई...तुमने सोचा नहीं, पर तुम आहति बनीं !"

"कर्ण को सूतपुत्र कहकर सदा-सदा के लिए उसके मन में प्रतिशोध की ज्वाला जगा दी थी तुमने...वह इस युद्ध-यज्ञ की पहली आहति थी तुम्हारी ओर से !"

"...फिर दुर्योधन का तुम्हें पा न सकना...वह एक और आहुति !"

"किंतु?..." अपने को ही सोचने से टोक देना चाहती हैं पांचाली।

"और इन्द्रप्रथथ का मय निर्मित तुम्हारा वह राजभवन...जहां तुम पराक्रमी दुर्योधन के गिर पड़ने पर हंसी थीं?...वह भी तो इस समरयज्ञ की सुलगती लपटों पर एक और आहुति थी?..."

"..."निरुत्तर होने लगी हैं द्रौपदी।

"फिर चीर-हरण के बाद स्पष्टतः युद्ध के समर्थन में तुम्हारे द्वारा कहे गए शब्द ! क्या वे अंतिम आहुति नहीं हैं?"

द्रौपदी के विचार सहसा टूट गए।

रथ थम गया था।

द्रौपदी ने अर्जुन को देखा। वह जल्दी-जल्दी रथ से उतर पड़े–"आओ पांचाली !"

द्रौपदी यहां-वहां देखती हुई उतरीं। चकित। यहां कहीं शिविर था? पूछ लेना चाहती थी; किंतु श्वेतववाहन आगे बढ़ गए–बड़बड़ाते हुए–"महावीर धृष्टद्युम्न का शिविर यहीं था द्रौपदी...उसके किसी कक्ष में हमारे पुत्र थे..."

द्रौपदी पीछे-पीछे चलती गई। भौंचक्की, भयभीत! हे ईश्वर! ऐसा विनाश!

शिविर-जैसा कुछ रहा होगा–दूर-दूर तक नहीं दीख रहा था। जो दीख रहा था, वह कहीं काली, कहीं पीली और कहीं सूर्ख हो चुकी धरती! ऊंचे-नीचे गढ़े। उस पर जहां-तहां बिखरे धातुओं के टुकड़े। बहुमूल्य वस्त्रों की रंग-बिरंगी, झुलसी, अधजली चिदियां...झुलसकर काले हो चुके शव, या क्षत-विक्षत, खंड-खंड लाशें। यही थे पांचाली के भाई-बंधु और पांचो बेटे!

इन्हीं लाशों के झुंड में कहीं होंगे!

कहां होंगे?...पांचाली भटकी-उखड़ी निगाहों से दूर-दूर तक देखे जा रही थी। विचारशून्य!

अर्जुन भी कुछ ऐसे ही। चेहरा तन चुका था। नसें उभरी हुई। युद्ध-विभीषिका का दृश्य एक सांवला आकाश बनकर मन-माथे पर घिरा हुआ। दोनों स्तब्ध से खड़े व्यर्थ ही अपने चारों ओर फैले विध्वंस को देखे जा रहे थे, तभी चौंके। एक सैनिक सामने आ खड़ा हुआ, "देव!"

द्रौपदी मुड़ी । वह अर्जुन को सम्बोधित कर रहा था। आवाज़ भर्राई हुई।

यांत्रिक ढंग से अर्जुन ने उसे देखा। बोले नहीं, पर दृष्टि से उसे बोलने की स्वीकृति दी।

सैनिक ने बतलाया–"महाराज युधिष्ठिर ने कहलवाया है कि आप महारानी द्रौपदी के साथ वीर पांडव-पुत्रों के शव लेकर उस स्थान पर पहुंचे, जहां वीरों का सामूहिक दाह संस्कार होना है।..."

"ठीक है।" अर्जुन बोले, फिर दृष्टि मोड़ी। पुन: शव खोजने लगे। सैनिक भी लाशों के बीच इधर-उधर भटकता हुआ प्रतिविंध्य, सुतसोम आदि के शव खोजने लगा।

सूर्य का प्रकाश कम होने लगा था। रह-रह कर द्रौपदी की आंखे भर आईं। दृष्टि और दृश्य के बीच एक झिलमिलाहट पैदा हो जाती। इस झिलमिलाहट और धुंधलेपन के बीच शव खोज पाना कठिन है। कुछ कहें, इसके पूर्व ही अर्जुन का स्वर सुना था। सैनिक को आदेश दे रहे थे वह।

"प्रकाश व्यवस्था करो।"

द्रौपदी थम गई। कुछ पलों के बाद सैनिक ने एक ओर पड़े किसी धातु धनुष के कोने पर बहुत से कपड़े आदि बांधकर मशाल बनाई और उपस्थित हो गया। अब वे पुनः शव खोजने लगे!

राजा युधिष्ठिर उनके पूर्व पुत्रों के शव देख गए थे। सहसा गांडीवधारी को याद आया था। अवश्य ही उन्होंने एक स्थान पर रखवा दिया होगा उन्हें। पर वह स्थान?...

स्थान के नाम पर ऊबड़-खाबड़ जले-अधजले शिविर के अवशेष भर शेष हैं। उस विशिष्ट स्थान का निश्चय किया जाना कठिन। इसी तरह खोजना होगा। जो खोजते गए...

मशाल के प्रकाश में रह-रह कर मृत सैनिकों के कटे-फटे अंग-प्रत्यंगों पर टूटे कवच, बाजूबंद या दास्ताने चमक उठते। कितनी ही चमक लहू से नहाई हुई। सब पर लहू सूखा हुआ। अधिकतर जले-भुने।

चारों ओर गंध फैली हुई। विचित्र-सी तीखी और मन को अकुला डालने वाली गंध!

द्रौपदी के क़दम कई-कई बार बुरी तरह लड़खड़ाए। या तो पैर भुने हुए मांस पर जा पड़ता था या फिर किसी योद्धा के शेष रहे शरीर-अंश पर, जिसकी गुदगुदाहट पैर फिसला देती। एक अजब-सा भय और घबराहट मन को घेर लेती। बेचैन हो उठतीं। डर भी लगता–उनके अपने पुत्रों की दशा क्या हुई होगी? किस हाल में मिलेंगे वीर भाई धृष्टधुम्न और उनके अपने पुत्र?... बदन पर कंपन फुरहरी बनकर बिखर जाता।

सैनिक ने चिल्लाकर पुकारा था उन्हें–"देव?...यहां हैं वे...!" वह खोजता हुआ आगे तक जा पहुंचा था। अपने लिए मशाल उसने अलग बना रखी थी।

अर्जुन के हाथों में मशाल कांपी। द्रौपदी ने चौंककर पति को देखा, फिर तेज़ी से दोनों उस दिशा में बढ़ चले।

सैनिक शिविर की अधजली मोटी लकड़ी पर खड़ा हुआ था। मशाल हाथ में। दृष्टि धरती पर। मशाल के तेज़ प्रकाश में द्रौपदी ने सैनिक के चेहरे

पर दृष्टि डाली। लगा कि वह धरती की ओर देखता हुआ कुछ पीड़ा और घृणा से भर उठा है! प्रकट था कि वह उन शवों की स्थिति को सह नहीं पा रहा होगा!

द्रौपदी के कृदम ढीले हो गए। मन ने कहा था–"मत जाओ पांचाली! मत बढ़ो आगे! अपने ही पुत्रों की उस वीभत्स स्थिति को सह नहीं सकोगी तुम?...उन धृष्टद्युम्न के फटे शरीर को देखकर तुम्हारी क्या हालत होगी, जिनकी चौड़ी सुडौल देह और वीरत्व तुम्हें इस गौरव से भरे रखता था कि तुम महावीर की बहिन हो?..."

पर कदम मन से अलग चलते गए। नहीं! जो भी होगा, द्रौपदी सहेंगी! क्या-कुछ नहीं सह चुकी हैं इस बीच? तब यह भी सहना होगा!

अर्जुन उस बीच वहां तक जा पहुंचे थे। सहमे हुए खड़े थे। होंठ भिंचे। आंखे भरी हुई।

और फिर द्रौपदी पहुंची। सहसा अर्जुन उनके और शवों की बीच एक विशाल प्रस्तर-स्तंभ की तरह आ ठहरे थे–कंधे पर हाथ रखकर कहा था, "नहीं, कृष्णा! उन्हें न ही देखो तो ठीक!"

द्रौपदी ने अर्जुन को देखा। होंठों पर जीभ फिराई। पपड़ी नम की। कहा–"चिंतित न हों गांडीवपुत्र! अभिमन्यु का क्षत-विक्षत शरीर जब देख चुकी हूं, तब उन शेष का भी देख लूंगी! और...और अब देखने के अतिरिक्त बचा भी क्या है?...मुझे देखने दें!"

अर्जुन सहमें, एक पल द्रौपदी की सहसा रिक्त हो चुकी आंखो में देखा, फिर गहरा श्वांस लेकर एक ओर हो गए!

अब वे सामने थे...अनेक!

पर एक स्थिति!

द्रौपदी दृष्टि में पथरीलापन भरे हुए एक-एक को देखती गई थीं–

धृष्ट्धुम्न!दोनों पैर दायीं-बायीं दिशा में इस तरह मुड़ चुके थे जैसे उन्हें किसी हरे पेड़ की डालों की तरह तोड़-मोड़ दिया गया हो! छाती फटी हुई। और उसमें से बहा रक्त एक काला गढ़ा बना हुआ...आंखें इतनी भय-विस्फरित

और क्लांत जैसे मृत्यु के विकराल रूप को दृष्टि की परिधि में न ले पाने के कारण बाहर उबल आई हों ! गर्दन लटकी हुई !

द्रौपदी जबड़े कसे रह गई ! इतनी ज़ोर से दांत भिंचे कि लगा पत्थर चटकने लगेंगे।

सुतसोम का दायां हाथ कंधे से कटा हुआ, पसलियां बाहर की उबली हुई। आंखे फटी हुई।

प्रतिविंध्य का पेट काट दिया गया था। घाव प्रकट कर रहा था कि किसी तेज़ धारवाले हथियार से सोते में ही उसे खत्म किया गया है। शतानीक का सिर धड़ से अलग पड़ा था। श्रुतकर्मा के कंधों पर वार हुए होंगे। दोनो कंधे छाती तक इस तरह उखड़ गए थे जैसे कागज फाड़ डाला गया हो। चेहरा विद्रूप हो चुका था। सर्वाधिक क्रूरता श्रुतकीर्ति के संहार में बरती गई थी। उसका सिर ही दो भागों में विभाजित होकर धड़ पर लटका रह गया था !

यही स्थिति शिखंडी की ! उस पर हुआ प्रहार बहुत वेगपूर्ण रहा होगा। सम्पूर्ण शरीर ही दो फांकों में विभक्त होकर पड़ा हुआ।

सभी एक स्थिति में थे। इनमें से न किसी ने बचाव के कवच पहने हुए थे, न ही शरीर पर विशेष कपड़े थे। द्रौपदी की खाली, भयभीत निगाहों को देखते हुए अर्जुन ने सहसा कहा था–"दुष्ट अश्वत्थामा ने बहुत छल किया, पांचाली ! ये सभी वीर सोते समय मारे गए ! तब जब कि पूरे असावधान थे ! प्रतिशोध की अग्नि ने अश्वत्थामा जैसे महारथी को युद्ध के नैतिक मूल्यों से भी विलग कर डाला !"

द्रौपदी कुछ सुन सकीं, कुछ नहीं।

सुनने के लिए बचा ही क्या था?...सब कुछ तो कह रहे थे वे शव !

जो शेष था, वह द्रौपदी की कोख कह रही थी। चुपचाप सिसकती हुई कोख। इस कोख में किसी पल प्रतिविंध्य कुनमुनाता, किसी पल सुतसोम ...और सहसा महसूस होता जैसे ये कुनमुनाते जीव सहसा ही मृत हो गए हैं ! द्रौपदी उनकी मृत्युवेदना से हज़ारगुना अधिक वेदना सहती हुई !

वह खड़ी रह गई थीं–दृष्टि उन शवों पर टिकी हुई। इसके अतिरिक्त कहीं, किसी चीज़ का अस्तित्व है–इसी से बेखबर!

एक स्पर्श ने चौंकाया। अर्जुन की हथेली हौले से उनके कंधे पर आ ठहरी थी। मुड़ीं। पति को देखा।

श्वेतवाहन की आंखे भी सपाट थीं–मरुस्थल-सी। दृष्टि से ही कहा था–उन्होंने–"चलो, द्रौपदी! अब सह नहीं सकोगी!"

और...और अपने-आपको समूची शक्ति से बटोरे रहने के बावजूद कैसे और क्यों ज़ोर से चीत्कार मारकर द्रौपदी रोई, पति के चौड़े सीने से बच्चे की तरह सटकर सिसकने लगीं।

अर्जुन बोलना चाहते थे? पर क्या बोलेंगे? इस क्षण और अवसर के उपयुक्त शब्द कहां से आएंगे? या कोई शब्द हो सकते हैं जो द्रौपदी की रुलाइयों पर बांध बन सकें?

नहीं!

सिर्फ हथेली फिराने लगे थे उनकी पीठ पर। कांपती, थरथराती हथेली। यह हथेली है या समुद्र तल की अतल गहराइयों में डूबते किसी बेबस तैराक का थका हाथ जो किसी लहर का सामना नहीं कर पा रहा है?

वे डूबते गए थे...इस अंधेरे से लड़ती हुई मशाल की थरथराती ज्योति। पर ऐसी ज्योति अंधेरे की अपार छत के नीचे कितनी प्रकाश दे पाती है?

दूर–बहुत दूर जा बैठे थे वे। मशाल का प्रकाश एक धब्बा बनकर उनके बीच बिखरा हुआ। सैनिक मशाल लिए हुए काफी दूर, उस स्थान पर खड़ा था, जहां पांडवपुत्रों के शव थे।

रात बनी होती हुई, क्रमशः डूबते पहर तक जा पहुंची थी और वे चुप; पर चारों ओर शोर। उससे भी कहीं अधिक शोर द्रौपदी के अंतर में बिखरा हुआ। बहुत देर इस शोर से बेसुध-सी बैठी रहीं, फिर मन कुछ सहज होना प्रारंभ हुआ।

कुछ पल पहले सैनिक से अर्जुन बोले थे–"विश्राम के लिए कोई ऐसा स्थान देखो, जहां यह वीभत्सता न हो?"

फिर स्वयं भी ऐसी जगह खोजने लगे थे...दूर-दूरंत ऐसा कोई स्थान नहीं। धरती उस समय भी जल रही थी, इस समय भी जल रही है। पेड़-पौधे निःशेष हो चुके हैं। शेष यदि कुछ रहा है तो गिने-चुने व्यक्ति या असंख्य भीड़ की स्मृति दिलाता वह विध्वंस!

जले मांस की गंध, पौधों की झुलसन से विषाक्त हो उठी वायु, धरती के जगह-जगह फट पड़ने के कारण पैदा हुई खाइयां और उनमें समा चुके शव या जीवंत व्यक्ति...जहां-तहां से उठता हुआ धुआं–यह सब चीख-चीखकर कह रहे हैं–एक समय था पांचाली! कुछ दिनों पूर्व इस धरती पर जीव न दीखता था, हरियाली थी, सौंदर्य था! वायु सुगंधित थी...।

पर अब कुछ नहीं। ऐसा स्थान ही नहीं मिल सका था, जहां उस सबका लेश-मात्र भी बचा हो?

सैनिक ने कठिनाई से शवों, टूटे रथों और बिखरे हुए अस्त्रों को इधर-उधर करके एक खाली जगह बना दी थी। वहीं विश्राम के नाम पर बैठ गए थे अर्जुन और द्रौपदी। स्वयं सैनिक उनसे दूर जाकर उन शवों की रक्षार्थ पहरा देने लगा था!

किंतु विश्राम?

यह वातावरण, ऐसी मानसिक स्थिति और विश्राम? द्रौपदी ने सोचा था। सारी कल्पना ही हास्यास्पद लगी।

और हास्य भी विचित्र! लगा था कि फिर से बच्चों की तरह बिलख पड़े। विश्राम शब्द द्रौपदी को अपने साथ अजब-सी विसंगति लिए अनुभव होता है। कितनी ही बार चाहा है द्रौपदी ने विश्राम कर लें। किसा बार चाहा कि इन्द्रप्रथथ की महारानी हो जाने के बाद विश्राम करेंगी, किसी बार सोचा कि वृद्धों की छाया पाकर हस्तिनापुर में विश्राम मिलेगा। कभी पुत्रों को देखकर विचार आया, अब मातृधर्म पूरा करके द्रौपदी संभवतः विश्राम पा जाएंगी और फिर कितनी ही बार कल्पना की कि संभवतः वनवास पूरा हो

चुकने के बाद चैन मिलेगा, विश्राम का वातावरण बनेगा। शांतिपूर्ण जीवन आरंभ होगा...

किंतु सब सपना! यहां तक कि कोई सपना भी सम्पूर्ण नहीं।

द्रौपदी को विगत स्मरण होते ही लगता है–कोई सपना सम्पूर्ण नहीं हुआ उसका अंश मात्र यदि जीवन में कहीं उभरा भी तो अगले ही पल डूब भी गया! यदि कुछ अनडूबा शेष रहा तो इतना विकृत और घिनौना होकर कि उसे मन में सहेज पाना तो दूर, दृष्टि के सामने कह सकना भी असंभव!

मनुष्य स्वभाव भी कैसा विचित्र होता है? सोचने लगीं–अपने भीतर के स्वप्न-संसार का आयोजन तो करता ही है, उस आयोजनानुसार बाहर का संसार भी आयोजित कर लेना चाहता है! अजब-सी अनाधिकार चेष्टा में रत!

द्रौपदी भी इससे परे नही रही। शैव्या याद हो आई है। उसके साथ याद आ गए हैं वे क्षण, जब वह बोल रही थी और कृष्णा एक-एक करके उसके शब्दचित्र मन में अंकित किए जा रही थीं। स्वप्नों की तूलिका और मानस पर बिछा बड़ा कागज!

शैव्या बोली थी..."आप नहीं जानतीं याज्ञसेनी, कुरुप्रदेश के महाराज धृतराष्ट्र कैसे प्रभावशाली हैं? भीष्म प्रतिज्ञ देवव्रत के उस कुल में संस्कृति, ज्ञान, विज्ञान और राजनीति के एक से एक विद्वान मौजूद हैं। जिन महाराज युधिष्ठिर, महाबली भीमसेन और दुर्जय धनुषधारी अर्जुन को तुमने पति रूप में प्राप्त किया है, वे अपने समय के श्रेष्ठतम हैं! उस कुल की वधू के रूप में तुम जीवन को स्वर्ग की तरह भोगोगी। तुम्हारे भाग्य पर देवकन्याएं भी ईर्ष्या करती होंगी! धन-सम्पति राजवैभव, शक्ति के उस समुद्र की एकाधिकारी हो तुम! असामान्य भाग्य पाया है तुमने!"

और द्रौपदी हस्तिनापुर विदायी से पूर्व तैयार हो रही थीं। शैव्या ने उन्हें सजाया-संवारा था। बहुमूल्य रत्नजड़ित अलंकार पहनाए थे, सुगंधित इत्रों से बदन महकाया था, हर कीमती कपड़े को बदन पर एक सलीका दिया था...

किंतु द्रौपदी का ध्यान उस सबकी ओर था ही नहीं। वह सोच रही थीं,

सिर्फ शैव्या के शब्दों पर...कल्पना-चित्र धीम-धीमे मानस-पटल पर उभरता हुआ एक जीवंत आकार लिए जा रहा था...स्वर्गवत् चित्र !

द्रौपदी प्रतापी पांडवों के पीछे-पीछे रथ से उतरेंगी। साथ होंगी गौरवमयी तपस्विनी माता कुंती। कुरुगाज की राजधानी हस्तिनापुर की सीमा पर अगवानी के लिए धूप दीप सजाए सेविकाएं खड़ी होंगी, वाद्यवृंद बज रहे होंगे।

पांडव बढेंगे...उनके पीछे-पीछे द्रौपदी...आरती उतारी जाएंगी। पवित्र श्लोक वातावरण में गूंजेंगे...पंक्तिबद्ध कौरव एक ओर खड़े होंगे। श्रद्धा और पूजन-भाव दृष्टियों में संजोए हुए...इधर-उधर फूल बरसाए जाते होंगे !

और फिर आएगा राजमहल का द्वार ! वह सम्पूर्ण स्त्रीत्व को गौरव देने वाली एक महान् नारी के सामने उपस्थित होंगी। उनके चरणों में झुकी हुई। उस प्रणाम के समय भी किस तरह हिमालय-सी ऊंचाई से भरा हुआ होगा मन? क्यों न होगा? महासती गांधारी की वधू जो बनी हैं वह? कुरुवंश के साथ केवल भीष्म की अद्भुत और वज् प्रतिज्ञा का गौरव ही तो नहीं जुड़ा है? उसके साथ गांधारी का पातित्रत्य, विदुर की ज्ञान-गरिमा, समय के श्रेष्ठतम विद्वान संजय की नीति, महावीर प्रतिसूर्य का पराक्रम और आचार्य द्रोण के शस्त्रज्ञान का सम्मान भी तो जुड़ा है।

और उसी कुल की गरिमा बनी हैं द्रौपदी ! सोचते-सोचते मन समूचे उद्यान की महक महसूसने लगा था।

कुछ भी तो गलत नहीं कह रही थी शैव्या ! याज्ञसेनी अपूर्व भाग्यवती हैं।

और द्रौपदी को याद है, वह सब हुआ था। कल्पना के उस चित्र से कहीं अधिक ही हुआ था ! उस क्षण द्रौपदी गरिमा के आकाश की तरह अनंत हो गई थीं, प्राप्ति के समुद्र-भाव में डूबी हुई !

पर कहां जानती थीं कि जब-जब मनुष्य का जीवन और कल्पनाएं आकाश या समुद्र की तरह अंतहीन हो जाती हैं...तब-तब नाश साक्षात् बनकर प्रकृति ऐसी कल्पनाशीलता को मिटा देती है। उसकी क्षणभंगुरता का स्मरण दिला देती है ! चीख-चीखकर हवा के झोंकों से सुनाती है..."तुम

अनंत नहीं हो, मनुपुत्र! तुम केवल अंत हो! सृष्टिचक्र के एक सामान्य बवंडर जैसे या फिर समुद्र की एक लहर की तरह!

उस क्षण द्रौपदी भूल गई थी यह सत्य!

तब तो केवल उस सत्य से जुड़ी रह गई थी जो दृष्टि के सामने था! महान् कुरुवंश की कुलवधू गौरवमयी द्रौपदी!

राजा धृतराष्ट्र ने खाण्डवप्रस्थ सौंप दिया था पांडवों को। परिवार में कलह न हो और कुरुवंश की हर शाखा-प्रशाखा पृथ्वी के ऊपर उद्यान की तरह खिलती-महकती रहे–यही कुछ कहकर उन्होंने यह मार्ग निर्णय लिया था।

द्रौपदी के पति संतुष्ट हो गए थे। पांचाल से हस्तिनापुर तक साथ आए यादवराज कृष्ण ने भी सहमति दी थी।

कुंती और द्रौपदी कुछ समय के लिए हस्तिनापुर में ही रही थीं। उस बीच पांडवों ने खाण्डवप्रस्थ क्षेत्र में भव्य राजमहल का निर्माण कराया था। उस निषट जंगल को योग्य कारीगरों और श्रमिकों की सहायता से भव्य नगर क्षेत्र का रूप दे दिया था। विलक्षण भवन-शिल्पी मय को बुलाकर इन्द्रप्रस्थ के भव्य राजमहल और प्रमुख भवनों का निर्माण कराया था।

द्रौपदी हस्तिनापुर के राजमहल में समाचार सुनती रहीं। इन्द्रप्रस्थ से समय-समय पर दूत आते, संदेश लाते। इन संदेशों में पांडवों की कल्पनाशीलता से उभरते उस नगरक्षेत्र की भव्यता का जो वर्णन सुनने को मिलता, उससे अनुमान लगाना कठिन न था कि इन्द्रप्रस्थ को कैसा बनाया होगा पांडवों ने।

और फिर एक दिन द्रौपदी और कुती को लेने स्वयं महाराज युधिष्ठिर आ पहुंचे थे। उत्साह, आनंद और संतोष से भरी-भरी दोनों कुरु-रानियां इन्द्रप्रस्थ चल पड़ी थीं...

सारी राह आंखें स्तब्ध भाव से देखती रह गई...कितनी ही बार होंठ बुदबुदाकर कह उठे थे–"भव्य! सुंदर! अति-सुंदर!"

और उस सबके बीच कितनी ही बार शैव्या के वे अमृत-शब्द कानों में बरसे थे–"...धन, वैभव, सम्पत्ति और शक्ति के समुद्र की एकाधिकारी हुई हो तुम! अपूर्व भाग्य! भाग्यशालिनी!"

सच ! बिल्कुल ही सच कहा था तुमने !" अनायास ही राह में बड़-बड़ाकर बोल गई थीं।

"क्या हुआ, आर्ये !" पास ही बैठे युधिष्ठिए की कोमल आवाज़ उभरी थी।

"कुछ–कुछ नहीं, महाराज ! ऐसे ही !" द्रौपदी ने सकुचाकर कहा था। वह संकोच भी कितना आनंद और गरिमा से भरा हुआ था?

जितना विस्मयकारी इन्द्रप्रस्थ का निर्माण था, उससे कहीं अधिक विस्मय यह देखकर हुआ था द्रौपदी को कि उस निर्माण काल में ही खांडवप्रस्थ के जंगल-क्षेत्र में सघन आबादी बढ़ गई थी।

और फिर कारण मालूम हुआ था उन्हें। किसकी नीति और योग्यता से दूर-सुदूर और हस्तिनापुर के ही धनिक, व्यापारी, कलाकार, वेदज्ञ और शिल्पकार अपने-अपने मूल निवास छोड़कर इन्द्रप्रस्थ चले आए थे–वह तो ज्ञात नहीं, किंतु आने का कारण मालूम हो गया था उन्हें । सरल सहदेव से जानने को मिला था सब। बोले थे–"देवी ! इन्द्रप्रस्थ के निर्माणपूर्व सभी का यह विचार था कि अपने नए राज्य की सुख-समृद्धि के लिए यहां केवल व्यापारी, उद्योगपति नहीं चाहिए। कलाकार, शिल्पक, वेदज्ञ ब्राह्मण, और बहुभाषा ज्ञानी विद्वान भी अनिवार्य हैं। हर राज्य में उनकी विकास-सीमाएं या तो पूरी हो चुकी थीं या फिर थमकर रह गई थीं...सहज ही था कि अपने कार्यक्षेत्र के लिए वह नई जगह ढूंढ़े। हम लोगों ने केवल इतना किया है कि उन्हें सीमाहीन उत्कर्ष की सुविधाएं दी हैं, राजकर दूसरे राज्यों की तुलना में कम रखा है, उन्हें सम्मानित किया है और वे सब कुछ बटोरकर आज इन्द्रप्रस्थ में एकत्र हो गए हैं।"

द्रौपदी प्रश्न किए बिना चुपचाप माद्रीपुत्र की ओर टकटकी बांधे देखती रही थीं। स्वभाव से सहदेव जितने सरल थे, मन से भी उतने ही सहज। कहा था–"तुम्हें यह जानकर और भी आश्चर्य होगा द्रौपदी कि महाराज युधिष्ठिर के इस राज्य में ऋषियों को जितना सम्मान और श्रद्धा मिली है, उतनी अन्यत्र नहीं मिलती, अतः आज महर्षि व्यास हों या देवर्षि नारद, सभी समय-समय पर इन्द्रप्रस्थ आने लगे हैं। वे जहां-तहां पहुंचकर युधिष्ठिर

के गुणगान की सराहना करते हैं उनके धर्मात्मा स्वभाव की चर्चा करते हैं।"

द्रौपदी प्रसन्न हुई थीं।

जाते-जाते सहदेव बतला गए थे–"...अनेक राजा इसी बात से कुंठित हैं कि पांडव इतना सुंदर नगर-राज्य कैसे बसा सके और किस तरह श्रुत-कीर्ति अर्जित किए जा रहे हैं?"

द्रौपदी गरिमा से भर उठी थीं...उनके पतियों की कीर्ति में साझेदार थीं वह। प्रसन्न क्यों न हों?

वह कुछ ही दिनों में राजमहल और राज्य के कार्य में सक्रिय हो गई थीं। यंत्रभाव से हर प्रातः जागतीं और व्यवस्था में जुट जाया करतीं। पांडव चकित होते। द्रौपदी अथकित परिश्रम करतीं। उनकी देख-रेख ने बहुत हद तक पांडवों को राजकाज और महल की व्यवस्था से मुक्त कर दिया था...

वह दिनचर्या?

भोर, सूर्योदय-पूर्व से जागरण और देर रात्रि ढले पलंग पर पहुंचना...?

आज–जिस निद्रा के लिए अकुला रहीं हैं पांचाली–उन दिनों सरहाने पर सर रखते ही इस तरह उन्हें बांहों में समेट लेती थी जैसे पहले से प्रतीक्षारत बैठी हों।

वे कुछ वर्ष और वह निश्चित नींद!

पलकों के भीतर जलन अनुभव हो रही हैं। इतनी तेज़ जलन कि लगता है घाव हो गए हैं।

पर ये घाव पलकों के भीतर ही हुए हों–ऐसा तो नहीं हैं? ये घाव तो पांचाली के शरीर से आगे मन तक हो गए हैं! बदन पर लगे घाव का उपचार संभव है, किंतु मन के घाव? उनका उपचार असंभव!

किंतु उन दिनों न मन पर घाव थे, न शरीर पर। इस पल याद हो आया है तो इस घिनौने आज पर विश्वास नहीं कर पा रही है... इसका आकाश सच लग रहा है, न इसकी दुर्गधयुक्त धरती। न वातावरण की बिखरी कसैली गंध के सत्य को मान लेने की इच्छा हो रही है, न ही उन बेटों के मर जाने की कल्पना कर पा रही हैं, जो थोंड़े से फासले पर ही जीवन-शेष

होकर पड़े हैं ! महावीरों के पराक्रमी पुत्र ! इतने मोहताज कि शरीर नोंचकर कोई जानवर न खा जाए, अतः प्रहरी को पहरा देना पड़ रहा है !

इंद्रप्रस्थ के उस स्वर्गवत् संसार में कहां सोच सकती थी द्रौपदी कि निर्माण का एक सत्य उसका नाश भी है ! जन्म का सत्य केवल मृत्यु !

मनुष्यायोजित निर्माण और उसी का सहेजा गया नाश !

इस सबके बीच वे सब हैं जो जीवन-भर में जीते हैं। जिनका सत्य केवल जन्म ! याद हो आया है–इन्द्रप्रस्थ के उस वैभव-संसार में खोई समर्पिता पांचाली उस दिन पांचो बेटों के बीच बैठी थीं...?

द्वारणाल ने समाचार दिया था...“प्रणाम महारानी ! युद्धश्रेष्ठ द्वारिकाधीश आ रहे हैं।”

द्रौपदी ने सुना...बेटों की ओर से दृष्टि हटाई, शरीर पर कपड़े सहेजे, बोली...“ससम्मान ले आओ उन्हें।”

द्वारपाल चला गया। पांचाली की दृष्टि पुनः पुत्रों पर जा ठहरी। क्षण-मात्र में भूल गई कि श्रीकृष्ण आ रहे हैं। मुग्धा दृष्टि से प्रतिविंध्य, सुतसोम, श्रुतकीर्ति, शतानीक और श्रुतसेन को देखती रहीं। हर चेहरे में उसके पितृ का चेहरा झांकता हुआ-सा...जब-जब उन्हें देखतीं तब-तब कितनी ही बार पांचो पति स्मरण हो आए थे।

बालक प्रकोष्ठ में दूर-दूर तक दौड़ रहे थे, उछल-कूद कर रहे थे... भोली किंतु लुभावनी दृष्टि उठाकर कभी माता को देखने लगते, कभी पल भर में सब कुछ भूलकर परस्पर खेलने में जुट जाते...अभी-अभी सेविकाओं ने उन्हें स्नान करवाया था, पर चंदन लेप की सुगंधि को थोड़ी ही देर के उपद्रवों में उन्होंने ग़ायब कर लिया था ! सलीके से पहने गए पकड़े आड़े-टेढ़े हो चुके थें...

द्रौपदी टकटकी बांधे देखती हुई...याद ही नहीं रहा था कि श्रीकृष्ण देर से आ खड़े हुए हैं। शांत-भाव से उस सबको देखते हुए चुप !

संम्भवतः अधिक देर ध्यान न आता, किंतु श्रीकृष्ण बोल पड़े थे– “पांचाली?”

द्रौपदी चौंकीं, मुड़ीं, पीछे देखा। एकदम सकपकाकर उठ खड़ी हुई, “केशव, आप?...क्षमा करें, मैं...मैं विस्मृत कर बैठी कि आप...?”

आवाज़ लड़खड़ा गई थी। श्रीकृष्ण ने मुस्कुराते हुए आसन ग्रहण किया। बोले...“सहज है, पांडव-पत्नी! मातृसुख में ऐसी ही विस्मृतिशक्ति है! किंतु सुख केवल दृश्य में नहीं होता–वह दृश्य के पार तक है। सीमाहीन और अनंत!”

द्रौपदी तुरंत समझी नहीं।

वासुदेव ने मीठे, कोमल शब्दों में कहा था...“पांडव-पुत्र सुंदर हैं... उनसे अधिक सुंदर है उनकी जीवन-शक्ति...किंतु उससे भी अधिक सुंदर है–तुम्हारा मातृसुख! पर पांचाली, हर सुंदर आनंद का कारण बन जाए–यह आवश्यक नहीं होता, अतः आनंद पाने की चेष्टा करो, वही सुखकर होगा।”

फिर भी नहीं समझी द्रौपदी। अकुलायी, बेचैन-सी कुछ क्षण देखती रहीं, पूछा–“आप...आप कह क्या रहे हैं यशोदानंदन? मैं महाराज युधिष्ठिर की तरह शब्दज्ञान की सीमा से पार नहीं जा सकी हूं, अतः मुझे सरल शब्दों में ही समझाइए!”

श्रीकृष्ण हंसे–“तुम्हारी स्पष्टवादित को सदा ही आदर देता आया हूं, द्रुपद-पुत्री! समझ सको तो समझो।” एक पल के लिए थमे थे वह, फिर कहा था–“सुख और आनंद का एक अदृश्य संबंध होता हैं, किंतु हर सुख आनंद हो–या हर आनंद सुख का कारण बन जाए–ऐसा नहीं होता। उनमें स्थितिभेद हैं। अनेक बार, मनुष्य जिसे आनंदकर समझकर सुख का कारण मान लेता है–वह न आनंदकर होता है, न सुखकारक...उलटे किसी समय वह क्लेश और कष्ट का कारण बन जाता है...पांडव-पुत्रों के खेल को देखकर तुम जिस आनंद और उसके कारण सुख का अनुभव कर रही हो... वह सत्य नहीं है। यह कभी क्लेश और कष्ट का कारण भी बन सकता है, अतः...आनंद और सुख पाने के लिए कुछ और खोजना होगा तुम्हें! तब न तो यह दृश्यानंद अपने अतिरेक में सुखकर लगेगा, न भविष्य के किसी क्लेश-कष्ट का कारण बन सकेगा!”

द्रौपदी समझी। वासुदेव स्पष्टतः पांचाली द्वारा पुत्रों की ममता में खो जाने को लेकर बात कर रहे थे। मुस्कुराकर पूछा था,"...केशव! आनंद और सुख यदि स्त्री का माता बनना और ममता अनुभव करना नहीं है, तब क्या है? किसी पराक्रमी का पराक्रम करके विजयश्री प्राप्त करना यदि सुखकर नहीं है तब क्या है? बतला सकोगे गोपाल, कि न्याय के लिए संघर्ष करना और उस संघर्ष में विजयी होना, आनंदकर नहीं है तो कया है?"

श्रीकृष्ण शांत भाव से सुनते गए–जब-जब पांडवों या उनके परिवारजनों में आकर, उनकी जिज्ञासाएं सुनते थे, अपने भीतर एक तृप्ति का भाव अनुभव करते थे। पांचाली की तर्क, शक्ति और ज्ञान की उन्हें कल्पना थी। जिस पल प्रश्न किया था, उस पल भी जानते थे कि पांचाली तर्का-तर्क किए बिना कुछ भी नहीं स्वीकारेंगी। कहा–" तुम्हारे प्रश्न से मैं प्रसन्न हुआ, द्रुपदकन्या! सुख और आनंद सत्य के प्रति कौतूहल होना सहज है... स्त्री का माता बनना, पुत्रोत्पत्ति करना, और फिर ममता से आनंदित होना सहज है। किसी पराक्रमी का पराक्रम के माध्यम से विजयश्री पाना भी सुखकारी है, और न्याय के लिए संघर्षशील व्यक्ति का उस संघर्ष में विजयी होना भी आनंदकर है किंतु आनंद और सुख की सीमाएं इतनी छोटी नहीं हैं। वे बहुत दूर से प्रारंभ होती हैं, अनंत तक जाती हैं..."

"सो कैसे केशव!"

"वही बतलाता हूं–सुनो!" श्रीकृष्ण कहे गए–"जो दीखता है, उसका सत्य होना मात्र उसका दीखना भर नहीं है, पांचाली! और सुख या आनंद की अमरता उनके सत्य में होती है, दर्शित में नहीं! जो स्त्री माता बनकर पुत्र प्राप्त कर सकती है, वही किसी घटना-दुर्घटनावश पुत्रहीना भी हो सकती है–अतः तुम्हीं विचार करो कि माता होने का सुख या आनंद स्थायी कहां है? बल्कि वह तो तब क्लेश और दुःख का कारण बन जाता है! यही बात पराक्रम से प्राप्त जय, और न्याय के प्रति संघर्षतत की विजय पर भी लागू होती है–दोनों विजय किसी अन्य के पराक्रम और अन्याय से पराजय में बदल सकती हैं, तब सुख कहां रहा?...

पांचाली मुग्ध भाव से देखती रह गई श्रीकृष्ण को। अद्भुत! मन हुआ

था, कह दें–"'तुम सच ही आनित्य कहे जाते हो, वासुदेव! अस्तित्वहीन दर्शित के बीच एक ऐसे दर्शित जिसका अस्तित्व कभी नहीं मिटता, कहीं नहीं गुमता–नाश हो या निर्माण, जीवन हो या मरण–सदा स्थायी रहता है–अमर!" पर बोलीं नहीं। दृष्टि में श्रद्धा भरे हुए देखती रहीं...

"क्या तुम्हें ऐसा नहीं लगता पांचाली! कि जो सुखकर है, वह अनंत है। सुख का नाश नहीं होता!" श्रीकृष्ण ने पूछा।

"किंतु यशोदानंदन?" द्रौपदी ने हिचकिचाहट के साथ प्रश्न कर दिया था–"यदि माता को उसका माता होना सुखकर नहीं है तब..."

"न-न!" श्रीकृष्ण ने टोक दिया था उन्हें–"मैने यह नहीं कहा पांचाली कि माता का माता होना सुखकारक नहीं है–निस्संदेह है, किंतु माता का पुत्र के प्रति अति तक मोहग्रस्त होना सुखकारक नहीं है...यदि सुख, मोह में बदल जाता है तब वह सुख सुख न रहकर कभी दुःख का कारण बन सकता है। मनुष्य जन्म लेता है। उसका जीवन पाना सुखकर है; पर होता यह है कि वह जीवन में ही सुख समझ लेता है। इस सुख के कारण ऐसी मोहग्रस्तता उसे घेरती है कि वह जन्म के एक निश्चित सत्य से ही विमुख हो जाता है, या कायर-भाव से कतराने लगता है, उससे भयग्रस्त भी होता जाता है–मृत्यु उसके लिए विचार मात्र में दुख का कारण बन जाती है–इसीलिए ना कि जो कुछ सुखकर है, वह उसके प्रति अतिरिक्त रूप से मोहग्रस्त हुआ? सत्य की अवेहलना करते तक धृष्ट हो गया?"

"तब...?"

श्रीकृष्ण हंस पड़े थे–"तब, कुछ भी नहीं पांचाली! सब कुछ बहुत सहज है, बहुत सरल! जीवन सत्य है देवी, किंतु अनिश्चित–और मृत्यु? वह जीवन का निश्चित सत्य! अतः अनिश्चित सत्य के प्रति मोहग्रस्त न हो-ओ, सुख सदा तुम्हारे साथ रहेगा! अखंडित और शाश्वत सुख!"

श्रीकृष्ण शब्द पूरे कर सकें कि सहसा प्रतिविंध्य ज़ोर से चीखा। द्रौपदी हर विचार झटककर तेज़ी से उस ओर लपक पड़ीं–"क्या हुआ, पुत्र? क्या हुआ?"

गोद में भर लिया था प्रतिविंध्य को। चूमने लगीं...बड़बड़ाती हुई–"कहां

लगी चोट? कहां...?" फिर कनपटी सहलाने लगी थीं उसकी, जो खेलने में प्रस्तर-स्तंभ से टकरा गई थी।

श्रीकृष्ण उठे। ज़ोरों से हंस पड़े। जाते-जाते कहा था–"मैं न कहता था, पांचाली! सुख-भाव की यह अतिरेक ही कभी दुःख भी पहुंचाएगा?"

द्रौपदी ने सुना, पर अनसुना कर गई थी उस पल। केवल प्रतिविंध्य की कनपटी फूंकने-सहलाने में व्यस्त रहीं।

श्रीकृष्ण प्रकोष्ठ से बाहर चले गए थे।

सहसा द्रौपदी को लगा था कि श्रीकृष्ण पास ही खड़े हुए हैं। उसी तरह हंसते हुए, वही संवाद–"..मैं न कहता था पांचाली! सुख का यह अतिरेक ही दुःख पहुंचाएगा?"

"हां–हां, तुम ठीक ही कहते थे वासुदेव? एकदम सत्य! किसलिए इतनी मोहग्रस्त हुई मैं? किसलिए इतनी लिप्त कि वह सुख ही दुःखकारी हो गया है?"

अपने-आपको थामा क्या विक्षिप्ता की भांति बड़बड़ा रही हैं? अर्जुन पास बैठे हैं, अभी पूछेंगे–"क्या हुआ?"

पर अर्जुन पास नहीं हैं

द्रौपदी ने अंधेरे में दृष्टि यहां-वहां दौड़ाई। दूर पर कुछ रथों के पास खड़े थे पांडव। कब आ गए थे। मालूम ही नहीं हुआ था।

द्रौपदी उठी। उसी दिशा में चल पड़ी।

युधिष्ठिर, भीम, अर्जुन, नकुल और सहदेव। सभी थे।

वे सभी शवों को लेकर बातें कर रहे थे। किस महारथी का शव, किस दिशा में मिलेगा? किस शिविर के पास या किस क्षेत्र में? शवों से पटी पड़ी धरती पर पिछले अनेक दिनों से घूम-घूमकर वे सब परिजनों, संबधियों और अनेक वीरों के शव एकत्र कर चुके थे। बहुतेक गायब थे, या यों कि पहचान में ही नहीं आ पा रहे थे।

कुछेक रथों पर केवल शवों के अंबार रखे हुए थे। द्रौपदी ने चुप खड़े रहकर उनकी बातें सुनीं, दृष्टि यहां-वहां दौड़ाई।

कुछेक मशालें रथों के साथ आई थीं। प्रकाश के इन छोटे-बड़े धब्बों में काफी कुछ देखा जा सकता था।

युधिष्ठिर बोले थे–"मैं पुण्य गंगा के तट पर प्रतीक्षा करूंगा। इस समय वहां जितने शव पहुंच चुके हैं, उनकी देख-रेख युयुत्सु कर रहे हैं।"

सबने सुना। उत्तर नहीं दिया। रथ पर सवार हो गए। चल पड़े। द्रौपदी और अर्जुन खड़े रहे। युधिष्ठिर ने प्रश्न किया था, "मेरे साथ चलना चाहोगी, पांचाली!"

"नहीं, राजन्!" द्रौपदी ने सूखे स्वर में उत्तर दिया था–"मैं गांडीवधारी के साथ अपने पुत्रों के शव लेकर निश्चित स्थान पर पहुंच जाऊंगी।"

युधिष्ठिर ने फिर कुछ कहा नहीं। रथ की ओर बढ़ गए।

अर्जुन और द्रौपदी देर तक, एक-दूसरे से बिना कुछ कहे-बोले वहीं खड़े-खड़े रथों के जाने का स्वर सुनते रहे, फिर उसी स्थान की ओर लौट पड़े, जिधर से आए थे।

रात्रि का तीसरा प्रहर प्रारंभ हो चुका था...इसके साथ ही जंगली पशुओं की आवाज़ें तेज़ होने लगी थीं। द्रौपदी या किसी के लिए भी यह कल्पना करना तनिक भी कठिन न था कि ये पशु युद्ध में हत हुए सैनिकों और योद्धाओं के शरीर नोचते हुए कभी-कभार लड़ पड़ते थे।

मन पुनः विकृति से भर उठा है! एक गहरा श्वांस लिया। अंधेरे में खोई-भटकी निगाहें यहां-वहां दौड़ाने लगीं। मन ने कौंधकर चीत्कार की तरह कहा–"अच्छा होता कि सुबह हो जाती!"

सहसा अपने पर ही हंस पड़ी द्रौपदी–"सुबह? सुबह हो जाने से भी क्या यह विकृति मन से हट सकेगी? या अंधेरे में डूबे हुए विध्वंस के स्पष्ट होते ही अधिक व्याकुल हो जाएंगी? अधिक पीड़ित?

फिर भी सुबह तो होगी ही...द्रौपदी ने सोचा। इस विचार से कस-मसाकर एक बार पुनः पीड़ा के दलदल में जा फंसीं कि पुत्रों के शव ढो ले जाने होंगे।

सुबह हुई। किरणों ने जैसे ही धरती पर पांव रखे, वैसे ही द्रौपदी को अनुभव हुआ जैसे उनके अपने पांव उखड़ने लगे हैं...

वातावरण प्रकाशित होने लगा था। उसके साथ-साथ प्रकाशित हो रहा था युद्ध का घिनौना दृश्य...मन हुआ था कि उस सबसे आंखे मोड़कर दूसरी ओर चेहरा घुमा लें।

पर मन हंस पड़ा–"इस धरती पर किस ओर देख सकोगी, द्रौपदी? किस ओर आंखे घुमाओगी? सभी ओर यही कुछ तो है? किस आकाश के नीचे शरण लोगी? हर जगह यही जले-सड़े मांस की गंध से भरी विषाक्त वायु मिलेगी तुम्हें?"

"...सुख के अतिरेक की यह मोहग्रस्त ही दुःख पहुंचाती है!" द्रौपदी ने बुदबुदाकर अपने से ही कहा–"और केवल यही क्यों? कुछ प्राप्त कर लेने का सुख ही खो देने के दुःख का कारण?"

"किंतु यह सब तपस्वियों के सोचने की बातें हैं द्रुपदकन्या! और तुम रानी रही हो...आज भी हो...गृहस्थ-संसार की सामान्य स्त्री! तुम भला उस तरह कैसे सोच सकती हो?" वह अपने को उत्तर देती हैं।

"क्यों नहीं सोच सकती मैं?" वह अपने से ही उलझ गई हैं। मन निरंतर तर्कशील होता हुआ–"क्या विदुर को नहीं देखा है तुमने? श्रीकृष्ण भी तो तुमसे अलग नहीं है? और तुम्हारे अपने पति महाराज युधिष्ठिर?"

"वे असामान्य हैं पांचाली!" मन से कहे जाती हैं द्रौपदी–"ज्ञान की उस सीमा पर पहुंचे हुए, जहां जीवन-मृत्यु, पाना, खोना सब जितने अर्थयुक्त होते हैं, उतने ही अर्थदीन! उनके लिए सहज रहना संभव, किंतु मैं एक साधारण स्त्री, जिसने पतिगृह को लेकर स्वप्न संजोए, पुत्रों को पाकर स्त्रीत्व की पूर्णता अनुभव की, समाज, सम्मान, राज्य वैभव आदि की प्राप्ति से सुख अनुभव किया...भला मैं अपनी साधारणता के सत्य को कैसे झुठला सकती हू?"

मन सहसा हंस पड़ा है। इतनी ज़ोर के ठहाके लगाता हुआ कि द्रौपदी को अपने पर ही चिढ़ होती है–पूछे–इसके पूर्व ही एक स्वर उभरा है भीतर

से–"...स्वयं को साधारण कहकर तुम बच नहीं सकतीं याज्ञसेनी! क्या तुम यह भूल सकती हो कि साधारण स्त्री में वह आत्मबल नहीं होता, जिसकी शक्ति से तुमने पांचों में एक का पति-भाव अनुभव किया है? यदि यह साधना कठिन न थी कि तुम प्राप्ति के मोह तक डूबे सुख में न खोओं? उस पल तुम्हें क्या हो गया था, जिस पल तुमने दिन-प्रहर के प्रतिक्षण को अपने घर-संसार और राज्य के प्रति समर्पित कर दिया? तुम एक यंत्र बनकर रह गई थीं, ऐसी यंत्र, जो घर की निश्चित सीमाओं भर में बंधा होता है...याद करो वे दिन?"

वे दिन...? माथें में ज़ोर की आवाज़ अनुभव करती हैं द्रौपदी, पर इस ओर अधिक सोचने का अवसर नहीं मिल पाता। पास बैठे अर्जुन सहसा उठ खड़े हुए हैं–"पांचाली?"

"हूं?" चौंककर देखा है पति को। उसके साथ ही याद हो आया है कि सुबह हो गई।

"आओं, पुत्रों के शव रथ पर पहुंचाएं...?" बड़बड़ाते हुए आगे चल पड़े हैं। द्रौपदी उनके पीछे।

रात्रि को कुछ अन्य लोग भी आ गए थे। शव उठाने में सहायता करेंगे वे। युधिष्ठिर उन्हें अपने साथ लाकर यहां छोड़ गए हैं।

वे शवों पर झुके हुए थे। द्रौपदी के पांव लड़खड़ाए–जिन कदमों की भारी चापों के अनेक बरस पांचाली के मन में भरे हुए हैं, उन्हें अब निस्तब्ध भाव से किसी और के सहारे उठकर रथ पर जा गिरना होगा? वे भरे-पूरे युवा शरीर खंड-खंड स्थिति में कचरे की तरह धरती से बटोरे जाकर रथकोष में पहुंचाए जाएंगे?

और इस सबको देखती रहेंगी द्रौपदी! हो सकता है कि उस बटोरन में उन्हें सहायता भी करनी पड़े?

डर ने बदन कंपकंपी से भर दिया।

अभी सोच ही रही थीं कि देखा, एक सैनिक से बड़ी कठिनाई से प्रतिविंध्य के शरीर को एक ओर उठाया, किंतु दूसरी ओर से उसका आधा शरीर मांस के लोथड़ों में बंटा हुआ झूलने लगा!

"नहीं! नहीं-नहीं..." थर्राकर द्रौपदी मुड़ी और दूर जा खड़ी हुई। अर्जुन और सभी ने चौंककर उन्हें देखा। यह समझना कठिन न था कि क्या हुआ हैं?

अर्जुन ने सैनिकों को आदेश दिया था—"तुम लोग शवों को रथ पर रखों, मैं अभी आता हूं।" फिर वे तेज़ी से द्रौपदी की ओर बढ़ आए थे। द्रौपदी दोनों हाथों में चेहरा ढांपे धीमे-धीमे सिसक रही थीं।

अर्जुन, कुछ पल अस्त-व्यस्त से खड़े उन्हें देखते रहे, फिर थूक का घूंट निगला, आगे बढ़े और हौले-से पांचाली के कंधों को थाम लिया—"शांत रहो, कृष्णा! धैर्य रखो! होनी को कोई टाल नहीं सकता!"

द्रौपदी ने उत्तर नहीं दिया था। अर्जुन की बांहो में भरीं उसी तरह सिसकती रहीं। लगता था कि इन सिसकनों को थाम पाने में हर तर्क, ज्ञान और समूची बुद्धि अनायास ही ढहकर रह गए हैं! यदि कुछ शेष रहा है तो द्रौपदी के भीतर एकदम से उमड़ आया ज्वार! इस ज्वार को कितनी देर से थामे रही थीं वह, पर ठहर नहीं सकी। सारे ज्ञान और तर्क की चट्टाने तोड़ता हुआ वह आत्मा की राह अर्राकर फट पड़ा!

उस समय भी इस ज्वार पर काबू नहीं किया जा सका था, जब शव लिए हुए रथ चल पड़े। उनके बीचो-बीच द्रौपदी के साथ रथ पर सवार श्वेतवाहन!

वे दिन...।

इन्द्रप्रस्थ का राजभवन। फूलों की तरह महकते थे ये पांचो पांडवपुत्र! जीवंत, मनमोहक, सुंदर और दिव्य देहधारी!

द्रौपदी सिसकियों को थामने का प्रयत्न करती हुई अपने ठीक आगे-आगे दौड़ते रथ को देखे जा रही है...रथ, जिसमें पांचो पांडव-कुमारों के शव हैं! लोथड़ों का एक ऊंचा ढेर बने हुए!

कई-कई बार उनके शरीर के निर्जीव हिस्से रथ की गति के साथ उछल-उछल पड़ते हैं...विकृत हो चुके, कटे-फटे अंग-प्रत्यंग! द्रौपदी नहीं

देखना चाहतीं उस सबको, पर न चाहकर भी देखने लगती है! कैसी बेबसी?

कभी ये शरीर गतिशील थे! गतिशील भी ऐसे कि सोच-सोचकर अपने को ही डपटती रहती थी पांचाली, कि कहीं पुत्रों को नजर न लग जाए! किसी-किसी बार एकसाथ आकर द्रौपदी पर आक्रमण-सा कर दिया करते थे। कोई गले से झूलता हुआ, कोई गोद में और कोई यह जिद करता हुआ कि दूसरे भाई को गोद से उतार दें माता!

और अब? निश्चेष्ट! निष्प्राण! निष्पंदित! मिट्टी के गोलों की तरह ढुलकते हुए।

शेष रह गई हैं द्रौपदी...और उनसे भी अधिक शेष रह गए हैं वे स्पर्श जो द्रौपदी के शरीर पर जगह-जगह मौजूद है...अंतर की गहराइयों तक समाए हुए हैं। नन्हें बेटों की कोमल अंगुलियों, पैरों होंठों के स्पर्श!

इन स्पर्शों से नहाकर द्रौपदी तृप्ति से भर उठती थीं? उन दिनों, जब ये जनमें थे?

एक-एक वर्ष का अंतर था उनमें। इसलिए कि शायद एक-एक वर्ष के लिए पांचो पतियों के बीच विभाजित रहती थीं द्रौपदी।

विवाह के तुरंत बाद पहला वर्ष द्रौपदी ने युधिष्ठिर के साथ बिताया था और प्रतिविंध्य का जन्म हुआ। इसी क्रम में भीम से सुतसोम, अर्जुन से श्रुतकर्मा, नकुल से शतानीक और सहदेव से श्रुतसेन पैदा हुए!

द्रौपदी ने सभी को समान स्नेह और ममता के दान से भरे रखा। भार के साथ ही वे क्रमशः हर पुत्र को समान स्नेह करतीं और फिर दैनिक चर्या में व्यस्त होतीं...अति-व्यस्त जीवन...

भोर में बहुत शीघ्र उठती थी पांचाली। सूर्योदय का स्वागत स्नान आदि करने के बाद अर्घ्य की थाली से करतीं। सेवक-सेविकाएं सदा डरे रहते थे। सहज ही था कि महारानी का तत्पर और सतर्क जीवन उन्हें भी सावधान बनाए रखे। राजमहल भोर होते-होते ताज़गी से भर उठता। उस बीच सब कुछ साफ-सफाई हो चुकी होती, सभी के कलेवे की व्यवस्था हो चुकती, हर

राजपुरुष और राजमहिला के कक्ष में फूल, नैवेद्य आदि पहुंच चुके होते।

पांडवों की अन्य स्त्रियों के अतिरिक्त, पुत्रवधुएं भी बाध्य होकर इस नियम से जुड़ गई थी। सरल, मृदुभाषिणी और सदा शांत रहकर द्रौपदी ने अपने व्यक्तित्व को एक खास गरिमा में ढाल रखा था। यह गरिमा एक जन-चर्चा में स्त्री का आदर्श बनी थी, वहीं परिजनों में उनके प्रति सम्मान का भाव जनम चुकी थी। स्त्री हो या पुरुष, द्रौपदी का स्वभाव था कि वह व्यर्थ ही बातें नहीं करती थी। अपने-आपको किसी-न-किसी कार्य में उलझाए रखतीं। पति जब-जब कहीं, किसी से वार्ता में निमग्न होते, पांचाली उस समय एक सेविका की तरह कार्य भर करती रहतीं। उनसे सम्मति पूछी न जाए, उस समय तक बोलना उनके स्वभाव के विपरीत।

हर पांडव की रुचि का भोजन अलग था, अरुचि भी थी कुछ चीज़ो से। द्रौपदी ने उनकी रुचि-अरुचि के आधार पर अपनी रुचि-अरुचि बना ली। कोई ऐसा अवसर न होता जब द्रौपदी सजी-संवरी न रहती हो। पांडवो की पत्नियों में सबसे अधिक आयु के बावजूद पांचाली ने अपने नियम-संयम से शरीर को अद्भुत आकर्षक बना रखा था।

जैसे ही समय पाती कुंती के पास जा पहुंचती। उनके सोने, जागने यहां तक कि कब किस पल क्या सोच रही होंगी पांडुपत्ती–या किस पल क्या कहने वाली हैं, पांचाली को ज्ञात रहता था। पांडवों में से किसे, किससे भेंट करना है, किस विषय पर निर्णय लेने हैं–यह जानकारी भी द्रौपदी को रहती थी। गाहे-बगाहे उन्हें स्मरण कराती रहतीं।

इन्द्रप्रस्थ में कुछ ही दिनों के बीच यह आमतौर पर जन-साधारण जान चुके थे कि पतिव्रता पांचाली के अतिरिक्त राजमहल में न किसी का निर्णय चलता है, न ही वहां की जीवन-व्यवस्था। राजकोष में क्या, कितना कुछ है और कितनी राशि किस मद में व्यय होनी है–यह द्रौपदी ही निर्णय करती थी, वही बांटती। महल के हर सेवक-सेविका की आवश्यकताओं और वेतन का हिसाब-किताब भी उन्हीं के पास होता। पशुशाला की सम्पूर्ण देखरेख

का लेखा-जोखा भी पांचाली रखतीं। सुभद्रा हो या उत्तरा, सबकी आवश्यकताएं पांचाली के माध्यम से ही पूरी होती थी।

पांडवो के पास केवल राजनयिक निर्णय करने भर की ज़िम्मेदारी शेष रह गई थी। युधिष्ठिर अपनी रुचि के अनुसार अधिकतर समय दान-धर्म और विद्वानों से चर्चा में बिताते, भीम सेना और युद्धशाला की देख-रेख करते, नकुल-सहदेव के काम भी बंटे हुए और अर्जुन राज्य के आर्थिक मामलों की देखभाल करते...वे सब राजमहल और अपनी स्वयं की चिंताओं से मुक्त थे। उनके वे सारे दायित्व द्रौपदी ने इस तरह संभाल रखे थे कि शब्द के साथ हर स्थिति, हर विषय का उत्तर उपस्थित !

निज जीवन की आवश्यकताओं और राज्य की भीतरी व्यवस्था के संदर्भ में सभी द्रौपदी के आश्रित...उनके बिना न कोई विचार किया जा सकता, न निर्णय। इस स्थिति ने द्रौपदी को घर ही नहीं, सभी के व्यक्तित्व पर हावी कर दिया था।

पर जीवन मात्र यंत्र बनकर रह गया। कोई पल द्रौपदी का अपना नहीं, कभी वह राज्य के लिए समर्पित, कभी वह पतियों के लिए! बचा-खुचा पांचो पुत्रों के प्रति मोह से भरा हुआ।'

जब यह असाध्य जीवन प्रारंभ किया था, तब अपने-आपको काफी कुछ रोकना-थामना पड़ा था। कामनाओं के अनेक थपेड़े मन को भी हिलाते, आंखों को भी, किंतु कर्म को भी तपस्या भाव से स्वीकारा था उन्होंने ! व्यवहार से विचार तक केवल तपस्या बनकर रह गई !

किंतु कहां जानती थी कि जीवन का एक क्षेत्र ऐसा छूट गया है, जिसने हर तपस्या को यदि झुठलाया नहीं है, तब आहत अवश्य किया है !

एक बार पुनः सोचने लगी हैं–जिस तरह निज धर्म में समर्पित रही थीं, यदि उसका एक अंश प्रतिक्षण होती रहीं राजनीतिक उथल-पुथल को भी दे सकी होतीं, तब संभवतः इस नाश-आयोजन को थाम लेतीं !

---

1. उपरोक्त जीवनचर्या का वर्णन स्वयं द्रौपदी ने ही किया है। सत्यभामा से द्रौपदी-संवाद (महाभारत वन-पर्व के 233वें अध्याय में–श्लोक-क्रम 15 से 60 तक)।

माथे पर वज्र की तरह एक आघात हो उठा है–विचार मात्र से आघात! द्रौपदी और यह महासमर थामना...? हास्यास्पद! मन ने कुलबुलाकर कहा है–"विनाश की डरावनी स्थितियों ने तुम्हारा संतुलन बिगाड़ दिया है, पांचाली! मनुष्य जाति के इस नाश-यज्ञ को थामने का दंभ भर रही हो?... अत्यंत हास्यास्पद!"

द्रौपदी ने केशों का बिखराव संभाला–उन्हें जूड़ा बनाकर बांध लिया। कितनी ही बार यह जूड़ा बनाया है; पर हर बार वायु और उससे भी कहीं अधिक रथवेग के कारण खुल-खुल जाता है।

सचमुच इस महासमर को थाम नहीं सकती थी द्रौपदी। जब स्वयं अनंत (श्रीकृष्ण) उसे नहीं थाम सके तो भला कोमल पांचाली क्या थामतीं?...और केवल अनंत ही क्यों? महात्मा विदुर, प्रतापी भीष्म, युद्धज्ञ द्रोणाचार्य... कोई भी तो इस समर को नहीं रोक-थाम सका! उलटे कोई किसी तर्क के साथ और कोई किसी तर्क के साथ इस विनाश सर्जना में सहायक सिद्ध हुए! न-न! व्यर्थ ही कड़वे विगत पर सोचने लगी है पांचाली! "वह बुदबुदाकर कह उठी हैं–"...व्यर्थ।"

"किंतु पांचाली?..." मन बहुत धीमे से प्रश्न कर उठा है–"क्या सच ही इनमें से कोई इस विनाश को थाम रहा था?...या उस कालशक्ति के सामने निरंतर समर्पित हुए चले गए थे?..."

"नहीं!" द्रौपदी विरोध करती हैं, अपने भीतर जनमे तर्क का–"सब थामना चाहते थे, किंतु परिस्थितियां...राजनीतिक दंभ और आवेश, अन्याय और न्याय के नष्ट हो जाते सत्य...वे सब इस विनाश का कारण हुए हैं!"

"तुम अपने-आपको भूल गई हो, पांचाली ?..." मन ने हंसकर सवाल किया है–"...युद्ध का वातावरण बन रहा था, किंतु अंतिम आहुति बन गया तुम्हारा निजत्व! तुम्हारा वह सार्वजनिक अपमान, जो तुमसे नितांत व्यक्तिगत प्रतिशोध था तुम्हारे देवरों का?...और जिसे तुमने सम्पूर्ण देश का जाति-यज्ञ बना डाला!"

"नहीं।" उन्होंने सम्पूर्ण शक्ति से नकारा है!" यह सच नहीं है। सच केवल यह है कि वह मेरा भर नहीं, उन समूचे मूल्यों का अपमान था, जो सदियों से स्त्री के प्रति समाज ने बना रखे थे! वह उस मातृत्व का अपमान था, जिसकी छाया में दुर्योधन भी पले थे और दुःशासन भी! उस पौरुष का भी अपमान था, जिसने मातृशक्ति की अवहेलना की! वे मेरे भर नहीं, समूची व्यवस्था और समाज के दोषी थे। उस सारी संस्कृति के अपराधी थे, जिसने जीवन-व्यवहार को अर्थ दिए हैं, मानव-मूल्यों की स्थापना की है! तुम इस तरह मुझे अपराधी नहीं कह सकतीं द्रौपदी! कभी नहीं बना सकतीं!" इतनी ज़ोर से यह नकार उनके भीतर जनमा है कि हांफने लगी हैं। आवेश से दांत भींच लिये थे। इतनी ज़ोर से कि लगा परस्पर दबाव के कारण चरमराकर टूट जाएंगे!

मन सहसा चुप हो गया है। इस तरह सहमा और दुबका हुआ जैसे भूल से द्रौपदी की कोई चोरी कर रहा था।...

द्रौपदी उत्तेजित...थमी नहीं हैं–निरंतर अपने-आपके भीतर उठे उस दोष-विचार को शब्दों से ठेलती हुई...हर शब्द पीड़ा और घृणा से भरा हुआ, हर उबाल अपने ही आपको उबालता हुआ!

"...वह क्षण?...वह क्षण मुझे अब भी याद है!" द्रौपदी कहे जा रही हैं–"कैसे भूल सकती हूं वह घिनौना स्पर्श!...ये कलाई, जिसे थामकर नीच दुःशासन मुझे भरी राजसभा में खींच लाया था... !"

सांसो की गति बढ़ गई है। सूर्य की किरणें तेजमय होकर समूचे शरीर को इस तरह तपाने लगी हैं, जैसे द्रौपदी की झुलसा डालेंगी!

किंतु द्रौपदी को झुलसा पाना सूर्य-तेज में संभव नहीं! द्रौपदी झुलस रही हैं, उस पल के स्मरण-चित्र से, जब उस घिनौने प्रतिशोध की बुनियाद पड़ी थी! ऐसे, जैसे सहसा किसी महकते उद्यान के बीच अग्निवाण ने विस्फोट किया हो! सारा प्रकृति-सत्य झुलस गया हो...जीवनदायी हवाएं दम घोंटने लगी हों...

दोपहर का समय था द्रौपदी भोजन से निवृत हुई ही थीं कि दासी समाचार लाई थी–"राजन् स्मरण कर रहें हैं, महारानी !"

द्रौपदी ने प्रश्न करके सिर्फ उसे देखा था–"कहां?"

"विशेष मंत्रणा कक्ष में बैठे हैं महाराज युधिष्ठिर।..." दासी ने समाचार दिया था–"अभी-अभी हस्तिनापुर से महात्मा विदुर का आगभन हुआ है।..."

श्रद्धा से उठ पड़ी थी द्रौपदी। हस्तिनापुर के मंत्री ही नहीं, परिवार के पूज्य भी थे विदुर। उनकी सेवा में उपस्थित होकर प्रणाम करना हर पांडव-कुल के व्यक्ति के लिए अनिवार्य। दासी से कहा था–"तुम सुभद्रा आदि को समाचार दो ! मैं मंत्रणा-कक्ष में जाती हूं।"

अभी-अभी राजसूय यज्ञ से निवृत हुए थे पांडव। व्यवस्था और आयोजन इतने बड़े पैमाने पर था कि राजा से लेकर सेवक तक थके हुए थे। राजमहल की हर गतिविधि का केन्द्र द्रौपदी हुआ करती थीं, अतः वह सर्वाधिक थकी हुई थी; किंतु स्वयं को सम्भाला, मंत्रणा-कक्ष की ओर चल पड़ी।

युधिष्ठिर आसन पर बैठे हुए। एक ओर वृद्ध विदुर। तपस्या और ज्ञान के तेज से आलोकित दृष्टि और मीठी वाणी।

द्रौपदी ने प्रणाम किया, आशीष प्राप्त करके एक ओर बैठ गई।

विदुर सदा की तरह शांत थे, किंतु चेहरे पर रह-रहकर बदली की छाया उमड़ आती। उस समय यह छाया कुछ ज़्यादा ही गहरी हो गई थी, जब युधिष्ठिर ने पूछ लिया था–"क्या हुआ, महात्मन?...देखता हूं कि आप कुछ चिंतित हैं?" दुर्योधन के तीखे और कड़वे स्वभाव से खूब जानकार थे वह। लगा था कि कहीं दुर्योधन ही तो उनके प्रति धृष्ट नहीं हो गया है? विदुर के प्रति न हुआ हो, तो अन्य वृद्ध परिजनों के प्रति? शंका व्यक्त कर दी थी उन्होंने। पूछा था–"मुझे भय है कि सुयोधन पूज्य धृतराष्ट्र की अवहेलना तो नहीं करने लगा? माता गांधारी तो कुशल से हैं?"

विदुर ने गहरा श्वांस लिया। युधिष्ठिर की ओर स्नेहपूरित दृष्टि से देखा। पांडु याद हो आए थे। वह भी बहुत मृदुभाषी और सुसंस्कृत थे। भाइयों के प्रति ही नहीं, अपने से छोटे-बड़े कर्मचारियों के प्रति भी ऐसी ही

स्नेहसिक्त भाषा बोला करते थे। कहा–"नहीं, राजन्! ऐसी कोई बात नहीं है। सब ठीक हैं, कुशल से हैं। दुर्योधन ही नहीं, दुशासन और अन्य सभी पुत्र-प्रपुत्र वृद्ध राजा और रानी का सम्मान करते हैं, उनके आदेश निबाहते हैं। प्रजा भी सुखी हैं।"

"तब पूज्य, आपके चेहरे पर मलिनता क्यों है?...आप अशांत क्यों लग रहे हैं?" युधिष्ठिर ने व्यग्र होकर पुनः प्रश्न कर दिया था।

प्रश्न गलत नहीं है। द्रौपदी भी स्पष्ट देख रही थी। ज्ञानी विदुर के स्वर में न तो वह सहजता थी और न ही चेहरे पर वह सागर-गांभीर्य जो सबका देखा-जाना था। विदुर की ओर देखकर हर समय एक आकाशवत् सुख का आनंद मिलता था, किंतु आज? दृष्टि वृद्ध श्वसुर पर ठहराए रहीं।

विदुर ने एक क्षण इधर-उधर देखा, फिर होठों पर जीभ फिराई, कहा–"व्यग्र इसलिए हूं कुंतीपुत्र, क्योंकि एक अप्रिय कार्य देकर मुझे यहां भेजा गया है। तुम मेरे पुत्र हो, किंतु मैं राजा धृतराष्ट्र का सेवक हूं। जो कुछ कहने के लिए उन्होंने मुझे पठाया है, वह सब मेरा धर्म है। वही कहता हूं... किंतु कहने से पूर्व मन व्यथित है, यह सब उचित नहीं है।"

युधिष्ठिर के माथे पर सिकुड़नें आई, किंतु तुरंत ही मन की व्यग्रता को संभाल लिया। शांत भाव से बोले–"पूज्य! आप निश्चित हों! जिस तरह राजा धृतराष्ट्र का आदेश निबाहना हमारा धर्म है, वैसे ही आपका हर आदेश भी कर्तव्य है...आप कहें और दौत्यधर्म पूरा करें।"

कल्पना भी नही थी कि विदुर वह कहेंगे, जो उन्होंने कहा!...दुर्योधन षड़यंत्र प्रिय है, यहां तक तो ठीक था, किंतु षड़यंत्र इस निम्नता तक आ पहुंचेगा–न तो युधिष्ठिर को कल्पना थी, न ही पांचाली को। स्तब्ध हो रहे थे!

विदुर ने कहा था–"राजन्! राजा धृतराष्ट्र और पितृ भीष्म तुम सभी के लिए मंगलकामनाएं करते रहते हैं और चाहते हैं कि तुम और सभी पांडव हस्तिनापुर पहुंचकर उनके दर्शन करें!"

युधिष्ठिर ने प्रसन्न होकर कहा था–"इससे अधिक सुखकर क्या बात हो सकती है पितृ?..."

किंतु विदुर ने आगें नहीं बोलने दिया। कुछ भर्राए, दुखित स्वर में कहा था–"भाई धृतराष्ट्र और सभी कौरव उस समय प्रसन्न होंगे, जब तुम मित्रभाव से दुर्योधन के साथ जुआ खेलो। तुम विद्वान हो, उचित-अनुचित, धर्माधर्म का निर्णय करने और उसे पहचानने का सामर्थ्य भी तुममें हैं, अतः मैं निजी तौर पर समझता हूं कि इस आमंत्रण के शुभाशुभ पर विचार तुम अवश्य ही कर लोगे! मैं भइया का आदेश निबाह रहा हूं और यह इच्छा लेकर आया हूं कि तुम सब मेरे साथ हस्तिनापुर चलो। वहां एक-से-एक धूर्त जुआरी राजसभा में एकत्र होंगे। उन्हें भी तुम वहीं देख सकोगे!"

चिंता और भय से पांचाली सहम गई थी। इच्छा हुई थीं, कहे कि राजन् पूज्य विदुर के दौत्य संदेश का तुरंत उत्तर देना उचित नहीं होगा। अन्य भाइयों से भी इस सम्बंध मे सलाह कर लेना ठीक रहेगा, किंतु बोल नहीं सकी!

युधिष्ठिर स्वभावतः बड़े धीमे और उपदेशकों के शांत स्वर में कहने लगे थे–"आप यह अच्छी तरह जानते हैं पित् कि जुआ नाश का बीज है... यह जानकर भी आप मुझसे कह रहे हैं कि मैं इस निमंत्रण को स्वीकार कर लूं?"

विदुर की आंखे पीड़ा से भर आई थीं, "पुत्र! मैं सब कुछ जानता हूं। यह भी मुझे मालूम है कि यह नीच मनोरंजन न केवल अपराधों अपितु सारे अनर्थों की जड़ होता है; किंतु मेरा धर्म मंत्री के नाते तुम्हें महाराज धृतराष्ट्र का संदेश देना है, सो दे चुका हूं। मैने उन्हें रोका भी था कि वह ऐसी दुःचेष्टा न करें, किंतु उन्होंने मेरी किसी सलाह पर विचार नहीं किया...अब तुम जो उचित समझो, वह करो!"

युधिष्ठिर ने होंठ भींच लिए। सोचने लगे। द्रौपदी पति की ओर देखती रही। महाराज युधिष्ठिर की निर्णायक शक्ति पर संदेह न था उन्हें। न ही आशंका थी कि वह उत्तेजक ढंग से किसी विषय पर विचार करेंगे। उत्तर में स्पष्टतः नकार का मन होते हुए भी वह सलाह नही दी थी उन्होने। मन ने कहीं से बांध भी रखा था। विदुर केवल पूज्य ही नहीं, परिवार के श्रेष्ठ भी

थे और एक महानतम् साम्राज्य के मंत्री भी। युधिष्ठिर पति–लगा था कि कुछ कहना उचित नहीं होगा!

कुछ क्षणों बाद युधिष्ठिर ने कहा था–"मेरी इच्छा तो नहीं है महात्मन्! कि इस घृणित आमंत्रण को स्वीकार करूं; किंतु चुनौती न स्वीकारना राजा के लिए अनुचित होता है...मैं अपनी ओर से इस निंद्य कार्य में कभी भाग न लेता, पर जब इस खेल के लिए बुलाया ही गया हूं, तब मैं अस्वीकार नहीं करूंगा!"

एक बार फिर होंठों ने फड़फड़ाकर कह देना चाहा था–"नहीं-नहीं, कुंतीसुत! यह, यह सब क्या कह रहे हैं आप?...विचार कर लो, कहीं यह दुर्योधन की दुर्नीति का ही तो हिस्सा नहीं है?" पर राजनीतिक निर्णयों से सदा ही कतराती रही द्रौंपदी वह सब सोच भर सकी थी–बोली नहीं। अकुलाकर रह गई।

वृद्ध विदुर का चेहरा अधिक ही कुम्हला गया था। युधिष्ठिर की ओर इस तरह आश्चर्य से देख रहे थे, जैसे प्रश्न कर रहे हों–"...यह निर्णय तुम कर रहे हो, धर्मराज?...यह जानते हुए भी कि तुम नाश की प्रतियोगिता में भाग लेने जा रहे हो?" किंतु कहा नहीं। स्पष्ट था कि अपने राजा और राज्य के प्रति सेवा-समर्पण ने शब्द गले में ही थामे रखे थे।

द्रौपदी चाहती थी, फिर याद दिलाएं–"देव! एक बार अपने अन्य भाइयों से तो पूछताछ लेते...इस तरह निर्णय करना क्या उचित होगा?" किंतु चुप रहीं।

"पूज्य!" युधिष्ठिर का स्वर सहसा कठोर हो गया था–"आप निश्चित हों, मैं अन्य पांडव भाइयों सहित महाराज धृतराष्ट्र के इस आमंत्रण में अवश्य चलूंगा...!"

विदुर शांत बैठे रहे। एक पल मंत्रणा-कक्ष सन्नाटे में डूबा रहा। द्रौपदी ने यह सन्नाटा मन की गहराइयों तक अनुभव किया...कहीं यह उदासी और तनाव उस षड़यंत्र के परिणाम सूचक तो नहीं हैं?...

सहसा विदुर उठ पड़े थे–"अब मै विश्राम करूंगा,युधिष्टर! जानकर प्रसन्न हुआ कि तुमने महाराज धृतराष्ट्र का आमंत्रण स्वीकार कर

लिया है, किंतु एक बार फिर विचार कर सको तो अच्छा होगा...''एक पल के लिए थमे थे वह–"...तुम्हें ज्ञात होगा पुत्र कि गांधारराज शकुनि जुए में आश्चर्यजनक रूप से निपुण हैं। फिर वहां वह अकेले ही नहीं होंगे, अपितु राजा चित्रसेन, सत्यव्रत, पुरूमित्र, विविंशति और जय जैसे जुआरी भी होंगे?"[1]

"मैं सब कुछ देख रहा हूं, पूज्य किंतु चुनौती से मुंह नहीं मोड़ूंगा।" युधिष्ठिर ने जबड़े कसकर उत्तर दिया था–"...यह मेरा नियम है!"

विदुर और पांचाली शांत हो रहे थे।

युधिष्ठिर ने कहा था–"पांचाली! पितृ के विश्राम आदि की व्यवस्था करवाओ!"

न चाहते हुए भी द्रौपदी को उठना पड़ा था।

लगता है कि युधिष्ठिर के वे शब्द अब भी कानों में घुले हुए हैं। ऐसे जैसे समय ने कुछ तपती पांचाली के मन-मस्तिष्क पर गड़ा दी हों...घाव भर गए हैं, किंतु विनाश शेष है!

"चुनौती न स्वीकारना राजा के लिए अनुचित होता है..." और फिर यह कि–"...यह मेरा नियम है!" यही दो शब्द तो हैं जो रह-रहकर द्रौपदी के कानों को बींधने लगे हैं! एक प्रश्न भी कुलबुला उठता है मन में–"क्या राजा मंत्रियों और सलाहकारों के बिना इस तरह के राजनीतिक निर्णय कर सके हैं?...क्या केवल एक की प्रतिष्ठा और निजी नियम पूरे, समाज, राज्य और परिवार पा लागू हो सकते हैं?"

---

1. चित्रसेन अभिसार नरेश। अभिसार या अभिसारी आज के सीमाप्रांत स्थित हज़ारा नामक स्थान को कहते थे। चित्रसेन वहीं का राजा था। सत्यव्रत–कौरव पक्ष का राजा था। पुरुमित्र–यह भी कौरव पक्ष का एक लड़ाका था। भीष्म की ओर से पांडवों के साथ संग्राम मे हत हुआ। विविंशति। राजा धृतराष्ट्र के 100 पुत्रों मे से 18वां। यह निर्धारण प्राप्त नामों के आधार पर किया गया है। जय। जिस तरह इसका कुछ स्थानों पर चर्चा आया है, यह भी धृतराष्ट्र के पुत्रों में से एक ही लगता है किंतु धृतराष्ट्र पुत्रों की जो सूची मिलती है, उसमें यह नाम नही आता। संभवतः यह किसी भाई का ऐसा नाम था जो दुर्योधन या दुःशासन ने समय-समय पर स्नेहवश उपयोग किया है।

द्रौपदी सहमत नहीं हो पातीं। उस क्षण से तो एकदम असहमत हो चुकी हैं, जब युधिष्ठिर के उस निजी निर्णय के नाम पर वह बुद्धि-ज्ञान से युक्त जीवंत मनुष्य शरीर न रहकर मात्र कठपुतली बन गई थी। युधिष्ठिर अपने-आपको ही नहीं, राज्य, प्रजा, राजधन, भाइयों और द्रौपदी तक को चौसर की बिसात पर हार गए थे।

किस अधिकार से?...

कितनी ही बार कहकर संतुष्ट हो लेना चाहती हैं कि वह युधिष्ठिर की अनाधिकार चेष्टा थी। केवल निजत्व-बोध का अहं!

"किंतु क्या उस सबके अधिकारी थे युधिष्ठिर?" मन पूछने लगा है। और उत्तर में कह देना चाहती हैं-"नहीं! कदापि नहीं! इसलिए तो बिल्कुल नहीं, क्योंकि जुए का निर्णय उनका अपना निर्णय था, उसमें न तो उनके चार अन्य भाइयों की राय ली गई थी, न द्रौपदी से विचार-विमर्श हुआ था?..."

"हां, तुम ठीक कह रही हो द्रौपदी! सच ही सोच रही हो, पर इससे तुम्हारे अपराध कम नहीं हो जाते।" मन ने अनायास ही पलटकर एक प्रश्न थोप दिया है उनके ऊपर, "यदि युधिष्ठिर वह सब कर रहे थे, तब तुम लोग चुप क्यों रहे? क्यों नहीं विरोध किया उस निर्णय का? क्यों युधिष्ठिर को उसी क्षण नहीं थामा-टोका। यह कहकर कि तुम अकेले ही इतना महत् निर्णय नहीं कर सकते कुंतीपुत्र! क्या इस घर-परिवार और राज्य में मैं और तुम्हारे अन्य चार भाई अस्तित्वहीन हैं?..."

"किंतु?" द्रौपदी उत्तर खोज रही हैं। रथ की गति के साथ, फिर से वही गति लिए हुए विचार विगत से जा जुड़ा है। शब्द अधूरे ही छूट गए हैं। आत्मनिर्णय की इस बेला में द्रौपदी कुतर्क नहीं कर सकेंगी अपने-आपसे ? धर्म, सेवा और नियम के नाम एक दोष का अनुमोदन नहीं कर सकेंगी! उस दोष ने जितना कुछ घटा दिया है, उसके बाद आत्मस्वीकार की पीड़ा झेलकर द्रौपदी अपने-आपको काफी कुछ शांत कर सकेंगी...वही कर रही हैं। सहसा बड़बड़ाकर अपने से ही कह दिया है उन्होंने-"हां, मुझे, उसी पल महाराज युधिष्ठिर को टोकना था...उनसे कहना था कि हस्तिनापुर के दौत्य संदेश का

इस तरह अकेले ही निर्णय लेकर उत्तर न दें! सबसे पूछ लें, सब तरह सोच लें..."[1]

किंतु उस क्षण तो कुछ भी नहीं किया था द्रौपदी ने। युधिष्ठिर के यह कहते ही कि 'विदुर के विश्राम की व्यवस्था करें', वह सदा ही तरह सेवक-भाव से व्यवस्था में जुट गई थी...यहां तक कि जब क्रमशः वह भीम, अर्जुन, नकुल और सहदेव के सामने पड़ी, तब भी युधिष्ठिर और विदुर के संवाद को लेकर उन्होंने कोई चर्चा नहीं की थी!

यहां तक कि जब वे सब भी युधिष्ठिर के प्रति श्रद्धाभाव से उनके हर निर्णय को सिर झुकाकर स्वीकारने तैयार हुए तो द्रौपदी आकर बोली थीं–"राजन्! कया हम भी पूज्यों के दर्शनार्थ चलें?"

"हां, निस्संदेह मैंने यही कहा था धर्मराज से; परंतु यह तो कल्पना भी नहीं की थी कि दुष्ट दुर्योधन के उस आमंत्रण की आड़ में सर्वस्व-हरण का षड़यंत्र किया गया है! सच तो यह है कि शेष भाइयों ने भी उस षड्यंत्र के दुष्परिणामों तक विचार नहीं किया!" द्रौपदी न चाहकर भी अपने भीतर जनमतें सवालों के लिए जवाब खोजने लगी हैं...

"किंतु स्वयं सहमत हैं क्या अपने उत्तर से?...संभवतः नहीं! लगता है कि पराजय-पीड़ा से ग्रस्त मन की यह छटपटाहट भर है। दोष स्वीकार पाना भी क्या कम दुष्कर कार्य होता है मनुष्य के लिए?

द्रौपदी दोष-स्वीकार का साहस भी नहीं कर पा रही हैं? उनके अपने भीतर से रह-रहकर उत्तर उभरतें हैं। उत्तर हैं या केवल सफाई, स्पष्टीकरण– मालूम नहीं; पर हर बार इसी तरह के उत्तर खोजती हैं!

कुछ सोचें, इसके पूर्व ही अर्जुन बोल पड़े हैं–"देवी!"

द्रौपदी ने यांत्रिक ढंग से उन्हें देखा है। दृष्टि न कुछ कहती हुई, न पूछती हुई। मन, शरीर की हर चेष्टा से अलग-अलग दौड़ता हुआ।

"अब हम लोग निश्चित स्थान पर पहुंचने को ही है..." अर्जुन बड़बड़ाए हैं।

---

1. युधिष्ठिर ने बिना भाइयों से सलाह लिए अकेले ही जुए के निमंत्रण को स्वीकार किया था, भाइयों को बाद में मालूम हुआ। (महाभारत 'सभापर्व के 68वें अध्याय में श्लोक-क्रम–15 से 20 तक)

द्रौपदी ने एक गहरा श्वांस लेकर गर्दन झुका ली है। फिर विगत से जा जुड़ी हैं। मन पुनः बोल गया है–"...स्पष्टीकरण देने भर से काम नहीं बलेगा द्रौपदी?...तुम्हें आज उन सभी गुण-दोषों की व्याख्या करनी होगी, ज़िन्होंने इस नाश को जनमा है! उन सब विगत क्षणों को स्मरण करना होगा, जिनमें अनजाने ही सही, किंतु तुम सम्पूर्णतः नहीं तो अंशगमात्र में दोषी बनीं?...तुम यह क्यों भूली रहीं द्रौपदी कि तुम मात्र किसी व्यक्ति की पत्नी नहीं हो, तुम नारी भी हो। तुम्हारा एक समाजधर्म भी है...राजरानी होने का दायित्व भी!"

"पर..." द्रौपदी फिर अपने-आपको अस्वीकारना चाहती हैं–"...इन्द्रप्रस्थ और हस्तिनापुर दो राज्यों के निर्णयों में मैं भत्ता कर भी क्या सकती थी?..." कहकर भी लगा है कि आवाज़ बहुत बलशाली नहीं रही है...बल्कि थकी हुई। इतनी कमज़ोर कि उत्तर देते हुए भी उस उत्तर से सहमत नहीं हैं। लगता है कि महज शब्द बटोरती हैं। अपने से ही विनम्र, कातर होते हुए दयानिवेदन करते शब्द!

किंतु मन मानेगा इन शब्दों को?...यह स्पष्टीकरण दोष के अहसासों का तो समाधान बन नहीं सकेगा?

बना भी नहीं है। हवा के एक झोंके की तरह द्रौपदी ने अपनी ही सफाई के शब्द अपने ही आत्म से दूर उछाल फेंके हैं। कहा है–"...यह सब कहकर दोषों से बचाव नहीं कर सकोगी, पांचाली?...हर मनुष्य के जीवन में एक-न-एक क्षण ऐसा आता ही है, जब वह अपने-आपसे ही गुण-दोष का हिसाब मांगता है। तुम उसी क्षण से गुजर रही हो पांडव-पत्नी!"

द्रौपदी कुछ बोल नहीं पा रही हैं। कैसे बोलें?...मन ने उन्हें थका दिया है। अब लगता है कि सिर्फ सुनेंगी...सोचेंगी और तय करेंगी कि अजाने ही सही, इस वर्तमान की धरती का कारण कैसे बनीं?...या उस कारण का अंश कैसे हुई? एक वही क्यों, सभी तो सोच रहे होंगे?...सोचना होगा!

उस क्षण यदि राजा युधिष्ठिर और शेष भाइयों को थाम सकी होतीं, तो क्या अपने ही न्यायालय में न्याय की छटपटाहट लिए खड़ी होतीं?...कह सकी होती कि दुर्योधन के विगत व्यवहारों को जानकर भी, तुम लोग जो कुछ कर रहे हो, क्या वह उचित है?"

पर नहीं कहा। उस राजनिर्णय...की उपेक्षा करके सिर्फ साधारण स्त्री की तरह सोचा, पति के निर्णय पर चल पड़ी!

राजनिर्णय कहां था वह?...

वह तो केवल युधिष्ठिर का निर्णय था! उनका निजी नियम? और चौसर के दांव पर लग गया था राज्य, धन, वैभव, सुख, सम्पत्ति, यहां तक कि भीम का शरीर-बल, अर्जुन का दुर्जेय पराक्रम, नकुल-सहदेव की विनम्रता और द्रौपदी का सतीत्व!

बदन सिहरन से नहा उठा है। जब-जब उस क्रूर क्षण का स्मरण होता है, पांचाली का शरीर इसी तरह कंपन से भर जाता है। एक घृणा और आवेश मत-शरीर से लिपट जाते हैं!

इन्द्रप्रस्थ के महाराज युधिष्ठिर अपने भाइयों, परिजनों और परिवार की सभी स्त्रियों को साथ लिए हुए हस्तिनापुर पहुंचे थे!

भव्य अगवानी हुई।

द्वार पर स्वागतार्थ फूल बरसाए गए, जय-जयकार हुआ। दुर्योधन और दुःशासन ने आगे बढ़कर क्रमशः सभी भाइयों को गले लगाया। रानियों ने रानियों को बांहों में भरा।

सब कुछ बहुत सुखद लगा था।

द्रौपदी, उत्तरा, सुभद्रा आदि पांडव स्त्रियां अपनी देवरानी-जिठानियों के साथ सीधी गांधारी के कक्ष में गई थीं। तपस्विनी सास ने स्नेह से गले लगाकर शुभाशीष दिए, कुशल-क्षेम पूछा।

पांडव राजा धृतराष्ट्र, महाव्रती सत्यव्रत और आचार्य द्रोण की सेवा में जा पहुंचे थे। कुछ समय इसी तरह परस्पर राजकीय और पारिवारिक स्नेह और औपचारिकताओं के निर्वाह में बीता।

दुर्योधन ने पांडवों के निवास की उत्तम व्यवस्था की थी। सेवक-सेविकाएं तत्पर भाव से पांडवों और अन्य पांडव-परिवारजनों की सेवा में जुटे हुए थे। वह दिन बहुत उत्साहपूर्वक बीता।

अगले दिन द्यूतक्रीड़ा की व्यवस्था हुई। निश्चित समय पर पांडव सभा-भवन में जा पहुंचे।

द्रौपदी अन्तःपुर में थी। अन्तःपुर के भी एक विशिष्ट एकांत कक्ष में। रजस्वला जो हो गई थीं। शरीर-दोष के इस कुछ समय ने उन्हें सबसे काट दिया था।

सोचा–अच्छा ही हुआ। यह न होता तब रानियों के बीच रहकर बार-बार मन की वह चिंता-भरी बदली चेहरे पर उभरी रहती, जो अनिष्ट की आशंका के कारण घेरे हुए थी!

सभा-भवन में क्या कुछ घट रहा होगा, यह जानने के लिए शैव्या को भेज रखा था। गांधारराज शकुनि की कुटिलता और द्यूत प्रवीणता सबकी सुनी-जानी थी; किंतु यह सोचकर निश्चित थी कि खेल दुर्योधन और युधिष्ठिर के बीच होगा!

जैसे-जैसे सभारंभ का समय पास आया था, वैसे-वैसे मन घबराहट से भर उठा था। क्या हो रहा होगा वहां?...रह-रहकर द्वार की ओर देखने लगती। शैव्या से कह रखा था कि पल-पल की सूचना देती रहे। किस तरह, किसके साथ, कैसे खेल आरंभ हो रहा है...?

शैव्या काफी देर बाद लौटी थी। बहुत घबराई हुई, "महारानी! महारानी!!"

द्रौपदी एक ओर धरती पर बैठी थी। घबराकर उठ खड़ी हुई, "क्या हुआ शैव्या!"

सभा-भवन के महिला प्रकोष्ठ से दौड़ती आई थी शैव्या। श्वांस गति बढ़ी हुई थी, माथे पर स्वेदबिंदु झलक रहे थे।

"अनर्थ हो रहा है देवी!" शैव्या ने आते ही कहा था–"सरल मन महाराज युधिष्ठिर दुर्योधन की ओर से शकुनि को खेलने की स्वीकृति दे बैठे हैं। आप तो जानती ही हैं कि गांधारराज से बड़ा द्यूत का खिलाड़ी सम्पूर्ण आर्यावर्त में नहीं हैं, फिर कहा जाता है कि वह न्यायपूर्ण ढंग से नहीं खेलते, सदा कपट नीति से ही विजयी होते हैं।"

शकुनि! पांचाली बुरी तरह घबरा गई थीं। गांधारपति शकुनि अपनी व्यावहारिक राजनीतिक के लिए जितने प्रसिद्ध थे, उससे कहीं अधिक अपने जुए के दुर्व्यसन के लिए! भर्राई आवाज़ में प्रश्न किया था–"ऐसा कैसे हुआ

शैव्या ! बतला तो? धर्मराज ने क्या उस दुष्ट और कपटी खिलाड़ी को चुनौती दी थी?"

"नहीं, देवी !" शैव्या की श्वांस कुछ सध गई थी, आवाज़ सहज हुई। कहां–"पांचाली ! राजा युधिष्ठिर ने तो प्रारंभ में जुए को ही गलत बतलाया था। बोले थे कि नाश के इस खेल को न ही किया जाए तो सभी का शुभ होगा, पर शकुनि ने उन्हें बहुत अपमानित किया। पांडव इससे बहुत उत्तेजित हो उठे।" फिर शैव्या ने वह सब कह सुनाया था जो कुछ वहां घटा।

द्रौपदी बेबस, निराश पराजित मन लिए हुए चुपचाप सुनती रही थी। भय ने जितना चिंतित नहीं किया था, उससे कहीं अधिक चिंतित इस बात से हुई थी कि युधिष्ठिर सहजता के साथ दुर्योधन के षड़यंत्र जाल में फंसते चले जा रहे थे...

शैव्या ने कहना प्रारंभ किया–"पांडवों के बहुत कहने पर भी कि जुआ सारे अनर्थो का कारण बनता है। सुबल पुत्र ने कहा था..."

"...कुती पुत्र ! तुम भले ही इस जुए को निंदित कर्म और अनर्थ की जड़ कहते रहो, किंतु मेरे विचार में तो यह खेल बुद्धिमानों का रुचि विषय है। राजा और राजनीतिज्ञों को यही खेल शोभा देता है क्योंकि इससे परस्पर चालें चलने की बुद्धि आती है और खिलाड़ी सहनशीलता भी सीखता है... जय-पराजय का आत्मविश्वास और चेष्टा उसके भीतर जनमती है, तथा वह एकाग्रचित भी होता है।"

युधिष्ठिर और सभी भाई चिंतित होकर एक-दूसरे को देखने लगे थे। दुर्योधन ने हंसकर कहा था–"विचार क्या कर रहे हो, युधिष्ठिर ! जिस आमंत्रण को स्वीकार कर आ पहुंचे हो, क्या अब उससे भय लग रहा है तुम्हें?"

युधिष्ठिर उत्तेजित हो उठे थे। भरी सभा में उन्हें असहनशील, चुनौती का सामना न कर सकने वाला और राजा होने के अयोग्य सिद्ध किया जा रहा था...फिर भी मन संकोच से भरा हुआ...दुविधा रह-रहकर हृदय को मथती हुई कि कहीं उतावली में अविवेकपूर्ण भूल तो नहीं कर बैठेगे !

चौसर सामने। पासे एक ओर रखे हुए! रह-रहकर दृष्टि चुनौती देते उन रंगीन खानों पर जा ठहरती!

सभा में वृद्ध उपस्थित थे। युधिष्ठिर ने क्रमशः सभी को देखा था... महाबली भीष्म, राजा धृतराष्ट्र, विदुर, संजय, द्रोणाचार्य...सब! लगा था कि उनकी निगाह उठते ही वे निगाहें कतरा जाती हैं। क्यों?

संभवतः उन सभी को अच्छा नहीं लग रहा था वह सब, किंतु राजा धृतराष्ट्र ने ही तो यह आयोजन किया है? सोचा था।

पर दुर्योधन की वक्र, व्यंग्य भरी आंखो ने उत्तर दिया था–"वहीं तो कर रहे हैं वृद्ध कुरुराज, जो उनके पुत्र की इच्छा है!"

युधिष्ठिर ने एक प्रयत्न पुनः किया–"एक बार पुनः विचार करें, पूज्य! क्या यह सब उचित होगा? यदि मैं पराजित हुआ, तब प्रजा का वह धन और अधिकार त्याग बैठूंगा जिसकी उसे आवश्यकता है, समाज धर्म और राज्य के अनेक शुभ कार्यों के लिए जो अनिवार्य है...और यदि मैं विजयी हुआ तो किसी और राज्य के उन्हीं अधिकारों का हरण करूंगा... मैं पुनः विचार का निवेदन करता हूं, मामाजी!" उन्होंने स्नेहसिक्त वाणी में शकुनि: से कहा था–"मेरी इच्छा इस तरह के जुए आदि से दूसरों के राज्य व धन को पाने की नहीं है...यह भी उचित होगा कि आप लोग ऐसी इच्छा न करें!"

शकुनि खिलखिलाकर हंस पड़े। इस हंसी में जितना व्यंग था, उससे कहीं अधिक धिक्कार। युधिष्ठिर की ओर से उपेक्षा भाव से देखा, बोले–मैं यह नहीं कहूंगा कि जुए में चालाकी-चतुराई नहीं होती, किंतु यह अवश्य कहना चाहता हुं पांडू पुत्र, कि यदि तुम्हें मुझसे खेलने में भय लग रहा हो और हार के लिए चिंतित हों, तब स्पष्ट इनकार कर दीजिए! इस तरह धर्मा-धर्म के उपदेश देने की क्या आवश्यकता है?"

जबड़े कस गए थे युधिष्ठिर के! भरी सभा में चुनौती ही नहीं दी थी शकुनि ने, अपितु एक तरह से धक्का मारकर गिरा दिया था। क्षण मात्र के लिए उत्तेजना में ही भूल गए थे कि उचित क्या है, अनुचित क्या? कहा था–ठीक है गांधारराज! यदि आप यह समझते हैं कि मैं आपसे या आपकी

धूर्तता से भयभीत हूं, तब मैं अवश्य खेलूंगा! मामा मैंने यह प्रतिज्ञा कर रखी है कि यदि मुझे कोई चुनौती देगा, युद्ध के लिए ललकारेगा तो मैं उसका सामना अवश्य करूंगा![1] चुनौती से कतराकर भाग जाना क्षत्रिय धर्म नहीं! मुझे तुम्हारा प्रस्ताव स्वीकार है!"

फिर निर्णय हुआ था कि दुर्योधन की ओर से जुआ कौन खेलेगा। गांधारी सुत ने कहा था–" ठीक है युधिष्ठिर! तब धन, सम्पत्ति, राज वैभव और हर दांव पर लगने वाली हर चीज मै दूंगा और मेरी ओर से शकुनि मामा पांसे फेकेंगे।"

युधिष्ठिर उत्तेजना के उसी दौर से गुजर रहे थे। बड़बड़ाकर बोले–"यह उचित तो नहीं है दुर्योधन, किंतु ठीक है। अगर तुम्हारी इच्छा यही है, तो यह भी मुझे स्वीकार है।"

बतलाते-बतलाते शैव्या थक-सी गई थी। कहा था, "यह बड़ा अनर्थ हो रहा है देवी! धूर्त खिलाड़ी शकुनि के जाल से निकल पाना अब पांडवों के लिए कठिन ही नहीं, असंभव होगा! सब जानते है कि भरी राजसभा में वह सब अनीति से हो रहा है, पर कोई कुछ नहीं कहता! सब इस तरह चुप, स्तब्ध बैठे हैं जैसे जीवनहीन हो गए हों!

सब कुछ सुनती गई थी याज्ञसेनी। चेहरा तनाव और बेचैनी से भर उठा था। बुद्धि थमती हुई। क्या होगा, क्या नहीं–कह पाना असंभव।

मन हुआ था कि राजसभा में पहुंचे। द्यूतक्रीड़ा के उस जाल को अपनी आंखों से देखें, किंतु रजस्वला स्थिति...शरीर ने एक बंधन में बांध लिया था। कुछ पलों की खामोशी के बाद शैव्या से कहा था–"जा और क्या कुछ घटता है, समाचार लाना!"

शैव्या आदेश पालन में चली गई। द्रौपदी थकी-सी बैठ रहीं। थोड़ी देर

---

1. कौरवों की सभा में–युधिष्ठिर ने जुए को लेकर हुई शकुनि से अपनी वार्ता में स्पष्टतः कहा है कि 'होनी जो भी हो, फल कुछ भी निकले, किंतु मैं किसी भी ललकार का सामना करने से नहीं हटूंगा!' अतः स्पष्ट है कि उस क्षण युधिष्ठिर ने जुए को बिना विचार किए हुए निजी प्रतिष्ठा का प्रश्न बना लिया। (सभापर्व के 59वें अध्याय में श्लोक-क्रम 12 से 17 तक यह स्पष्ट बात आई है)।

बाद शैव्या ने पुनः समाचार ला दिया था। बड़े दुःख और पीड़ा से कहा था, "दुर्भाग्य महारानी! पांडव निरंतर हारते जा रहे है। गांधारराज का हर पांसा ठीक पड़ रहा है। सम्पत्ति, पशु-धन, राज्य, यहां तक कि भाइयों को भी दांव पर लगा दिया है उन्होंने! और एक-एक कर सब के खोते जा रहे हैं... सब हाथ से निकल रहा है..."

द्रौपदी ने सुना–चट्टान की तरह खड़ी रह गई। चुप।

शैव्या जैसे अगले आदेश की प्रतीक्षा कर रही थी, किंतु द्रौपदी कुछ नहीं बोली। शैव्या एक निश्चित दूरी बनाकर उनसे अलग जा बैठी।

द्रौपदी पूर्ववत् शांत थीं। क्या उस क्षण क्रमशः राज-पाट, धन-ऐश्वर्य यहां तक कि स्वयं को भी खो देने का भय लगा था उन्हें? या शोक हो रहा था?

संभवतः नहीं! उससे कहीं अधिक दुःख इस बात ने दिया था कि धर्म के नाम पर अपने-आपको जानबूझकर अधर्म के हाथों सौंप देना कहां तक बुद्धिमानी है? युधिष्ठिर जैसे विवेकशील व्यक्ति ऐसा कर बैठे? अनायास ही याद हो आए थे कृष्ण! वह होते तब क्या ऐसा हो सकता था? तब इस तरह होनी के बजाए स्वयं को अनहोनी के हाथों सौंप पाते युधिष्ठिर?

नहीं! सहसा एक बुदबुदाहट होंठो से बाहर निकल आई थी–"वासुदेव! तुम अनंत हो! उस दिन तुम न होते तो..."

सोचने का अवसर नहीं मिला-एक दासी दौड़ी चली आई थी–घबराई, लड़खड़ाती हुई!

"महारानी!"

द्रौपदी ने उसे देखा भर था।

"वीर पांडव सब कुछ खो चुके हैं!" वह लगभग चीखती हुई बोली थी–"और...और अब..." सहसा उसने होंठ भींच लिए थे। पांचाली की ओर इस तरह सहमकर देखने लगी थी जैसे हतप्रभ हो गई हो...उससे भी कहीं अधिक भयभीत!

शैव्या उसके पास जा पहुंची थी, "बोल, तू कुछ कह रही थी ना?"

"हां? हां-हां!" दासी कहीं दूर से पुनः अपने भीतर लौट आई थी, "हां,

मैं बतला रही थी कि उस सभागृह में तो बड़ा अनर्थ हो रहा है, देवी! वहां जुआरी परस्पर स्त्रियों के दांव तक जा पहुंचे हैं!

"क्या?" शैव्या ने अविश्वास से प्रश्न किया था।

"हां, बहिन!" दासी ने बतलाया था–"अभी-अभी अपने कानों से सुनकर आई हूं कि महाराज युधिष्ठिर से सुबल पुत्र कह रहे हैं कि वह महारानी पांचाली को दांव पर लगा दें!"

पांचाली ने सुना। लगा था कि किसी ने कानों में तपता हुआ लोहा उडेल दिया है या सूर्य की कोई किरन छाती में धंसकर विस्फुटित हो गई है। चीख पड़ना चाहती थीं। कह देना चाहती थी–धिककार है पांडवों! तुम्हें बार-बार धिक्कार है। तुम जैसे वीर और बुद्धिमान लोग जुए के मद में यह भी भूल गए कि पांचाली का अपमान तुम्हारा ही नहीं उस समूची स्त्री जाति का अपमान हैं। जिसमे एक चरित्र माता कुती भी हैं?"

किंतु क्या हो गया है द्रौपदी की शब्द शक्ति को? स्वयं ऐसे गुम हो गए हैं जैसे तेज़ बरखा के बादलों को समेटकर किसी पोटली में बंद कर दिया हो?

शैव्या मुंह बाए खड़ी थी। दासी पांचाली की ओर देखती हुई, ऐसे जैसे पूछ रही हो–"बोलो, देवी? क्या यह सब सह पा रही हो तुम? क्यों नहीं उस भरी सभा में पहुंचकर उन मस्तिष्कहीन हो चुके वृद्धों को समझाने का प्रयत्न करतीं, जिनकी बुद्धि, विवेक, ज्ञान सब कुंठित हो चुके लगते हैं! धर्मा-धर्म का निर्णय कर पाना तो दूर, उनके विचार तक लोप हो गए हैं?"

द्रौपदी कुछ पल पथरीली चट्टान-सी खड़ी रही थीं, फिर एक गहरी श्वांस लेकर आसन पर बैठ गई।

दासी को साथ लिए हुए शैव्या पुनः प्रकोष्ठ से बाहर चली गई। द्रौपदी ने केवल उन्हें जाते हुए देखा। इस तरह जैसे एक जड़ पत्थर के सामने जीवंत गति हो रही हो...जड़ प्रभावहीन!

थोड़ी देर बाद शैव्या और वह दासी पुनः लौट आई थी। शैव्या ने अब बिना उत्तेजना के पांचाली से आकर धीमे से कहा था –"महात्मा विदुर

महाराज धृतराष्ट्र को समझाने चेष्टा कर रहे हैं देवी कि कुल-नाश के इस क्रूर संयोजन को थामें !"

द्रौपदी ने सुना। पुतलियों ने हौले से गति ली...ऐसे जैसे ही मरुस्थल में किसी सोते के जन्म-पूर्व रेत गीली हुई हो ! किंतु होंठ भिंचे ही रहे।

देर तक शांत रहा मन सहसा सक्रिय हुआ था...एक गुनगुनाहट की तरह अपने ही भीतर का स्वर सुना था उन्होंने–"चिंतित न हो, पांचाली ! युधिष्ठिर कितने ही जिद्दी हों, किंतु...किंतु उस घिनौने दांव के लिए कदापि तैयार नहीं होगे जो दुष्ट शकुनि ने जानबूझकर सुझाया है !"

किंतु द्रौपदी शांत। इस तरह जैसे मन की यह गुनगुनाहट ही अस्वीकार रही हो।

"फिर केवल युधिष्ठिर ही तो नहीं हैं वहां?" मन उन्हें इस तरह सहेजने-समझाने का प्रयत्न कर रहा था जैसे किसी बालक को बहलाया जाए–"महाबली भीम और धनंजय भी तो है? उनके रहते भला ऐसा अनर्थ हो सकेगा? वे चाहें तो शकुनि सहित उन सभी का नाश कर दें जिनके मन में यह अनीति जनमी हैं !"

द्रौपदी अपनी, निराशा, पराजित मन-स्थिति में अपने पर ही हंस पड़ी थीं–"विधाता का लेख कौन मिटा सका है। वही होगा जो उसकी इच्छा !" फिर आश्चर्य होने लगा था अपने आप पर ! कैसी टूट गई हैं वह !

क्यों न टूटतीं? युधिष्ठिर जैसे विवेकशील व्यक्ति यदि अपना संतुलन चुनौतियों से खो बैठें–तब सोचने, विश्वास करने, आशा लगाए रहने के लिए बचा ही क्या? होंठ बुदबुदाए थे–"व्यर्थ ! उस सब पर विचार करना ही व्यर्थ ! अब यदि विचार के लिए कुछ शेष रहा है, तब केवल ईश्वर रहा है।"

कृष्ण पुनः याद हो आए हैं।

उन्हें सम्पूर्ण निष्ठा और आदर भर के साथ नहीं, एक शक्ति की तरह देखा-स्वीकारा है द्रौपदी ने। उनके शब्द-मर्म में ईश्वर के दर्शन किए हैं, उनकी दृष्टि से आत्मबल और विश्वास बढा है...वही हैं जो इस क्षण पांडवों को बचा सकेंगे !

जब-जब ऐसी विपरीत बुद्धि के अंधकार ने पांडवों को घेरा है, तब-तब यशोदानंदन ने जय के जिस विश्वास को दान किया है, वह अद्भुत है। जो, अद्भुत है–वही ईश्वरीय! षड़यंत्रायोजित इस पराजय में भी वही रक्षक होंगे!

"किंतु कौरव इस तरह षडयंत्र करके तो विजयश्री प्राप्त नहीं कर सकेंगे, पांचाली?" मन फिर बोलने लगा है..."ये षड़यंत्र मात्र आहत कर सकते हैं, पांडवों की पराजय नहीं है। भूल मनुष्य का स्वभाव है, किंतु भूलवश दुर्योधन के जाल में फंस जाने वाले सरल युधिष्ठिर की इस भूल को पराजय तो नही माना जा सकता? अतः निश्चित हो, याज्ञसेनी! राजपाट, सुख-सम्पत्ति सब कुछ हारकर भी अंतोगत्वा तुम्हारे ही पति जीतेंगे! इस तरह के षड़यंत्र इस बैर के निर्णायक नहीं हो सकते!"

"पर षड़्यंत्र है–यह जानकर भी उसमें फंसने वाले को क्या कम दोषी माना जा सकता हैं?" बौखला उठी थीं द्रौपदी–"युधिष्ठिर जिस तरह जानते-बूझते सब कुछ दांव पर लगाए जा रहे हैं, क्या वह उनके उस व्यक्तित्व के अनुरूप है, जिसकी सर्वत्र चर्चा-प्रशंसा होती है?" पांचाली पतियों के प्रति क्रोध और आवेश से भर उठी थी। न जाने क्यों, मन होता था कि अब कौरवों को नहीं, भरी सभा में जाकर अपने पतियों को धिककारें! लांछित करें। कहें–"तुम पर अनेक बार धिक्कार है! धर्म के नाम पर अधर्म के प्रति जानबूझकर समर्पित हो जाने वाले वीरों, तुममें और उस बिदुला-पुत्र में क्या अंतर रहा है, जो पराजय भय से युद्धक्षेत्र से भागकर अपने घर में जा छुपा था...जिसने दास भाव से शत्रु के कृपाहस्त के नीचे रहना स्वीकार कर लिया था? तुमने भी तो अपने आपको दांव पर लगा दिया है? कौरवों के दास होकर जीवन जियोगे तुम! एक पराजित, अपमानित और लांछित जीवन जो बिदुला-पुत्र ने जिया था? अच्छा होता कि तुम इस षड़्यंत्र के आक्रमण को इस तरह न सहते! रणभूमि में बुलावा देते कि आओ, यहां निर्णय कर लो!"

कभी विदुला-पुत्र की कथा सुनी थी द्रौपदी ने। याद हो आया था, कथा में

कहा गया एक वाक्य..."बहुत समय तक धुआं देती हुई लकड़ी के समान जीने के बजाए पल-भर में ज्योति की तरह प्रज्ज्वलित होकर नष्ट हो जाना कहीं अच्छा होता है!" यह बात केवल उस कथा पर ही तो लागू नहीं होती, विदुला-पुत्र की तरह मोर्चे से बार-बार भागने और कतराने वाले वीर पर ही तो लागू नहीं होती? उन सब पर लागू होती है जो निश्चित से कतराते या भय खाते हैं!"

द्रौपदी बुदबुदा उठी थी–"दुर्योधन स्पष्टतः युद्ध चाहता है! एक बार नहीं, सैंकड़ों ही बार कह चुका है, पर पांडव सदा ही कतराए हैं। शांति और अहिंसा के नाम पर कतराए हैं....मनुष्य मात्र के शुभ की बात कहकर किनारा कर गए है! अधिकार के नाम पर मिले भिक्षावत् राज्य को विष की तरह उन्होंने कायर भाव से पी लिया है..."

मन इन उत्तेजक शब्दों से कुचला हुआ। चुप। शब्दहीन। द्रौपदी के भीतर उसी दिन यह निश्चित विचार भी जनम आया था कि युद्ध के अतिरिक्त कोई राह नहीं! षड़यंत्रों के इस सिलसिले का अंत होगा केवल युद्ध से! यदि पांडव और कौरव पक्षों को शांति ही वांछित है, तब उसकी राह है, एक मात्र युद्ध!

युद्ध! युद्ध! और केवल युद्ध!

मन हुआ था कि राजसभा में जाएं और विदुला की कथा सुना दें। कहें–"सुनो, शांति के आराधको! सहने योग्य को सहना ही पुरुष-धर्म है। जो लोग असहा को सहते हैं, वे शांति के उपासक नहीं कायर कहे जाते हैं। अतः व्यर्थ ही निश्चित को टालने के दोषी मत बनो! यदि दुर्योधन युद्ध चाहते हैं, तो उन्हें युद्ध-द्वान करना ही उचित है!"

किंतु पांडव सुनेंगे उनका सुझाव? द्रौपदी ने सोचा। लगा कि असंभव है। सदा की तरह युधिष्ठिर "व्यर्थ रक्तपात होगा" कहकर 'जो दे दो सो संतुष्ट हैं', में ही समस्या का हल खोजना चाहेंगे।

और द्रौपदी जानती है कि शक्ति-मद में चूर और हिंसा पर उतारू लोगों के लिए शांति का उपदेश देना कभी-कभी सरल व्यक्ति का अपना दोष बन जाता है। उसे कायर समझ लिया जाता है।

कितने-कितने अवसर नहीं आए हैं, जब पांडवों को इसी तरह कायर कहकर नहीं पुकारा है दुर्योधन ने?

बहुत बार! इतनी बार कि कभी-कभी द्रौपदी के अपने भीतर ही आशंका जनम आई है–शांति के नाम पर बार-बार समझौते की इच्छा व्यक्त करने की यह पांडव-नीति कहीं उनकी कायरता तो नहीं हैं?

जब-जब यह शंका उभरी है, तब-तब मन हुआ है कि पतियों को विदुला सुत-संजय की कथा सुनाएं। बतलाएं कि किस तरह कृपा भाव में जीवन जीने के बजाए मृत्यु अधिक सुखकर है!

पांडव वीर हैं, पराक्रमी भी और अद्भुत सामर्थ्यशील भी, किंतु मोह के कारण सह रहे हैं, अथवा भय के कारण, द्रौपदी कभी तय नहीं कर सकी हैं।

किंतु छल के बाद छलों की इस परंपरा ने स्पष्टतः समझा दिया है पांचाली को। दुष्टता का प्रतिकार है, केवल उसका संहार!

...या आत्मदान!

विदुला[1] ने यही तो कहा था संजय से?

द्रौपदी न चाहकर भी कभी किसी से सुनी गई वह पुराण–कथा याद करने लगी थी।

वह जितना घायल था, उससे अधिक पराजय–बोध से ग्रस्त और निराश! अश्व को रण-भूमि से मोड़कर भागते समय उसे काफी कठिनाई हुई। जैसे-जैसे लगाम से उसे मुड़ने का संकेत करता वैसे-वैसे अश्व हलकी सी उछाल लेता, और ज़ोर से सिर हिलाता और हिनहिना पड़ता। अश्व का यह विचित्र-सा विद्रोह उसे झुंझलाहट से भरे हुए था...किंतु जिस तरह सिंधुरज[3] की सेना निरंतर बिदुलासुत संजय पर आक्रमण करती हुई आगे बढ़ रही थी, वैसे-वैसे संजय के भीतर प्राण-भय की भावना तीव्र और

---

1. विदुला–विदुला संभवतः सौवीर की रानी थी। सौवीर गुजरात में ईडर नामक स्थान और उसके आस-पास का क्षेत्र था, जो संभवतः एक स्वतंत्र राज्य था।
2. संजय-विदुला–पुत्र संजय, वह संजय नहीं हैं जो धृतराष्ट्र के मंत्री थे और जिन्होंने महाभारत युद्ध की कथा गांधारी-धृतराष्ट्र को चित्र वर्णन की तरह सुनाई।
3. सिंधुराज–वर्तमान सिंध देश का राजा। यह क्षेत्र अब पाकिस्तान में है।

तीव्रतर होती हुई अकुलाहट तक पहुंच रही थी। किंतु अश्व उसी तरह अड़ा हुआ...। संजय का मन हुआ था कि इस अश्व से उतरे और किसी दूसरे अश्व पर सवार होकर रण-भूमि से भाग निकले। किंतु जिस तेजी से शत्रु सेना बढ़ी आ रही थी, उस तेजी से न तो वह अपने भीतर साहस जुटा पा रहा था, न ही चेष्टा। समय पाना भी संभव नहीं था।

सिंधुराज के आक्रमण ने नगर-जीवन को प्रभावित नहीं किया था, किंतु संजय जानता था कि वह स्थिति अधिक देर तक नहीं चलेगी। उसे सिंधुराज के आधीन होकर ही रहना होगा। राजा रहेगा, पर सिंधुराज की सेवा में एक दरबारी की हैसियत से।

संजय को जब पहली-पहली बार सिंधुराज द्वारा उनकी अधीनस्थ स्थिति स्वीकारने का आदेश मिला, तब संजय ने इसी में कुशल समझा कि चुपचाप उस शक्ति और सत्ता के आगे सिर झुकाकर मान जाए, किंतु न तो संजय की मां विदुला इसे स्वीकारने को तैयार हुई, न ही संजय के मंत्री। संजय भीरुता के बावजूद यह युद्ध लड़ने को लाचार हो गया था।

संजय जानता था कि रण-भूमि से उसके भागते ही उसकी सेना के पैर पूरी तरह उखड़ जाएंगे, किंतु प्राण-भय ने अधिक सोच-समझ पाने की शक्ति छीन ली। उसने ज़ोरदार झटके दे-देकर अश्व के मोड़ने का प्रयास प्रारंभ किया। किंतु वह अश्व? ...संजय के पिता का अश्व। उसके पिता की ही तरह वीरत्व से भरा हुआ। सहसा मुड़ने को तैयार नहीं हुआ। संजय को लगा था कि वह अश्व भी जैसे उसे धिक्कारने लगा है–"राजा! तू राजा क्यों है? भीरु हृदय और कायर मनोवृति वाले लोग राज-संचालन कैसे कर सकते हैं? कैसे वे राज्य और प्रजा की रक्षा दायित्व ले सकते हैं? रण-भूमि से भागने वाले कायर! धिक्कार है तुझ पर।..."

सकपकाकर संजय ने पलके झपकीं, लगाम के मुड़ने के संकेत से फिर मोड़ा। आंखों के पास ही उसे लगा कि लहू की कोई धार रिस आई है। भय चार गुना बढ़ गया। उसे भागना ही चाहिए। भागकर राजमहलों में पहुंच जाना चाहिए। कह देना चाहिए अपनी माता राजमाता विदुला से, "मां! मुझे खेद है कि मैं सिंधुराज की अपार शक्ति सम्पन्न सेना के सामने नहीं टिक सका। अब राज्य के लिए सिंधुराज की अधीनता स्वीकारना ही श्रेष्ठ है।"

किंतु विदुल क्या वह सब सुन सकेंगी? संजय की अकुलाहट और

चिंता अधिक ही बढ़ गई। असंभव !...राजमाता विदुला के स्वभाव में इस तरह के शब्द नहीं, शब्दों के ऐसे अर्थ नहीं। इन अर्थों को स्वीकारना भी नहीं।

तब? तब जो भी हो। संजय को भाग निकलना चाहिए...। उसका अपना जीवन आवश्यक है। यह जीवन शरीर-सुख और राजवैभव भोगने का एक लम्बा समय उसके सामने पड़ा है। वह कोरी भावुकता और तार्किकता के नाम पर इसे नष्ट नहीं कर सकता। अगले ही क्षण कोलाहल से भरी रण-भूमि में संजय ने बड़ी शक्ति के साथ लगाम मोड़ी...अश्व की अनिच्छा के बावजूद वह उसे लिए हुए राजमहलों की ओर वापस हुआ। भागते-भागते गर्दन मोड़कर संजय ने रण-भूमि की ओर देखा। अनेक सैनिक उसके पीछे-पीछे रण-भूमि छोड़कर भाग खड़े हुए किंतु अनेक थे जो सिंधुराज की कई गुना सेना से जूझ रहे थे। मरने-मारने के लिए कटिबद्ध !

एक पल के लिए संजय के मन में विचार कौंधा-उचित हुआ या अनुचित? पर अधिक माथापच्ची नहीं की। बदहवास भागता गया।

वह राजमहल के समीप था। लहू से लथपथ, हांफता हुआ, निराश और पराजय की कालिख चेहरे पर पोते हुए युद्ध में हुए वारों के कारण उसे बेसुधी भी आने लगी थी, किंतु वह रुका नहीं। लड़खड़ाता हुआ अश्व से उतरा और लगभग गिरता-पड़ता राजमहल में समा गया। फिर राजमहल में मां के सामने...।

और वह कांप उठा। उसने देखा कि राजमाता की आंखो से जैसे क्रोध और घृणा की लपटें निकल रही थी...।

विदुला-पुत्र ने दृष्टि इसीलिए उठाई थी कि मां की सहानुभूति उमड़े। लहू से नहाए उसके बदन और घाव को देखकर सहसा ही ममता लहरों की तरह उमड़ पड़ी, पर यह क्या? आश्चर्य से देखता ही रह गया था संजय ! उस दृष्टि मे न ममता थी, न सहानुभूति, न दया और न ही स्वागत, बल्कि एक धिक्कार भरा हुआ था। ऐसा धिक्कार, जिसने संजय को कंपकपा दिया।...युद्ध की विभीषिका से कहीं ज़्यादा भयातुर होकर वह मां को देखने लगा था। होंठ खोलकर बोलने का भी प्रयत्न किया था–"जननी ! मैं...मैं वह संहार दृश्य और मृत्यु–तांडव सह नही सका। मेरे शरीर को

देखो, वह किस तरह घावों और रक्त-धाराओं से नहाया हुआ है ?...मुझे।"

"चुप रह नीच!" मां का स्वर जैसे थप्पड़ की तरह उसके चेहरे पर पड़ा,"धिक्कार है तुझ पर।" अरे दुबुद्धि! तू समझ रहा है कि स्वाभिमान खोकर कायर भाव से शरीर रक्षा कर लेना जीवन है?...अगर तेरी यह धारणा है, तब तू नीच और मूर्ख है। दीनभाव से अस्त होने वाले सूर्य नही होते! न वे सूर्य की तरह सदा स्मरणीय बनते है! सर्वदा जीवंत रहते हैं! बल्कि वे असीम आकाश से यदा-कदा टूटने-गिरने वाली अदृश्य या दृश्य उल्काओं की तरह हीन रहते हैं।...युद्ध पौरुष के लिए संधि मध्यम, भेद अधम और दान नीच उपाय होते हैं। पौरुषेय ढंग से जीना चाहता है तब एकमात्र श्रेष्ठ उपाय का अवलम्बन कर। युद्ध में या तो जय पा या पराजय! दोनों ही स्थितियों में शरीर बचाने या खो देने वाले सर्वथा विजयी रहते हैं।...विजय का वही इतिहास लिख! जा! मेरी दृष्टि से परे हो जा!"

किंतु मां! सिंधुराज के पास अपार शक्ति है।" संजय ने जैसे-तैसे साहस जुटाकर तेजस्विनी माता के सामने तर्क करने का प्रयत्न किया था। वह शरीर से लगातार बहते जा रहे रक्त को हथेलियों से थामने की व्यर्थीसी कोशिश कर रहा था। उसकी मुख-क्कीति धीमे-धीमे धुंधलाती जा रही थी। लग रहा था, मन, शरीर सभी एक संध्या में डूबे जा रहे हैं। वह रुक-रुककर बड़बड़ाता गया था–"जननी!...मुझे शरीर से अधिक पराजय का भय है। यह जानते हुए भी कि प्रतिपक्षी कहीं अधिक साधन-सम्पन्न और शक्तिशाली है। तुम मुझे युद्ध में जाने के लिए क्यों कह रही हो?"

विदुला की दृष्टि में इस बार धिक्कार क्रोध की लपटों तक सुलगने लगा था। इच्छा हुई थी कि कायर पुत्र का अपने ही हाथों संहार कर दे, किंतु बुद्धि ने उसे थामा। पुत्र के भीतर जन्में कायर-भाव में कौन से संस्कार-दोष रहे होंगे, यही कुछ सोचने लगी थी वह! स्मरण हो आया था, शिक्षा के बाद राजपुत्र संजय किनके साथ खेलता है, किनसे मिलता-जुलता है, क्या रुचियां रखता है! कभी नहीं सोचा था उन्होंने। मन ने कहा था–"यह भूल तुम्हारे रक्त को झुठला रही है देवि! व्यक्ति से कहीं अधिक महत्वपूर्ण होता है उसका चरित्र! चरित्र, जो उसके व्यक्ति को सांचे में ढालता है। यदि सांचा ही दोषपूर्ण हो, तब अच्छी मूर्ति की कल्पना नहीं की जा सकती।"

संजय सिर झुकाए उसी तरह निराश, मन-मृत पड़ा हुआ था। विदूला ने उसके प्रति सहानुभूति से सोचा। एक पल विवेक से निर्णय लिया था कि बिगड़ी मूर्ति को किस तरह संवारे? संजय के बचपन का एक बड़ा हिस्सा उन्होंने स्वयं ही ढलने के लिए छोड़ दिया था। यही दोष हुआ। कहा था, "पुत्र" बहुत समय तक धुंआ देते हुए जलने की अपेक्षा पल भर ज्योति की तरह प्रज्ज्यलित होना अच्छा होता है। सिंधुराज की शक्ति, साधनों पर विचार उस समय करना था, जब तुम राजा बने थे। उस समय तुमने अपना राजधर्म ठीक तरह नहीं निबाहा, जिसका दोष तुम आज भोग रहे हो। पर आज के धर्म को निबाहना तुम्हारे वश में है। जाओ, रणभूमि में लौट जाओ!"

"किंतु माता... !" संजय ने कुछ कहना चाहा; पर विदुला उसके घावों से कहीं अधिक आहत हो चुकी थी। विचार लिया था कि आवश्यकता हुई तब ताड़ित करेंगी उसे, किसी भी तरह बिगड़ी मूर्ति को संवारने में ही मातृ-गरिमा अनुभव की थी उन्होंने। बोली थी–"मैं कुछ भी नहीं सुनना चाहती पुत्र! तेरे हर घाव को देखकर मैं आनंदित हुई हूं; किंतु तुझे पराजित–जीवित पाकर मुझे कष्ट हो रहा है। इस कष्ट को दूर कर! जा! युद्ध में प्राण त्याग। मैं तुझे युद्धभूमि में तेंदू की लकड़ी जैसा पल भर के लिए ही सही; किंतु प्रकाशित ज्योति के साथ मृत देखकर प्रसन्न होऊंगी। यह राज यहां की प्रजा, वैभव, आभूषण सभी ज्योतिर्मय हो उठेंगे! जा!"

संजय टकटकी लगाए माता की ओर देखता रहा था। लग रहा था, जैसे उसके हर जखम से सौ गुना गहरे जखम वे शब्द कर रहे हैं, वे दृष्टियां कर रही हैं, जो धिक्कार भाव लिए यहां-वहां से उसे देख रही हैं। वह उठ खड़ा हुआ। प्रणाम किया और लौटकर रथ पर जा चढ़ा। रथ कहीं अधिक तेज़ी से युद्ध भूमि की ओर लपका।

कितना अच्छा होता यदि जुए की उन घिनौनी बाजियों के पहले ही राजसभा में पहुंचकर पांडवों को यह कथा सुना सकतीं!...कह सकतीं कि शांति समझौते के स्वप्नों में न खोकर सत्य को स्वीकारें। चौसर से उठें और कह दें कि–"दुर्योधन! यदि तुम्हारी इच्छा युद्ध ही है, तो वैसा ही हो?"

किंतु कैसे होता?...विधि ने तो कुछ और ही रच रखा था।

उसने तो निश्चित किया था–द्रौपदी का घिनौना अपमान ! माध्यम बन गए थे, स्वयं द्रौपदी के ही पति ! वे पति, जो अपनी-अपनी तरह समय के श्रेष्ठतम व्यक्ति कहे जाते थे !

अर्जुन ने रथ की वल्गा थामी। हल्का-सा झटका लगा और द्रौपदी की विचारतंद्रा टूट गई...

गंगा सामने हैं। पुण्यसलिला, पवित्र गंगा !

रथ से उतरकर द्रौपदी कुछ पल स्तब्ध देखती रही थी। गंगा के किनारे पर दूर-दूर तक कौरव-पांडव पक्ष के योद्धाओं के शव रखे हुए हैं. ..कुछेक सैनिक यहां से वहां पहरा देते हुए। आकाश में पंछियों का एक बड़ा झुंड शोर कर रहा है...रह-रहकर मंडराता और आकुल भाव से उन शवों पर आक्रमण कर देने की टोह लेता हुआ।

अर्जुन पुत्रों के शव उतरवा रहे थे। द्रौपदी इधर-उधर देखे जा रही थीं। एक बार फिर विचारशून्य हो उठी थीं वह–"आकाश-सी खाली। यदि कहीं कुछ सोचने के लिए शेष रहा है, तो केवल उन क्षुधाग्रस्त पंछियों की फड़फड़ाहट-सा मन ! इसके अतिरिक्त कुछ भी नहीं !

अर्जुन ने कहा था–"पांचाली ! इन शवों की क्रमबद्ध रखवाकर मैं चलता हूं। महाराज युधिष्ठिर वहां बैठे हुए हैं। तुम उन्ही के पास विश्राम करना।"

द्रौपदी ने उस दिशा में देखा, जिस ओर अर्जुन ने संकेत किया था। युधिष्ठिर माथा थामे हुए चुपचाप बैठे थे।

पांचाली उसी ओर चल पड़ी...अर्जुन शव रखवाने लगे थे। एक-दो बार मुड़कर वह स्थान देख लिया था द्रौपदी ने जहां पांचों बेटों के शव रखवाए गए।

अर्जुन जिस समय तक रथ पर पुनः सवार होकर अन्य शवों को लाने विदा होंगे, उस समय तक द्रौपदी युधिष्ठिर के पास जा पहुंचेगी–पहुंची पिटा, उदास और वीभत्सता के भय से कुम्हला चुका चेहरा उठाकर युधिष्ठिर ने पत्नी को देखा। होंठ हौले से हिले; किंतु उनसे स्वर बाहर नहीं आया।

द्रौपदी बोली थीं–"ये शव... !"

आगे बोल सकें, इसके पूर्व ही एकदम करीब से स्वर उभरा था अर्जुन का–"भइया! पांचाली के पांचो पुत्रों के शव आ गए हैं...दुष्ट अश्वत्थामा ने..."

द्रौपदी ने कांपकर देखा–अर्जुन रथ से न जाकर पास आ खड़े हुए थे। सूचना दे रहे थे।

आगे क्या बोलें, क्या उत्तर मिला–वह सब सुनने की न शक्ति शेष रही थी द्रौपदी में, न ही समझ पाने की बुद्धि! जैसे-तैसे अपने-आपको सम्हाले हुए गिरने से थामे रहीं।

युधिष्ठिर उत्तर दे रहे थे–"...धनंजय! अब यह सब कहना न कहना-व्यर्थ-सा जान पड़ता है..."

द्रौपदी ने स्वयं को संभाला, शब्दों से जुड़ने का प्रयत्न किया...

युधिष्ठिर के अगले शब्द थे–"किस-किस ने युद्ध की मर्यादाए नहीं तोड़ी? और किस-किसका पराक्रम और पौरुष केवल कायर चेष्टा नहीं बन गया...?"

कुछ सुन पड़ा, कुछ समझ में आया–पर संयत अब भी नहीं है द्रौपदी।

वे बोले जा रहे हैं। अर्जुन का स्वर है। वार्ता के बीच के कुछ शब्द–"...आपकी तरह स्थितप्रज्ञ होकर सोच पाना भला हम जैसे व्यक्तियों के लिए कैसे संभव है?

फिर युधिष्ठिर का एक गहरा श्वांस, झुका चेहरा। द्रौपदी की आंखे टिकती हैं उस पर।

और अर्जुन बहुत कुछ कहने के बाद पीड़ाकुल होकर कह उठे हैं–"वे क्षत-विक्षत शव मैंने इन बांहो पर उठाए हैं भइया–द्रौपदी ने उनके लटके सिरों और टूटी बांहो को सम्भाला है... !"

सहसा द्रौपदी कांप उठी है। इस कंपन ने पुनः चेतनामुक्त कर दिया है उन्हें। सब स्पष्ट, सब समझा, सब देखा, सब जाना हुआ... !

अब गंगा पुनः दीखने लगी हैं, उनके किनारों पर दृष्टि के पार तक फैली असंख्य लाशें, जय का मुखौटा लगाए मिली पराजय से युधिष्ठिर का कुंठित चेहरा...शवों की भीड़ में लगभग खो चुके पांचो पुत्र... !

युधिष्ठिर से बहुत बात नहीं हो सकी थी। अर्जुन चले गए थे। द्रौपदी एक ओर बैठी-बैठी भटकी-भटकी आंखो से कभी आकाश देखतीं, कभी गंगा की लहरें और किसी बार शवों का सिलसिला...

विचित्र परिवर्तन हुआ था आंखो में। सब देखकर भी कुछ भी नही देख पातीं। लगता था कि देखकर भी दृश्य की अनुभूति नहीं हो रही है। जो अनुभूति है, वह कुछ अलग।

युद्ध हुआ ! क्रूर महायुद्ध !

अच्छा होता कि कुछ समय पहले ही यह सब हो गया होता। परिणाम तो यही होना था। दर्शित जय, अदर्शित पराजय। किसी भी पक्ष की झोली में जाती, पर प्रभाव एक-सा ही देती !

परस्पर, द्वेष, वैमनस्य, कटुता और प्रतिद्वंद्विता ने कुछ समय वाक्युद्ध चलाए रखा था कौरव-पांडवों के बीच, फिर परस्पर चुनौतियां हुई थीं, उसके बाद छलपूर्वक कौरवों ने पांडवों को मार डालने के प्रयत्न किये और अंत में उससे भी कहीं अधिक छलपूर्वक जुआ आयोजित कर सर्वस्व-हरण का वह क्रूर नाट्य खेला !

किंतु द्रौपदी को लगता है कि इस सबके लिए केवल भाग्य ही दोषी नहीं है। न सब कुछ कौरवों पर थोपा जा सकता है। कितनी-कितनी बार उन्होंने स्वयं यह अनुभव नहीं किया कि पांडव, अपने विरोधी भाइयों की तरह किसी लाक्षागृह में आग भले न लगाते हो; किंतु मशाल ज़रूर दिखाते हैं !

यदि कौरवों ने अधिकार के नाम पर द्वेष, घृणा और वैमनस्य की पशुवत चेष्टाएं की हैं, तो पांडवों ने भी पशु को खिझाने के कम उपक्रम नहीं किए ! परिणाम–यह नाश !

इस सारे चक्र मे द्रौपदी पांडवों के प्रति, प्रतिबद्ध ! उनकी अर्धांगिनी। उनके हर गुण-दोष की सहभागी।

उस टूटी विचारशृंखला को अनायास ही पुनः जोड़ बैठी है...

कुरु-राजसभा में हो रहे उस नाशयज्ञ में कौन-सी घटना आहुति बनेगी–यही कुछ सोच रही थी वह...।

शैव्या सहमी हुई एक ओर...सब चुप, किंतु सारा कुछ बिलखता हुआ-सा...भयभीत।

तभी द्वार पर आहट हुई थी।

द्रौपदी ने चौंककर दृष्टि उठाई। शैव्या ने द्वार की ओर बढ़ते हुए पूछा था–"कौन?"

"मैं–प्रातिकामी!" उधर से आवाज़ आई थी।

द्रौपदी के माथे पर सिकुड़नें पड़ गई थी–प्रातिकामी को जानती थी वह। महाराज दुर्योधन का सारथी है। मित्रवत् और विश्वसनीय। पर वह किसलिए आया होगा?

शैव्या ने द्वारा खोल दिया था। कूछ पूछे, इसके पूर्व ही प्रातिकामी ने आगे बढ़कर प्रश्न किया था–"महारानी पांचाली...?" किंतु शब्द गले में ही अटके रह गए थे उसके। उस बीच द्रौपदी पर दृष्टि जा ठहरी।

प्रातिकामी ने हाथ जोड़े, सिर झुका लिया।

द्रौपदी को लगा था कि उसके जुड़े हाथों में कुछ थरथराहट हुई है। हलका-सा कंपन!

एक पल व्यर्थ-सी बैचेनी बिखरी रही थी प्रकोष्ठ में। शैव्या चकित भाव से कभी महारानी पांचाली को देखती, कभी सारथी को...स्वयं द्रौपदी प्रातिकामी के संदेश में प्रतीक्षित...और प्रातिकामी, वह जैसे कुछ संजो नहीं पा रहा है। शक्ति या साहस? शब्द या स्वर?

"बोलो, प्रातिकामी!" पांचाली को ही पूछना पड़ा था।

प्रातिकामी ने दृष्टि उठाई। चेहरा मलिन था। आंखों में विचित्र-सा सूनापन। होंठों ने हलके-से फड़फड़ाहट की। ऐसे, जैसे किसी पक्षी का बदन शून्य से जुड़ाव के पूर्व थरथराया हो, पंखों ने कंपन किया हो... ।

"महारानी! मैं–मैं आपको सभा में ले जाने के लिए आया हूं। महाराज दुर्योधन के आज्ञा दी है मुझे कि आपको सभा में लाऊं?"

शैव्या और पांचाली ने एक-दूसरे को आश्चर्यचकित होकर देखा। इस भाव से जैसे प्रातिकामी मानसिक रूप से कुछ विकृत हो गया है? प्रातिकामी इतना कहकर चुप हो गया था।

द्रौपदी ने प्रश्न किया–"कुरुराज दुर्योधन का आदेश मानने के लिए मैं बाध्य नहीं हूं प्रातिकामी! तू जानता है ना कि मैं पांडव-पत्नी हूं। केवल उन्हीं से आदेशित हो सकती हूं?"

"अब आप राजा दुर्योधन का आदेश मानने के लिए ही बाध्य हो चुकी हैं देवी!" प्रातिकामी इस बीच अपनी लड़खड़ाहट, संकोच और

दुविधा सहेज चुका था। स्वर में भी तेज़ी आ गई थी।

"यह क्या कह रहा है तू? कहीं तू मानसिक रूप से विकारग्रस्त तो नहीं हो गया?" द्रौपदी का चेहरा तमतमा आया।

"मैंने ठीक ही कहा है पांचाली!" प्रातिकामी ने उत्तर दिया था–"धर्मराज युधिष्ठिर आपको जुए के दांव पर लगाकर हार चुके हैं। अब आप दुर्योधन की विजित सम्पत्ति हैं और उन्होंने ही मुझे आदेश दिया है कि आपको सभा में ले आऊं।"

द्रौपदी के जबड़े कस गए थे। उत्तेजित होकर केवल चीख ही नहीं पड़ना चाहती थी, बल्कि प्रातिकामी को धक्के मारकर बाहर निकाल देना चाहती थी; किंतु अपने-आपको संयत किए रही। जिस तरह, जिस शक्ति के साथ वह बोल रहा था, उससे सिद्ध था कि प्रातिकामी जो कुछ कह रहा है, उसमें कोई-न-कोई तत्व हैं।"

शैव्या आगे बढ़ चुकी थी–"दुष्ट! तेरा यह दुस्साहस कि..."

"रुको शैव्या!" पांचाली के स्वर में गांभीर्य और कठोरता आ गई थी। एक पल प्रातिकामी को इस तरह देखा था कि वह अपने-आपको पिघलता हुआ महसूस करने लगा। एक गहरा श्वांस लेकर बोली–"यह कैसे संभव है प्रातिकामी! वैभवशाली इन्द्रप्रस्थ के राजाओं के पास अपार धन-सम्पत्ति, सेना, पशु और बहुमूल्य रत्नों के ढेर हैं। भला युधिष्ठिर को मुझे दांव पर लगाने की क्या आवश्यकता हो सकती थी? निस्संदेह, तुझसे कहीं कुछ भूल हो रही हैं।"

प्रातिकामी की आवाज़ का साहस सहसा लोप हो गया था। न जाने मन के किस भाव ने स्वर को गीला कर दिया। बोला–"मुझे दुःख है द्रुपदकन्या! राजा युधिष्ठिर जुए के दांव लगा-लगाकर पशु, धन, रत्न, सेना, राज्य यहां तक कि अपने चारों भाइयों सहित स्वयं को भी हार बैठे. ..और...और फिर उन्होंने आपको भी दांव पर लगा दिया! विधाता की इच्छा! वह दांव भी उन्होंने हारा! अब धर्मराज अपने भाइयों सहित कौरवश्रेष्ठ दुर्योधन के दास हो चुके हैं और आप दासी! अतः... ।"

"प्रातिकामी!" चीख पड़ी थी पांचाली। क्रोध, आवेश और बेबसी ने सारा बदन थरथरा दिया था। लग रहा था कि शब्द गले से लेकर छाती तक अटके हुए उनका अपना ही श्वांस रुंधने लगा हैं।

"शांत हों, देवी!" प्रातिकामी ने सिर झुकाया, स्वर में विनम्रता पैदा की, कहा, "मैं सेवक हूं महारानी, मेरा कार्य उचित-अनुचित का विचार किए बिना केवल स्वामी के आदेश का निर्वाह करना भर है और महाराज दुर्योधन का आदेश है कि आप मेरे साथ सभा में चलें, ताकि वह आपको दासियों का कार्य सौंप दें!"

हे, वासुदेव!" अनायास ही बुदबुदाई थी वह। अटके शब्द कब, किस पल झरने की तरह गले से उबल पड़े–स्वयं ही मालूमम नहीं। पराजय-बोध, अपमान और ग्लानि से भर उठी थी। लगा था कि प्रकोष्ठ धीमे-धीमे हवा के झोंके में कांपते पत्तों के झुरमुट-जैसा हिल रहा है, फिर दृष्टि धुंधला उठी थी। माथा थामकर बैठ रही।

प्रातिकामी होंठ भीचे, सिर झुकाए खड़ा था। शायद अपने-आपको कोसता हुआ–इस उच्चकुल के परिवार का कलह सेवकों तक को ऐसे घिनौने संदेशों के आदान-प्रदान में बाध्य करेगा...कैसा दुर्भाग्य!

शैव्या ने बिखर चुकी पांचाली को सहारा दिया...हौले से कहा था–"स्वयं को सम्हालिए, महारानी! आप...आपको क्या हो रहा है? मुझे कल्पना थी कि छल-जाल रचा गया है, किंतु यह नहीं मालूम था कि राजा दुर्योधन आपको अपमानित कर अपने सम्पूर्ण कुल-गौरव को अपमानित करने का क्रूर विचार कर सकते हैं!

पांचाली ने होंठो पर जीभ फिराई...पल-पल अपने को समेटा। एक उच्छ्वास छोड़ा, फिर प्रातिकामी की ओर देखा, जो उत्तर की प्रतीक्षा कर रहा था।

द्रौपदी उठीं। अब वह चट्टान की तरह अडिग थी। स्वर निकला, किंतु प्रातिकामी को अनुभव हुआ था कि एक प्रपात के वेग जैसी शक्ति है उसमें। चट्टानों को सिहरा डालने की क्षमता!

पांचाली ने कहा था–"दुर्योधन का संदेश मैंने सुना, अब तू सभा में जाकर राजा युधिष्ठिर से मेरी ओर से एक प्रश्न करना। पूछना कि उन्होंने पहले स्वयं को हारा है या मुझे? यह ज्ञात होने पर ही मैं चलूंगी।"

प्रातिकामी ने एक चकाचौंध अनुभव करते हुए द्रौपदी को चेहरा देखा, फिर दृष्टि झुका ली। लौट गया।

शैव्या और द्रौपदी खाली निगाहों से एक-दूसरे को देखती रह गई थी! उस पल जिस दृष्टि से शैव्या ने उन्हें देखा था, वह भी कभी नही भूल

सकेंगी। लगा था कि दासी दया दान कर रही है उन्हें। वह सहानुभूति कुछ ऐसी ही थी जैसे धूल उछलकर सूर्य पर थप्पड़ मारने की चेष्टा कर रही हो! वह स्नेह उपहास लगा था उन्हें, वह दया–अपमान और वह मुद्रा–धिक्कार!

किंतु कहां जानती थी कि दयारूपी अपमान, और सहानुभूति के नाम पर मिला विष अभी उन्हें और भी पचाना है...और–और गले उतारना हैं!

उस समय तक तो बहुत कुछ शेष था, जो घटने से रह गया था!

वह घटा–कुछ पलों बाद!

प्रातिकामी पुनः पांचाली के सामने आ खड़ा हुआ था। इस बार उसका स्वर बरसने की आकुल था, आंखे भीगी हुई। कहा था–"क्षमा कर दें, महारानी! मैं पुनः उसी दु-आदेश के पालन हेतु उपस्थित हुआ हूं..."

द्रौपदी उस समय तक आगत में उपस्थित होने वाले हर शूल को सहने तैयार हो चुकी थी। पूछा–"महाराज युधिष्ठिर ने क्या कहा?"

प्रातिकामी ने उत्तर दिया, किंतु लगता था कि बोलने में उसकी सांसे अटक रही हैं, शब्द-क्रम में अवरोध उत्पन्न हो गया है.

"देवी! मुझे खेद है कि आपका प्रश्न सुनकर महाराज युधिष्ठिर कुछ भी नहीं बोले! यहां तक कि सिर उठाकर उन्होंने मुझे देखा भी नहीं...और, दुर्योधन ने एक बार पुनः मुझे आदेश दिया कि आपको सभा में ले चलूं। उन्होंने यह भी कहा कि आप सभा में जो प्रश्न करना चाहें कर सकती है। वहां सभी उपस्थित हैं!"

द्रौपदी ने सुना। चकित नहीं हुई। पति की इस चुप्पी में ही उत्तर निहित था–समझ गई। उपेक्षा और धिक्कार से हंसने को भी मन हुआ था... एक विकृत हंसी। उचित-अनुचित की अनिर्णीत स्थिति में पौरुष धर्म इसी तरह जड़ हो जाता है। युधिष्ठिर सामने होते तो कह भी देती–"...यह होना था, धर्मराज! मैं जानती हूं! आप...आप यही कर सकते थे!"

प्रातिकामी स्वर में सहानुभूति भरे हुए कह रहा था–"बिडम्बना है कि सभ्य लोग सभा में ही बुला रहे हैं आपको! जानता हूं कि यह सब घोर अनर्थ हो रहा है...और आज जिस तरह, जो कुछ हुआ है, उससे मेरी यह धारणा निश्चित हो चुकी है कि कौरवों का अंत निकट है..."

शैव्या रुआंसी हो गई थी। जो घट रहा था या कहा-सुना जा रहा था, वह सब उसे अविश्वसनीय लग रहा था किंतु हर गुजरता पल निश्चित कर रहा था कि जो कुछ हो रहा है, एक दुखद और, कड़वा सत्य है!

पांचाली बोली थी–"तुम्हारी सेवक-धर्म की बेबसी जानती हूं सूत-पुत्र, अतः तुम व्यर्थ ही दुःखी मत हो-ओ। जो कुछ हो रहा है, उसे मैं विधाता की इच्छा जानकर ही स्वीकारती हूं; किंतु इतना अवश्य चाहूंगी कि उस सभा में बैठे लोगों से जाकर तुम पूछो कि इस समय धर्मानुसार मुझे क्या करना उचित होगा?–वहां, कुरुवंश के सभी वृद्ध, विद्वान और नीतिज्ञ सभासद उपस्थित हैं। वह जो कह देंगे, मैं अवश्य ही करूंगी! तुम तुरंत उत्तर लेकर आओ!

एक बार पुनः लौट गया था प्रातिकामी। संभवतः वह भी समझ गया होगा कि द्रौपदी किस छटपटाहट के साथ आगत अशुभ को टालने की चेष्टा कर रही हैं!

कक्ष पुनः सन्नाटे से भरा हुआ।

जाते समय कुछ घड़ी पूर्व प्रातिकामी द्वार, हौले से उढ़का गया था, किंतु उस समय शैव्या और द्रौपदी चकित हुई, जब उसके जाते ही पुनः आहट हुई...

आश्चर्य? क्या प्रातिकामी राजसभा से प्रश्न करके इतनी शीघ्र लौट सकता है? द्रौपदी ने सोचा।

पुनः आहट!

शैव्या आगे बढ़ी, द्वार खोला। इस बार इन्द्रप्रस्थ से साथ आया एक सेवक उपस्थित था। शैव्या को पहचानने में असुविधा नहीं हुई।

"प्रणाम करता हूं राजरानी!" सेवक ने कहा था–"महाराज युधिष्ठिर ने एक संदेश भेजा है।"

द्रौपदी आश्चर्य से मुड़ी। संदेश?...किंतु प्रातिकामी तो अभी-अभी कह कर गया है कि युधिष्ठिर शब्दहीन होकर बैठे हैं?...फिर यह संदेश? प्रश्नातुर दृष्टि से सेवक को देखने लगी थी पांचाली।

सेवक ने हौले से होंठों पर जीभ फिराई, फिर चौकन्नेपन से चारों ओर देखा। सन्नाटा जानकर धीमे शब्दों में कहा–"देवी! महाराज ने कहलवाया है कि आप..." वह बोलते-बोलते थम गया। दृष्टि में निरीहता उभरी, फिर आंख झुका ली उसने।

पांचाली चकित, पूछा–"हां-हां, बोलो, क्या कहते हैं युधिष्ठिर !"

"वह... !" सेवक ने थूक निगला, चेहरे पर अजब-सा कसैलापन पीने का भाव लिए हुए बड़बड़ाया–"जी, उन्होंने आदेश दिया है कि आप... आप केवल एक कपड़ा पहने हुए ही सभा में उपस्थित हो जाएं।"

द्रौपदी ने पलके मूंद ली थीं। सेवक के मुंह से भेजा गया यह आदेश लगा था कि उन्हें निर्वस्त्र कर गया है! छिः! क्या युधिष्ठिर अपना ज्ञान, बुद्धि, विद्वत्ता और गौरव सभी कुछ बिसरा बैठे हैं?...आशंकित हुई थी।

सेवक बोलने से पूर्व भी जानता था कि क्या प्रतिक्रिया होगी। कहा था–"कुछ अन्यथा न समझें महारानी! महाराज ने यह सब बहुत विचारकर ही कहलवाया है..." आगे कुछ कहने के पूर्व उसने पांचाली को देखा।

वह चुप थी। केवल पत्थर हो गई दृष्टि उस पर टिकाए हुए।

हाथ जोड़ लिए थे सेवक ने। आवाज़ भराई हुई "राजन का विचार है कि यदि आप एक कपड़ा पहने हुए, अधोनीवी और रजस्वला होने पर भी रोती हुई कुरु श्रेष्ठ धृतराष्ट्र के सामने पहुंचेंगी तो...तो इससे एक राजनीतिक लाभ होगा।"

द्रौपदी ने बदन में सुलगन अनुभव की थी। लगा था कि युधिष्ठिर के शब्द संदेश ने अंगारो की तरह उनके पूरे बदन में धधकना प्रारंभ कर दिया है, किंतु स्वयं को संयत किए रहीं। निश्चित किया कि दूत की बात पूरी होने तक शांत भाव से श्रोता ही बनी रहेंगी!

"...और उन्होने कहलवाया है कि ऐसा करने पर सभा में उपस्थित सभी लोग दुर्योधन की निंदा करेंगे। उन्हे लेकर उनके मन में विकृति उत्पन्न होगी। यही नहीं, इस तरह पांडवों को सहानुभूति भी मिलेगी!"

द्रौपदी ने अगले संदेश की प्रतीक्षा की, किंतु दूत चुप हो गया था। प्रकट था कि इसके आगे कुछ नहीं है!

शैव्या ने गर्दन झुका ली थी।

द्रौपदी शांत खड़ी रहीं, पर वह शांति विचित्र-सी थी। ऐसे जैसे एक ज्वालामुखी धरती के भीतर खौल रहा हो। अपने ही आपको झुलसाता, सुलगता और विस्फोट करके अपने-आपको ही ध्वंस कर देने की इच्छा रखता हुआ!

न चाहकर भी युधिष्ठिर की ओर देखने लगी है।

दोनों हथेलियों में सिर थामे, गर्दन झुकाए धरती को देखते हुए धर्मराज युधिष्ठिर!

नहीं! केवल धर्मराज, महाराज युधिष्ठिर नहीं! कुरु-कुल श्रेष्ठ, विश्वजयी युधिष्ठिर!

व्यंग्य और उपहास से एक वक्र मुस्कान होंठों के गिर्द तिर आई है। विचित्र बात! शवों के बीच घिरकर भी द्रौपदी की यह मुस्कान?...

शव?...लगता है कि शरीर से शव हो जाना भर ही मृत्यु नहीं है। कितने ही शव तो होते हैं जो गतिशील होकर भी शववत् जीवित होते हैं!

उस पल, जब युधिष्ठिर का वह नीति कथन सुनने को मिला था, तब द्रौपदी के भीतर वही शव-भाव जनमा था...। अपने, अपने व्यक्तित्व और अपने समूचे नारीत्व के प्रति शव-भाव! क्या राजनीति और अधिकार सत्ता के लिए मनुष्य ऐसे व्यापार कर सकता है?...

विश्वास नहीं हुआ था–उस क्षण! पर करना पड़ा था। पति का संदेश जो मिला था उन्हें।

उस क्षण का स्मरण करके मन विद्रूप से भर उठता है। कभी-कभी प्रश्न भी उठते हैं–तुमने वैसा किया ही क्यों द्रौपदी!...जिस आत्मशक्ति से उस क्षण तुमने अपने-आपको निर्वस्त्र होने की शक्ति अर्जित की थी, वही शक्ति उस समय अर्जित क्यों नहीं की, जब युधिष्ठिर ने वैसा छिछला आदेश भिजवाया था तुम्हें? उसी क्षण सभाभवन में पहुंचकर उन्हें क्यों नहीं धिक्कारा? क्यों नहीं कहा कि सारे समाज में धर्मात्मा माने जाने-वाले युधिष्ठिर...तुम अपने पक्ष के प्रति जन-सहानुभूति अर्जित करने के लिए अपनी ही पत्नी का वैसा अर्धनग्न और उच्छुखंल जन-प्रदर्शन करना चाहते हो?...यह कौन-सा धर्म है तुम्हारा?"

धर्म या केवल राजनीति! संवेदनशील क्रूर राजनीति! भावनाशून्यता का ऐसा अंधकार, जिसने तुम्हारे ज्ञान को भी ग्रस लिया है! सज्जनता को भी! और पौरुष?...

उस कटु-क्षण के स्मरण ने द्रौपदी को ऐसी आग बना छोड़ा है, जिसमें वह अनेक बार, अनेक तरह जलती-सुलगती रही हैं।

फिर-फिर युधिष्ठिर की ओर देखने लगती है। विगत-स्मरण की कटु

ज्वाला ने वर्तमान का प्रेत-रूप दृष्टि से ओझल कर दिया है। हवाओं में फैली विषाक्तता का अहसास नहीं हो रहा। अहसास हो रहा है केवल अपनी ही जलन का! इस जलन में क्या-कुछ नहीं झुलसने लगा है पांचाली का? सब कुछ, मातृत्व, सुंदर देह, व्यक्तित्व की गरिमा और स्त्रीत्व का गौरव! उस जलन में अपने होकर भी न होने का अहसास इतना तीव्र कि अपने को ही सह पाना कठिन!

शरीर में एक ज्वार-सा उठा...इच्छा होती है कि जाएं और युधिष्ठिर से प्रश्न कर लें–"वर्तमान के इस वीभत्स चेहरे ने आपको इतना दुखित किया धर्मराज? मृत्यु के इस तांडव ने आपकी सम्पूर्ण शांति छीन ली है! पर यह सब आज ही क्यों अनुभव हो रहा है तुम्हें? उस पल क्यों नहीं हुआ, जिस पल तुमने संदेश भेजकर मुझे–अपनी स्त्री, अपनी धर्मपत्नी को केवल चौसर पर नहीं हारा था, अपितु राजनीति की चौसर पर अर्धनग्न खड़ा कर देने में भी संकोच नहीं किया?..."

गहरा श्वांस लिया–बैठी रही। एक धिक्कार मन से उभरा हवाओं में घुल गया।

उस पल तर्क किया था अपने आप से–"संदेश आत्मा में लग भले गया हो, किंतु नीति की दृष्टि से उचित है!" मान-अपमान के समुद्र में गोते खाती हुई द्रौपदी ने उस समय तो युधिष्ठिर के संदेश को लेकर इसी तरह सोचा था, निबाहा भी, अपने भीतर उठे प्रश्नों को कुतर्क करके शांत कर लिया था...

जब शैव्या ने आकर यह पूछा कि अब वह क्या करेंगी, तब द्रौपदी ने उत्तर दिया था–"महाराज युधिष्ठिर ने ठीक ही सोचा है। विद्वज्जनों और समाज-स्तंभों को मालूम होना चाहिए कि कौरव किस सीमा तक पतित हो चुके हैं! नीति की दृष्टि से यह लाभकर ही होगा शैव्या! पांडवों के पक्ष में वातावरण बनेगा!"

वह चुप हो रही थी–पर उसकी वे आंखें, पांचाली कभी नहीं भूल सकेंगी...!

शब्दहीन थी वह, पर आंखे बोलती हुई, जैसे चकित होकर पूछ रही हों–"यह आप कह रही हैं पांचाली! गौरवशाली महाराज द्रुपद की बेटी और वीर पांडवों की पत्नी?...क्या राज्य के लिए स्वयं को उस हीनावस्था में सभा के बीच खड़ा कर देंगी आप?"

किंतु द्रौपदी ने दृष्टि चुरा ली। राजा युधिष्ठिर की तीव्रबुद्धि पर अति प्रसन्न हुई थी वह! जन-समर्थन और सहानुभूति पाने का कैसा प्रभावी उपाय सोचा है उन्होंने?

प्रातिकामी नहीं आया अब तक?...उन्होंने विचार किया था, फिर पल भर की देर न कर एक कपड़ा पहन लिया था।उस कपड़े से हर अंग झांकता हुआ! पति के शेष दो निर्देशों का पालन करना ही बचा था। एक तो प्रातिकामी के पीछे-पीछे चलना और दूसरे रोते हुए सभा में राजा धृतराष्ट्र के सामने उपस्थित होना।

उस समय नही जानती थी कि अभी बहुत कुछ होना शेष है! ऐसा–जिसे द्रौपदी कभी नहीं भुला सकेंगी! वह–जो द्रौपदी को सारे जीवन मृत्यु से अधिक कष्टदायी वेदना देता रहेगा!

प्रातिकामी नहीं आया था। आहट हुई और शैव्या द्वार खोलने बढ़ी, किंतु उसकी आवश्यकता भी नहीं पड़ी थी। शैव्या उढ़का हुआ कपाट थामे, इसके पूर्व ही द्वार खुला–शैव्या चौंककर दो कदम पीछे हट गई!

दुःशासन सामने था! वज्रवत् देह, लम्बी बांहे, गोल सुर्ख आंखे। दुःशासन के चेहरे भर से आतंक बिखर जाता था। उसकी उपस्थिति सदा ही, सब के बीच भय का कारण बनती। उद्दंडता में वह दुर्योधन की अपेक्षा कई गुना अधिक था। कई गुना निर्दय भी।

शैव्या कांप उठी थी।

द्रौपदी उस समय तक यही समझे हुए थी कि प्रातिकामी आ पहुंचा है। मुड़कर तुरंत पति के आदेश पालन में चल पड़ना चाहती थी; किंतु लज्जा ने शरीर जकड़ दिया। उस एक महीन कपड़े मे अपने ही शरीर को नग्नवत देख रही थी वह...उसी क्षण अनुभव किया था कि यांत्रिक ढंग से पति का आदेश भले ही पूरा कर बैठी हों, किंतु निबाहते समय लज्जा की इतनी गहरी खाइयों में समा जाएंगी कि किसी और को सह पाना तो दूर, स्वयं को ही सह पाना कठिन हो जाएगा।

"पांचाली!" दुःशासन ने कदम आगे बढ़ा दिए थे। अगले शब्द सुनने के पूर्व बदली आवाज़ ने द्रौपदी को चौंकाया। मुड़ी और देखने लगीं। भय से चेहरे की चमक गुम हो गई–"दुःशासन!

वह आगे बढ़ा आ रहा था। लाल' आंखे, अजब से कामुक ढंग में पांचाली का पूरा शरीर देखती हुई। दृष्टि की हर किरण अंगुलियां बनकर

पांचाली ने अपने तलवों से सीने तक रेंगती महसूस की थी। जहां-तहां यह किरणें बिछी, वहां-वहां शरीर जैसे मृत होता गया। सब कुछ भूलकर बुद्धि कुछ पल के लिए कुंठित हो गई! विचार-तंतु मृतवत्!

"चलो, पांचाली! अब तुम हम कौरवों की हुई! हमने तुम्हें चौसर के दांव पर जीता है और अब तुम्हारा कर्तव्य है कि दासी भाव से हम सब की सेवा करो!"

"नहीं-नहीं, दुःशासन! तुम...तुम!" द्रौपदी ने विरोध किया। लगा कि बहुत कमज़ोर विरोध है। आवाज़ घुटी हुई, गला सूखा हुआ...इस सबके साथ प्रतिकार में कुछ कदम पीछे हटता उनका शरीर दृढ़ नहीं है, लड़खड़ा रहा है। दुःशासन इतनी ज़ोर से हंसा था कि शेष शब्द गले में ही घुटकर रह गए। यह भी जान लिया था कि अधिक पीछे हटकर भी बच नहीं सकेंगी...

दुःशासन कहे जा रहा था, "तुम व्यर्थ ही संकोच कर रही हो सुंदरी! हमने तुम्हें अनाधिकार नहीं, अधिकारपूर्वक और न्याय-धर्म से जय किया है। अतः तुम निःसंकोच होकर राजा दुर्योधन की सेवा में चलो! यदि तुम शांतिपूर्वक और प्रसन्नता से कौरवों को समर्पित हुई, तो वैभव, सुख, समृद्धि और आनंद तुमसे कभी विलग नहीं होंगे! चलो, द्रौपदी!"

थरथराती, कांपती द्रौपदी रोना भी भूल गई! भय के कारण सिर्फ ज़ोर से चीखी थी। अजानबाहु दुःशासन इतने पास आ पहुंचा था कि अगले क़दम के साथ बांह फैलाकर उन्हें अपने पाश में जकड़ ले!

"नहीं, दूर हो मुझसे, नीच!" द्रौपदी चीखी, फिर वाण-वेग से द्वार पार करती हुई उन प्रकोष्ठों की ओर दौड़ पड़ी, जिनमें कौरव-कुल की स्त्रियां थी। सोचा था कि महारानी गांधारी एवं अन्य स्त्रियों के बीच पहुंचकर संभवतः दुर्योधन के पठाए इस राक्षस भाई से मुक्ति पा सकेंगी! भले ही कौरवों की स्त्रियां हों वे, किंतु हैं तो स्त्री! द्रोपदी के बदन का हर नग्न हिस्सा उनके स्त्रीत्व को भी तो नग्न करेगा! वहीं रक्षा पाएंगी!

पर दुःशासन पीछे लपक पड़ा–"रूकों, याज्ञसेनी! रूक जाओ!" वह चीखता आ रहा था–"यदि तुम नहीं रुकीं और मुझे बलपूर्वक तुम्हें ले जाना पड़ा, तो तुम्हारे लिए ही उचित नहीं होगा! पुनः कहता हूं, द्रौपदी! रुक जाओ और चुपचाप चली चलो!"

पर द्रौपदी हांफती, गिरती दौड़ी ही चली गई थी...उन्होंने राजमहल

का तमाम हिस्सा पार कर लिया था। राह मे पड़ गए दास-दासी या तो उन्हें इस तरह बदहवास दौड़ते देखकर सिटपिटाए हुए से परे हो गए थे, या फिर लड़खड़ाकर धक्का खाते हुए दूर जा गिरे!

सारा रनिवास अजब-से हड़कम्प में डूब गया! दुःशासन की खीझ अब क्रोध में बदल चुकी थी। यों भी वह अपने सभी भाइयों में सर्वाधिक क्रोधी और क्रूर स्वभाव वाला था। जिद में वह किसी भी अप्रिय कार्य को करते हिचकिचाता न था और द्रौपदी ने उसे उत्तेजित कर दिया था!

वह कौरव-पुत्रों की बहुओं के कक्षों से लेकर कौरवों की रानियों तक के कक्षों में गई थी। हर कक्ष से चीखती हुई गुजरी–"तुम भी स्त्री हो! इस नीच कुल-पुरुष से मेरी रक्षा करो?"

कुछ पल थीं; किंतु व्यर्थ! पीछे दौड़ते दुःशासन को देखते ही सब एक-एक ओर हो जाती। इस तरह सहमी और कांपती हुई जैसे आंधी में पत्ते की तरह हिल उठी हों!

हांफने लगी थी द्रौपदी! वह मुख्य कक्ष में जा पहुंची थी। महारानी गांधारी का कक्ष! गांधारी उस समय थी नहीं। दुर्योधन की रानी भानुमति हों, यह विचारकर भी आशा और विश्वास से चारों ओर दृष्टि घुमाई थी द्रौपदी ने, किंतु वह भी नहीं! जो थी, वे अन्य स्त्रियों की ही तरह महत्वहीन! द्रौपदी समझ गई थीं कि अब बचना कठिन!

युधिष्ठिर का आदेश था, रोते हुए सभा मे श्वसुर के सामने आ जाओ! कुछ पल पूर्व सोचा था कि किस तरह रोने का अभिनय करेंगी, किंतु वैसा अवसर नहीं आया। दुःशासन की उद्दंडता और क्रूर आक्रमण के भय ने द्रौपदी को सहज ही हिलकियां भर-भरकर रोने, थके शरीर में धौंकनी की तरह हांफने के लिए लाचार कर दिया! वह गिर पड़ी!

दुःशासन सामने आ खड़ा हुआ था। न उसका श्वांस उखड़ा था, न ही स्वर में कोई टूटन आई थी। ज़ोर से हंसते हुए बोला था–"तुम मूर्ख हो, पांचाली! तुम्हारे कायर, पौरुषहीन पतियों ने तुम्हें शरीर से त्यागे हुए वस्त्र की तरह भरी सभा में उतार फेंका है। और तुम हो कि धर्म, सतीत्व और ज्ञान के फेर में पड़कर वीर कौरवों की संगिनी बनने से घबराती रही हो? चलो, मेरे साथ! तुम्हारा शुभ इसी मे है!" द्रौपदी कुछ बोले, विरोध कर सकें, इसके पूर्व ही दुःशासन ने झुककर हाथ थाम लिया था उनका, "चलो!" वह एक बार पुनः गुर्राया था।

"नहीं !" द्रौपदी ने अपनी ओर से सम्पूर्ण शक्ति के साथ वे शब्द उगले, किंतु लगा कि वे शब्द महज मिमियाहट बनकर रह गए है। उसमें विरोध नहीं, कातर भाव से की गई याचना का भाव छिपा है !

द्रौपदी बिलखने लगी थी। कलाई पर जकड़ा हुआ दुःशासन का पंजा इतना कठोर था कि उन्हें लगा था कि जैसे वह मांस में ख़ुपकर रह गया है। किसी जंगली पशु के जबड़ों की तरह !

दुःशासन ने पुनः कहा था, "उठो !"

द्रौपदी ने सिसकते हुए उसे दया के भाव से देखा। उस बच्चे की तरह जो भय के कारण सहायता मांग रहा हो...?

दुःशासन के पंजे ने सहसा हरकत की...द्रौपदी धरती पर खिंचने लगीं। वह उन्हें घसीटता हुआ ले जाने के लिए तत्पर था।

जैसे-तैसे प्रार्था कर उठी थी वह–"मैं रजस्वला हूं दुःशासन ! तुम्हारी भाभी हूं। विचार करो ! मुझे इस तरह एक कपड़े में इस स्थिति के बीच सम्मान्यों, गुरुजनों और कुल-पुरुषों के अतिरिक्त सबके सामने ले जाना क्या उचित होगा? मैं तुम्हारे ही कुल की मर्यादा हूं देवर !"

दुःशासन ने उत्तर नहीं दिया था, हंसा और घसीटता ले गया !

लगता है उस घिसटन के घाव और जलन अब भी पांचाली के बदन पर मौजूद हैं। जब-जब विगत का वह क्रूर क्षण स्मरण में कौंधता है, तब-तब द्रौपदी इस जलन को अनुभव कर उठती हैं !

अनायास ही लगा था कि विगत की खाइयों में भटकते-भटकते थक जाने के कारण आंखो में आंसू आ गए हैं। वर्तमान धुंधलाता हुआ...

उन आंसुओं की परत के पार देखने से लगता है कि यह वर्तमान लपटों के बीच झुलसता, झिलमिला रहा है...थरथराता, कांपता हुआ !

द्रौपदी को याद है कि उस दिन क्या कुछ, किस-किस तरह प्रार्थना नहीं की थी दुःशासन से? उसे कुल, मर्यादा, प्रतिष्ठा, गौरव सभी कुछ याद दिलाया था। पर जब वह भी अनसुना हुआ, तब द्रौपदी अनायास पतियों के गौरव का बखान करती हुई उसे डराने की चेष्टा करने लगी थी। एक-एक कर नाम लेती, उसका गुण बघारतीं और वह उपेक्षा के भाव से उस हर नाम पर थूकता ! उस नाम की निर्लज्जता का बखान कर

देता !

द्रौपदी ने चेतावनी दी थी दुःशासन को–"मुझे लगता है तेरा अंत निश्चित हो गया है दुःशासन ! अब तू पांडवों के कोप से नहीं बच सकेगा !"

दुःशासन ज़ोर से हंसा था...इतनी ज़ोर से कि द्रौपदी थर्रा गई थी ! वह हंसी इस समय भी द्रौपदी के कानों में गूंज रही है। हंसी या अट्टहास?

पछतावा होता है–किसलिए पांडवों का वीरत्व बखान किया द्रौपदी ने? उस क्षण यह कैसे भूल गई कि पांडव ही तो थे, जिन्होंने वस्तु-भाव से उन्हें चौसर के दांव पर लगाया ! उनकी श्वांसो को राजनीति की जड़ चाल पर इस तरह खेला जैसे द्रौपदी उनके लिए पत्नी नहीं, केवल समय पर उपयोग में आने वाला एक मोहरा है !

निस्संदेह मोहरा ही बनी थी द्रौपदी। चौसर के खेल से लेकर सभा में अपने स्त्रीत्व के नग्न प्रदर्शन तक ! सिर्फ कौरवों को कैसे दोष दे सकती हैं बह?

उनके पति भी कम दोषी नहीं है !

किंतु उस पल उन्हें दुःशासन, दुर्योधन और समूचा कौरव वंश ही दोषी दिखा था। कितना अच्छा होता कि जितना कुछ उन्होने कौरवों से कहा, उतना ही वह पांडवों से कह सकी होती ! अपितु पांडवों से तो कुछ ज़्यादा ही कहा जाना चाहिए था ! उनके ज्ञान, पौरुष, पराक्रम और नीति को धिक्कारना था !

पर धिककारे जा रही थी दुःशासन को...समूचे कुरुवंश को ! पराक्रम बखान कर रही थी एक-एक पांडव का।

दासियां और दास स्तब्ध, भयभीत खड़े उस दृश्य को देखे जा रहे थे ...दुःशासन कक्ष के बाद कक्ष पार करता हुआ, क्रमशः उन्हे सभाभवन की ओर घसीट रहा था।

"तुम सबका नाश निश्चित हो गया कौरवों ! निश्चित हुआ !" वह चीख रही थी, बड़बड़ा रही थी। बीच-बीच में कराह भी उठती।

दुःशासन सिर्फ हंसता हुआ...किसी बार ज़ोर से, किसी बार हौले।

"तेरा सारा कार्य अनार्यो जैसा है नीच !" द्रौपदी ने कहा था–"यह

मत सोचना कि पांडव तुझे भूल जाएंगे ! तू एक दिन उनके कोप का शिकार होगा ! अवश्य होगा !"

"पांडवों का कोप?" वह उपेक्षा से बोला था, फिर हंसा। यह हंसी जैसे उसके अगले शब्द थी–पांडवो के सारे पौरुष पर गिरा हुआ थूक !

"धर्म की गति बहुत सूक्ष्म होती है, दुष्ट दुःशासन ! तुझे नहीं मालूम कि राजा युधिष्ठिर किस कारण अवश हुए होंगे अन्यथा तू उनकी तपस्या से ही जल मरता।"

दुःशासन उत्तर में सिर्फ हंसा। द्रौपदी को ज़ोर से खींचने लगा। वह सिसकने लगी थी। सारा शरीर बिजलियों की कौधें झेलता हुआ, चमड़ी फटती हुई।

"मैं...मैं सच कह रहा हूं नराधम ! तू और तेरे सभी नीच भाई एक-न-एक दिन महाबली भीम के वज्र हाथों से कीड़ो-मकोड़ो की तरह मारे जाएंगे !" वह ज़ोर से तड़पी थी।

"आश्चर्य ! मूर्ख भीम के हाथों बली दुर्योधन के हत होने की कल्पना खूब कर रही हो, पांचाली ! वाह !" वह उपेक्षा से हंसा। अब द्रौपदी सभा-भवन के पास तक पहुंच चुकी थी...

पसीने से सारा बदन नहा चुका था। क्रोधावेश के कारण सर्पिणी की तरह फुंफकार रही थी वह। ऐसे जैसे नेवले से युद्ध करते हुए नागिन हांफती हुई ज़ोरों से फुंफकार भरे !

दुःशासन ने सभाभवन में कदम रखते समय खिचती हुई द्रौपदी को लेकर यह विचार भी नहीं किया था कि सभाभवन की सीढ़ियां ऊंची हैं। वह उन ऊंची सीढ़ियों पर भी उन्हें उसी भाव से खींचता ले गया था, जैसे किसी गीले बोझिल कपड़े को घसीटे जा रहा हो।

एक भयावह चीख के साथ द्रौपदी सभाभवन में जा गिरी थी ! वह बोल कुछ नहीं रही थीं सिर्फ सिसकती, हांफती, सिर हथेलियों में छिपाए रोए जा रही थी।

वे सब स्तब्ध बैठे रह गए थे। सबके चेहरे धुंधलाए हुए। सब नतमस्तक। सब के शरीर मुरझाई डालों की तरह लटके हुए। सब अपने ही भीतर अपने-आपसे भयभीत !

द्रौपदी के पास ही खड़ा था दुःशासन। विजयी भाव से बड़े भाई को देखता हुआ।

दुर्योधन ने आगे बढ़कर हंसते हुए पीठ थपथपाई थी छोटे भाई की। कहा था–"मै प्रसन्न हुआ बंधु ! अति-प्रसन्न हुआ !"

भीष...धृतराष्ट्र...विदुर...द्रोणाचार्य...अश्वत्थामा...कृपाचार्य...और दानशील कर्ण... !

सभी तो थे वहां। उनके अतिरिक्त कौरवों के आधीन राजाओं, ब्राह्मणों, विद्वानों की एक बड़ी भीड़ !

द्रौपदी सिसकियां भरती हुई...उनमें से एक-एक को देखने लगी थी। श्वेत धवल दाढ़ियों से ढके, चंदन लगाए वृद्ध चेहरे ! काल के सर्वाधिक क्षमतावान् और ऐतिहासिक चरित्र ! धर्माधर्म के गूढ़ ज्ञाता और पराक्रम-पौरुष के समूचे ग्रंथ !

पर कैसे निर्जीव? कैसे पराजित? कैसे निराश और थके हुए !

कौरव भाइयों की फुसफुसाहटें और व्यंग्यभरी हंसियां भी कानों में पड़ी थी। पांचाली के, फिर नज़र गई थी अपने पतियों पर।

वे पांचाली की ओर नहीं देख रहे थे। सच तो यह था कि वे देख नहीं सकते थे। द्रौपदी ने सिसकियां पीने का प्रयत्न करते हुए सोचा था–वे देख सकते तो शायद उनके भीतर बर्फ हो चुके लहू में शेष रहीं उष्णता जागती? किंतु नहीं ! एक धिक्कार ने सहसा द्रौपदी को जबड़े कसने पर बाध्य कर दिया था–"नहीं ! वे तो पुरुष रहे ही नही थे ! भाग्य ने उन्हें कर्महीन कर दिया था ! पौरुष शेष !"

द्रौपदी की पुतलियां सहसा ही अपने-आप पर उतर आई थी–जिस एक महीन कपड़े को बदन से लपेट रखा था, वह भी घसीटे जाने के कारण कई जगह से तार-तार हो चुका था !

"नहीं, द्रौपदी !इस समय तुम्हें किसी की कृपा, आश्रय और सहायता पर स्वयं को नहीं बचाना होगा–तुम बचाओंगी अपने-आपसे ! अपनी ही शक्ति से ! वही तुम्हारा रक्षक हो सकती है ! छोड़ दो सबका आसरा ! बिसरा दो इन सबको !"

"किंतु...किंतु..." द्रौपदी तब भी कहीं विश्वास जुटाए हुए थी–पतियों को रक्षार्थ प्रेरित कर सकेंगी। वृद्धों में कुल-गरिमा और धर्मनिर्णय की सो चुकी क्षमता जागृत कर सकेंगी !"

पुनःपुनः आश्रित भाव से दृष्टि उन चेहरों पर जाने लगी थी। कहने के लिए शब्द बटोरे थे उन्होंने; पर लगता था कि रह-रहकर बिखर जाते है शब्द । ऐसे, जैसे शब्द न होकर मोतियों के दाने हों, जो विश्वास की माला के टूट जाने से सहसा बिखर गए हों...

हां, विश्वास-माला ही टूट गई थी पांचाली की! गला खाली! तन सार्वजनिक रूप से बिखरा हुआ। जितना धिक्कार उन सबके प्रति, उतना ही धिक्कार अपने प्रति भी! भयभीत होकर दुर्योधन की ओर देखा था उन्होंने। लगा था कि वह ऊंचा और ऊंचा होता हुआ एक ऐसे गुम्बद की तरह सारे वातावरण पर फैल गया है जिसके नीचे भीष्म और द्रोण का पौरुष, पांडवों का पराक्रम, धृतराष्ट्र का राजत्व और विदुर का धर्म सब कुछ दबकर धीमे-धीमे ही सही, किंतु दम तोड़ने लगे हैं।

मन ने न जाने कैसे जागृत होकर कहा था–"ऐसा ही होता है द्रौपदी! जब-जब कायरता का अंधकार मनुष्य को ग्रसता है, तब-तब उसका पौरुष इसी तरह कुंठित हो जाता है! जब-जब राजनीति की संवेदनहीनता के प्रति ज्ञान समर्पित हो जाता है, तब-तब मूल्यहीनता का विष इसी तरह समाज की नसों में बिखरता है!"

कह देना चाहती थी अपने-आपसे–"पांडव कायर तो नहीं है? युधिष्ठिर का ज्ञान लुप्त तो नहीं हो गया है? भीम का पौरुष पराजित तो नहीं हुआ है? किंतु लगा था कि तर्कातर्क और विवेचन का समय नहीं है। समय है, केवल अपनी रक्षा का! समय शेष रह गया है, केवल अपने स्वत्व को बचाने का! और उसी के लिए वह शब्द ढूंढ़ रही है–धिक्कार के शब्द! धर्माधर्म को जगाने के लिए कुरेदते हुए शब्द। वे प्रश्न जो समाज और व्यवस्था के इन पहरुओं के चेहरों पर थप्पड़ों की तरह आघात करें!

एक स्वर उभरा था कौरव देवरों की भीड़ से–"दासी! उठो और अपने नए स्वामी महाराज दुर्योधन को प्रणाम करो! अभय लो!"

फिर हंसी। हंसियों की एक मोटी-पतली, आनंद से चीत्कार करती हुई धारा!

कुछ अंगारे! हां, अंगारे ही थे वे। ये अंगारे लपट बन गए है। द्रौपदी को भीतर तक झुलसाते हुए।

हंसिया ठहाके बनने लगी थीं। द्रौपदी की सिसकियों ने सहसा बर्फ की तरह जमना प्रारंभ किया। कहा था–"आप सभी पर धिक्कार है! हज़ार बार धिक्कार! मुझे लगता है, कुरु-कुल का गौरव नष्ट हो चुका। महाव्रती पितामह भीष्म और वज्रदेह राजा धृतराष्ट्र पुरुषार्थशीन हो गए। विदुर का धर्मात्म विलीन! यह सब न हुआ होता, तो स्त्री को इस दुर्दशा में उनकी आंखे सह नही पाती! वे मृतवत् बैठे न होते!"

शब्द गूंजे थे। उन शब्दों के साथ-साथ वह विद्रोह और घृणा गूंजी थी, जिसे पांचाली ने अपने सम्पूर्ण आत्मबल के साथ उपस्थित सभाजनों के चेहरों पर उछाल दिया था...

और प्रतिक्रिया?

हां, प्रतिक्रिया हुई थी। पांचाली ने देखा था कि प्रतिक्रिया हुई है–झुके शीश और झुक गए हैं। बूढ़े चेहरों की सलवटें गहरा उठी हैं। तेज-मय पौरुष और पराक्रम से भरी आंखे उन प्रश्नों की ज्योति झेल नहीं पा रही हैं। एक थरथराहट सिहासनों से लटके और धरती पर टिके पैरों में उभरी है! यह थरथराहट है या केवल मृत शरीरों की छटपटाहट, तय नहीं कर सकी थीं द्रौपदी!

और उनके पति! असामान्य कहे जाने वाले महापुरुष?

युधिष्ठिर, भीम, अर्जुन और नकुल-सहदेव ?

द्रौपदी की पुतलियां उनकी ओर भी घूम गई थी। अधोवस्त्रों के अतिरिक्त कुछ भी शेष न था उनके शरीरों पर। कुंडलहीन कान, गले खाली, मुकुट सिरों से उतरे हुए, रत्नजड़ित बहुमूल्य अंगूठियां सामने पड़ी हुई! दीन-भाव से धरती में गड़े पांडव!

सहसा द्रौपदी सभा में उपस्थित अन्य लोगों की ओर मुड़ी थी। कौंधते कुछ शब्द उल्काओं की तरह वातावरण में पुनः टूट पड़े–"...आप सब भी अपने पराक्रम, ज्ञान और नीतिज्ञता के लिए विख्यात हैं? क्या आप में भी साहस शेष नहीं रहा है कि इस अनीति का प्रतिकार करें?"

वे भी चुप।

"आप तो ब्राह्मण हैं देव! महान् गुरु, ज्ञान-दाता? क्या आप भी शांत बैठे सब कुछ देखते-सहते रहेंगे आचार्य!" द्रौपदी ने कातर होकर

द्रोणाचार्य से प्रार्थना की, "यह मेरा ही अपमान नहीं, सम्पूर्ण नारीत्व का अपमान है ब्रह्मन्!"

उत्तर में द्रोणाचार्य का गहरा, निराश उच्छवास ही पा सकी वह।

जैसे-तैसे अब तक अपने-आपको सहेजे रहीं द्रौपदी निराशा, खीझ और पीड़ा से भरकर असहाय भाव से बिलखने लगी थी'। वातावरण में बिखरी उनकी सिसकियों ने उपस्थित वृद्धों की आत्मा पर निःशब्द धिक्कार बरसाना प्रारंभ कर दिए थे! उन सबके बीच थी कौरवों की उच्छृंखल हंसी। व्यंग्य में कहे जा रहे शब्द। दुःशासन की प्रशंसा।

सहसा फुसफुसाहट होने लगी थी। ऐसे जैसे किसी सघन झाड़ी में छिपे कीड़े रेंगकर धरती पर आहट कर रहे हों। हां, पांचाली को उस समय भीष्म, द्रोण, विदुर और धृतराष्ट्र के बीच हुई वे बातें ऐसी ही लगी थी। इतनी ही घृणा हुई थी उनसे।

"पितृ!...पितृ!...पूज्य!.." कितनी-कितनी बार नहीं बोल चुकी थी पांचाली; किंतु वे उत्तर नहीं दे सके थे। देखा तक नहीं था। सुनकर भी अनसुना करने की निर्लज्ज चेष्टा की थी उन्होंने! धिक्कार!

फुसफुसाहटों के परिणाम निकले थे। धर्माधर्म की व्यवस्था दी गई थी। भीष्म ने कह दिया था–"जिस धर्माधर्म का प्रश्न द्रौपदी ने उठाया है, उसमें मैं कुछ निश्चित सिद्धांत नहीं दे पा रहा हूं। निर्णय कठिन!"

यह परिवार के सबसे वृद्ध व्यक्ति का ही नहीं, कुलपूज्य का कहना था। पांचाली उस समय न हंस सकी थी, न रो सकी! राजनीति के क्रूर यज्ञ में बेबस द्रौपदी की आहुति दे डाली गई थी! पांडवों की ओर से भी, कौरवों की ओर से भी।

सब आ चुके थे उस समय तक! द्रौपदी उस समय चौकी थी, जब युधिष्ठिर ने ही उन्हें विगत की निद्रा से जागृत किया था– "पांचाली! पांचाली!"

द्रौपदी ने उन्हें देखा। प्रश्नहीन।

"उठो, देवी!" वह बोले थे। द्रौपदी विगत के उस क्रूर दृश्य को जैसे-तैसे मन से धुंधला सकी। वर्तमान में लौटी।

अब दृष्टि के सामने बहुत कुछ था! तैयार हो चुकी चिताएं...उन

चिताओं पर पहुंचाए जा चुके शव... ।

युधिष्ठिर उन्हें कंधे से सहारा देकर एक ओर ले गए थे। और द्रौपदी देखती रही थी...चिताएं...चिताओं पर पहुंचाए जाते मृत, क्षत-विक्षत शरीर, उन शरीरों के टुकड़े...विकृत हो चुके चेहरे...फट चुकी छातियां और चिथड़े बन चुकी जंघाएं ! कई चेहरे कालिख से भरे हुए, आधे जले, आधे गले हुए !

विकृति, घृणा यहां तक कि अरुचि का भाव भी पैदा नहीं हुआ था उनमें । इस तरह देखे-सहे गई जैसे जो घट रहा है, उससे तनिक भी जुड़ाव नहीं है उनका...यदि कुछ है भी तो उस झुलस चुकी धरती जैसा, जिसका रंग भी गुम गया है !

तभी दृष्टि मुड़ी। अर्जुन, भीम, नकुल और सहदेव कुछ सैनिकों की सहायता से पुत्रों के शव उठवा रहे थे।

द्रौपदी के बुझे मन में एक कौंध उठी। इस कौंध ने अनायास ही आंखो की राह अश्रु बनकर उन्हें अकुला दिया।

उन्हें चिता पर पहुंचाया जा रहा था। कुछ पहुंच चुके थे, कुछ पहुंच रहे थे। कुछ पल बाद वे अग्नि को समर्पित हो जाएंगे। द्रौपदी ने एक सन्नाटा अपने भीतर पिए हुए सोचा। अग्नि की वेदना उन शरीरों को व्यापेगी नहीं पर अग्नि स्वयं में लीन कर देगी...

उस अग्नि की वेदना झेलेगी द्रौपदी ! बेटे जलेंगे और द्रौपदी पीड़ा सहेंगी !

कभी-कभी लगता है जैसे द्रौपदी और अग्नि का एक साथ रहा है। अटूट नाता...ऐसे ही जैसे वेदी और घृत का होता है, शिखा और आहुति का होता है। एक दूसरे के बिना दोनों अधूरे, दोनो अपूर्ण !

यह न होता तो क्रूर वैमनस्य और घिनौनी राजनीति की शिखाओं में उस दिन द्रौपदी ही क्यों आहुति बनाई जाती? सुभद्रा भी तो थी?

किंतु द्रोषी और जलन का एक संबंध है ! जैसे जन्म और मृत्यु का एक निश्चित नाता।

यह नाता बहुतेक स्तरों पर निबाहा है द्रौपदी ने...उस दिन भी निबाह रही थी, जिस दिन कुल के पूज्यों ने अपरोक्ष रूप से हाथ बांधकर कह दिया था कौरव-पांडवों से–"धर्माधर्म छोड़ो, जो उचित समझो, तुम लोग वही करो !"

वही कर रहे थे वे।

युधिष्ठिर ने जन-सहानुभूति पाने के लिए द्रौपदी को अर्धनग्न स्थिति में सभा के बीच उपस्थित होने का निर्देश कर दिया था और कौरव उन्हें लेकर सौन्दर्य, काम आनंद तथा सुख अनुभव करने लगे थे।

कौन कह सकेगा कि जय किसकी हुई, युधिष्ठिर के वांछित जनसहानुभूति प्राप्त करने की राजनीति की? अथवा कौरवों द्वारा पांडवों से प्रतिशोध प्राप्त कर लेने की?

किंतु पराजय किसकी हुई है–यह द्रौपदी जानती है! पराजय हुई उनके सम्पूर्ण स्त्रीत्व की! उस सहनशीलता की जिसे स्त्री के रूप में पृथ्वीवत् स्वीकारा गया है! उस मातृत्व की, जिसने धर्म और अधर्म के कारकों और उन निर्णायकों को जन्म दिया? उस संवेदनहीन होती जाती सामाजिकता की जो क्रूर राजनीति का आश्रय बन जाती है या जिसकी सरलता अथवा हठवादिता का लाभ उठाकर राजनीति उसे अपना आश्रित बना लेती है!

आहुति बनीं द्रौपदी!

कितना तो धिक्कार दिया था उन्हें? बोली थी–"...आप वृद्ध नहीं है, न धर्मज्ञ है और न ही यह सभा-सभा है जहां सत्य विलुप्त हो चुका है! सत्यहीनता में भला धर्म कैसे सुरक्षित रह सकता है? आपकी चुप्पी धर्म की नहीं, अधम की पुष्टि है!"

वृद्ध चुप रहे थे। धर्माचार्य बगलें झाकते हुए। पांडव पीठ किए हुए और कौरवों की भीड़ ठहाके मारती हुई...

हर ठहाका एक क्रीड़ा...। द्रौषदी को लगता था कि वाक्य वायु गति से बरसता है और उनके मोसल शरीर पर लहू रिसाती एक धार छोड़ जाता है! शब्द सदा-सदा के लिए उनकी आत्मा पर अंकित हो जाते हैं। अपमानित करने वाले नंगे, घिनौने शब्द!

उस दिन कितने-कितने स्तरों पर प्रतिशोध नहीं चुका लेना चाहा था उन्होंने। पांडवों के हर कर्म और द्रौपदी के हर शब्द का हिसाब वसूल रहे थे वे सब...

कर्ण ने हिसाब चुकाया था–"गालियों की गांठो से भरा वाक्यों का कोड़ा बरसाने लगे थे। अवसर दिया था विकर्ण ने!

जिस पल वह बोला, द्रौपदी अविश्वास और आश्चर्य से देखने लगी

थी उसे। विकर्ण–गांधारी पुत्रों में से एक। उसी गर्भपिंड का अंश, जिसने दुर्योधन और दुःशासन की प्रकृति के अन्य निन्यानवे भाइयों को जन्म दिया था।

वह गुस्से और घृणा से भरकर उठ खड़ा हुआ था–"जलती हुई दृष्टि... पितामह की ओर। कहा था–"पूज्य? आप तो कुल के श्रेष्ठ हैं, सर्वाधिक वृद्ध भी हैं और धर्म-ज्ञान के ज्ञाता भी। आप देवी पांचाली के प्रश्न का उत्तर क्यों नही देते? स्मरण रखिए, यदि इस घृणित अवसर पर आप लोग भी शांत रहे तो घोर अधर्म होगा! इसके क्रूर परिणाम और घिनौने भविष्य को झेलने के लिए आप सब बाध्य होंगे!"

द्रौपदी ने आशा की एक हल्की किरण अपने भीतर जनमते महसूस की। श्रद्धा हुई थी विकर्ण के प्रति। कम-से-कम कुल में एक पुरुष तो है जो अनीति के विरुद्ध नीति का प्रश्न उठाने का साहस रखता है।

पर सब ओर सन्नाटा। चुप का गहरा अंधेरा...धर्म? ज्योति का वह पुंज दूर-दूर तक अदर्शित!

इस सन्नाटे ने अधिक ही उग्र कर दिया था विकर्ण को। उसी तरह चीखते हुए उसने द्रोण, विदुर, कृपाचार्य की ओर देखा था, फिर उन्हें सम्बोधित भी किया। हर शब्द इस तरह था जैसे धकेल कर उन्हें जगा रहा हो, आत्मा को झकझोरता हुआ उसके अस्तित्व का स्मरण करा रहा हो-"बोलो, महामति विदुर! पांचाली के प्रश्न का उत्तर दो! यह उत्तर देने के लिए यह सभा बाध्य है! नैतिक रूप से हम सब बंधे हुए है! ब्राह्मणश्रेष्ठ कृपाचार्य, तुम ही व्यवस्था दो, क्या सचमुच द्रौपदी विजित वस्तु हैं?"

वही निःशब्द अंधेरा। झुकी गर्दनें, थकी निगाहें, पराजित आत्माएं!

"धिक्कार है!" विकर्ण को क्रोध बढ़ता ही जा रहा था–"धिक्कार है हम सब पर, जो अनीति होते हुए सह रहे है!" वह एक साथ सभी को धिक्कृत करने लगा था। अपने ही कुल की स्त्री के प्रति जिस तरह असम्मान प्रदर्शित किया था कुलजनों ने, उसने विकर्ण की आत्मा छलनी कर डाली थी। कहा था–"कोई कुछ कहे न कहे, मैं कहता हूं कि द्रौपदी अविजित है! इसलिए कि उन्हें जुए के व्यसन में बुद्धि-विवेक खो चुके व्यक्ति ने सम्पत्ति समझकर दांव पर हार दिया है! भला पूज्य युधिष्ठिर

को क्या अधिकार था कि वह पांचाली को दांव पर लगाएं? पांचाली केवल उनकी ही पत्नी तो नहीं, वह शेष चारों भाइयों की पत्नी भी है!"

"चुप रह, मूर्ख!" सहसा कर्ण क्रोधावेश में भर कर पास आ खड़े हुए थे उसके–भयभीत होकर उन्होने यह भी देखा था कि विकर्ण के उत्तेजित विद्रोह और पांचाली के चुनौती भरे प्रश्न ने सभा में फुसफुसाहटें पैदा कर दी थी। सहसा ही विकर्ण के पक्ष और बात को लेकर धीमे-धीमे ही सही, किंतु स्वर उभरने लगे थे। मामला बिगड़े इसके पूर्व ही कर्ण ने कौरव विकर्ण को आड़े हाथों लेना प्रारंभ किया था। अपशब्द उछालते हुए उसे धिक्कारते और बंधुद्रोही होने का आरोप करने लगे थे...बोले थे–"तुम्हारी सम्मति-असम्मति अर्थहीन है विकर्ण! इसलिए कि तुम इस सभा में बच्चे जैसे हो! सभा में अनेक राजा, वृद्ध, ज्ञानी और ब्राह्मण उपस्थित हैं–ऐसा दुर्भावपूर्ण कथन किसी ने नहीं किया, जैसा तुम कह रहे हों?" क्रोधित कर्ण के रूप में विकर्ण को ही नहीं, सभा में उपस्थित अनेक बोलने वाले राजाओं को कुछ पल के लिए सकपका दिया।

कर्ण ने अपने कुत्तर्कों से बार-बार यह सिद्ध करने की पूरी चेष्टा की थी कि द्रौपदी विजित हो चुकीं! फिर ग्लानि और घृणा के साथ उनकी ओर देखते हुए कहना प्रारंभ किया था–"तुम इस व्यभिचारिणी को लेकर अपने ही भाइयों को दोषी ठहरा रहे हो। वृद्ध मामा का अपमान कर रहे हो विकर्ण! जो पांच पुरुषों की पत्नी है?"

ये शब्द? सभा में उपस्थित छोटे-बड़े सभी बुरी तरह सकपका गए। लज्जा और पीड़ा से भरकर एक ने भी कर्ण की ओर नहीं देखा।

किंतु पांचाली देख रही थी कर्ण को। याद हो आया था उन्हें–कर्ण के इस क्रोध और ग्लानि में स्पष्टतः उस कर्ण को देखा था उन्होंने, जिसे स्वयंवर के समय सूत-पुत्र कहा था उन्होंने! वही कर्ण, जो द्रौपदी के यह कहने पर कि मैं 'सूतपुत्र से विवाह नहीं करूंगी!' प्रतियोगिता में लक्ष्यबेध से वंचित होकर थमा रह गया था।

उस क्षण हंसा था वह...

वह हंसी? वह हंसी क्या कम घृणा और ग्लानि से भरी हुई हंसी थी। आज वही कर्ण हंसकर उनसे सारा पिछला हिसाब चुका रहा है। उन्हें व्यभिचारिणी कह रहा है

कर्ण बोले जा रहे थे–"कुरुनंदन! स्त्री के लिए एक ही पति की

व्यवस्था है, किंतु यह स्त्री तो उस समाज-नियम के विरुद्ध पांच की अंकशायिनी हुई है। ऐसी नारी को नग्न स्थिति में सभा के बीच ले आना कोई दोष नहीं है। इसमें कैसा अधर्म?"

सब चुप।

"दुःशासन!" सहसा कर्ण कौरव-बंधुओं की एकत्र भीड़ की ओर मुड़े थे, कहा–"विकर्ण बालकों की तरह है। अतः जो कुछ बोल गए है, इन्हें क्षम्य है। मेरे विचार में तो सभी कुछ हार चुके पांडव अब अपने और द्रौपदी के वस्त्रों के अधिकारी भी नहीं रहे हैं, तुम्हारा क्या विचार है?" संवाद समाप्त कर कर्ण ने कड़वी मुस्कान के साथ द्रौपदी को भी देखा था।

कांप उठी थी द्रौपदी। वह प्रतिशोध में झुलसती कर्ण की दृष्टि?

लगा था कि वह दृष्टि कपड़ो के पार तक चली गई है–उन्हें निर्वस्त्र कर चुकी है।

"उचित रहेगा दुःशासन यदि तुम पांडवों के और द्रौपदी के वस्त्र भी उतार लो! बढ़ो आगे!"

दुःशासन आसन से उठ पड़ा था।

"हे भगवान्!" द्रौपदी के मुंह से निकलते-निकलते रह गई थी!

इस सारी स्थिति में बुरी तरह थक-हार चुकी द्रौपदी 'बचाओ!' पुकारती हुई क्रमशः भीष्म, धृतराष्ट्र, विदुर आदि के सिंहासनों की ओर दौड़ पड़ी थी, किंतु दुःशासन क्रूरतापूर्वक उन्हें वहां से खीच लाया और सभा-भवन के बीचोंबीच उनकी साड़ी का एक छोर थामकर खड़ा हो रहा।

एक सिहरन और घृणा से भरकर सभी सभासद धरती की ओर देखने लगे थे, अनेक कौरवों की पलकें भी न चाहते हुए भी पुतलियों पर झुक आईं। द्रौपदी दोनों हाथ भींचे हुए ज़ोर-ज़ोर से उस कपड़े को सम्हाले रखकर चीखी, "नहीं, दुःशासन यह अनाचार है! तुम मेरे कुलजन हो! मेरे अपने! यह मेरा ही नहीं तुम्हारा अपमान भी है देवर!" द्रौपदी बड़बड़ाती रहीं, पर दुःशासन ने सुना, अनसुना कर दिया। उसने एक बार दुर्योधन और कर्ण की ओर देखा, फिर साड़ी के छोर को ज़ोरदार झटका दिया!

द्रौपदी चीखी और झटके के साथ ही साड़ी संभालने के प्रयत्न में एक

गुलांट खा गई !

सभासद उसी तरह पुतले बने हुए थे। निर्जीव ! आत्माहीन ! कायर और कापुरुषों की तरह आंखे चुराए हुए।

दुःशासन अब फिर से शक्ति लगाकर साड़ी खींचने लगा था, किंतु द्रौपदी सब ओर से निराश होकर आत्मलीन हो गई ! कितनी बाद बुदबुदाकर उन्होंने अपनी सम्पूर्ण चेतना को जागृत किया होगा–स्मरण नहीं ! कितनी बार मन-मस्तिष्क की अनंत शक्तियों को एकत्रकर अपने भीतर अद्भुत शक्ति जगाई होगी, यह भी याद नहीं। श्रद्धाबिंदु से सम्पूर्ण आत्मचेतना केंद्रित करके उन्होंने पुकारा था–"प्रभु ! रक्षा करो जगदीश्वर ! हे विष्णु ! अनंत नामधारी कृष्ण ! मैं तुम्हारी शरण में हूं, मुझे बचाओं !

भूल गई थी उपस्थित सभाजनों को। उस सभा को। उस समूचे जड़-चेतनायुक्त संसार को। जिस संसार से उन्हें किरणों की तरह अमानवीय शक्ति-सामर्थ्य मिल रही थी, वह कोई और था। उनका अपना संसार, जिसकी शक्ति अनंत थी, जो सीमाहीन था, जिसकी क्षमताएं अद्भुत थी !

उन्होंने एक ज्योति को देखा था। वह ज्योति? उस ज्योति को कभी नही बिसरा सकेंगी द्रौपदी ! वही ज्योति तो थी, जो उनके शरीर में मस्तिष्क बिंदु की राह आ समाई थी। उस ज्योति ने असामान्य शक्ति और सामर्थ्य से भर दिया था द्रौपदी को।

वे ईश्वर के दर्शन कर रही थी। उस ज्योति के अनेक रंग थे, अनेक रूप, अनेक आकार। ऐसे जैसे शून्य की विविध शक्तियां है–उसके होने और न होने तक !

किंतु द्रौपदी को कुछ स्मरण नहीं ! बाद में सुना था कि साड़ियों के ढेर लग गए थे। दुःशासन हांफ गया था। खींचते-खींचते, किंतु द्रौपदी किसी बार निर्वस्त्र नहीं हो सकी। किसी को निर्वस्त्र दीख नहीं सकी।

ईश्वरीय चमत्कार था वह। या द्रौपदी की अपनी ही अद्भुत आत्मशक्ति का अलौकिक चमत्कार ! इच्छाशक्ति ने उनके शरीर को इतना शक्तिमय भी कर डाला था कि दुःशासन किसी भी बार उनकी साड़ी का तनिक-सा हिस्सा भी बिना पूरी शक्ति लगाए खींच नही पाता था। बलशाली, पुष्ट देहवाला दुःशासन सैकड़ो मील चल चुके किसी भूखे प्यासे

बैल की तरह थकने-हारने और शिथिल होने लगा था, किंतु द्रौपदी उसी शक्ति, गति और चेतना के साथ असंख्य चक्कर खाकर भी पूर्ववत् दृढ़। अथकित ! अपराजित !

झुकी गरदनें उठ गई थीं, सहमे चेहरे अविश्वास और कौतहूल से भरकर उस विचित्र दृश्य को देखने लगे थे। स्वयं पांडव मुंह बाए हुए वह अनहोनी घटते देख रहे थे।

अनेक कौरव सहमे हुए। कर्ण बगलें झांककर कुछ क़दम पीछे हट गए थे। इस विस्मयकारी दृश्य के अतिरिक्त उन्होंने यह भी देखा था कि द्रौपदी की आंखो में एक असहनीय तेज उतर आया है। सारा चेहरा शरीर के भीतर असामान्य शक्ति भर जाने के कारण धीमे-धीमे सुर्ख होता हुआ।

एक भय और चिंता सभी चेहरों पर सघन होने लगी थीं यह क्या कर डाला मूर्ख कौरवों ने। कितने ही चेहरों के भीतर विचार जनमा था...इस इच्छाशक्ति वाली नारी का अपमान किस विस्फोट की तरह इस कुल वंश में होगा–कौन जाने।

दुःशासन, अपनी दुःचेष्टा में लगा-लगा निराश होकर अब अधमरा सा होने लगा था। ठहाकों के स्वर कहीं गले के भीतर ही घुटकर गुम हो गए थे। उनकी जगह उफन आई थी हांफे। मुंह से रह-रहकर फेन-सा उबल आता। वह सहसा ही धरती पर बैठ गया था। द्रौपदी की साड़ी का छोर थामे हुए उसके हाथ झूल गए थे और अगले ही क्षण वह परास्त भाव से उन्हें छोड़कर एक ओर बैठने के प्रयत्न में लगभग बिछ गया।

द्रौपदी साड़ी सम्हाले, जबड़े कसे हुए, दृष्टि से उसी तरह अंगारे बरसाती हुई सारी सभा को घूरती रही। श्वांस-गति उनकी भी तीव्र थी, किंतु यह सांसे ऐसे थी जैसे शीतल जल उबलकर उछल आने के पूर्व बुलबुलों में फूटना शुरू करता है।

चीखकर भीम ने एक क्रूर प्रतिज्ञा कर डाली थी। किंतु दौपदी ने उसे अनसुना कर दिया था। सारी सभा पर उपेक्षा के भाव से धिक्कार बरसाती हुईं, वह दौड़ी हुई पुनः रनिवास मे चली गई थीं।

कितनी देर बाद सहज हो सकी थीं याद नहीं है, किंतु इतना याद है कि जबतक सहज हुई, तब तक रात्रि ढलने को हो आई थी। वह अपने कक्ष में आकर पलंग पर गिर पड़ी थी, बेसुध-सी ! फिर बेसुध ही हो गई।

जागीं, उस समय पसीने से नहाया था बदन। थकान के कारण शरीर का हर पोर दुखता हुआ। लगा था कि किसी बिजली को अपने भीतर जकड़े रही थी और अब जब वह बिजली को अपने भीतर जकड़े रही थी और अब जब वह बिजली गुम हो चुकी थी, तब शरीर केवल हलका नहीं हुआ था, थकान की गहरी खाइयों में जा गिरा था।

रनिवास में उस रात्रि को कोई सो नहीं पा रहा था। शैव्या ने ही बतलाया था उन्हें। सब अलौकिक आत्मशक्ति के प्रदर्शन पर केवल चमत्कृत नहीं हुए थे, अपितु बुरी तरह घबराए हुए थे।

द्रौपदी केवल यही जानती थी कि दुःशासन अपना वांछित पूरा नहीं कर सका, किंतु यह नहीं मालूम था कि उस कुचेष्टा में क्या-क्या कर डाला था उसने। शैव्या ने उनका कहा सुना, "मैं नहीं जानती शैव्या कि उस क्षण क्या हुआ? बस इतना ही जानती हूं कि चीरहरण के समय स्वयं भगवान ने मेरी रक्षा की। योगीश्वर ने स्वयं ही मुझे बचाया!"

"किंतु...किंतु देवी! उस समय केवल सभाजन ही नहीं उत्सुकता और क्रूर आनंद की इच्छावश बहुत से लोग एकत्र हो आए थे और, उन सबने देखा है कि आपकी साड़ी खींचते-खींचते दुष्ट दुःशासन थक गया, अनेक चिथड़े निकले, किंतु आपके शरीर पर साड़ी पूर्ववत् बनी रही। वह सब अविश्वसनीय है, पांचाली! अद्भुत! और उसके कारण कौरव सहम गए हैं। लोग भविष्यवाणियां कर रहे हैं कि कुरु-वंश का नाश निश्चित हुआ।"

द्रौपदी की आंखे छलछला आई थी। उत्तर न देकर सिर्फ पलकें झपक ली थी उन्होंने। अपने से ही बुदबुदाकर कहा था–"प्रभु! तुम्हारी शक्ति अनंत है! तुमने मुझ बेबस का मान रखा!"

पलकें खुलीं–याद हो आया था कि उन्हें इस सबको भुलाना कठिन होगा। जब-जब याद आएगा, तब-तब वह जलेंगी! जिंदा! विचित्र होगा लपटों का वह घिराव! द्रौपदी अपने ही शरीर को जलता हुआ, अपनी ही आखों से देखेगी...सारे जीवन अपने ही बदन का सुलगना-चटकना झेलती रहेंगी!

"हां! निःसंदेह मैं यही कुछ झेलूंगी। यहीं कुछ सहूंगी...किंतु उस दिन सहसा बंद हो जाएगा, जिस दिन क्रूर कौरवों से मेरा प्रतिशोध पूरा हो जाएगा। नाश हो जाएगा इस सजड़े-गले जर्जर राज-परिवार का!"

नाश हो चुका है। सब कुछ ध्वंस। किंतु इस ध्वंस ने द्रौपदी को भी अछूता नहीं छोड़ा है। इस जली धरती की तरह ही जली कोख लेकर चुपचाप जिए जाने के लिए बाध्य कर दिया है।

द्रौपदी ने पलकों पर असह्य गर्मी अनुभव की। लगा कि बदन तप उठा है, फिर से वर्तमान में आ जुड़ीं।

चिताओं में, अग्नि दे रहे थे वे सब। अब बेंटोवाली चिता का क्रम! लगा था कि पूरा बदन थरथराकर गिर पड़ने को हुआ है...पोर-पोर रिसता हुआ। इच्छा हुई, चीखें, कहें–"नहीं-नहीं, पाण्डुपुत्र! नहीं! सुकुमार पुत्रों के बदन को लपटों में झुलसते कैसे देख सकूंगी मैं?" किंतु भीतर से किसी ने द्रौपदी को जकड़ लिया। पैर बांध दिए, स्वर छीन लिया शब्द दबोच लिए।

कौन है यह?

यह भी द्रौपदी ही है। वही द्रौपदी जो जीवन के हर कड़वे क्षण पर इसी तरह संयत हुई है। इसी शक्ति से अपनी श्वांसे संजोए रही है। इसी क्षमता से पतियों के हर संघर्ष में उनके प्रति समर्पित रही है।

यह संभवतः अंतिम संघर्ष।

चिता की ज्वाला आकाश की ओर उठ रही है। फिर असंख्य ज्वालाओं से जुड़ गई हैं। यात्रा के बाद यात्रा का यह क्रम ही तो जीवन है। द्रौपदी के पुत्रों की पृथ्वी यात्रा पूर्ण हुई...अब अनंत की ओर पुनः यात्रा... एक ओर चरण!

पर द्रौपदी की पृथ्वी यात्रा अभी शेष है, और यात्रियों और यात्राओं से एकदम अलग है यह यात्रा। कभी-कभी लगता है कि यह किसी मनुष्य की यात्रा. नहीं, एक ज्वाला की यात्रा है; जिसका धर्म है जलना। निरंतर जलते रहना!

और ज्वालाओं के रूप भी अनंत। अनेक किसी बार अदृश्य रूप से जलती हुई, किसी बार दृश्य। द्रौपदी का यही संसार। यही नियति। यही प्रारंभ था और संभवतः यही अंत होगा।

●●●